아시아인프라투자은행 법률:
글로벌 거버넌스의
새로운 메커니즘

아시아인프라투자은행 법률:

글로벌 거버넌스의
새로운 메커니즘

초판 1쇄 인쇄 2022년 12월 02일
초판 1쇄 발행 2022년 12월 08일
발행인   김승일(金勝一)
디자인   고은아
출판사   경지출판사
출판등록 제 2015-000026호

잘못된 책은 바꿔드립니다.
가격은 표지 뒷면에 있습니다.

ISBN 979-11-90159-89-0 (03820)

판매 및 공급처 경지출판사

주소: 서울시 도봉구 도봉로117길 5-14 **Tel:** 02-2268-9410 **Fax:** 0502-989-9415
블로그: https://blog.naver.com/jojojo4

※ 이 도서의 국립중앙도서관 출판시 도서목록(CIP)은 서지정보유통지원시스템 홈페이지(http://seoji.nl.go.kr)와 국가자료공동목록시스템에서
  이용하실 수 있습니다.

아시아인프라투자은행 법률:

글로벌 거버넌스의
새로운 메커니즘

꾸빈(顾宾) 지음 | 김승일(金勝一) · 전영매(全英梅) 옮김

경지출판사
Korea Wisdom China

글로벌 거버넌스의 개선에
청신한 바람이 될 것이다

　인류운명공동체를 구축하는 것은 새 시대 중국이 글로벌 거버넌스의 변화에 자발적으로 참여하는 톱다운 설계이다. 아시아인프라투자은행(이하 아투행으로 약칭함. 영문명은 Asian Infrastructure Investment Bank, AIIB)은 인류운명공동체를 구축하는 새로운 플랫폼이자 새로운 메커니즘이다. 아투행을 잘 운영하는 것은 제2차 세계대전 종전 후의 브레턴우즈체제와는 다른 하나의 새로운 글로벌 거버넌스 경로를 개척하는 데 있어서 뛰어난 시범적 의미를 가진다. 아투행은 우선 공리공담을 말하는 공간이 되어서는 안 되고, 작업하는 팀이 되어야 한다. 인류의 운명공동체 이념을 어떻게 일상적인 기구운영과 프로젝트의 체제 하에서 관철시킬 것인가 하는 것은, 실천경험의 종합과 이론적인 지도를 떠나서는 안 될 것이다. 2013년 아투행 창립을 제안하고 준비를 거쳐 창립하면서부터 2018년 말에 이르기까지 설립된 지 만 3년에 걸치는 전반적인 과정을 살펴보면서 아투행의 발전과 이론연구에서 세 가지 사고방식을 잘 파악해야 할 것이다.

　첫째, '종(縱)' '횡(橫)'으로 교차하는 사고방식으로 파악해야 한다. '종'은 역사적 시각을 가리킨다. 제2차 세계대전 종전 후 70여 년의 발전과정 중에 '1대 4소'의 5개 '다자개발은행'이 잇달아 설립되었다. 제일 먼저 1944년 국제부흥개발은행(International Bank for Recon-struction and Development, IBRD)이 설립된 뒤로 후에 4개의 지역적 '다자개발은행'이 잇달아 설립되었다. 그 4개의 은행들이란 미주개발은행(Inter American Development Bank, IADB), 아프리카개발은행(African Development Bank, ADB), 아시아개발은행((Asian Development Bank, ADB), 유럽부흥개발은행(European Bank for Reconstruction and Development, EBRD)이다. 이들 은행들은 모두 각자가 처한 역사적 정세와 수요에 근거하여 설립되었으며, 특정적인 역사적 사명을 짊어지고 있다. 이들 은행의 주요 기능은 개발도상국을 도와 경제를 발전시키는 것이다. 그러나 투자업무가 항상 목표와 맞물리는 것이 아니어서 '원조를 받는 나라(受援國)'의 내정을 간섭하여 목표의 실현에 성공하지 못했을 뿐만 아니라 자국의 명성과 이미지에도 손상을 주는 결과를 초래하였다. 후발주자인 아투행은 선발주자를 따라잡으면서 시행착오를 겪는 것을 피하고 자원을 집중하여 인프라에 투자하였다. 투자지역은 기존의 '다자개발은행'의 제한을 타파하였고, 선진국회원의 낡은 인프라의 개선도 포괄시켰다. 그리하여 아투행은 실무적, 개방적, 창조적인 자세로 글로벌 거버넌스의 개선에 청신한 바람을 불어넣었다.

'횡'은 비교의 시각을 가리킨다. 기존의 '1대 4소' '다자개발은행'은 개발금융 메커니즘 건설과 업무운영 방면에서 "최고의 국제 실천경험"을 대량으로 축적하였다. 이밖에 유럽투자은행(European Investment Bank, EIB)이나 브릭스(BRICS) 신개발은행도 선진 경험을 적잖게 쌓았다. 아투행은 동류의 기구와 서로 교류하고 참조하는 과정에서 "정예·청렴·녹색"이라는 기구문화를 형성하였다. 예를 들어 아투행은 비(非)상주이사제도를 실행하는데, 이는 '1대 4소' '다자개발은행'의 교훈을 받아들인 것으로 이들 5개 은행에는 없는 관리 방식이며, 유럽투자은행의 방법을 참조한 것이다. 아투행의 의사결정 메커니즘도 자본구동형의 동류(同類) 기구와는 구별된다. 후자는 자본의 다수결을 강조하지만, 아투행은 모든 회원국 공동 소유하는 은행이 될 것임을 약속하였으며, 실천과정에서 공동으로 의논하고, 공동으로 건설하며, 공동으로 향유하는 원칙에 따른다. 아투행은 기존의 다자개발금융 메커니즘과 서로 보완하고 서로 완성시켜주고 있으며, 그들의 규칙체계는 실천과정에서 점차 통일되는 법을 형성하게 된다.

둘째, '다자개발은행'으로서 아투행이 갖는 내적 속성과 법칙을 파악해야 한다. 따라서 아투행도 '다자개발은행'으로서 관리와 업무의 발전을 위해 '다자개발은행'의 내적 법칙과 부합되어야 한다. 상업은행에 비해 '다자개발은행'은 회원국 정부의 강력한 지원과 분할대부 감독제도가 있기 때문에, 차관하는 나라에 엄청나게 큰 영향을 주는 것이 특징이다. 그런 점에서 분쟁 해결 메커니즘에서 구현되는 '다자개발은행'의 특징은 '비(非)법률적'이라 할 수 있다. 다시 말하면 아투행 회원국들은 주권 담보대출 분쟁에서 중재 메커니즘을 적용한다고 정책적으로 규정짓고는 있지만, 이것이 실천에서는 거의 불가능하다는 말이다. 이런 점에서 아투행도 주권국가와의 대출계약분쟁으로 인해 중재 또는 소송 등 공식적인 메커니즘을 가동하지 않을 수도 있다는 것을 예견할 수 있다. 이 외에 사법판례와 국제법 이론도 모두 국제기구가 상업 활동에 종사하는 중에 사법면책특권을 향유하지 않는다고 주장하고는 있지만, 실질적으로 실천과정에서 사법적인 관할을 야기하는 사례는 극히 적은 편이다. 따라서 아투행은 담판협상과 같은 비공식적인 방식으로 그러한 분쟁을 해결할 것으로 예상된다.

'다자개발은행'은 자체가 갖고 있는 사명을 고려하여 민간자본을 동원하여 투자에 참여시킬 필요가 있다. 이를 위해 세계은행은 민간투자를 전담하는 IFC, 민간자본에 분쟁해결 메커니즘을 제공하는 ICSID, 민간자본에 비(非)상업보험을 제공하는 MIGA 등의 기구를 잇달아 출범시켰다. 그렇다면 아투행도 이들과 마찬가지로 "민간자본을 동원하는 것을 중요한 목표로 하고 있고, 이를 위해 새로운 기구를 파생시킬 수 있겠는가?"라는 의문이 들 수 있다고 본다. 본인은 아투행도 당연히 업무목적에 부합되고 정관의 명확한 규정에 위배되지 않는 범위에서 약 10년 내에 ICSID·MIGA와 같은 독립기구의 설립을 연구하기 시작할 것이고, "일대일로([一帶一路. 중앙아시아와 유럽을 잇는 육상 실크로드[일대]와 동남아시아와 유럽, 아프리카를 연결하는 해상 실크로드[일로]를 뜻하는 말로, 시진핑 중국 국가주석이 2013년 9~10월 중앙아시아 및 동남아시아 순방에서 처음 제안한 전략.)"프로젝트의 중요한 업무원천이 될 것이라고 생각한다. 물론 아투행은 세계은행이 겪었던 시행착오를 피해야 하고, 그러한 분쟁해결기구도 ICSID의 중재로 인한 분쟁도 피해야 한다. 이는 주로 주최국의 정책공간이 과도한 압박을 받고, 중재인의 지역적 대표성이 부족하게 되며, 다원화하는 분쟁 해결을 위한 메커니즘이 결여되는 등의 문제로 반영될 수 있기 때문이다.

셋째, 아투행을 통해 글로벌 경제 거버넌스를 봐야 할 뿐만 아니라 글로벌 경제 거버넌스를 통해 아투행을 봐야 한다. 아투행을 통해 글로벌 경제 거버넌스를 보는 것은 아투행이 21세기 신형의 '다자개발은행'임을 가리킨다. '신형'이기 때문에 아투행은 반드시 창조적인 것이어야 하며, 실천과정에서 그 독특성을 보여주어 글로벌 경제 거버넌스를 개선하는데 기여할 수 있도록 해야 한다. 글로벌 경제 거버넌스의 지도방침은 인류운명공동체를 구축하는 것이고, 그 실질은 개발도상국의 대표성과 발언권을 강화하는 것이며, 실현 경로는 공동 의논, 공동 건설, 공동 향유 및 다자주의이다. 아투행은 세계은행(IBRD)·국제통화기금(IMF)과 마찬가지로 모두 자본추진형의 국제기구이다. 그러나 아투행은 또 그런 전통적인 국제기구와는 달리 인류운명공동체를 구축하는 새로운 사명을 짊어져야 한다. 중국은 아투행의 창의국가이자 최대 주주로서 아투행의 발기 및 창설, 규정제도의 수립, 조직구조의 구축, 업무운영의 전반 과정에서 아투행의 국제성을 수호하는데 최선을 다할 것이며, 1인 독주와 같은 상황은 절대 만들지 않을 것이다.

글로벌 경제 거버넌스를 통해 아투행을 보는 것은 아투행이 높은 기준을 견지해야 함을 가리킨다. 아투행은 계속하여 '다자개발은행'의 방식과 원칙에 따라 운영되어야 하며, 기존 기구의 효과적인 방법과 경험을 충분히 참조해야 한다. 이는 회사관리구도에 대한 요구일 뿐만 아니라 구체적인 투자프로젝트에서도 구현되며, 환경 및 사회정책의 제정과 보완 및 실행에서 구현될 뿐만 아니라, 프로젝트 조달구매와 회사조달구매 규칙의 설계와 실행과정에서도 구현된다. 그러나 아투행이 유지해야 할 높은 기준은 반드시 실행 가능한 것이어야 한다. 다시 말하면 기존의 '다자개발은행'이 겪었던 시행착오를 피해야 한다. 즉 첫째, 기구의 관료화를 피하고, 자원의 낭비와 번거롭고 불필요한 절차를 막아야 한다. 둘째, 과도한 절차적 운영을 피하고, 무기한 지연과 효율저하를 막아야 한다. 셋째, 천편일률적으로 모든 프로젝트에 동일한 방법을 적용하는 것을 피해야 한다. "정예·청렴·녹색"의 운영이념을 성실하게 이행해야 한다.

방향이 진로를 결정하는 법이다. 인류운명공동체 이념이 가리키는 방향으로 상기의 세 가지 사고방식에 따라 아투행을 발전시키고 연구하는 것은 매우 중요한 의의가 있다. 아투행의 발전경험을 이론적으로 잘 종합한다면 글로벌 거버넌스의 개선을 위한 더 많은 방안을 내놓는데 참고와 깨우침을 줄 수 있을 것이다. 아투행을 대표주자로 하는 새로운 질서는 전통질서와 서로 보완하고, 서로 이익이 되게 하는 과정에서 인류운명공동체의 구축을 촉진케 할 것이다.

머리말

아시아인프라투자은행(이하 아투행으로 약칭함. 영문명은 Asian Infrastructure Investment Bank, AIIB)은 중국이 발기하여 창립한 첫 '다자개발은행'으로 뚜렷한 아시아적 특색을 띤다. 아투행의 포지셔닝은 21세기 신형의 '다자개발은행'이며, 운영이념은 "정예·청렴·녹색"이다. "아시아인프라투자은행 법률: 글로벌 거버넌스의 새로운 메커니즘"은 이 책의 제목이자 필자가 집필과정에서 보여주고자 하는 주제이기도 하다.

1. 연구 동기

글로벌화가 위협받고 있는 당면한 세계정세에 대해 시진핑(習近平) 중국 국가주석은 "다자주의 원칙을 견지하고 다자주의 메커니즘의 권위성과 유효성을 수호해야 한다."라고 지적하였다. 아투행은 다자주의를 지침으로 하여 규정제도와 조직구도의 구축을 고효율 적으로 완성하여 업무운영의 첫 걸음을 성공리에 떼었다. 아투행은 인류운명공동체를 구축하는 새로운 플랫폼으로서 전통적인 국제기구에 비해 신흥시장국가와 개발도상국에 더 많은 대표성과 발언권을 부여하였다. 아투행이 다자주의 원칙을 견지하는 것은 그 기본법인 「아투행 협정」(Articles of Agreement, AOA)에서 구현될 뿐만 아니라 구속력이 있는 제반 규범적 정책과 규칙에서도 구현되고 있다.

다자주의는 원래 국제관계학이나 정치학 분야의 중요한 개념이다. 그 기본 뜻은 국제 주체가 국제 활동을 전개할 때, 보편화된 행동준칙을 바탕으로 형성된 상호관계의 조율을 위하는 데 취지를 둔 체제적 메커니즘이다. 즉 "작은 지혜로 일을 다스리고 큰 지혜로 제도를 다스린다."는 체제인 것이다. 다자주의 메커니즘은 회원국 주체의 특정 이익을 요구하지 않으며, 특정 행위활동에 존재하는 개별적 특성도 고려하지 않는다. 국제법의 시각에서 볼 때, 다자주의는 국제관계를 처리하는 제도화한 배치로서 투명성과 안정성 및 예측 가능성의 법치화(法治化)라는 특징을 갖추고 있다. 다자주의는 양자 주의와 달리 3개 이상의 국가 주체가 공동으로 구축한 체제적 메커니즘에 적용된다. 중국의 외교정책은 양자 주의에서 다자주의로 발전하는 과정을 겪고 있다. 2013년에 아투행 창립을 제안한 것이 바로 그 한 예이다. 아투행은 1944년 세계은행이 창립된 뒤 점차 형성된 '1대 4소' '다자개발은행'과 같은 대가족 공유의 제도적 장점을 계승하고('1대 4소'에는 세계은행·유럽부흥개발은행·아프리카개발은행·미주개발은행·아시아개발은행이 포함됨), 또 기존의 '다자개발은행'을 토대로 혁신을 이루어 후자와 서로 보완하고 보충하는 업무구도를 형성하였다. 이는 주로 「아투행협정」을 핵심으로 하는 아투행의 법규체계에서 구현되는데, 여기에는 회사관리정책·환경 및 사회정책·프로젝트조달정책·회원국과의 관계규범(즉 국제기구 특권과 면책제도) 및 분쟁 해결 메커니즘 등이 포함된다. 아투행은 2016년 1월 16일 개업한 이래 구속력이 있는 일련의 관리정책규칙과 업무정책규칙을 잇달아 발표하며 관련 업무활동을 효과적으로 지도하고 있다. 발전 초기단계에 있는 아투행은 많은 규칙이 아직까지는 기본 틀만 갖췄다고 할 수 있기에 운영 면에서 공백이 있을 것으로 예상됨으로 앞으로 프로젝트 실행과정에서 조정이 가능하다는 점을 밝혀둘 필요는 있다. 은행이 문화건설, 프로젝트 실행경험을 축적하고, 그 과정에서 세계은행 등 기타 '다자개발은행'과 협력함에 따라 아투행의 정책은 필연적으로 더 풍부해지고 보완되며 세분화될 것이 확실하다.

시진핑 주석이 제기한 '일대일로' 공동건설 제안은 현재 광범위한 국제적 공감대를 이루고 있다. '일대일로' 제안이 안정적이고 장기적인 발전을 이룩하는데 있어서 중요한 하나의 임무는 다자간 메커니즘을 구축하는 일이다. 아투행은 비록 '일대일로'의 전문기구는 아니지만 같은 종류의 국제금융기관과 협동하여 '일대일로' 건설에 적극 참여토록 할 것이여, 연선에 있는 여러 나라의 발전전략과 계획의 상호 연결을 추진할 것이다. 진리췬(金立群) 아투행 총재는 아투행의 대출원칙에 부합되는 '일대일로' 연선 프로젝트에 대해 "아투행은 인프라의 상련상통(互聯互通)을 주요 착안점으로 삼아 대대적인 지원을 아끼지 않을 것"이라고 밝혔다.

이 책의 의의는 "「아투행협정」의 주체 내용 및 아투행의 주요 정책 규칙 절차에 대해 목표 지향적으로 소개하고 분석하며 보완 건의를 제기하는데 있다"고 할 수 있다. 이 책은 아투행의 법규를 체계화하여 법치의 각도에서 개발성 금융자원을 모색하여 인류운명공동체 건설을 위해 봉사하고, 기타 유형 기구들과의 비교를 통해 21세기 신형의 '다자개발은행'으로서 가져야 할 아투행의 독특성과 창조성을 보여주고자 한다. 그래서 이 책은 역사와 이론적 분석은 물론 실무적인 내용도 함께 수록하여, 정부 부처, 실무자, 학계에서 참고자료로 활용할 수 있을 뿐만 아니라 다자개발금융 법률을 이해하는 입문서로도 활용할 수 있도록 할 것이다.

2. 연구문제

이 책의 연구대상은 아투행의 법규체계로서 「아투행협정」을 핵심으로 하는 규범적 효력을 갖춘 대량의 정책과 규칙이 포함된다. '다자개발은행' 70여 년간의 법규 발전사의 시각에서 아투행을 연구하면서 다음과 같은 몇 가지 방면을 이해해야 한다고 필자는 생각한다.

첫째는 아투행의 회사관리제도이다. 아투행은 전통적인 '다자개발은행'의 3층제 관리구조를 계승하였다. 즉 운영위원회(理事會)가 최고 권력을 행사하고, 이사회(董事會)는 운영위원회를 대표하여 권력을 행사하며, 관리위원회가 일상 업무를 책임진다. 그러나 아투행은 구체적인 제도 면에서 적지 않은 혁신을 하였다. 예를 들면 비상주이사제도, 즉 12명의 이사가 전적으로 베이징(北京) 본부에서 근무하는 것이 아니다. 의사결정 메커니즘은 협상을 거쳐 의견일치를 이루는 것을 최우선 선택으로 하고, 정관에 규정된 투표시스템은 후순위 선택이다. 정관에는 세 가지 유형의 투표 결의 메커니즘을 집중적으로 규정지었는데, 즉 단순다수결, 슈퍼다수결, 특별다수결이 그것이다. 그리고 처음으로 창립회원표를 규정하였는데, 즉 매 창립회원은 일반회원 소유의 모든 기본표와 배당표(회원의 출자액에 따라 결정됨)를 가지는 것 외에도 600장의 창립회원표를 가진다. 총재 선임은 운영위원회가 결정하며, 총재 선임과정의 투명성을 강화하고, 총재 인선의 전문성을 강조한다. "준법효능청렴기관 사무총장"(Director General of the Compliance, Effectiveness and Integrity Unit, or DG, CEIU)이라는 직위를 신설하여 이사회를 직접 책임지며, 은행직원의 행위에 대해 책임 감독하며, 관리위원회와 협력하여 아투행 법규의 유효성을 확보하게 한다.

아투행이 상기의 제도를 혁신할 수 있었던 것은 근거 없이 상상해 낸 것이 아니라 '다자개발은행'을 포함한 전통적인 국제금융조직의 경험과 교훈 덕분이다. 그러나 제도의 실천운행 과정에서는 필연적으로 새로운 문제가 생기게 마련이므로 그에 대한 대응 연구가 필요하다고 본다. 비상주이사제도를 예로 들어보기로 하자. 전통적인 '1대 4소' '다자개발은행'은 이사들이 모두 본부에 상주하지만, 아투행은 비상주이사이다. 그들은 원칙적으로 매년 본부로 가서 4차례의 회의를 하도록 규정되어 있다. 즉 겸직인 셈이다. 따라서 관리위원회는 더 많은 책임을 갖게 된다. 그렇기 때문에 어떻게 해야 이사회와 관리위원회 사이의 직권과 책임을 균형 잡아 이사회가 주주를 대표하여 효과적으로 권력을 행사할 수 있도록 하고, 관리위원회가 효율적으로 업무를 보고 독립적으로 책임질 수 있도록 하게 할 것인지는 깊은 연구가 필요한 문제이다. "준법효능청렴기관 사무총장"을 이사회가 임명하도록 한 것은 이러한 문제에 대처하기 위한 혁신적인 시도이다. 그리고 은행관리 면에서 사무총장의 지위와 직책의 범위는 실천과정에서 명확히 해야 한다. 이처럼 사무총장이라는 주요 직책은 아투행 법규와 기준의 유효성을 확보토록 하는데 있는 것이다. 이렇게 되면 전통적인 다자개발금융의 단점과 난제를 해결하게 되어 신형'다자개발은행'으로서 아투행의 독특성과 혁신성을 구현할 수 있게 될 것이다. 그러나 이를 어떻게 실현시켜 나가야 할 것인지는 앞으로 더 탐색해야 한다.

둘째는 아투행의 환경 및 사회책임 프레임이다. '다자개발은행'은 모두 자체환경 및 사회보장정책이라는 특징을 가지고 있다. 이러한 정책은 은행과 차관국에 구속력이 있으며, 프로젝트 현지에 미치는 개발금융의 환경적 또는 사회적 악영향을 예방하고 보상하며, 균형을 잡아주는 데 취지를 두고 있다. 차관국은 프로젝트 대출을 신청할 때, 아투행에 환경 및 사회 평가보고서를 제출해야 하는데 프로젝트가 환경과 사회에 미치는 영향의 심각 정도에 따라 프로젝트를 4개 부류로 나누어 대응조치를 취해야 한다. 아투행 직원은 그 방안에 대한 평가를 거쳐 비준 여부에 대해 의견을 제안하며, 최종적으로 이사회가 비준 결정을 내리게 된다. 아투행의 「환경 및 사회 책임 프레임」에서는 환경 및 사회책임 기준을 3가지 유형(환경 및 사회 책임평가 및 관리·비(非)자원적 이주민 안치·원주민)으로 분류하고 있는데, 세계은행이 새로 개정한 10가지 유형의 기준과 비교하여 보면, 뚜렷한 포괄성과 체계성을 갖추고는 있으나 실천과 발전에 따라 더욱 세분화되어야 할 것이다. 이와 동시에 아투행의 "「환경 및 사회 책임 프레임」"은 다자주의 이행의 본보기라고 할 수 있다. 첫째, 차관국을 포함한 여러 이익 주체가 협상에 참여하는 메커니즘을 강화하여 전통적인 '다자개발은행'의 일방적인 결정방식을 피하도록 하였다. 둘째, 환경과 사회책임 기준의 이행을 중시하여 기준이 실행되지 않음으로 인해 차관국의 현지 이익에 해를 끼치는 것을 피하게 하였다. 사실 세계은행이 새롭게 발표한 「환경 및 사회 책임 프레임」도 이러한 문제를 해결하는 데 중점을 두었다. 따라서 어떻게 해야 체제와 메커니즘의 혁신을 통해 이런 청사진을 확실하게 실행할 것인지에 대해 성패의 사례를 정리하고 이론화해야 할 것이다. 이러한 체제 하에서는 그런 방면에서 노력하려고 시도해야 한다. 현재 아투행은 문책조례를 제정하고 있는데, 이는 은행직원의 규정 위반행위로 인해 프로젝트 현지주민의 이익에 손해를 입힐 수 있는 문제를 겨냥해 법률 제도적 구원책을 마련하고자 하는데 뜻이 있다. 이 책에서는 이 부분에 대해 중점을 두고 서술하고자 한다.

셋째는 아투행의 프로젝트 조달 규칙이다. '다자개발은행'의 조달정책은 그 관할범위가 매우 광범위하다. '다자개발은행'이 독립적으로 융자를 제공하거나 혹은 융자를 주도하는 프로젝트뿐만 아니라 '다자개발은행'이 융자에 참여하는 기타 모든 프로젝트도 포함된다. 따라서 '다자개발은행'의 조달규칙은 국제시장에 큰 영향을 미치게 될 것이며, 시장에서 크게 주목을 받게 될 것이다. 아투행의 조달규칙은 "글로벌을 지향한다"는 원칙을 견지해 회원국 시장에서만 융자를 조달하던 전통적인 '다자개발은행'의 제한적인 방식을 타파하고, 입찰과정의 경쟁성을 강화하여 융자 조달의 질을 높이려는데 있다. 그러한 전제 하에서 연구할 필요가 있는 내용에는 다음과 같은 것들이 포함된다. 즉 비상주이사제도가 공평한 조달을 실현하는데 있어서 갖는 의의, 회원국이 아투행에 특별기금을 설립하는 것이 조달활동에 미치는 영향, 조달활동에서 국유기업의 개인주체적 지위, 프로젝트 소재지의 국가·국내 조달 법률제도를 대체적 조달규칙으로 삼아 적용하는 문제, 조달활동과 관련된 기업신고제도 등이다.

아투행은 「금지행위정책」을 발표하였다. 그 취지는 입찰 또는 조달계약 이행과정에서 나타나는 상업 뇌물수수와 사기행위에 대응하기 위함에 있다. 징계 대상은 7가지 특정 금지행위(뇌물수수, 사기, 공모, 협박, 절도, 자원남용, 조사방해)를 저지르는 상업주체에 한한다. 그러나 이에 참여한 아투행 관원과 차관국의 정부관원(이 두 부류의 인원에 대해서는 아투행 내부 문책 메커니즘과 차관국의 국내법을 각각 적용한다)은 포함하지 않는다. 징계조치에는 기업을 "블랙리스트" (debarment)에 포함시키는 것이 포함된다. 즉 '다자개발은행'이 융자를 제공하는 모든 프로젝트에 일정기간 또는 무기한 참가하지 못하게 하는 것이다. '다자개발은행'은 2010년에 「제재조치 공동이행 협정」을 체결하였는데, "블랙리스트"(debarment)제도의 징계효과가 뚜렷이 증강되어 국제 반부패 협력에 중요한 기여를 하고 있다. 이러한 전제 하에서는 사고해야 할 최전방의 문제가 적지 않다. 여기에는 집단회사를 대상으로 하는 징계범위의 확정, 국내 조사기관과 부패척결 정보를 공유할 경우 면책특권 상실의 법률적 리스크의 유발, 제재결정의 공개로 인해 기업의 사법소송 제기 위험이 초래되는 것 등이 포함된다.

넷째, 국제기구로서 아투행의 면책특권이다. 국제법의 면책제도는 주권국가에서 기인하여 국제기구까지 연장 적용되고 있으며, 회원국을 벗어난 국제기구의 독립성을 수호하기 위하는 데 취지를 두었다. 면책이론은 절대적 면책이론에서 상대적 면책이론으로 발전하고 있다. 그러나 상대적 면책의 경계가 어디인지 하는 문제는 개방적이고 불확실하여 연구해볼 필요가 있다. '다자개발은행'의 각도에서 볼 때, 절대적 면책은 '다자개발은행'의 이익에 부합하며, '다자개발은행'이 활동을 전개함에 필수적인 것(functional necessity)으로 간주되고 있다. 그러나 특정상황에서 면책특권을 포기하는 것(예를 들어 상업계약에 기반을 둔 경제분쟁)이 '다자개발은행'의 이익에 부합한다는 증거가 갈수록 많이 나타나고 있다. 이는 미국 연방법원의 수많은 판례에서 분명히 드러났으며(예를 들어, 1967년의 Lutcher사건, 2009년의 Osseiran사건 등), 또 「아투행협정」 제52조와 「아투행 본부 협정」 제18조에서도 확인되었다. 2016년 4월 캐나다 최고법원은 세계은행 사법면책 사건에 대해 판결을 내렸는데, 이는 이 문제를 연구하는 새로운 중요한 사례가 되었다.

'다자개발은행'이 누릴 수 있는 면책특권은 절대적인 것이 아니라 조건부가 필요하다. 이는 또 다른 각도에서도 논증할 수 있다. '다자개발은행'은 면책특권을 행사할 수 있지만, 그로 인해 피해주체의 정당한 이익청구를 감소시켜서는 안 된다. 그러므로 '다자개발은행'은 효과적인 분쟁 해결 메커니즘을 구축하여 피해주체의 권익이 제때에 충분한 법적구제를 받을 수 있도록 확보해야 한다. 다시 말하면 이러한 분쟁해결 메커니즘이 존재하지 않거나 혹은 관련제도가 피해자의 권익을 효과적으로 보장할 수 없다면, 국내법원은 피해자의 요구를 고려하여 피해자에게 사법적으로 구제할 수 있는 틀을 제공해야 한다. 그러므로 '다자개발은행'에 있어서 이러한 분쟁해결 메커니즘을 수립하는 것은 사법소송을 피하기 위한 필요한 조건이다.

다섯째, 아투행의 분쟁해결 메커니즘이다. '다자개발은행'에는 세계무역기구(WTO)와 같은 통일된 분쟁해결기구가 없다. 매 개의 '다자개발은행'마다 모두 독립적인 분쟁해결기구를 가지고 있으며, 게다가 각기 다른 분쟁사항에 대비하여 각기 다른 분쟁해결기구를 설립하고 있다. 그렇기 때문에 '다자개발은행'의 분쟁 해결 메커니즘은 총체적으로는 파편화와 행정화의 색채를 띠고 있다. 그러나 사법화 추세는 줄곧 존재해왔다. 사법화는 '다자개발은행'의 두 가지 대표적인 분쟁해결 메커니즘, 즉 문책 메커니즘과 상업제재 메커니즘에서 모두 구현된다. 문책 메커니즘 하에서는 심사단이 작성한 조사제안보고서에 대해 이사회가 원칙적으로 찬성함으로써 심사단의 독립성을 강화하였다. 상업제재 메커니즘 하에서는 2심 종심 메커니즘을 점차 수립함과 동시에 2심 심리원의 외부성과 독립성을 강화하였다.

상기의 두 가지 대표적인 분쟁해결 메커니즘 외에 기타 유형의 분쟁해결 메커니즘도 이 책에서 연구하게 될 중요한 내용이다. 그 내용에는 '다자개발은행'의 대외적 상업 활동(예를 들면 자본시장에서의 증권거래, 사무설비의 임대 또는 구입)의 전개과정에서 발생하는 분쟁 해결 메커니즘, 은행과 직원 간의 노동분쟁, 「아투행협정」의 구체 조항 해석을 둘러싼 은행회원 간의 분쟁, 은행의 해체 또는 회원의 탈퇴로 인해 발생한 분쟁, 그리고 주권 채무로 인한 분쟁 등이 포함된다. 더 큰 범주에서 말하면 분쟁 해결 메커니즘은 또 국제법의 집행문제로서 국제금융법의 "소프트 로우(soft law, 軟法, 국가가 강제력을 통해 실시한 법률규범을 보증하는 것을 운용할 수 없도록 하는 것을 말함—역자 주)의 경화(硬化)"를 위한 새로운 구상을 제공할 수 있다.

3. 구상, 방법 및 특징

다자주의 시각에서 아투행 법규제도의 특징과 혁신을 제시한 것이 이 책의 일관된 기본 구상이다. "네 가지 관조"를 통해 실행에 옮긴 것이다. 즉 같은 종류의 조직을 관조하고, 그들의 발전역사를 관조하며, 개발도상국을 관조하고, 구체적인 문제들을 관조하는 것이다. "같은 종류의 조직을 관조한다는 것"은 이 책에서 '1대 4소' '다자개발은행'을 포함한 국제기구의 법규체계를 두루 섭렵하면서 아투행 법규가 전통적인 국제기구법에 대해 계승하고 혁신하였음을 부각시키고 있음을 가리킨다. "발전역사를 관조한다는 것"은 '다자개발은행'의 법규 발전사를 깊이 연구하고 역사를 거울로 삼아 다자주의가 국제금융조직 법규발전의 성패와 득실에 주는 영향을 고찰하는 것을 말한다. "개발도상국을 관조한다는 것"은 다자주의 원칙을 견지해야 하는 현실적인 필요성이다. 한편으로 구미 서양국가가 주도하는 전통적인 국제기구는 대표성이 결여되어 있어 꾸준한 개혁을 통해 신흥시장국가와 개발도상국가의 발언권을 증강시킬 필요가 있고, 다른 한편으로는 아투행이 "개발도상국을 관조한다는 것"을 업무전개의 사명으로 삼고 있으면서 이를 법규체계에서 충분히 구현해야 한다. "구체적인 문제를 관조한다는 것"은 이 책에서 문제 지향적 원칙을 견지하면서 아투행 및 '다자개발은행' 전체에 체계적인 영향을 미치는 몇 가지 법규제목에 주목하여 '서술'이 아닌 의사결정에 대한 자문에 역점을 둔다는 것을 가리킨다. 이 책의 연구방법에는 주로 세 가지가 있다.

첫째, 비교연구방법.

'다자개발은행'은 모두 각자 독립적인 규칙체계와 실천특징을 갖고 있으며, 동시에 서로 참고로 삼으면서 최근 몇 년간 규칙에 대한 융합과 공동융자에 관 법규의 실천 등 면에서 꾸준히 강화하고 있다. 그들 간의 규칙과 법규의 실천을 비교해보면 아투행에 참고가 될 수 있을 것이다.

둘째, 역사연구방법.

'다자개발은행'은 모두 각자 서로 다른 시대적 사명, 발전역사, 경험교훈을 갖고 있으며, 그 법규체계와 함께 꾸준히 변화 발전하고 있다. 이들 은행의 법규 발전사에 대한 연구를 통해 아투행 법규의 발전에 대해 정확한 분석과 판단 및 예측을 하는데 도움이 될 것으로 본다.

셋째, 정치경제학 연구방법.

국제규칙의 변화와 발전은 국가실력의 비교와 국제질서의 변화에서 기인한다. 그렇기 때문에 아투행 법규에 대한 연구는 정치경제학 연구방법을 떠날 수 없다. 아투행은 2008년 금융위기 이후 국제질서에 심각한 변혁이 발생한 시대적 배경에서 생겨나 인류운명공동체를 구축하는 중요한 플랫폼이 되었으며, 중국의 '일대일로' 전략을 포함한 여러 나라 발전전략과 연결시키는데 주력하고 있다. 따라서 이 책에서는 법규제도의 배치에 대한 연구에 주력할 필요가 있다.

이 책의 특징은 다음과 같다.

첫째, 글로벌 거버넌스 변혁의 배경에서 아투행에 대해 연구한다. 기존의 국제질서는 제2차 세계대전 종전 후 세계평화와 발전에 기여하였지만, 대표성과 민주성이 부족했다. 아투행은 국제질서가 공평하고 공정한 방향으로 변화하는 수요에 순응하여 21세기 신형 '다자개발은행'으로서의 자체적인 독특성과 혁신성을 보여주었다. 2015년 12월 25일 발효한 「아투행협정」은 법규체계가 아직 발전초기에 있어 꾸준한 보완과 보충 및 세분화가 필요하다. 이 책은 아투행 법규의 발전에 밀접히 주목하면서 아투행이 국제질서의 개혁에 참여할 수 있도록 돕고자 한다.

둘째, 다자주의 시각에서 아투행의 법규를 자세히 살펴보았다. 다자주의 시각을 통해 방대하고 복잡한 아투행의 법률규칙을 체계화하고, 또 그 시각으로 아투행의 법규를 살펴보면 기존의 '다자개발은행' 법규체계와는 다른 아투행 법규의 특색과 혁신된 점을 더욱 잘 드러내 보여줄 수 있다. 다자주의는 개발도상국을 관조하는 데서 구현될 뿐만 아니라 프로젝트 소재지 개발도상국의 여러 이익 주체를 관조하는 데서도 구현되며, 아투행의 「환경 및 사회책임 프레임」에서도 두드러지게 구현된다.

셋째, 구체적인 문제를 지향점으로 하여 공법(公法)과 사법(私法)의 내용을 효과적으로 융합시켰다. 전통적인 관점에 따르면, 국제기구법은 공법의 범주에 속하고 프로젝트 조달, 투자 및 융자 등의 상업법규는 사법의 범주에 속한다. 이 책에서는 다자주의 사고방식을 지침으로 문제지향의 원칙에 따라 공법에 대한 연구를 위주로 하면서 사법의 내용도 고루 연구하였다.

4. 주요 내용

이 책의 주요 부분은 5개 부분 총 10장으로 구성되어 있다. 제1부분의 표제는 "다자주의를 지침으로 하는 아투행"이며 이 책의 총론부분으로서 제1장 "다자주의를 지침으로 하는 아투행", 제2장 "아투행: 정관에서 기준까지" 두 개의 장절이 포함된다. "다자주의"라는 단어가 이 책의 영혼이 되는 동시에 신형 '다자개발은행'인 아투행의 영혼이기도 하다고 필자는 생각한다. 제2부분은 "아투행 융자 메커니즘"인데 제3장 "아투행 채권 융자 메커니즘"과 제4장 "아투행 공동융자 메커니즘" 두 개의 장절이 포함된다. 제3부분은 "아투행 조달 메커니즘"인데 제5장 "'다자개발은행' 프로젝트 조달: 아투행의 시각"을 하나의 장절로 구성하였다. 제4부분은 "아투행의 면책특권"인데, 여기에는 제6장 "'다자개발은행'의 면책특권 개요: 아투행의 시각"과 제7장 "'다자개발은행'의 면책특권 범위와 도전 및 균형" 등 두 개의 장절이 포함된다. 제5부분은 "아투행 분쟁 해결 메커니즘"인데, 제8장 "'다자개발은행' 분쟁해결 개요", 제9장 "'다자개발은행' 문책 메커니즘: 아투행의 시각", 제10장 "'다자개발은행' 제재 메커니즘: 아투행의 시각" 등 세 개의 장절이 포함된다. 아래에서는 위에서 말한 총 10장의 주요 내용에 대해 각각 종합적으로 서술하였다.

제1장 "다자주의를 지침으로 하는 아투행".

아투행은 처음으로 중국이 창의하고 주도한 '다자개발은행'이다. 아투행의 성공은 다자주의원칙을 따르는데 있다. 그러나 아투행이 구현하는 중국식 다자주의는 미국이 주장하는 다자주의와는 다르다. 브레턴우즈체제에 뿌리를 둔 미국식 다자주의는 세계경제 분야에서 미국의 지도력을 강화하고 미국의 패권적 지위를 확립하였다. 중국은 패권국가가 아니며 또 아투행을 통해 기존의 글로벌 질서에 도발할 의향도 없다. 실제로 아투행의 포지셔닝은 기존의 다자개발금융체계를 보충하려고 하는 것이다. 이와 동시에 중국이 주장하는 다자주의는 글로벌 거버넌스의 수준을 개선하여 글로벌 거버넌스에서 개발도상국의 대표성이 부족한 결함을 메우는 데 유리하다. 아투행의 제안은 중국 국내개혁의 수요에 부합하고, 또 중국이 글로벌 거버넌스에 더욱 적극 참여할 것을 요구하는 국제사회의 목소리에 순응하는 것이기도 하다. 아투행의 다자주의 실천은 정관과 규칙에서 실행될 뿐만 아니라 환경과 사회책임 기준에서도 충분히 구현되고 있다.

제2장 "아투행: 정관에서 기준까지".

제2차 세계대전 종전 후 글로벌 금융기구의 실천경험을 주로 참고하여 세 가지 관건적 문제로부터 착수하여 아투행의 법규에 대해 해석하였다. 즉 자본 배당액과 의사결정 메커니즘, 조직과 관리구조 및 보장정책과 기준문제가 그것이다. 자본 배당액과 의사결정 메커니즘 부분에서는 GDP 배당액의 공식을 바탕으로 아투행에서 중국의 주도적 위치를 확보하고, 아투행의 혁신적인 투표권 메커니즘이 회원국들의 발언권을 효과적으로 수호하였으며, 아투행은 유연한 '합의방식'으로 의사결정을 한다. 조직과 관리구조 부분에서 아투행의 이사 선출 메커니즘과 총재 선출 메커니즘은 개방적 지역주의 원칙에 따르고, 세계은행이나 국제통화기금의 옛 방식을 따르지는 않는다. 정관에 대한 해석과 개정절차는 기구의 운영효율을 높이는데 유리하다. 보장정책과 기준문제에서 아투행은 세계은행의 「환경 및 사회책임 프레임」(2014년 7월 초안)을 참조하고 관련 기준은 신흥 의제, 회원국의 국정, 프로젝트 소재 지역사회의 이익을 관조하였으며, 기준의 실시효과를 중시하였다.

제3장 "아투행 채권 융자 메커니즘".

아투행은 설립 후 투·융자 업무를 전개해야 하는데, 그 자금의 원천은 국제 자본시장에서 발행하는 채권이 위주이다. 세계은행은 70년에 가까운 채권융자경험을 갖고 있는데, 그 채권 발행 메커니즘은 아투행에 시범적 의의가 있다. 아투행은 '다자개발은행' 채권융자의 일반적인 장점을 갖고 있다. 아투행은 마땅히 녹색 채권을 적극 발전시켜 아투행 운영의 녹색이념을 구현해야 하고, 위안화 채권을 적극 발전시켜 위안화의 국제화에 힘을 보태야 하며, 비핵심통화채권의 발전을 중시하여 '일대일로' 연선 국가의 인프라 건설을 추진해야 하고, 중국 금융 인프라 및 관련 금융기관은 마땅히 아투행 채권 발행과정에 깊이 참여해야 한다.

제4장 "아투행의 공동융자 메커니즘".

아투행은 설립 후 공동융자 업무를 전개함으로서 더욱 많은 긴급자금을 동원하여 역내 인프라 건설에 투자해야 한다. 기존의 국제금융기구 중 국제금융공사(IFC)가 공동융자 면에서 실천경험이 가장 풍부한데, 그 3대 공동융자 모델은 아투행에 대하여 참고적 의의가 있다. 아투행은 개방적인 자세로 공동융자 협력기구를 꾸준히 확대해 나가면서 세계적 범위에서 우선 채권자의 지위를 확립해야 하며, 공동융자 조건과 절차를 간소화하고 공동융자 업무모델을 혁신하여 "최고의 실천"과 구별되는 "차세대 실천"을 개척해야 한다.

제5장 "'다자개발은행' 프로젝트의 조달: 아투행의 시각".

'다자개발은행'은 모두 자체 투자프로젝트의 조달활동을 규범화하기 위한 각자의 조달규칙을 가지고 있다. 본 장에서는 '다자개발은행'의 핵심 조달원칙과 기준에 관건적인 영향을 주는 5가지 제도배치에 대하여 연구하였다. 그 5가지 제도배치는 다음과 같다. 기존 '다자개발은행'의 집행이사회제도와 비교하여 아투행 비상주이사회제도가 조달규칙에 미치는 영향, '다자개발은행'의 프로젝트 조달에서 신탁기금이 일으키는 역할, '다자개발은행' 프로젝트 조달에서 국유기업의 개인주체 지위, '다자개발은행'의 대체적 조달제도 배치, 조달 관련 제소 및 분쟁 해결 메커니즘 등이다. 본장에서는 세계은행, 지역 '다자개발은행' 및 세계무역기구의 조달 법규와 실천에 대해 비교 분석하였을 뿐만 아니라 미국이 자국기업의 '다자개발은행' 프로젝트 조달 참여를 추진하는 방법에 대해서도 연구하였다. 본 장에서는 이들 제도배치 배후의 메커니즘을 밝히고 '다자개발은행'의 조달효과의 보완에 대해서도 건의를 제기하였다. 본장의 연구에서 필자는 중국이 주도하는 아투행의 조달법규에 특히 주목하였다.

제6장 "'다자개발은행'의 면책특권 개요: 아투행의 시각".

제2차 세계대전 종전 이래 '다자개발은행'은 개발도상국의 경제발전을 추진하는 중요한 역할을 맡아왔다. 면책특권 이론에 따라 '다자개발은행'은 국내법원의 관할을 받지 않게 됨으로써 은행의 운영이 유력하게 보장되었다. 본장에서는 '다자개발은행' 면책특권의 이론적 근원과 실천적 적용에 대해 평가 분석하였으며, 그러한 면책특권의 요구는 절대적인 것이 아니라 제한적인 것이어야 한다고 주장하고 있다. 아투행 업무의 전개는 면책특권에 대한 회원국들의 존중에 의존하는 수밖에 없으며, 아투행이 약속한 높은 기준은 그 영향을 받는 개인주체가 공평한 구제를 받을 수 있도록 보장할 것을 요구한다.

제7장 "'다자개발은행'의 면책특권 범위와 도전 및 균형".

'다자개발은행'은 국내 관할 면책특권 혜택을 누리면서 독립적이고 정상적인 운영을 보장 받을 수 있다. 면책특권의 적용범위는 매우 광범위하지만, 이와 동시에 국내 사법체계의 질의와 도전도 끊이지 않는다. 문제의 관건은 '다자개발은행'의 면책특권으로 인해 은행의 영향을 받는 개인주체가 구제를 받을 수 있는 정상적인 경로가 차단된 것이며, 개인주체가 공정한 재판을 받는 것은 '다자개발은행'이 면책특권의 혜택을 누릴 수 있는 중요한 조건이다. 이를 위해 '다자개발은행'은 각기 다른 분쟁에 대비한 내부분쟁 해결 메커니즘을 구축하였는데, 그중에서 본보기가 되는 것이 문책 메커니즘과 행정법정이다. 아투행은 공정하고 고효율적인 내부분쟁의 해결 메커니즘을 구축해야만 약속한 높은 기준을 실현할 수 있다.

제8장 "'다자개발은행'의 분쟁해결 개요".

'다자개발은행'은 분쟁을 회피하고 발생한 분쟁에 대해서는 내부결재를 실시하는 경향이 있다. 그들은 엄격한 사법적 분쟁해결 메커니즘을 적용하는 것에 반대한다. 그러므로 '다자개발은행'의 분쟁해결 메커니즘은 본질적으로 행정법적인 성격을 띠고 있다. 그러나 특수한 경우에는 정관이나 계약에 따라 사법절차나 중재절차를 적용할 수 있다. '다자개발은행'의 분쟁 해결 메커니즘은 통일성이 없다. 여러 '다자개발은행'이 각자의 분쟁해결 메커니즘을 실시하고 있을 뿐만 아니라 동일 '다자개발은행' 내부에서도 각기 다른 사항에 대하여 각기 다른 분쟁 해결 메커니즘을 적용하고 있다. 이러한 메커니즘은 '다자개발은행'에 의해 설립되었지만 그 관리위원회로부터 독립되어 있다. 이들 메커니즘은 분쟁해결에서 양호한 기록을 남겼는데, 국제금융의 소프트로 속성을 고려하였을 때 이는 매우 얻기 어려운 결과이다. 아투행은 처음으로 중국이 발기하고 창설한 '다자개발은행'으로 뚜렷한 아시아적 특색을 띠고 있다. 아투행이 약속한 높은 기준은 오로지 공정하고 효과적인 분쟁해결 메커니즘을 통해서야만 실현될 수 있다.

제9장 "'다자개발은행'의 문책 메커니즘: 아투행의 시각".

'다자개발은행' 분쟁해결의 틀 안에서 문책 메커니즘은 매우 중요한 구성부분이다. '다자개발은행'에는 제소를 처리할 법규적 의무가 있다. 그러한 제소의 원천은 프로젝트가 현지에 미치는 환경적, 사회적 악영향이다. 여기에는 강제이주, 인권침해 등의 문제가 포함된다. 문책 메커니즘 하에서 '다자개발은행'은 직원이 프로젝트의 설계와 평가 혹은 실행과 관련된 운영정책 및 절차 규정을 준수하였는지 또는 위반하였는지의 여부를 평가할 필요가 있다. 1993년부터 세계은행은 공신력 있는 문책 메커니즘과 문화를 점차적으로 구축해왔다. 아투행은 세계은행 감사단의 경험을 거울로 삼아 공정하고 효과적인 문책 메커니즘을 구축하는데 주력해야 한다.

제10장 "'다자개발은행' 제재 메커니즘: 아투행의 시각".

'다자개발은행'의 분쟁해결 과정에서 제재 메커니즘은 매우 중요한 구성부분이다. 이는 '다자개발은행'의 투자프로젝트 중의 상업부패와 관련된 국제법 문제와 연결되며 빈곤퇴치와 부패척결의 이중목표를 겸하고 있다. 아투행은 부패에 대한 무관용을 주장하면서 2015년 설립 후 얼마 안 되어 자체 부패척결규칙, 즉「금지행위정책」을 제정하였다. 아투행의 제재 메커니즘은 전반적으로 국제 최고기준에 도달하였으며, 또 일부 면에서는 기타 '다자개발은행'보다 우월하다. 동시에 아투행 제재 메커니즘은 복잡한 법률조항과 세칙이 아니라 하나의 총체적인 프레임이다. 아투행이 영업을 개시하고 경험을 축적하며 세계은행 및 기타 '다자개발은행'과 긴밀히 협력하는 과정에서 아투행의 제재 메커니즘은 꾸준히 충실해지고 세분화되며 개선될 것이다. 그 과정에서 여러 '다자개발은행'은 각자 유익한 방법을 서로 참고하게 될 것이다. 우리는 아투행이 상업제재 메커니즘에 새로운 기여를 하기를 기대하고 환영한다.

제1부분
다자주의를 지침으로 하는
아투행

제1장
다자주의를 지침으로 하는 아투행

1. 서론

아시아인프라투자은행("아투행")은 중국이 처음으로 제안하고 주도한 '다자개발은행'이다. 2015년 12월 25일 창립된 이래 아투행 회원은 57개 창립회원과 23개 신규가입회원을 포함하여 총 80개에 달하고 있으며,[1] 회원규모에서 일본이 주도하는 아시아개발은행을 추월하였다.[2] 지금까지 미국과 일본은 아투행에 대한 태도가 애매한 유일한 두 개의 주요 서양대국이다. 아투행의 신규회원이 꾸준히 늘어나고 있는 것은 그 영향력이 세계적 범위에서 인정을 받고 있음을 보여준다. 아투행이 성공적으로 출발할 수 있은 데는 아투행이 창도하는 다자주의가 큰 공을 세웠다. 다자주의란 정치학자 존 러기(John G.

---

1) 57개 창립회원 중 5개 회원이 아직 국내 비준 절차를 마치지 못하였기 때문에 정확하게 말하면 이들을 의향성 창립회원이라고 부른다. 여기에는 쿠웨이트·말레이시아(역내 회원), 그리고 브라질·남아프리카공화국, 스페인(역외 회원)이 포함된다. 이밖에 23개의 신규 가입 회원은 다수가 의향성 회원이다. 즉 다시 말하면 아투행 운영위원회가 이들 회원 정부의 신청을 비준 결정하였지만 이들 회원 내부 입법기관이 아직 비준절차를 완성하지 못한 것이다. AIIB, "Bank further expands its membership", May 13, 2017, https://www.aiib.org/en/news-events/ news/2017/20170513 _001.html, visited may 15, 2017, Also AIIB, "Members and prospective members of the bank", https://www.aiib.org/en/about-aiib/governance/members-of-bank/index.html, visited may 15, 2017.
2) 아시아개발은행은 1966년에 설립되었으며 현재 67개의 회원국을 보유하고 있다. http://www.adb. org/about/members 참조, 방문시간: 2016년 3월 28일.

Ruggie)의 정의에 다르면,[3] 일반화된 행위원칙을 기반으로 하여 형성된 3개 이상 국가 간의 관계를 조율하는 제도적 조치를 가리킨다. 이런 행위원칙은 모종 행위의 적당한 규범을 규정하고 있지만, 당사국의 특수 이익이나 특정사건에 존재하는 특수 상황은 고려하지 않는다. 다자주의는 불가분성과 확산적 호혜성에 대한 기대라는 두 가지 필연적인 결과를 낳는다.[4]

다자주의는 글로벌 메커니즘의 구축과정에서 지지를 얻어내는 효과적인 수단으로 광범위하게 인정받고 있다. 다자주의는 한편으로는 중소국가의 발언권을 키워주고, 다른 한편으로는 대국을 상대로 기율과 국제적 의무를 부과하고 있다. 다자주의는 글로벌 메커니즘을 합법화하고, 국제관계의 민주화에 조력하며, 이상 속의 투명하고 예측 가능하며, 지속 가능한 글로벌체계를 구축하는 데 이롭다.

아투행의 운영이념은 "정예(精銳)·청렴·녹색"이다. 이 또한 아투행의 기본 원칙이기도 하다. 진리췬(金立群) 아투행 총재는 이 세 이념에 대해 다음과 같이 정의하였다. "이른바 '정예'란 소규모이면서 고효율적인 관리단체 및 고도로 전문화된 직원의 대오(隊伍)를 가리킨다. '청렴'이란 아투행이 도덕건설을 중시하고, 부패에 대한 무관용을 실시한다는 것을 가리킨다. '녹색'이란 아투행이 환경을 존중하는 기

3) John Gerard Ruggie, Multilateralism: the anatomy of an institution, International Organization, Vol. 46, No. 3, Summer, 1992, p. 571.
4) John Gerard Ruggie, Multilateralism: the anatomy of an institution, International Organization, Vol. 46, No. 3, Summer, 1992, p. 571.

관심을 가리킨다."[5] 아투행 회원들이 "정예·청렴·녹색"에 대해 정중히 약속함으로 인해 인프라 융자활동이 하나의 유기적인 전일체가 되었으며, 아투행 회원 간에 '확산적 호혜'에 대한 기대가 형성되었다. 다시 말하면 시간이 흐름에 따라 총체적으로 아투행 회원 간에 대체로 동등한 이익이 생겨나게 되는 것이다.

2. 중국은 왜 다자주의로 전향하였는가?: 역사적 고찰

중국은 2013년에 처음으로 아투행 창립을 제안하고,[6] 그때부터 아투행의 발전을 주도해왔다. 외부에서 아투행에 대해 가장 크게 오해하는 것은 "아투행이 중국의 외교정책수단으로 전락될 것"이라는 점이었다.[7] 그런데 문제는 중국이 왜 양자 간 원조를 실시하면서 독점을 유지하지 않고 의사결정권을 다자 메커니즘에 양도하였을까 하는 데에 있었다.

역사적으로 볼 때, 중국은 양자 간 원조에 습관이 되어 있었다.[8] 원조국 입장에서 말하면 양자 간의 원조가 갖는 장점은 자금의 흐름과 용도를 더 잘 통제할 수 있다는 점과 원조를 받는 나라로부터 더 많

---

5) AIIB, "What is the AIIB", https://www.aiib.org/en/about-aiib/index. html, visited March 28, 2016. 아투행이 주장하는 '녹색' 개념은 개방적 포용적 개념으로서 「아투행 에너지투자전략」에서 집중적으로 구현된다. 구빈(顧賓), 「아투행, 지속가능한 인프라의 '추진기'」, 영국 『파이낸셜타임스(Financial Times)』 중문사이트 2017년 6월 28일 참조.
6) 2013년 10월, 시진핑 중국 국가주석과 리커창(李克强) 총리가 각각 동남아 국가를 방문할 때 아투행 창의를 제기하였다.
7) 아투행이 업무계획을 발표하자 그런 헛소문은 저절로 자취를 감추었다. 파이낸셜타임스(Financial Times), "China Plays Ball with its Development Lending", March 22, 2016.
8) 중국의 외교 정책이 양자에서 다자로 전향한 것과 관련된 흥미로운 관찰 보고서가 있다. Swaran Singh, "China's quest for Multilateralism: Perspectives from India", Selected Papers of Beijing Forum, 2005 참조.

은 수익을 얻을 수 있다는 데 있다.[9] 중국이 다자주의로 돌아선 주된 요인은 역사적 교훈에 있다. 국제질서 변화의 역사적 흐름 속에서 다자주의를 견지하는 것은 성공하는 자가 성공할 수 있다는 이유에서다. 반면에 다자주의의 부족함은 실패자가 실패할 수밖에 없다는 이유이다.

(1) 성공한 다자주의: 제2차 세계대전 종전 후 브레턴우즈체제의 수립

2차 세계대전 종전 후 글로벌 경제 거버넌스에 나타난 최초의 가장 눈부신 다자주의체제가 바로 브레턴우즈체제[10]이다. 그때 당시 종전 후 글로벌 경제질서의 설계는 쇠락해가는 영국과 부상하는 미국 두 주요 대국의 손에 장악되어 있었다. 양국은 다 종전 후 질서의 설계를 주도할 수 있기를 갈망하고 있었으며, 또 양국은 각자의 장점을 갖고 있었다. 즉 20세기 가장 위대한 경제학자였던 존 메이너드 케인스(John Maynard Keynes)가 이끄는 영국의 협상단체는 '최강의 두뇌'를 갖고 있었고, 해리 덱스터 화이트(Harry Dexter White) 수석대표가 이끄는 미국의 협상단체는 '돈주머니'를 장악하고 있었다.[11]

---

9) Rebecca M. Nelson, "Multilateral Development Banks: Overview and Issues for Congress", Congressional Research Service(CRS) Report R41170, November 8, 2013, p. 16.

10) 브레턴우즈체제 : 미국 달러를 주거래 통화로 삼고 고정환율제를 골격으로 하는 2차 세계대전 이후 의 국제금융 질서를 말한다. 미국 달러만이 금과 일정한 비율로 바꿀 수 있고, 각국 통화가치는 미국 달러와 비율을 정하는 체제이다. 브레턴우즈 체제는 1944년 7월 미국 뉴햄프셔주 브레턴우즈에서 체결된 국제협정을 계기로 형성됐다. 금태환제와 고정환율제를 골격으로 하는데 달러화를 금 1온스당 35달러로 고정시키고, 항시 금과 교환이 가능하도록 했다. 미국 달러화만이 금과 일정 교환비율을 유지한 셈이다. 이 협정에서 국제통화와 금융제도 안정을 위해 국제통화기금(IMF)과 세계은행으로 대표되는 국제기구도 설립됐다.

11) James M. Boughton, "Why White, Not Keynes? Inventing the Postwar International Monetary System", IMF Working Paper (WP/02/52), March 2002, p. 3.

[1944년, 화이트(좌)와 케인스가 브레턴우즈회의에서. 사진 출처: 위키백과]

화이트는 두 차례의 세계대전 기간에 영국과 미국 간에 달러화와 파운드화 환율문제에 관한 분쟁을 해결하였으며, 그 후부터 그는 다자주의에 대한 확신을 갖게 되었다.[12] 분쟁을 해결하기 위해 화이트는 영국·미국·프랑스 사이에서 '3자 협정'을 창도하였는데, 그 협정은 프랑화의 평가절하 폭을 효과적으로 제한하였고, 나아가 파운드화의

---

12) James M. Boughton, "Why White, Not Keynes? Inventing the Postwar International Monetary System" , IMF Working Paper (WP/02/52), March 2002, pp. 8-9.

평가절하 폭을 제한하여 국제무역 안정에 유리한 통화체제를 실현하였다. 이번 경험을 통해 화이트는 다자협정이 양자협상보다 더 유리하다는 점을 확신하게 되었다. 화이트가 종전 후 경제 질서를 협상하는 자리에서 케인즈를 만났을 때 그의 아이디어가 중요한 역할을 하였다. 케인스는 대영제국의 수호자로서 다자주의에 반대하였다. 그는 제국 내부에서와 미국과 양자관계에서의 핵심적인 역할을 통해 영국의 특수적 지위를 유지하고자 하였다. 그러한 이유에서 그는 영국과 미국 두 창시 국가 간의 협정을 중심으로 종전 후 세계구도를 설계하는데 찬성하였다. 그 세계구도란 즉 관리 층과 투표권이 영국과 미국에 영구적으로 귀속되고 본부는 런던에 둔다는 것이었다.[13] 그러나 화이트는 다른 견해를 가지고 있었다. 그는 영국에 대한 양자의 대출은 영국의 문제를 해결하는 데 뚜렷한 도움을 주지 못할 것이라고 주장하였다.[14] 그리고 이와 반대로 국제무역과 통화문제에 관한 다자주의 배치는 세계무역과 투자의 확대에 필요한 유리한 조건을 제공할 것이고, 실제적인 도움을 줄 것이라고 화이트는 주장하였다.[15] 그런 원인에서 비롯하여 화이트는 국제통화기금(IMF)과 세계은행이 영국에는 양자 원조를 제공하는 것보다 더 효과적인 대체 방안이라고 주

---

13) James M. Boughton, "Why White, Not Keynes? Inventing the Postwar International Monetary System", IMF Working Paper (WP/02/52), March 2002, p. 14.

14) 어쩌면 화이트의 협상 입장 배경에 깔린 진실하고 더욱 근본적인 원인은 제2차 세계대전 종전 후 영국과 미국이 합작하여 영국의 제국주의 입장을 수호하는 것에 대한 미국 대중의 불만 정서였을 수도 있다. 헨리 키신저(Henry Kissinger), Diplomacy, New York: Simon & Schuster Paperbacks, 1994, pp. 420-421 참조.

15) James M. Boughton, "Why White, Not Keynes? Inventing the Postwar International Monetary System", IMF Working Paper (WP/02/52), March 2002, p. 13; quoting Harry D. White, "The Monetary Fund: Some Cricisms Examined", 23 Foreign Affairs(1945), p. 207, pp. 195-210.

장하였다. 결국 미국은 자국의 '돈주머니' 효과를 극대화할 수 있는 두뇌에 힘입어 브레턴우즈체제의 설계와 발전을 주도할 수 있었고, 영국의 방안은 오래 전에 이미 시대에 뒤처져 있었다. 이 사례에서는 화이트의 방안이 구현한 다자주의가 성공을 거둔 경우였다.

(2) 실패한 다자주의: 1997년 아시아통화기금의 제안

1997년 아시아 금융위기 기간에 일본이 제안한 아시아통화기금 (AMF)은 실패한 다자주의 사례로서 같은 실수를 반복하지 않기 위해서 연구할 필요가 있다. 위기가 닥쳤을 때 국제통화기금(IMF)은 늑장 대응하였고, 구제금융에 대한 조건을 까다롭게 함으로써 위기국가의 재난만 가중시켰을 뿐 문제를 해결하려는 처음의 뜻은 이루지를 못하였다.[16] 아시아의 국민들은 국제통화기금의 행위에 대해 점차 불만을 느끼게 되었다. 1997년 8월 태국을 지원하고자 열린 회의에서 일본은 아시아의 여러 경제체를 동원하여 지지를 얻어내고 1000억 달러 규모의 아시아판 통화기금을 창설할 것을 제안하여 미국과 IMF에 대한 의존에서 벗어나고자 하였다.[17] AMF 창설목적은 위기가 터진

---

16) IMF는 차관국에 금리인상·정부지출삭감·세금인상 및 정치·경제 개혁 등 부가조건을 포함한 구조적 개혁을 실시할 것을 요구한다. 그리고 그런 각박한 조건들은 아시아의 경기 침체만 더욱 재촉할 뿐이다. Jodrph E. Stiglitz, Globalization and Its Discontents, New York: W. W. Norton & Company, Inc. Norton, 2002, pp. 95-98.

17) 어떤 학자들은 최초 아시아통화기금 구상을 지지한 아시아 경제체로는 중국·중국홍콩·일본·한국·오스트레일리아·인도네시아·말레이시아·싱가포르·태국·필리핀이었다고 주장하고 있다. Phillip Lipscy, Japan's Asian Monetary Fund Proposal, Stanford Journal of East Asian Affairs, p. 95 참조. 그러나 필자가 그때 당시 IMF 상주 중국측 집행 이사였던 장즈샹(張志驤) 교수를 인터뷰한 데 따르면 그 과정에 직접 참여한 장 교수는 중국이 처음부터 아시아통화기금의 제안에 반대하였다고 밝혔다. Stanford Journal of East Asian Affairs 3 (Spring 2003): 93-104.

뒤에야 자금을 모으는 것이 아니라, 위기가 터지기 전에 구제기금을 마련하기 위하는데 있었다. 그러나 일본이 제안한 AMF는 미국과 IMF 의 강력한 반대에 부딪쳤고 그 해 말에 철회되고 말았다.

　AMF의 실패가 얼핏 보기에는 AMF가 IMF를 대체할 것이라는 미국의 우려 때문인 것처럼 보일 수 있었고,[18] 또 미국이 IMF 대출조건의 이행을 통해 아시아국가의 국내개혁을 통제해야 했기 때문인 것처럼 볼 수도 있었다. 그러나 AMF의 제안을 좀 더 깊이 들여다보면 우선 일본이 제안의 실패에 책임져야 한다. 일본이 AMF을 제안한 것은 오로지 자국의 이익만을 위한 구상에서였다. 첫째, 일본은 동아시아 경제체들과 무역과 투자관계가 가장 밀접하여 일본은행은 동아시아 경제체의 위험에 심각하게 노출되어 있었다. 이 때문에 일본의 제안은 주변국 범위에만 국한되었고 다른 지역으로 확대되지 못했다. 이런 협애한 태도는 일본이 1966년에 아시아개발은행을 설립할 때의 개방적인 태도와는 전혀 달랐으며, 중국이 아투행 창립을 제안한 것과도 명확한 대조를 이루었다.[19] 결국 AMF는 오스트레일리아 등 주요 국가들의 지지를 잃고 말았다. 미국이 "당근과 채찍을 동시에 쓰는 조치"를 취하는 바람에 오스트레일리아가 물러섰던 것이다.[20] 그 사례의 교훈은 일본이 다자주의 이념을 실천하지 않고, 또 그 효과를 극대

---

18) Joseph E. Stiglitz, Globalization and Its Discontents, New York: W. W. Norton & Company, Inc. Norton, 2002, pp. 112-113.
19) 아시아개발은행과 아시아인프라투자은행은 모두 창립 과정에 자기들은 기존의 국제질서에 대항하거나 기존의 국제질서를 대체할 의사가 없다고 거듭 언명하였다. 그 대신 기존 세계질서를 보완하는 것이 목적이었다. 그들은 개방적인 지역주의를 믿고 전 세계적으로 회원국을 받아들였다.
20) Phillip Lipscy, Japans Asian Monetary Fund Proposal, Stanford Journal of East Asian Affairs, p. 96.

화하여 미국에 AMF의 싹을 잘라 없애도록 기회를 주었다는 것이다. 또한 일본의 준비작업이 충분하지 않았기 때문에 AMF 제안은 그저 성급히 구상해낸 미성품(未成品)에 그치고 말았던 것이다.

(3) 기존의 세계질서 중 지속 불가능하게 하는 요소

로버트 졸릭(Robert Zoellick) 전 세계은행 총재는 "아투행은 미국이 만들고 유지하는 글로벌 경제제도를 공고히 하는 데 도움이 된다."[21]고 말했다. 확실히 기존의 글로벌 경제제도는 세계평화와 발전에 장기적으로 기여해왔고, 오늘날에 이르기까지도 여전히 유효하다. 아투행은 기존제도의 구성부분이다.[22] 동시에 이는 미국이 주도하는 글로벌 제도가 완벽하여 그 어떤 변화도 필요 없다는 것을 의미하지는 않는다. 다만 미국의 한 표 거부권과 기존제도의 경로 의존성 때문에 그 내부의 개혁을 너무 어렵게 만들었던 것이다. 따라서 아투행은 기존 세계질서 중 지속가능하게 하지 못하는 요소를 시정하고 개선할 필요가 있는 것이다.[23]

예를 들면 기존의 금융기구는 불일치한 대출정책으로 인해 비판을 받고 있다. 1994년 멕시코 금융위기 때, IMF가 미국의 지도하에 멕시

---

21) Robert B. Zoellick, Shunning Beijing's Infrastructure Bank was a Mistake for the US, Financial Time, July 7, 2015.
22) 「아투행협정」은 서문에서 아투행이 "기존의 '다자개발은행'에 대한 보충이 될 것……" 이라고 밝혔다.
23) 왕이(王毅) 중국 외교부장이 2016년 양회(兩會. 전국인민대표대회와 전국정치협상회의) 기자 회견에서 "중국은 기존의 글로벌체계에 자신이 있다"고 말하였다. 그는 "우리는 그 체계에 대항하는 제도를 만들려는 것이 아니라 오히려 반대로 기존의 글로벌질서에서 더 큰 역할을 발휘하려고 노력하고 있다"고 말하였다. http://news.xinhuanet.com/english/2016-03/08/c_135168617.htm 참조. 2016년 3월 9일 방문.

코에 아낌없는 지원을 하였다.[24] 2009년 유로존 위기 때 일부 유럽국가에 대한 IMF의 유력한 구제는 더욱 인상적이었다.[25] 그러나 실망스러웠던 것은 1997년 아시아금융위기 때 IMF는 태국과 기타 동남아국가들에게는 극히 가혹한 조건을 가하였다는 사실이다.[26]

1998년의 유명한 사진 중에 IMF 총재가 근엄한 얼굴로 팔짱을 끼고 서 있고, 그의 앞에는 인도네시아 대통령이 매우 큰 수모를 당하고 있는 모습으로 앉아 있는 장면이 찍힌 사진이 있었다. 후자는 자국의 경제를 구제하기 위해 자금원조를 받는 대가로 어쩔 수 없이 국가의 경제주권을 IMF에 양도해야만 하는 상황이었다.[27] 같은 위기에서 IMF가 한국에 지나치게 긴축적인 재정정책을 요구하였을 때, 한국 관원들도 그것이 재앙을 가져올 것이라는 것을 알면서도 공개적으로 이의를 제기하지 못하였다.[28] 그들은 IMF가 구제금을 차단하는 것은 물론 그로 인해 시장의 공황을 불러와 민간투자들이 한국시장을 떠나는 결과를 초래할 것을 우려하였다. 이처럼 차관국이 IMF의 모든 요구에 따르는 상황이 세계은행에서는 드문 일이 아니었다.[29]

상기의 모든 상황들은 다 국제질서 중에서 개발도상국가들이 오

---

24) 멕시코는 북미자유무역협정 회원국이자 미국의 이웃나라로서 미국의 무역 및 사회 안정과 밀접히 연결되어 있다. 그렇기 때문에 미국은 멕시코를 위한 구제활동을 조직하였던 것이다.
25) 유럽은 IMF에서 지나치게 큰 투표권한을 갖고 있다. Economist, "Less Cash, More Impact", October 6, 2012.
26) Gu Bin, China-led Asian Infrastructure Investment Bank Echoes the World's Desire for a New Order, South China Morning Post, July 2, 2015.
27) Joseph E. Stiglitz, Globalization and Its Discontents, New York: W. W. Norton & Company, Inc. Norton, 2002, p. 41.
28) Ibid, p.42.
29) 본 장의 제4 (3) 부분을 보라.

랜 세월 동안 경시 당해왔다는 사실에서 그 원인을 찾을 수 있다. 그들 국가는 자신들의 목소리를 국제사회에 전하거나 이들 기구의 의사결정에 참여할 수 있는 방법이 극히 적거나 혹은 애초에 없었던 것이다. 대니얼 D 브래들로(Daniel Bradlow) 교수는 이들 국가를 IMF의 의사결정을 주도하는 "IMF 공급국"과는 다른 "IMF 소비국"이라고 표현하였다.[30] 한편 개발도상국은 투표권·관리위원회 의석 및 직원 채용 등 면에서 기구 내에서 더 큰 발언권을 가질 수 있기를 줄곧 호소해왔다.[31] 예를 들면 IMF의 2010년 쿼터 및 거버넌스 개혁은 IMF가 신흥 경제체를 지원하는 가장 중요한 관리개혁으로 불리고 있지만,[32] 장기간 미국의회의 비준을 받지 못해 교착상태에 빠져있다.[33] 세계 주요 20국(G20)의 지속적인 압박 하에[34] 3년 연속 연기되어 오던 이 개혁은 최근에야 비로소 발효될 수 있었다.[35] G20은 앞으로도 계속하여 IMF 쿼터 및 거버넌스 개혁에 주력하여 개발도상국의 수요를 충족시킬 것

---

30) John W. Head, The Future of The Global Economic Organizations: An Evaluation of Criticisms Leveled at the IMF, the Multilateral Development Banks, and the WTO, New York: Transnational Publishers, 2005, pp. 84-85, quoting Daniel D. Bradlow, "Rapidly Changing Functions and Slowly Evolving Structures: The Troubling Case of the IMF", 94 American Society of International Law Proceedings 152(2000), p. 153.

31) 일부 학자들은 이를 가리켜 "국제법 혁명"이라고 부르면서 IMF와 세계은행의 기구 및 이사회에 대한 급진적 개혁을 제안할 수도 있다. 전통적인 가중투표제가 서양 국가들에 더 유리하기 때문이다. 그러나 그런 혁명적 수단은 단지 불공평한 제도만 바꿨을 뿐이다. Nigel D. White, The Law of International Organizations, 2nd ed., Manchester: Manchester, 2005, p. 40 참조.

32) IMF, IMF Quotas, http://www.imf.org/external/np/exr/facts/quotas.htm, visited 29 March 2016.

33) 미국은 2010년 쿼터 및 거버넌스 개혁의 실시를 위한 IMF 협정 개정에 대해 거부권을 갖고 있다. http://www.imf.org/external/np/sec/misc/consents.htm 참조, 2016년 3월 29일 방문.

34) 주요 20개국(G20) 지도자들은 다년간 줄곧 2010년 쿼터 개혁방안을 집행할 것을 미국에 촉구해 왔다.

35) 개혁 조치는 늦어도 2012년을 넘기기 이전에 발효되어야 하였으나 2016년 1월까지 미뤄져서야 비로소 발효될 수 있었다.

이다.[36] 중국의 글로벌 경제 거버넌스 책략은 "두 다리로 걷기"이다. 하나는, 새로운 공공재를 가동하는 것으로서 예를 들면 '아투행'과 '일대일로'의 제안이 그것이다.[37] 다른 하나는 기존에 있는 국제기구의 개혁을 추진하는 것이다. 이 '두 다리'는 서로 지탱하는 모양이 되어야 한다. 그 한 예가 바로 앞에서 언급한 바 있는 미국의회가 IMF 2010년 쿼터개혁에 대한 소극적인 태도였다. 이에 비해 아투행의 설립은 개혁의 안착을 촉진케 하였다. 왜냐하면 미국이 계속 지연시키다가 국제사회에서 따돌림을 당하게 될 것이 우려되었기 때문이다.[38] 두 번째의 예는 중국이 2016년 G20 지도자 항쩌우 정상회의에서 글로벌 인프라 상련상통(互聯互通)연합의 설립을 제안한 것이다.[39] 그 연합의 회원에는 모든 '다자개발은행'[40] 및 기타 이익 당사자들이 망라되며[41]

---

36) 주요 20개국(G20) 지도자 항저우(杭州) 정상회의 공동 성명(2016년 9월 4~5일) 제17번째 단락에는 이렇게 썼다. "우리는 국제통화기금조직(IMF)이 2010년 쿼터 및 거버넌스 개혁을 이행하고 2017년 연차회의 이전에 새로운 쿼터 공식 형성을 포함한 제15차 쿼터 총 검사를 완성하는데 주력하는 것을 환영한다. 우리는 쿼터 조정에 있어서 활력이 있는 경제체의 쿼터 비중을 향상시켜 세계경제에서 그들의 상대적 지위를 반영해야 한다고 거듭 언명하는 바이다. 따라서 신흥시장과 개발도상국의 쿼터 비중이 전반적으로 향상되는 결과가 나타날 가능성이 있다. 우리는 최빈국의 발언권과 대표성을 보호할 것을 약속한다. 이 업무는 G20 국제금융구조 업무반이 맡도록 한다.

37) "일대일로"와 아투행의 관계에 대해서는 본 장 제3 (2) 부분의 논술을 참조하라.

38) 아투행은 2015년 12월 25일에 창립되었고 미국 의회는 뒤이어 IMF의 2010년 쿼터 개혁을 통과시켰는데 어쩌면 우연의 일치가 아닐 수도 있다.

39) 주요 20개국(G20) 지도자 항저우 정상회의 공동성명(2016년 9월 4~5일) 제39번째 단락에는 이렇게 썼다. "우리는 인프라의 상련상통이 지속가능한 발전과 공동번영을 실현하는 관건이라는 점을 발견하였다. 우리는 올해 가동된 '글로벌인프라상련상통연합 제안'를 승인하여 인프라 상련상통 프로젝트의 전반적인 조율과 협력을 강화할 것이다. 우리는 세계은행이 연합의 사무국으로서 세계 인프라센터·경제협력개발기구(OECD) 기타 '다자개발은행' 및 의향이 있는 G20 회원과 함께 업무를 전개할 것을 요청한다.

40) 세계주요 '다자개발은행' 으로는 세계은행·미주개발은행(IDB), 유럽부흥 개발은행(EBRD), 아프리카개발은행(AFDB), 아시아개발은행(ADB), 아투행(AIIB), 브릭스신개발은행(BRICS)이 있다.

41) 주요 20개국(G20) 지도자 항저우 정상회의 공동성명(2016년 9월 4~5일), 제39번째 단락. http://www.g20.org/English/Dynamic/201609/t20160906_3396.html 참조.(2016년 9월 7일 방문)

제2차 세계대전 종전 후 세계 상련상통을 개선하려는 최초의 노력과 시도였다. 연합사무국을 세계은행에 둔 것은 기존의 세계질서를 존중하려는 성의를 보이기 위함이었다. 상기의 두 가지 실례는 중국이 어떻게 "두 다리로 걷기"를 실천하여 균형적인 글로벌 경제 거버넌스를 실현하였는지를 보여주고 있다.

[1998년 그때 당시 미셸 캄데수스(Michel Camdessus)(좌) IMF 총재와 수하르토 인도네시아 대통령. 사진 출처: 시나(新浪) 재경]

3. 아투행 의제의 중국 특색

시진핑 중국 국가주석은 "협력과 상생을 핵심으로 하는 신형의 국제관계를 구축하고 인류운명공동체를 구축하자"고 제안하였다.[42] 그 제안은 덩샤오핑 시대 이후 중국 외교업무에서 장기간 지켜온 원칙인 "재능을 드러내지 않고 때를 기다리다가 뜻한 바를 이루기 위해 노력한다"라는 원칙이 새로운 단계에 들어섰음을 보여준다. 이 제안에 따르면 "글로벌 거버넌스 시스템은 전 세계가 공동으로 구축하고 공유하는 것이며, 어느 한 나라가 단독으로 장악할 수는 없다"는 것이다.[43] 아투행은 그 제안을 실천한 것이다. 2016년 1월 16일 아투행 개막식에서 시진핑 주석은 아투행이 "인류운명공동체 구축의 새로운 플랫폼이 될 수 있기를" 희망하였다.[44] 아투행 의제는 뚜렷한 중국 특색을 띤다. 중국이 왜 아투행 창립을 제안하였는지에 대해 깊이 있게 이해하기 위해서는 중국이 처한 국제환경을 잘 살펴보아야 할 뿐만 아니라 국내 개혁의 형세에 대해서도 탐구해야 한다.

---

42) 시진핑, 「손잡고 협력 상생의 새로운 파트너를 구축하고 한마음 한뜻으로 인류운명공동체를 구축하자」(제70차 유엔총회 일반성 변론에서 한 연설, 2015년 9월 28일, 뉴욕), http://news.xinhuanet.com/world/2015-09/29/c_1116703645.htm 참조, 2017년 5월 28일.

43) 시진핑 국가주석 『월스트리트저널』 인터뷰 전문 (2015년 9월 22일), http://www.wsj.com/articles/full-transcript-with-chinese-president-xijinping-1442894700 참조, 2017년 1월 31일 방문. 또 『"평어" 근인("平語" 近人)-글로벌 거버넌스 관련 시진핑의 중요 논술』 참조, http://news.xinhuanet.com/politics/2015-11/16/c_128433360.htm 참조, 2017년 8월 19일 방문.

44) 2016년 1월 16일 아투행 출범식에서 한 시진핑 주석의 축사. http://news.xinhua net.com/politics/2016-01/16/c_1117796389.htm 참조, 2017년 5월 28일 방문.

(1) 중국은 인프라 건설을 국제협력의 착력점(着力点)으로 삼으려고 힘썼다

인프라 건설은 중국 개혁개방의 성공을 위한 튼튼한 기반을 닦아 놓았다. 1980년대 초부터 중국은 일본과 세계은행에서 돈을 빌려 대규모의 인프라 건설을 시작하였다.[45]

현재 3조 3천억 달러의 외환보유[46] 규모와 비교할 때, 그때 당시 외환보유고는 겨우 50억 달러였으며 더구나 차관은 달러화로만 갚아야 했다. 그래서 그때 한 시기는 중국이 과연 빚을 갚을 수 있을지 하는 의문이 쏟아졌으며, 심지어 중국인 스스로도 의문과 우려를 품고 있었다. 그러나 인프라 건설이 발전하고 외국인투자와 수출에 의한 소득이 늘어남에 따라 그런 우려가 효과적으로 완화되었다. 새로운 인프라가 상품·서비스의 유통시간과 원가를 대폭 줄이고 낮추었으며, 더구나 외국인 투자 우대정책의 실시에 힘입어[47] 외국인 투자규모가 뚜렷이 증가하였다. 대량의 제품이 생산되어 해외로 팔려나가면서 "중국제조"가 전 세계를 휩쓸었다. 중국이 세계 최대 상품수출국으로 부상함에 따라 국가 외환보유고가 세계 1위를 차지하게 되었으며, 따라서 외채 상환은 더 이상 문제가 되지 않았다. 중국경제뿐 아니라 중국인의 생활수준도 인프라 건설의 급속한 발전의 혜택을 보게 되었다. 전국 고속철 건설이 그 대표적인 예다. 시속 300km에 이르는 고속철은 베이징에서 타이위안(太原)까지 9시간이 걸리던 거리를 3시간으로 단축시켰다. 이는 중국 대도시에서 일하는 수백만 농민공

---

45) 리란칭(李嵐淸), 『포위 돌파: 국문이 처음 열리던 나날들』, 중앙문헌출판사, 2008 년판, 277-316쪽.
46) 통계 데이터는 http://www.safe.gov.cn/(2016년 3월 29일 방문) 참조.
47) 중국의 경제특구 정책을 활용한 외자 유치는 성공적인 경험이다.

(농촌 출신 도시 근로자)들이 주말에 고향으로 돌아가 가족들을 만날 수 있게 되었음을 의미한다. 과거 춘제(春節, 음력설)까지 기다려야 가족 상봉을 이룰 수 있던 것과는 상황이 완전히 바뀌게 되었다.[48]

통계에 따르면 2010~2020년 사이에 아시아의 인프라 투자수요가 8조 달러에 이르는 것으로 예상되었다.[49] 세계은행과 아시아개발은행이 매년 100억~200억 달러 규모의 자금을 제공한다고 하더라도 여전히 많이 부족한 상황이다.[50] 아투행은 "역내와 역외의 더 많은 자원을 동원"한다는 이념에 따라 그 문제를 해결할 수 있는 조치를 취할 것이다.[51] 총체적으로 볼 때 아투행의 투자프로젝트는 인프라지만 전통적인 인프라 분야에 국한되지는 않을 것이다. 아시아 국민이 잘사는데 도움이 되는 인프라 프로젝트라면 모두 지원할 것이다.[52] 아투행은 인터넷정보 인프라의 발전을 특히 희망한다.[53] 그 이유는 첫째, 개발도상국이 21세기 디지털 경제의 흐름을 따라잡으려면 정보 인프라가 중요한 돌파구가 될 것이다. 정보 인프라는 도로·교량·댐과 마찬가지로 중요하다. 둘째, '다자개발은행'은 줄곧 전통적인 유형의 인프라에

---

48) 음력설날 중국에서 고속철에 탑승한 생생한 묘사는 Julie Makinen, Ushering in the Year of the Monkey at 180 mph on China's Bullet Train, Los Angeles Times, February 23, 2016 참조.

49) AsDB and AsDB Institute, Infrastructure for a Seamless Asia, 2009, p. 167, https://www.adb. org/publica tions/infrastructure-seamless-asia(visited 31 January 2017).

50) 아시아 인프라 융자의 엄청난 부족으로 아투행과 기타 '다자개발은행' 간의 관계는 대항이 아닌 보충 관계가 될 것이라는 결론이 얻어진다.

51) 「아투행협정」 "서문".

52) 「아투행협정」은 아투행이 "인프라 및 기타 생산성 분야에 대한 투자를 통해 아시아 경제의 지속가능한 발전과 재부의 창출을 촉진하고 인프라를 개선하여 상련상통을 이룰 것……" 이라고 묘사하고 있다. (「아투행협정」 제1조) 「아투행협정」 서문 부분에도 이와 비슷한 표현이 있다. 예를 들면 "…… 아시아 경제체의 지속적인 성장 및 경제와 사회 발전을 추진할 것……", "……아시아 경제 성장과 사회 발전에 도움이 될 것……" 이라고 하였다.

53) 진리쵄(金立群), 「아투행: 글로벌 경제 금융 협력 발전의 '추진기'」, 『인민일보』 2016년 1월 5일자.

주력해왔지만, 인터넷기술은 전통적인 인프라 시설의 업그레이드를 실현할 수 있다. 셋째, 아투행 자체가 프로젝트의 고효율 관리를 실현하기 위한 인터넷기술을 필요로 한다.

(2) 중국은 포괄적 국제질서를 수립하여 국내개혁을 심화시키려고 힘썼다

강력한 대외개방 약속은 국내개혁의 장애물을 제거하는 가장 효과적인 방법이었다. 이는 제2차 세계대전 종전 후 브레턴우즈체제 때 최초로 인정을 받았다. 그 제도의 발기자로서의 미국은 국내개혁이 지속되려면 그러한 국제질서가 필요하다고 믿었던 것이다.[54] 더욱 전형적인 예는 2001년에 중국이 세계무역기구(WTO)에 가입한 것이다. 투명성 원칙과 무차별적 원칙을 바탕으로 한 WTO 문화가 중국인에게는 신선한 것이었으며, 또 이로부터 계발을 받아 우리는 중국의 사회와 경제 및 법치의 발전을 꾸준히 추동할 수 있었다. 아투행은 중국 국내개혁에 대해서 이와 비슷한 영향을 일으킬 수 있다. 아투행은 일류의 다자기구가 되는 것에 취지를 두고 세계은행 등 기구에 적용되는 최고의 실천과 높은 기준을 따른다. 실시효과를 보장하기 위해 필요한 수정을 진행하는 경우는 제외한다. 중국은 높은 기준의 국제규칙과 접목시켜 국내개혁을 위한 충족한 동력을 마련하고자 노력하고 있다. 중국이 "일대일로" 제안을 제기한 배경에서[55] 아투행은 아

---

54) John Gerard Ruggie, Multilateralism: The anatomy of an institution, the International Organization, Vol. 46, No. 3(Summer, 1992), p. 592.
55) "일대일로" 제안의 포지셔닝은 아시아·유럽·아프리카 및 기타 지역 내부와 지역 간 연계를 강화하는 데 취지를 둔 중국 경제외교의 톱다운 설계이다. http://english.gov.cn/beltAndRoad/(방문시간: 2016년 3월 29일).

시아 인프라 투자수요를 만족시키는 과정에서 국제 생산능력 협력을 촉진하기를 희망한다.[56] 그러나 높은 기준의 요구에 부합하는 "일대일로" 프로젝트에 한해서만 아투행은 자금을 제공할 것이다. 다시 말하면, 만약 한 중국기업이 아투행의 프로젝트를 따내려면 프로젝트의 모든 단계에서 높은 기준의 요구에 부합해야만 한다. 이를 위해서 기업은 낙후된 생산능력을 도태시키고 기술·관리 등 방면에서 전면적인 발전방식 전환 및 산업고도화를 실현해야만 한다. 바꾸어 말하면 높은 기준의 유지는 중국 경제무역의 업그레이드를 강화시킬 것이며, 이는 중국의 이익에 부합한다. 철도·전기·전신·건축·전자상거래·기계설비 등의 업종에서 경쟁우위를 갖춘 중국기업은 발전방식 전환 및 산업 고도화의 흐름을 선도해야 한다.[57] 아투행의 업무원칙은 "정예·청렴·녹색"이다. 이는 중국의 행정체제 개혁에 더욱 폭넓은 계발을 줄 수 있다. 정예화 요구는 행정체제에서 흔히 볼 수 있는 관료주의 기풍과 번거롭고 불필요한 절차를 줄이는데 도움이 될 것이고, 청렴의 요구는 국가의 부패척결 행동의 장기 효과 메커니즘의 건설에 도움이 될 것이며, 녹색 요구는 "청산녹수가 곧 금산·은산"이라는 중국의 신형 사회발전 이념과 서로 맞물린다.

---

56) "일대일로"와 아투행 간의 관계에 대한 기본적인 관점 중 하나가 아투행 자금은 "일대일로" 프로젝트에 개방되고, 아투행이 자금을 지원하는 프로젝트는 중국기업을 포함한 세계 각지의 적격한 기업을 대상으로 입찰을 진행한다는 것이다.

57) 이 단락의 내용은 주로 Gu Bin, High standards would suit AIIB's lofty goals, Global Times, July 3, 2015를 인용함.

4. 아투행 법규의 다자주의

　다자주의가 아투행의 법규에서 아주 잘 구현되었다.[58] 의사결정 메커니즘 방면에서 합의는 다자주의원칙의 본보기로서 아투행의 창립을 추진하였을 뿐만 아니라, 아투행이 개업한 후 합의는 여전히 운영과정에서 우선적으로 고려하는 위치에 있게 될 것이다. 회사 관리 면에서 다자주의는 아투행의 비상주 이사제도 및 중요한 사항에서 보여준 포용적인 운영 이념, 그리고 개발도상국의 이익을 우선적으로 고려하는 데서 구현된다. 환경과 사회 기준 면에서 차관국을 포함한 모든 이익 당사자들이 의견을 표명할 수 있는 기회와 아투행 자금지원 프로젝트의 준비와 실시 활동에 참여할 수 있는 기회를 갖는다.

(1) 아투행 의사결정에서의 다자주의
1) 아투행의 합의 의사결정 메커니즘

　2014년 10월 아시아 22개국이 베이징에 모여 아투행 창립을 위한 양해각서(MOU)를 체결한 이후,[59] 중국은 각국의 아투행 가입을 추진한다는 면에서 다자주의에 대한 능숙한 이해를 보여주었다. 합의는 다자주의 활용의 본보기이다. 또한 합의를 통해 아투행의 성공적인 창립을 성공적으로 성사시킨 것이다.

---

58)　필자는 세 가지 각도에서 아투행 법률의 다자주의, 즉 의사결정 메커니즘, 회사관리와 환경 및 사회 기준에 대해 토론하고자 한다. 의사결정은 전통적으로 기업 지배구조의 개념이지만, 그 중요성 때문에 우선 아투행의 의사결정 메커니즘에 대해 단독으로 논하고자 한다.

59)　AIIB, "History of AIIB" , https://www.aiib.org/en/about-aiib/basic-documents/_ download/articles-of-agreement/basic_document_report_on_the_articles_of_agreement.pdf, visited January 31, 2017.

아투행의 창립을 준비하는 과정에서 4가지 중요한 단계마다 모두 '합의'라는 원칙을 구현하였다. 첫 번째 단계는 2014년 「아투행 창립 양해각서」를 체결한 것이다. 두 번째 단계는 영국이 2015년 3월 아투행 가입을 신청한다고 선언하여 후속적으로 더 많은 7개국그룹 회원의 가입을 유발케 한 것이다.[60] 그 결과 아투행 회원이 전 세계에 널리 분포되기에 이르렀다. 세 번째 단계는 2015년 6월 29일 아투행 57개 창립회원이 베이징에 모여 「아투행협정」 조인식에 참가하고 50개 창립회원이 조인식에서 그 협정에 서명한 것이다.[61] 네 번째 단계는 2015년 12월 25일 아투행이 정식으로 설립된 것이다.[62] 이들 단계에서 모든 중요한 문제는 합의방식으로 결정하였다.[63] 합의란 의사결정에서 투표가 필요하지 않음을 의미하며, 동시에 그 어떤 회원도 공식적으로 이의를 제기하지 않았음을 의미한다.[64] 합의는 투표를 통한 의사결정체계에서건 비(非)투표에 의한 의사결정체계에서건 다 환영을 받는다.[65] 다수결이 필요할 때 회원들은 더욱 협력을 원할 수 있다. 합의를 달성하기 위하여 서로 양보하면서 다수결에 의해 부결되는 위

---

60) G7에는 미국·일본·캐나다·영국·독일·프랑스·이탈리아가 포함된다. 미국과 일본·캐나다를 제외한 G7의 기타 국가들은 모두 아투행의 창립회원이다.

61) 나머지 7개의 창립의향회원은 모두 2015년 12월 31일 마감일 이전에 협정에 서명하였다. 「아투행협정」 제57조 "서명과 보존"을 참조.

62) 17개 국가가 비준서를 작성 기탁하였으며 초기 거출자본금 총 합산 액수가 거출자본금 총액의 50.1%에 달한 후 협정은 2015년 12월 25일 발효하였다. 「아투행협정」 제59조 "발효"를 참조.

63) 러우지웨이(樓繼偉), 「21세기 신형의 '다자개발은행' 건설」, 『인민일보』 2015년 6월 25일자.

64) "합의"(consensus)를 "만장일치"(unanimity)와 혼동하여서는 안 된다. 만장일치는 국제연맹 시대의 낡은 규칙으로서, 모든 회원에게 거부권이 있으며 양보할 필요가 없다. 오늘날 국제사무를 처리하는 데서 "만장일치"라는 낡은 규칙이 적용되는 경우가 극히 드물다. Nigel D. White, The Law of International Organizations, 2nd ed., Manchester: Manchester, 2005, p. 133.

65) 비(非)투표 메커니즘은 "합의"와 "만장일치" 두 종류로 나뉜다.

험을 피하고자 하기 때문이다. 그렇게 합의를 위해 양보하는 것이 부결의 후과보다 국내의 이해를 얻는 데 더 유리한 것이다.[66] 합의로 인해 최종 의사결정이 더욱 큰 합법성을 얻게 되며 또 의사결정의 집행효과를 확보하게 된다.[67] 이것이 바로 합의가 글로벌 경제 거버넌스의 3대 기둥인 국제통화기금(IMF)·세계은행(IBRD)·세계무역기구(WTO) 모두에서 큰 환영을 받는 이유이다. 조약에 다수투표권에 대한 공식 규정이 있음에도 불구하고 상기의 기구들은 의사결정에서 가능한 한 '합의'를 도모하고 있다.[68] 다시 말하면 상기의 기구들이 실천과정에서 좇는 규칙은 언제나 규정과 일치하는 것이 아니다. 규정에 따르면 IMF와 세계은행은 "1달러 1표"원칙에 따르고, WTO는 "1회원 1표" 원칙에 따르고 있다.[69] 그러나 만약 국제기구 내에서 합의를 통해 공감대를 이룰 수 없을 경우 회원들은 표결에 따라 결정하는 방법을 선택할 수 있다.[70] 그 방법은 아투행의 창립을 준비하는 과정에서 아주 잘 구현되었다. 아투행 회원이 늘어나고 회원들의 이익이 복잡해짐에 따

---

66) Nigel D.White, The Law of International Organizations, 2nd ed., Manchester: Manchester, 2005, p. 134, quoting Henry G. Schermers, International Institutional Law, 2nd ed., The Hague: Nijhoff, 1980, p. 393.

67) 비평가들은 그 결정 내용이 회석될 수 있고 반대 의견과의 균형을 맞추느라 공허해질 수도 있다고 주장한다.

68) Nigel D.White, The Law of International Organizations, 2nd ed., Manchester: Manchester, 2005, pp. 133-134.

69) 한 조직의 융자 행위에는 주권 평등의 원칙이 거의 적용되지 않으며 그 구조와 투표권은 자연히 가장 많은 자금을 출자한 회원국에 기울게 된다.

70) 예를 들면, WTO는 50년 이래 줄곧 합의를 통해 결정하는 관행을 지켜왔으며, 합의방식으로 결정을 내릴 수 없을 경우에만 투표방식을 취하곤 하였다. 「마라케시 세계무역기구 설립 협정」 제9조 (1). 그러나 국제기구의 의사결정 역사를 보면 합의 메커니즘에서 투표 메커니즘으로 변화하는 추세를 보이고 있다. Nigel D.White, The Law of International Organizations, 2nd ed., Manchester: Manchester, 2005, p. 131을 참조.

라 일부 공감대가 이루어지기 어렵게 되었다. 그래서 합의에 실패하였을 경우 75% 다수결로 결의사항을 통과시킨다.[71] 이처럼 탄력적인 의사결정 메커니즘은 아투행의 성공적인 창립에 아주 큰 역할을 하였다.[72]

국제기구는 흔히 투표권을 쿼터와 연결시킨다. 회원이 자본을 많이 제공할수록 향유할 수 있는 표수가 더 많아진다. IMF와 세계은행에서는 출자와 표수 간에 직접적인 관계가 있다. 투표 표결제도 자체는 대체적으로 '자본'을 바탕으로 하는 투표제와 '머릿수'를 바탕으로 하는 투표제[73] 및 양자가 혼합된 경우로 나눌 수 있다.[74] 예를 들어 세계은행과 IMF는 일반적으로 자본 표결제를 취하고,[75] WTO는 "1회원 1표"제를 취하며,[76] 아시아개발은행은 혼합투표제를 선호한다.[77] 아투행도 아시아개발은행과 비슷한 방법을 취해 '자본+머릿수'의 혼합투표

---

71) 러우지웨이(樓繼偉), 「21세기 신형의 '다자개발은행' 건설」, 『인민일보』 2015년 6월 25일자.

72) 이처럼 탄력적인 의사결정 메커니즘은 합의의 주요 단점인 시간 소모를 피할 수 있다. 2013년 10월 중국의 시진핑 국가주석과 리커창(李克强) 총리가 동남아 국가를 방문하였을 때, 아투행 창설을 제안하면서부터 2015년 12월 「아투행협정」이 발효되기까지 아투행 창립은 겨우 약 800일밖에 걸리지 않았다.

73) 간단히 말해서 '자본'을 기반으로 하는 투표제는 과반수 자본금을 토대로 한 의사결정이고, 그리고 '머릿수'를 기반으로 하는 투표제는 과반수 구성원을 토대로 한 의사결정이다.

74) 이렇게 혼합된 유형을 '이중 다수 투표'라고 한다.

75) 예를 들면 새로운 회원국의 가입 또는 이사회에서 작은 개발도상국 회원의 대표성을 늘릴 경우 국제기구는 상황에 따라 이사의 인원수를 늘릴 필요가 있다. 세계은행에서 이러한 결정은 운영위원회의 4분의 3의 다수표를 얻어야만 통과될 수 있다. 이와 비슷한 경우로 IMF 운영위원회에서 85%의 다수표를 얻어야만 결정을 내릴 수 있는 것이 포함된다. 「국제부흥개발은행(IBRD)협정」 제V조 4(b), 「IMF협정」 제XII조 3(b).

76) 예를 들어 새로운 회원의 가입은 WTO 회원의 3분의 2 다수표가 있어야만 통과될 수 있다. 「마라케시 세계무역기구 설립 협정」 제XII조-(2).

77) 예를 들면 '상황에 따라 이사의 인원수를 늘리는 데 대한 결정은 아시아개발은행 다수 회원의 찬성표가 필요하며, 게다가 그 대표의 투표권은 회원 전체 투표권의 3분의 2보다 적어서는 안 된다. 「아시아개발은행협정」 제30. 1(ii)조.

제를 도입하였다.[78] 아투행은 또 정관에서 3급 투표제도를 명확히 열거하였다.[79] 즉 일반사항에 적용되는 '단순다수결 제도', 중요한 사항에 적용되는 '슈퍼다수결 제도',[80] 그리고 은행지점의 설립 등 특별 사항에 적용되는 '특별다수결 제도'이다.[81]

2) 아투행에서 중국의 거부권

중국은 끊임없이 변화하는 국제질서 속에서 공정하고 합리적인 다자기구를 설립할 것을 약속하였다. 아투행은 새로운 질서에 대한 개발도상국의 추구하는 바에 부합되어야 하며, "전체 주주의 관점·의견 및 가치관을 충분히 구현하는 조직"이어야 한다.[82] 이를 위해 중요

---

78) 예를 들어 상황에 따라 이사의 인원수를 늘리는 데 대한 결정은 '슈퍼 다수표'가 필요하다. 즉, 아투행 운영위원 전체 인원수의 3분의 2이상의 다수표, 그리고 그들이 대표하는 투표권이 회원 전체 투표권의 4분의 3보다 적어서는 안 된다. 「아투행협정」제25. 2조. 그렇다고 하여 아투행과 아시아개발은행이 모든 의사결정 과정에서 모두 혼합투표제도를 적용한다는 의미는 아니다. 오히려 반대로, 이 두 은행의 대다수 결정은 모두 투표권의 단순 다수가 필요하며 투표권이 대표하는 것은 자본이다. 「아투행협정」제28. 2(i)조. 「아시아개발은행협정」제33. 2조, 제33. 3조.

79) 「아투행협정」제28. 2조.

80) 「아투행협정」제28. 2(ii)조는 다음과 같이 규정하였다. "운영위원회 슈퍼 다수 투표란 운영위원 전체 인원수의 3분의 2 이상 그리고 그들이 대표하는 투표권이 회원 전체 투표권의 4분의 3 이상(포함)인 다수표로 통과되어야 함을 가리킨다." 슈퍼다수결은 이사회 규모, 총재 선거, 협정의 개정 등을 결정할 때에 적용된다.

81) 「아투행협정」제16. 8조. "특별다수결" 제가 적용된 기타 결정에는 "기타 금융수단" (「아투행협정」제11. 2조), "특수 상황에서 주식 발행가격" (제7. 1조) 등이 있다. 「아투행협정」제28. 2(iii)조는 다음과 같이 규정하였다. "운영위원회 특별 다수 투표 통과란 투표한 운영위원 인원수가 전체 운영위원 인원수의 반수 이상을 차지하고, 또 그들이 대표하는 투표권이 회원 전체 투표권의 절반 이상(포함)에 이르는 다수결로 통과되는 것을 가리킨다."

82) AIIB, "Statement by Jin Liqun at a Press Conference in Tbilisi", 26 August 2015, https://www.aiib.org/en/news-events/news/2015/20150826_001.html(visited 26 August 2015).

한 사항을 결정할 때 아투행은 우선 합의를 모색해야 한다.[83]

이와 동시에 아투행의 법정 자본 1천억 달러 중 미(未) 배분 자본 18억 486만 달러를 제외한 후, 그중 30.34%의 자본금을 중국이 거출 (醵出, 같은 목적을 위해 여러 나라가 각자가 얼마간의 돈을 내는 것 −역자 주) 하였으며[84] 그 토대 위에서 26.06%의 투표권을 보유하게 되었다.[85] 그렇기 때문에 슈퍼다수결제가 적용되는 중요한 사항에 있어서,[86] 예를 들면 이사의 인원수, 총재 선거, 협정의 개정 등 중요한 사항에 대한 결정은 중국이 사실상 거부권을 행사할 수 있게 되었다. 중국의 거부권과 관련하여 다음과 같은 몇 가지를 명확히 할 필요가 있다.

첫째, 아투행은 회원의 거출자본금 분담액을 확정할 때 그 회원 국

---

83) 「아투행 운영위원회 의사규칙」 제9(a)항에는 다음과 같이 규정하였다. "협정 조항에 별도로 명확한 규정이 있는 경우를 제외하고, 운영위원회 모든 사항의 결정은 모두 투표를 한 투표권의 다수표가 필요하다. 운영위원장은 일반적으로 회의에서 투표를 하지 않고 회의에서 올라온 의견을 확정한다. 단, 만약 운영위원이 요구하면 투표를 해야 한다." 이와 비슷한 경우로 아투행 이사회 의사규칙 제5(a)항은 다음과 같이 규정하고 있다. "운영위원장은 일반적으로 회의에서 해당 사안에 대한 회의 의견을 확정하여 발표한다. 그리고 이사회는 총재의 의견을 따르는 것으로 간주되어 투표할 필요가 없다."

84) 「아투행협정」 첨부파일 A 자본금 쿼터 5위권의 회원으로는 중국·인도(8.52%)·러시아(6.66%)·독일(4.58%)·한국(3.77%)이다. http://news.xinhuanet.com/fortune/2015-06/30/c_127964509. htm, 방문시간: 2016년 3월 26일.

85) 주목해야 할 것은 아투행 공식사이트의 한 도표에서 서로 다른 비율(2016년 12월 5일까지, 중국의 자본 청약률은 33.3308%이고, 투표권은 28.6992%)이 나타난다는 사실이다. 필자의 계산에 따르면, 중국의 가중치가 57개 창립회원국과 관련이 있는 것으로 나타나지만, 아투행의 계산에 따르면, 중국의 가중치가 이미 회원자격을 얻은 서명국(2016년 12월 5일까지 49개에 달함)과 관련이 있는 것으로 나타난다. 아직도 8개 창립회원국이 국내 비준절차를 밟는 중이다. 그러나 그중의 대다수 국가가 가까운 시일 안에 그 절차를 마칠 가능성이 있기 때문에(필리핀 의회는 2016년 12월 5일 「아투행협정」을 비준하였으나 그 정보는 아직 이 도표에서 갱신되지 않음) 아투행 공식사이트의 도표에서 나타나는 중국의 가중치는 줄어들게 될 것이다. http://euweb.aiib.org/html/aboutus/ governance/ MoB/? show=1, visited 21 December 2016 참조.

86) 슈퍼다수결 투표는 찬성표를 낸 운영위원 인원수가 전체 운영위원 인원수의 3분의 2 이상을 차지해야 하며, 또 그 찬성표가 대표하는 투표권은 회원 전체 투표권의 4분의 3이상(포함)이어야 한다.

의 국내총생산(GDP)을 바탕으로 하는 분담 공식을 사용한다.[87] 그 공식에 따르면 회원의 GDP는 아투행에서 회원의 청약 자본금 쿼터를 확정하는 유일한 기준이다.[88] 이는 기타 기구와 다소 다른 부분이다. 예를 들어 IMF의 쿼터 공식은 GDP(50%), 개방성(30%), 경제 변동성(15%), 국제 비축(5%)의 가중 평균치이다.[89] 아투행의 쿼터 공식은 개발도상국가의 이익에 부합된다. 그것은 중국을 포함한 개발도상국들이 GDP 방면에서의 성적이 기타 방면보다 우월하기 때문이다.

둘째, 아투행은 75%의 자본금을 역내 회원에 분배하고 25%를 역외 회원에 분배하게 된다.[90] 이 요구는 기구의 "아시아지역의 상련상통을 실현한다."는 아시아 속성을 수호하기 위한다는 데 취지가 있다.[91] 역외 회원으로 놓고 볼 때,[92] 모든 역외 회원의 GDP 합산에서 이들 역외 회원의 GDP가 차지하는 비율이 25%를 차지하는 아투행 자본금 중에서 각자 거출할 수 있는 구체적 쿼터를 결정한다. 역내에서는 중국과 기타 역내 회원이 아투행의 75% 자본금을 공유하게 된

---

87) 「아투행협정」 제5. 4조에 대한 해석적 설명을 참조.

88) 주목해야 할 점은 GDP 쿼터 공식이 역외 회원의 자본금 쿼터 배분 상황에 대한 지시적 의미만 가진다는 사실이다. 「아투행협정」 제5.4조에 관한 해석적 설명.

89) IMF, "IMF Quotas", http://www.imf.org/external/np/exr/facts/quotas.htm(visited 29 March 2016).

90) 「아투행협정」 제5조. 역내 회원은 유엔의 정의에 따라 아시아와 대양주의 지리적 구획과 구성에 속하는 회원이어야 하며 기타 회원은 모두 역외 회원이다. 「아투행협정」 제1(2)조와 제3(1)(a)조.

91) 「아투행협정」 제5조 2, 3 항에 관한 해석적 설명.

92) 현재 유엔의 정의에 따라 아시아 및 대양주에 속하는 지리적 구획과 구성은 http://unstats.un.org/unsd/methods/m49/m49regin.htm 참조.

다.[93] 그 분배규칙은 중국이 최대 주주의 지위를 확보하게 하였다.[94] 창립회원이 될 기회를 놓친 나라들은 아투행 가입이 그다지 유리하지 않게 되었다. 분배되지 않은 자본금 쿼터가 이제는 얼마 남지 않았기 때문이다.[95]

셋째, 중국은 굳이 거부권을 추구하려고 하지는 않는다.[96] 2014년 아투행 창립 제안 초기에 중국은 아투행에 50%의 자본금을 제공하여 아투행의 순조로운 시작을 확보할 것이라고 선언하였다.[97] 갈수록 많은 나라들이 아투행 가입을 신청함에 따라 중국은 더 이상 그렇게 많은 자금 약속을 할 필요가 없게 되었다. 더 많은 회원이 가입함에 따라 중국이 보유한 쿼터가 더 한층 희석될 것으로 보인다.

중국의 처사는 IMF에서 독점적 권력을 유지하려는 미국의 처사와는 뚜렷한 대조를 이룬다. 「IMF 협정」은 "어떠한 쿼터의 변화든 전체 투표권의 85%를 얻어야만 통과될 수 있다." "한 회원국의 쿼터는 그

---

93) 운영위원회가 슈퍼다수결을 거쳐 역내 회원 자본금 보유율을 75%이하까지 낮출 수도 있지만 역내 회원의 자본금 보유율은 적어도 70%는 되어야 한다. 「아투행협정」 제5조 및 제5조 2, 3항에 관한 해석적 설명.

94) 현 단계 최신 데이터2014년 세계은행의 통계에 따르면 GDP 최고의 앞 5위권을 차지하는 경제체는 각각 미국(17조 4천억 달러)·중국(10조 4천억 달러)·일본(4조 6천억 달러)·독일(3조 9천억 달러)·영국(3조 달러)이다. http://data.worldbank.org/data-catalog/GDP-ranking-table(방문시간: 2016년 3월 23일) 참조.

95) 아투행 미배당 역내 자본금이 16억 1천500만 달러, 미배당 역외 자본금이 2억 336만 달러에 이른다. 그중 미배당 역내 자본금은 태국과 같은 창립회원의 쿼터와 거의 맞먹는다. 그리고 미배당 역외 자본금은 심지어 덴마크나 이집트와 같은 창립회원의 자본금보다도 더 적다. 「아투행협정」, 첨부파일 A.

96) "스야오빈(史耀斌) 부부장이 아투행 창립 문제 관련 기자의 질문에 대답", 2015년 3월 25일, http://gjs.mof.gov.cn/pindaoliebiao/gongzuodongtai/201503/t20150325_1206668.html, 방문시간: 2017년 6월 22일.

97) 「러우지웨이(樓繼偉): 아투행 창립은 모든 관련측이 혜택을 얻는 행동 중국 출자금 반드시 50%여야만 하는 건 아냐」, 2014년 7월 3일, http://news.xinhuanet.com/fortune/2014-07/03/c_111448768.htm(2016년 3월 27일) 참조.

회원의 동의를 거치기 전에는 변경할 수 없다."라고 규정하고 있다.[98] 이러한 표현방식은 IMF에서 미국의 주도적 지위를 확보하였다.[99] 「아투행협정」에는 이와 비슷한 표현이 없다. 이는 아투행에서 거부권을 추구하지 않겠다는 중국의 성의를 분명히 밝힌 것이다. 중국정부는 "아투행 설립의 계획단계에서나 향후 의사결정 단계, 관리운영 단계에서나 모두 '공동 의논, 공동 건설, 공동 향유'의 원칙을 일관되게 견지할 것이며, 중국은 절대 유아독존적인 패권 국가가 아니다"라고 하면서 "아투행은 시종일관 모든 회원국이 공동으로 소유하는 '다자개발은행'이 될 것"을 약속하였다.[100]

(2) 아투행 운영관리에서의 다자주의[101]

1) 아투행은 비상주이사회제도를 실시한다.

'다자개발은행'은 자본의존성 기구로서 그 운영은 주로 회원국의 자금 지원에 의존한다. 그러나 이사가 대표하는 주주의 이익이 은행의 이익과 항상 일치하는 것은 아니다.[102] 그렇기 때문에 주주 급진주의의 영향 하에 이사회는 때로는 다자주의와 기구의 자치를 추구하는

---

98) 「IMF협정」 제III조 2(c) (d).
99) 미국은 IMF에서 16.7%의 투표권을 누린다.
100) 진리췬(金立群), 「아투행, 글로벌경제금융협력발전의 '추진기'」, 『인민일보』, 2016년 1월 5일자.
101) 이 부분의 내용은 주로 Gu Bin, AIIB's Innovations Set it Aside from Multilateral Banking Peers, Global Times, January 25, 2016을 참조.
102) '다자개발은행' 이사들은 이사회 회의에 출석하며 그들을 위임하였거나 또는 선거한 주주 회원을 대표하여 투표한다. 이사회는 은행 관리위원회와 교류하는 과정에서 정치적 균형을 잡는 역할을 한다. The Brookings Institution, "Executive Boards in International Organizations: Lessons for Strengthening IMF Governance", IEO Background Paper(BP/08/08, 2008), p. 9.

관리위원회와 충돌이 발생할 수 있다.[103] 대출 심사 면에서 이사회와 관리위원회 사이의 관계는 그다지 명확하지 않다. 비록 이사회가 각 항 융자의 심사비준을 맡고 있지만, 실제로 이사회는 은행직원의 대출 심사비준 서비스에 크게 의존하고 있다. 그것은 액수가 거대하고 복잡 정도가 높은 대출업무를 취급하는 것이 작은 이사회로서는 감당하기가 버거울 수밖에 없기 때문이다.[104] 그 결과 이사회의 권한은 관리위원회 의사결정의 고무도장 정도로 약화되어 버렸다.[105] 그런 대출심사 비준절차는 흔히 문제가 생기기 쉽다. 만약 대출이 부실채무가 되었을 경우 이사회와 관리위원회 중 대체 어느 쪽이 그 책임을 져야 할까?

아투행은 기존의 '다자개발은행' 경험과 교훈을 거울로 삼아[106] 비상 주이사회제도를 실시한다.[107] 이는 아투행의 12명 이사가 베이징본부

---

103) 주주 급진주의는 서로 다른 은행 사이 그리고 시간이 흐름에 따라 아주 큰 차이가 있다는 사실에 주목해야 한다. Sarah Babb, Behind the Development Banks, Chicago: The University of Chicago Press, 2009, p. 230.

104) Daniel D.Bradlow, International Organizations and Private Complaints: The Case of the World Bank Inspection Panel, 34 Virginia Journal of International Law, 553(1993-94), pp. 560-561.

105) Ibid, p. 562.

106) 관리위원회가 아닌 이사회가 대출·자금 증여 등 일상 업무에 대해 결정하는 것은 회사 운영관리의 기본 원칙에 어긋나는데 효율 저하 및 책임 불확실 등 문제를 초래할 우려가 크다. 아투행 총재는 "기존 '다자개발은행'의 교훈 덕분에 아투행은 비상주이사회를 채용하기로 결정할 수 있었다"고 밝힌 바 있다. 차이신(財新)「진리췬(金立群) 아투행 총재 인터뷰」, 2016년 1월 15일, http://www.caixin.com/2016-01-15/100900210_all.html 참조.(방문시간: 2016년 3월 9일)

107) 「아투행협정」 제27.1조에는 "이사회는 비상주제도를 토대로 운영되는데 운영위원회가 제28조의 규정에 따라 슈퍼 다수의 투표를 거쳐 통과되는 경우를 제외하고 별도로 결정을 내려야 한다."라고 규정되었다. 상주이사회제도의 배치는 '다자개발은행'의 전통적 방법이다. 아투행이 비상주이사제도를 채용한 것은 유럽투자은행(EIB)의 경험을 참고한 것이다. 「유럽투자은행의 의사규칙」에는 "이사회 회의는 매년 6차례 이상(포함) 열어야 하며, 또 매 차례 회의에서 다음 회의 날짜를 결정해야 한다."라고 규정하고 있다. Rules of Procedure of the European Investment Bank, Article 11. 1.

에 상주할 필요가 없음을 의미한다. 그들은 자국 국내에 거주하면서 중요한 사항에 대한 투표와 의사결정에 참여할 수 있다.[108] 그리고 비상주이사회제도 하에서 일상 융자에 대한 심사비준의 권한은 관리위원회에 위임한다.[109] 그렇게 함으로써 주체자로서의 책임을 명확히 하고, 업무의 효율을 높였을 뿐만 아니라 관리위원회가 경제적 요소만 고려한 상황에서 공정한 결정을 내리는데 유리하도록 했다. 반대로 상주 이사제도를 실시하는 기타 '다자개발은행'에서는 관리위원회가 늘 이사들로부터 지나친 간섭을 받고 있다.[110]

'다자개발은행'은 회원국이 자금을 대어 운영해야 하기 때문에 미국이 주요 주주인 '다자개발은행'에서는 미국정부와 의회 간의 갈등으로 '다자개발은행'을 자주 난처한 처지에 빠뜨리기가 일쑤이다. 이밖에 의회가 정부의 자금조달 청구를 거부하는 것은 또 미국정부가 은행의 기타 주주 또는 은행 관리위원회와 협상하는 중요한 카드가 된

---

108) 「아투행 세칙」 제2(b)항은 "협정 제27조에 따라 관련 의사절차는 이사회의 정례회의를 최소 매 분기마다 1회 개최하도록 규정해야 하고, 특별회의와 원격회의 그리고 회의를 열지 않는 상황에서의 투표사항을 규정해야 한다." 라고 규정하였다. 따라서 「아투행 이사회 의사절차」 제3(b)항은 "「세칙」 제2(b)항에 따라 이사회는 매 분기마다 정기회의를 열어야 한다. 특수한 상황에서는 총재가 언제든지 이사들을 소집하여 회의를 열 수 있다. 3명의 이사로부터 서면 청구서를 받을 경우 총재는 이사회를 소집해야 한다." 라고 규정하였다.

109) 현재 이사회는 모든 투자 프로젝트의 비준을 책임지고 있다. 여기에는 2016년 운영위원회 제1회 연차회의 기간에 제1차로 비준한 4개의 프로젝트와 제2회 운영위원회 연차회의 기간에 비준한 첫 번째 지분 투자 프로젝트가 포함된다. 이와 동시에 필자는 「아투행 투자업무정책」에 "이사회가 (2016년 연말) 총재에게 일부 융자와 관련한 후속 변경을 비준할 수 있는 권리를 부여하는 것을 검토할 예정" 이라는 규정이 있는 것을 발견하였다. AIIB Operational Policy on Financing(January 2016)para 3.5.1, footnote 17.

110) 프로젝트 구매를 예로 들면, 미국정부는 '다자개발은행' 의 모든 미국 집행이사에게 "미국기업과 수출 이익을 그가 '다자개발은행' 에서 근무하는 우선 사항으로 삼을 것" 을 지시한다. 그 이사들은 은행에 상주하기 때문에 비상주 이사에 비해 조달절차에 간섭할 수 있는 더 유리한 조건을 갖추어 모국의 상업 이익을 최대한 보호할 수 있다. United States Congress House Committee on Banking, Multilateral Development Bank Procurement(London: Forgotten Books, 2015), p. 41.

다.[111] 이런 상황이 중국을 주요 주주로 하는 아투행에서는 나타나지 않을 것이다. 왜냐하면 중국의 입법기관과 행정부서 간에는 아주 우수한 협력 전통이 있기 때문이다.

2) 아투행은 중요한 사항에서 포용적인 태도를 취한다.

아투행의 목표는 일류 기구가 되는 것이다. 그래서 국제 관리인원의 초빙 임용과 직원 초빙 등 중요한 사항에서 모두 전 세계에 개방하고 있다. 아투행의 관리위원회는 주로 총재·부총재·법률 고문으로 구성된다. 총재의 선발은[112] 공개·투명·우수선발의 원칙에 따라야 하며[113] 그 기준이 '다자개발은행'의 정관에 포함되기는 이번이 처음이다.[114] 반면에 다른 일부 '다자개발은행'을 보면 총재의 국적은 미리 정해져 있는 것 같다.[115] 예를 들면 세계은행 총재는 줄곧 미국인이 맡아오고 있는데, 그중 일부 총재는 전문적인 경험이나 능력이 부족한

111) Sarah Babb, Behind the Development Banks, Chicago: University of Chicago Press, 2009, P. 233.
112) 총재의 선정(select)과 선거(elect)는 개념이 같지 않다. 세계은행과 IMF 총재는 집행이사회에서 선정(select)하지만, 아투행과 아시아개발은행 총재는 운영위원회에서 선거(elect)를 거쳐 선출된다.
113) 「아투행협정」 제29. 1조에는 "운영위원회가 공개·투명·우수 선정의 절차에 따라 제28조의 규정에 따라 슈퍼다수결 투표를 거쳐 은행 총재를 선거한다." 라고 규정하고 있다. 제30. 1조에는 "이 사회는 마땅히 공개·투명·우수 선정의 절차에 따라 총재의 추천에 근거하여 1명 또는 여러 명의 부총재를 임명해야 한다." 라고 규정하고 있다. 제30. 3조에는 고위급 임원의 임명과 일반 직원의 임명은 마땅히 최고의 효율과 기술 능력을 확보하는 것을 중요한 전제로 해야 한다고 규정하고 있다.
114) 「IBRD협정」은 세계은행 총재의 기술 능력에 대한 요구를 제시하지 않았다. 「IBRD 협정」 제V (5)조.
115) Sarah Babb, Behind the Development Banks, Chicago: The University of Chicago Press, 2009,p.40.

(베이징 금융가에 위치한 아투행 임시 본부. 사진출처: 아투행 공식 사이트)

경우도 있다.[116] 아투행의 기타 고위 임원의 임명에서도 다자주의가 구현되었다. 5명의 부총재는 모두 각기 다른 회원국 사람들이다. 영국의 대니 알렉산더(Danny Alexander) 경, 프랑스의 티에리 드 롱구에마(Thierry de Longuemar),[117] 인도의 D.J.Pandian 박사, 독일의 Joachim von Amsberg 박사, 인도네시아의 Luky Eko Wuryanto

---

116) 2005년 미국 정부가 폴 월포위츠(Paul Wolfowitz)를 세계은행 총재로 지명한 것이 대표적인 사례다. 월포위츠 미국 전 국방부 부비서장은 미국 국방부 부장관을 지낸 바 있으며 2003년에 악명 높은 이라크 전쟁에 깊이 관여하였었다. 그는 세계은행에서 2년간 일한 후 사임되었다. 그 이유는 그의 여자 친구가 연루된 스캔들 그리고 차관국에 대한 그의 독선적이고 쟁의적인 정책 방침 때문이었다. Sarah Babb, Behind the Development Banks, Chicago: The University of Chicago Press, 2009, pp. 225-226을 보라.

117) 티에리 드 롱구에마(Thierry de Longuemar) 씨가 한국의 홍기택 박사를 대체해 부총재 겸 최고 리스크담당관 직을 맡았다. 구체적인 내용은 아투행이 2016년 7월 13일 발표한 홍기택 박사 이임 관련 성명[https://www.aiib.org/en/news-events/news/2016/20160205_001.html(visited 29 September 2016) 참조] 및 아투행이 2016년 2월 5일 발표한 홍기택 박사를 부총재에 임명한다는 성명[http://www.aiib.org/html/2016/NEWS_0205/91.html(visited 13 June 2016 참조)]을 보라.

박사이다.[118] 법률 총고문은 뉴질랜드의 Gerard Sanders이다. 그래서 고위 임원의 국적은 역내와 역외, 선진국과 개도국을 고루 돌보는 특성을 구현하였다. 아투행 프로젝트의 조달시장은 회원국 기업에만 한하여 개방하는 것이 아니라 전 세계 기업에도 개방하고 있다.[119] 이를 통해 아투행 프로젝트 중의 상품·서비스 조달에서 공정한 경쟁이 실현되도록 보장하고 아투행 프로젝트의 원가·품질·효율의 최적화를 실현하는데도 유리하다.[120]

전 세계적 범위에서 조달하는 원칙은 아투행의 일반 업무에만 적용되는 것이 아니라 특별 업무에도 적용된다는 것을 지적할 필요가 있다.[121] 이는 기타 '다자개발은행'의 방법과는 전혀 다른 것이다.[122] 아투행의 업무목표는 "아시아지역 인프라의 상련상통을 개선하는 것"이다.[123] 다시 말하면 "아시아 역내 경제발전과 관련된 프로젝트"라면, 아시아든 다른 지역이든 불문하고 아투행은 다 투자할 수 있다는 뜻

---

118) http://www.aiib.org/en/about-aiib/governance/senior-management/index.html#vice-president(visited 29 September 2016).

119) 「아투행협정」제13. 8조는 "은행은 일반 업무 또는 특별 업무 중 은행 융자 프로젝트의 상품과 서비스 조달에 대해 국가별 제한을 두어서는 안 된다." 라고 규정하였다.

120) 유럽투자은행의 경험이 보여주다시피 일부 국가의 현지 요소의 요구와 관련된 규정에는 문제가 존재한다. 일부 신흥국과 개발도상국은 기술 발전 등의 원인으로 인해 일정 비율의 현지 제품을 요구한다. Stephany Griffith-Jones etal., The Asian Infrastructure Investment Bank: What Can It Learn From, and Perhaps Teach To, the Multilateral Development Banks? Evidence Teport, no. 179, March 2016, p. 19.

121) 「아투행협정」제13. 8조. MDB 특별업무기금은 구제자금으로 조달되며, 일반업무기금은 국제자본시장에서 조달된다. 따라서 특별기금은 흔히 공여국의 통제나 영향을 받게 되며 공여국은 이를 통해 자국의 상품과 서비스 수출을 촉진하곤 한다.

122) 예를 들어 아시아개발은행의 기금은 일반기금이든 특별기금이든 "회원국 국내에서 생산된 상품과 서비스를 그 회원국으로부터 구매하는 데만 사용할 수 있다." 「아시아개발은행협정」제14(ix)조.

123) 「아투행협정」제1. 1조.

이다.[124] 글로벌화와 아시아 궐기의 배경 속에서 지구상에는 아시아와 무관한 구석을 더 이상 찾아보기 어려워졌다. 그래서 필자는 아투행이 아시아를 중심으로 전 세계에 투자할 것이라고 내다본다. 거기에다가 글로벌 채용과 글로벌 구매까지 합쳐 아투행은 "3가지 글로벌지향" 전략을 실천할 필요가 있다.

　비록 아투행의 투자가 인프라 프로젝트에 치중하고 있지만, 인프라에 대한 아투행의 정의는 광의적이다.[125] 아투행은 세계은행처럼 오로지 그린필드(green field) 투자에만 국한하지는 않을 것이며,[126] 아시아 국민의 생활을 개선한다는 웅대한 목표를 실현하는데 유리한 것이기만 하면 아투행은 투자범위를 국제 인수합병 투자까지 확대하거나 또는 곤경에 처한 인프라 프로젝트를 인수할 수도 있는 것이다. 본 장 제3(1) 부분에서 서술한 바와 같이 아투행은 인터넷정보 인프라를 우선적으로 발전시킴으로써 후발 주자의 유리함을 실현할 수 있기를 기대한다.

---

124)　「아투행협정」 제1. 1(a)조. 구빈(顧賓), 「아투행의 투자지역은 선진국으로 확대되어야 한다」를 참
　　　조. http://opinion.caixin.com/2017-03-28/101071119.html.(방문시간: 2017년 6월 29일)을 보라.
　　　그러나 2017년 6월 한국 제주에서 열린 아투행 운영위원회 제2차 연차총회에서 필자는 아투행
　　　내부에 각기 다른 의견이 존재한다는 사실을 발견하였다. 즉 찬성자들은 아투행이 전통적인 개
　　　발금융과 구별됨을 강조하고, 보수자들은 아투행이 "아시아지역의 경제발전과 관련된다는 것"
　　　부터 논증한 후에야 역외 투자를 고려할 수 있다고 주장하고 있었다.
125)　아투행은 투자 분야를 "인프라" 과 "기타 생산성 분야" 라고 서술하고 있는데, 이로부터 후자의
　　　범위가 얼마나 광범위한지 가히 짐작할 수 있다. 「아투행협정」 제1. 1조와 제2조.
126)　「아투행은 더 높은 차원의 목표를 추구한다. 개장 초기부터 전력·교통·급수 세 분야를 겨냥」,
　　　2015년 11월 11일, 참조 링크 주소: http://m.21jingji.com/article/20151111/ 7ec9a270461fea6a316
　　　e013b346f3166.html (방문시간: 2016년 3월 15일).

3) 아투행은 개발도상국의 이익을 우선적으로 고려한다.

진리췬(金立群) 총재는 "아투행이 창립준비 과정에서 소형 경제체의 실력과 인프라 투자·융자의 수요를 충분히 고려하였으며, 기존의 다자 금융기구들의 좋은 방법을 참고하여 주주권·투표권·자본금 납부통화의 종류 등 면에서 소형 경제체의 평등 협상과 충분한 참여에 유리할 수 있도록 유연하게 배치하였다."라고 지적하였다.[127]

아투행은 개발도상국 회원국의 이익을 우선적으로 고려한다. 첫째, 개발도상국들은 일반적으로 GDP 면에서 흔히 다른 면에서보다 더 훌륭한 것으로 드러나는데, 이는 GDP 쿼터 공식이 개발도상국의 이익에 부합하는데서 비롯되었다.

둘째, 아투행 특유의 창립회원 요소가 개발도상국의 이익을 진일보 적으로 수호해준다.[128] 아투행의 창립회원은 주로 아시아의 개발도상국들이다. 이들 국가는 자동적으로 600장의 투표권을 획득할 수 있는데 이는 6천만 달러의 무료 거출 자금에 상당한다.[129] 이러한 창립회원의 투표권은 '다자개발은행' 중에서 독창적인 것으로서 재정난을 겪고 있는 소형 경제체도 아투행의 활동에 효과적으로 참여하는데 도움이 될 것이다.

셋째, 아투행 창립회원에게는 이사를 우선적으로 임명할 수 있는 특권이 있다.[130] 비록 아직은 그 실시방식이 분명하지 않지만, 그 특권

---

127) 진리췬(金立群), 「아투행: 글로벌경제금융협력발전의 "추진기"」, 『인민일보』 2016년 1월 5일자.
128) 회원국의 투표권은 기본 투표권, 비율 투표권, 창립회원 투표권 세 부류로 나뉜다. 「아투행협정」 제28. 1조.
129) 「아투행협정」 제28. 1조 및 첨부파일A.
130) 「아투행협정」 첨부파일B(10)

은 창립회원의 투표권과 함께 모두 아투행의 성공적인 출발을 위해 기여하고 있다.

넷째, 후진국은 본위화폐로 거출자본의 절반을 지불할 수 있다.[131] 그러나 기타 회원국은 태환 가능한 국제 통화로만 지불할 수 있다.[132] 이러한 규정은 특히 외화비축이 제한적인 소형 경제체의 환영을 받고 있다.

(3) 아투행 기준의 다자주의

아투행의 기준은 강렬한 다자주의 색채를 띤다. 아투행은 최초로 아시아 신흥시장국가의 발기로 창립한 국제개발은행이다. 그렇기 때문에 아투행의 기준은 장기간 선진국이 주도해온 기타 국제금융기구의 기준과는 다소 다르다.

IMF는 대출을 제공할 때, 흔히 차관국의 의견을 무시하고 일률적으로 단일 기준의 해결책을 강요한다.[133] IMF·세계은행과 같은 기구들은 주도권을 쥐고 있기 때문에,[134] 그들의 자금 지원을 얻기 위해서 대출을 받는 국가는 "워싱턴 컨센서스(Washington consensus)"의

---

131) (IBRD가 아닌) 국제개발협회로부터 차관을 받을 자격이 있는 회원은 후진국으로 간주된다. 「아투행협정」 제6. 5조 관련 해석적 설명.
132) 「아투행협정」 제6. 2조와 제6. 5조.
133) Joseph E.Stiglitz, Globalization and Its Discontents, New York: W. W. Norton & Company. Inc. Norton,2002,at preface xiv and pp. 49-50.
134) Stiglitz 교수는 세계은행이 차관국 참여 면에서 IMF보다 우월할 뿐만 아니라 세계은행은 "국가가 주도권을 쥐어야 한다"는 점을 인정하는 쪽으로 점점 기우는 경향이 있다고 보고 있다. 그러나 이 방향으로의 개혁이 매우 더디고 또 국가별 프로젝트에서 개혁의 진전 속도도 다르다는 사실을 인정해야만 한다고 주장한다. Joseph E.Stiglitz, Globalization and Its Discontents, New York: W. W. Norton & Company. Inc. Norton, 2002, pp. 49-50.

원칙에 따라 재정긴축, 민영화, 시장자유화의 원칙에 따라 개혁을 실
시한다는 약속을 해야 한다.[135] 더 심각한 것은 세계은행 프로젝트가
환경 및 사회 기준을 이행하는 면에서 불량한 기록이 있다는 것이
다.[136] 특히 환경악화, 강제이주, 원주민 보상부족 등의 문제를 야기하
여 이들 프로젝트는 여러 차례 비판을 받았다.[137] 일부 기준은 차관국
의 과중한 부담을 초래하였을 뿐 아니라 업무와 전혀 무관한 것이어
서 프로젝트의 비용이 늘어나고 시간도 지연되는 결과를 낳았다.[138]

아투행은 기준을 제정할 때 상기의 문제들을 해결하기 위해 노력
했다. 그중 가장 중요한 구상이 바로 차관국의 수요를 고려해야 한다
는 것이다. 아투행은 실행 가능한 높은 기준으로 그 문제를 해결하였
다.[139]

첫째, 일류 개발은행에 있어서 높은 기준은 업무 전개과정에서 매
우 중요하다. 사람들은 일찍 아투행이 어떤 기준을 채택할 것인지에
대해 우려하였었다. 아투행은 국제적으로 공인하는 전문가를 초빙해

---

135) Stiglitz 교수가 워싱턴 컨센서스에 대해 비판한 글을 참조. Joseph E.Stiglitz, Globalization and Its Discontents, New York: W. W. Norton & Company. Inc. Norton, 2002, pp. 53-67.
136) 주의할 점은 세계은행이 2016년 8월에 이미 새로운 "환경 및 사회 책임 프레임"을 비준하였으며 이는 차관국의 참여와 기준의 실시를 강화하기 위한 데 취지가 있다는 사실이다. http://www.worldbank.org/en/news/press-release/2016/08/04/world-bank-board-approves- new-environmen tal-and-social-framework를 참조.(방문시간: 2016년 12월 21일).
137) ICIJ and HuffPost, "How The World Bank Broke Its Promise To Protect The Poor", April 15,2015, http://projects.huffingtonpost.com/worldbank-evicted-abandoned(last visited December 20,2016).
138) Ibid.
139) 진리췬 총재는 아투행이 "최고 한도의 높은 기준"을 견지할 것이라고 약속하 였다. Statement by Jin Liqun at a Press Conference in Tbilisi, https://www.아투행.org/en/news- events/news/2015/20150826_001.html(visited 21 march 2016).

기준을 설계함으로써 그런 우려를 불식시켰다.[140] 아투행이 높은 기준을 힘써 추구하는 원인은 다음과 같다. 첫째, 높은 기준을 유지하는 것은 아투행이 글로벌 자본시장에서의 융자를 실현하는데 이롭다. 높은 기준을 만족시키면 아투행이 국제 자본시장에서 양호한 신용평가등급을 받을 수 있는데 도움이 되어 낮은 비용으로 돈을 빌릴 수 있다. 따라서 경쟁력 있는 금리로 돈을 빌려 줌으로써 영향력과 수익의 극대화를 실현하는 것이다. 둘째, 높은 기준은 아투행과 기타 '다자개발은행' 간의 협력을 촉진하게 되는데, 이들 은행은 일반적으로 업무상의 높은 기준을 크게 중시하고 있다.[141] 최근 몇 년간 대다수 '다자개발은행'은 모두 자체 기준을 갱신하였는데 그 기준들이 일치하는 추세를 보이고 있다.[142]

둘째, 아투행의 기준은 반드시 실행 가능한 것이어야 한다. 그 기준들은 마땅히 차관국의 발전 수요에 융합되어야 한다. 그렇기 때문에 아투행이 사후(ex-post) 감측방식을 채택하여 차관국과 소통하고 교류하는 과정에서 민주성을 구현하여 사전(ex-ante)에 환경과 사회기준의 요구를 규정하는 전통적인 방법과 구별할 것을 제안하였

---

140) 아투행은 국제 전문가를 초빙하여 환경과 사회 정책의 설계에서 도움을 받았을 뿐만 아니라 또 국제포럼을 개최하여 세계은행·아시 아개발은행·유럽부흥개발은행·유럽투자은행 등 기구의 전문가들을 초청하여 환경과 사회정책을 토론하고 개선하였는데 최고 한도의 높은 기준의 형성을 추진하기 위한 데 목적을 두었다.

141) 「아투행의 환경 및 사회 책임 프레임」, 2016년 2월, 6쪽.

142) World Bank, Review and Update of the World Bank ' s Safeguard Policies: Proposed Environmental and Social Framework, Background Paper, September 2,2014, at 8, para22(d)(e).

다.[143] 이외에 아투행은 일정한 조건하에서 차관국의 국내기준으로 은행의 기준을 대체하는 것을 허용하여 차관국에 아주 큰 자주권을 부여함으로써[144] 프로젝트의 효율을 향상시키고 원가를 낮추는데 도움이 되며 이는 차관국의 이익에 부합된다.

아투행은 2016년 2월에 「환경 및 사회 책임 프레임」을 정식으로 발표하였다.[145] 그 프레임은 이익 당사자의 참여 요구를 두드러지게 하여 효과적인 협상을 통해 아투행 프로젝트의 설계와 실시업무를 추진할 것을 희망하였다.[146] 효과적인 협상을 통해 "국가와 지방정부, 민간부문, 비정부기구 및 프로젝트의 영향을 받는 사람을 포함한 여러 당사자가 모두 의견을 밝힐 수 있게 된다."[147] 아투행 프로젝트를 결정하는 과정에서 차관국의 의견을 충분히 경청하고 존중하였는데, 이는 아투행이 창도하는 다자주의에 부합되며, 세계은행과 IMF의 전통적 방법의 편향을 바로잡은 것이기도 하다.

---

143) 「아투행의 환경 및 사회 책임 프레임」은 고객이 아투행 프로젝트의 준비와 실시 과정에서 주도적 역할을 발휘하며 그 프로젝트에 대해 아투행과 고객은 서로 보완하면서 그러나 구별되는 감독책임을 짊어진다고 규정하고 있다. 「아투행의 환경 및 사회 책임 프레임」, 3-4쪽, 22-23쪽. 세계은행과 아시아개발은행은 각자의 환경 및 사회 정책을 개정할 때도 이와 비슷한 이념을 채택하였다. Stephany Griffith-Jones et al,, "The Asian Infrastructure Investment Bank: What Can It Learn From, and Perhaps Teach To, the Multilateral Development Banks?" Evidence Report No. 179, March 2016, p. 20.

144) 「아투행의 환경 및 사회 책임 프레임」, 19-21쪽.

145) 「아투행의 환경 및 사회 책임 프레임」 본문, http://www.aiib.org/html/aboutus/Operational _ Policies/Environmental_Social/? show1/40(visited 16 march 2016).

146) 「아투행의 환경 및 사회 책임 프레임」 4쪽.

147) 위와 같음, 30쪽.

그러나 관건은 기준의 실행이다.[148] 비평가들 속에서는 국제기준이 제대로 지켜지지 않는 것은 획일적인 업무처리방식과 프로젝트 소재지 상황에 대한 소홀함이 주된 원인이라는 비판이 나온다.[149] 필자가 다른 글에서 언급하였던 바와 같이[150] 아투행은 역사를 거울로 삼고 프로젝트 소재지의 실제 상황에 중시를 돌려야 하며,[151] 기준을 실시함에 있어서 반드시 프로젝트의 구체 상황을 고려해야 한다.[152] 기준의 실시상황은 반드시 평가할 수 있도록 하여 기준이 유명무실화되는 것을 막아야 한다.[153]

아투행과 차관국을 포함한 이익 당사자는 기준이 제대로 이행되지

---

148) 아투행은 환경과 사회 정책의 이행을 강조한다. 기타 '다자개발은행'의 경험을 섭취한 후 아투행은 환경과 사회 메커니즘을 고효율적으로 실시하는 중요성을 강조하였다. 예를 들어 아투행의 환경과 사회책임 제1조항 기준 "비자발적 이민"은 프로젝트 실시의 전체 과정에서 이민 안치 계획의 실시를 면밀하게 감독해야 한다고 지적하였다.

149) Joseph E.Stiglitz, Globalization and Its Discontents, New York: W. W. Norton & Company. Inc,Norton, 2002, pp. 47-48. 흥미로운 것은 IMF와 세계은행 모두 자체 협정문에 이와 비슷한 표현을 포함하고 있다는 것이다. IMF 협정은 "회원국 내 사회 및 정치 정책을 존중할 것"을 요구하고 있고, 세계은행 협정은 "본 은행 및 그 직원들은 어떤 회원의 국내 정치에도 간섭하여서는 안된다"고 규정하고 있다. 「IMF 협정」 제IV(3)(b)조, 「IBRD 협정 제IV(10)를 참조.

150) Gu Bin, High standards would suit AIIB's lofty goals, Global Times, 3 July 2015.

151) 예를 들면 「아투행의 환경 및 사회 책임 프레임」은 차관국 국내 환경과 사회 발전 관리 메커니즘을 채용하는 것을 권장하고 있다. 아투행, 각주 140, 3쪽, 19쪽.

152) 「아투행의 환경 및 사회 책임 프레임」은 "국제 최고의 실천"을 "구체적인 프로젝트 환경에서 가장 적절한 기술을 적용하는 것"으로 정의한다. 예를 들면 「아투행의 환경 및 사회 책임 프레임」은 구체적인 프로젝트에 대한 제소메커니즘을 제정할 것을 요구하고 있다. 「아투행의 환경 및 사회 책임 프레임」, 23쪽, 51쪽.

153) 예를 들면 「아투행의 환경 및 사회 책임 프레임」에서는 기준을 이행하기 위해 아투행 및 그 고객에 맞춘 엄격한 감독 책임을 설정하였다. 「아투행의 환경 및 사회 책임 프레임」, 제22-23쪽.

못할 경우 이에 대한 상응하는 책임을 져야 한다.[154]

「아투행의 환경 및 사회책임 프레임」은 3년간 시험 운행된다.[155] 2016년 6월 아투행은 1차 프로젝트를 가동한 이래[156] 업무경험을 꾸준히 쌓아왔다. 아투행은 이어 그 프레임을 심사하고 개정하여 관련 운영경험을 구현하게 되는데, 이러한 배치는 새로 창립된 은행 입장에서 말하면 아주 현명한 것이다.

미국이 이끄는 브레턴우즈체제가 여전히 역할을 하고 있다. 그 체제가 담고 있는 다자주의가 세계경제 분야에서 미국의 지도력을 강화하고 미국의 패권적 지위를 공고히 하였다. 기타 지역성 '다자개발은행'에서도 미국의 지도력은 마찬가지로 다자 원조가 양자 원조에 비해 두드러진 우세를 가지고 있음을 증명하였다. 다자기구의 은폐 하에 패권국은 양자 대출 상황에서 정치적으로 지나치게 민감한 제한 조건을 가할 수 있으며, 동시에 여러 공여국을 이용하여 자금의 영향

---

154) 사람들은 아투행 프로젝트로 인한 불리한 영향을 받았을 경우 아투행 제소메 니즘에 고소할 수 있는데 현재 그 제소메커니즘은 구축 중이다. 「아투행의 환경 및 사회 책임 프레임」, 24쪽. 아투행은 세계은행의 감사단제도를 참고할 수 있는데 그 감사단은 세계은행이 지원하는 프로젝트에 불만이 있어 제소한 사건을 전문적으로 다룬다. 감사단은 세계은행으로부터 독립되어 있으며, 세계은행이 환경과 사회 책임 기준을 충족시키지 못할 경우 관리위원회와 직원들의 책임을 추궁하는 업무를 담당한다. Stephany Griffith-Jones et al., The Asian Infrastructure Investment Bank: What Can It Learn From, and Perhaps Teach To, the Multilateral Development Banks? Evidence Report No. 179, March 2016, p. 15.

155) 「아투행의 환경 및 사회 책임 프레임」, 2쪽.

156) 2016년 6월에 열린 아투힝 운영위원회 제1차 연차회의에서 아투행은 1차로 총 4건의 프로젝트를 공시하였는데 총 대출액이 5억 900만 달러였다. 그중 3건의 프로젝트는 모두 다른 '다자개발은행', 즉 세계은행·아시 아개발은행·유럽부흥개발은행과 공동융자를 실현하였다. 2017년 6월 22일까지 아투행의 투자총액은 25억 달러에 달하였으며 16건의 프로젝트가 망라되었다. AIIB, "Quick Facts and Numbers", https://www.aiib.org/en/index.html(visited June 22, 2017).

력을 극대화할 수 있다.[157]

반면에 중국은 패권국가가 아니며, 아투행 회원 중에서도 절대 유아독존적인 존재가 아니다. 이러한 판단은 전통과 현대 두 각도에서 분석할 수 있다.[158] 중국의 전통문화는 "먼 나라 사람이 불복하면 문덕을 닦아 교화하여 따르게 한다"(遠人不服, 則修文德以來之)는 것을 주장한다. 그러므로 우리는 '정복'이 아니라 '이끄는 것'을 주장해야 한다. 대외관계사에서 전성기에 처하였던 중국은 장기간 조공제도를 실시하였다. 그러나 미국의 선교사들처럼 자신들의 정치체제와 가치관을 외부로 수출하려 하지는 않았다. 현대적인 시각에서 볼 때, 중국은 확실히 이미 세계무대에서 활약하고 있고, 대국의 책임을 자발적으로 짊어지면서 글로벌 거버넌스의 변혁에 적극 참여하고 있다. 그러나 중국은 여전히 자국의 발전에 초점을 맞추고 있다. 이는 우월감을 바탕으로 사방에 자국의 가치관과 정치제도를 퍼뜨리면서 그것을 도의적 의무로 삼고 그것을 위해서는 무력으로 타국의 내정을 간섭하는 것도 서슴지 않는 미국의 관행과는 다른 것이다.[159]

아투행이 신봉하는 다자주의는 미국식 다자주의와는 다른 뚜렷한 중국 특색을 띤다. 중국은 아투행을 이용하여 기존의 세계질서에 맞설 의향이 없다. 아투행의 포지셔닝은 기존의 다자 개발금융체계와 서로 보완하는 것이지만, 세계은행이나 아시아개발은행의 복제판은

---

157) Rebecca M.Nelson, "Multilateral Development Banks: Overview and Issues for Congress", Congressional Research Service(CRS) Report R41170, November 8, 2013, p. 16.

158) Henry A.Kissinger, World Order(New York: Penguin Books, 2015), pp. 213-233.

159) 주의를 돌려야 할 것은 미국 트럼프정부의 외교전략이 관행을 벗어나 가치판단을 약화시키고 이익 선도를 부각시키고 있다는 점이다.

절대 아니다. 중국 특색의 다자주의는 야심만만하다. 글로벌 거버넌스를 개선하고 적자를 해결하며 대표성이 부족한 개발도상국의 이익을 구현하기 위해 애쓰고 있다. 아투행은 중국 국내개혁의 수요에 부합될 뿐만 아니라 책임감 있는 대국인 중국에 대한 세계의 기대에도 부합된다.

아투행의 정관과 기준에는 온통 다자주의로 빛나고 있다. 우리는 아투행이 다자주의의 지도하에 글로벌 경제 거버넌스를 보완하기 위해 계속 기여하리라고 믿어 의심치 않는다.[160]

---

160) 미국과 일본은 지금까지 아투행 가입문제에서 애매한 태도를 보이고 있는 유일한 두 개의 주요 서양 대국이다. 그러나 그들은 바뀔 수 있다. 그중의 일부 이유가 "아투행은 중국이 주장하는 다자주의를 구현하고 있고, 중국이 세계에 제공하는 공공재라는 것", "아투행이 미국과 일본의 이익을 위협하지 않았고, 아투행은 경쟁적인 개발금융시장에 들어섰기 때문이라는 것"이다. Phillip Y. Lipscy, "Whos Afraid of the AIIB?" Foreign Affair' s, 7 May 2015.

제2장

아투행: 정관에서 기준까지[161]

아시아인프라투자은행("아투행")은 처음으로 중국이 제안하고 주도한 지역성 다자개발금융기구이다. 국제금융 가족의 새로운 구성원으로서 아투행은 세계은행(IBRD)·국제통화기금 (IMF)·아시아개발은행(ADB)·세계무역기구(WTO)등 국제기구의 실천경험을 참고하여 "정예·청렴·녹색"(lean, clean, green)의 국제개발은행으로 건설하기 위해 노력하고 있다. 본 장에서는 자본 쿼터와 의사결정메커니즘, 조직과 관리구조, 보장정책과 기준 등 관건적인 문제에서 착수하여 아투행 법규에 대해 해석하고자 한다.[162]

1. 아투행 법규 해석 1: 자본 쿼터와 의사결정 메커니즘
(1) GDP에 기반을 둔 쿼터공식으로 아투행에서
중국의 주도적 위치를 확보

---

161) 본 장의 주요 부분은 이미『금융법원』(金融法苑) 제91집(輯)(2015년)에 발표 되었다.
162) 「아투행협정」의 정식 명칭은 「아시아인프라투자은행협정」(Articles of Agreement of Asian Infrastructure Investment Bank)이다. 2015년 6월 29일 여러 나라 정부대표가 베이징에서 서명한 협정이다. 「협정」의 규정에 따라 적어도 10개의 창립의향회원이 국내입법비준절차를 완료하였고 그들의 최초 거출 지분을 합친 총액이 거출 자본총액의 50%이상(포함)이어야만 「협정」이 발효할 수 있다. 현재 「협정」은 각국의 국내 입법비준 단계에 있다.

국제금융기구에서 회원은 주로 거출 자본 쿼터를 통해 의사결정에 영향을 미친다. 그것은 자본쿼터에 의해 회원이 얻을 수 있는 지분 비율이 결정되고 나아가 투표권이 결정되기 때문이다. 그래서 회원국 간에 자본쿼터를 어떻게 분배할 것이냐가 국제금융기구 관리의 최우선 과업이 된다. 회원에 허용된 거출 자본쿼터가 제한되어 있는 점을 감안하여 IMF는 쿼터공식을 이용하여 회원국의 거출권이 주어지는 쿼터를 결정한다. IMF 쿼터공식은 4개 경제변수의 가중평균치, 즉 GDP(가중치 50%)·개방성(가중치 30%)·경제변동성(가중치 15%)·국제준비금(가중치 5%)이다.[163] IMF 개혁요구 중에서 중국은 줄곧 쿼터공식을 변화시켜 회원쿼터 결정요소 중에서 GDP의 가중치를 늘릴 것을 주장해왔다.[164] 그러나 그 주장은 아직 현실화되지 못하였다.

현재 GDP를 토대로 회원쿼터를 정하자는 주장이 아투행에서 실시되고 있다.[165] 아투행은 75%의 자본거출 비율을 역내 회원국에 돌리고 역외 회원국들은 나머지 쿼터를 나눠 갖도록 하였다.[166] 역내 범위에서 더 많은 나라 또는 지역이 가입함에 따라 중국의 쿼터는 점차 줄어들게 될 것이다.[167]

---

163) IMF, "Factsheets: IMF Quotas", http://www.imf.org/external/np/exr/facts/quotas.htm.
164) 시진핑,「개방형 세계경제를 공동으로 수호하고 발전시키자 G20 정상회의 제1단계 회의에서 세계 경제 정세에 대해 연설」, 2013년 9월 5일, 러시아 상트페테르부르크, http://cpc.people.com.cn/n/2013/0906/c64094-22826347.html 참조.
165) 『「아투행협정」 보고서』 (아투행 기본문건, 아시아인프라투자은행 창립을 준비하는 각국 수석협상대표가 2015년 5월 22일 싱가포르에서 기록함).
166) 『「아투행협정」 보고서』 (아투행 기본문건, 아시아인프라투자은행 창립을 준비하는 각국 수석협상대표가 2015년 5월 22일 싱가포르에서 기록함). 여기서 설명할 점은 오스트레일리아·뉴질랜드 등 오세아니아 국가와 러시아는 모두 아투행 역내 창립의향회원이라는 점이다.
167) 신화넷,「아투행 법정 자본은 1000억 달러」, http://news.xinhuanet.com/world/2014/10/24/c_1112965833.htm 참조.

AIIB Organizational Structure

August 14, 2017

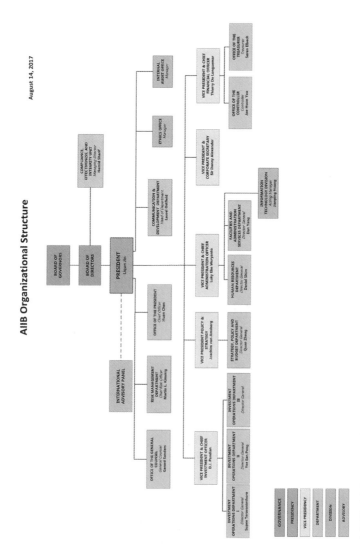

(아)투행 거버넌스 구조도: 이투행 공식 사이트 2017년 8월 14일)

그러나 중국의 GDP가 아시아의 3분의 1을 차지하기 때문에, 아시아 국가 전체가 가입하더라도 중국은 25%의 쿼터를 보유할 수 있다. 이로부터 알 수 있다시피 GDP를 토대로 하는 쿼터공식은 아투행에서 중국의 주도적 위치를 효과적으로 확보하고 있다.

(2) 아투행의 기본투표 시스템이 회원국의 발언권을 효과적으로 수호

국제 금융기구의 투표권은 기본투표(basic votes)와 비례투표(proportional votes)의 두 부분으로 나뉜다. 기본투표는 회원이 자동적으로 얻는 부분이고, 또 수량이 일치하기 때문에 실제로 투표권의 크기를 결정하는 것은 비례투표이다. 이것은 아시아은행들의 호칭법이고,[168] 세계은행은 지분투표(share votes)라고 부르며,[169] IMF는 쿼터 기반 투표권(quota-based votes)이라고 부른다.[170] 비례투표를 놓고 볼 때, 세계은행과 아시아은행 회원국들의 거출자본 쿼터 한 몫이 한 장의 투표권에 해당한다.[171] IMF 회원국의 거출자본 쿼터 중 매 10만 개의 특별인출권(SDR)이 한 장의 투표권으로 환산된다.[172]

비례투표가 회원의 투표권에 대해 결정적인 역할을 하지만 기본투표의 역할도 소홀히 여겨서는 안 된다. 그것은 기본투표 총수가 전체 회원의 투표권 총수에서 차지하는 비중이 클수록 기본기표가 회

---

168) Agreement Establishing the ADB, Article 33.1.
169) IBRD Articles of Agreement, Article V, Section 3(a).
170) IMF Articles of Agreement, Article XII, Section 5(a).
171) IBRD Articles of Agreement, Article V, Section 3(a). (ii); Agreement Establishing the ADB, Article 33.1(ii).
172) IMF Articles of Agreement, Article XII, Section 5(a)(ii).

원의 발언권에 미치는 영향이 크기 때문이다. 소국은 거출자본 쿼터가 적어서 그들에게 차례가 가는 비례투표수도 적기 때문에 그들은 기본투표를 더욱 중시한다. 세계은행과 IMF 투표체제에서는 기본투표 총수가 모든 회원 투표권 총수의 5.5%를 차지한다.[173] 아시아은행은 그 비중이 20%이다.[174] 기존의 다자금융체제에서 새로 창립된 아투행이 많은 나라들에 인기가 있는 원인 중의 하나가 이들 나라들이 기존의 체제하에서 자신의 발언권이 부족한데 대해 불만을 느끼고 있어, 아투행에서 더욱 큰 발언권을 얻을 수 있기를 바라는 것이다.[175] 이를 감안하여 아투행은 전통적인 기본투표와 지분투표를 토대로 하여 혁신적으로 창립회원에만 속하는 창립회원 투표를 설계하였다.[176] 이에 따라 기본투표의 총수가 전체 회원 투표권 총수의 12%를 차지하는 토대 위에서 매 창립회원은 또 자동으로 600장의 창립회원표를 더 획득하게 된다. 이로부터 많은 나라들이 앞 다투어 창립회원의 신분을 신청하도록 이끄는 데 성공하였으며,[177] 동시에 회원의 발언권을 수호할 수 있도록 확보하였다.

(3) 아투행은 유연한 "합의"방식으로 의사

진리췬 아투행 총재는 "GDP를 기본 의거로 한 지분 배분모델에 따

---

173) IBRD Articles of Agreement, Article V, Section 3(a). (i); IMF Articles of Agreement, Article XII, Section 5(a)(i).
174) Agreement Establishing the ADB, Article 33.1(i).
175) 「아투행 협상메커니즘 건설을 강화하자」, 『중국사회과학학보』 2015년 4월 4일.
176) 「아시아인프라투자은행협정」 제28조.
177) 제도설계에서 각국이 창립회원국의 지위를 신청하도록 이끌었으며, 창립회원의 투표권에 의지하는 외에 또 창립회원이 이사 의석을 우선적으로 획득할 수 있도록 규정하였다.

르면 중국이 아투행의 최대 주주가 되어야 한다. 그러나 중국정부는 아투행의 창립은 물론 향후 의사결정, 관리운영 단계에서도 '공동 상의·공동 건설·공동 향유'의 원칙을 일관되게 견지해나갈 것이며, 중국은 절대 유아독존적인 존재가 되지 않을 것이다. 아투행은 시종일관 모든 회원 공동소유의 '다자개발은행'이 될 것이다."[178]라고 거듭 강조해오고 있다. 아투행은 원칙적으로 '합의(consensus)' 방식으로 의사를 결정하며, 회원국 간 평등과 민주의 정신을 구현할 것이다.

'합의'에 의한 의사방식을 유연하게 이해하여 민주적 의사와 효율적행사 간의 균형을 잘 잡아야 한다. '합의'의 본질은 자본이 아닌 머릿수에 의한 의사결정이다. 다만 투표형식을 채택하지는 않는다. '합의'에 의한 의사결정 체제에서는 회원국이 명확하게 반대할 경우 의사결정은 채택될 수 없으며, 이에 따라서 또 다른 의미에서의 '거부권'이 형성된다. 그것은 '자본'이 아닌 '머릿수'에 기반을 둔 거부권이다. WTO의 의사결정 메커니즘이 바로 그 부류에 속한다. 회원이 늘어나고 의사결정이 필요한 사항도 늘어나고 복잡해지게 되면 '합의'에 의한 의사 결정의 난이도도 더 커질 것이다.[179] WTO 도하라운드는 바로 그렇게 되어 난국에 빠져든 것이다.[180]

'합의'에 의한 의사방식의 결함을 보완하기 위해 국제기구는 점차 '결정적 다수(critical mass)'라는 의사결정 메커니즘을 모색해냈다.

---

178) 진리췬(金立群), 「아투행, 글로벌 경제금융 협력발전의 '추진기'」, 『인민일보』 2016년 1월 5일자.
179) Patrick Low, "WTO Decision-Making for the Future", May 2011, www.wto.org/ english/res_e/reser_e/ersd201105_e. pdf(visited July 22, 2015).
180) Patrick Low, "WTO Decision-Making for the Future", P. 3.

'결정적 다수'는 엄격한 '합의'에 의한 의사방식의 유연화 또는 변종으로 간주되고 있다.[181] 그 핵심적 함의는 일부 이해관계 회원이 협상을 가동하고 협상에 참여하여 최종적으로 합의를 달성하며, 이로 인해 발생한 이익 또는 성과는 모든 회원에 적용된다는 것이다. '결정적 다수'의 의사방식은 다음과 같은 몇 가지 특징이 있다. 첫째, 이해관계 회원이 협상을 가동하고 협상에 참여하여 협상을 완성하기 때문에, 그들에게는 어려움을 극복하고 협상을 완성할 동력이 있다. 둘째, 협상에 참여하는 회원 수가 충분히 많아서 의사결정의 다자화를 위한 토대를 마련해야 한다. 셋째, '합의' 방식으로 협의를 채택하여 협상 결과의 다자화를 실현해야 한다. 다시 말하면 '합의'는 협상의 가동과 협상과정에는 나타나지 않고 협상문안이 채택될 때만 나타난다.[182] 이해관계가 없는 회원은 직접적인 이해관계가 없기 때문에 협정의 채택을 저해할 동력이 없다. 또한 협의를 채택할 때 회원은 협의 내용 중 일부만 채택하고, 다른 내용을 부정하는 선택을 해서는 안 된다.[183]

아투행이 유연한 '합의'에 의한 의사결정 메커니즘을 참고할 것을 제안한다. 중국의 정치생활에도 이와 비슷한 민주협상 전통이 있는데 그 속에 쌓인 풍부한 경험을 참고할 수 있다. 아투행의 관리운영 구조, 정관 개정, 프로젝트 융자업무 전개 등 방면에서 유연한 '합의'에 의한 의사방식은 응용 전망이 아주 밝다고 할 수 있다.

---

181) Patrick Low, "WTO Decision-Making for the Future".
182) Patrick Low, "WTO Decision-Making for the Future".
183) Patrick Low, "WTO Decision-Making for the Future".

2. 아투행 법규의 해석 2 : 조직 및 관리운영 구조

국제금융기구의 조직과 관리운영 구조는 주로 운영위원회(Boar d of Governors)·이사회 (Board of Directors)·관리위원회(management) 등 세 부분으로 구성된다.[184] '양회(兩會)'의 운영위원회는 최고 권력기관으로서 여러 회원국의 재무장관 또는 중앙은행 총재로 구성된다.[185] 예를 들어, 세계은행 운영위원회는 188개 회원국의 재무장관 또는 중앙은행 총재로 구성되었으며, 직권 범위에는 신규 회원의 승인, 자본 증감의 결정 등 근본적인 사안이 포함된다.[186] 재무장관 또는 은행총재들을 운영위원(Governors)이라고 부르며, 각기 부 운영위원(Alternate Governors)를 한 명씩 두고, 자신이 불참하게 될 경우 부 운영위원이 대표로 참석할 수 있도록 한다.[187] 매년 가을 세계은행 운영위원회와 IMF 운영위원회는 공동으로 연례회의를 개최한다.[188]

'양회'의 이사회는 최고 행정기관으로서 여러 회원이 선거하였거나 위임한 이사들로 구성된다. 이사는 자기 나라를 대표하여 추천 선발하는 역할을 하는 동시에 국제기구의 관원이기도 한 이중신분을 가

---

184) 국제금융기구가 운영위원회와 이사회 "양회" 로 구성된다고 보는 학자도 있다. 관리위원회의 수뇌인 총재가 이사회 이사장이기도 하기 때문에 개념적으로는 관리위원회가 이사회에 편입되어 있다.

185) World Bank, "Board of Governors" , http://www.worldbank.org/en/about/leadership/governors(visited July 22,2015).

186) IBRD Articles of Agreement, Article V, Section 2(b).

187) IBRD Articles of Agreement, Article V, Section 2(a).

188) World Bank, "Annual & Spring Meetings" , http://web.worldbank.org/WBSITE/EXTERNAL/EXTABOUTUS/0,, contentMDK:20042540-menuPK:8336881-pagePK:51123644-piPK:329829-theSitePK:29708,00.html.

진다.[189] 운영위원회의 운영시스템과 마찬가지로 이사들은 각기 부 이사 (Alternates)를 두고 자신을 대표하여 활동에 참가하도록 한다.[190] 세계은행 이사회를 예로 들면 세계은행 정관에 명시된 소수의 근본적 권력을 운영위원회가 보유하고 있는 외에 기타 모든 권력은 이사회가 운영위원회의 위임을 받아 행사한다.[191] 그중에는 세계은행의 정관을 해석할 수 있는 권리, 세계은행의 대출·증여·담보·투자업무를 결정할 수 있는 권리, 세계은행의 운영 메커니즘을 결정할 수 있는 권리가 포함된다.[192] 세계은행의 25개 이사가 188개 회원국을 대표하여 권리를 행사해야 하기 때문에 세계은행 회원들은 이사 인선의 결정 메커니즘에 가장 큰 관심을 두고 있다. 이사의 인선은 국제금융기구 관리운영의 관건이다.

이사회에는 이사 이외에 또 총재 한 명이 포함된다. 총재는 이사회 이사장으로서 이사회의 논의사항을 제의할 수 있는 권한이 있지만 투표권은 없다.[193] 그러나 의논사항에 찬성표와 반대표가 같을 경우에는 총재에게 결정권이 있다.[194] 총재는 국제금융기구의 법정 대표이

---

189) World Bank, "Executive Directors", http://web.worldbank.org/WBSITE/EXTERNAL/EXTABOUTUS/ORGANIZATION/BODEXT/0,, contentMDK:22421219-menuPK:64020004-pagePK:64020054-piPK:64020408-theSitepk:278036-isCURL:Y-isCURL:Y,00.html.

190) IBRD Articles of Agreement, Article V, Section 4(c).

191) IBRD Articles of Agreement, Article V, Section 4(a).

192) World Bank, "Executive Directors".

193) IBRD Articles of Agreement, Article V, Section 5(a); Agreement Establishing the ADB, Article 34.3.

194) IBRD Articles of Agreement, Article V, Section 5(a); Agreement Establishing the ADB, Article 34.3.

자[195] 기구 직원과 관리위원회의 행정수뇌이기 때문에 총재 인선 또한 국제금융기구 관리운영의 관건이기도 하다.

(1) 이사 선거 시스템

IMF와 세계은행의 상위 5대 주주는 각각 1명의 이사를 위임(appoint)할 수 있는 권한이 있고, 나머지 이사들은 5대 주주가 아닌 다른 회원국이 선출한다.(elect)[196] IMF의 상위 5대 주주로는 미국·일·독일·프랑스·영국이다.[197] IMF의 "2010년 쿼터 및 관리운영 개혁안"에 따라 IMF는 모든 이사를 선거를 통해 결정하며 5대 주주에게는 더 이상 위임권이 주어지지 않는다.[198] 그 개혁안은 미국이 국내 비준절차를 완성하지 않은 원인으로 아직 발효하지 못하고 있다.[199]

아시아은행은 지역성 개발은행으로서 지역분할에 따라 이사를 선출한다.(elect) 먼저 회원국 지역에 따라 역내 회원과 역외 회원으로 나눈다. 48개의 역내 회원 (regional members)이 8명의 이사를 선출하고, 19개의 역외 회원(non-regional members)이 4명의 이사를 선출한다.[200] 아시아은행은 총 12개 선거구가 있는데, 매 선거구에서

---

195) IBRD Articles of Agreement, Article V, Section 5(b); Agreement Establishing the ADB, Article 34.4.
196) IBRD Articles of Agreement, Article V, Section 4(b); IMF, "IMF Executive Directors and Voting Power", http://www.imf.org/external/np/sec/memdir/eds.aspx(visited July 22, 2015).
197) IMF, "IMF Executive Directors and Voting Power".
198) 구빈(顧賓), 「IMF 쿼터 개혁의 현황과 출로」, 『중국금융』 2015년 5호.
199) 구빈(顧賓), 「IMF 쿼터 개혁의 현황과 출로」, 『중국금융』 2015년 5호.
200) ADB, "Board of Directors", http://www.adb.org/about/board-directors(visited July 22,2015).

이사 1명과 부이사 1명을 선출한다.[201] 일본·미국·중국 3대 주주국은 단독으로 구역을 선택하여 각각 자체 이사와 부이사를 선출한다.[202] 주목할 점은 아시아은행 회원에는 국가와 지역이 포함된다는 것이다.[203] 이는 세계은행과 IMF와 구별된다. 이 양자는 유엔체계에 속하기 때문에 그 회원은 반드시 주권국가여야 한다.

국제금융기구의 이사회 규모와 회원 수는 상관관계이다. 세계은행의 발전사를 보면, 세계은행 이사 인원수가 처음에는 12명이던 데서 후에는 회원국이 늘어남에 따라 이사회에서 신규 추가 회원의 대표성을 반영하기 위한 수요에서 25명으로 확대되었다.[204] 세계은행 정관의 규정에 따라 신규 추가 이사 인원수를 결정할 수 있는 권한을 가진 것은 운영위원회인데, 투표권 총수의 80%의 다수결로 통과되어야 한다.[205] 이와 마찬가지로 IMF의 이사 인원수도 최초 20명에서 24명으로 확대되었다. 단 신규 추가 이사 인원수는 운영위원회 투표권 총수의 85%가 되는 다수결로 통과되어야 한다.[206] 아시아은행 이사 인원수는 최초 10명에서 12명으로 확대되었으며, 신규 추가 이사 인원수는 반드시 운영위원회 과반수 이사와 2/3 투표권을 대표하는 다수표를 얻어야만 통과될 수 있다.[207]

---

201) ADB, "Board of Directors".
202) ADB, "Board of Directors".
203) ADB, "Members", http://www.adb.org/about/members.
204) IBRD Articles of Agreement, Article V, Section 4(b). World Bank, "Board of Directors", http://www.worldbank.org/en/about/leadership/directors(visited July 22,2015).
205) IBRD Articles of Agreement, Article V, Section 4(b).
206) IMF Articles of Agreement, Article XII, Section 3(b).
207) Agreement Establishing the ADB, Article 30.1(ii).

아투행은 지역성 개발은행으로서 아시아은행 메커니즘을 참고하여 역내와 역외에 따라 이사 정원을 배분한다. 배분 원칙은 다음과 같다. 첫째, 창립의향 회원은 이사와 부이사 선발 파견의 우선권을 가지며 이로써 창립회원의 주도권을 확보한다.[208] 둘째, 이사 인원수의 역내와 역외 배분비례를 확정하여 역내 이사가 절대다수를 차지하도록 확보함으로써 지역 주도성을 구현한다.[209] 셋째, 이사 인원수와 선거구 분할로 회원의 대표성을 구현한다. 예를 들면 끊임없이 새 회원이 가입해 들어오면 이사회는 인원수 확대를 고려해야 한다. 이 부분에서 아시아은행의 "머릿수 + 자본"의 종합적 투표방식에 의한 신규 추가 이사 인원수 결정방법을 참고하는 것이 세계은행이나 IMF의 단순한 자본에 의한 의사결정 방식보다 민주협상의 이념을 더 잘 구현할 수 있다.[210] 이밖에 아투행은 또 국제금융기구들의 상주이사회 설치 관행을 깨고 상주이사회를 설치하지 않았는데, 이는 아투행의 "정예·청렴·녹색"(lean, clean, green) 건설목표에 부합한다.[211] 사실이 증명하다시피 세계은행·아시아은행·IMF의 상주이사회 관행은 기구의 관료화를 초래하고, 인력자원을 낭비하였으며, 행정효율을 떨어뜨렸기 때문에 마땅히 버려야 한다.

---

208) 「아시아인프라투자은행협정」 첨부파일 2 "이사 선거" 제10조.
209) 「아시아인프라투자은행협정」 제25.1조.
210) 「아시아인프라투자은행협정」 제25.2조.
211) 「아시아인프라투자은행협정」 제27.1조.

(2) 총재 선출 시스템

세계은행 총재와 IMF 총재는 모두 이사회에서 선발한다(select).[212] 이사회는 작은 범위에서 운영되기 때문에 선발투표과정에서 암암리에 조작할 수 있는 공간이 매우 크다. 게다가 이사회는 다수표로 의결하며 본질은 자본이 발언권을 장악하는 것이다. 운영의 불투명성으로 인해 2대 기구의 행정수뇌 선출방식이 많은 비판을 받았다. 2012년 세계은행 신임 총재 선발 때 아프리카 국가들이 전례 없이 단합하여 나이지리아 후보를 일제히 지지하였으나, 결국 미국인이 총재로 선발되어온 관행을 흔들지는 못하였다.[213] 이로써 세계은행의 신용은 전례 없는 질의를 받았고 총재 선출방식에 대한 개혁을 주장하는 목소리가 전례 없이 높아졌다.[214] 이에 비해 아시아은행 총재 선출(elect) 방식은 더 공개적이고 투명하다. 그것은 아시아은행의 총재를 결정하는 메커니즘은 운영위원회인데,[215] 운영위원회는 모든 회원이 파견 위임한 재무장관으로 구성되어 있고, 또 운영위원회가 총재를 선출하는 방식은 "머릿수+자본"의 종합선거방식을 취하고 있는데, 반드시 과반수 이사와 2분의 1 투표권을 대표하는 다수표의 지지를 얻어야만 하기 때문이다.[216] 물론 지역성 기구로서의 아시아은행은 총재

---

212) IBRD Articles of Agreement, Article V, Section 5(a); IMF Articles of Agreement, Article XII, Section 4(a).

213) Financial Times, "World Bank picks Kim as next head", April 16, 2012.

214) 「세계은행 총재는 누가 될까」, 『싼롄생활주간(三聯生活週刊)』 2012년 4월 16일, http://www.lifeweek.com.cn/2012/0416/36900.shtml, 2015년 7월 22일 방문.

215) Agreement Establishing the ADB, Article 34.1.

216) Agreement Establishing the ADB, Article 34.1.

가 역내 인원이어야 한다는 요구를 정관에 명시하고 있다.[217]

중국은 아투행의 주도적 지위를 확보하는 과정에서 아시아은행의 경험을 참고할 수 있다. 아시아은행의 50년 역사에서 총재는 모두 일본인이었다.[218] 아투행에 대하여 우리는 한편으로는 총재 선발 메커니즘의 투명성과 공개성을 확보하여 세계은행과 IMF의 전철을 밟는 것을 절대 피해야 하고, 다른 한편으로는 아투행 총재 선발 메커니즘이 중국인의 당선에 유리하도록 확보해야 한다. 「아투행협정」에 따라 총재 선발 메커니즘 운영위원회의 "머릿수+자본"의 종합 선거방식을 채택하며, 반드시 3분의 2 이상의 이사와 4분의 3의 투표권을 대표하는 다수표의 지지를 얻어야 총재로 선출된다.[219] 중국이 현재 아투행의 26% 투표권을 차지하고 있기 때문에, 총재 인선에서 사실상 거부권을 가지고 있다. 게다가 총재는 반드시 역내 회원국에서 나와야 하기에 중국이 추천한 후보가 연말에 소집되는 제1기 운영위원회에서 아투행 총재로 선출될 가능성이 크다.

(3) 정관 해석과 개정 절차

정관 해석과 개정 절차는 조직과 관리운영 구조문제에 속한다. 그것은 정관 해석과 개정 절차가 운영위원회와 이사회의 권력배치와 직결되기 때문이다. 세계은행·IMF·아시아은행을 비교해보면 그들의 정

---

217) Agreement Establishing the ADB, Article 34.1.
218) ADB, "Past ADB Presidents", http://www.adb.org/about/management/past-presidents (visited July 22, 2015).
219) 「아시아인프라투자은행협정」 제28. 2. 2조, 제29. 1조.

관해석 규칙은 일치한다. 즉 이사회가 정관 해석의 권리를 가진다.[220] 그러나 만약 이사회의 구체적인 해석에 대해 회원이 상소를 제기할 경우 운영위원회에 최종 결정권이 있다.[221] 아투행협정 해석 절차는 이 배치에 따른다. 즉 이사회가 정관에 대한 해석권한을 가지며 상소를 거친 뒤 운영위원회가 최종 결정권을 가진다.

3대 기구 정관의 개정규칙에는 큰 차이가 존재한다. 이에 대해 아투행은 비교와 감별을 거친 뒤 사용해야만 한다. 세계은행과 IMF의 절차는 정관 개정은 먼저 운영위원회의 비준을 받아야 하며, 운영위원회의 비준을 거친 뒤 회원국 국내의 비준절차를 거쳐야 한다.[222] 국내 비준단계에서 세계은행은 80%의 다수 투표권을 대표하는 5분의 3 회원의 비준을 받을 것을 요구하고,[223] IMF는 85%의 다수 투표권을 대표하는 5분의 3 회원의 비준을 받을 것을 요구한다.[224] 아시아은행 정관 개정은 발효 조건이 다르다. 운영위원회의 4분의 3이 다수투표권을 대표하는 3분의 2 이사의 비준만 받으면 되며, 회원국의 국내 비준절차를 밟을 필요가 없다.[225]

이로부터 알 수 있다시피 아시아은행에 비해 세계은행과 IMF의 정관 개정규칙은 더 복잡하다. IMF의 "2010년 쿼터 및 관리운영 개혁

---

220) IBRD Articles of Agreement, Article IX(a); IMF Articles of Agreement, Article XXIX(a); Agreement Establishing the ADB, Article 60. 1.
221) IBRD Articles of Agreement, Article IX(b); IMF Articles of Agreement, Article XXIX(b); Agreement Establishing the ADB, Article 60. 2.
222) IBRD Articles of Agreement, Article VIII(a); IMF Articles of Agreement, Article XXVIII(a).
223) IBRD Articles of Agreement, Article VIII(a).
224) IMF Articles of Agreement, Article XXVIII(a).
225) Agreement Establishing the ADB, Article 59. 1.

안"이 발효되지 못한 주요 원인은 IMF 정관개정이 필요하였기 때문이다.[226] 이를 위해서는 기존 운영위원회의 동의를 토대로 하여 85%의 다수 투표권을 대표하는 회원국의 비준을 얻어야 한다. 미국이 17%의 투표권을 갖고 있고 거부권을 가지고 있기 때문에 미 의회가 비준을 거부하면 IMF의 쿼터 개혁은 발효되지 못한다. 그 개혁은 IMF 역사상 가장 근본적인 관리운영 개혁으로서[227] 사람들의 큰 기대를 모으고 있다. 개혁이 곤경에 빠져들면서 IMF 공신력이 큰 손해를 입었다. 아투행협정의 개정 규칙은 IMF 쿼터 개혁의 운명에서 교훈을 취해야 한다. 현재는 아시아은행의 모델, 즉 운영위원회의 단독 비준절차를 채택한 것으로 보인다. 정관의 개정은 먼저 운영위원회의 비준을 거친 후 아투행이 다시 모든 회원국에 통지하여 3개월 뒤에 자동으로 발효한다.[228] 이런 방식은 정관의 개정이 더욱 빨리 발효하는데 유리하며, 나아가 기구의 운영 효율을 향상시키는데 유리하다. 운영위원회의 단독 비준절차는 중국의 이익에 더욱 부합된다. 이는 정관의 개정이 회원국의 비준을 받아야 할 경우 일부 회원국은 의회가 비준하지 않는다는 이유로 정관의 개정을 방해하거나 지연시킬 수 있기 때문이다. 이로 인해 아투행이 곤경에 빠져들게 되는 것은 우리가 원치 않는 일이다.

---

226) 구빈(顧賓),「IMF 쿼터 개혁의 현황과 출로」,『중국금융』 2015년 5호.

227) IMF, "Factsheets: IMF Quotas", http://www.imf.org/external/np/exr/facts/quotas.htm.

228) 「아시아인프라투자은행협정」 제53. 1조

3. 아투행 법규 해석 3 : 보장정책 및 기준

아투행의 창립을 계획하는 과정에 일부 서양국가들은 아투행의 보장정책과 기준에 대해 꾸준히 질의를 표하였다. 이들 국가는 아투행이 만약 세계은행이나 기타 다자기구보다 못한 보장정책이나 그들보다 낮은 기준을 채택할 경우 투자 프로젝트 소재 지역사회의 인권을 해치게 될 뿐만 아니라 세계은행 또는 기타 '다자 금융기구'에 대한 불공평한 경쟁을 초래하게 될 것이라고 주장하고 있다.

실천 속에서 기존의 '다자 금융기구'는 보장정책과 기준이 각기 서로 다르다. 예를 들어 세계은행은 국제금융회사와 함께 세계은행그룹에 속해 있으며, 세계은행은 정부 또는 정부 담보 프로젝트에 자금을 빌려주는 임무를 맡고, 국제금융회사는 민간 프로젝트에 자금을 빌려준다. 대출 대상이 다르기 때문에 두 기관은 각기 다른 보장정책과 기준을 취하고 있다.[229] 설령 일부 공동대출 프로젝트에서도 두 기구는 각자의 기준을 적용하기 때문에 프로젝트의 진전이 지연되어 프로젝트의 목표를 실현하기 어렵게 된다.[230] 기존의 다자금융기구는 또 "투자프로젝트융자"와 "발전정책대출"을 구분하여 각기 다른 대출정책과 기준을 적용한다.[231] 반드시 지적해야 할 점은 이러한 기준의 실시상황이 매우 우려스럽다는 점이다. 세계은행과 국제금융회사 각자

---

229) World Bank, "Drafting Proposed Environmental and Social Framework: Setting Standards for Sustainable Development-Questions and Answers", p. 4.
230) "Environment and Social Policy and Procedural Guidelines for Projects in IDA Countries Financed Jointly by Bank and IFC", June 19, 2012, p. 5.
231) World Bank, "Review and Update of the World Bank's Safeguard Policies: Proposed Environmental and Social Framework" (Background Paper, September 2, 2014), p. 2, para. 9.

의 프로젝트에는 모두 환경악화, 폭력적인 강제이주, 이주보상 부족으로 인한 원주민의 생계곤란 등 공통의 문제들이 나타나고 있다.[232]

아투행의 발기자이자 주도자로서 중국정부의 기본 입장은 일관되고 명확하다. 즉 아투행은 반드시 "엄격하고 실행 가능한 높은 기준의 보장조항"을 제정해야 한다는 것이다.[233] 세계은행이 장기간의 업무활동에서 풍부하고 선진적인 보장정책 경험을 쌓은 점을 고려하여 아투행은 세계은행의 경험을 참고하는 토대 위에서 '엄격하고' '실행 가능한' 기준의 실행 경로를 모색해야 한다.

(1) 세계은행 기준의 역사적 변화

1970년대부터 세계은행은 세계은행이 융자를 제공하는 프로젝트로 인한 환경적, 사회적 영향에 대해 관심을 기울이기 시작하였다. 1984년 세계은행은 「세계은행 프로젝트의 환경 요소 관련 업무 지침 설명」(Operational Manual Statement on Environmental Aspects of World Bank Work, OMS)을 발표하여 관련 프로젝트, 기술 지원 및 환경에 영향을 줄 수 있는 세계은행의 기타 업무와 관련된 정책

---

232) 국제조사기자연맹의 2014년 세계은행 기준실시상황에 대한 조사보고서에 따르면 세계은행의 나이지리아의 동바디아 프로젝트, 인도의 화력발전소 프로젝트, 브라질의 소브라디뉴 댐 프로젝트, 알바니아의 야레 해안 재건 프로젝트, 라오스의 댐 프로젝트, 브라질의 가멜레라 댐 프로젝트, 에티오피아의 보건 및 교육 프로젝트에서 세계은행은 실직과 허위 기준 문제가 존재한다. ICIJ and HuffPost "How The World Bank Broke Its Promise To Protect The Poor", http://projects. huffingtonpost.com/worldbank-evicted-abandoned(last visited June 11, 2015) 참조. 「내쫓긴 사람과 버려진 사람이 말한다, 세계은행은 약속을 어겼다고」, http://www.guancha.cn/HeFenDunYouBao/2015_06_09_322615_2.shtml(방문시간: 2015년 6월 11일).

233) 신화넷, 「러우지웨이(樓繼偉): 아투행은 기존 '다자개발은행'의 관련 기준과 좋은 방법을 존중한다」 2014년 10월 24일, http://news.xinhuanet.com/fortune/2014-10/24/c_1112966042.htm(방문시간: 2015년 5월 7일).

및 절차에 대해 규정하였다.[234] 지침 중 '환경'이라는 단어는 만상을 망라하고 있다. 사회와 자연 조건뿐만 아니라 현재와 후세에 대한 영향까지 포함된다.[235]

1987년 이후 세계은행의 개편과 함께 「업무지침설명」이 점차 「업무지령」(Operational Directives, ODs)으로 대체되었다.[236] 「업무지령」은 「업무지침설명」의 내용을 포함하였을 뿐만 아니라 일부 새로운 정책도 규정하고 있다. 예를 들면 '환경평가'라는 조항이 최초로 1989년 OD 4.00 부록A에 규정되었다가 후에 독립되어 OD 4.01로 된 것이다.[237] 1992년에 이르러 세계은행은 자체 직원들에 대한 구속력을 갖춘 「업무정책 및 세계은행 절차」(Operational Policies and Bank Procedures, OP/BP)를 발표하였다.[238] 「업무정책 및 세계은행 절차」는 「업무지령」의 관련 내용을 통합하고 대체하여 세계은행 문책 시스템의 통일화와 명석화를 실현하였다. 이후 세계은행의 구체적인 업무에서 나타나는 환경 및 사회문제에 대처하기 위해 일부 새로운 환경 및 사회정책이 도입되었다.

1997년 세계은행은 「업무정책 및 세계은행 절차」 중 10개 조항의

---

234) World Bank, "Review and Update of the World Bank's Safeguard Policies: Proposed Environmental and Social Framework" (Background Paper September 2,2014), p. 2, para. 6.

235) World Bank, "Review and Update of the World Bank's Safeguard Policies: Proposed Environmental and Social Framework" (Background Paper, September 2, 2014), P. 2, para. 6.

236) World Bank, "Review and Update of the World Bank's Safeguard Policies: Proposed Environmental and Social Framework" (Background Paper, September 2, 2014), P. 2, para. 7.

237) World Bank, "Review and Update of the World Bank's Safeguard Policies: Proposed Environmental and Social Framework" (Background Paper, September 2, 2014), P. 2, para. 7.

238) World Bank, "Review and Update of the World Bank's Safeguard Policies: Proposed Environmental and Social Framework" (Background Paper, September 2, 2014), P. 2, para. 7.

'업무정책'을 구체적 보장정책(safeguard policies)에 귀결시켜[239] 프로젝트 준비 및 실행과정에서 지켜질 수 있기를 기대하였다. 보장정책에는 환경·사회·법률 3대 부류가 포함된다.[240] 구체적으로 말하면 환경류에는[241] 환경평가(OP 4.01), 자연 서식지(OP 4.04), 병충해 관리(OP 4.09), 문화재(OP 4.11), 삼림보호(OP 4.36), 댐 안전(OP 4.37)이 포함되고, 사회류에는 원주민(OP 4.10), 비(非)자발적 이민(OP 4.12)이 포함되며, 법률류에는 국제 수로 프로젝트(OP 7.50), 분쟁지역 프로젝트(OP 7.60)가 포함된다. 보장정책은 세계은행 "투자 프로젝트 융자"(Investment Project Financing, or Investment Lending)에 적용되는 정책으로서 이러한 프로젝트의 환경 및 사회적 리스크를 평가하고 낮추기 위해 적용되는 정책이다.[242] 투자 프로젝트 융자는 "개발정책융자"(Development Policy Lending, DPL)와 "결과 지향적 프로젝트"(Program for Results, P4R)와 같은 정책성 금융수단과 비교되는 용어이다.[243] 3자의 차이점을 살펴보면 "투자 프로젝트 융자"는 구체적인 프로젝트를 지원하는데 적용되는 수단으로 프로젝트의 실제 지출과 거래에 따라 시기별 단계별로 나누어 대부금을 분할지

239) World Bank, "Review and Update of the World Bank's Safeguard Policies: Proposed Environmental and Social Framework" (Background Paper, September 2, 2014), P. 2, para. 8.
240) World Bank, "Review and Update of the World Bank's Safeguard Policies: Proposed Environmental and Social Framework" (Background Paper, September 2, 2014), P. 2, para. 8.
241) http://web. Worldbank. Org/WBSITE/EXTERNAL/PROJECTS/EXTPOLICIES/EXTSAFEPOL/ 0,, contentMDK: 20543912 - menuPK: 1286357 - pagePK: 64168445 - piPK: 64168309 - theSitePK: 584435, 00.html(visited May 1, 2015).
242) World Bank, "Environmental and Social Framework" (August 4, 2016), P. 141.
243) Paul Bermingham, "Program-for-Results: An Innovative New Financing Instrument of the World Bank", October 1, 2012, http://blogs. Worldbank.Org/voices/program-for -results-an-innovative-new-financing-instrument-of-the-world-bank(visited May 1, 2015).

급하며, 세계은행 대출 업무량에서 차지하는 비중이 75~80%에 이른다.[244] "개발정책융자"는 정책과 관리운영개혁을 지원하는데 적용되는 수단으로 세계은행이 전체 예산을 지원하며, 세계은행 대출 업무량의 20~25%를 차지한다.[245] "결과 지향적 프로젝트"는 2012년에 세계은행이 새롭게 설계한 금융수단으로 대출의 지급과 프로젝트 결과를 직접 연결시키는 것이 특징이다.[246] 보장정책은 "투자 프로젝트 융자"에 적용되는 수단이지만, "개발정책융자"와 "결과 지향적 프로젝트"에는 적용되지 않는다. 뒤의 두 가지 금융수단은 환경 및 사회적 리스크를 고려할 때 각자의 업무정책(즉 OP/BP8.60과 OP/BP9.00)을 적용한다.[247]

(2) 세계은행의 「환경 및 사회책임 프레임」

1989년 세계은행이 "환경 평가" 정책을 처음 도입한 이후 세계은행 보장정책은 이미 20년이 넘게 효과적으로 실행되어 오고 있다. 이 기간 동안 세계은행의 업무환경에 큰 변화가 나타났다. 새로운 대출 모델과 최고의 실천 사례들이 속출하고 있으며, 차관국의 수요에도 변화가 생겼다. "지속 가능한 발전방식을 통해 회원국들이 극단적인 빈곤을 종식하고 번영을 공유하는" 목표를 실현하는데 더 나은 서비

---

244) http://digitalmedia.worldbank.org/projectsandops/lendingtools.htm#investment(visited May 1, 2015).
245) http://digitalmedia.worldbank.org/projectsandops/lendingtools.htm#investment
246) Paul Bermingham, "Program-for-Results: An Innovative New Financing Instrument of the World Bank".
247) World Bank, "Environmental and Social Framework" (August 4, 2016), P. 141.

스를 제공하기 위해 2012년부터 세계은행은 보장정책에 대한 평가와 갱신을 진행하였다. 2년 남짓한 기간 동안 이해관계자의 의견을 널리 수렴하고 기타 '다자 개발금융기구'의 경험을 충분히 참고한 끝에 세계은행은 2014년 7월 「환경 및 사회책임 프레임」(Environmental and Social Framework, 1차 초안)을 발표하였다. 세계은행은 관련 의견에 근거하여 1차 초안을 수정하여 2015년 8월 2차 초안을 발표하였다.[248] 2016년 8월 세계은행 집행이사회는 「환경 및 사회 책임 프레임」을 최종 비준하였고, 2018년부터 새로운 투자 프로젝트에 적용하기로 결정하였다.[249]

1. 「환경 및 사회책임 프레임」의 새 변화

새로운 「환경 및 사회 책임 프레임」은 어렵게 이룬 것으로서 세계은행 역사상 최대 규모의 공개적 의견수렴의 기록을 세웠다.[250] 현행 보장정책의 효과성을 강화하기 위하여 「환경 및 사회책임 프레임」에

---

248) http://consultations.worldbank.org/consultation/review-and-update-world-bank- safeguard-policies(visited December 16, 2017).

249) 새로운 「환경 및 사회 책임 프레임」과 관련하여 세계은행은 현재 실시세칙을 개발하고 있으며 은행 직원과 차관국에 대한 기술 교육을 실시하고 있다. 새 규칙은 2018년 이후에 가동된 새로운 프로젝트에 적용될 것이지만, 새 규칙이 발효하기 전에 이미 전개되기 시작한 기존의 프로젝트에 대해서는 여전히 기존의 규칙을 적용한다. 그렇기 때문에 세계은행 기존의 규칙은 새 규칙으로 완전히 대체될 때까지 7년 정도 더 운영될 것으로 예상되고 있다. World Bank, "World Bank Board Approves New Environmental and Social Framework", August 4, 2016. http://www.worldbank.org/en/news/press-release/2016/08/04/world-bank-board-approves-new-environmental-and-social-framework(visited December 18, 2017).

250) 새 「프레임」은 4년에 걸쳐 초안을 작성하였는데 세계 각국 정부, 개발기구 및 사회단체에 의견을 구하였으며 63개 국가의 약 8천 개 이해관계자가 망라되었다. World Bank, "World Bank Board Approves New Environmental and Social Framework", August 4, 2016. http://www.worldbank.org/en/news/press-release/2016/08/04/world-bank-board-approves-new-environmental-and-social-framework(visited December 18, 2017).

서 4가지 새로운 변화를 이루었다. 첫째, 세계은행과 차관국의 의무와 책임을 명확히 구분하였다.[251] 차관국의 의무는 "10가지 환경 및 사회기준"(Environmental and Social Standards, ESSs)에서 구현되며, 세계은행의 의무는 차관국의 관련 기준 이행에 대한 실사(due diligence)책임을 다하는 것에서 구현된다. 매 하나의 프로젝트를 이행하는 과정에서 세계은행은 차관국과 「환경 및 사회약속 계획」(Environmental and Social Commitment Plan, ESCP)을 체결하여 융자계약의 구성부분으로 삼아 차관국의 관련 의무를 규정한다.[252]

둘째, 리스크(risk-based)를 토대로 세계은행 자원을 배분한다.[253] 현행 보장정책은 세계은행의 융자프로젝트를 A, B, C 세 가지 유형으로 나누어 환경과 사회에 미치는 영향을 차례로 낮추었다. 예를 들어 A류 프로젝트의 경우 환경적·사회적 영향이 매우 크기 때문에 철저한 환경적·사회적 평가가 이루어져야 하고, 또 엄격한 자문과 감독관리가 필요하다. 프로젝트의 유형은 프로젝트의 준비단계에서 이미 확정되며, 프로젝트 재편성의 경우를 제외하고는 프로젝트의 전반 주기 중에 조건이 변하여도 변경할 수 없다. 새로운 「환경 및 사회책임 프레임」은 프로젝트 리스크를 "높음(high), 상당히 높음(substantial), 일반(moderate), 낮음(low)" 4가지 범위로 분류하였다. 리스크 유형을 확정짓는 요소도 더 포괄적으로 설정하였는데, 프로젝트 유형·지

251) World Bank "Environmental and Social Framework" (August 4, 2016) pp. 1, 9, 23-24.
252) World Bank "Environmental and Social Framework" (August 4, 2016) p. 19.
253) World Bank "Environmental and Social Framework" (August 4, 2016) p. 14.

역·규모, 잠재적 리스크와 영향의 성격 및 정도, 그리고 그 리스크와 영향에 대한 차관국의 대처능력과 의지가 포함된다. 새로운 제도는 실제 리스크에 더욱 중시를 돌려 세계은행이 자원을 최적화하여 배치하고 평가하며, 감독 관리하는 데 유리하도록 하였다. 프로젝트 주기 중 프로젝트의 리스크 유형은 실제 리스크의 변화에 근거하여 적절히 조정한다.

셋째, 기타 '다자개발은행'의 대출기준과의 관계를 조율한다. 최근 몇 년간 아프리카개발은행(AFDB)·아시아개발은행(ADB)·유럽개발부흥은행(EBRD)·미주개발은행(IDB)은 모두 각자의 기준과 최고의 실천 사례에 대해 수정을 거치면서 새로운 요소를 추가하였다. 예를 들면 총체적 원칙을 추가하고, 대부자와 차주의 책임을 구분하며, 환경 및 사회 사항을 통합적으로 대하는 것이다.[254] 세계은행은 가능한 한 기타 기구와 기준이 일치하도록 맞추려고 노력하고 있다. 이밖에 세계은행은 또 세계은행그룹 내부의 국제금융회사들과 성과기준의 일치를 유지하고자 방법을 강구하였다.[255] 이러한 노력을 통하여 세계은행은 지속가능한 발전의 기준을 제정하는 면에서 자체의 지도적 지위를 계속 유지할 수 있는 것이다.

넷째, 새로운 이슈(emerging issues)에 충분한 관심을 가진다.[256]

---

254) World Bank, "Review and Update of the World Bank's Safeguard Policies: Proposed Environmental and Social Framework "(Background Paper, September 2, 2014), P. 8, para. 22(e).

255) World Bank, "Review and Update of the World Bank's Safeguard Policies: Proposed Environmental and Social Framework "(Background Paper, September 2, 2014), P. 8, para. 22(d).

256) World Bank, "Environmental and Social Framework" (August 4, 2016) pp. 5-7.

세계은행의 프로젝트와 관련된 새로운 이슈들에는 기후의 변화, 인권, 근로자의 권리, 비자발적 이주민의 안치, 성별 및 장애의 차별, 공공위생 및 질병의 확산, 생물 다양성의 상실, 토지사용권(land tenure) 등이 포함된다. 다수의 새로운 이슈는 현행 보장정책에서 구현되지 않았다.[257] 이를 위해 「환경 및 사회책임 프레임」에서는 새로운 이슈에 대응하는 책략과 방법에 대해 규정짓거나 개진하였다.

2. 「환경 및 사회책임 프레임」의 주요 내용

「환경 및 사회책임 프레임」(이하 「프레임」으로 약칭함)은 총체적으로 세 부분으로 나뉜다. 제1부분 "지속 가능한 발전 청사진", 제2부분 "환경 및 사회정책", 제3부분 "환경 및 사회기준 (ESSs)"이다.[258] 제1부분은 서언의 성격을 띠는데 지속가능한 발전을 추구하는 세계은행의 가치이념과 목표를 표명하였다.[259] 제2부분은 투자 프로젝트에서 세계은행의 법정책임을 규정하였는데, 이는 프로젝트 리스크 배분책임과 감독관리 자원에 기반을 둔 것이다.[260] 제3부분은 프로젝트를 전개함에 있어서 대출대상의 법정의무에 대해 규정하였는데 10가지 기준으로 구성되어 있다.[261] 새로운 「프레임」은 구속력이 있다. 그중 10가지 조항의 "환경 및 사회기준"이 기존의 보장정책을 대체하게 된다.

---

257) http://consultations.worldbank.org/review-and-update-world-bank-safeguard-policies-objectives-and-scope(visited May 7, 2015).

258) World Bank, "Environmental and Social Framework" (August 4, 2016) p. 1.

259) World Bank, "Environmental and Social Framework" (August 4, 2016) pp. 5-7.

260) World Bank, "Environmental and Social Framework" (August 4, 2016) p. 9.

261) World Bank, "Environmental and Social Framework" (August 4, 2016) pp. 23-24.

그러나 법률적인 보장정책(즉 '국제 수로 프로젝트' '분쟁지역 프로젝트') 및 민간주체 프로젝트의 기준은 포함하지 않는다.[262] 그 10가지 기준은 다음과 같다. 기준1(ESS1) '환경 및 사회적 리스크와 영향의 평가 및 관리', 기준2(ESS2) '근로자와 작업여건', 기준3(ESS3) '자원의 효율과 오염방지', 기준4(ESS4) '지역사회 위생 및 안전', 기준5(ESS5) '토지취득, 토지사용 제한 및 비자발적 안치', 기준6(ESS6) '생물 다양성 보호 및 생물 자연자원의 지속 가능한 관리', 기준7(ESS7) '원주민 및 역사적으로 보장이 결여된 사하라 이남의 아프리카 원주민', 기준8(ESS8) '문화재', 기준9(ESS9) '금융 중개', 기준10(ESS10) '이해관계자 참여 및 정보 공개'. 구체적으로 말하자면 ESS1은 전반적인 기준으로 환경 및 사회적 리스크에 대해 평가하고 관리하는 절차적 원칙, 즉 리스크에 근거하고 결과에 관심을 두며 비례에 부합한다는 원칙을 제시하였다.[263] '프로젝트(project)'와 '부대시설(Associated Facilities)'의 정의를 규정하고, 세계은행과 대출 대상 간에 체결한 「환경 및 사회약속 계획」을 통해 리스크에 대한 관리와 통제를 실현한다. ESS1은 ESS10과 함께 세계은행의 모든 투자프로젝트에 적용된다.

ESS2는 노동기준이다.[264] 소년공 고용 또는 강제노동을 금지하며 프로젝트 관련 근로자들이 국내법에 따라 공회(노동조합)를 조직하고 단체로 근무조건에 대한 협상을 진행하는 것을 지지한다. 프로젝트 관련 근로자의 범위는 직접 근로자, 계약 근로자, 주요 공급업체 근

262) World Bank, "Environmental and Social Framework" (August 4, 2016) p. 3.
263) World Bank, "Environmental and Social Framework" (August 4, 2016) pp. 24-51.
264) World Bank, "Environmental and Social Framework" (August 4, 2016) pp. 52-60.

로자 및 지역사회 근로자를 망라한다고 규정하였으며, 또 프로젝트 관련 근로자들이 원활한 권리 구제 경로를 모색하도록 보장할 것을 요구한다.

ESS3은 환경보호기준이다.[265] 자연자원을 효과적으로 이용하고 폐기물을 적절히 처리하며 이산화탄소의 배출을 줄일 것을 규정하였다. 대출 대상에 프로젝트와 관련된 대기오염물질 배출 범위에 대해 확정하고 측정할 것을 요구한다. 구체적인 프로젝트에 따라 가장 적합한 환경보호기술을 적용할 것을 제창한다.

ESS4는 지역사회기준이다.[266] 도로안전위험 및 프로젝트안전요원이 현지 지역사회에 조성할 수 있는 위험을 포함하여 프로젝트가 현지 지역사회에 가져다줄 수 있는 위험과 영향에 대해 대출 대상이 효과적으로 대처할 것을 규정하였다. 여기에서 주의할 점은 본 기준은 프로젝트 관련 근로자의 직업건강과 안전에 대한 내용은 포함하지 않았다. 그 내용은 ESS2의 관할 범위에 속한다. 그리고 본 기준은 또 지속적인 오염으로 인한 인체건강과 환경피해와 관련된 내용도 포함하지 않았다. 그 내용은 ESS3의 관할범위에 속한다.

ESS5는 토지점용 기준이다.[267] 프로젝트 용지를 확보하기 위하여 비자발적인 이주(involuntary resettlement)를 요구하여서는 안 되며, 이주민의 생활상황을 회복 또는 개선하도록 보장한다. '비자발적 이주'의 인정기준은 프로젝트 용지조달 과정에서 개인이나 지역사회가

---

265) World Bank, "Environmental and Social Framework" (August 4, 2016) pp. 61-60.
266) World Bank, "Environmental and Social Framework" (August 4, 2016) pp. 67-75.
267) World Bank, "Environmental and Social Framework" (August 4, 2016) pp. 76-95.

거부권이 없어 이주를 강요당한 경우이다. 그러나 본 기준은 국가적 또는 지역적 차원의 지속가능한 발전목표를 위해서 실시되는 토지사용 계획에는 적용되지 않는다.

ESS6은 생물의 다양성 기준이다.[268] 생물의 다양성과 생물의 다양성이 의존하는 서식지를 보호할 것을 요구한다. 생물성 자연자원의 지속가능한 이용을 독려하여 생산과 수확 사이에서 균형을 잡아야 한다. 원주민과 프로젝트의 영향을 받는 다른 사회공동체가 생물의 다양성을 유지하기 위해 발휘할 수 있는 긍정적인 역할을 인정한다. 본 기준에서 말하는 생물의 다양성은 개체군 내, 개체군 간 그리고 전체 생태계와 관련된다.

ESS7은 원주민(Indigenous People)의 기준이다.[269] 원주민에게 이주를 강요하여서는 안 된다. 세 가지 고위험 상황(전통적인 소유권, 사용권, 점유권의 통제를 받는 토지와 자연자원에 영향을 미치는 경우, 이러한 토지와 자연자원으로부터의 이주, 문화재가 심각한 피해를 입을 경우)에서 차입측은 프로젝트의 영향을 받는 원주민으로부터 "자발적, 사전적, 정보에 대한 충분한 이해 후의 동의"(Free, Prior and Informed Consent, FPIC)를 반드시 받아야 한다. 본 기준에서 말하는 '원주민'은 목축민(pastoralists)을 포함한 광의적 의미로 사용된다.

---

268) World Bank, "Environmental and Social Framework" (August 4, 2016) pp. 96-105.
269) 원주민은 통칭으로서 나라마다 부르는 방법이 각기 다르다. 중국에서는 소수민족이라고 부른다.
    World Bank, "Environmental and Social Framework" (August 4, 2016) pp. 106-118.

ESS8은 문화재기준이다.[270] 이해관계자와 문화재 관련 협상을 전개하는 것을 추진하여 문화재를 이용한 상업목적의 실현 상황에 대해 규정하였다. 본 기준에서 말하는 문화재는 범위가 광범위한데 유형문화재뿐만 아니라 무형문화재도 포함된다. 문화재가 법적 보호를 받고 있는지, 미리 발견될 수 있을지, 훼손되지 않을지 등에 대해선 상관하지 않는다. ESS7은 원주민 문화재에 대해 구체적으로 규정하였다. ESS9는 금융중개의 기준이다.[271] 세계은행이 금융 중개조직을 통해 서브프로젝트(sub project)에 융자를 제공할 때, 그 금융 중개조직은 서브프로젝트의 위험에 상응하는 「환경과 사회 관리시스템」을 가지고 있어 서브프로젝트의 위험 범주를 정의하고, 연간 환경 및 사회 성과 보고서를 세계은행에 제공해야 한다.

ESS10은 공중의 참여기준이다.[272] 대출 대상에 「이해관계자와의 소통계획」을 제정하고, 정보공개와 효과적인 소통의 절차와 기준을 명확히 하며, 이해관계자의 요구에 대한 구제경로를 제공할 것을 요구한다. 이해관계자에는 2개 부류의 개인 또는 단체가 포함된다. 즉 프로젝트의 영향을 받는 이해관계자와 현지 정부, 인근 프로젝트, 비정부조직과 같은 기타 이해관계자들을 말한다.

종합적으로 새로운 「프레임」은 기존의 「프레임」에 비해 주로 환경보

---

270) World Bank, "Environmental and Social Framework" (August 4, 2016) pp. 119-124.
271) World Bank, "Environmental and Social Framework" (August 4, 2016) pp. 125-130.
272) World Bank, "Environmental and Social Framework" (August 4, 2016) pp. 131-137.

호와 사회보호 수준을 향상시켰다.[273] 첫째, 처음으로 근로자와 작업 환경 보호에 대해 전면적인 요구를 제기하였다. 둘째, 지역사회 위생 및 안전조치는 도로 안전, 응급 처치 및 재해 대응에까지 확대되었다. 셋째, 차관국은 전체 프로젝트주기에 이해관계자의 참여를 보장할 의무를 짊어지고 있다. 넷째, 무차별시 원칙을 강화하고, 「세계은행 지령」을 새롭게 발부하여[274] 약세집단의 범위를 명확히 하고, 차관국을 도와 약세집단과 관련된 사무를 처리할 것을 세계은행 직원에게 요구하였다.

(3) 세계은행 기준이 아투행에 주는 메시지[275]

세계은행의 「환경 및 사회책임 프레임」은 국제 대출기준의 추세를 반영하였다. 비록 아직 실시되지는 않았지만 그 영향력이 막대하며, 필연적으로 아투행 기준의 발전에 중대한 참고적 의의가 있을 것이다. 아투행은 2016년 2월 「환경 및 사회책임 프레임」을 정식 발표하였다. 총체적으로 볼 때 「프레임」은 국제 최고의 실천에 부합되지만 내용이 비교적 원칙화 되어 있어 실천하는 가운데서 보완하고 발전할

---

273) World Bank, "The Environmental and Social Framework", last updated November 27, 2017. http://www.worldbank.org/en/programs/environmental-and-social-policies-for- projects/brief/the-environmental-and-social-framework-esf(visited December 18, 2017).

274) World Bank, "Bank Directive Addressing Risks and Impacts on Disadvantaged or Vulnerable Individuals or Groups", full text available at https://policies.worldbank. org/sites/ppf3/PPFDocuments/Forms/DispPage.aspx?docid=e5562765-a553-4ea0-b787-7e1e775f29d5&ver=current(visited December 18, 2017).

275) 아투행의 「환경 및 사회 책임 프레임」과 관련하여서는 제1장의 한 부분인 "아투행 기준의 다자주의"를 참조하라.

수 있는 여지를 남겨 놓았다. 「프레임」은 3년간 시험 운영될 것인데,[276] 아투행은 업무발전에 근거하여 「프레임」에 대해 심사하고 개정하게 된다. 중국은 아투행의 제안국이자 주요 주주로서 아투행이 높은 기준의 대출기준을 제정하는 것을 지지한다. 이는 국제기준의 발전추세에 대한 존중과 파악을 구현할 뿐만 아니라 국내경제의 발전방식 전환과 대외무역의 훌륭한 수출입을 추진하는데도 유리하다.

1) 아투행은 높은 기준이 필요하다

아투행에 높은 기준이 필요하다고 하는 것은 세계은행의 실천경험에 근거한 것일 뿐만 아니라 더욱이는 세계은행 프로젝트의 교훈에 근거한 것이다. 세계은행이 융자를 제공하는 프로젝트 중에는 환경 악화, 폭력적 이주, 이주보상 부족으로 원주민의 생계가 어려워진 상황도 있다. 이러한 상황이 나타나게 된 것은 차관국 정부가 기준을 지키려는 의지가 없었던 원인도 있고, 또 세계은행 관리위원회가 기준을 강행하려는 의지가 없었던 원인도 있다. 세계은행 기준의 실시 상황이 좋지 않아 세계은행의 지속가능한 발전목표를 실현하는 데 직접적인 영향을 주었다. 이 때문에 세계은행은 질의를 받게 되었고 공신력이 떨어지게 되었다.[277] 아투행은 세계은행의 교훈을 받아들여 시작단계에서부터 높은 기준을 중시함과 아울러 기준의 이행문제에

---

276) AIIB, "Environmental and Social Framework" (February,2016), p. 2.
277) ICIJ and HuffPost "How The World Bank Broke Its Promise To Protect The Poor" http://projects.huffingtonpost.com/worldbank-evicted-abandoned(last visited June 11, 2015); 관찰자넷(觀察者網): 「내쫓긴 사람과 버려진 사람이 말한다, 세계은행은 약속을 어겼다고」, http://www.guancha.cn/HeFenDunYouBao/2015_06_09_322615_2.shtml(방문시간: 2015년 6월 11일).

대해서도 크게 중시하였다. 아투행이 높은 기준을 제정, 실시하는 것은 발전목표에 부합될 뿐만 아니라 다음과 같은 실제적인 이익도 얻을 수 있다.

첫째, 높은 기준은 국내경제의 발전방식 전환과 대외무역의 훌륭한 수출입을 추진하는 데 이롭다. 현재 중국은 국제 생산능력과 장비 제조 분야의 협력을 적극 추진함으로써 개방을 확대하고 발전의 업그레이드를 촉진하고자 한다. 아투행이 융자를 제공하는 프로젝트가 상기의 전략을 실시하는 중요한 기회가 될 것이다. 그 이유는 아투행의 높은 기준이 아투행 융자제공 프로젝트에 대해 높은 요구를 제기하여 프로젝트의 발기·융자·건설·운영 등 제반 단계를 포함한 프로젝트의 전반 과정에 적용되기 때문이다. 객관적으로 국내 철도·전력·통신·건축자재·공정기계 등 비교우위를 갖춘 기업이 발전과 업그레이드를 이루어 관련 기준에 부합되도록 함으로써 아투행이 융자를 제공하는 프로젝트에 참여할 자격을 갖출 것을 요구하고 있다.

둘째, 높은 기준은 아투행이 자본시장에서 융자의 수요를 만족시키는데 이롭다. 국제자본시장에서 융자를 해결하는 것은 다자금융기구의 주요 자금의 원천이다. 향후 15년 아시아지역의 인프라 융자의 수요만 26조 달러에 이를 것으로 예측된다.[278] 아투행은 자기자본에 의지하여 채권발행을 통해 자금을 조달해서는 아투행의 인프라 투자 업무 전개의 수요를 충족시킬 것이다. 세계은행이 자본시장에서 융자를 해결하는 비용이 적게 드는 것은 신용평가 등급이 오랫동안 최고

---

278) AIIB, "AIIB Annual Report and Accounts 2016", p. 7.

등급을 유지하고 있는 데 힘입어서이다. 그 원인은 회원국 정부의 지지가 있었던 것 외에 객관적으로 세계은행 프로젝트의 높은 기준에 의한 신용이 버팀목이 되어 준 것과 갈라놓을 수 없다.

셋째, 높은 기준은 아투행이 기타 국제금융기구와 융자협력을 전개하는데 이롭다. 국제금융기구 간의 공동융자는 인프라 융자에서 흔한 모델이다. 그런 배치는 더 많은 자금을 동원하여 프로젝트의 융자수요를 만족시키는 데 유리하다. 아투행은 창립된 후 세계은행·아시아은행과 융자협력을 전개하는 면에서 갖춰야 할 조건 중의 한 가지가 아투행이 이들 기구와 공동으로 높은 기준을 적용하는 것이다. 주의할 점은 높은 기준은 동일한 기준이 아니라는 점이다. 사실상 국제금융기구는 각자의 기준과 보장정책을 갖고 있지만 장기적인 융자협력과정에서 점차 일치해지고 있다.

2) 높은 기준은 회원국의 국정을 살펴야 한다

최근 몇 년간 국제금융기구들은 모두 자체 기준과 보장정책에 대해 평가하고 개정하고 있다. 새로운 정세에 순응해야 하는 수요 외에 그러한 흐름은 객관적으로 현행기준에 결함이 존재하여 개정이 필요하다는 사실을 반영하고 있다. 세계은행을 예로 들면, 보장정책을 실시하는 문제를 제외하고도 그 보장정책 자체에도 일부 두드러진 문제가 존재하는데 "지나치게 번거롭고, 실제와 맞지 않으며, 업무와의 연관성이 크지 않다"는 등으로 드러난다.[279] 아투행은 이런 문제의 중복을 피하여 원가를 낮추고 운영효율을 높일 수 있다. 아투행은 기존의 '다자개발은행'의 기준과 좋은 방법을 충분히 참고하여 국제수준과 추세를 반영하는 동시에 회원국의 현실과 프로젝트의 개성을 고루 배려한 높은 기준을 제정해야 된다.

첫째, 회원국의 국정을 살펴야 한다. 세계은행의 현행 보장정책에 존재하는 가장 큰 문제는 회원국의 국정을 고려하지 않았다는 것이다.[280] 아투행은 반드시 이를 거울로 삼아야 한다. 특히 신흥 이슈에서 흔히 회원국 국정을 무시하고 비합리적인 보장정책을 강행하기가 일쑤이다. 예를 들어 근로자 보호, 인권, 토지와 자연자원의 사용 등 분야에서 회원국마다 제도와 정책의 차이가 매우 크기 때문에, 보장정책을 실시할 때는 반드시 구별을 두어야 하며, 충분한 정책적 공간을 남겨두어야 한다. 아투행은 또 필요한 기술적 지원을 제공하여 회원국의 능력건설과 제도건설에 협조해야 한다.

둘째, 프로젝트가 소재한 지역사회의 이익을 살펴야 한다. 프로젝트의 영향을 받는 사람들과 지역사회에는 원주민뿐만 아니라 기타 약세 군체 및 소외된 사람들도 포함된다. 그들의 의견은 흔히 무시당하거나 또는 애초에 의견을 표현할 수 있는 기회나 경로가 없다. 그러나 그들에게도 의견 표현에 대한 강렬한 갈망이 있을 뿐만 아니라 그

---

279) 신화넷, 「러우지웨이(樓繼偉): 아투행은 기존 '다자개발은행' 의 관련 기준과 좋은 방법을 존중한다」, 2014년 10월 24일, http://news.xinhuanet.com/fortune/2014-10/24/c_1112966042.htm (http://news.xinhuanet.com/fortune/2014-10/24/c_1112966042.htm(방문시간: 2015년 5월 7일.)

280) World Bank, "Review and Update of the World Bank's Safeguard Policies: Proposed Environmental and Social Framework" (Background Paper September 2, 2014), p. 5.

들의 의견은 흔히 프로젝트의 효과를 높이는 데 도움이 된다. 사실이 증명하다시피 많은 프로젝트가 지역사회의 의견수렴을 통해 이익을 얻었으며, 반면에 일부 프로젝트는 지역사회의 의견을 수렴하지 않아 좋은 효과를 거두지 못하였다.[281]

셋째, 새로운 이슈에 관심을 돌려야 한다. 새로운 이슈는 인류발전의 운명과 관련되며, 지역 인프라 개선, 민생과 취업수준 향상이라는 아투행의 운영이념에 부합된다. 국내경제의 발전방식 전환과 업그레이드에 따라 중국이 국제경제무역 규칙의 제정에 참여하는 자세가 날로 자신감과 포용성을 갖춰가고 있으며, 이른바 새로운 이슈에 대해서는 최초에는 회피하던 데서 적극적으로 반응하는 방향으로, 다시 주동적으로 받아들이는 방향으로 전환되는 과정을 겪었다. 모든 새로운 이슈에서 기후변화에 대한 프로젝트의 영향 및 원주민의 권익보호에 대한 특별한 관심이 필요하다. 새롭게 떠오르는 이슈에 관심을 돌리는 것과 프로젝트의 효율성을 확보하는 것 사이의 균형을 맞추는 것이 필요하다.

넷째, 기준 실시의 효과에 중시를 돌려야 한다. 기준은 마땅히 분명하고 명확하며 이해하기 쉬워야 한다. 기준의 이행지침은 실행성이 강해야 한다는 것이다. 기준의 실시효과는 수량화가 가능하고 평가하기 쉬워야 한다. 기준이 구속력을 갖춰야 하는 점을 감안해 회원국 정부가 기준을 어겼을 경우 징계나 제재를 받을 수 있는 장치를 마

---

281) World Bank, "Review and Update of the World Bank's Safeguard Policies: Proposed Environmental and Social Framework" (Background Paper September 2, 2014), p. 5.

련해야 한다. 주의할 점은 "기준은 좋지만 회원국의 현실을 무시하는 것"은 절대 삼가야 한다는 점이다. 기준의 실시효과를 높이기 위한 모든 활동은 회원국들의 국정을 충분히 고려해야만 하는 것이다.

제2부분
아투행 융자
메커니즘

제3장
아투행 채권 융자 메커니즘[282]

국제자본시장에서 융자를 해결하는 것은 '다자개발은행'의 주요 자금 원천이다. 아투행도 예외가 아니다. 향후 10년간 아시아지역의 인프라 융자수요만 8조 달러로 예측된다.[283] 아투행은 자기자본에 의지하여 채권발행을 통해 자금을 조달하여 인프라 투자 업무 전개의 수요를 충족시키게 된다.

아투행의 법정자본금은 1천억 달러이고,[284] 실제 납입금은 그중 1/5을 차지하는 2백억 달러밖에 안 된다.[285] 게다가 그 2백억 달러도 한 번에 납부하는 것이 아니라 5년에 나누어 납부하게 되며 매년 실제 납입금이 40억 달러이다.[286] 그렇기 때문에 아투행의 업무전개 초기에는 자기자본의 규모가 그리 크지는 않을 것이다. 이밖에 국제 프로젝트 융자의 장기적인 실천을 참고하면 이들 자기자본은 대출자금으로서의 역할을 발휘하는 것이 아니라 비축자금으로서 '다자개발은행'의

---

282) 본 장의 일부 내용은 영국 『파이낸셜타임스』 중문사이트 2016년 5월 6일에 이미 발표되었다.
283) 신화넷, 「21개국, 아시아인프라투자은행 창립 계약 체결, 본부는 베이징에 설치」, 2014년 10월 24일, http://finance.people.com.cn/n/2014/1024/c42877-25904572.html, 2016년 2월 28일 방문.
284) 「아투행협정」 제4.1조.
285) 「아투행협정」 제5.1조.
286) 「아투행협정」 제6.1조.

자금실력을 보강한다.[287] 그렇기 때문에 아투행은 주로 국제자본시장에 의지하여 융자수요를 충족시킬 것이다.

국제자본시장에서 융자를 해결하는 주요 방식은 채권을 발행하는 것이다. '다자개발은행'은 약 70년 가까운 채권발행 역사를 갖고 있다. 그 기간에 쌓은 풍부한 경험을 아투행은 거울로 삼을 수 있다. 본 장에서는 세계은행 채권의 주요 유형 및 특징, 세계은행 채권의 중국(위안화) 요소를 포함하여 세계은행 채권 발행 메커니즘에 대해 소개함으로써 세계은행 채권의 몇 가지 성공적인 경험을 총화하고 아투행에 대한 계발적 의의에 대해 지적하고자 한다.

1. 세계은행 채권 발행 메커니즘

세계은행은 1947년에 최초로 채권을 발행한 이래로 줄곧 세계 자본시장의 적극적인 참여자이자 혁신자가 되어 왔다.[288] 세계은행의 채권발행 메커니즘은 「글로벌 채무 발행수단」(Global Debt Issuance Facility, GDIF)과 「최종 협정」(Final Terms)의 두 부분으로 구성되어 있다.[289] 「글로벌 채무 발행수단」은 세계은행 채권 발행의 모협정으로서, 세계은행의 채권 발행을 위한 기본적인 법률조건을 규정하고 있

---

287) Congressional Research Service(CRS) Report R41170, Multilateral Development Banks: Overview and Issues for Congress, by Rebecca. M. Nelson, November 8, 2013, p. 9.

288) World Bank, "Proven Track Record with over 60 Years of Experience", http://treasury. worldbank.org/cmd/htm/financial_history.html(visited February 28, 2016).

289) Prospectus of IBRD' s Global Debt Issuance Facility for issues of Notes with maturities of one day or longer("GDIF Prospectus"), May 28, 2008, http://treasury.worldbank.org/ pdf/ GDIFprospectus2008.pdf(visited February 28, 2016).Final Terms, http://treasury. worldbank. org/cmd/htm/World_Bank_Bond_Issuances.html(visited February 28, 2016).

다. 「최종 협정」은 구체적 채권 상품의 발행조건을 규정하였다. 즉 세계은행의 구체적 채권 발행행위는 모두 하나의 특정된 「최종 협정」을 필요로 하고 있음을 의미한다. 「글로벌 채무 발행수단」과 「최종 협정」은 모(母)협정과 자(子)협정의 관계로서 「최종 협정」을 해석할 때, 반드시 「글로벌 채무 발행수단」과 결부시켜야 한다. 「글로벌 채무 발행수단」은 또 「최종 협정」의 기본 프레임과 템플릿에 대해 규정하였다.[290]

(1) 「글로벌 채무 발행수단」

「글로벌 채무 발행수단」은 여러 차례 업그레이드를 거쳐 현재는 2008년 판본을 실행하고 있다.[291] 미국의 신용평가기관인 스탠더드 & 푸어스(Standard & poor's)는 「글로벌 채무 발행 수단」을 AAA 등급으로 분류하였고, 또 다른 신용평가회사 무디스(Moody's)도 Aaa 등급으로 분류하여 모두 최고 신용 등급으로 분류하였다.[292] 이는 실제로 국제자본시장 채권발행 활동에서 세계은행의 「글로벌 채무 발행수단」의 시범적 의의를 긍정한 것이다.

「글로벌 채무 발행수단」에 따라 세계은행의 채권은 세계은행이 직접 부담하는 무담보 채무이며, 세계은행이 부담하는 기타 무담보 또는 비후순위채무와 동등한 비율(pari passu)로 변제받는다. 세계은

---

290) GDIF Prospectus, pp. 59-68.
291) 그 이전에는 2007년판 「글로벌 채무 발행 수단」을 실행하였다. http://treasur y.worldbank.org/documents/GDIF_Prospectus_1997.pdf(visited February 28, 2016).
292) 스탠더드 & 푸어스의 정의에 따르면 AAA는 세계은행의 채무 상환 능력이 막강함을 가리킨다. 무디스의 정의에 따르면 Aaa는 세계은행의 채무 상환 능력이 최고 수준에 속하고 신용 리스크가 최저임을 가리킨다. 그러나 신용평가등급을 증권거래의 추천의견으로 간주하여서는 안 된다. GDIF Prospectus, p. 1.

행 채권은 그 어느 회원국의 채무가 아니다.[293]

「글로벌 채무 발행수단」은 세계은행의 채권에 대해 각기 다르게 분류한다. 채권의 형식에 따라 장부기입채권(Bookentry Notes), 무기명채권(Bearer Notes), 기명채권(Registered Notes)으로 나뉜다.[294] 채권의 수익에 따라 고정금리채권, 변동금리채권, 무이자채권으로 나뉜다.[295] 세계은행의 채권에는 소극적 담보(negative pledge)조항이 포함되어 있다. 이 조항은 세계은행 채권이 평등하게 그리고 비례에 따라 담보를 받지 못하는 한 세계은행은 어떠한 보장성(security) 부담도 자체 자산에 얹을 수 없도록 규정함으로써 세계은행 채권 보유자의 투자 이익을 보호한다.[296] 「글로벌 채무 발행수단」에 따라 채권 발행인(issuer)은 세계은행으로 규정하고,[297] 발행대행업체(dealer)는 채권발행을 대행하거나 또는 판매를 책임지는 하나 또는 여러 발행대행업체로 정하며, 재무 대리기관(fiscal agent)은 뉴욕 연방준비은행으로, 글로벌 대리기관(global agent)은 시티은행 런던지점으로, 지불 대행기관(payment agent)은 시티은행 런던지점 또는 「최종 협정」에 규정된 기타 지불 대행기관으로, 지정 통화(specified currencies) 종류는 세계은행과 발행대행업체가 약정한 통화종류이

---

293) GDIF Prospectus, p. 8.

294) 연방준비제도이사회(Fed) 장부기입채권은 달러화로 가격을 표시하고 지불하며 연방준비제도이사회 장부기입시스템으로 결제하며 무기명채권 또는 기명채권과 서로 거래하지 못한다.

295) 무이자채권이란 채권이 만기된 후 세계은행이 「최종 협정」에 따라 불변 가격을 지불하거나 또는 어떤 지수를 참조하거나 또는 어떤 공식에 따라 가격을 지불하는 채권을 가리킨다.

296) GDIF Prospectus, p. 8.

297) 「글로벌 채무 발행수단」에 규정된 세계은행 채권 발행인은 국제부흥 개발은 행(International Bank for Reconstruction and Development, IBRD)이다. 본 장에서 세계은행과 국제부흥개발은행은 동일한 의미이며 호환할 수 있다.

고, 만기일(maturities)은 만기일 하루 전까지라고 규정하였으며, 발행가격(issue price)은 액면가격일 수도 있고, 할인 발행 또는 할증발행할 수도 있으며, 일부 지급채권(partly-paid Notes)은 분할 지급할 수도 있다고 규정하였다.[298]

구체적인 발행방식은[299] 발행대행업체가 자체 명의로 채권을 발행하거나 또는 기타 발행대행업체와 연합(syndicate)하거나 또는 대리인의 명의로 채권을 발행할 수 있다. 세계은행은 또 법에 따라 채권을 직접 발행하거나 판매할 수도 있다. 신규발행 채권은 선발채권의 일부로서 서로 다른 "분할 발행 회차"(tranches)라고 불리며, 선발채권과 함께 동일 "시리즈"(series)를 이룬다. 「최종 협정」은 매 회차 채권의 발행조건에 대하여 규정하였다. 채권의 상장문제(listing)에 관하여[300] 세계은행 채권의 상장여부는 「최종 협정」의 규정에 따라야 한다. 채권은 룩셈부르크 증권거래소에 상장하여 거래될 수도 있고,[301] 또 상장하지 않거나 기타 증권거래소에 상장할 수도 있다. 상장하지 않았거나 또는 기타 증권거래소에 상장한 채권에도 「글로벌 채무 발행수단」의 발행조건을 적용할 수 있다. 채권 거래세에 관하여[302] 세계은행의 채권은 세금을 면제받는 대우를 누리지는 않는다. 그러나 세계은행은 관련 세금의 지급 또는 원천 징수의 의무가 없다. 따라서

---

298) GDIF Prospectus, pp. 6-7.

298) GDIF Prospectus, pp. 6-7.
299) GDIF Prospectus, p. 7.
300) GDIF Prospectus, p. 10.
301) 룩셈부르크 증권거래소(Luxembourg Stock Exchange)는 유럽 최대의 채권 거래소이자 유럽 최대의 위안화 채권 거래시장으로서 유럽 자본시장에서 큰 영향력을 가지고 있으며 상품 혁신 방면에서 전 세계를 선도하고 있다.
302) GDIF Prospectus, p. 9.

세계은행의 재무 대행기관 또는 글로벌 대리기관에 지급하는 세계은행의 채권 대금은 세수를 이유로 공제해서는 안 된다. 그러나 관련 국가는 기타 금융기구가 세계은행 채권금액을 지불하는 것에 대하여 세금을 원천 징수할 것을 요구할 수 있다. 적용 법률에 관하여[303] 뉴욕주법, 영국 법률 또는 기타 임의의 법률을 적용할 수 있으며 「최종 협정」의 규정에 달렸다. 그러나 연방준비제도이사회 장부기입채권에는 반드시 뉴욕주법을 적용해야 하고, 파운드화 표시 채권은 반드시 영국 법률을 적용해야 한다. 글로벌 대리기관의 협정은 뉴욕주법의 관할을 받고, 재무 대리기관 협정은 미국연방법의 관할을 받으며, 또 연방법과 모순되지 않는 상황에서는 뉴욕주법을 동시에 적용한다.

채권 판매제한 규정에 관하여[304] 「글로벌 채무 발행수단」과 「최종 협정」에 따라 채권 판매가 제한을 받을 수 있다. 예를 들면 세계은행의 채권은 미국의 「1933년 증권법」에 따라 등기할 필요가 없다.[305] 따라서 무기명채권은 초기시장(primary distribution)에서 미국 경내 또는 미국인에게 판매할 수 없다. 결제제도에 관하여[306] 세계은행 채권은 「최종 협정」에 규정된 결제시스템에 따라 결제한다. 미국에서 이 시스템은 중앙예탁기관(Depository Trust Company, DTC)에 의해 운영되며, 연방준비제도이사회의 장부기입채권은 미국 연방준비제도이사회가 결제를 담당한다. 미국 밖에서는 유로클리어(Euroclear)(벨기

---

303) GDIF Prospectus, p. 10.
304) GDIF Prospectus, p. 11.
305) 따라서 세계은행의 채권 발행은 미국 증권거래위원회(SEC)의 비준을 거칠 필요가 없으며, 증권거래위원회는 세계은행의 채권에 대한 감독 직책이 없다.
306) GDIF Prospectus, p. 11.

에), 클리어스트림(Clearstream)(룩셈부르크) 또는 「최종 협정」에 규정된 기타 시스템이 결제를 담당한다.[307]

(2) 세계은행의 채권 유형

세계은행이 발행하는 채권에는 주로 글로벌본드(Benchmark and Gglobal Bonds)·비핵심통화채권(Non-Core Currency Bonds) 구조화채권(Structured Notes)·벤처캐피탈채권(Capital-at-Risk Notes)·그린본드(Green Bonds) 등이 포함된다.[308] 그중에서 글로벌 본드는 국제 주류통화로 발행되며 기관투자자를 대상으로 하는데 금액이 크고 유동성이 강한 특징을 갖고 있다. 비핵심통화채권은 지역통화로 표시되며 투자자에는 기관투자자와 개인투자자가 포함된다. 구조화채권은 기관투자자를 대상으로 하여 그들의 개성화 수요를 충족시킨다. 벤처캐피탈채권은 유일하게 AAA 신용등급을 받지 못한 세계은행 채권으로서 리스크가 크고 수익이 크다. 그린본드는 세계은행의 지속가능한 개발 프로젝트에 투자한다.

1. 글로벌본드.[309] 1989년에 세계은행은 최초로 미국 달러화 표시 글로벌본드를 발행하고, 그 뒤로 잇달아 최초의 뉴질랜드 달러화·일

---

307) 유로클리어(Euroclear)와 클리어스트림(Cleanstream)은 유럽 최대의 2대 국제 중앙예탁결제기관 (Central SDecurities Depositories, CSD)으로서 증권 거래 후의 결산·청산·예탁결제 서비스를 제공한다.

308) World Bank Bonds, http://treasury.worldbank.cmd/htm/worldbank_bonds.html; http://treasury.worldbank.org/cmd/htm/issuance_strategy.html(visited February 28, 2016).

309) Investor Briefs Global Bonds, http://treasury.worldbank.org/cmd/pdf/ InvestorBriefsGlobalBonds.pdf(visited February 28, 2016).

본 엔화·독일 마르크화·멕시코 페소화·터키 리라화로 표시하는 글로벌본드를 발행하였다.[310] 달러화 표시 글로벌본드의 경우, 통상 발행 규모는 20억에서 40억 달러이고 2년, 5년, 7년, 10년 또는 30년 고정금리가 있으며, 액면가는 1천 달러 또는 1천 달러의 정수배(整數倍)로 한다. 룩셈부르크 증권거래소에 상장되어 있고, 증권 유형에는 기명 또는 연방준비제도이사회(Fed) 장부기입 두 가지가 포함되며, 페드와이어(Fedwire)·유로클리어(Euroclear·클리어스트림(Cleanstream)을 통해 결제가 진행되고[311] 뉴욕법을 적용한다.

  2. 비핵심통화채권.[312] 비핵심통화는 일반적으로 신흥시장국가의 통화이다. 비핵심통화로 표시된 채권을 발행하는 것은 지역 자본시장의 발전을 촉진시키기 위하는 데 목적이 있으며, 투자자는 이러한 통화가치 상승의 예상 이익을 얻을 수 있다. 일반적으로 발행대행업체가 발행하고 청산제도·상장배치·적용 법률 등 국제적으로 통용되는 발행시스템을 이용하여 국제 투자자들의 투자를 유치한다. 현재 세계은행은 57종의 통화표시 채권을 발행하고 있으며, 그중 대부분은

---

310) 세계은행은 터키 리라화 표시 글로벌본드도 비핵심통화 채권으로 분류하고 있는데 그 두 종류의 채권이 겹치는 부분이 있음을 알 수 있다.
311) 페드와이어(Fedwire)는 미국신탁예탁회사(DTC)가 매 거래일이 끝난 후 자금을 결제하는 서비스 시스템이다.
312) World Bank Bonds in Non-Core Currencies, http://treasury.worldbank.org/cmd/pdf/InvestorBriefsNon-CoreCurrencies.pdf(visited February 28, 2016).

비핵심통화채권이다.[313] 비핵심통화채권 투자자에는 개인투자자가 포함되는데 일본은 이런 유형의 채권에 대한 소매수요가 특히 크다.[314]

3. 구조화채권.[315] 구조화채권은 투자자의 수요에 근거하여 계약조항을 설계한다. 투자자는 리버스인쿼리(reverse inquiry)을 통해 신규채권의 발행을 제안할 수 있다. 공모나 사모의 형식을 취할 수 있고 여러 종류의 통화를 사용할 수 있으며, 상장 장소를 선택할 수 있는데 일반적으로 룩셈부르크 증권거래소를 선택하는 경우가 많으며, 결제기관은 유로클리어(Euroclear) 또는 클리어스트림(Clearstream)(기명채권 또는 무기명채권에 적용됨), 또는 신탁예탁회사(DTC)(기명채권에만 적용됨)로 한다. 적용 법률은 뉴욕법 또는 영국 법률이다.

4. 벤처캐피탈채권. 이는 세계은행이 새로 개발한 채권 종류인데 리스크가 크고 수익이 큰 것이 특징이다. 투자자가 만기일에 모든 투자를 잃을 수 있기 때문에 이런 종류의 채권은 신용등급 평가를 받아들이지 않거나 또는 세계은행의 AAA등급보다 낮다. 이런 종류의

---

313) Investor Briefs Borrowing Highlights, http://treasury.worldbank.org/cmd/pdf/ InvestorBriefsBorrowingHighlights.pdf(visited February 28, 2016). 세계은행이 예년에 발행한 채권 통화별 통계는 http://treasury.worldbank.org/cmd/htm/RangeofCurrencies.html(visited February 28, 2016)을 참조하라.

314) IBRD Investor Presentation, http://treasury.worldbank.org/cmd/pdf/IBRD InvestorPresentation. pdf, p. 24.(visited February 28, 2016).

315) Investor Briefs Structured Notes, http://treasury.worldbank.org/cmd/pdf/Investor Briefs Structured Notes.pdf(visited February 28, 2016).

채권에는 「글로벌 채무 발행수단」이 완전히 적용되는 것은 아니다.[316] 2014년에 세계은행은 최초로 16개 카리브해 국가의 향후 3년간 재산상 큰 피해가 예상되는 자연재해에 대비해 캣본드(cat bond)라는 벤처캐피탈채권을 발행하였다.[317]

5. 그린본드.[318] 세계은행의 그린본드는 일반적인 플레인바닐라(plain vanilla) 채권[319]이 될 수도 있고, 또는 더 복잡한 구조화 채권일 수도 있다. 그린본드의 조달자금은 세계은행의 환경 분야 프로젝트에 투자될 예정이다. 그 프로젝트는 환경보호·생물 다양성·온실가스·청정에너지·전력망 개선 등과 관련된다.[320] 지금까지 세계은행이 그린본드의 발행으로 모금한 금액이 총 85억 달러에 달하며, 100개 이상의 거래 종목을 포함하고 있다. 가격표시 통화 종류는 주요 통화인 달러화·유로화·오스트레일리아 달러화를 포함하여 18종에 달한

---

316) 「글로벌 채무 발행 수단」과 "벤처캐피탈 채권 특별 규정"이 일치하지 않을 경우에 는 특별 규정을 적용한다. Capital-at-Risk Notes Prospectus Supplement dated March 1, 2014, http://treasury.worldbank.org/cmd/pdf/CapitalatRiskNotesProspectuSupplement.pdf(visited February 28, 2016).

317) http://treasury.worldbank.org/cmd/htm/FirstCatBondLinkedToNaturalHazards.html(visited February 28, 2016).

318) 본 장에서 그린 본드는 환경류 채권을 가리키며 사회류 채권과 함께 모두 세계은행이 발행하는 지속 가능한 발전을 위한 투자 상품이다. 세계은행의 사회 분야 투자 프로젝트는 230가지에 달하는데 보건·영양·아동발전 및 교육·사회보장 및 양로·법치 건설·빈곤 구제 등 분야가 망라된다. 투자 총 금액은 430억 달러에 이른다. http://treasury.worldbank.org/cmd/pdf/InvestorBriefsSRI.pdf(visited February 28, 2016).

319) 플레인바닐라(plain vanilla) 채권은 또 일반채권이라고도 하는데 부가조건이 없는 가장 일반적인 채권상품이다. World Bank Bonds, http://treasury.worldbank.org/cmd/htm/worldbank_bonds. html(visited February 28, 2016).

320) 세계은행은 환경 프로젝트를 "경감형"(Mitigation)과 "적응형"(Adaption)의 두 가지 유형으로 분류한다. IBRD Investor Presentation, http://treasury.worldbank.org/cmd/pdf/IBRDInvestor-Presentation.pdf, p. 30(visited February 28, 2016).

다.[321] 2008년에 세계은행이 룩셈부르크 증권거래소에서 첫 그린본드 상품을 발행하여 23억 2천500만 스웨덴 크로나의 융자를 실현하여 기후변화에 대처하는데 썼다.[322]

(3) 세계은행 채권의 중국(위안화) 요소

2011년 세계은행은 중국 홍콩 자본시장에서 첫 위안화 표시 채권을 발행하였다.[323] 발행한 채권의 규모는 5억 위안이고 2년 만기에 액면 이자가 0.95%이며 반년에 한 번씩 이자를 결제한다. 채권은 비상장방식으로 발행되었으며 HSBC(홍콩·상해은행, 회풍은행)이 주요 발행대행기관이 되었다. 위안화 표시 채권발행의 배경은 "2010년 4월 발표될 투표권 개편에 따라 중국이 보유한 세계은행 지분이 늘어나게 될 것이며, 만약 개편안이 최종 공식 승인을 받고 체결될 경우 중국은 미국·일본에 버금가는 세계은행의 3대 주주가 될 수 있기 때문인 것이다." 세계은행이 위안화 표시 채권을 발행한 것은 중대한 의미가 있다. 중국 홍콩 위안화 채권시장을 심화시키는 데 이롭고, 국제 투자자들이 위안화 채권 거래에 참여하도록 유치하는 데도 이롭다.

2012년 6월 세계은행은 또 중국은행(홍콩)유한회사와 공동으로 "중국은행(홍콩)은 세계은행 신흥시장 채권펀드(BOCHK-World Bank

---

321) IBRD Investor Presentation, http://treasury.worldbank.org/cmd/pdf/IBRD Investor Presentation.pdf, p. 37(visited July 25, 2015).

322) http://treasury.worldbank.org/cmd/htm/GreenBond.html (visited July 26, 2015).

323) First Chinese Renminbi Bond, http://treasury.worldbank.cmd/htm/First Chinese Renminbi Bond.html(visited July 27, 2015).

Emerging Markets Bond Fund)를 발표하였다.[324] 이는 홍콩 최초의 중국 테마 글로벌 신흥시장 통화채권 펀드이다. 펀드는 순자산가치(net asset value)의 85%이상(포함)을 중국의 무역 파트너 국가의 통화로 표시되는 세계은행 채권에 투자한다. 이들 무역 파트너 국가에는 신흥시장국과 원자재 수출국(commodity countries)이 포함된다.[325] 나머지 15%를 넘지 않는 부분은 유동성을 늘리고 리스크를 통제하기 위해 역외 중국 국채와 미국 국채에 투자하기로 하였다. 펀드 최저 청약 금액은 1만 홍콩달러(홍콩 달러류) 또는 1천 달러 (미국 달러류)이다. 펀드는 미국 달러나 홍콩 달러에 비해 신흥시장 통화의 평가절상 공간이 더 크다고 보고 있다.

세계은행은 국제자본시장에서 AAA신용등급으로 분류되고 있으며, 장기간의 실천과정에서 채권시장에서 선순위채권자의 지위를 형성한다.[326] 세계은행의 참여는 과거에 신흥시장에 투자하지 않았던 국제 투자자들이 빠르게 성장하는 이 시장에 관심을 갖도록 하는 데 도움이 된다. 세계은행의 플랫폼을 이용하여 개발도상국의 발전을 위한 자금을 조달하는 것은 개발도상국이 직접 역외 국채를 발행하는 것보다 더 매력적인데, 투자자 입장에서 말하면 신용 리스크가 낮아지

---

324) BOCHK-IBRD Emerging Markets Bond Fund, http://treasury.worldbank.cmd/htm/BOCHK_IBRD_Emerging_Markets_Bond_Fund.html(visited February 28, 2016).
325) 중국과 무역관계를 갖고 있는 신흥시장 국가에는 브라질·칠레·콜롬비아·인도·인도네시아·말레이시아·필리핀·러시아·싱가포르·남아프리카공화국·한국·태국·터키·베트남 등이 포함된다. 원자재 수출국에는 오스트레일리아·캐나다·뉴질랜드·노르웨이 및 중동국가가 포함된다.
326) 선순위채권자지위(Preferred Creditor Status, PCS)는 차관국이 '다자개발은행' 대출을 우선적으로 상환한 다음 기타 대출을 상환하는 것을 가리킨다. "선순위 채권자지위" 에 대한 논술은 다음 글 제2(2) 부분 내용을 참조하라.

고 차관국 입장에서 말하면 자금 원가가 낮아지게 되는 것이다.

2. 세계은행의 경험이 아투행에 주는 메시지

(1) 세계은행이 채권발행에 성공한 몇 가지 경험

세계은행 채권의 시범적인 의의는 국제자본시장에서 장기적으로 스탠더드 앤드 푸어스의 AAA 최고 신용등급과 무디스의 Aaa 최고 신용등급을 포함한 최고 신용등급을 유지한데서 집중적으로 구현된다. 세계은행 채권의 성공 경험은 4가지로 귀납할 수 있다.

첫째, 신중한 금융정책을 실시하였다.[327] 자본충족률과 유동성 비율 두 방면으로 세계은행의 금융정책을 이해할 수 있다. 자본 충족률로 볼 때 세계은행은 채무액이 자본액을 초과하여서는 안 된다고 규정하였다. 2017년 6월 30일을 예로 들면 세계은행 채무와 채무 담보 비축량 총액이 자본총액의 61.5%밖에 안 되어 100%라는 부채 상한선보다 훨씬 낮은 수준이었다. 유동성비율로 볼 때, 세계은행의 실제 유동성 한도액은 법정 최소 유동성 한도액보다 크다. 예를 들어 2017회계연도 세계은행의 법정 최소 유동성 한도액은 280억 달러였지만, 세계은행이 실제로 보유한 유동성 한도액은 700억 달러이다. 요약하면 충족한 자본과 유동성이 세계은행의 경제적 실력을 설명해주고 있으며, 근본적으로 세계은행의 최고 신용등급을 확보하고 있다.

둘째, 세계은행은 지속적으로 이익을 냈다.[328]

---

327) http://treasury.worldbank.org/cmd/htm/financial_policy.html(visited December 16, 2017).
328) http://treasury.worldbank.org/cmd/htm/financial_profitabliity.html(visited December 16, 2017).

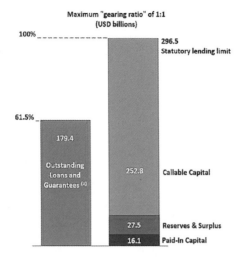

(세계은행의 자본충족률. 사진 출처: 세계은행 공식 사이트)

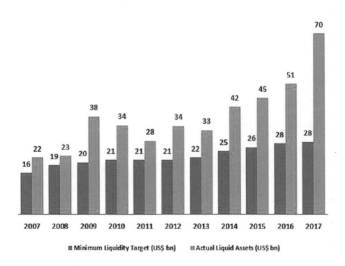

(세계은행 유동성 충족. 사진 출처: 세계은행 공식 사이트)

2008년 금융위기 이전의 5년간 세계은행은 연평균 수익이 15억 달러 이상에 달하였다. 금융위기 이후 세계은행은 연평균 이익수준이 뚜렷한 하락추세를 보였지만 여전히 5억 달러 이상을 유지하였다.

셋째, 세계은행은 채무 품질이 매우 높다.[329] 왜냐하면 그 이유는 다음과 같다. 하나, 세계은행의 대출 대상은 주권국가 또는 주권국가가 담보하는 프로젝트로 제한한다. 둘, 이들 주권국가는 세계은행의 선순위채권자 지위를 보편적으로 승인한다. 셋, 세계은행은 단일 대출대상에 대출을 집중시키는 것을 엄격히 제한함으로써 리스크를 분산시킨다. 넷, 대출금이 제때에 상환되지 않을 경우 세계은행은 후속 대출 심사 및 방출을 즉시 동결할 권리가 있다.

넷째, 회원국 주주들의 강력한 지지가 있다.[330] 세계은행의 188개 회원국 주주는 세계은행의 선순위채권자 지위를 승인할 뿐만 아니라 자본 거출을 통해 세계은행을 지지한다. 2017년 6월 30일 기준으로 세계은행이 보유한 자본금 총액은 2천689억 달러에 이르렀다. 그중에는 161억 달러의 실제 납입 자본금과 2천528억 달러의 미납 자본금으로 구성되어 있다. 이밖에 세계은행 주주의 자산총액(실제 납입 자본금과 비축자금 포함)은 4백억 달러가 넘었다. 세계은행은 막강한 자금 실력으로 최고 신용등급을 받았다.

329) http://treasury.worldbank.org/cmd/htm/financial_portfolio.html(visited December 16, 2017).
330) http://treasury.worldbank.org/cmd/htm/financial_shareholder.html(visited December 16, 2017).

(2) 아투행 채권 융자의 우세

아투행은 세계은행과 기타 '다자개발은행'의 일반적인 융자로서의 장점을 가지고 있다. 첫째, 주권국가는 거출자본을 통하여 신용담보를 제공한다.[331] '다자개발은행'의 법정자본은 기납부 자본금과 미납 자본금으로 나뉜다. 그중 미납 자본금이 법정자본금의 큰 부분을 차지하는데 일반적으로 법정자본금의 5분의 4이상을 차지한다.[332] 미납 자본금은 단지 '다자개발은행'에 대한 회원국의 부채로만 구현될 뿐 평소에 실제로 납부할 필요가 없다. 다만 '다자개발은행'이 자기 자원을 다 써도 채무를 상환할 수 없을 경우에만 비로소 비례에 따라 상당 부분의 미납 자본금을 납부하여 대외 채무를 상환할 것을 회원국에 요구할 수 있다.[333] 언급할 필요가 있는 것은 '다자개발은행' 회원국이 미납 자본금을 한 번도 실제로 납부한 적이 없다는 사실이다.[334] 법정 자본금의 소부분을 차지하는 기납부 자본금조차도 최근 몇 십년간 단지 비축자금으로써 '다자개발은행'의 자금실력을 보강하였을

---

331) 대다수 경우에 '다자개발은행' 은 개발도상회원국이 출자한 자본을 담보로 하지 않고 선진회원국이 출자한 자본을 담보로 한다. Congressional Research Service(CRS) Report R41170, Multilateral Development Banks: Overview and Issues for Congress, by Rebecca M.Nelson, November 8, 2013, p. 8, fn 8.

332) 연구를 거쳐 대다수 '다자개발은행' 의 실제 납입 자본금이 법정 자본금에서 차지하는 비중이 5-10% 미만이고 나머지는 모두 미납 자본금임을 인정하였다. Congressional Research Service(CRS) Report R41170, Multilateral Development Banks: Overview and Issues for Congress, by Rebecca M. Nelson, November 8, 2013, p. 8.

333) 예를 들면 「아투행협정」 제6. 3조, 제8(ii)조. US General Accounting Office Report, Multilateral Development Banks: Profiles of Selected Multilateral Development Banks, May 2001, pp. 11-12.

334) 다시 말하면 '다자개발은행' 은 기한 내에 채무를 상환하지 못한 경우가 한 번도 없었다. Congressional Research Service(CRS) Report R41170, Multilateral Development Banks: Overview and Issues for Congress, by Rebecca M.Nelson, November 8, 2013, pp. 8-9.

뿐 한 번도 외부에 빌려준 적이 없다.[335] 이는 '다자개발은행'의 재무능력과 자본 및 신용능력을 설명한다. 아투행은 중국을 포함한 57개 창립 의향 회원국의 지지를 얻어 재무능력과 자본 및 신용능력에서 탄탄한 토대를 갖추고 있다.

둘째, 아투행은 이미 최고 신용등급을 받았다. 회원국은 자본 거출 방식을 통해 '다자개발은행'에 신용적 지원을 하고 있으며, '다자개발은행'은 이로써 국제자본시장에서 자체의 최고 신용등급을 확보한다. 반세기 남짓한 기간에 세계은행은 스탠더드 앤드 푸어스의 최고 신용등급인 AAA등급 또는 무디스의 최고 신용등급인 Aaa를 받아오고 있다. 최고 신용등급에 힘입어 세계은행 채권이 국제자본시장에서 각광 받고 있어 세계은행 융자비용이 대폭 낮아졌으며, 세계은행도 그로 인해 조달한 자금을 낮은 금리로 차관국에 빌려줄 수 있다. 한편으로는 개발도상국의 자금대출 비용을 낮추고, 다른 한편으로는 세계은행이 대출 금리차를 통해 수익도 얻고 있다.

아투행은 이미 최고 신용등급을 받았다.[336] 그것은 '다자개발은행'의 양호한 신용전통과 중국·서유럽 등 주권 신용등급이 높은 회원국의 지지가 있기 때문일 뿐만 아니라, 아투행 자체가 막강한 실력을 갖추었고, 또 "정예·청렴·녹색"이라는 높은 기준의 운영이념을 봉행하기

---

335) Congressional Research Service(CRS) Report R41170, Multilateral Development Banks: Overview and Issues for Congress, by Rebecca M. Nelson, November 8, 2013, p. 9.

336) 2017년 여름, 무디스(Moody's)·핏치(Fitch)·스탠더드 앤드 푸어스(S&P) 3개의 주요 신용평가기관이 잇달아 아투행에 최고 신용등급을 수여함에 따라 아투행이 추후에 채권을 발행하고 자금을 조달할 수 있는 양호한 조건을 마련해 주었다.

때문이기도 하다.[337]

　셋째, 아투행은 선순위채권자 지위를 누릴 가능성이 있다. 선순위 채권자 지위(Preferred Creditor Status, PCS)는 '다자개발은행'이 국제융자 실천과정에서 개발한 특권으로서[338] 회원국 정부가 외환의 부족과 외환관리의 실시로 인해 국제대출 상환에 어려움을 겪을 경우 '다자개발은행' 대출이 우선적으로 환 지급 및 상환 받을 수 있는 특권을 누릴 수 있음을 가리킨다. '다자개발은행' 대출은 일반적으로 국가채무 개편에 참여하지 않으며, 기타 채권자가 참여하여 달성한 국가채무 개편 합의의 구속도 받지 않는다. '다자개발은행'의 선순위채권자 지위는 역대 금융위기의 시련을 이겨냈을 뿐만 아니라 각국의 국내법률 체계에서도 널리 인정을 받고 있다. 바젤협약II에서도 국제상업은행이 '다자개발은행' 대출에 참여할 경우 환 지급 리스크를 효과적으로 줄일 수 있을 것이라고 분명히 승인하였다.[339] 차관국이 '다자개발은행' 채무를 우선적으로 상환하는 이유에는 여러 가지가 있다. 예를 들면 '다자개발은행' 다음 단계대출이 아직 방출되지 않았기 때문에 감히 비위를 거스를 수 없다는 것, '다자개발은행'은 다른 기관이 대출 방출을 거부하는 상황에서도 신규대출을 방출하기 때문

---

337) 아투행 AAA등급을 받은 이유에 대한 분석은 구빈(GU Bin), "AIIB is entering a new phase with triple-A ratings" 를 참조하라.
338) 선순위채권자 지위는 법률규정이나 계약상의 규정이 아니라 실천적 관례로서 '다자개발은행' 협정에도 관련 규정이 없다. US General Accounting Office Report, Multilateral Development Banks: Profiles of Selected Multilateral Development Banks, May 2001, p. 11, fn 12.
339) IFC: Partnering With IFC Syndications, p. 29, February 2015, http://www.ifc.org/ wps/wcm/ connect/3c285c004cb885b88de5cdf81ee631cc/Syndications+Brochure+-+ FEBRUARY+2015_ FINAL+REV. pdf? MOD=AJPERES(visited August 12, 2015).

에 쟁취해야 한다는 것, '다자개발은행' 대출은 금리가 낮고 만기기한
이 길다는 것, '다자개발은행'은 기술적 원조를 제공할 수 있다는 것,
차관국은 경제적 제재를 받을까봐 우려하고 있다는 것 등이다.[340] 이
러한 실천관례로 인해 '다자개발은행'이 직면한 신용리스크를 최저한
낮춤으로써 최고 신용등급을 효과적으로 보호하고 있으며,[341] 나아가
국제자본시장에서 자금을 조달하는 원가를 낮출 수 있다. '다자개발
은행'으로서의 아투행의 선순위채권자 지위는 여러 나라 은행감독기
관·신용평가기관·국제결제은행 및 차관국으로부터 일률적인 승인을
받을 수 있다.

(3) 아투행 채권 융자에 대한 몇 가지 건의

첫째, 아투행은 그린본드를 대대적으로 개발해야 한다. 그린본드를
개발하는 것은 아투행의 녹색 운영이념에 부합되고, "엄격하고도 실
행 가능한 높은 기준의 보장조항"을 제정하고자 하는 아투행의 목표
에도 부합되며,[342] 아투행 기준에 대한 서양의 질의에 대응하는 효과
적인 방법이기도 하다. 아투행이 그린본드 시장의 발전을 추진하는

---

340) Standard & Poor's, How Preferred Creditor Support Enhances Ratings, p. 66 http://www.gcgf.org/wps/wcm/connect/Topics_Ext_Content/IFC_External_Corporate_Site/IFC+Syndications/Sverview_Benefits_Structure/Syndications/Preferred+Creditor+Status/ (visited July 24, 2015).

341) 무디스(Moody's)는 선순위채권자 지위가 세계은행이 최고 신용등급을 유지하는 주요 원인 중의 하나라고 주장한다. Moody's, Credit Analysis: IBRD(World Bank), February 27, 2012, http:// treasury. worldbank.org/cmd/pdf/Moodys_IBRD_Report_2012.pdf(visited July 24, 2015).

342) 신화넷(新華網),「러우지웨이(樓繼偉): 아투행은 기존 '다자개발은행'의 관련 기준과 좋은 방법을 존중한다」, 2014년 10월 24일, http://news.xinhuanet.com/fortune/2014-10/24/c_ 1112966042. htm, 2016년 2월 7일 방문.

것은 투자자의 입장에서 볼 때 품질이 좋고 거래가 가능한 고정 수익 상품에 투자하는 것이고, 실제로 환경보호·기후변화 대응의 사회적 책임을 이행하는 것으로서 투자자의 사회적 이미지를 향상시켜 사회적 효과 경제적 효과를 모두 실현하는 데 이롭다. 그리고 아투행의 입장에서는 융자범위와 투자자기반을 확대하여 사람들의 환경보호 의식을 높이는데 이롭다. 그린본드 성공의 키워드는 투명도에 있다. 아투행은 그린본드 기준 문제(eligibility criteria), 즉 어떤 프로젝트가 그린본드의 발행에 적합한지를 확정할 필요가 있다. 또한 적격 프로젝트를 선정하는 구체적인 절차를 마련할 필요가 있다. 채권 수익을 위한 별도의 계정을 개설하여 반드시 적격 프로젝트에 쓰이도록 확보해야 한다. 프로젝트가 환경과 기후에 미치는 긍정적인 영향을 포함하여 적격 프로젝트의 건설 및 운영 상황을 제때에 공개해야 한다.[343]

둘째, 아투행은 위안화 표시 채권을 적극 개발해야 한다. 위안화의 글로벌화가 결제와 투자 기능의 통화에서 점차 비축 기능의 통화로 승격함에 따라 역내 거대한 인프라 건설시장이 중국의 수출을 견인하는 토대 위에서 한 걸음 더 나아가 위안화의 무역결제도 촉진하게 된다. 아투행은 역내 위안화 표시채권을 발행하는 방식으로 지역 인프라 투자를 위한 융자지원을 제공할 수 있다. 결제와 투자를 늘리는 토대 위에서 지역 경제체의 위안화 비축수요를 확대하도록 촉진

<hr>

343) IBRD Investor Presentation, http://treasury.worldbank.org/cmd/pdf/IBRD Investor Presentation.pdf, p. 31(visited July 25, 2015).

한다.[344] 2015년 7월 중국인민은행은 「국외 중앙은행·국제금융기구·국부펀드의 위안화 투자은행간 시장 운용 관련 사항에 관한 통지」를 발부함으로써[345] 국외 기관투자자의 내륙 위안화 표시 채권시장 진입이 더욱 편리해졌고, 심사비준제도에서 등록제로 바뀌었다. 7일 뒤 브릭스국가 신개발은행이 바로 상하이 위안화 채권시장을 이용해 제1차 채권융자를 진행할 의향을 밝혔다.[346] 그리고 내륙의 위안화 채권시장 또는 홍콩시장에서 채권을 발행하여 국제투자자로부터 자금을 모으는 방안을 고려할 것을 아투행에 제안하였다.

셋째, 아투행은 비핵심 통화채권의 개발을 중시해야 한다. "일대일로" 연선국가의 인프라 건설을 위한 융자서비스를 제공하는 것은 아투행의 중요한 업무분야이다. 이들 국가의 통화로 표시된 채권을 발행하여 모금한 자금을 이들 국가의 지속 가능한 개발 프로젝트에 투자하면 융자의 효율을 높이는데 이로우며 또 환율 리스크를 피할 수 있다. '일대일로' 연선국가들은 경제발전 수준이 보편적으로 높지 않아 적지 않은 국가의 통화가 국제 자본시장에서 수용도가 낮은 점을 감안할 때, 비핵심 통화채권은 유동성이 부족한 상황이 나타날 수 있고, 심지어는 아투행의 신용등급에도 불리한 영향을 미칠 수 있다. 이러한 점을 감안하여 비핵심 통화채권의 표시 통화종류를 선택함에

---

344) 류산(劉杉), 「아투행이 중국에 가져다주는 4대 호재」, http://finance.ifeng.com/news/special/xiaobg64/, 2016년 1월 24일 방문.

345) 「해외 중앙은행·국제금융기구·국부펀드의 위안화 투자은행 간 시장 운용에 관한 통지」, http://www.pbc.gov.cn/publish/goutongjiaoliu/524/2015/201507 14154753677115588/20150714154753 677115588_html, 2015년 7월 27일 방문.

346) 펑파이사(澎湃社), 「브릭스은행, 위안화 표시 채권 발행을 준비.내년 4월 첫 프로젝트 확정」, http://www.thepaper.cn/newsDetail_forward_1354798을 참조, 2016년 2월 27일 방문.

있어서 통일적으로 배치하고 신중하게 추진해야 하며 이자 배치와 같은 발행조건 방면에서 어느 정도 구현해야 한다.

넷째, 아투행은 모자협정방식의 채권발행 메커니즘을 구축해야 한다. 세계은행의 「글로벌 채무 발행수단」 + 「최종 협정」의 채권발행 메커니즘을 참고하여 아투행은 자체의 「아투행 채권 발행수단」 + 「최종 협정」 채권발행 메커니즘을 제정해야 한다. 모자협정의 장점은 다음과 같다. 모자협정은 투명하고 안정된 특성을 갖고 있어 아투행 채권 발행 메커니즘의 신용 포인트 축적에 유리하다. 자(子)협정은 모(母)협정에 근거하여 달성한 것으로 조항과 용어해석이 일치하여 분쟁의 해결과 계약조항의 해석에 편리하며 예상 가능성이 강하다.

모협정을 제정할 때 중국 금융 인프라 및 관련 금융기관이 재무대리은행·글로벌대리은행·결제기관 등 업무에 참여하도록 적극 추진해야 할 것이다. 아투행 운영이 안정단계에 들어선 뒤에는 일상적으로 AAA 최고 신용등급 채권을 발행하는 것 외에, AAA가 아닌 벤처 자본 채권을 점진적으로 발행할 것이며, 이를 위해 "벤처 자본 채권 특별 규정"을 제정할 것이다. "벤처 자본 채권 특별 규정"이 「아투행 채권 발행수단」과 일치하지 않을 경우 특별 규정을 적용한다.

다섯째, 아투행 채권발행 메커니즘의 힘을 빌려 중국 금융수준을 향상시켜야 한다. 채권 발행은 체계적인 종목이다. 세계은행의 「글로벌 채권 발행수단」을 관찰해보면, 세계은행의 채권 발행 시스템은 채권 거래·청산·결산 및 보관 플랫폼을 포함한 미국과 유럽의 금융 인프라에 의존하고 있으며, 또 서양국가의 투자은행·재무 관리 및 자문기관에도 의존하고 있다. 이런 배치는 이들 기관과 금융 인프라에 이윤과 영업권을 가져다주는 동시에 세계은행 금융상품의 지속적인 혁신을 추동한다. 중국의 금융 인프라 및 관련 금융기관은 마땅히 아투행 채권 발행 과정에 적극적이고 깊이 참여해야 한다. 아투행 업무 플랫폼을 이용해 서양국가의 금융기관 및 인프라와 협력을 전개하여 중국에 속하고 세계적인 수준과 지명도를 갖춘 금융기업과 금융 인프라를 하루 빨리 구축해야 한다.

제4장
아투행 공동융자 메커니즘

아투행은 2016년 1월 16일 개업한 이래 3년 동안 총 32건의 프로젝트에 64억 달러의 금액을 투자하였다. 이들 프로젝트의 대다수는 세계은행·유럽부흥개발은행·아시아개발은행 또는 다른 금융기관들과 제휴하여 자금을 조달하였다. 「아투행협정」은 아투행의 근본 대법으로 서언에서 "기존의 '다자개발은행'과의 협력을 통해 아시아지역의 장기적인 인프라 건설에서 거액의 융자 부족을 메울 수 있는 자금지원을 제공할 것"이라고 명시하였다. 그리고 공동융자는 「아투행협정」이 아투행에 업무 전개의 권한을 부여하는 중요한 형식 중의 하나이다.[347] 이와 동시에 아투행은 21세기를 지향하는 신형의 '다자개발은행'으로서 계승과 혁신의 관계를 잘 처리해야 한다. 기존의 '다자개발은행'의 실천 경험을 참고하여 "최고의 실천"과 차별화된 "차세대 실

---

347) 「아투행협정」 제11. 2(i)조의 규정을 참조.

천"을 점진적으로 개발할 필요가 있다.[348] 본 장에서는 공동융자의 일반 원리를 소개한 토대 위에서 공동융자 업무로 유명한 국제금융센터(International Financial Corporation, IFC)의 실천경험을 중점적으로 분석하여 아투행이 공동융자업무를 전개하는데 참고를 제공하고자 한다.[349]

1. 공동융자의 일반 원리

공동융자(co-financing, 또는 syndicated loan)란 여러 대부자가 컨소시엄(consortium) 형태로 대외에 대출을 제공하는 융자방식이다.[350] 공동융자의 개념은 광의적인 것과 협의적인 것으로 나뉜다. 광의적인 것에는 공동 대출·채무 담보·지분 투자 등의 융자형식이 포함되며 영문으로 co-financing이라고 한다. 협의적인 것은 공동

---

348) 샤오제(肖捷) 아투행 중국 이사 겸 재정부장은 아투행 제2기 이사회 연차 총회(2017년 6월)에서 "아투행이 21세기 신형 '다자개발은행'으로서의 독특성과 혁신성을 보여주어 기존의 다자개발 체제에 새로운 활력을 불어넣기를 희망한다"고 밝혔다. 재정부, "샤오제, "아투행이 지속 가능한 인프라 발전과 상련상통을 촉진하기 위해 새로운 동력을 주입할 것」", 2017년 6월 17일, http://www.mof.gov.cn/ zhengwuxinxi/caizhengxinwen/201706/t20170617_2625595.htm(방문시간: 2017년 8월 18일). 러우지웨이(樓繼偉) 전 재정부장은 "아투행이 기존의 '다자개발은행'의 경험과 방법을 충분히 참고해 국제성과 규범성 및 높은 기준을 견지하는 동시에 기타 '다자개발은행'이 겪었던 시행착오를 피하고 더 좋은 기준과 방법을 모색해 원가를 낮추고 운영효율을 높일 것"이라고 말하였다. 러우지웨이, 「'21세기 신형의 '다자개발은행'을 건설해야」, 『인민일보』 2015년 6월 25일자 10면 참조. 진리췬(金立群) 아투행 총재는 "아투행이 가능한 한 높은(highest possible) 국제 기준을 견지하고 개인과 상업 영역에서 기존 '다자개발은행'의 실천 중 많은 최고의 실천 성과를 받아들일 것"이라고 밝혔다. AIIB, "Statement by Jin Liqun at a Press Conference in Tbilisi", August 26, 2015년.

349) IFC가 아투행에 참고가치가 있는 것은 그들이 주로 상업 대출 모델 하에서 프로젝트 융자를 진행하고 대출 대상에는 모두 개발도상국 기업이 포함되어 있기 때문이다. 그러나 IFC는 민간 기업이나 프로젝트에만 대출을 제공하지만 아투행의 대출 대상에는 민간 기업 외에 개발도상국 정부의 프로젝트도 포함된다.

350) 본 장에서는 특별한 설명이 없는 한 모두 협의적 의미에서의 학설을 채택하였으며 이는 또 「아투행협정」이 채택한 학설이기도 하다. 「아투행협정」 제11.2조 참조.

대출만을 가리키며 영어로는 syndicated loan이라고 한다. 여러 대부자가 참여하는 것은 일부 프로젝트의 융자규모가 크고 또 프로젝트 주기가 길기 때문이다. 인프라 건설 융자는 이 특징에 부합하므로 공동융자의 중요한 영역으로 되었다.

공동융자는 19세기 미국의 국내건설 시기에 시작되었다. 제1차 세계대전 이전의 독일과 2차 세계대전 기간의 프랑스가 자주 공동융자 방식을 취하였다.[351] 대부자와 차주 양자의 이익에 부합되므로 현재 공동융자방식은 광범위하게 사용되고 있다. 차주의 입장에서는 하나의 연합체, 하나의 대출계약을 통해 여러 은행이 지급하는 대출예정 전액을 빌릴 수 있는데 수속이 간소화되고 효율이 향상되었다. 대부자의 입장에서는 공동융자가 자금의 리스크를 분산시키는데 유리하다. 공동융자에는 네 가지 특징이 있다. 첫째, 대부자의 연합체는 하나의 자금 공급 플랫폼으로서 임시성과 산만성을 띤다. 대부자 연합체는 법적 실체가 아니어서 법인격이 없기 때문에 법적 책임을 질 능력을 갖추지 않았다. 공동 대출에 따르는 법적 책임은 참여기구 자체가 지며 또한 참여기구의 대외약속범위에 한하여 책임지기 때문에 일반 파트너십 연대 책임과는 다르다. 둘째, 연합체에 참여하는 금융기구의 신분이 다원적이다. 프로젝트 소재지의 현지 상업은행·국제상업은행·'다자개발은행'·기관투자자·정부기관 등이 될 수 있다. 이들 기구는 임의로 조합하거나 믹스 매치하여 연합체를 이룰 수 있다. 셋

---

351) Aantoneta Simen, "The EBRD Co-financing by Loan Syndications", p.531, http://www. ceeol. com/aspx/getdocument.aspx? logid=5&id=61c41c61-e9fe-46a8-974b-9c9f1242a439 (visited August 25, 2015).

째, 참여기구의 권리와 의무는 협약내용에 따라 각기 다르다. 참여기구 간에는 협의를 체결하여 각자의 권리와 의무에 대해 배치한다. 구체적으로 차주와의 대외관계, 공동융자사항과 관련된 투표권 배치, 공동융자에 따르는 법적 책임 등의 내용이 포함된다. 넷째, 공동융자의 참여방식이 각이하다. 직접 출자하여 대부금을 제공하는 것은 통상적인 의미에서의 공동융자방식에 부합된다. 광의적 공동융자는 여기에 국한되지 않는다. 담보·보험·지분 투자는 모두 공동융자의 참여방식이다.

(1) 공동융자의 연합체

공동융자의 절차는 차주가 가동한다. 즉 차주의 수요에 따라 공동융자를 전개한다. 차주는 먼저 하나(또는 여러)의 은행과 「위탁서」(Mandate Letters, 또는 commitment letter(Commitment Letter)를 체결하고, 해당 은행을 주간사은행(Arranger, 또는 Mandated Lead Arranger)으로 지정한다. 금융 주선기구는 융자방식과 대체적인 융자조건에 대해 차주와 협상하는 한편 주간사회사(Bookrunner)의 신분으로 제휴 은행을 선정한다.[352] 제휴 은행은 반드시 단번에 찾아야 하는 것이 아니다. 연합체에 먼저 가입한 은행에서 대출금 총한도액의 일부를 청약하고 후에 가입한 은행에서 나머

---

352) 장부관리인이란 증권발행의 주 발행대행업체를 가리키며 장부관리를 책임진다. 장부관리인은 기타 발행대행업체와 공동으로 새로운 증권의 발행을 대행하여 리스크를 분산시킨다. 일반적으로 장부관리인은 새로 발행된 증권의 일부분을 기타 발행대행업체에 양도하여 판매하도록 하고 대부분의 증권은 자기에게 남겨둔다.

지 부분을 청약할 수 있다. 공동융자의 일상 사무는 연합체가 한 은행을 파견해 관리하도록 하며 그 은행을 대리은행(Facility Agent)이라고 한다. 대리은행의 기능은 광범위한데 연합체를 대표하여 차주와 소통하고(Point of Contact), 차주의 대출계약 이행을 감독하며(Monitor), 차주의 통지를 수락하고(Postmanand Record-keeper), 대출금의 방출과 상환금의 수취를 대행하는 등의 기능이 포함된다. 대리은행은 실질적인 사항(예를 들면 대출조건의 포기 또는 변경)에 대한 의사결정권이 없으며, 연합체의 전체 또는 다수 회원에게 의사결정을 청구해야 한다.

실천과정에서 연합체는 흔히 일부 회원에 특정 의사결정권을 행사할 권한을 부여한다. 대출 실시과정에서 차주는 늘 연합체에 여러 가지 청구를 제출하는데 만약 모든 청구가 연합체 모든 회원의 동의를 얻어야 한다면 업무효율이 매우 낮을 것이다. 때문에 수권체제는 대부자의 일상 업무효율을 높이는데 유리하다. 이밖에 공동융자는 담보를 받는다. 연합체 회원은행이 수탁보증은행(Security Trustee)으로서 연합체 전체 은행의 이익을 위해 담보재산을 보관한다. 주간사은행·대리은행·수탁보증은행은 연합체에서 추가직책을 담당하고 있어 상응하는 수당을 수취한다.

(2) 공동융자의 법률문서

차주와 주간사은행은 「위탁서」를 체결한다. 그중 중요한 내용 중의 하나는 주간사은행이 대출예정 전액을 '위탁발행(best efforts)' 하느냐 아니면 '일괄발행(underwrite)' 하느냐는 것이다.[353] '위탁발행' 할 경우 주간사은행이 먼저 제휴 은행을 요청하여 연합체를 구성한 다음, 주간사은행이 연합체를 대표하여 차주와 「대출계약」(Syndicated Loan Agreement)을 체결한다. '위탁발행' 상황에서 주간사은행은 차주를 위한 대출예정 전액을 마련할 것이라는 약속을 하지 않는다.

만약 '일괄발행'할 경우 주간사은행은 자신의 명의로 차주와 「대출계약」을 체결하여 대출예정 전액을 도급 맡은 다음, 대출 할당액을 다시 제휴 은행에 양도한다. '일괄발행' 상황에서 주간사은행은 대출예정 전액을 책임지고 발행하며, 발행하지 못할 부분은 주간사은행이 자부담하기 때문에 '위탁발행'에 비해 리스크가 더 크며 따라서 수취 비용도 더 높다.[354] 「위탁서」는 일반적으로 「조건목록」[텀시트(Term Sheet)]가 첨부되는데 융자조건에 대해 초보적으로 배치해둔다. 여기에는 계약 당사자·융자방식·융자한도액·융자가격 등 핵심 조항이 포함된다. 제휴 의향이 있는 은행과 접촉할 때 주간사은행은 차주와 공동으로 작성한 「정보비망록」(Information Memorandum)을 제출해야 하는데' 주요 내용에는 차주의 비즈니스 상황과 이번 융

---

353) 「위탁서」의 기타 내용에는 다음과 같은 것이 포함된다. 주간사은행의 명칭·발행 대행금액 약속·독점대리조항(exclusivity provisions), 대부자 의무 부담 조건, 공동융자의 기타 사항, 예를 들면 「정보비망록」의 작성·잠재적 대부자에 대한 진술·시장변동사항·공동융자책략·비용부담·수당조항 등등이다. Loan Market Association, Guide to Syndicated Loans, p. 4, http://www.lma.eu.com/uploads/files/Introductory_Guides/Guide_to_Par_Syndicated_Loans.pdf, 2015년 12월 10일 방문.

354) "일괄인수발행"과 "위탁발행"의 중요한 구별 중 하나가 「대출계약」체결과 은행 제휴 체결의 시간 선후 순서이다. 즉 "일괄인수발행" 상황에서는 「대출계약」를 먼저 체결한 뒤 은행과 제휴를 맺는 반면에 "위탁발행"의 경우는 먼저 은행과 제휴한 뒤 「대출계약」를 체결한다. Loan Market Association, Guide to Syndic ated Loans, p. 5.

자조건이 포함된다. 「정보비망록」의 내용은 비밀사항이다. 그래서 제휴 의향 은행은 비밀유지협의를 체결하고 비밀유지 의무를 이행해야 한다. 그러나 「대출계약」이 체결될 때에야 공동융자의 구체적인 조건과 내용이 최종적으로 확정될 수 있다. 주간사은행·대리은행·위탁보증은행은 연합체에서 추가 업무를 수행하기 때문에 비용을 수취하게 되는데 이와 관련하여 차주와 「비용협의」(Fee Letters)를 체결해야 한다. 관련 비용은 차주가 지불하는 것이기 때문에 「비용협의」는 사실상 「대출계약」의 일부이며, 차주가 약정에 따라 관련 비용을 지불하지 못할 경우 「대출계약」을 위반한 것으로 간주된다. 그러나 비밀유지를 위하여 「비용협의」는 독립적인 협의로 삼아 「대출계약」에 반영하지 않는 것이 관례이다.

2. '다자개발은행'의 공동융자 실천: IFC의 사례

'다자개발은행'은 늘 공동융자방식을 이용하여 업무를 전개한다. 세계은행은 투자프로젝트의 융자 또는 정책성 융자수단에 모두 공동융자방식을 사용한 적이 있다.[355] 아시아은행은 주로 상업대출방식의 공동융자를 전개한다. 여기에는 기타 은행과의 공동 대출, 기타 은행 대출에 정치보험담보 또는 일부 신용담보 등이 포함된다.[356] 유럽부흥개발은행(European Bank of Reconstruction and Development, EBRD)은 아시아은행과 마찬가지로 신축성 있고 비즈니스적인 방식으로 공동융자를 전개한다.[357] '다자개발은행'은 공동융자를 통하여 지속가능 발전 프로젝트에 필요한 자금을 최대한 동원할 수 있다. 이와 동시에 국제상업은행은 '다자개발은행'의 업무 장점과 우선적 특권을 누릴 수 있으며,[358] '다자개발은행'의 힘을 빌려 자체의 비즈니스 평판도 높일 수 있다. 기존의 국제금융기관 대가족 중 공동융자업무의 전개에서 가장 명성이 높은 곳은 세계은행그룹의 산하기관인 IFC다. IFC의 공동융자업무는 1957년에 시작되어 지금까지 500개 금융

---

355) "투자프로젝트융자" (Investment Project Financing, or Investment Lending)는 "개발정책대출" (Development Policy Lending, DPL)·"결과 지향적 프로젝트" (Program for Results, P4R)와 같은 정책성 융자수단에 비교하여 말하는 융자방식이다. 3자의 구별은 다음과 같다. "투자프로젝트융자"는 구체적 프로젝트를 지원할 때 쓰이는 방식으로서 프로젝트의 실제 지출과 거래에 따라 시간별 단계별로 분할하여 대출을 발행하며 이 부분은 세계은행 대출 업무량의 75-80%를 차지한다. "개발정책대출"은 정책 및 관리 개혁을 지원하는데 쓰이는 방식으로서 세계은행이 전체 예산지원을 제공하며 이 부분은 세계은행 대출 업무량의 20-25%를 차지한다. "결과 지향적 프로젝트"는 2012년 세계은행이 새롭게 설계한 금융수단으로서 대출의 방출을 프로젝트의 결과와 직접 연결시키는 것이 특징이다. 세계은행 공동융자 규칙은 세계은행 「업무 정책과 세계은행 절차」(Operational Policies and Bank Procedures, OP/BP)에서 전문적으로 규정하였다. BP14. 20-Cofinancing, http://web.world- bank.org/WBSITE/EXTERNAL/PROJECTS/EXTPOLICIES/EXTOPMANUAL/0,, contentMDK: 20064754-menuPK:4564187-pagePK:64709096-piPK:64709108-theSitePK:502184,00.html, 2015년 7월 31일 방문.

356) AsDB Commercial Financing, http://www.adb.org/site/private-sector-financing/commercial-cofinancing(visited July 31, 2015).

357) EBRD Loan Syndications, http://www.ebrd.com/work-with-us/loan-syndications.html (visited August 25, 2015).

358) '다자개발은행'의 우선 특권에 관해서는 다음 후주 18을 참조하라.

기구로부터 누계로 500억 달러의 자금을 동원하여 110개 이상 신흥
시장의 1천 건 이상의 프로젝트에 투자하였다.[359] IFC는 공동융자를
전개한 시간이 가장 길고 규모도 가장 크다. IFC 제휴 금융기구(co-
financiers)에는 국제상업은행·신흥시장 역내 또는 국내 은행 펀드
보험회사 및 기타 개발금융기관이 포함되며 또 '다자개발은행'도 포함
된다. IFC가 관리하는 공동융자의 규모(syndicated loan portfolio)
가 2014년 말까지 154억 달러에 이르는 것으로 집계되었다.[360] IFC
공동융자 업무방식에는 세 부류가 있다. 각각 B대출(B Loans)·
평행대출(Parallel Loans) 및 최근 개발된 공동융자관리프로그램
(Managed Co-Lending Portfolio Program, MCPP)이다.[361] 이들은
주로 대출에 참여하는 제휴 금융기구에서 구별된다. 그중 B대출의
제휴기구는 국제상업은행이며 프로젝트 주최국 소재 은행은 제외되
어야 한다. 평행대출의 제휴 기구는 개발금융기구('다자개발은행' 포
함) 또는 프로젝트 주최국의 지방은행이다. MCPP 프로젝트의 제휴기
구는 기관투자자이다. IFC는 복잡하면서도 유연한 공동융자업무방식
을 개발하여 고객의 다양한 융자 요구를 만족시키고 자금을 최대한

359) IFC: Partnering With IFC Syndications, p. 22, February 2015, http://www.ifc.org/wps/ wcm/
connect/3c285c004cb885b88de5cdf81ee631cc/Syndications+Brochure+-+FFEBRUARY+2015_
FINAL+REV.pdf?MOD=AJPERES(visited March 12, 2016).
360) IFC: Partnering With IFC Syndications, p. 22.
361) IFC 공동융자 업무방식은 삼분법과 사분법의 구별이 있다. 사분법이란 B대출 하에서 IFC가 A대
출쿼터를 매각·양도하는 행위의 독립을 공동융자의 네 번째 상품으로 삼아 "A대출 참여"(A
Loan Participations, ALPs)라고 부른다. IFC가 A대출을 매각·양도하는 것은 리스크 분산에 유리
하다. 2002년부터 아르헨티나 등 국가에 대한 IFC의 개방 리스크는 "A대출 참여" 시스템으로 인
해 효과적으로 줄어들었다. 본 장에서는 "A대출 참여"가 B대출 모델에 속한다고 주장한다. 그것
은 두 모델 하에서 관련 권리와 의무가 완전히 일치하기 때문이다. 즉 IFC는 여전히 장부상의 유
일한 대부자이고, A대출 양수인과 B대출 참가은행의 권리와 의무는 동일하다.

동원하여 개발도상국의 건설에 참여시킨다. 그 업무경험은 아투행에서 참고할 가치가 있다.

(1) B대출

B대출 구조에서 IFC는 연합체를 대표하여 차주와 「대출계약」을 체결한다. 참가은행은 IFC와 체결한 「연합체협의」(participation agreement)를 이행하고 IFC에 B대출을 교부하며 IFC는 또 B대출과 자기자본대출(즉 A대출)을 묶어서 차주에게 패키지대출을 제공한다. IFC와 차관국이 체결한 「대출계약」에서 IFC는 유일한 대부자(Lender of Record)로 반영되며 참가은행은 계약에 나타나지 않는다. 「대출계약」 실시기간에 IFC가 대출 사무를 전면적으로 관리하며 참가은행과 자금 리스크를 분담한다. 참가은행은 다자개발기관으로서의 IFC 특유의 우선권과 면책특권을 공유한다.[362]

B대출에 참여하는 은행은 반드시 일정한 조건에 부합해야 한다. 그 은행들은 수출신용기구나 정부기관 또는 다자기구가 아니며 차주 또는 프로젝트 주최국에 등록하거나 거주지가 있어서도 안 되며 또 국제자본시장 신용등급 평가에서 투자등급에 도달해야 한다. 투자

---

362) IFC 선순위채권자 지위(Preferred Creditor Status, PCS)를 예로 들면, 회원국 정부가 외환의 부족, 외환관리의 실시로 인해 국제대출 상환에 어려움을 겪게 될 경우, IFC 대출은 우선적으로 환어음을 받을 수 있고 상환 받을 수 있는 특권을 누릴 수 있다. IFC는 일반적으로 국가 채무 구조조정에 참여하지 않으며 또 기타 채권자가 참여하여 달성한 국가채무 구조조정협의가 IFC를 제약하지도 못한다. 국가 리스크에 대응하는 IFC의 특권은 과거 금융위기의 시련을 이겨냈을 뿐만 아니라 각국의 국내 법률체계 내에서도 널리 인정을 받았으며, 바젤협약 II도 국제상업은행이 IFC 대출에 참여하면 환 리스크를 효과적으로 줄일 수 있음을 명확히 승인하였다. IFC: Partnering With IFC Syndications, p. 29.

등급에 미달하였거나 또는 신용등급이 없는 상업은행이 B대출에 참여할 의향이 있을 경우 개별적인 사례로 고려할 수도 있다.[363]

B대출 모델에서는 반드시 연합체 참가은행의 동의를 거쳐야만 대출계약 조항을 변경할 수 있다.[364] 예를 들어, 대출조항(money terms)을 변경하거나 계약발효조건(conditions precedent)을 포기하거나 또는 수정하려면 반드시 모든 참가은행의 동의를 얻어야 하고, 담보조항을 포기하거나 또는 수정하려면 연합체의 67%의 다수 투표권을 얻어 통과되어야 하며, 비자금류 조항(non-financial covenants)을 포기하거나 또는 수정하려면 참가은행의 의견만 구하면 된다. 「대출계약」 실시기간에 IFC는 차주 관련 재무정보 또는 신용리스크 요소가 있는 기타 중요한 정보를 얻게 되면 참가은행과 공유해야 한다.

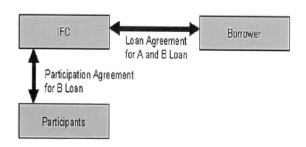

(B대출 구조. 사진 출차: IFC 공식 사이트)

---

363) IFC: Partnering With IFC Syndications, p. 35.
364) IFC: Partnering With IFC Syndications, p. 33.

B대출에서 참가은행은 IFC와의 협력을 통해 국가리스크(country risk)·신용리스크(credit risk)·평판리스크(reputational risk)를 최소화한다.[365] 국가리스크의 경우 다자개발기구로서 IFC는 프로젝트 주최국 정부와 밀접한 관계를 가지고 있으며, 자산이전 불능, 통화 환 불능 리스크를 효과적으로 해소하는 독특한 우세를 가지고 있다. IFC의 선순위채권자 지위는 B대출의 안전을 최대한 확보할 수 있다. 국가리스크를 해소하기 위해서는 IFC의 선순위채권자 지위에 의지하는 것 외에도 B대출을 위한 정치 리스크 보험(Political Risk Insurance, PRI)도 구매할 수 있다. 특히 세계은행의 다자간 투자보증기구(Multilateral Investment Guarantee Agency, MIGA)는 B대출을 위한 전쟁 및 국내 동란보험(war and civil disturbance insurance)을 제공한다.[366] 신용리스크 면에서 IFC는 자산실사 임무를 가장 잘 수행하고 있고 전 세계적으로 자원을 배치하는 경험과 능력을 갖추고 있으며, 부채상품의 설계와 조정수준도 최고이다. 이러한 요소들이 공동융자의 신용리스크를 효과적으로 해소할 수 있다. 평판리스크 면에서 IFC는 세계적 수준의 대출 팀을 보유하고 있어, 그 환경과 사회기준은 시범적인 의의가 있다. 따라서 IFC와의 공동융자는 참가은행의 평판과 이미지를 향상하는데 유리하다.

B대출은 공동융자에 참여하는 금융기구에 유리할 뿐만 아니라 차주도 이익을 볼 수 있다. 일반적으로 B대출 프로젝트에 필요한 자금

---

365) IFC: Partnering With IFC Syndications, p. 26.
366) IFC: Partnering With IFC Syndications, p. 36.

규모가 크기 때문에 IFC에 위탁하여 IFC의 주선으로 대량의 자금융자를 받는 것이 여러 은행을 접촉하여 여러 대출계약을 맺는 것보다 차주에게 더 유리하다. B대출을 통해 차주는 또 기타 참가은행과 관계를 맺고 상업자원을 확장한다. IFC의 높은 환경기준 및 사회기준은 객관적으로 차주와 그 프로젝트의 사회적 및 상업적 평판의 향상에 도움이 된다.

(2) 평행대출

평행대출이란 IFC와 B대출 조건에 부합되지 않는 은행이 공동으로 융자하여 공동으로 차주와 「대출계약」를 체결하는 것을 가리킨다. 이로부터 「대출계약」에 나타나는 대주는 IFC뿐만이 아니라 기타 모든 참가은행도 포함된다는 것을 알 수 있다. 평행대출 적격 참가기관에는 개발금융기구(Development Financial Institutions, DFIs) 및 프로젝트 소재국 현지의 상업은행이 포함된다. IFC가 주간사은행(mandaterd lead arranger)의 역할을 하는 평행대출 방식에서는 IFC와 참가은행의 공동융자 관계가 IFC의 「공동 대출 모계약」(Master Cooperation Agreement, MCA)에 규정되어 있으며[367] B대출에서의 「연합체계약」과 비슷하다.

평행대출은 대체로 「대출계약」 체결 전의 준비단계와 계약 체결 후의 실시단계로 나뉜다. 계약 준비단계에서는 먼저, B대출과 마찬가지

---

367) IFC, "Master Cooperation Agreement" , http://www.ifc.org/wps/wcm/connect/corp_ext_content/ifc_external_corporate_site/solutions/products+and+services/syndications/parallel-loans, 2016년 3월 26일 방문.

로 IFC가 잠재적인 제휴 은행과 접촉하여 제휴 의향을 초보적으로 파악하고 정보 피드백을 얻는다. 다음 IFC는 프로젝트에 대한 자산실사·평가를 진행하고 제휴 의향 은행과 정보를 교환하며 대출법률문서에 대해 협상한다. 마지막으로, 모든 대주와 차주가 「공동대출계약」 (Common Terms Agreement)을 체결하고 매개 대주는 또 구체적인 대부조건(money terms)을 포함한 「대출계약」을 차주와 단독으로 체결한다. 「대출계약」를 체결한 후 평행대출 실시시기에 들어서면, IFC는 대리은행(Administrative Agent)으로서 정보 소통, 대출 조정, 결제 등 세 가지 방면의 역할을 해야 한다. 정보소통에 있어서 IFC가 연합체와 차주 간의 소통을 책임지며, 평행대출 관련 보고서를 전달한다. 대출 조정에 있어서, 만약 어느 한 대출조건(waivers and amendments)을 포기하거나 수정해야 할 경우 IFC가 나서서 연합체 내부의 투표절차를 조정하고 조직하는 역할을 맡는다. 결제 행위에서 IFC는 여러 측의 동의를 거쳐 어느 지정된 계정을 통하여 대출 방출과 회수를 조정한다. 평행대출 모델은 2008년 글로벌 금융위기 후기에 나타났다.[368] 그때 당시 신흥시장을 대상으로 하는 국제 대차 리스크가 급증하여 국제상업은행들이 대출을 꺼리는 현상이 나타났다. 이에 따른 유동성 부족에 대처하기 위해 IFC는 2009년에 처음으로

---

368) IFC, "Parallel Loans" , http://www.ifc.org/wps/wcm/connect/corp_ext_content/ifc_ external_ corporate_site/solutions/products+an d+services/syndications/parallel-loans, 2015년 8월 12일 방문.

유럽 3개 개발금융기구를 연합하여 공동 대출을 하였다.[369] 그 뒤 바젤III이 출범하고, 각박한 자본요구가 국제상업은행의 장기대출 발행 능력과 의지를 한층 더 약화시켰으며, 이에 따라 평행대출은 IFC 공동융자의 중요한 선택이 되었다. 지금까지 IFC가 평행차관을 통해 동원한 자금이 총 60억 달러에 이른다.[370]

SYNDICATED PARALLEL LOAN STRUCTURE

(평행대출 구조. 사진 출처: IFC 공식 사이트)

---

369) 이 세 곳의 유럽 금융기관은 각각 독일의 DEG(Deutsche Investitions-und Entwickl ungsgesellschaft mbH), 네덜란드의 FMO(Nederlandse Financierings-Maatschappij Voor Ontwikkelingslanden N.V), 프랑스의 Proparco(Societe de Promotion et de Participation pour la Cooperation Economique).
370) IFC: Partnering With IFC Syndications, p. 37.

평행대출은 B대출의 공급부족을 효과적으로 메웠으며, 공동융자업무모델의 혁신을 추진하여 여러 측이 이득을 볼 수 있게 하였다. 차주에게 있어서 융자수요가 충족되고 여러 대출은행과 상업관계를 수립함으로써 융자에 따르는 자금비용과 시간비용을 효과적으로 절약하였다. 여러 대출은행에게 있어서는 세계적 범위에서 대출항목을 선정한 IFC의 경험과 능력을 빌어 자금 유동성을 촉진하였고, 세계적 범위에서 IFC의 선순위채권자 지위를 이용하여 자금의 안전을 확보하였으며, IFC의 고수준 자산실사·대출설계 및 조정메커니즘에 힘입어 대출수익을 확보하였고, 마지막으로 평행대출은 또 기타 참가은행을 도와 시간과 자금의 비용을 절약해주었다.

(3) 공동융자 관리 프로젝트(MCPP)

MCPP프로젝트는 IFC가 수동적 투자자(passive investor)를 위해 설계한 인덱스펀드(index fund)이다.[371] IFC는 우선 신탁기금 또는 독립계정(segregated account)을 설립하여 자기 자본과 MCPP 투자자가 위탁한 자금을 예치하였다가 다시 유일한 장부상의 대부자(Lender of Record)로서 MCPP 투자자를 대표하여 자금을 대부한다. MCPP 내 대출은 IFC의 자기자본 대출로 간주되어 IFC 대출 특유의 우선권과 면책특권이 주어진다. 게다가 일단 채무손실이 발생할 경우

---

371) 인덱스펀드는 주가지수를 추종하는 수동형 펀드로서 펀드매니저의 임무는 펀드의 자산을 지표의 움직임에 따라 비례에 따라 분산 투자하는 것이다. 인덱스펀드는 보유 전략을 취하고 있어 주식을 자주 바꿀 필요가 없기 때문에 그 비용이 일반적으로 주식펀드 등의 주동형 펀드에 비해 훨씬 낮다. 인덱스펀드는 수동적 투자자에게 적합하다. 다시 말해서 투자에 할애할 수 있는 시간과 정력이 없는 사람들에게 적합하다.

IFC 자기자본 대출이 가장 먼저 손실을 입게 되며 이로써 MCPP 투자자 리스크의 투자등급을 유지한다.[372] MCPP의 프로세스는 「관리계약」(Administration Agreement)과 「대출계약」(Loan Agreement) 두 개의 주요 계약을 포함하고 있다. IFC와 수동적 투자자 간에 「관리계약」을 체결하여 IFC가 수동적 투자자를 위한 투자 프로젝트 모색, 포트폴리오 설계, 신탁기금 설립 또는 독립계정 보관, 자금운영을 담당한다. IFC와 차주가 체결한 「대출계약」에서 IFC는 MCPP 신탁기금의 집행주체로서 투자가 성공한 후 대부금을 회수하는 과정에 소량의 비용을 공제한다. MCPP프로젝트는 IFC 공동융자 자금 조달처를 확대 개척한 것으로 B대출과 평행대출에 대한 유익한 보충이 된다.[373] B대출이나 평행대출과는 달리 MCPP 프로젝트 투자자는 수동형 투자자로서 구체적인 투자 프로젝트에는 참여하지 않으며, 프로젝트 평가·의사결정·감독 등 방면에서 IFC가 내린 결정을 수동적으로 받아들일 뿐이기 때문에 IFC에게 완전한 결정권이 주어진다.

IFC의 첫 MCPP프로젝트는 2013년 9월 중국인민은행과 체결하였다. 중국인민은행은 6년 동안 IFC의 MCPP프로젝트에 30억 달러를 투자하기로 약속하였다. 중국이 보유한 막대한 외환보유고가 그 프로젝트의 배경이다. 외환보유고 운영 메커니즘을 어떻게 혁신할 것

---

372) IFC, "MCPP Infrastructure" , http://www.ifc.org/wps/wcm/connect/2baa8fbe-f08a-43e1-b1e0-9095d5c085ac/MCPP+Infrastructure_FINAL_10-5-2016.pdf?MOD = AJPERES(visited August 18, 2017).

373) IFC, "Managed Co-Lending Portfolio Program" , http://www.ifc.org/wps/wcm/connect/corp_ext_content/ifc_external_corporate_site/solutions/products+and+services/syndications/mcpp, 2015년 12월 12일 방문.

인가는 중국인민은행이 줄곧 고민해 온 문제였다. 2013년 초 중국인민은행 산하 외환관리국이 외환보유고 위탁대출사무실(SAFE Co-Financing)을 설립하였는데[374] 혁신방식으로 외환보유고를 관리 운영하기 위하는 데 취지를 두었으며 MCPP프로젝트 투자가 바로 그중 하나의 탐구 대상이었다.

3. '다자개발은행'의 경험이 아투행에 주는 메시지

아투행의 제안자와 주요 주주로서 중국은 아투행과 기존의 '다자개발은행'의 공동융자 제안을 지지한다고 명확히 밝혔다. 이는 아투행이 기존의 '다자개발은행'과 협력관계를 맺을 것을 강조하는 것이 아투행 자체에 유리하기 때문이었다. 아투행은 공동융자를 통해 역내외의 더 많은 자금을 동원하여 아시아의 인프라 건설에 참여시켜야 한다. 이밖에 아투행의 포지셔닝은 기존의 국제금융구도에 대한 유익한 보충이다. 후발주자로서 아투행은 공동융자 과정에서 기존의 '다자개발은행'의 실천경험을 배우고 참고해야 한다.

우선 기존의 다자기구와의 협력을 중시해야 한다. 기존의 다자기관, 예를 들면 세계은행·아시아은행·IFC는 모두 선순위채권자 지위와 최고의 신용등급을 갖추고 있다. 그들과 공동융자업무를 전개하는 것은 아투행이 그들의 실천경험을 빨리 배우는데 유리하며, 아투행이 선순위채권자 지위를 확립하고 공고히 하며 최고 신용등급을 얻고 유지하는데 유리하며, 아투행 프로젝트의 평판을 높이는데 유

---

374) 「외환관리국, 외환보유고 위탁대출사무실 설립」, 『파이낸셜타임스』, 2013년 1월 15일.

리하고, 종국적으로는 아투행이 하루빨리 일류의 글로벌 다자개발기구로 발전하는데 유리하다. 이와 동시에 공동융자협력기구를 적극 확대해나갈 것이다. 전통적인 다자기구 외에도 브릭스신개발은행·실크로드펀드회사·중국국가개발은행·중국수출입은행·중국 국내 상업은행 등과도 적극 협력하고 있다. 이는 일석이조의 효과를 낼 수 있는 일이다. 한편으로는 아투행이 융자범위를 넓히는데 유리하고, 다른 한편으로는 아투행 운영플랫폼을 이용해 이들 은행들이 운영모델을 업그레이드하도록 이끌어 하루 빨리 중국에 속하는 세계적인 수준과 지명도를 갖춘 금융기업과 금융 인프라를 구축할 수 있다.

선순위채권자의 지위에 대하여 특별히 주의를 기울일 필요가 있다.[375] 선순위채권자 지위는 공동융자 A대출(즉 아투행 자기자본 대출)과 B대출(즉 국제상업은행이 제공하는 대출)의 자금원을 각각 확보하는데 유리하다. 그것은 선순위채권자 지위가 아투행의 최고 신용평가등급을 수호하여[376] 이를 통해 융자비용을 낮추는데 유리하기 때문이고, 선순위채권자 지위는 또 국제상업은행들이 아투행 업무에 참여하도록 유치하여 '다자개발은행'으로서의 아투행의 면책특권과 우선권을 공유하도록 하기 때문이다. 「아투행협정」은 아투행 자산

---

375) 차관국이 '다자개발은행'의 대출을 우선 상환하는 이유는 매우 많다. 예를 들면 '다자개발은행'의 후속 대출이 아직 방출되지 않았기 때문에 감히 비위를 거스를 수 없는 점, '다자개발은행'은 기타 기관이 대출을 거부하는 상황에서도 신규 대출을 제공하려는 의향이 있기 때문에 이를 쟁취해야 하는 점, '다자개발은행' 대출 금리가 낮고 만기기한이 긴 점, '다자개발은행'은 기술원조를 제공할 수 있는 점, 차관국은 경제적 제재를 받을까봐 우려하고 있는 점 등등이다. 이에 따라 '다자개발은행'은 차관국의 채무 구조조정에 참여하지 않는다. Standard & Poor's, How Preferred Creditor Support Enhances Ratings, p. 66.
376) 무디스는 선순위채권자지위를 다자금융기관들이 최고 신용평가등급을 유지할 수 있는 주요 원인 중 하나로 꼽았다. Moody's, Credit Analysis: IBRD(World Bank), February 27, 2012.

을 회원국의 통제를 받지 않고 자유로 환전과 자유로운 이전이 가능하도록 규정하여 아투행이 선순위채권자 지위를 획득할 수 있는 길을 닦아놓았다.[377]

공동융자의 구체적인 업무활동에서는 융자절차와 조건을 간소화하고 원가를 낮추며 운영효율을 높여야 하며, 유연성 있고 개방적인 융자방식을 모색하고, 공동융자업무 모델을 혁신하여 실제 수요에 부합되는 '차세대 실천'을 이루어야 한다.[378]

첫째, 공동융자 프로젝트는 반드시 전통적인 유형의 인프라에 국한될 필요가 없다. "인프라"는 아투행의 명확한 투자방향이다. 그러나 '인프라'의 정의는 개방적이고 발전적이어야 한다. 기존 프로젝트의 에너지 절약 개조, 업그레이드 세대교체 등의 일부 녹색 프로젝트는 모두 아투행의 투자범위에 포함되어야 한다.[379] 이로부터 세계은행이 그린필드(greenfield investment) 투자만 취급하는 것과는 달리 아투행 프로젝트는 여기에만 국한되지 않고 브라운필드(brownfield) 투자까지 포함하며 심지어 이미 착공하였으나 자금 등 원인으로 중단된 프로젝트도 포함한다는 것을 알 수 있다. 정보화시대에 탄생한

---

377) 「아투행협정」 제19조, 제48조를 참조하라. 「유럽부흥개발은행협정」 제21조와 제49조에도 이와 비슷한 규정이 있다. 유럽부흥개발은행은 그러한 규정 조항들이 그 은행의 선순위채권자지위를 강화하는 데 도움이 된다고 주장하고 있다.

378) 브릭스(BRICS)국가 신개발은행(NDB) 업무 모델에 대한 K. V. 카마스(Kundapur Vaman Kamath) 신개발은행 총재의 전망을 참조하라. http://www.guancha.cn/kamat/2015_08_04_329227.shtml, 2015년 8월 9일 방문.

379) 진리췬(金立群) 아투행 총재는 브릭스국가 신개발은행과 협력하여 "최고의 프로젝트를 선정할 것"이라며 "예를 들면 글로벌 환경을 개선하는 데 도움을 줄 수 있는 것, 또 전력망을 업그레이드하여" 전송 중에 전력 손실을 줄일 수 있는 것 등등이라고 밝힌 바 있다. http://www.thepaper.cn/ newsDetail_forward_1354798, 2015년 7월 27일 방문.

아투행은 후발한 방점을 발휘하여 인터넷 정보 인프라 건설에 중점적으로 투자하게 된다.[380]

둘째, 공동융자의 차주 범위는 정부 또는 정부가 보증하는 개인 프로젝트에 국한할 필요가 없다. 「아투행협정」에서 규정한 차주의 범위는 개방되어 있다.[381] 차주가 정부일 수도 있고 기업일 수도 있다. 또 기업이 정부의 보증을 받는지의 여부나 또는 국유기업인지 사기업인지는 상관하지 않는다. 그리고 차주가 아투행 회원국의 정부와 기업일 수도 있고, 비회원국의 정부와 기업일 수도 있으며, 역내 경제발전 참여자이기만 하면 된다. 여기서 아투행이 융자를 제공하는 대상의 범위는 기타 모든 주요 '다자개발은행'을 추월한다.[382]

셋째, 융자 절차와 조건을 간소화해야 한다. 훌륭한 프로젝트를 선택하는 것은 성공으로 가는 첫걸음이며, 프로젝트 실행기준은 반드시 엄격해야 하고, 실행 가능한 것이어야 하며, "기준을 정하였으면 반드시 이행해야 한다." 세계은행과 IFC의 각자의 프로젝트에는 모두 프로젝트 사전 심사절차가 번거롭고 프로젝트 착공 후 환경의 악화, 난폭한 철거, 철거 보상의 부족으로 원주민들의 생계유지가 어려운

380) 진리췬(金立群), 「아투행, 글로벌경제금융협력발전의 '추진기'」, 『인민일보』 2016년 1월 5일자.
381) 「아투행협정」 제11. 1(a)조는 다음과 같이 규정하고 있다. 아투행은 임의의 회원 또는 그 기관·단위 또는 행정부서 또는 회원 영토에서 경영하는 임의의 실체 또는 기업 및 본 지역의 경제발전에 참여하는 국제 또는 지역성 기구 또는 실체에 융자를 제공할 수 있다.
382) 세계은행(IBRD)의 차주 범위는 중등소득국가와 신용이 양호한 저소득국가이고, 국제개발협회(IDA)의 차주 범위는 저소득국가이며, IFC 차주 범위는 중저소득국가의 민간기업이고, 아프리카개발은행(AfDB)·아시아개발은행(AsDB)·미주개발은행(IDB) 등의 차주 범위는 본 지역의 정부와 민간기업에 국한되며, 유럽부흥개발은행(EBRD)의 차주 범위는 주로 본 지역의 민간기업에 국한되어 있다. Congressional Research Service(CRS) Report R41170, Multilateral Development Banks: Overview and Issues for Congress, by Rebecca M. Nelson, November 8, 2013, pp. 4-5.

등의 문제가 존재한다.[383] 아투행은 이를 거울로 삼아 이들 기구들이 겪은 시행착오를 반복하는 것을 피해야 한다. 아투행은 관련 분야에서 적극 모색하여 얻은 성과를 공동융자를 통해 기존의 '다자개발은행'에 전달함으로써 '다자개발은행'이 개혁과정에서 참고할 수 있도록 하였다.

넷째, 각기 다른 기준 간 상호 융합을 실현해야 한다. 기존의 다자금융기구의 보장정책과 기준은 각기 다르다. 예를 들면 세계은행과 IFC는 똑같이 세계은행그룹에 속하여 있지만, 각자 다른 보장정책과 기준을 갖고 있고,[384] 일부 공동대출프로젝트에서도 각자의 기준을 적용한다.[385] 이밖에 세계은행은 "투자 프로젝트 융자"와 "개발정책대출"을 구분하여 각기 다른 대출정책과 기준을 적용한다.[386] 공동융자 업무를 추진하기 위해 아투행은 이들 기구들과 공동으로 높은 기준을 적용해야 한다.[387] 높은 기준은 동일한 기준이 아니지만 장기적인 융자협력과정에서 점차 일치해질 수 있다.

다섯째, 업무모델은 평행대출을 우선 개발방향으로 하여 B대출과

---

383) 국제조사기자연맹의 2014년 세계은행 기준 실시상황에 대한 조사보고서에 따르면 세계은행의 나이지리아 동바디아 프로젝트, 인도의 화력발전소 프로젝트, 브라질의 소브라디뉴 댐 프로젝트, 알바니아의 야레 해안 재건 프로젝트, 라오스의 댐 프로젝트, 브라질의 가멜레라 댐 프로젝트, 에티오피아의 보건 및 교육 프로젝트 모두에서 세계은행은 실직과 허위 기준 문제가 존재한다. ICIJ and HuffPost "How The World Bank Broke Its Promise To Protect The Poor", http://projects.huffingtonpost.com/worldbank-evicted-abandoned(visited June 11, 2015).

384) World Bank, "Drafting Proposed Environmental and Social Framework: Setting Standards for Sustainable Development-Questions and Answers", p. 4.

385) "Environment and Social Policy and Procedural Guidelines for Projects in IDA Countries Financed Jointly by Bank and IFC", June 19, 2012, p. 5.

386) World Bank, "Review and Update of the World Bank's Safeguard Policies: Proposed Environmental and Social Framework" (Background Paper September 2, 2014), p. 2, para. 9.

387) AIIB, "Environmental and Social Framework" (February 2016), p. 6, para. 21.

MCPP프로그램을 적극 모색해야 한다. 기존의 다자개발금융기구들은 대부분 아투행과 평행대출업무협력을 진행할 의향이 있다.[388] 아투행도 이를 통해 지지를 얻고 경험을 얻을 수 있다. 이와 동시에 아투행은 국제상업은행과의 B대출 프로그램을 적극 모색하여 세계경제의 회복과 발전에 힘을 실어줄 필요가 있다. 또 IFC의 경험을 살려 MCPP프로그램을 개발시켜 중국 등 외환보유고와 흑자가 많은 국가를 위한 신탁기금이나 전문계정을 설립하여 이들 국가가 아시아 인프라건설 시장에서 외환보유고를 활용할 수 있도록 도울 수도 있다.

---

388) 아투행과 세계은행이 공동융자프로젝트에 대해 상담하였다는 내용을 다룬 뉴스보도를 참고하라. 2015년 7월 16일, http://www.aiib.org/html/2015/NEWS_0717/13.html, 2016년 3월 26일 방문.

제3부분
아투행의
조달제도

제5장
'다자개발은행' 프로젝트 조달:
아투행의 시각

  '다자개발은행'(Multilateral Development Banks, MDBs)은 대가
족으로서 국제부흥개발은행(IBRD, 일명 세계은행)과 6개의 지역 '다
자개발은행'을 포함한 '1대(大) 6소(小)' 총 7개의 은행을 포함하고 있
다. 규모가 좀 작은 6개의 은행은 아프리카개발은행(AfDB)·아시아개
발은행(ADB)·아시아인프라투자은행(AIIB)(이하 "아투행"으로 약칭)·
유럽부흥개발은행(EBRD)·미주개발은행(IDB) 및 브릭스신개발은행
(NDB)이다. 매개 은행은 모두 각자의 조달규칙을 가지고 있어 자체
투자 프로젝트의 조달과정을 규범화시킨다.

  일반적으로 이러한 조달규칙은 모두 가치 창출, 지속 가능한 발전,
공정 및 청렴의 원칙을 따르며[389] 고효율·공평·규범·투명한 조달과
정에서 구현된다.[390] 본 장에서는 이러한 핵심적인 조달원칙과 기준에
중요한 영향을 미칠 수 있는 '다자개발은행'의 제도적 배치에 대한 연
구에 주력한다. 이들 제도의 대부분은 그 자체가 조달제도의 구성부

---

389) 예를 들어, 세계은행이 꿈꾸는 조달 청사진은 "투자 프로젝트 융자(IPF) 업무를 위한 조달 활동
은 차주가 가치 창출, 공정한 조달 및 지속가능한 발전을 실현하는데 도움이 되어야 한다는 것"
이다. World Bank Procurement Regulations for IPF Borrowers(hereinafter "the World Bank
Procurement Regulations", July 2016), "Foreword".

390) For example, Procurement Policy (January 2016), "vision statement".

분이며, 일부는 조달제도와 직접적인 관계는 없지만 잠재적으로 중대한 영향을 미칠 수 있다. 아투행은 최초로 중국의 제안으로 창립된 '다자개발은행'으로서 전 세계의 주목을 끌었다. 2015년 12월 창립된 이래 아투행은 세 차례의 확장을 거쳐 최초 57개이던 창립의향회원국이 현재는 80개 회원으로 늘어나[391] 1966년에 창립된 일본 주도의 아시아개발은행 67개 회원국 수를 추월하였다.[392] 아투행은 21세기 신형의 '다자개발은행'을 건설하는데 취지를 두고 창립 1년여 동안 줄곧 "정예·청렴·녹색"의 운영이념을 성실하게 실천해왔다. 아투행의 조달규칙은 기존 '다자개발은행'의 고기준과 일맥상통할 뿐만 아니라 실무적이고 혁신적이기까지 하다.

1. 조달과 관련된 아투행 비상주이사회제도

(1) 기존 '다자개발은행' 집행이사회가 조달에 미치는 영향

기존의 '다자개발은행'은 모두 집행이사회를 두고 있다. '집행'의 본질은 이사회가 은행의 일상 업무에 깊이 관여한다는 것을 의미한다. 예를 들어 세계은행의 25명 이사는 매주 세 번씩 워싱턴에 위치한 은행본부에서 만나 중요한 문제들을 논의하고 결정을 내린다. 집행이사

---

391) 그 세 차례 확장은 각각 2017년 3월 캐나다·중국홍콩을 포함한 13개 신규 회원을 승인한 것, 2017년 5월 '일대일로' 정상협력포럼 기간, 아투행이 칠레·그리스를 포함한 7개의 신규 회원을 승인한 것, 2017년 6월, 제2기 운영위원회 연차회의 기간에 또 3개의 신규 회원을 승인한 것이다. 그 80개 회원 중 현재 56개가 정식회원(즉 국내 승인절차를 완성하고 최초 거출자금을 납부한 회원)이고 24개는 의향회원이다. AIIB, "Members and Prospective Members of the Bank", https://www.aiib.org/en/about-aiib/ governance/members-of-bank/index.html(visited July 13, 2017).

392) 아시아개발은행 회원을 참조하라. http://www.adb.org/about/members, 방문시간: 2016년 3월 28일.

회는 세계은행의 규칙과 정책을 결정할 뿐만 아니라 차관국 정부가 제정하고 관리위원회가 제출하는 프로젝트 투자방안에 대해서도 최종 결정권을 가진다. 집행이사회제도에 부여된 강력한 권한은 세계은행 관리위원회의 직권과 모순된다. 관리위원회는 투자 프로젝트에 대한 전문적인 경험과 필요한 전문지식을 장악하고 있으며, 프로젝트에 대한 견해와 평가가 '다자개발은행' 대출의 지속성을 유지하는데 매우 중요하다. 그러나 집행이사회제도 하에서는 관리위원회가 프로젝트방안에 대한 최종 결정권을 갖지 못할 뿐만 아니라 프로젝트가 차질을 빚을 경우 이사회의 결정에 따르는 책임까지 져야 한다.

이사회와 관리위원회 간의 책임 불균형으로 인해 세계은행과 기타 '다자개발은행' 운영 효율의 저하가 초래되고, 또 관리위원회가 회원국으로부터 독립된 필요한 자치권을 잃게 된다.[393] 그리고 이들 회원국은 바로 은행에서 직무를 맡은 집행이사를 통해 자신의 이익을 대표한다.[394] 집행이사가 직책에 따라 자국 상업기업의 수출이익을 수호할 때 조달시장에서 이익충돌이 생기게 된다. 그것은 다른 기업들이 '다자개발은행' 프로젝트 조달기회를 따내는 데서 상대적으로 불리한 처지에 처할 수 있기 때문이다.[395]

---

393) 관리위원회는 다자주의와 조직의 자치를 지지하는 타고난 성향을 가지고 있다. Sarah Babb, Behind the Development Banks(Chicago: The University of Chicago Press, 2009), p. 230.
394) '다자개발은행'의 집행이사는 이사회 회의에 참석하여 그들을 파견 또는 선출한 정부를 대표하여 투표를 통해 표결한다. 이사회의 역할은 "정치적 견제"로 알려져 있다. The Brookings Institution, "Executive Boards in International Organizations: Lessons for Strengthening IMF Governance", IEO Background Paper(BP/08/08, 2008), p. 9.
395) 이사회에서 회원국들의 대표성에는 큰 차이가 있다. 예를 들어 세계은행의 25명의 집행이사들은 189개 회원을 대표한다. 그중 앞 5대 주주국은 이사대표가 각각 1명씩 있고 또 20여개 작은 회원국에도 이사대표가 1명씩 있다.

미국을 예로 들어 세계은행과 4개의 지역성 '다자개발은행'의 최대 주주로서[396] 미국은 그 중 모든 은행에 집행이사를 한 명씩 위임 파견하여 그 집행이사를 이용하여 미국의 상업이익을 극대화한다. 일반적으로 미국정부는 집행이사에게 "'다자개발은행'에서 미국 상업개발과 수출을 촉진시키는 것을 우선 목표로 삼을 것"을 지시한다.[397] 구체적인 방법은 다음과 같다.

첫째, 기구의 각도에서 볼 때 미국 재무부와 상무부는 모두 주무부처이다. 재무부는 '다자개발은행' 집행이사를 위임 파견하는 임무를 맡고, 재무부 산하에 '상업개발 및 수출 촉진부'를 설치하여 '다자개발은행' 행정실과 연락을 취하여 조달 관련 사항에 대해 조율하는 임무를 맡는다. 상무부도 '다자개발은행' 집행이사회 행정실에 주재원을 파견하여 원스톱 조달서비스를 제공하여 미국기업이 프로젝트 조달에 참여하는데 편리를 마련하고 있다.[398]

둘째, 상업정보 면에서 미국 집행이사는 미국기업에 정확하고 적시적인 조달정보를 제공할 수 있는데[399] 이는 기업에 있어서 매우 중요한 일이다.[400] 미국 집행이사회 행정실의 조달 담당자가 꾸준히 늘어

---

396) 4개의 지역성 '다자개발은행'은 미주개발행·아프리카개발은행·아시아개발은행 및 유럽부흥개발은행이다.
397) United States Congress, Multilateral Development Bank Procurement(Classic Reprint Series) (London: Forgotten Books&c Ltd.,2015) Hearing Before the Subcommittee on International Development, Finance, Trade and Monetary Policy of the Committee on Banking, Finance and Urban Affairs, House of Representatives. 103rd Congress, First Session, November 18, 1993. p. 41.
398) 위와 같음, 41-42쪽.
399) 미국 기업들은 집행이사회제도가 가져다주는 혜택에 대해 잘 알고 있다. 위와 같음, 71쪽.
400) 위와 같음, 16, 51쪽.

나고 있는데, 이는 집행이사가 조달정보와 은행 내부의 문서를 얻는 능력을 키우는데 이로울 것임이 틀림없다.[401]

셋째, 조달계약 면에서 '다자개발은행'은 반드시 공정한 조달을 확보해야 하며,[402] 또 일정금액을 초과하는 조달 계약에 대해서는 국제경쟁 입찰방식을 실시해야 한다. 이는 미국 국내 관행과 상당 부분 일치하기 때문에, 사실상 미국기업의 경쟁우위를 더욱 공고히 해주고 있다. 이밖에 미국회사가 '다자개발은행' 프로젝트의 조달에서 불공정한 대우를 받을 경우 '다자개발은행'에 주재하고 있는 미국 집행이사는 낙찰결과를 변경할 수 있는 방법을 모색하거나 또는 은행대출을 취소할 수 있다.[403] 종합하면 집행이사회제도가 '다자개발은행'의 프로젝트 조달활동에 확실히 중대한 영향을 준다. 정확하게 말하면, '다자개발은행' 집행이사회에서 대주주는 자국 국적을 가진 대표가 있기 때문에 이익을 효과적으로 보호 받을 수 있어서 프로젝트 조달에서 우세를 차지한다. 그러나 일부 회원은 20여 개의 회원과 함께 1명의 집행이사를 공유하고 있어 그 회원의 이익을 반영하기 어려워 프로젝트 조달에서 일반적으로 우위를 차지하지 못한다. 그러니 이익을 대변해줄 사람이 없는 비회원국은 더욱 말할 것도 없는 것이다.

---

401) 미국 기업들은 그 조치를 극구 부추기고 있다. 위와 같음, 67쪽.
402) 미국 기업들은 그 조치를 극구 부추기고 있다. 위와 같음, 40-41쪽.
403) United States Congress, Multilateral Development Bank Procurement (Classic Reprint Series) (London: Forgotten Books&c Ltd,, 2015) Hearing Before the Subcommittee on International Development, Finance, Trade and Monetary Policy of the Committee on Banking, Finance and Urban Affairs, House of Representatives, 103rd Congress, First Session, November 18,1993, p. 41.

(2) 아투행 비상주이사회제도는 공평 조달에 유리하다

아투행은 비상주이사회제도를 적용한다. 「아투행협정」(Articles of Agreement, AOA) 제27.1조는 다음과 같이 규정하였다. "이사회는 비(非)상주 운행방식을 취하며 운영위원회가 제28조의 규정에 따라 슈퍼 다수 투표를 거쳐 통과된 경우를 제외하고 별도로 결정한다." 「아투행 세칙」 제2절(b)조항에는 다음과 같이 규정하였다. "「협정」 제27조의 규정에 따라 특별한 규정이 있는 경우를 제외하고는 관련 절차규칙에 다음과 같은 사항을 규정해야 한다. 이사회는 적어도 매 분기에 1회씩 정례회의, 특별 전화회의 및 비회의 투표를 개최해야 한다." 이에 따라 「아투행 이사회 절차규칙」 제3절(b)조항에는 「세칙」 제2절(b)조항의 규정에 따라 이사회는 적어도 매 분기에 한 차례씩 정례회의를 개최해야 한다."라고 규정하였다. 아투행 이사회는 매년 적어도 4차례 회의를 개최한다. 이는 매년 최소 6차례 회의를 개최하는 유럽투자은행(EIB)[404] 이사회의 경험을 받아들인 것이다.[405] 비상주이사회제도는 이사회와 관리위원회 사이의 권리와 책임을 균형적이고 명확하게 한다. 이사회에서 회원의 대표성 여하와 관계없이 회원은 모두 공평한 경쟁의 기회를 누릴 수 있다.

아투행은 글로벌화 한 일련의 조달규칙을 따른다. 예를 들면 유럽부흥개발은행에서 본받은 비회원국과 회원국의 기업 모두 조달기회

---

404) 유럽투자은행은 유럽연합의 정책 은행으로서 1958년 「로마조약」에 의해 설립되었다. 유럽투자은행은 2013년 기준으로 2천430억 유로의 자본을 보유한 세계 최대 국제공공대출기관이지만 엄밀히 말하면 '다자개발은행'은 아니다. http://www.eib.org/about/key_figures/index.htm, 방문시간: 2017년 3월 30일.

405) Rules of Procedure of the European Investment Bank Article 11.1.

를 얻을 수 있는 규칙과 같은 것이다.[406] 그래서 비상주이사회제도는 모든 기업이 균등한 기회를 얻을 수 있게 한다. 이는 비회원국의 회사에는 특히 중대한 의의가 있다. 그렇기 때문에 비상주이사회제도는 글로벌 조달을 위한 공평한 환경을 마련해주었다.

비상주이사회제도가 집행이사회제도 특유의 정보 소통 우위를 상실할 수 있다는 관점도 있다. 그런 상황이 나타나는 것을 막기 위해서는 조달정보의 투명성을 확보하는 것이 관건이다. 이를 위해 아투행은 "모든 프로젝트에서 고도의 투명성을 실현하는데 주력하고 있다."[407] 아투행 조달규칙은 공개적인 방식으로 이해 관련 측에 "충분하고 관련 있는 정보를 제공할 것을 요구한다."[408] 조달 정보의 발표는 또 "적시적"이어야 하고, 전통적인 집행이사회제도 중의 정보소통기능을 보완할 뿐만 아니라 조달기회의 균등을 실현해야 한다고 필자는 제안한다. 2016년 6월 아투행 제1기 연례회의 기간 아투행 행장은 이사회에 1차로 총 5억 9백만 달러 가치의 4개 프로젝트 방안을 제출하여 비준을 청구하였다.[409] 이러한 조치는 "모든 투자는 현재 반드시 이사회의 비준을 받아야 한다"는 임시법규의 배치에 따른 것이며,[410] 아투행 업무 초기의 특징에 부합된다. 그러나 아투행 이사회는 비상

---

406) 「아투행협정」 제13. 8조는 "은행은 일반 업무 또는 특별 업무에서 은행 융자 프로젝트의 상품과 서비스 조달에 대해 국가별 규제를 할 수 없다." 라고 규정하였다.

407) AIIB Procurement Policy(January 2016), Section 5. 1. 7.

408) AIIB Procurement Policy(January 2016), Section 5. 1. 7.

409) AIIB, "AIIB's Board of Directors Approves $509 M Financing for its First 4 Projects: Power, Transport and Urban: Investments span South, Southeast and Central Asia", http://www. aiib.org/html/2016/NEWS_0624/119.html(visited August 2, 2016).

410) AIIB Operational Policy on Finance(January 2016), paragraph 3. 5. 1

주이사회로서 모든 투자는 실시에 앞서 이사회의 비준을 받을 것을
요구하는 것은 실현하기 어려운 일이다. 차라리 대다수 업무에 대한
의사결정을 일상 업무로 삼아 관리위원회가 처리하도록 남겨두는 것
이 더 낫다. 필자는 이사회가 프로젝트 심사비준 권력(프로젝트 조달
절차 포함)을 하루 빨리 관리위원회에 이양해야 한다고 주장한다.[411]

2. 조달과 관련된 신탁기금

'다자개발은행'의 신탁기금은 양자 방식으로 기증되는 다자기금이
다.[412] 자금공여국은 양자원조의 형태로 자금을 제공하는 것이 아니
라 신탁기금방식으로 다자기구에 자금을 제공하는 것을 선택하였다.
이는 주로 두 가지 요소를 고려한 선택이었다. 즉 자금공여국은 자국
의 행정비용을 줄일 수 있을 뿐만 아니라 또 다자기구의 전문기능을
통해 이익을 얻을 수 있다.[413] 그러나 그런 기금은 일반적으로 자금공
여국의 기금사용 선호를 조건부로 설명하기 때문에 공여국의 통제에
서 완전히 벗어나지는 못한다.[414] 신탁기금에는 일반적으로 묶음식과

---

411) "이사회는 (2016년 하반기에) 특정 투자 업무 및 후속 변동에 대한 비준 권한을 아투행 총재에게
      이양할 가능성이 있다." AIIB Operational Policy on Finance(January 2016), paragraph 3. 5. 1,
      footnote 17.
412) Bernhard Reinsberg, etc., "Which Donors, Which Funds? The Choice of Multilateral Funds
      by Bilateral Donors at the World Bank", Policy Research Working Paper 7441, October 2015,
      Abstract. Available at http://documents. worldbank.org/curated/en/ 948551467997028331/
      pdf/WPS7441.pdf(visited March 31, 2017).
413) Bernhard Reinsberg, etc., "Which Donors, Which Funds? The Choice of Multilateral Funds
      by Bilateral Donors at the World Bank", World Bank Policy Research Working Paper 7441,
      October 2015, Abstract.
414) Vera Eichenauer, etc, " 'Bilateralizing' multilateral aid? Aid allocation by World Bank trust
      funds", February 2014, at 1. Available at http://wp.peio.me/wp-content/ uploads/PEIO8/
      Eichenauer,%20Knack%207.2.2015.pdf (visited March 31,2017).

비묶음식 두 가지 유형이 있다. 묶음식 신탁기금이란 자금공여 회원국이 조건부로 '다자개발은행'에 자금을 공여하는 것을 말하며 그 자금을 언제 어떻게 사용해야 하는지는 공여국이 지정한다. 묶음식 신탁기금은 비묶음식 신탁기금보다 '다자개발은행'의 환영을 받지 못할 수도 있다. 심지어 비묶음식 신탁기금 공여국의 적극성을 떨어뜨릴 수도 있다. 후자는 국내기업과 의회에 합리적인 설명을 할 수 없어 피동에 빠지게 될 것이다. 1993년 미국의회의 자료에 따르면 일본과 중국대만지역은 흔히 '다자개발은행'에 비묶음식 기금을 설립하고 프랑스와 영국은 묶음식 기금을 설립하며 미국은 2종의 기금을 설립한다.[415] 미국은 다른 나라들에 묶음식 기금을 공여하는 것을 포기하라고 호소하는 한편 자신은 여전히 묶음식 기금의 설립을 고집하고 있다.[416] 신탁기금의 설립에는 여러 가지 목적이 있다. '다자개발은행'의 프로젝트 조달과 관련된 신탁기금의 경우 기술지원 자금으로서 프로젝트의 초기단계에서 엔지니어링 자문 및 설계를 위한 서비스를 제공한다.[417] 엔지니어링자문회사는 프로젝트 설계를 책임질 뿐만 아니라 기술규범을 제정하여 후속 프로젝트 건설 중의 설비와 엔지니어링 조

---

415) United States Congress, Multilateral Development Bank Procurement(Classic Reprint Series) (London: Forgotten Books&c Ltd., 2015) Hearing Before the Subcommittee on International Development, Finance, Trade and Monetary Policy of the Committee on Banking, Finance and Urban Affairs, House of Representatives, 103rd Congress, First Session, November 18, 1993, pp. 21-23.

416) 위와 같음, 21, 23쪽.

417) United States Congress, Multilateral Development Bank Procurement (Classic Reprint Series) (London: Forgotten Books&c Ltd., 2015) Hearing Before the Subcommittee on International Development, Finance, Trade and Monetary Policy of the Committee on Banking, Finance and Urban Affairs, House of Representatives, 103rd Congress, First Session, November 18,1993, p. 71.

달 활동에 사용하기 때문이다.[418] 그렇기 때문에 엔지니어링 자문서비스는 전체 조달과정의 '쐐기'로 간주되고 있다.[419]

(1) 미국의 신탁기금 운영 경험

미국은 신탁기금을 매우 중요시한다. 신탁기금은 프로젝트 조달 활동 중 미국 기업이 "우선권"을 획득하는 데 도움이 되며, 프로젝트가 실행단계에 들어섰을 때 미국기업이 더 많은 차관국 정부의 관심을 얻을 수 있도록 도와줄 수도 있다고 여긴다.[420] 미국의 체제하에서 미국무역개발청(Trade and Development Agency, TDA)은 '다자개발은행'에 신탁기금을 설립하고 투자 프로젝트에서 자금이 어떻게 사용될 것인지를 결정하는 책임을 맡는다.[421]

미 재무부 차관보가 1993년 의회 청문회에서 말한 바와 같이 "가능한 한 일찍 개입하는 것은 미국기업들이 더 많은 지분을 나눠가지는 데 도움이 될 것"이다.[422] 일찍이 '다자개발은행' 프로젝트 청사진 계획단계에서 미국 무역개발청은 타당성 있는 연구활동에 대한 자금지원을 통해 일찍이 개입하였다. 미국의 엔지니어링 컨설팅기업이 타당성 연구를 맡아 프로젝트를 계획단계에서부터 실시단계로 이끌 때, 미국기업이 조달기회를 얻도록 할 수 있다.[423] 다시 말하면 신탁기금의 자

---

418) 위와 같음, 70쪽.
419) 위와 같음, 69쪽.
420) 위와 같음, 70쪽.
421) 위와 같음, 57-61쪽.
422) 위와 같음, 21쪽.
423) 위와 같음, 58쪽.

금지원으로 제정한 기준과 기술규격은 미국 공급업체와 제조업체가 후속 조달계약의 입찰경쟁에서 우위를 얻는데 도움이 된다.[424]

데이터에 따르면 미국 무역개발청이 증여하는 신탁기금 1달러가 미국의 수출 40~178달러를 이끌 수 있다.[425] 이러한 성공을 거둘 수 있었던 것은 미국 무역개발청이 '다자개발은행'과 맺은 양호한 관계에 힘입은 것이며, 또한 미국 무역개발청이 프로젝트 관련 정보를 미리 입수할 수 있고, 또 미국기업과 그 정보를 공유할 수 있기 때문이다.[426] TDA가 신탁기금을 어떻게 운영하는지에 대해 예를 들어 설명하고자 한다.[427] TDA는 1989년에 50만 달러를 세계은행에 기부하여 한 기금을 설립하여 미국 컨설팅회사가 특정 국가의 프로젝트를 평가하는 비용을 지불하는 데 쓰이도록 하였다. 기금의 요구에 따라 세계은행은 프로젝트 설계 단계에 미국 컨설팅 회사를 고용할 것을 차관국 정부에 요구해야만 한다. TDA는 미국 기업의 업무에 대한 세계은행의 설명에 근거하여 그 프로젝트를 지원하는데 신탁기금을 사용할지의 여부를 최종적으로 결정한다. TDA가 결정을 내릴 때 고려해야 할 요소에는, 프로젝트가 대량의 미국 수출을 가져올 가능성이 있음을 보여줄지의 여부, 그 분야에서 미국이 경쟁력이 있는지의 여부, 시

---

424) 위와 같음, 69쪽.
425) 위와 같음, 59쪽.
426) United States Congress, Multilateral Development Bank Procurement (Classic Reprint Series) (London: Forgotten Books&c Ltd., 2015) Hearing Before the Subcommittee on International Development, Finance, Trade and Monetary Policy of the Committee on Banking, Finance and Urban Affairs, House of Representatives, 103rd Congress, First Session, November 18, 1993, p. 59.
427) 위와 같음, 59-60쪽.

장에 미국회사의 잠재적 경쟁자가 있는지의 여부 등이 포함된다.

미국 컨설팅회사는 세계은행의 프로젝트에 대한 컨설팅 작업을 완성한 후에는 또 TDA에 보고해야 하며, TDA는 획득한 정보를 미국회사와 공유한다. 이밖에 TDA는 또 미국회사들을 도와 세계은행 조달프로젝트계약 입찰경쟁에서 이기는 법을 훈련시킨다.

(2) 아투행의 신탁기금

아투행은 2016년 6월에 열린 제1회 연차회의에서 "프로젝트 준비특별기금"(이하 "기금"으로 약칭)을 설립하였다. 중국이 5천만 달러를 출자하였다.[428] 그 기금은 중·저소득국가의 프로젝트 준비활동을 지원하는 데 쓰인다.[429] 여기에는 "조달과 기술평가 및 분석"이 포함된다.[430] 그 후 영국도 기금에 5천만 달러를 기부하였다.[431] 기금의 취지는 차관국의 프로젝트 준비능력 향상을 돕고 나아가서 아투행이 양호한 프로젝트를 찾을 수 있도록 도와주는 것이다. 그러므로 기금의

---

428) AIIB, "AIIB's Board of Directors establish a Project Preparation Special Fund: China provides initial $50 million start-up contribution", June 25,2016 http://www.aiib.org/en/news-events/news/2016/20160625_004.html(visited March 17, 2017).

429) 중·저소득 회원국은 혼합형 국가를 포함해 국제개발협회(IDA)의 지원을 받는 국가를 가리킨다. Rules and Regulations of the AIIB Project Preparation Special Fund (June 24,2016), Section 3.01(a)(i). Eligibility for IDA support is available at http://ida.worldbank.org/ about/borrowing-countries(visited April 4, 2017).

430) AIIB, "AIIB's Board of Directors establish a Project Preparation Special Fund: China provides initial $50 million start-up contribution", June 25,2016 http://www.aiib.org/en/news-events/news/2016/20160625_004.html(visited March 17, 2017).

431) "Factsheet: UK-China 8th Economic and Financial Dialogue", November 10,2016, http://www.gov.UK/government/uploads/system/uploads/attachment_data/file/567526/UK-China_8th_EFD_fact_sheet.pdf(visited March 17, 2017).

설립은 적시적이고도 필요한 것이다.⁴³² 분명히 그 기금은 다중 기부주체의 기금이다. 단일 기부주체의 기금에 비해 다중 기부주체의 기금은 기부자의 통제를 받을 가능성이 더욱 작다. 게다가 아투행의 입장에서 볼 때 행정관리 비용이 줄어들기 때문에 지원효과가 더욱 크게 된다.

「프로젝트 준비 특별기금 조례」는 기금 자금의 "수락 관리 사용 처리" 등 사항을 규정하고 있다.⁴³³ 임의의 모든 회원, 비회원, 기업 및 개인은(반드시 아투행 총재의 동의를 거쳐) 모두 기금의 기부주체가 될 수 있다.⁴³⁴ 특히 기금이 지원하는 조달활동은 글로벌 조달 원칙을 고수한다. 즉, "은행은 기금이 지원하는 상품과 서비스의 조달에 대해 국가별 제한을 가하지 않는다"라는 원칙이다.⁴³⁵

상기의 「조례」를 제외하고도 아투행과 기증자는 또 기부협의를 체결한다. 비록 중국과 영국의 기부협의가 아직 공개되지 않아서 관련 기부금이 '묶음식'인지 아니면 '비묶음식'인지 확정할 수 없지만, 그 협의는 「조례」의 요구에 부합되어야 한다. 여기에는 「조례」에 명확하게 규정한 글로벌 조달원칙도 포함되어야 한다.⁴³⁶

---

432) 아시아 인프라 건설에 필요한 자금은 턱없이 부족하지만 좋은 프로젝트는 많지 않다.

433) Rules and Regulations of the AIIB Project Preparation Special Fund(June 24, 2016), Section 1. 02.

434) Rules and Regulations of the AIIB Project Preparation Special Fund(June 24, 2016), Section 2. 02(a).

435) Rules and Regulations of the AIIB Project Preparation Special Fund (June 24, 2016), Section 3. 03. 그 원칙은 「아투행협정」 제13. 8조의 "은행은 일반 업무 또는 특별 업무 중 은행 융자 프로젝트의 상품과 서비스 조달에 대해 국가별로 제한하여서는 안 된다." 라는 규정에 부합된다.

436) "어떤 경우에도 기부협의가 「조례」와 일치하지 않는 경우에는 「조례」를 적용한다." Rules and Regulations of the AIIB Project Preparation Special Fund (June 24,2016), Section 2. 02(b).

이밖에 아투행은 조달과 관련된 이익 당사자 모두와 이익충돌이 있어서는 안 된다고 엄격히 요구하고 있다.[437] 특히, 도급자는 "자체 또는 관련 기업이 초반 컨설팅서비스를 제공하는 프로젝트"[438]에서 추가적인 상품과 공사 또는 비(非)컨설팅 성격의 서비스를 제공해서는 안 된다. 이는 도급자가 미래 프로젝트기회를 포착하는데 심혈을 기울이는 것이 아니라 차관국의 이익을 우선시하도록 촉진시키기 위한 것이다. 이러한 요구는 기부자들이 더 많은 프로젝트 조달 쿼터를 얻어내려고 꾀할 수 있는 가능성을 차단하였다.

그러나 이는 중국이 기부국으로서 자기 이익을 누릴 수 없다는 것을 의미하지는 않는다. 중국이 이 기금을 발기한 것은 서로 이익을 얻기 위한 목적에서다. 중국은 현재 공급측면의 구조개혁을 진행 중이고, 대외적으로 국제 생산능력 협력을 적극 추진 중이며, 경쟁우위가 있는 상품과 서비스를 수출하고 있다.[439]

중국이 이 기금에 출자하면 중국 공정컨설팅회사가 아투행 프로젝트의 초기단계에서 공평한 경쟁의 기회를 얻을 수 있도록 돕고 또 프로젝트의 집행단계에서 중국 기계전기 설비기업의 공개 경쟁입찰 참여에 유리한 조건을 마련할 수 있는 것이다.

---

437) AIIB Interim Operational Directive on Procurement Instructions for Recipients (June 2, 2016) Section II. 4. 4.
438) AIIB Interim Operational Directive on Procurement Instructions for Recipients (June 2, 2016) Section II. 4. 4. 1(a).
439) 중국 회사는 철도·전력·진신·건축·전사상거래·기계설비 등의 산업에서 경쟁 우위가 있다. GU Bin, "High standards would suit AIIB's lofty goals", Global Times, July 3, 2015.

3. 조달과 관련된 개인주체의 판정기준

일반적으로 '다자개발은행'의 대출대상에는 공공주체도 포함되고 개인주체도 포함된다.[440] 그러나 각자 치중하는 대출대상이 각기 다르다. 예를 들어 국제부흥개발은행(IBRD)은 주로 개발도상국 정부에 대출을 제공하고, 같은 세계은행그룹에 속하는 자매기관인 국제금융공사(IFC)는 개인주체에 대출을 제공한다. 유럽부흥개발은행(EBRD)은 주로 민간부문의 주체에 대출을 제공하지만, 또한 개발도상국 정부에도 대출을 제공한다. 아시아개발은행(ADB)·미주개발은행(IDB)·아투행(AIIB) 세 은행은 비슷하다. 주로 개발도상국 정부에 대출을 제공하고 또 개인주체에도 대출을 제공한다.

대출대상에 치중하는 것이 '다자개발은행'에는 매우 중요하다. 개발도상국에서는 공공주체가 본국 정부의 신용지원을 받기 때문에, 그들에게 대출을 제공하는 것은 일반적으로 안전하고 믿을만한 것으로 간주된다. 새로 창립되는 '다자개발은행'의 입장에서는 공공기관에 대출을 제공하게 되면 채무의 지속성에 도움이 될 뿐만 아니라 최고 신용등급을 획득하는 데도 도움이 되며, 또 은행이 국제 자본시장에서 채권을 발행하고자 한다면 이는 매우 중요한 것이다. 이는 아투행이 채권융자를 앞두고 거의 공공기관에만 대출을 제공하기로 결정하는

---

440) 특별한 설명이 없는 한 '공공주체'와 '정부'를 본 장에서 서로 호용할 수 있다. 보통은 공공주체 이외에 정부라는 단어는 정치와 행정 지사기관의 의미를 포함하고 있다. AIIB Operational Policy on Financing (January 2016), Section II. 2. 1(e). 이와 마찬가지로 WTO법상에서 '공공기관'과 '정부'는 일정한 공통성을 띠고 있다. Appellate Body Report, United States-Definitive Anti-Dumping and Countervailing Duties on Certain Products from China(US-Anti-Dumping and Countervailing Duties(China)), WT/DS379/AB/R(March 11, 2011), para. 317.

이유에 대한 아주 훌륭한 설명이 된다.[441] 2017년 여름 아투행은 잇달아 무디스(Moodys)·피치(Fitch), 스탠더드 앤드 푸어스(S&P) 3개의 주요 신용평가회사로부터 최고 신용등급을 받았다.[442]

공공주체와 개인주체의 구분은 '다자개발은행'의 프로젝트 조달의 맥락에서 적어도 두 가지 의의가 있다. 첫째, 공공주체와 개인주체는 차주로서 각기 다른 조달방법을 적용한다. 원칙적으로 차주가 공공주체일 경우 조달활동을 실시할 때 반드시 공식적인 국제공개입찰을 진행해야 한다.[443] 이는 또 '다자개발은행'의 최우선 방법이다.[444] 차주가 개인주체일 경우 인가를 받은 기타 상업관행만 따르면 된다.[445] 공개경쟁 입찰에 비해 대체적인 상업관행(예를 들면 직접적 조달)은 흔히 시간을 절약하고 원가를 낮추며 효율을 높일 수 있다. 차주로 말하자면 그렇게 하는 것이 뚜렷한 이점이 있다.

---

441) 현재까지 아투행의 17가지 프로젝트의 투자총액이 28억 달러에 달하는데 투자대상은 거의가 정부기구였다. 단 하나의 예외는 2017년 6월에 인도 인프라 기금 1억 5천만 달러 투자를 비준한 것이다. 이는 지금까지 아투행의 유일한 사유 지분 투자 프로젝트이다. AIIB, "Approved Projects", https://www.aiib.org/en/Projects/approved/index.html(visited July 15, 2017).

442) AIIB, "AIIB Receives Triple-A Credit Rating", June 29, 2017; "AIIB Receives the Second Triple-A Credit Rating", July 13, 2017; "AIIB Receives Third Triple-A Credit Rating", July 18, 2017. Available at https://www.aiib.org/en/index.html (visited August 18, 2017).

443) 예를 들면 아투행 「조달정책」 5단 6행에서는 공공주체가 조달하는 은행융자계약에 대해 다음과 같이 요구하고 있다. "국제 공개경쟁입찰은 은행 대출계약 조달의 일반적인 방법이다. 만일 차주가 대체방법이 프로젝트에 가장 적합한 전략적 조달 방법이고 '핵심 조달원칙을 적절히 반영하였음을 은행에 증명하고, 또 은행의 동의를 얻는다면 그 대체 방법을 적용할 수 있다."

444) See AIIB Interim Operational Directive on Procurement Instructions for Recipients(June 2, 2016) Section II. 10. 1. World Bank Procurement Regulation Section VI, Paragraph 6. 11.

445) 예를 들면 아투행 「조달정책」 6단 1행에서는 개인주체가 조달하는 은행융자계약에 대해 다음과 같이 요구하고 있다. "자금 사용에 대한 은행의 적절한 관심은, 가성비와 효율에 대한 평가를 포함하여 개인주체가 차주로서 조달하는 은행융자계약에도 마찬가지로 적용된다. 차주로서 개인주체의 조달활동은 일반적으로 공식적인 국제 공개경쟁입찰이 아닌 기존의 민간부문 관행이나 상업 관행만 따르면 된다. 그러나 은행이 그것이 적합하다고 인정하기만 하면 은행은 언제든지 개인주체에 경쟁 입찰 방법을 적용하도록 요구할 수 있다. 특히 대형 계약의 경우가 그렇다."

둘째, 차관국의 개인주체는 경쟁입찰에 참여할 수가 있다.[446] 그러나 차관국의 공공주체는 정부의 부속 부서로서[447] 경쟁입찰에 참여할 자격이 없다.[448] 그 자격요구는 차관국의 국유기업에 매우 큰 영향을 주며, 게다가 국유기업이 개인주체로 간주되는지의 여부에 의해 결정된다. 만약 개인주체일 경우 국유기업은 본국 정부가 차주로서 실시하는 조달계약 경쟁 입찰에 참여할 수 있다. 그렇지 않을 경우 국유기업은 입찰자격을 상실한다. 그러므로 관건적인 문제는 개인주체의 인정기준이다. 국제법은 이에 대한 통일된 인식이 없다. 필자는 '다자개발은행' 법규와 세계무역기구 법에 대한 연구를 통해 각기 다른 기구의 답변이 서로 다르다는 것을 발견하였다. 문제는 인정기준이 '소유권'이냐 아니면 '기능'이냐에 있다.

(1) '다자개발은행'의 기준

세계은행은 2012-2015년 기간에 조달규칙을 완전히 수정하였다.[449] 주요 목적은 전통적인 '획일적' 방법에서 "목적에 부합하는 구체적

---

446) 상세한 내용은 본 장 제4부분 "국내 특혜"에 대한 논술 참조.

447) 「아투행 금융업무정책」은 "정부"를 다음과 같이 정의하고 있다. "정부는 회원국 정부를 가리킨다. 여기에는 그 회원국의 정치와 행정 지사기관 및 회원국 기타 모든 공공기관과 기구들이 포함된다." AIIB Operational Policy on Financing(January 2016), Section II. 2. 1(e).

448) 「아투행의 차주 조달설명 관련 임시업무기간」은 다음과 같이 명시하고 있다. "차주와 그 부속기관 사이에 분명한 공동소유권과 공동영향 또는 실제로 지배하는 관계가 없음을 차주가 은행에 증명하여 보이고 또 은행의 동의를 얻지 않는 한 차주의 부속기관 또는 차주가 고용한 조달대리인의 부속기관은(그 지위의 여하를 불문하고) 입찰에 참가하거나 또는 요청서를 제안할 자격이 없다. AIIB Interim Operational Directive on Procurement Instructions for Recipients(June 2, 2016) Section II. 4. 10. 1.

449) World Bank, "New World Bank Procurement Framework Approved", July 21, 2015, http://www.worldbank.org/en/news/press-release/2015/07/21/world-bank-Procurement-framework(visited April 1, 2017).

인" 방법으로 전환하는 것이다.[450] 새 규칙은 2016년 7월 1일 이후 새로 비준된 프로젝트에도 적용된다.[451] 새로운 규칙 프레임은 국유기업을 '개인주체'로 인정하는 기준을 공식 규정하였다. 구체적으로 세 가지 기준을 열거하였다. (1) 이들 국유기업은 독립적인 법적 지위를 가지며, 경제자치를 실시한다. (2) 이들 국유기업은 상법에 따라 경영한다. (3) 이들 국유기업은 프로젝트 발주자의 종속기구가 아니다.[452] 이로부터 새로운 조달정책은 이전의 정책과 거의 같으며, 국유기업이 개인주체인가 아닌가 하는 문제에서는 소유권의 방향이 아니라는 것을 알 수 있다.[453] 유럽부흥개발은행의 법규에서 국유기업을 개인주체로 인정하는 기준은 두 가지이다. 즉 "경쟁적 시장환경에서의 자주적 경영"과 "파산법의 준수"이다.[454] 분명한 것은 이러한 인정 기준도 소유권에 기반을 둔 것이 아니다. 유럽투자은행(EIB)의 법규는 '공공주체'

---

450)「세계은행 새 조달 프레임」의 주요 혁신 포인트를 참조. http://www.worl dbank.org/en/projects-operations/Products-and-services/brief/procurement-new-framework(visited April 1, 2017).

451) World Bank, "Procurement for Projects and Programs", http://www.worldbank.org/en/Projects-operations/products-and-services/procurement-projects-Programs(visited April 1, 2017).

452) The World Bank Procurement Regulations for Investment Procurement Financing(IPF) Borrowers(July 2016, published April 2017, second edition), Section 3. 23(b), https:// policies. worldbank.org/sites/ppf3/PPFDocuments/Forms/DispPage.aspx? docid = 4005&ver = current(visited July 6, 2017).

453) 이전의 정책은 다음과 같이 규정하였다. "차관국의 국유기업이 세계은행 융자계약의 입찰에 참가하려면 다음과 같은 요구에 부합해야 한다. (1) 이들 국유기업은 법률적 자치와 경제적 자치의 요구에 부합해야 한다. (2) 이들 국유기업은 상법에 근거하여 경영한다. (3) 이들 국유기업은 차주 또는 그 지사기관과 관련된 기관이 아니다." World Bank, "Guidelines: Procurement under IBRD Loans and IDA Credits" (January 1995, revised January and August 1996, September 1997 and January 1999), para. 1. 8(c); World Bank, "Guidelines: Procurement under IBRD Loans and IDA Credits" (May 2004, revised October 1, 2006 & May 1, 2010), para. 1. 8(c).

454) EBRD Procurement Policies and Rules(revised October 2014), Section 3. 2(c).

에 대해서만 정의하였다.[455] 이로부터 개인주체의 기준에 대해 간접적으로 알 수 있다. 유럽투자은행의 「조달지침」[456]에 따르면 공공주체는 세 가지 특징이 있다.[457] 첫째, 공공주체는 전체의 이익을 만족시키려는 특수한 목적을 위해 설립되었으며, 산업 또는 상업적 속성을 띠지 않는다. 둘째, 공공주체는 법률인격을 갖춘다. 셋째, 공공주체의 자금은 주로 공권력에서 조달되거나 또는 그 관리위원회는 공권력의 감독을 받거나 또는 행정·관리 또는 감사회가 설치되어 있고, 또 절반이상의 구성원은 공권력에 의해 임명된다. 이밖에 또 경쟁이 결여된 시장에서 경영하는 기업도 공공주체로 간주된다.[458] 총체적으로 볼때 공공주체에 대한 유럽투자은행의 정의는 소유권 지향의 방식보다더 기능적이다. 상기의 기구와 비교할 때 아투행은 「조달정책」에서 '공공주체'와 '개인주체'를 구분하는 방식이 더욱 직선적이다. 「조달정책」은 개인주체에 속하지 않는 모든 주체를 공공주체라고 규정하고 있다. 그리고 개인주체에 대해서는 다음과 같이 정의하였다.[459]

"개인주체는 임의의 공적 소유 또는 사적 소유의 자연인 또는 법인을 가리키며 다음과 같은 요소를 충족시킨다.

---

455) 유럽투자은행은 전형적인 '다자개발은행'에 속하지 않는다. 그것은 유럽투자은행이 유럽연합(EU)의 은행이며 또 유럽연합 법률의 규제를 받기 때문이다. 그러나 유럽투자은행은 최대 국제장기 공공대출기관이기 때문에 일반적으로 '다자개발은행'의 파트너 기관으로 간주되고 있다.

456) European Investment Bank, Guide to Procurement(June 2011), Annex V. 1.

457) 유럽투자은행은 "공공주체"를 "공법에 의해 지배되는 주체"로 보고 있다. European Investment Bank, Guide to Procurement(June 2011), Annex V.

458) 본 조항은 다음과 같은 특정 업종에 적용된다. 천연가스·난방·전기·수도·교통, 그리고 석유·천연가스·탄광·고체 연료의 탐사 또는 채굴, 항구와 공항, 전신, 우편업. European Investment Bank, Guide to Procurement(June 2011), Annex V. 2.

459) AIIB Procurement Policy(January 2016), Section 2.1(b).

(1) 상업목적을 위하여 활동에 종사하거나 설립되었으며, 상업의 토대 위에서 경영한다.

(2) 경제적으로나 관리적으로나 정부로부터 독립되어 있다.

(3) 일상적인 경영은 정부의 통제를 받지 않는다."[460]

상기의 정의는 공공주체와 개인주체의 정의가 소유권과 무관하다는 것을 명확히 하였다. 아투행「조달정책」은 소유권을 토대로 개인주체를 정의하는 방법을 선택하지 않았다. 그래서 국유기업은 상기의 세 가지 기능성 요소를 만족시키는 상황에서 개인주체로 인정된다. 다시 말하면 '상업적 속성', '정부로부터의 독립', '정부의 통제를 받지 않는 것'은 국유기업이 개인주체로 인정될 수 있는 핵심 요소이다.

아투행의 또 다른 법규문건인「금지행위에 관한 정책」에서는 '국유 상업주체'를 '개인주체'와 동등시한다고 명확히 규정하였다.[461] 그 정책은「조달정책」과 일맥상통하며, '소유권'이 공공주체와 개인주체를 구분하는 기준이 확실히 아님을 더욱 실증하였다.

(2) 세계무역기구의 기준

세계무역기구(WTO) 상소기구는 '공공기관'의 의미에 대해 여러 차

---

460) 아투행이 개인주체에 대해 정의한 내용은 또 다른 법률 문서에서도 찾아볼 수 있다. 예를 들어「아투행의 환경 및 사회 책임 프레임」(2016년 1월), 24, 31, 36쪽에서 찾아볼 수 있다. 아투행은 또 "개인 경영 부문 프로젝트"를 "개인주체"가 설립하거나 실시하는 프로젝트라고 정의한다.

461) 아투행의「금지행위에 관한 정책」은 다음과 같이 규정하였다. "비(非)주권 지원 융자는 아투행이 제공하는, 주권의 지원이 없는 모든 융자를 가리킨다. 여기에는 개인주체와 국유 상업기업 또는 차(次)주권 상업실물업체에 융자를 제공하거나 또는 융자 수익자로서의 모든 경우가 포함된다. 조건은 회원국이 은행에 담보 또는 반담보 및 담보증서를 제공하지 않은 경우이다." AIIB Policy on Prohibited Practices(December 8, 2016), Section 2. 1, Definition 19.

례 해석하였다. 그중에서 가장 중요한 한 차례는 중·미 "반덤핑·반보
조 조사" 사건이다.[462] 그 사건에서 상소기구는 「반보조협정」 제1.1.(a)
(1)조의 공공기관의 의미는 정부의 공권력을 소유하고 행사하거나 부
여받은 주체를 가리킨다."라고 주장하였다.[463] 그러므로 관건은 한 주
체가 정부기능을 행사하는 권력을 수여받았는지의 여부에 있으며,
그 권력을 어떻게 실현되는지에 있는 것이 아니다.[464] 아래에는 판정
에 도움이 되는 몇 가지 방법이 있다. 첫째, 법률문건을 참고한다.[465]
둘째, 그 주체의 행위를 관찰한다.[466] 셋째, 정부가 그 주체에 대한 실
제적 의미에서의 통제를 진행하는지의 여부를 관찰한다.[467]

상소기구는 실제적인 의미에서의 통제를 인정하려면 지배와 같은

---

462) Appellate Body Report, United States-Definitive Anti-Dumping and Countervailing Duties
on Certain Products from China(US-Anti-Dumping and Countervailing Duties(China)), WT/
DS379/AB/R(March 11, 2011).

463) Appellate Body Report, US-Anti-Dumping and Countervailing Duties(China), Para 317.

464) Appellate Body Report, US-Anti-Dumping and Countervailing Duties(China), Para 318.

465) "어떤 경우에는 예를 들어 주체에 권력을 부여한다고 법률 조항이나 기타 법률 문서에 명시되
어 있을 때, 그 주체를 공공기구라고 직접 판정할 수 있다." Appellate Body Report, US-Anti-
Dumping and Countervailing Duties(China), Para 318.

466) "만약 한 주체가 실제로 정부의 기능을 행사하고 있음을 증명할 수 있는 증거가 있을 경우, 특히
그 증거가 가리키는 행위가 지속적이고 또 체계적인 경우, 그 주체는 정부의 공권력을 가지고 있
거나 또는 부여받은 것이다." Appellate Body Report, US-Anti-Dumping and Countervailing
Duties(China), Para 318.

467) "우리가 볼 때, 정부가 한 주체에 대해 실제적 의미에서의 통제를 행사하였음을 증명할 수 있다면
특정 행위조건에 부합되는 상황에서 그 주체는 정부의 공권력을 가지고 있는 것으로 간주할 수
있으며 또 정부의 기능을 수행하는 과정에서 그 권력을 행사할 수 있다. Appellate Body Report,
USAnti-Dumping and Countervailing Duties(China), Para 318.

형식적인 관계에만 만족해서는 안 된다고 강조하였다.[468] 다시 말하면 정부가 기업에 대한 소유권을 갖고 있다는 사실은 기업이 정부의 공권력을 갖고 있다고 인정하기에 부족하다. 그렇기 때문에 WTO 법률은 소유권이 개인주체와 공공주체를 구분하는 기준이 아니며 "실제적인 의미에서의 통제"는 반드시 일상 업무에서 반영되어야 한다고 명시하고 있다. 우리는 정부가 주요 주주가 된 한 기업이 일상 업무에서 독립적 자주적으로 경영함으로써 정부의 공권력을 가지지 않거나 또는 행사하지 않는 상황을 상상해볼 수 있다.

(3) 아투행 프로젝트 조달에서 개인주체로서의 국유기업

아투행 법규가 국유상업기업을 개인주체로 인정한 것은 국제법이 지금까지(소유권에 근거한 것이 아니라) 기능에 근거한 판단기준에 대한 압도적인 지지를 대표한다. 그러나 우리나라의 국유기업은 여전히 도전에 직면하여 있다. 개혁단계에 처해있어 일부 서양국가의 질의

---

468) "그러나, 여기서 우리는 법률 문서에 명확하게 권력을 부여한 경우를 제외하고 주체와 정부 사이에 단순히 협의적인 형태의 관련이 존재하는 것만으로 그 주체가 정부 공권력을 가지고 있다고 인정할 수 없음을 강조한다. 따라서 단순히 정부가 주요 주주라는 이유만으로 정부가 그 주체에 대해 실제적 의미에서 지배하고 있다고 판단할 수는 없으며 더욱이 정부가 그 주체에 정부의 공권력을 부여하였다고 말할 수 없다. Appellate Body Report, USAnti-Dumping and Countervailing Duties(China), Para 318.

를 받고 있는 것이다.[469] 30여 년 동안 우리나라 국유기업개혁의 큰 목표는 명확하였다. 즉 정부와 기업을 분리시켜 국유기업들이 독립적인 시장경영주체로 될 수 있도록 하는 것이다. 장기적인 모색을 거쳐 두 가지 개혁원칙, 즉 분류별 추진과 시장화 원칙이 일치하는 합의를 보았다. 이른바 분류별 추진이란 국유기업을 상업류와 공익류 2대 부류로 분류하는 것을 말한다.[470] 상업류는 또 진일보 적으로 완전경쟁업종·국가안전업종 및 자연독점업종의 세 부류로 분류한다.

시장화에 대해서는 상업성 국유기업과 공익성 국유기업을 막론하고 "독립적인 시장주체로서 경영 메커니즘은 반드시 시장경제의 요구에 적응해야 한다."[471] 즉 일상경영에서 국유기업에 대해 정부가 직접 통제해서는 안 된다. 그렇기 때문에 회사관리를 추진하는 것이 관건이

---

469) 예를 들어, 미국 상무부는 중국의 국유기업이 정부의 공권력을 가지고 있거나 행사하고 있거나 또는 부여받았음을 보여주는 "지배당하는" 모든 현상을 요약하였다. (1) 국유 부서와 산업정책이 지배적 지위를 차지하고 있다. (2) 경쟁을 지배한다. (3) 국유 자산 감독관리위원회(국자위)가 감독관리를 통해 "실제적 의미에서의 지배"를 실현한다. (4) 정부가 국유 부서의 인사지배권을 장악하고 이를 통하여 산업정책을 실시한다. (5) 기업에 당 사무위원회를 설립하는 것을 통해 "실질적 의미에서의 지배"를 실현한다. Department of Commerce, "Section 129 Determination of the Countervailing Duty Investigation of Circular Welded Carbon Quality Steel Pipe; Light-Walled Rectangular Pipe and Tube; Laminated Woven Sacks; and Off-the Road Tires from the People's Republic of China: An Analysis of Public Bodies in the People's Republic of China in According with the WTO Appellate Body's Finding in WTO DS379" (Hereinafter Analysis of Public Bodies "), May 18, 2012, pp. 11-37.

470) 「국유기업개혁을 심화할 데 관한 중공중앙·국무원의 지도의견」 2015년 9월 13일, http://www.gov.cn/zhengce/2015-09/13/content_2930440.htm(방문시간: 2017년 7월 15일); 국유자산감독관리위원회·재정부·발전개혁위원회: 「국유기업 기능 범위 설정과 분류에 관한 지도의견」, 2015년 12월 29일, http://www.gov.cn/xinwen/2015-12/29/content_5029253.htm(방문시간: 2017년 7월 15일).

471) 국유자산감독관리위원회·재정부·발전개혁위원회: 「국유기업 기능 확정과 분류에 관한 지도의견」

다.[472] 총체적으로 중국 국유기입 개혁의 방향은 아투행 법규에 설정한 개인주체의 기준에 부합된다. 이런 상황에서 중국 국유기업이 '다자개발은행'으로부터 차관을 받을 경우 공개경쟁 입찰과 다른 기타 조달방법을 적용할 수 있다. 그리고 중국의 국유기업이 개인주체의 지위를 얻게 되는 경우에도[473] 중국정부가 '다자개발은행'의 차주가 된 프로젝트 조달입찰활동에 참여할 자격이 있는 것이다.[474]

4. 대체적 조달제도

자체 조달규칙 외에 '다자개발은행'은 또 자체 투자 프로젝트에 대체적 조달제도(APAs)를 적용하도록 허용하고 있다. 대체적 조달제도는 일반적으로 은행의 조달규칙에 명확히 규정되어 있는데, 일반적으로 국내제도와 공동융자 두 가지 유형이 포함된다. 이른바 '국내제도'란 '다자개발은행' 프로젝트가 차관국의 국내 조달제도를 따르는 것을 가리킨다. 한편 각국의 조달법규제도에는 차이점이 존재한다. 이른바 '공동융자'란 프로젝트 조달이 기타 공동융자자의 조달요구에 따르는 것을 말한다. 대체적 조달제도의 두드러진 장점 중의 하나는 영활성이다. '다자개발은행'과 차관국은 모두 그 영활성의 혜택을 받

---

472) 당면한 회사관리에서 시급히 해결해야 할 문제는 이사회의 설립과 전문 관리위원 회의 초빙이다. GU Bin, "Corporate Governance Pivotal Part of State-owned Enterprise Reforms", The Global Times, 2013-11-25.

473) AIIB Interim Operational Directive on Procurement Instructions for Recipients (June 2, 2016) Section II. 4. 10.

474) 중국 국유기업은 현재 이 조항을 이용할 수 없다. 그것은 아투행 창립 초기에 중국이 당분간 자금 지원을 신청하지 않을 것이기 때문이다. 이 결정을 내린 것은 주로 "이 지역에 인프라 발전 수요가 더욱 절박한 국가가 많은 점을 감안하였기 때문이다." http://www.gov.cn/xinwen/2016-01/16/ content_5033496.htm, 방문시간: 2017년 7월 19일.

는다. "국내제도" 하에서 대체적 조달제도는 차관국의 공공지출기구 건설을 추진하여 원조자금을 정리 조절하고, 통일적으로 대출을 발행하며, 원조의 원가를 낮추고 원조자금에 대한 차관국의 통제를 거절한다.[475] 그래서 차관국 정부는 '국내제도'를 적용하는 것을 원한다. 차관국들은 "우리에겐 자체 규칙이 있는데 왜 그쪽 규칙을 따라야 하느냐?"고 말한다.[476] '공동융자'의 상황에서 대체적 제도는 공동융자 프로젝트에 모든 투자자제도를 적용할 수 있는 것이 아니라 오직 하나의 조달제도만 적용할 수 있도록 한다. 그렇게 하면 차관국의 규정에 맞는 원가를 낮출 수 있을 뿐만 아니라 프로젝트의 효율을 높이는 데도 도움이 된다. 그러나 대체적 조달제도, 특히 '국내제도'의 실행 가능성에 대해 우려하는 이들도 있다. 그들은 국내제도의 기준이 최고의 국제 실천에 미치지 못하며, 그 외에 또 상업기업의 준법원가까지 증가시킨다고 주장한다.

그 이유는 기업이 통용되는 국제입찰 경쟁방법에 습관이 되어 있어 어느 한 나라의 조달법률제도를 따르게 되면 준법원가가 높아질 수 있기 때문이며, 게다가 '국내제도'의 환경에서는 부패가 일어나기도 쉽기 때문이다.[477] 차관국이 아닌 나라가 '국내제도'를 거부하는 것은 기

---

475) Gregory F. Smith and Timothy D. Ross(ed.), Multilateral Development Banks: US Policies and Contributions(New York: Nova Science Publishers, 2012), p. 31.

476) Chris Humphrey, "The 'hassle factor' of MDB lending and borrower demand in Latin America", in Susan Park and Jonathan R. Strand(ed.), Global Economic Governance and the Development Practices of the Multilateral Development Banks(New York: Routledge, 2016), p.157.

477) Gregory F. Smith and Timothy D. Ross(ed.), Multilateral Development Banks: US Policies and Contributions(New York: Nova Science Publishers, 2012), p. 31.

부국가로서의 상업적 이익보호 요구를 보장하기 위해서다. 그들 국가
는 자국 회사들이 프로젝트에 낙찰되기를 바란다. 예를 들어, 미국
재무부는 "우리가 이들 다자기관에 1달러를 투자하여 미국기업이 7달
러를 벌 수 있게 할 수 있다."라고 의회에 약속한 바 있다.[478] 따라서
'국내제도'의 적용은 상업이익의 실현에 불리하다고 주장한다.[479] 그러
나 '다자개발은행'의 수 십 년간의 프로젝트 조달의 발전을 거쳐 대체
적 조달제도는 더욱 큰 중시를 받게 된 것 같다.

　일부 국가와 기업의 배척에도 불구하고[480] 세계은행이 여전히 대체
적 조달제도를 새로운 조달규칙의 프레임에 포함시킨 것은,[481] 세계은
행의 조달역사에서 이정표적 의의를 갖는다. 아투행도 「조달정책」에
대체적 조달제도를 명확히 규정하였는데,[482] 국내제도도 포함되고 공
동융자도 포함되었다.

---

478) Chris Humphrey, "The 'hassle factor' of MDB lending and borrower demand in Latin
　　America", in Susan Park and Jonathan R. Strand(ed.), Global Economic Governance and the
　　Development Practices of the Multilateral Development Banks(New York: Routledge, 2016),
　　p.157.
479) 예를 들어 2005년 미국 의회는 국제부흥개발은행이 "국내제도" 사용 증가에 대한 제안을 철
　　회하였다는 것을 재무부가 증명할 수 없는 한 국제개발협회(IDA)에 지급하였던 자금을 회수
　　할 것이라고 위협하였던 적이 있다. Gregory F. Smith and Timothy D. Ross(ed.), Multilateral
　　Development Banks: US Policies and Contributions(New York: Nova Science Publishers,
　　2012), p. 31.
480) 세계은행의 조달제도와 글로벌 컨설팅 엔지니어 연합회(FIDIC)의 국제 기준 계약서의 사용을 지
　　지하는 반면에 "국내 제도"의 사용을 반대하는 사람들은 주로 인프라 컨설팅업체와 도급 공급업
　　체들이다. World Bank, "Procurement in World Bank Investment Project Financing Phase II:
　　The New Procurement Framework", June 11, 2015, Section III, Paragraph 58.
481) World Bank Procurement Policy in Investment Project Financing(effective July 1, 2016),
　　Section III.F.
482) 이는 고객의 수요를 중시하는 아투행의 운영원칙을 반영하였다. "국내 제도"는 또 아투행의 다른
　　법률 문서에서도 반영된다. 예를 들면 『환경 및 사회 책임 프레임』(2016년 2월) 19쪽.

(1) 국내제도

아투행 프로젝트 조달과정에서 차관국의 법률을 적용하려면 아투행의 심사와 비준을 거쳐야 한다. 구체적으로 말하면 아투행은 우선 차관국의 조달제도 및 관련 신용위험에 대해 평가한다.[483] 이로써 적용되는 차관국의 조달제도가 아투행의 법정 조달원칙과 기준에 부합되도록 확보한다.[484] 아투행의 「조달정책」에 따라 아투행은 경제협력개발기구의 「조달제도평가방법」(MAPS)에 따라 차관국의 조달제도를 평가한다.[485] MAPS은 '다자개발은행'과 기타 사용자들이 공동으로 사용하는 방법으로 조달제도의 질과 효과성을 평가하는데 사용된다.[486] 아투행은 국내체계를 평가하는 업무과정에 MAPS를 적용하는데, 자금사용의 유효성을 보장하는 것 외에도 차관국이 조달제도를 국제수준으로 끌어올리는데도 이롭다.

MAPS는 2010년부터 시작하여 오늘날에 이르기까지 계속 수정을 거듭하고 있다. 새로운 MAPS이 반포된 후 아투행 평가체계는 상응하

---

483) AIIB Procurement Policy(January 2016), para. 5. 4.

484) See AIIB Procurement Policy(January 2016), Para5. 1 on core Procurement Principles, and para. 5. 3 on Procurement Standards.

485) AIIB Procurement Policy(January 2016), para. 5. 4, footnote 2. MAPS은 지금까지 60여 년의 역사를 가지고 있다. OECD, "MAPS Methodology for Assessing Procurement Systems", http://www.oecd.org/governance/ethics/commonbenchmarkingandassessmentmethodologyforpublicprocurementsystemsversion4.htm(visited March 23, 2017).

486) 세계은행의 새로운 조달체계에서 대체적 조달제도의 평가방법도 MAPS이다. 다만 약간 조정되었다. 구체적으로 조달업무를 포함하고 최소기준을 적용한 추가 버팀목이 추가되었다. 이밖에 증거 기반의 방법을 통해 조달 데이터를 분석하고 민간 경영 부문과 공민 사회조직(CSOs)의 의견을 수렴한다. 세계은행은 여전히 이 새로운 평가방법에 대한 점검을 통해 차관국의 법률과 규제체계 및 집행기관의 능력과 자격에 대한 정확한 평가를 내리고자 한다. http://www.worldbank.org/en/projects- operations/Produts-and-services/brief/procurement-new-framework(visited july 21, 2016).

는 조정을 거쳐 새로운 MAPS의 요구를 반영할 수 있기를 기대하며, 동시에 점차적으로 축적해온 아투행의 업무경험을 구현할 수 있을 것으로 예상된다.

1) 국내 특혜

아투행의 「조달정책」은 다음과 같이 규정하고 있다. "특수한 상황과 조건에서 은행은 은행의 회원국 조달규칙 관련 조항을 적용하여 특혜비율·상계교역·특혜방안 또는 이와 유사한 혁신적인 조치를 통해 국내산업의 발전을 촉진하고 장려하는 것에 동의할 수 있다."[487] 이는 '국내 특혜'로 불리는데 '다자개발은행' 공동의 실천을 반영한 것이다. '국내 특혜'는 상품과 공사의 국제 공개경쟁 입찰에 적용된다.[488]

이제부터 세계은행의 실천 사례를 들어 '국내 특혜'의 운영 메커니즘을 설명하고자 한다.[489] 세계은행은 세 단계에 걸쳐 '국내 특혜'를 실행하였다.[490] 첫 번째 단계에서는 차관국이 입찰문서에서 국내 제품에 부여하는 특혜와 그 특혜를 신청할 수 있는 조건을 명확히 밝혀야 한다. 두 번째 단계에서는 입찰문서에 대해 평가하고, 국내 요소에 따라 입찰문서를 상응하는 그룹에 귀속시킨다. 세 번째 단계에

---

487) AIIB Procurement Policy(January 2016), Para. 5, 7.
488) AIIB Interim Operational Directive on Procurement Instructions for Recipients(June 2, 2016) Annex V. Also see World Bank Procurement Regulation Annex VI(1).
489) 아투행은 "다른 '다자개발은행'이 아투행 회원국 내에서 국내 특혜 정도를 적용하는 것을 허용할 경우, 아투행도 다른 '다자개발은행'의 조달정책의 요구에 따라 대등한 국내 특혜 정도의 적용을 허용할 것"이라고 명확히 요구하였다. 때문에 세계은행의 국내 특혜 기준은 아투행의 프로젝트 조달활동에 대해 중요한 의의를 가진다. AIIB Interim Operational Directive on Procurement Instructions for Recipients(June 2, 2016) Annex V. 2(d).
490) World Bank Procurement Regulation Annex VI.

서는 입찰문서 평가 시 입찰문서에 대해 그룹 내 또는 그룹 간 비교를 진행하여 일정한 정도의 국내 특혜요소를 고려하여 낙찰 후보자를 선정한다. 세계은행의 방법은 국내 제조업의 상품에 대해 15%의 가격할인 혜택을 주고 국내에서 제공하는 공사 서비스에 7.5%의 가격할인 혜택을 주는 것이다. 인도·멕시코 그리고 중국은 개발도상국으로서 줄곧 '다자개발은행'의 중요한 차관국이었으며, 동시에 이들 국가의 기업들은 '다자개발은행' 프로젝트 조달의 중요한 승자이기도 하다.[491] 이는 '국내 특혜'의 실천에 힘입은 것일 수도 있다. 이로부터 아투행 프로젝트 조달의 '국내 특혜' 실천에서 차관국 국내 기업도 이득을 볼 수 있게 될 것이다.

2) WTO 「정부조달협정」

아투행의 「조달정책」은 조달과정에 반드시 "고효율·공평·규범·투명"의 기준에 따를 것을 요구한다.[492] 그 기준은 세계무역기구(WTO)의 「정부조달협정」(GPA)과 일치한다.

「정부조달협정」은 WTO의 틀 내에서의 복수국 간 협정으로,[493] 지금

---

491) United States Congress, Multilateral Development Bank Procurement(Classic Reprint Series)(London: Forgotten Books&c Ltd,, 2015) Hearing Before the Subcommittee on International Development, Finance, Trade and Monetary Policy of the Committee on Banking, Finance and Urban Affairs, House of Representatives, 103rd Congress, First Session, November 18, 1993, p. 37, p. 45.
492) AIIB Procurement Policy(January 2016), "Vision Statement".
493) 복수국협정은 WTO 규칙의 틀을 구성하는 한 부분으로서 WTO 회원은 선택적으로 가입할 수 있다. 이는 "가입하느냐 아니면 탈퇴하느냐"라는 포괄적 다자간 협정과는 구별된다.

까지 19개 계약체결 당사자(47개 WTO 회원 포함)가 포함되어 있다.[494] 「정부조달협정」의 기본목표는 계약체결 당사자 사이에 정부조달시장을 서로 개방하는 것으로,[495] 정부조달과정에서 개방·공평·투명·충분경쟁의 원칙을 따를 것을 요구한다. 일반적으로 「정부조달협정」 계약체결 당사자들은 국내 조달제도와 능력구축 면에서 비교적 높은 국제수준을 갖추고 있다. 그러므로 그들은 '다자개발은행'의 차주로서 프로젝트 조달활동에서 자국 국내 조달제도의 실시를 선택할 수 있다. 그러나 기타 차주와 마찬가지로[496] 사전에 '다자개발은행'의 비준을 받아야 하며,[497] 특히 「정부조달협정」 계약체결 당사자의 구체적인 약속범위와 수준이 상당히 제한적임을 감안해야 한다.[498]

'다자개발은행'이 일단 국내제도의 적용에 동의하였다고 하여 「정부조달」 계약체결 당사자로서의 차관국 정부기관이 어떠한 간섭도 받지

---

494) 「정부조달협정」은 유럽연합 및 유럽연합의 28개 회원국을 하나의 당사자로 간주한다. 그밖에도 29개 WTO 회원과 4개 정부 간 국제기구가 옵서버 자격으로 「정부조달협정」 위원회의 활동에 참가한다. 그 중 옵서버 자격을 가진 10개의 WTO 회원이 「정부조달협정」 가입을 신청 중인데 여기에는 중국·러시아·오스트레일리아 등 3개의 중요한 국가가 포함된다. See the list of GPA parties and observers, https://www.wto.org/english/tratop_e/gproc_e/memobs_e.htm (visited July 16, 2017).

495) GPA 회원은 몇 차례 협상을 거쳐 현재 개방한 시장 한도가 연간 1조 7천억 달러에 달하였다.(즉 GPA 회원의 공급업체들에 개방하였으며 상품·서비스 및 건축 서비스시장이 포함됨.)

496) World Bank, "Procurement in World Bank Investment Project Financing Phase II: The New Procurement Framework", June 11, 2015, Section III, Paragraph 63.

497) 세계은행의 새로운 조달체계에 대한 협상과정에서 민간부문 대표들은 "GPA 회원에 대해서도 높은 수준의 조달기준을 확보하기 위하여서는 그 조달능력과 구매행위를 평가할 필요가 있다."라고 주장하였다. World Bank, "Procurement in World Bank Investment Project Financing Phase II: The New Procurement Framework", June 11, 2015, Section III, Paragraph 59.

498) 「정부조달협정」은 주로 2개 부분으로 구성되었다. 즉 「정부조달협정」 문서부분과 회원의 시장 접근관련 구체적 약속이다. 「정부조달협정」은 회원의 모든 조달활동에 자동적으로 적용되는 것이 아니며 관건은 회원의 구체적 약속목록을 보아야 한다. 주체조달이 특정 한도를 초과하는, 명확히 기재된 상품·서비스·공사서비스가 포함된 경우에만 「정부조달협정」의 규제를 받는다.

않고 완전히 자유롭게 조달활동을 진행할 수 있다는 것은 아니다. 반대로 '다자개발은행'은 조달활동의 세부사항에 대해 심사하며 그 심사 결과를 토대로 국내제도의 지속적인 적용을 허용할 것인지의 여부를 결정하게 된다.[499]

(2) 공동융자

공동융자는 '다자개발은행'의 관행이다. 공동융자의 협력 파트너로는 다른 '다자개발은행'·양자기관·수출신용대출기관 또는 상업주체가 될 수 있다. 아투행 「조달정책」에 따라 공동융자는 평행공동융자와 연합공동융자 두 가지 유형으로 나뉜다.[500] 평행공동융자란 공동투자자들이 동일한 프로젝트에서 각자 독립적으로 각기 다른 계약을 위한 융자서비스를 제공하는 것을 가리킨다. 연합공동융자란 공동 투자자들이 동일한 프로젝트 계약을 위한 융자를 제공하는 것을 가리킨다.[501] 대체적 조달제도는 일반적으로 연합공동융자 과정에서 나타난다. 동일한 계약에 2개 이상의 조달규칙의 틀을 적용하게 되면 적법원가가 크게 늘어나게 되어 실행가능성이 없기 때문이다. 이런 경우에는 일반적으로 주요 투자자의 조달정책상의 요구가 적용되

---

499) 이 심사 조항에는 구체적인 조달 전략과 계획에 대한 사전 심사가 포함되며 또 조달실시활동에 대한 사후 심사도 포함된다. World Bank, "Procurement in World Bank Investment Project Financing Phase II: The New Procurement Framework", June 11, 2015, Section III, Paragraph 64.
500) AIIB Procurement Policy(January 2016) para. 5. 11.
501) AIIB Procurement Policy(January 2016) para. 5. 11, footnotes 3 and 4.

며 주요 투자자가 조달과정에 대한 감독을 맡는다.[502]

  지금까지 아투행이 투자한 다수의 프로젝트는 모두 공동투자 프로젝트였으며, 협력기구로는 세계은행·아시아개발은행·유럽부흥개발은행 등이 포함되었다.[503] 이런 공동융자 프로젝트에서 협력기구는 주요 투자자이기 때문에 그에 상응하는 협력기구(아투행이 아니라)의 조달 정책을 적용하였다. 유일한 예외는 아시아개발은행과 공동으로 투자한 한 프로젝트에서 쌍방이 아투행의 글로벌 조달기준을 채용하는 것에 동의한 것이다.[504] 즉 모든 국가의 기업에 조달시장을 개방한 것이다.[505] 이로써 조달의 질과 결과를 최적화할 수 있었다. 이는 아시아개발은행이 조달시장을 회원국들에게만 개방해온 관행에는 어긋난다.[506] 이로부터 알 수 있다시피 아투행은 공동융자 프로젝트에서 협

---

502) AIIB Procurement Policy(January 2016) para. 5. 11. 3. Also see the World Bank, "Procurement in World Bank Investment Project Financing Phase II: The New Procurement Framework", June 11, 2015, Section III, Paragraph 65.

503) 아투행 프로젝트 리스트는 다음의 링크주소를 찾아볼 수 있다. https://www.aiib.org/en/projects/approved/index.html(visited March 19, 2017).

504) "아시아개발은행이 조달 범위를 회원국으로 제한한다는 규정에 대해 아시아개발은행과 차관국 정부는 모두 이 프로젝트의 조달 범위를 모든 국가로 확대하는 것에 동의하였다. 이는 아시아개발은행협정이 허용하는 것일 뿐만 아니라 아투행협정의 요구에도 부합한다." AIIB Project Document, "Islamic Republic of Pakistan National Motorway M-4(Shorkot-Khanewal Section) Project(PD 00001-PAK, June 6, 2016)", para. 14. Available at https://www.aiib.org/en/ projects/approved/2016/_download/pakistan-national-motorway/document/approved_Project_document_pakistan_national_motorway.pdf (visited July 19, 2017).

505) 아투행은 연합공동융자에서 "프로젝트 조달은 반드시 글로벌 시장에 개방할 것"을 요구한다. AIIB Interim Operational Directive on Procurement Instructions for Recipients (June 2, 2016) Section II. 6. 1.

506) 「아시아개발은행협정」은 다음과 같이 규정하고 있다. "아시아개발은행이 일반 업무 중에서 또는 제19조 제1관 (1)항에 근거하여 설립한 특별기금에서 대출을 발행하거나 투자를 진행하거나 또는 기타 융자를 제공할 경우 오직 회원국 내에서 회원국이 생산한 상품이나 용역을 구매하는 데만 사용할 수 있다. 다만, 특수한 경우에 어느 특정 비회원국이 아시아개발은행에 대량의 자금을 제공하여 이사회에서 3분의 2 이상의 투표권 대표자의 다수결을 거치게 되면 그 비회원국이 생산하는 상품과 용역을 구매하는 것을 허용할 수 있다." ADB Articles of Agreement Article 14 (ix).

력기구를 본받을 수 있을 뿐만 아니라 또 협력기구들이 더욱 개방적이고 포용적인 조달결정을 내리도록 추진할 수도 있다.[507]

5. 조달과 관련된 분쟁의 해결 메커니즘

'다자개발은행'은 조달계약에 융자서비스를 제공하고 있으므로 경쟁입찰의 순조로운 진행과 조달계약의 순조로운 이행에 깊은 관심을 돌리고 있다. '다자개발은행'들은 조달계약의 당사자는 아니지만 관련 분쟁을 적시에 공정하게 해결하는데 대해 회피할 수 없는 책임이 있음을 느끼고 있다. 최근 몇 년간 일부 '다자개발은행'들은 조달과 관련된 분쟁의 해결 메커니즘을 한층 더 강화하였다.[508]

'다자개발은행'의 조달분쟁 해결 메커니즘은 다음과 같은 우위를 가지고 있다. 제도와 전문능력 면에서 차관국의 부족한 부분을 미봉해 준다.[509] 잠재적인 입찰자의 신뢰를 자극하여 더 많은 입찰자가 '다자개발은행'의 프로젝트 입찰에 참여하도록 격려한다.[510] 그 과정에서 '다자개발은행' 직원들은 자체적으로 전문기능을 향상시킬 수 있다.

그러나 '다자개발은행'은 조달분쟁의 해결에 참여하는 과정에서 그

---

507) 이 제목에 대한 일반성 토론은 다음의 내용을 참고하라. Stephany Griffith-Jones, etc., "The Asian Infrastructure Investment Bank: What Can It Learn From, and Perhaps Teach To, the Multilateral Development Banks?" Evidence Report No. 179, Institute of Development Studies(IDS), March 2016, p. 19.

508) World Bank, "Procurement in World Bank Investment Project Financing Phase II: The New Procurement Framework", June 11, 2015, Section III, Paragraph 66.

509) World Bank, "Procurement in World Bank Investment Project Financing Phase II: The New Procurement Framework", June 11, 2015, Section III, Paragraphs 23, 80.

510) World Bank, "Procurement in World Bank Investment Project Financing Phase II: The New Procurement Framework", June 11, 2015, Section III, Paragraph 66.

속에 도사리고 있는 위험을 잘 파악해야 한다. 예를 들어 프로젝트 조달에 추가 실기지원(hands-on expanded implementation support)을 제공하는 과정에서[511] '다자개발은행'이 조달정책의 결정에 영향을 끼쳤다는 의혹을 완전히 떨쳐내기가 어렵기 때문에 잠재적 법률 리스크와 신용의 시련에 직면하게 된다.[512]

(1) 조달과 관련된 분쟁의 분류

아투행은 조달과정에서 감독자와 지지자로서의 이중역할을 하며, 정도는 다르지만 조달과정에 개입한다. 개입정도의 차이를 감안하여 필자는 조달분쟁을 세 가지 유형으로 나눈다. 즉, 입찰문서와 계약이행과 관련된 사항의 규명, 입찰과정의 어느 한 부분에 대한 제소, 계약이행과 관련된 분쟁의 세 가지 유형이다.[513]

첫 번째 유형은 '규명'이라고 한다.[514] 구체적으로 또 입찰문서와 관련된 것과 계약이행과 관련된 것 두 가지로 나뉜다. 차관국은 이 두 가지 경우에 완전히 책임을 진다. 특히 계약이행과 관련된 규명은 계

---

511) 세계은행은 운영상 어려움에 직면할 경우 추가 실기 지원을 제공할 수도 있다. 예를 들면 차주의 능력이 부족하거나 또는 긴급 상황이 나타나는 경우이다. World Bank Procurement Regulation Section III. 3. 10.

512) 이 경우 '다자개발은행'의 특권과 면책특권이 크게 축소될 것이며 투자자의 역할을 벗어났다는 이유로 인해 은행과 그 직원들은 모두 국내 법정에 소송을 당할 수도 있다. World Bank, "Procurement in World Bank Investment Project Financing Phase II: The New Procurement Framework", June 11, 2015, Section III, Paragraph 45.

513) 이밖에 또 조달과 관련된 중요한 분쟁해결 메커니즘이 한 가지 있다. 즉 상업부패 제재 메커니즘이 있는데 본 장에서는 상세히 서술하지 않기로 한다.

514) AIIB Interim Operational Directive on Procurement Instructions for Recipients(June 2, 2016) Annex IV 2.

약약정에 달려있다. 아투행은 계약 당사자가 아니므로[515] 아투행은 이런 소통을 간섭하지 않고 관련 상황도 파악하지 않는다.[516]

두 번째 유형은 '제소'라고 한다. 이런 유형의 경우 아투행은 차관국이 제소에 대해 해결하는 과정에 개입하고 또 감독한다. 아투행은 법에 따라 회부된 모든 차관국의 제소를 알아볼 수 있는 권한이 있으며, 취하는 차관 대응조치도 아투행의 "이의 없음"이라는 통지를 받았을 경우에만 효력을 발생한다.[517] 세 가지 분쟁 유형 중 '제소'가 가장 흔히 볼 수 있는 분쟁 유형이다.

세 번째 유형은 계약이행과 관련된 '분쟁'이다. 차관국은 당사국이 계약이행 단계에서 일어난 모든 분쟁에 대해 반드시 제때에 아투행에 통보해야 하며' 또 계약에 약정된 분쟁해결제도를 가동할 수 있다.[518] 만약 실제로 그런 분쟁이 발생할 경우 아투행은 제때에 공정하게 분쟁을 해결할 것을 요구할 것이며, 집행에 대한 지지와 감독을 통해 분쟁의 해결을 성사시키게 된다.

(2) 상업기준

세계은행과 비교하였을 때 아투행의 조달 관련 제소의 기준은 비교

---

515) AIIB Interim Operational Directive on Procurement Instructions for Recipients(June 2, 2016) Annex IV 2.
516) 세계은행은 계약에 대한 사전 심사가 필요한 경우를 제외하고는 차주에게 경쟁 입찰이나 계약 이행과 관련된 정보를 통보할 것을 요구하지 않는다. World Bank Procurement Regulation Section V, Paragraphs 5, 81-87.
517) "이의 없음"의 규정에 관하여서는 본 부분 "중지기간" 제도에 대한 논술에서도 볼 수 있다.
518) AIIB Interim Operational Directive on Procurement Instructions for Recipients(June 2, 2016) Annex IV 9.

적 큰 탄력과 영활성을 구현하고 있다. 특히 제소에 회답하는 시간적 요구에 있어서 세계은행의 법규는 가장 늦은 회답일자를 구체적으로 명시하고 있지만,[519] 아투행은 두루뭉술하게 '즉시' 회답할 것을 요구한다.[520]

첫 번째 예증은 입찰서의 조항에 대해 질의하는 제소이다. 세계은행은 차주에게 제소를 받은 날로부터 늦어도 7일 근무일 내에 회답할 것을 요구하고 있지만,[521] 아투행 법규에는 이에 대한 규정이 없다.[522] 두 번째 예증은 은행에만 제소하는 경우이다. 세계은행은 제소를 접수한 날로부터 3일 근무일 이내에 반드시 차주에게 인계해야 하지만,[523] 아투행의 법규는 심사 및 조치를 취하기에 편리할 수 있도록 차주에게 제소를 '지체 없이' 인계할 것만 요구하고 있다.[524] 그러나 아투행의 시간적 요구도 때로는 명확할 때가 있다. 예를 들면 아투행은 차주에게 제소 접수 3일 내에 서면형식으로 은행에 통보할 것을 요구하는데,[525] 이 요구는 세계은행의 요구와 일치한다.[526]

아투행 기준의 영활성은 그 발전단계와 서로 어울린다. 인원이 부

---

519) World Bank Procurement Regulation Annex III, Table 1.
520) AIIB Interim Operational Directive on Procurement Instructions for Recipients(June 2, 2016) Annex IV. 4.
521) World Bank Procurement Regulation Annex III, Table 1.
522) AIIB Interim Operational Directive on Procurement Instructions for Recipients(June 2, 2016) Annex IV. 5. 1.
523) World Bank Procurement Regulation Annex III, Table 1.
524) AIIB Interim Operational Directive on Procurement Instructions for Recipients(June 2, 2016) Annex IV. 4.
525) AIIB Interim Operational Directive on Procurement Instructions for Recipients(June 2, 2016) Annex IV. 2.
526) World Bank Procurement Regulation Annex III, Table 1.

족한 성장단계에서 오래 된 세계은행과 비슷한 약속을 요구하는 것은 실행가능성이 없다. 그럼에도 불구하고 아투행의 규모가 확대되고, 업무경험이 축적됨에 따라 위에서 언급한 업무기준은 한 걸음 더 향상될 것이다.

(3) 중지기간

중지기간(standstill period)는 차주가 입찰의향서를 보낸 날부터 계약체결일까지 사이의 날들을 가리킨다. 낙찰 후보자가 확정되기 전부터 실제로 계약을 수여하기까지의 기간에 응찰자와 기타 이해관계자는 이의를 제기할 수 있다. 중지기간에는 조달절차가 개방적이고 공정하며 무차별적이어서 응찰자가 합리적인 관심을 밝힐 수 있는 적절한 기회를 제공한다.[527] 세계은행은 2015년에 처음으로 중지기간을 자체적으로 새로운 조달규칙의 틀에 포함시켰다.[528]

아투행 법규에서도 중지기간을 규정하였다. 차주가 모든 응찰자에게 입찰의향서를 발송한 날로부터 계산하면 일반적으로 10일 근무일이며 연장할 수 있다.[529] 만약 차주가 중지기간 내에 그 어떤 제소도 받지 않았을 경우 중지기간이 끝난 후 바로 계약을 수여할 수 있

---

527) AIIB Procurement Policy(January 2016) para. 5. 1. 4.
528) http://www.worldbank.org/en/projects-operations/products-and-services/brief/procurem ent-new-framework(visited July 28, 2016).
529) AIIB Interim Operational Directive on Procurement Instructions for Recipients(June 2, 2016) Section II 4. 6. 1.

다.[530] 만약 차주가 중지기간 내에 제소를 받을 경우, 차주는 반드시 제소에 대하여 행동방안을 내놓아야 하며 아투행으로부터 그 행동방안에 대해 "이의 없다"는 통지를 받은 후에야만 정식으로 계약을 체결할 수 있다.[531] 만약 중지기간이 만료된 후에야 차관국이 아투행으로부터 "이의 없다"는 통지를 받을 경우 중지기간은 자동으로 상응하게 연장된다.[532] 중지기간 내에 낙찰되지 못한 응찰자는 낙찰자 선정의 기준 조건에 대한 설명을 차주에게 요구할 수 있다.[533] 그러나 그 설명은 제소 해결제도와 구별된다. 즉, "이의 없다"는 성명을 아투행에 요구하지 않는다. 중지기간에 관한 세계은행과 아투행의 규정에는 뚜렷한 구별이 있다. 즉 세계은행의 중지기간은 모든 계약에 적용된다.[534] 그러나 아투행의 중지기간은 사전심사가 필요한 계약에만 적용된다.[535] 이른바 사전심사란 아투행이 프로젝트 준비단계에서 조달 위험을 평가하는 것을 가리키며,[536] 고위험·고가치가 있다고 간주되는

---

530) AIIB Interim Operational Directive on Procurement Instructions for Recipients(June 2, 2016) Section II 4. 6. 1.

531) AIIB Interim Operational Directive on Procurement Instructions for Recipients(June 2, 2016) Section II 4. 6. 1.

532) AIIB Interim Operational Directive on Procurement Instructions for Recipients(June 2, 2016) Section II 4. 6. 1.

533) AIIB Interim Operational Directive on Procurement Instructions for Recipients(June 2, 2016) Section II 4. 7.

534) 그러나 세계은행의 중지기간 조항은 다음과 같은 4가지 경우에는 적용되지 않는다. (1) 공개경쟁 입찰과정에서 입찰서 또는 제안을 받은 경우, (2) 경쟁 입찰을 거치지 않고 직접 선정하는 경우, (3) 기본 틀 안에서 회사 간의 분할 주문, (4) 세계은행이 긴급하다고 인정하는 상황이다. World Bank Procurement Regulation Section V. 5. 80.

535) AIIB Interim Operational Directive on Procurement Instructions for Recipients(June 2, 2016) Section II 4. 6. 1.

536) AIIB Interim Operational Directive on Procurement Instructions for Recipients(June 2, 2016) Section II 4. 2. 1.

조달계약결정들에 대해 사전심사를 진행한다.[537] 설명해야 할 부분은
사전심사나 사후심사나를 막론하고 심사를 통해 얻은 평가결과는[538]
모두 프로젝트 실시단계에서 재평가를 진행할 수 있다는 점이다.[539]

(4) 프로젝트 조달을 위한 추가 실기지원 제공

아투행은 조달활동의 직접적인 참여자가 아니기에[540] 원칙상에
서 조달과정에 책임을 질 필요가 없다. 그러나 특정 상황에서는(예
를 들면 차관국의 능력 부족이나 또는 긴급 상황) 아투행 직원이 조
달과정에 참여하여 차관국에 실제적인 지원을 제공해야 할 수도 있
다. 세계은행은 이러한 지원을 추가실기지원(hands-on expanded
implementation support)이라고 부른다.[541] 그러나 이런 지원은 은
행에 법률소송의 위험을 가져다줄 것이며, 은행의 특권과 면책특권에
도전이 될 것이다. 필자는 아투행이 추가실기지원을 제공할 때 법률

---

537) AIIB Interim Operational Directive on Procurement Instructions for Recipients(June 2, 2016)
    Section II 4. 2. 1. 세계은행은 강제적 조달 사전심사에서 다른 기준을 규정하였다. World Bank,
    "Procurement in World Bank Investment Project Financing Phase II: The New Procurement
    Framework", June 11, 2015, Section III, Paragraph 75, Table I.
538) 사후심사는 사전심사가 필요 없는 계약에 적용된다. 아투행은 사후심사 여부를 자주적으로 결
    정할 뿐만 아니라 자체 사후심사를 진행할 것인지 아니면 제3자에게 위탁하여 심사할 것인지
    를 결정한다. AIIB Interim Operational Directive on Procurement Instructions for Recipients
    (June 2, 2016) Section II 4. 2. 2.
539) 프로젝트 실시단계에 아투행은 리스크 및 리스크 완화조치에 대한 감독과 재평가를 진행하며
    조달계획 중의 사전 또는 사후 심사 요구를 수정할 것을 차관국에 요구할 수 있다. AIIB Interim
    Operational Directive on Procurement Instructions for Recipients (June 2, 2016) Section II 4.
    2. 2.
540) 아투행 법률은 "제소를 접수하였다고 표명하는 경우를 제외하고 아투행은 그 어떤 응찰자
    나 자문자와도 직접 소통하지 않는다."라고 명확히 규정하고 있다. AIIB Interim Operational
    Directive on Procurement Instructions for Recipients(June 2, 2016) Annex IV. 4.
541) World Bank Procurement Regulation Section III. 3. 10.

위험을 피할 수 있는[542] 세 가지 제안을 한다.

첫째, 아투행은 프로젝트 선별과 평가단계의 직무수행조사프로젝트에 큰 중시를 돌려 추가 실기지원을 필요로 하는 상황을 최대한 피해야 한다. 그 과정에서 아투행 직원은 반드시 신의와 부패의 위험을 방비해야 한다.

둘째, 만약 아투행 조달법에 향후 "추가실기지원"을 명확히 규정할 경우, 다음과 같은 성명을 추가할 것을 제안한다. "이 지원은 아투행이 차주를 대표하여 조달을 진행함을 의미하지 않는다. 여전히 차주가 프로젝트 실시의 책임을 진다."[543] 이로써 아투행이 계약관계가 없는 제3자에 대해 책임을 부담해야 하는 위험을 피할 수 있다.

셋째, 아투행과 차주 사이의 법률 협의에 '손해방지' 조항을 포함시켜야 한다. 이 조항에 근거하여 차주는 아투행이 제공한 서비스 때문에 차주의 행위로 인해 야기된 어떠한 손실과 손해 또는 책임을 아투행이 지지 않도록 하는데 동의한다.[544] 이 계약조항은 아투행이 차주 또는 그 지지를 받는 기타 주체에 대한 책임부담의 위험을 피할 수 있도록 도와줄 것이다. 본 장에서는 '다자개발은행' 프로젝트 조달과 관련된 다섯 가지 법률문제에 대해 분석하였다. 즉 아투행의 비상주 이사제도가 조달활동에 미치는 영향, 신탁기금이 프로젝트 조달과정

---

542) 아투행의 조달규칙에는 "추가 실기 지원"을 규정하지 않았다. 이는 아투행이 조달과정에 깊이 개입하는 것에 신중한 태도를 보이고 있음을 표명하는 것일 수 있다. 그러나 아투행이 조달과정에 깊이 개입할 가능성은 객관적으로 존재하기에 어느 정도 준비가 필요하다.

543) World Bank Procurement Regulation Section III. 3. 11.

544) World Bank, "Procurement in World Bank Investment Project Financing Phase II: The New Procurement Framework", June 11, 2015, Section III, Paragraph 46.

에서 발휘하는 역할, 국유기업이 프로젝트 조달 중 개인주체로 되는 판정과 의의, '다자개발은행'의 자체 조달정책과 구별되는 대체적 조달제도, 그리고 조달 관련 분쟁과 제소의 해결제도이다.

전통적인 '다자개발은행'의 집행이사회제도는 프로젝트 조달과정에서 이익충돌이 존재한다. 아투행은 독특한 비상주이사회제도를 실시하고 있는데, 이런 국면을 개변시켜 공평조달을 실현할 가능성이 있다. 집행이사회제도에 비해 아투행의 비상주이사회제도는 균등한 경기장을 조성하는데 유리하다.

신탁기금 중에서 미국의 경험은 기부국들이 어떻게 '다자개발은행'에 신탁기금을 설립함으로써 프로젝트 조달에 영향을 미치는지를 보여주었다. 아투행은 "프로젝트 준비 특별기금"을 설립하였다. 중국과 영국 양국은 조기 기부국으로서 각자의 프로젝트 컨설팅회사가 프로젝트 초기 단계에 공평한 경쟁의 기회를 얻도록 할 수 있다. 동시에 아투행의 '무제한'적인 글로벌 조달원칙에도 부합해야 한다.

개인주체의 판정기준 중에서 아투행 법규가 판정하는 개인주체에는 국유기업이 포함된다. 이는 기능을 토대로 하는(소유권을 토대로 하는 것이 아니라) 판단기준에 대한 국제사회의 압도적인 지지를 대표한다. 이로써 국유기업은 차주로서 반드시 공개경쟁입찰이 아니라 적절한 조달방법을 선택할 수 있게 된다. 이밖에 차관국의 국유기업도 일정한 조건하에서 입찰에 참가할 자격이 있다.

대체적 조달제도는 '국내제도'와 '공동융자' 두 종류로 나눌 수 있다. 대체적 조달제도는 '다자개발은행'과 차관국에 선택의 기회를 제공하지만 동시에 차관국이 아닌 국가와 기타 주체의 우려도 야기한다. 세계은행과 아투행은 최근 모두 대체적 조달제도를 그들의 새로운(또는 갱신된) 조달정책에 포함시켰다고 명확히 밝혔다.

분쟁의 해결에서 '다자개발은행'은 조달과정에 감독자와 지지자의 이중역할을 수행하며 정도가 다르게 조달과 관련된 분쟁을 적시에 공정하게 해결하는데 개입한다. 이와 동시에 '다자개발은행'은 분쟁해결을 촉진하는 것과 위험을 방지하는 것 사이에서 적당한 균형을 잡는 것에 중시를 돌려 법률위험과 평판위험을 피해야 한다.

본 장에서는 '다자개발은행'의 프로젝트 조달과 관련된 모든 법률문제를 포괄하려는 뜻은 없다. 필자가 상기의 다섯 가지 관건적인 문제를 선택하여 논술하는 것은, 그것들이 조달정책의 핵심원칙과 기준에 중대한 영향을 줄 수 있기 때문이다. 그중 일부 문제에 대한 탐구는 새로운 내용을 포함하고 있다. 예를 들면 비상주이사회제도가 조달에 주는 잠재적인 영향과 같은 것이다. 그리고 다른 일부 문제는 비록 오래된 문제이기는 하지만 다시 탐구해볼 가치가 있다. 필자는 본 장의 논술을 통해 그 주제에 대한 더 많은 토론을 유발하여 '다자개발은행'의 프로젝트 조달활동을 최적화하는데 도움을 줄 수 있기를 바란다.

제4부분
아투행의
면책특권

제6장
'다자개발은행' 면책특권 개요:
아투행의 시각[545]

제2차 세계대전 종전 후 '다자개발은행'은 개발도상국의 경제발전을 추진하는데 중요한 역할을 해왔다. 경제활동에 더욱 깊이 참여함에 따라 은행과 은행 업무운영에 대한 분쟁이나 도전이 불가피해졌다. 면책특권이론으로 인해 '다자개발은행'은 국내법원의 관할 범위에서 제외되며 은행 운영이 보장을 받을 수 있게 된다.

본 장에서는 '다자개발은행' 면책특권의 이론적 근원과 실천 응용에 대해 평가분석하고 그러한 면책특권의 요구는 절대적인 것이 아니라 제한적인 것이어야 한다고 주장하고 있다. 이와 동시에 '다자개발은행' 내부에 적절한 분쟁해결제도를 수립하여 '다자개발은행'이 법률절차에서 면책특권과 서로 견제하며 균형을 이루는 것이 매우 중요하다. 그 제도는 민간 주체에 공평한 구제 기회를 제공해야 하며, 은행 관리위원회와는 독립적인 관계여야 한다. 아시아인프라투자은행은 중국이 제안하여 발기하고 주도한 첫 '다자개발은행'으로 세계적으로 주목을 받고 있다. 아투행은 21세기를 지향하는 신형의 '다자개발

---

545) 본 장은 쉬청진(徐程錦)과 합작하여 완성하였다. 쉬청진은 공업및정보화부 국제경제기술합작센터 보조연구원이다.

은행'으로 건설하려는 뜻을 세우고,[546] "정예·청렴·녹색"이라는 핵심 가치 이념을 자체적으로 제기하였다. 아투행 업무의 전개는 오직 은행 면책특권에 대한 회원국의 존중에만 의지하며, 은행이 약속한 높은 기준은 적절한 내부분쟁 해결제도에 의해서만 실현이 가능하다. 아투행에 대한 연구는 본 장을 일관할 것이다.

1. '다자개발은행' 개요

'다자개발은행'은 세계 또는 특정 지역 내의 경제와 사회발전을 촉진시키기 위하는 데에 취지를 둔 국제기구이다.[547] 국제기구로서 '다자개발은행'은 그 회원국과는 독립된 법인자격을 가지고 있다. "국제기구가 국제법인자격을 가진다는 것은, 국제법상 그 회원 또는 설립자와는 전혀 다른 권리 의무 권리 책임 등을 가진다는 것을 의미한다."[548] 국제법인자격이라는 정의에 근거하여 '다자개발은행'의 내적 특징은 반드시 자신의 행위에 책임을 질 수 있어야 하며 실천가운데서 구현되어야 한다는 것이다.

(1) 정의 및 기능

최초의 '다자개발은행'인 세계은행(또는 국제부흥개발은행, IBRD)

---

546) http://WWW.aiib.org/html/aboutus/introduction/aiib/?Show=0(visited December 28,2016).
547) The World Bank, http://web.worldbank.org/WBSITE/EXTERNAL/EXTABOUTUS/0, content MDK:20040614-menuPK:41699-pagePK:43912-piPK:44037-theSitePK:29708,00.html; Leonardo A. Crippa, Multilateral Development Banks and Human Rights Responsibility, 25 am. u. Int' l L. Rev. 531, 533(2010).
548) Nigel White, The Law of International Organizations 30 (quoting Amerasinghe, Principles of the Institutional Law of International Organizations 78) (2nd ed. 2005).

은 1944년에 설립되었는데 제2차 세계대전 이후 브레턴우즈체계의 3대 지주 중의 하나이자 유엔의 컨설팅기관이기도 하다.[549] 이밖에 기타 '다자개발은행'은 특정 지역에만 국한되어 있기 때문에 지역 간 '다자개발은행'으로 불린다. 여기에는 미주개발은행·아프리카개발은행·아시아개발은행·유럽부흥개발은행 및 새로 설립된 아투행과 신개발은행이 포함된다.[550]

'다자개발은행'은 개발도상국의 경제 및 사회발전에 자금원조와 전문 컨설팅을 제공한다.[551] 자금 원조의 형태는 주로 대출과 자금증여이다.[552] 그중 장기대출의 자금 원천은 주로 국제 자본시장에서 채권을 발행하여 모금한 다음 시장이율로 개발도상국에 전대하는 것으로 해결한다.[553] 회원국이 증여한 자금은 장기대출 형태로 시장보다 낮은 이율로 수요가 있는 개발도상국에 제공된다.[554] 일부 '다자개발은행'은 또 증여자금 융자를 제공하여 주로 기술 지원, 자문 서비스 또는 프

---

549) Rebecca M. Nelson, Multilateral Development Banks: Overview and Issues for Congress, at 2 (April 9,2010), available at www.fas.org/sgp/crs/row/R41170.pdf.

550) 신개발은행은 브릭스(BRICS, 브라질·러시아·인도·중국·남아프리카공화국) 5개국이 2015년 7월에 설립한 '다자개발은행' 으로서 아투행보다 6개월 앞서 설립되었다. 신개발은행은 2017년부터 회원 규모를 확대할 계획이다.

551) The World Bank, "Multilateral Development Bank", http://web.Worldbank.org/WBSITE/EXTERNAL/EXTABOUTUS/0,,contentMDK:20040614-menuPK:41699-pagePK:43912-piPK:44037-theSitePK:29708,00.html.

552) Nelson, MDBs:Overview and Issues for Congress, at 2.

553) The World Bank, "Multilateral Development Bank", http://web.Worldbank.org/WBSITE/EXTERNAL/EXTABOUTUS/0,,contentMDK:20040614-menuPK:41699-pagePK:43912-piPK:44037-theSitePK:29708,00.html.

554) The World Bank, "Multilateral Development Bank", http://web.Worldbank.org/WBSITE/EXTERNAL/EXTABOUTUS/0,,contentMDK:20040614-menuPK:41699-pagePK:43912-piPK:44037-theSitePK:29708,00.html.

로젝트 준비에 사용된다.[555] 일반적으로 '다자개발은행'의 사명과 취지는 한 지역의 개발프로젝트에 자금을 제공하는 것을 통해 그 지역 사람들의 생활수준을 향상시키는 것이다. 예를 들어, 아투행은 「협정」(Articles of Agreement, AOA)에 다음과 같은 취지를 규정하고 있다.[556] 본 은행의 창립 취지는 (1) 인프라 및 기타 생산성 분야에 대한 투자를 통해 아시아경제의 지속가능한 발전을 촉진하고 재부를 창조하며 인프라의 상호 연결과 소통을 개선하기 위한 것이고, (2) 기타 다자 및 양자 개발기구와 긴밀히 합작하여 지역협력과 동반자관계를 추진하여 발전도전에 대응하기 위한 것이다.

'다자개발은행'의 업무와 적용된 법규 메커니즘에 대해 고찰할 때는 그 취지와 요구를 고려하고 따라야 한다. 취지의 실현을 방해하는 그 어떤 실천이나 방법은 모두 조정해야 한다.

(2) 국제기구로서의 '다자개발은행'

국제기구는 다자조약의 토대 위에 설립되며 주권국가로 구성되고 자체의 독립적인 기구를 가지고 있다.[557] '다자개발은행'은 상기의 기준을 충족시킨다. 우선 '다자개발은행'은 회원국들이 창설한 기본 정관

---

555) 위와 같음. 2016년 6월, 아투행 운영위원회 제1기 연차회의에서 중국은 특별기금 5천만 달러를 마련하여 아투행 프로젝트에 기부하였다. 그 특별기금은 저소득 및 중등소득 회원들의 환경·사회·법률·조달·기술 평가와 분석 및 컨설팅 서비스를 포함한 프로젝트 준비활동을 위한 자금을 지원하는 것이다. AIIB, "AIIB's Board of Directors establish a Project Preparation Special Fund China provides initial $50 million start-up contribution", http://www.aiib.org/html/2016/NEWS_0625/123.html (visited January 14, 2017).

556) AIIB AOA Art. 1. 1.

557) Nigel White, P. 1.

의 토대 위에 설립되는 것으로서 일반적으로 「협정」이라고 불린다.[558] 「협정」은 '다자개발은행'의 설립을 성사시킬 수 있을 뿐만 아니라 은행의 설립취지·회원자격·관리구조·자본 지분 및 은행의 법적 책임과 면책특권 등을 포함한 은행의 기본원칙과 규정제도도 규정하였다.[559]

'다자개발은행'은 회원으로 구성되며 그 회원들의 통제를 받는다. 그중에서 주권국가가 주를 이룬다. 예를 들면 세계은행은 유엔의 전문기구로서 모든 회원이 주권국가이다.[560] 그러나 일부 '다자개발은행'은 국가가 아닌 회원도 포함하고 있다. 예를 들면 중국 홍콩은 아시아개발은행의 회원이다.[561] 아투행도 아시아개발은행의 회원자격을 참조하며[562] 국가가 아닌 회원을 받아들였다. 운영위원회와 이사회 및 관리위원회는 '다자개발은행' 회사관리구조의 가장 중요한 구성 부분이다. 운영위원회는 모든 회원의 대표들로 구성되며 '다자개발은행'을

---

558) Crippa, MDB and Human Rights Responsibility, pp. 533-534.

559) Articles of Agreement of the IBRD, available at http://web.Worldbank.Org/WBSITE/EXTE RNAL/EXTABOUTUS/0, contentMDK:20049557 - menuPK: 63000601 - pagePK: 34542 - PiPK: 36600 - the SitePK: 29708,00.html; Agreement Establishing the Asian Development Bank, available at http://www.adb.org/documents/reports/charter/default.asp; Agreement Establishing African Development Bank, available at http://www.afdb.org/fileadmin/ uploads/afdb/Documents/Legal-Documents/30718627-EN-AGREEMENT-ESTABLISHING-THE-AFRICAN-DEV-ELOPMENT-BANK-6TH-EDITION. PDF; Agreement Establishing Inter-American Development Bank, available at http://www.oas.org/dil/treatise_C-15_ Agreement_ Establishing_the_Inter-American_Development_Bank.htm; Agreement Establishing European Bank of Reconstruction and Development, available at http://ec. europa. eu/ world/agreements/downloadFile. do? fullText=Yes&treatyTransId=1357.

560) The World Bank, World Bank Group Members, http://web.worldbank.org/WBSITE/ EXTERNAL/EXTABOUTUS/ORGANIZATION/BODEXT/0,, contentMDK: 20122871 - pagePK: 64020054 - piPK: 64020408 - theSitePK: 278036 - isCURL: Y, 00.html.

561) Asian Development Bank, "Membership" , http://www.adb.org/about/Membership.asp.

562) 「아투행협정」은 "은행 회원자격을 국제부흥개발은행과 아시아개발은행 회원에 개방한다." 라고 규정하였다. AIIB AOA Art. 3. 1.

위한 정책을 제정할 수 있는 최종 권한을 갖는다.[563] 이사회는 운영위원회의 위탁을 받고 은행업무를 돌보는 책임을 맡고 일상적인 기능을 이행한다. 운영위원회는 은행본부에서 전직으로 근무하는 몇몇 집행이사들로 구성된다.[564] 그러나 아투행은 특유의 비상주이사회를 설치하고[565] 원칙상 매년 4차례만 회의를 한다.[566] 그렇기 때문에 일상 업무에 대한 결정면에서 아투행의 관리위원회는 기존의 '다자개발은행'의 관리위원회보다 더 큰 책임을 짊어질 것으로 예상된다. '다자개발은행'은 유엔과 같은 국제정치기구와 크게 구별된다. 주로 회원이 업무의 의사결정에 참여하는 과정에서 권력의 불평등으로 구현된다. 은행에서 회원의 투표권은 은행자본에 대한 회원의 기여도에 따라 결정된다.[567]

(3) '다자개발은행'의 국제법인 자격

국제기구는 국제법인 자격을 필요조건으로 하지 않는다.[568] 그러나 다수의 국제기구는 확실히 국제법인 지위를 가지고 있다. 국제법인 자격은 권리를 행사하고, 의무를 이행하며, 책임을 수행할 수 있는

---

563) The World Bank, "Organization", http://www.worldbank.org/en/about/leadership.
564) 위와 같음.
565) AIIB AOA Art 27. 1.
566) 「아투행 세칙」 제2절(b)항에는 " 「협정」 제27조의 규정에 따라 특별한 규정이 있는 경우를 제외하고 관련 절차 규칙에는 다음과 같은 사항을 규정해야 한다. 운영위원회는 적어도 매 분기에 1회씩 정규 회의, 특별 전화회의 및 무(無)회의 투표를 진행해야 한다." 라고 규정하였다. 이에 따라 「아투행 운영위원회 절차 규칙」 제3절(b)항에는 " 「세칙」 제2절(b)항 규정에 따라 운영위원회는 적어도 매 분기 1회 정기 회의를 개최해야 한다." 라고 규정하고 있다.
567) Crippa, MDB and Human Rights Responsibility, p. 535.
568) Nigel White, pp. 1-2.

자격을 국제기구에 부여한다. '다자개발은행'은 법인자격을 가진 국제기구로서 국제공법의 구속을 받는다.[569]

우선 '다자개발은행'은 「협정」에서 국제법인 자격을 가진다고 성명하였다. 예를 들어 「아투행협정」 제45조에는 다음과 같이 규정하였다. "은행은 마땅히 완전한 법인자격을 가져야 한다. 특히 다음과 같은 완전한 법률능력을 갖추어야 한다. (1) 계약 체결, (2) 부동산과 동산을 취득하고 처분할 수 있는 자격, (3) 법률소송을 제기하고 그에 대응할 수 있는 자격, (4) 취지의 실현에 필요하거나 유용한 기타 활동을 전개할 수 있는 자격이다."

국제부흥개발은행[570]·아시아개발은행[571]·유럽부흥개발은행[572] 및 미주개발은행[573] 「협정」에도 거의 똑같은 내용을 규정하고 있다. 「아프리카개발은행 협정」은 은행의 법적 지위에 대해 "본 은행은 그 취지와 위임받은 기능을 수행하기 위해 완전한 국제법인 자격을 갖추어야 한다."라고 더욱 개괄적으로 설명하고 있다.[574] 다음, '다자개발은행'의 독립적인 법인자격은 또 회원국의 간섭을 받지 않는 독립적인 의지를

---

569) 위와 같음. p. 30.

570) Articles of Agreement of IBRD, art. VII 2, available at http://web.worldbank.org/WBSIT E/ EXTERNAL/EXTABOUTUS/0,,contentMDK:20049696-pagePK:43912-piPK:36602,00.html#13.

571) Agreement Establishing the Asian Development Bank, art. 49, available at http://www.adb. org/documents/reports/charter/charter.pdf#Page=26.

572) Agreement Establishing the European Bank of Reconstruction and Development, art. 45, http://ec.europa.eu/world/agreements/downloadFile.do?fullText= yes&treatyTransId=1357.

573) Agreement Establishing the Inter-American Development Bank, art. XI 2, available at http://www.oas.org/dil/groti_C-15_Agreement_Establishing_the_Inter-American_Development_Bank.htm.

574) Agreement Establishing the African Development Bank, art. 50, available at http://www. afdb.org/fileadmin/uploads/afdb/Documents/Legal-Documents/30718627-EN-AGREEMENT-EST-ABLISHING-THE-AFRICA-DEVELOPMENT-BANK-6HT-EDITION.PDF.

갖추고 있는데서 구현된다. "독립적인 의지는 어쩌면 국제법인 자격을 정의하는 가장 중요한 요소일 수 있다."[575] 독립적 의지를 판단할 때 회원자격의 속성과 의사결정의 성격 및 다수투표권 유무를 고려해야 한다.[576] 아투행을 예로 들면 아투행은 57개 창립회원국을 보유하고 있어 광범한 국제사회를 대표하고 있다.[577] 아투행은 다자주의 지침을 따르기 때문에 소수의 몇 개 나라들만으로는 은행을 통제하고 은행 자체의 의지를 박탈할 수 없다. 일상적인 업무에 대한 결정권과 중요한 사항에 대한 결정권은 관리위원회와 운영위원회, 이사회에 각각 귀속되며,[578] 그들의 결정은 은행의 의지를 반영한다. 투표권과 메커니즘과 관련하여, '다자개발은행'의 표결권은 은행 자본에 대한 회원국들이 기여도에 따라 결정되며 또 선진국들에 더 큰 발언권이 주어지긴 하지만, 「협정」에는 "모든 사항은 반드시 투표를 거쳐 과반수 통과에 준한다."라고 명시하고 있다.[579] 그렇기 때문에 '다자개발은행'은 독립적인 의지와 국제법인 자격을 갖추고 있다.

마지막으로, '다자개발은행'은 국제법의 주체이기도 하다. 국제법에 근거하여 '다자개발은행'은 계약을 체결할 수 있는 능력과 소송을 제기할 수 있는 능력을 갖추고 있으며, 또 특권과 면책특권을 누릴 수

---

575) Nigel White, P. 1.

576) 위와 같음, P. 31.

577) 아투행의 창립회원국에는 브릭스(BRICS) 5개국과 기타 신흥시장국가·개발도상국·후발개발도상국·서양 선진국이 포함된다. See AIIB membership at http://euweb.aiib.org/html/aboutus/governance/Membership/?Show=1(visited January 15, 2017).

578) The World Bank, "Organization", http://www.worldbank.org/en/about/leadership.

579) IBRD Articles of Agreement, art. V 3, available at http://web.worldbank.org/WBSITE/EXTERNAL/EXTABOUTUS/0,,contentMDK:20049604-pagePK:43912-piPK:36602, 00.html#I4.

있다.[580] 첫째, '다자개발은행'은 기타 주체와 협의를 체결할 권리가 있다. 예를 들어, 아투행의 취지 중 하나가 "기타 다자개발기구 및 양자 개발기구와 긴밀히 협력하는 것"[581]으로서 그들과 협력합의서 또는 양해각서를 체결할 수 있을 뿐만 아니라[582] 또 일부 프로젝트에 공동융자를 제공할 수도 있다.[583] 둘째, 소송제기능력에 관하여 국제사법재판소(ICJ)는 한 나라가 의무를 이행하지 않아 초래한 손해에 대하여 국제기구가 배상을 청구할 수 있는 능력을 갖는다고 주장한다.[584]

'다자개발은행'은 국제기구인 만큼 법원에 소송을 제기할 능력이 있다. 셋째, '다자개발은행'은 회원국의 영토 내에서 외국정부가 누리는 특권과 면책특권과 거의 마찬가지로 폭넓은 특권과 면책특권을 누릴 수 있다. 국제기구로서의 '다자개발은행'의 특권과 면책특권은 「협정」에 규정되어 있을 뿐만 아니라[585] 또 국내 입법에서도 명확하게 인정받고 있다.[586]

---

580) Nigel White, p. 34.
581) AIIB AOA Art. 1. 1.
582) 아투행은 아시아개발은행·유럽부흥개발은행·유럽투자은행과 법적 구속력이 없는 양해각서를 이미 체결하였다. http://euweb.aiib.org/html/aboutus/introduction/Cooperation/?show=0 (visited January 14, 2017).
583) 아투행은 아시아개발은행·유럽부흥개발은행·세계은행 및 기타 금융기구와 공동융자협의를 이미 체결하였다. http://euweb.aiib.org/html/2016/PROJECTS_1010/163.html(visited January 15, 2017).
584) Reparation for Injuries Suffered the Service of the United Nations, Advisory Opinion, 1949 I. C. J. 174, 179.
585) IBRD Articles of Agreement, art. VII 3; Agreement Establishing Asian Development Bank, art. 50; Agreement Establishing African Development Bank, art. 52; Agreement Establishing European Bank for Reconstruction and Development, art. 46.
586) United States International Organizations Immunities Act, 22 U.S.C 288(1945).

2. 국제법 중의 면책특권 이론

(1) 국제공법 중의 면책특권

면책의 원칙은 "주권의 완전한 평등과 절대적 독립"을 인정하는 데서 비롯된다.[587] 군주 및 그 대표는 자국의 영토 내에서 절대주권을 누리며 외국영토 내에서 체포되거나 구류당하지 않는다.[588] 최초의 면책이론은 현지 법원의 관할로부터 군주를 보호하기 위한 이론이었다.[589] 면책이론의 정당성은 "외국 및 그 기관과 대표의 존엄 및 직무수행 시 그 어떠한 방해도 받지 않는 것"에 있다. 이론적으로 볼 때 군주의 적당한 기능수행에서의 기능요구는 면책특권을 수여하는 선결조건이다. 19세기 말, 주권국가가 상업활동에 광범위하게 개입하면서 면책원칙은 점차 두 가지 유형으로 발전 변화하였다. 즉 정부의 통치행위(jure imperii)와 상업적 행위(jure gestionis) 두 가지 유형이다.[590] 후자의 경우 주권국가의 면책특권 주장이 기각된다.[591] 이것이 바로 이른바 제한적 면책이다. 제한적 면책은 20세기에 점차 널리 인정을 받았으며, 많은 나라들에서 국가 입법에 포함시켰다.[592] 예를 들면 미국 「외국주권면책법」(1976년)은 주권국가가 보편적으로 면책특권을 누릴 수 있다고 규정하였다. 단 다음의 경우는 제외된다.

---

587) Ian Brownlie, Principles of Public International Law 322(6th ed. 2003) (quoting Schooner Exchange v. McFaddon, 7 Cranch 116(1812)).
588) 위와 같음.
589) 위와 같음.
590) 위와 같음, P. 323.
591) 위와 같음.
592) Ian Brownlie, Principles of Public International Law 322(6th ed. 2003) (quoting Schooner Exchange v. McFaddon, 7 Cranch 116(1812)), p. 324.

소송의 원인이 미국에서 진행한 외국의 상업행위, 또는 미국에서 완성한, 외국이 다른 곳에서 진행한 상업 관련 행위, 또는 외국의 행위가 비록 미국 경외에서 진행되었고 또 그가 다른 곳에서 진행한 상업행위와 관련되지만 그 행위가 미국에 직접적인 영향을 초래한 경우이다.[593] 상업행위에 대한 예외를 제외하고, 주권국가의 "권리 침해행위로 인해 인명피해 또는 사망에 이르게 하였거나 또는 재산의 손해 또는 손실을 초래한" 경우, 그로 인한 소송에서도 주권국가의 면책특권을 박탈한다. 비록 이로부터 절대적 면책이 제한적 면책에 의해 대체되었다고 단언하는 것이 적절치 않지만, 1970년대 이후 각국의 입법실천을 보면 제한적 면책의 원칙을 수용하는 추세가 확실히 드러난다.[594]

(2) 국제기구 면책특권의 기본 원리: 기능의 필수원칙

국제기구는 그 자체가 주권을 누리지는 않는다. 국제기구는 주권국가 간의 협의에 의해 설립되며 그 회원은 전부 또는 주로 국가로 구성된다.[595] 그러므로 국제기구의 면책특권은 절대적, 지고무상의 주권 관념에서 비롯된 것이 아니다. 국제기구 면책특권의 원리는 기능의 필요성 개념에 기반을 두고 있다. 즉, "한 실체는 취지에 따라 기능

---

593) 28 U. S. C. 1605 (a) (2).
594) See Brownlie at 325-26. 제한적 면책 원칙은 1972년 「유럽공약」, 1978년 「영국 국가 면책법」, 1985년 「오스트레일리아 외국 면책법」, 1982년 「캐나다 국가 면책법」 등에 모두 일부 반영되어 있다.
595) Peter H. F. Bekker, The Legal Position of International Organizations: A Functional Necessity Analysis of Their Legal Status and Immunities 39 (1994).

을 이행할 때 그 기능에 필요한 모든 권리를(그 권리를 초월하지 않는 선에서) 누린다."[596] 기능 필수원칙의 핵심 개념이란한 조직이 수행하는 임무 또는 전개하는 활동을 가리키는데, 그것을 그 취지 실현의 수단으로 삼는 것이다.[597] '기능'은 내재적인 의무 지향성을 갖추고 있다. 국제기구는 반드시 이에 따라 행동을 취하여 그 구성원들의 공동목적을 실현해야 한다. 그리고 그 목적의 달성을 저해할 수 있는 어떠한 행동도 피해야 한다.[598] 이로써 적극적인 의무와 소극적인 의무의 두 측면으로 국제기구가 누리는 기능적 면책특권의 경계와 범위를 확정하였다. 기능의 필요성 원칙에 따라 국제기구에 특권과 면책특권을 부여하는 것은 일정한 도리가 있다. 첫째, 국제기구가 개별적 회원의 통제 또는 영향을 받지 않고 자주적으로 행동할 수 있는 권한을 가질 수 없다면, 진정으로 모든 회원의 공동이익을 위해 봉사할 수 없다. 그리고 가장 위협적인 통제수단 중의 하나는 바로 국제기구로 하여금 국내 피(法域)의 지배를 받아들이도록 하는 것이다.[599] 그런 상황이 나타나는 것을 피하고 국제기구의 기능이행을 보장하기 위해서는 국제기구의 정치적 독립성을 어느 정도 승인해야 한다. 이를 위하여 국제기구에 특권과 면책특권을 부여하는 것이다.[600] 둘째, 국제기구가 회원의 신뢰를 얻기 위해서는 회원들이 국제기구 앞에서

---

596) Peter H. F. Bekker, The Legal Position of International Organizations: A Functional Necessity Analysis of Their Legal Status and Immunities 39 (1994).

597) 위와 같음, p. 45.

598) 위와 같음, pp. 49-50.

599) 위와 같음, p. 100.

600) 위와 같음.

평등하다는 믿음을 가지도록 해야 한다.[601] 그런데 국제기구가 일단 국내 관할권의 제한을 받게 되면 국제기구가 관할권을 행사하는 국가의 이익에 복종하면서 기타 국가의 이익에 손해를 끼칠 것이라는 우려 때문에 회원평등에 대한 기대는 줄어들게 된다. 그렇기 때문에 국제기구의 특권과 면제는 회원국 간의 평등한 권리를 보장하는 필요조건이다. 셋째, 특권과 면책은 국제기구가 동류의 조직 앞에서 위엄과 공신력을 유지하는 중요한 버팀목이다.[602]

기능의 필요성 원칙은 국제기구가 특권과 면책특권을 누릴 수 있는 의거일 뿐만 아니라 면책특권의 범위를 확정하는 효과적인 기준이기도 하다.[603] 물론 기능의 필요성 개념만으로 면책범위에 대한 모든 '의혹'을 제거할 수는 없지만, 어떤 면책특권을 부여해야 하는지를 결정하는 데 있어서 기능의 필요성 원칙은 유용한 기준이 될 수 있다.[604] '기능'은 국제기구의 취지와 목표를 지향한다. 그러므로 면책범위를 확정할 때 국제기구의 취지와 목표를 검토하는 것은 매우 필요하다. 기존의 대다수 국제기구의 취지와 사명은 보통 「협정」에 규정되어 있다. 그래서 "기능의 필요성 기준을 적용할 때에는 '필요한 기능'에 대해 규정한 「협정」과 밀접히 결합해야만 한다."[605]

다른 한 관련 요소는 국제기구 기능의 성격이다. 한 조직이 기능을

---

601) 위와 같음, p. 104.
602) 위와 같음, pp. 107-108.
603) 위와 같음, p. 113.
604) 위와 같음.
605) Peter H. F. Bekker, The Legal Position of International Organizations: A Functional Necessity Analysis of Their Legal Status and Immunities 39 (1994), p. 113.

이행하는 과정에 부딪칠 수 있는 정치성 활동이 많을수록 그 조직이 누려야 할 특권과 면책도 그만큼 많아진다고 말할 수 있다. 일부 학자들은 유엔이 자체의 정치적 속성 때문에 "국제기구의 특권과 면책특권의 피라미드 꼭대기에 있어야 한다."라고 주장한다.[606] 다시 말하면 어느 한 국제기구가 어떤 면책특권을 누릴 수 있는지를 결정할 때 유엔이 누리는 특권과 면책특권이 최고의 참고 기준이 되어야 한다는 것이다. 유엔과 반대인 상황일 경우 만약 그 조직 기능의 정치적 속성이 약해져 조직이 시장에 진출하여 상업경쟁에 참여해야만 하는 상황에 이른다면, 그 조직은 마땅히 최저한도의 면책만 받거나 심지어 면책특권을 잃게 된다.[607]

기능의 필요성 원칙에 따라 '다자개발은행'은 국제기구로서 그 취지에 따른 기능수행에 필요한 특권과 면책특권만 누릴 수 있다.[608] 그러나 어쨌든 '다자개발은행'은 유엔보다 더 많은 특권과 면책특권은 누릴 수 없다.

3. '다자개발은행'에서 면책특권의 응용

(1) 국제법상 '다자개발은행'의 면책특권

'다자개발은행' 면책특권의 국제법적 근원은 주로 국제조약이며, 그 헌법문서인 「협정」에 주로 구현된다. 게다가 거의 모든 '다자개발은행' 「협정」에는 모두 면책특권을 누릴 수 있도록 규정한 구체적인 조항이

---

606) 위와 같음, p. 114.
607) 위와 같음, pp. 114-115.
608) 위와 같음, p. 109.

있다. 「국제부흥개발은행 협정」은 다음과 같이 규정하고 있다.

오직 은행이 사무소를 두고 있거나, 또는 대리인을 지정하여 소환장 또는 소송통지서를 받았거나, 또는 증권을 발행하였거나 담보한 회원국 내에 있는 유권법원만이 은행을 상대로 제기하는 소송을 수리할 수 있다. 그러나 회원국, 또는 회원국을 대표하는 개인, 또는 회원국에서 파생된 소송의 개인은 소송을 제기할 수 없다. 은행의 재산 및 자산은 어디에 있건 누가 소유하고 있건 관계없이 은행에 대한 최종판결이 있을 때까지 어떠한 형태의 압류, 차압, 집행도 적용되지 않는다.[609] 상기의 규정은 소송이 국제부흥개발은행 회원국의 영토 내에서 제기된 것이기만 하면 은행이 누리는 면책특권이 절대적인 것이 아님을 표명하는 것 같다. 그러나 그 규정에는 국제부흥개발은행을 상대로 제기할 수 있는 소송의 유형에 대해 구체적으로 명시하지 않았다. 이에 비해 「아시아개발은행 협정」과 「아투행협정」의 면책조항에 대한 규정은 더욱 명확하고 구체적이다. 두 「협정」 관련 부분에 대한 표현이 거의 같기에 아래에 「아투행협정」의 규정을 인용키로 한다.[610]

은행은 모든 형태의 법적 절차에 대한 면책특권을 누린다. 그러나 은행이 자금을 조달하기 위해 대출 또는 기타 형식을 통해 자금조달권, 채무담보권, 채권 매매 또는 채권 위탁판매권을 행사함으로 인해 발생한 사건 또는 은행의 이러한 권리의 행사와 관련된 사건의 경우 은행은 면책특권을 누릴 수 없다. 이러한 사건의 경우, 은행이 사무

---

609) The IBRD Articles of Agreement art. VII 3.
610) 별도의 「아시아개발은행협정」 면책 조항은 제50. 1조에 규정하였다.

소를 두고 있는 국가의 경내에서, 또는 은행이 소송 소환장 또는 고지서를 접수하도록 전문 대리인을 임명한 국가의 경내에서, 또는 이미 채권을 발행하였거나 담보한 국가의 경내에서 충분한 관할권을 가진 주관 법원에 은행을 상대로 소송을 제기할 수 있다.[611]

유럽부흥개발은행 「본부협정」은 면책특권의 예외 범위를 확대하였다. 상기한 상업거래 외에,[612] ④ 인신상의 상해 또는 은행 중재 판결의 집행에 대해 제기되는 소송도 은행을 상대로 제기할 수 있는 소송의 범위에 속한다.[613] 중국정부와 아투행 사이에 체결한 「본부협정」에도 면책특권 예외 범위의 확장과 비슷한 규정이 있다.[614]

그러나 국내 법원은 언제나 법률적 기법을 활용하여 국제조약의 적용을 회피하고 나아가 '다자개발은행'의 면책특권을 인정하는 것을 회피할 수 있다.[615] 예를 들어 회원국이 2차원적(dualist) 법률체계를 실행하면 국제법은 국내 차원에서 자동 집행될 수 없게 된다. 이러한 상황에서 '다자개발은행' 「협정」이 국내 입법기관에 의해 비준되었다 하더라도 「협정」은 국내 사법절차에 직접 적용되지는 않으며, 「협정」

---

611) AIIB AOA Art. 46. 1.

612) 유럽부흥개발은행의 「본부협정」은 상업거래 면책 예외를 "차관, 담보, 증권 거래 또는 위탁판매 권한의 행사로부터 발생하는 민사소송"으로 규정하고 있다. EBRD Headquarters Agreement, Art. 4. 1.

613) 유럽부흥개발은행은 면책 예외의 기타 경우에 대해 규정하였다. 예를 들면 은행의 명시적 포기, 은행직원에 의한 도로교통사고로 인한 손해, 영국 경내에서 은행 직원에 의한 사망 또는 인명피해, 은행에 대한 중재판결의 집행, 그리고 은행 소송과 직접 관련된 맞고소이다. EBRD Headquarters Agreement, Art. 4. 1.

614) AIIB Headquarters Agreement, Art. 4. 1, available at http://euweb.aiib.org/html/ aboutus/ Institutional_Documents/HQA/?Show=4(visited January 15, 2017).

615) August Reinisch, International Organizations Before National Courts 178 (2000).

이 국가입법 전환 포함될 때까지 기다려야만 한다.[616]

'다자개발은행' 면책특권의 국제법적 근원은 국제 관습법에도 있다. 국제 관습법은 법적 구속력이 있어 모든 국가가 지켜야 한다. 적용 가능한 국제조약 또는 국내입법이 없을 경우, 국제관습법이 면책특권의 보충적 근원이 될 수 있다.[617] '다자개발은행'과 관련된 사건에서 법원 소재국이 그 은행의 회원이 아니고 또 국제기구의 면책특권과 관련된 국내 입법이 결여된 경우 국제관습법이 유용하게 된다. 국제공법의 일반 규칙으로서 국제관습법은 반드시 보편적인 국가 실천과 법률적 확신(opinion juris)을 포함하고 있어야 한다. 일부 학자들은 국제조약의 규정이 없더라도 국제기구는 필요한 특권과 면책을 누리며 이는 이미 국제관습법의 인정을 받고 있다고 지적하였다.[618] 가장 대표적인 것이 바로 유엔이다. "[유엔] 특권과 면책에 관한 규칙은 이미 국제법 규범의 지위를 얻은 것으로 간주되고 있고 법률 내용 면에서 아무런 어려움이 없으며, 법률적 안목으로 봐도 명확하고 성숙한 것으로 인정받고 있다."[619] 기타 국제기구와 관련하여 학자들이 가장 자주 제기하는, 국제관습법의 지위를 증명하는 증거는 특권과 면책 조항이 국제기구의 정관에 전면적으로 존재하는 것이다. 이는 각국이 국제기구에 면책특권을 부여할 의향이 있고 또 이에 대해 의무

---

616) 위와 같음, pp. 178-179.
617) Peter H. F. Bekker, The Legal Position of Intergovernmental Organizations: A Functional Necessity Analysis of Their Legal Status and Immunities 144(1994)(citing Szasz, Immunities 155).
618) 위와 같음, p. 149.
619) 위와 같음, p. 145.

감을 갖고 있음을 의미한다.[620] 그런데 주목할 점은 국제기구의 면책과 관련된 국제관습법은 면책의 범위에 대한 요구를 제기하지 않았다는 점이다.

(2) 국내 입법 중의 '다자개발은행'의 면책특권

국제기구 면책특권의 또 다른 주요 법률적 근원은 국내 입법이다. 우리는 법률에 대한 미국의 국내법 및 미국 법원의 해석을 주로 고찰하기로 한다. 1945년의 「국제기구 면제 특권법」(IOIA)은 국제기구의 미국 국내에서의 면책특권을 규정하고 있다. 그 규정에 따르면 "국제기구와 그 재산 및 자산은 어디에 있든, 그리고 누가 소유하고 있든지 간에 외국정부와 마찬가지로 기소와 사법절차 면에서 모든 형태의 면책특권을 누린다."[621] 이에 따라 국제기구는 미국법원에서 특권과 면책을 누리는데 그 정도는 외국의 주권대우와 대등하다. 「국제기구 면제 특권법」은 70여 년 전에 반포되었다. 그때 당시 성행하던 국가주권과 면책은 여전히 절대주의 경향이 있지만 국가의 권위가 저하되고 제한적 면책이론이 흥기하기 시작하는 현상도 보였다.[622] 이러한 배경을 고려하여 미국 의회는 그때 당시 "외국정부와 동등한 면책특권을 누린다"라는 문구를 작성할 때 국가 면책의 정도를 어떻게 고려하였을지 하는 것이 「국제기구 면제 특권법」을 이해하는 관건이다. 이외에

---

620) 위와 같음, p. 149.

621) 22 U.S.C 228a(b).

622) Steven Herz, Ineternational Organizations in U.S.Courts: reconsidering the Anachronism of Absolute Immunity, 31 Suffolk Transnat' l L.Rev. 471, 478-479(2008).

1970년대에 「외국주권면책법」(FSIA)이 채택된 후, 국제기구의 면책범위가 국가 면책특권의 변화에 따라 달라졌을까? 이 두 가지 중요한 문제는 미국법률에서 국제기구의 면책정도를 결정하기 위해서는 반드시 연구해야 하는 문제이다. 때마침 미국 컬럼비아특구 연방순회항소법원이 "앳킨슨(Atkinson)의 미주개발은행 기소 사건"에서 이 두 가지 문제를 심사하였다.[623]

첫 번째 문제에 대해 법원은 "의회가 1945년에 「국제기구 면제 특권법」을 반포하였을 때 당시 외국 주권국가는 거의 절대적인 면책특권을 누렸다"라고 단언하였지만,[624] 당시 관련 법률에 대한 추가 심사는 하지 않았다. 두 번째 문제에 대하여 법원은 상소 측의 주장을 기각하면서 "「국제기구 면제 특권법」은 후에 「외국주권면책법」의 국가 면책 변화에 관한 규정을 받아들이지 않았다"고 지적하였다. 그렇기 때문에 「국제기구 면제 특권법」은 「외국주권면책법」처럼 제한적 면책이론을 수용하지 않았다.[625]

두 번째 문제에 대해서는 법원도 「국제기구 면제 특권법」 조항 중에 의회가 국가 면책법률의 추가조치를 포함시키려는 의도가 있었는지가 명확하지 않다고 인정하였다.[626] "한 가지 법률이 어느 한 특정 주체(본건의 경우는 외국정부)에 대해 언급한 후, 그 법률이 반포된 후 그 주체에 관한 법률의 모든 발전 변화된 내용을 채택해야 한다."라

---

(623) 156 F. 3d 1335(D. C. Circuit, 1998).
(624) 위와 같음, p. 1340.
(625) 위와 같음, p. 1341.
(626) 156 F. 3d 1335(D. C. Circuit, 1998), p. 1341.

는 해석적인 법언이 있기는 하지만 법원은 그 법언을 거부하였다.[627] 법원이 그러한 결정을 내린 이유는 「국제기구 면제 특권법」이 국제기구의 면책을 감독하고 조정하는 또 다른 체계를 가지고 있기 때문이다. 즉, "대통령은 특정 기구의 절대적 면제에 대해 수정과 제한 심지어 폐지할 수 있는 권한을 보류하고 있다"라는 것이다.[628]

「국제기구 면제 특권법」에 대한 컬럼비아특구 항소법원의 견해는 맹비난을 받았다. 우선, 그 견해는 「국제기구 면제 특권법」의 의미를 분석함에 있어서 법언(法諺)[629]을 거부한 것이 잘못이었다. 의회가 「국제기구 면제 특권법」을 반포할 경우 하나의 법규는 마땅히 향후 그 법규의 모든 법적 개정안을 포함해야 한다는 것이 일반적인 원칙이다.[630] 따라서 의회가 그 법언을 적용하려는 의지가 없다는 명백한 증거가 없는 한, 의회는 「국제기구 면제 특권법」을 작성할 때부터 이미 그 법언을 승인한 것으로 해석해야 한다.[631] 「국제기구 면제 특권법」을 해석함에 있어서 그 법언은 부차적이고 보잘것없는 수단이 아니다. 오히려 「국제기구 면제 특권법」은 마땅히 그 법언에 따라 해석되어야 한다.[632] 다음으로 「국제기구 면제 특권법」에 언급한 외국주권의 면책

---

627) 위와 같음.
628) 위와 같음. 본 사건에서 법원은 대통령에게 이 권한을 부여한 구체적인 법적 근거를 밝히지 않았지만, 이 법률이 22 U. S. C. 288인 것은 분명하다. 이 법률의 규정에 따라 국제기구가 특권을 남용할 경우 행정명령을 통해 국제기구의 면책특권을 철회할 수 있다.
629) 법언(法諺) : 일반적으로 법에 관한 격언이나 속담을 말하지만, 법률사상과 법률지혜의 중요 체제로 규칙의 근거,법률의 근기(根基, 터전),생활의 의의에 대한 사상을 연구하고, 문제를 제시하며 이론적으로 답을 하여 법리연구의 이론적 취지를 체현하는 것.
630) Steven Herz, International Organizations in U. S. Courts: Reconsidering the Anachronism of Absolute Immunity, P. 498.
631) 위와 같음.
632) 위와 같음, pp. 498-499.

은 반포 당시에 절대적인 것이 아니었다. 그 시기에 판결된 일련의 사건들에서 법원은 외국정부의 면책정도에 대한 행정기관의 판단을 존중하였다.[633] 그러므로 외국 주권이 누리는 특권과 면책특권은 행정부서가 사안별로 부여한 것이다. 만약 "외국정부와 동등한 면책특권을 누린다"는 용어를 엄격하게 해석한다면, 법원은 외교사무를 담당하는 행정당국에 외국 주권국가의 현 지위에 대한 자문의견을 요청해야 한다.[634] 앳킨슨(Atkinson)사건의 판결이 「국제기구 면제 특권법」에 대해 정확한 해석을 하지 않았기 때문에 「국제기구 면제 특권법」에 언급된 외국정부가 누리는 면책은 후에 「외국주권면책법」에 명확하게 규정한 주권면책의 변화발전 내용을 포함한다고 해석해야 할 것이다. 따라서 「외국주권면책법」의 상업활동, 권리침해행위 등에 관한 면책의 예외규정은 관련 국제기구의 사안에도 적용될 것이다. 따라서 미국법원이 '다자개발은행'을 상대로 소송을 제기할 경우 '다자개발은행'도 외국정부와 동일한 방식으로 면책예외의 관할을 받아들여야 한다.

(3) 국내사법에서 '다자개발은행'의 면책특권

멘다로(Mendaro)가 세계은행을 상대로 소송을 제기한 사건에서 콜럼비아특구 연방순회항소법원은 「국제기구 면제 특권법」에 따라 국제기구는 일반적으로 사법절차의 면책특권을 누릴 수 있지만 그 면책

---

633) 위와 같음, pp. 503-510.
634) 위와 같음, pp. 510-511.

특권은 두 가지 제한을 받는다고 밝혔다. 첫째, 국제기구는 자기 면책특권을 포기한다고 명시할 수 있다. 둘째, 대통령은 국제기구의 면책특권을 제한할 수 있다.[635] 「세계은행협정」의 면책조항을 해석할 때, 법원은 "본 기구가 권리를 포기한다고 명시하였을 경우에만 국제기구의 면책특권이 포기될 수 있다."라고 주장하였다.[636] 그리고 은행을 상대로 소송을 제기하는 것을 허용한다는 일반적인 성명을 그 은행이 면책특권을 포기한다고 명시한 것으로 간주해서는 안 된다.[637] 법원의 해석에 따르면 「국제부흥개발은행협정」 중의 면책조항은 "어느 한 특정 회원국의 영토 내에서 합법적인 관할권을 가진 법원에만 본 은행을 상대로 소송을 제기할 수 있다."라고 규정하고 있다. 그 규정은 은행이 면책특권을 명확히 포기하지 않는 한 사실상 은행에 절대적 면책특권을 부여하는 것이다. 그러나 법원이 멘다로(Mendaro) 사건에서 스스로 관할권을 제한한 것은 세계은행이 면책특권을 포기한다고 명확히 밝히지 않아서가 아니다. 법원이 그렇게 판결한 것은 은행을 상대로 한 소송이 고용관계에서 비롯되었기 때문이다. "국제기구에 부여되는 가장 중요한 보호조치 중의 하나는 고용인이 고용관계를 바탕으로 제기하는 소송으로부터 국제기구가 보호를 받도록 하는 것이다." 이러한 면책의 목적은 "회원국의 영토 내에서 국제기구의 활동에 대한 그 회원국의 일방적인 통제로부터 국제기구를 보호하기 위

---

635) Mendaro v. World Bank, 717 F. 2d 610,613(D. C. Circuit, 1983).

636) Steven Herz, International Organizations in U. S. Courts: Reconsidering the Anachronism of Absolute Immunity, p. 617(quoting the Restatement(Second) of the Foreign Relations Law of the United States 84 (1965))

637) 위와 같음.

하는 데" 있다.[638] 이런 이유에서 법원이 은행에 부여하는 절대적 면책특권을 엄격히 제한해야 한다. 소송 이유가 내부의 고용관계인 경우로만 제한해야 한다.[639] 법원은 성명에서 만약 은행의 내부업무에 대한 면책특권을 포기할 경우 그 은행의 「협정」을 어기게 되는 것이라고 실증하였다.[640] 멘다로(Mendaro)사건의 판결이 아무리 제한적일지라도 콜럼비아특구 순회항소법원은 여전히 국제기구가 사법절차에서 절대적인 면책특권을 누려야 한다는 사실에 대해 은행이나 미국 대통령이 그 면책특권을 포기한다고 명시하지 않는 한 인정해야 한다. 그러나 미국 제3순회항소법원은 2010년 "OssNokalva가 유럽우주국(ESA)을 상대로 한 상소사건"에서 이와 정반대의 판결을 내렸다. 그 사건에서 피고가 '다자개발은행'은 아니었지만 결정은 여전히 시사하는 바가 있다. 멘다로(Mendaro)사건, 앳킨슨(Atkinson)사건과는 달리 제3순회항소법원은 「국제기구 면제 특권법」에 대해 새롭게 해석하였다. 이는 당연히 '다자개발은행'이 누리고 있는 면책특권에 영향을 주었다. 그 사건에서 제3순회항소법원은 앳킨슨(Atkinson)사건 관련 결론, 즉 "「국제기구 면제 특권법」이 국제기구에도 외국정부와 동일한 면책특권을 부여하였지만, 「외국주권면책법」 중 외국정부의 주권 면책특권에 관한 후속 변화는 포함하지 않는다."라는 결론에 대해 심사

---

638) 위와 같음, p. 615.
639) 예를 들면, 「아투행본부협정」 제17. 3조는 다음과 같이 규정하였다. "은행 직원과 고용직원 및 은행을 위해 임무를 수행하거나 서비스를 제공하는 전문가와 고문, 이들 인원과 은행 간의 고용관계에 관한 모든 사항은 아투행의 규칙 또는 이사회의 권한으로 채택된 정책과 절차에 따라 특별히 규제하며 중화인민공화국 노동법의 제한을 받지 않는다."
640) Mendaro v. World Bank, 717 F. 2d 610, 613(D. C. Circuit, 1983), p. 618.

하였다.[641]

첫째, 제3순회항소법원은 앳킨슨(Atkinson)사건이 법언을 법률해석에 사용하는 것을 거부하였다는 것을 인정하지 않았다.[642] 법원은 또 미국이 인정한 약 반수 가까이 차지하는 국제기구는 모두 1976년에 「외국주권면책법」이 반포된 후 설립된 것이라고 지적하였다.[643] 그래서 "이들 국제기구가 따르고 있던 「국제기구 면제 특권법」(1945)에서 외국주권 면책의 이론은 「외국주권면책법」(1976)에서 변경될 수 있었다. 만약 이들 국제기구들이 여전히 1945년의 외국정부와 국제기구가 누리던 면책수준을 그대로 적용하고 있다면 매우 불합리적일 것이다."[644] 이밖에 법원은 의회가 국제기구에 대한 면책특권이 여전히 1945년 수준으로 유지되기를 원할 경우 의사를 명확하게 밝힐 수 있다고 주장하였다.[645] 정책적 견지에서 법원은 회원국이 국제기구의 도움을 받아 개별국가의 행동보다 더 광범위한 면책특권을 획득할 수 있다고 여길 경우 회원국이 국제기구를 이용하여 법률의무를 회피할 것을 우려하였다.[646] 그 법률의 빈틈을 막아야 한다. 더 중요한 것은 제3순회항소법원은 "유럽우주국"사건과 앳킨슨(Atkinson), 멘다로(Mendaro) 이 두 사건의 경우가 서로 다르다고 지적하였다는 점이다. 뒤의 두 사건은 내부의 고용관계에서 비롯되었고 앞의 사건은 유

---

641) OSS Nokalva, Inc. v. European Space Agency, 617 F. 3d 756, 762(3rd Cir. 2010).
642) 위와 같음, p. 763.
643) 위와 같음, p. 764
644) 위와 같음.
645) 위와 같음.
646) 위와 같음.

럽우주국이 피고가 되어 대외 상업활동 과정에서 일어난 권리침해 소송이다.[647]

'다자개발은행'은 국내법 적용 영역에서 관할 면책특권을 누리지만 그 면책특권이 절대적인 것은 아니다. 국제기구 면책특권의 기본원리인 기능필수원칙에 의해 '다자개발은행'은 그 목적의 실현과 기능의 수행에 필요한 경우에만 면책특권을 누릴 수 있도록 정해져 있다.

실제로 '다자개발은행'은 제한적 면책이론을 이미 받아들인 것으로 보인다. '다자개발은행'들이 인정하는 면책의 범위는 서로 다를 수 있지만 다음과 같은 세 가지 면책 예외의 경우에 대해서는 거의 일치하게 인정하고 있다. 첫 번째는 '다자개발은행'이 면책 포기를 명시하였지만 은행의 일반적 성명만으로는 면책 포기를 이룰 수 없는 경우이다. 두 번째는 '다자개발은행'의 대외 상업거래의 경우이다. 세 번째는 '다자개발은행'의 책임으로, 본부 소재지의 도로에서 일어난 사고로 인한 민사 소송의 경우이다.

면책특권의 면제가 '다자개발은행'의 이익을 반드시 침해하는 것은 아니라는 것이 공동의 인식이다. 면책특권의 면제가 가져다주는 이득이 오히려 그 목적을 달성하는데 도움이 된다.[648] 대외 상업거래가 그 좋은 실례이다. 만약 '다자개발은행'이 절대적 면책을 고집한다면 상업 파트너들이 그 은행과의 거래를 거부하는 결과를 초래하게 될 것

---

647) OSS Nokalva, Inc. v. European Space Agency, 617 F. 3d 756, 762(3rd Cir. 2010), p. 765.

648) 멘다로(Mendaro)사건에 대해 법원은 "분명한 것은, 세계은행의 회원은 은행의 채무자, 채권자, 채권소지자 및 기타 잠재적 원고가 제기하는 소송에 대한 면책특권을 포기하고 자신의 이익을 위한 소송을 받아들임으로써 조약의 목표요구를 실현하는 수밖에 없다." 라고 판결하였다. Mendaro v. World Bank, 717 F. 2d 610(D. C. Cir. 1983), p. 615.

이다. 반면에 상업거래의 경우 면책특권을 포기하면 잠재적 거래자를
끌어들여 공정거래에 대한 기대감을 높일 수 있을 것이다. 아투행도
이와 같은 관점을 인정하고 있다. 아투행은 면책특권을 포기하는 것
이 "은행의 최대 이익에 부합되는 것"이라면 그 어떠한 면책이라도 모
두 포기해야 한다고 명확히 지적하였기 때문이다.[649]

상업은행에 비해 '다자개발은행'은 더 많은 장점이 있으며, 특히 그
특권과 면책으로 인해 상업은행이 시장경쟁에서 불리한 지위에 처하
게 되었다고 비난하는 사람도 있다.[650] 이는 피상적인 견해이다. 상업
은행은 일반적으로 독자적으로 장기개발금융에 참여하기를 꺼린다.
그것은 상업금융에 비해 개발성 대출 및 프로젝트들은 일반적으로
더 복잡하고 유동성도 떨어져 리스크가 더 크기 때문이다. 따라서
상업은행이 개발금융에 참여할 수 있는 방법 중의 하나는 바로 '다자
개발은행'과 함께 혼합 대출을 제공하는 것이다.[651] 이런 방법을 통해
상업은행은 '다자개발은행' 특권에 '편승'하는 것이다.[652]

이밖에 '다자개발은행'의 면책은 그 영향을 받는 개인 당사자의 공
정한 구제를 받을 권리를 침해해서는 안 된다. 절대적 면책이든 제한

---

649) AIIB AOA Art. 52. AIIB Headquarters Agreement, Art. 18.
650) August Reinisch, International Organizations Before National Courts 262-63(2000).
651) 예를 들어, 아투행과 국제금융회사 그리고 일부 상업은행이 미얀마의 신축 가스 발전소 프로젝
    트에 융자를 제공하였다. 프로젝트 실행 과정에서 상업은행은 아투행과 국제금융회사의 특권
    과 면책특권을 공유할 수 있게 된다. http://euweb.aiib.org/html/2016/PROJECTS_list_0922/156.
    html(visited January 15, 2017)
652) 예를 들어, 상업은행은 '다자개발은행' 과 공동융자를 제공함으로써 우선 채권자 지위를 얻
    는다. (preferred creditor status). 공동융자 과정에서 상업대출기관이 누릴 수 있는 혜택에 대
    해서는 아래 링크를 참고하라. http://www.ifc.org/wps/wcm/connect/Topics_Ext_Content/
    IFC_External_Corporate_Site/IFC+Syndications/Overview_Benefits_Structure/Syndications/
    B+Loan+Structure+And+Benefits/(visited January 15, 2017).

적 면책이든 죄를 범하여도 벌을 면할 수 있게 하기 위한 것은 절대 아니다. 다시 말하면, '다자개발은행'의 면책특권은 개인주체가 공정한 재판을 받을 권리를 보장하는 조건으로 뒷받침되어야 한다는 것이다. 그렇지 않을 경우 국내 법원은 은행의 면책특권을 박탈할 수 있는 정당한 이유를 갖게 되기 때문이다.

제7장
'다자개발은행' 면책특권
범위와 도전 및 균형

모든 '다자개발은행'(Multilateral Development Banks, MDBs)의 정관은 다 그들 은행이 회원국 경내에서 면책특권과 특권을 누릴 수 있도록 규정하고 있다.[653] '다자개발은행'에 면책특권을 부여하게 되면 은행의 독립적인 운영을 확보하고 정해진 목표를 실현하는데 중대한 의의가 있다.[654] 그러나 국내 사법체계에서 그런 면책특권은 끊임없이 도전을 받고 있다.[655] 그 불확실성의 근원은 '다자개발은행'의 면책특권과 '다자개발은행'의 영향을 받는 개인주체의 공정한 재판권과

---

653) 본 장에서 필자는 협의적인 문책 메커니즘의 개념을 채용하였다. 광의적인 문책 메커니즘에는 세계은행의 감사단(Inspection Panel) 이외에 또 다른 문책기구도 포함된다. 세계은행을 예로 들어 보면 행정법정(the Administration Tribunal)·내부감사부서(the Internal Auditing Department)·독립 평가단(the Independent Evaluations Group)·청렴 담당 부총재(the Integrity Vice Presidency) 등 문책기구가 포함된다. Evarist Baimu and Aristeidis Panou, "Responsibility of International Organizations and the World Bank Inspection Panel", in Hassane Cisse, Daniel D. Bradlow, Benedict Kingsbury(ed.), The World Bank Legal Review, Vol. 3(2012) pp. 151-153. 예를 들면 「세계은행협정」(Articles of Agreement, AOA) 제7조, 「아투행협정」 제9장 등등이다. '다자개발은행'에는 세계은행(또는 국제부흥개발은행 IBRD)·미주개발은행(IDB)·아프리카개발은행(AfDB)·아시아개발은행(ADB)·유럽부흥개발은행(EBRD) 및 아투행과 브릭스((BRICS) 신개발은행이 포함된다.

654) See IBRD AOA Art. VII, Sec) 1 "Purpose of the Article"; AIIB AOA Chapter IX, Art. 44 "Purposes of Chapter"; etc.

655) 대표적인 사례로 다음과 같은 사례가 포함된다. Lutcher S. A. Colulose e Papel v. Inter-American Development Bank, 382 F. 2d 454(D. C. Cir. 1967), Mendaro v. World Bank, 717 F. 2d 610(D. C. Cir. 1983), Atkinson v. Inter American Development Bank, 156 F. 3d 1335(D. C. Cir. 1998), Osseiran v. International Finance Corporation, 552 F. 3d 836(D. C. Cir. 2009), and World Bank Group v. Wallace, 2016 Supreme Court of Canada(SCC) 15.

의 관계에 있다. 일부 학자들은 양자 간에 어떤 균형점이 존재한다고 주장하고 있고,[656] 또 일부 사람들은 양자 간에 내재적인 모순이 존재하기에 조화가 불가능하다고 주장하고 있다.[657] 본질적으로 말하면 법률절차에서의 면책은 죄를 벌하지 않는다는 의미가 아니다. '다자개발은행'은 적절한 분쟁해결 제도를 수립하여 면책특권과 국내 법률절차 간의 마찰을 보완하고 균형을 잡을 필요가 있다. 유럽인권재판소(ECHR)가 Waite and Kennedy 사건에서 판결하였다시피 "……에 관할권,……에 면책특권 부여 여부를 결정하는 중요한 요소는, 신청인이 다른 합리적인 경로를 통해 구제를 받음으로써 공약에 따라 부여된 자체 권리를 효과적으로 보호받을 수 있는지 없는지를 판단하는 것이다."[658] 국제사법재판소(ICJ)가 이러한 관점을 지지한 것은 한 번이 아니다.[659] 그렇기 때문에 공정한 재판권은 '다자개발은행'이 법률절차의 면책특권을 누리는 중요한 이유이다.[660] 아시아인프라투자은행("아투행")은 중국이 제안한 첫 '다자개발은행'으로 전 세계의 이목을 집중시켰다. 아투행은 21세기를 지향한 신형의 '다자개발은행'으로 "정

---

656) Rutsel Silvestre J. Martha, "International Financial Institutions and Claims of Private Parties", in Hassane Cisse, etc. (ed.), The World Bank Legal Review, Vol. 3(2012)p. 119.

657) William M. Berenson, "Squaring the Concept of Immunity with the Fundamental Right to a Fair Trial: The Case of The OAS", in Hassane Cisse, etc. (ed.), The World Bank Legal Review, Vol. 3(2012) p. 133.

658) ECHR, Case of Waite and Kennedy v. Germany(Application no. 26083/94) 18 February 1999 para. 68.

659) 면책특권에 대한 국제사법재판소의 주장은 Cumaraswamy사건에서 반영되며 또 1954년에 발표된 Effect of Awards사건에 대해 국제사법재판소가 발표한 자문의견에서도 반영된다. Rutsel Silvestre J. Martha, "International Financial Institutions and Claims of Private Parties", in Hassane Cisse, etc. (ed.), The World Bank Legal Review, Vol. 3(2012) p. 118.

660) The doctrine of functional necessity is a traditionally recognized theory for MDB immunities, as demonstrated in MDB charters, for example, IBRD AOA Art. VII, Sec. 1.

예·청렴·녹색"을 운영취지(modus operandi)로 삼는다. 회원국이 면책특권을 존중해야만 아투행이 정상적으로 운영될 수 있고 또 공정하고 효과적인 분쟁해결 메커니즘을 구축해야만 아투행이 세운 높은 기준이 설자리를 마련할 수 있는 것이다. 본 장에서 필자는 아투행의 면책특권에 특별히 주목하고자 한다.

1. '다자개발은행' 면책특권의 적용 범위

'다자개발은행'의 정관 중 면책특권에 관한 규정을 살펴보면 면책의 원칙이 은행·은행직원·은행재산과 자산 및 은행기록과 서류 등 다양한 유형에 적용된다는 것을 알 수 있다.

(1) 은행의 면제

첫 번째 유형은 은행의 면책이다. 은행은 어떠한 형태의 법률절차에 대해서든 모두 면책특권을 누릴 수 있다. 그 권리는 모든 '다자개발은행'의 인정을 받고 있다.[661] 그럼에도 불구하고 만약 소송이 은행 외부의 상업거래에서 비롯된 것이라면 은행은 관할권을 가진 법원에서 소송주체가 될 수 있다. 상업행위와 공공행위의 구별은 행위의 목적에 있는 것이 아니라 행위 자체의 성격에 있다. 다시 말하면 상업

---

661) AIIB AOA Art. 46. 1. ADB AOA Art. 50. 1.

무역은 반드시 개인이 부담하는 성격을 띠어야 한다.[662] 은행은 대출
과 대차 업무에 종사하는 동시에 대주의 신뢰를 얻고 책임감 있는 차
주를 끌어들이기 위해서는 은행의 채권자와 채무자가 법원에 소송을
제기할 수 있는 권리를 반드시 가져야 한다. 마치 미국법원이 멘다로
(Mendaro)사건에서 서술한 것처럼 "그런 면책특권을 포기하지 않으
면 은행은 현금형태로 사무실 장비나 용품을 구입하는 수밖에 없다.
그렇게 되면 은행이 일반 금융기관처럼 상업시장에서 일반적인 활동
에 종사할 수 있는 능력이 부당하게 제한을 받게 된다."[663]

과거에는 '다자개발은행'의 채무자가 제기한 소송에서 은행의 면책
특권은 포기되어야 하는지에 대한 논의가 있었다. 루처(Lutcher)사건
에서 미주개발은행의 한 채무자는 은행이 채무자의 경쟁자에게 추가
대출을 발행함으로써 쌍방 간 대출계약 중의 잠재적 조항을 어겼다
는 이유로 은행을 상대로 소송을 제기하였다. 은행이 "면책특권 포기
관련 규정은 채권 소유자, 채권자 또는 채권자의 수익자가 소송을 제
기하는 경우에만 적용되고 채무자가 소송을 제기하는 경우는 포함되
지 않는다"고 변명하였지만, 법원은 본 사건에서 여전히 면책특권 포
기 청구를 들어주었다.[664] 아투행은 「협정」에서 상기 상업거래의 예외

---

662) 상업행위와 공공행위를 구분 지은 한 가지 예로 외국이 미국 공급업체로부터 군용 신발을 구매
한 행위가 있다. 그 행위는 공공 목적을 위한 것이지만 행위 자체의 성질은 개인이 부담하는 거래
행위(신발 구매)이므로 면책특권을 적용하여서는 안 된다. Lori Fisler Damrosch, Louis Henkin,
etc., International Law: Cases and Materials(Minnesota: Thomson Reuters, 5th edition, 2009),
p. 882.

663) Mendaro v. World Bank, 717 F. 2d 610(D. C. Cir. 1983), p. 618.

664) Mendaro v. World Bank, 717 F. 2d 610(D. C. Cir. 1983), p. 614, 620, citing Lutcher S. A.
Celulose e Papel v. Inter-American Development Bank, 382 F. 2d 454(D. C. Cir. 1967).

경우를 명확히 규정하였고,[665] 「본부협정」에서도 거듭 천명하였다.[666] 상업거래의 예외 경우를 제외하고 아투행과 유럽부흥개발은행의 「본부협정」은 또 은행 면책특권을 포기하는 기타 예외의 경우를 규정하였다. 예를 들면 은행이 면책특권을 포기한다고 명시한 경우, 도로교통사고로 유발된, 그리고 은행이 귀책대상이 되는 손실, 은행본부 소재지에서 발생한, 그리고 은행의 행위로 인한 인명피해, 은행이 피 신청인인 중재판결의 집행, 본 은행이 제기한 소송과 직접 관련되는 역고소의 경우이다.[667] 설명해야 할 것은 그 어떤 회원국 정부나 또는 관원도 은행을 상대로 소송을 제기할 권리가 없다는 것이다.[668]

(2) 은행직원의 면책

두 번째 유형은 은행직원의 면책이다. 은행직원은 직무를 이행하는 과정에 면책특권을 누릴 수 있다.[669] 단 은행이 그 면책특권을 포기하지 않는 상황에만 한한다.[670] 이러한 면책에는 "민사소송에서의 면책

---

665) 「아투행협정」 제46. 1조에서는 상업무역과정에서 면책특권을 포기하는 경우를 "은행의 권력을 행사하여 대차 또는 기타 방식으로 자금을 조달하는 경우, 또는 담보 채무, 또는 증권의 구매와 매각 또는 위탁 판매의 경우" 라고 정의하였다.

666) 아투행 「본부협정」 제4. 1(b)조는 상업무역과정에서 면책특권을 포기하는 경우에 대해 "은행의 권력을 행사하여 대차 또는 기타 방식으로 자금을 조달하는 경우, 또는 담보 채무, 또는 증권의 구매와 매각 또는 위탁 판매의 민사 행위" 라고 거듭 강조하였다.

667) EBRD Headquarters Agreement, Art. 4. 1. AIIB Headquarters Agreement, Art. 4. 1.

668) 이 경우 회원국은 은행의 정관, 은행 내부의 관련 법률 및 법규 또는 은행과 체결한 계약에 따라 특별 절차를 통해 구제를 받을 수 있다.

669) 직원의 행위가 "직무 수행 중" 의 행위에 속하는지 여부를 결정하는 것은 사건의 구체적인 상황에 따라 확정해야 한다. Lori Fisler Damrosch, Louis Henkin, etc., International Law: Cases and Materials (Minnesota: Thomson Reuters, 5th edition, 2009), pp. 944-945를 참고할 수 있다.(유엔 전문가 직무 수행 시 면책특권 적용에 관한 국제사법재판소의 컨설팅 의견을 인용함)

670) AIIB AOA Art. 50(i). EBRD AOA Art. 51. ADB AOA Art. 55(i). IBRD Art. VII, Sec. 8(i).

이 포함될 뿐만 아니라 법률절차상의 면책도 포함된다. 예를 들면 소환장의 구속을 받지 않는 등이 그것이다."[671] 은행의 면책특권 포기가 명시적이어야 하는지, 암시적이어야 하는지, 아니면 해석적이어야 하는지에 대한 논의가 있었다.[672] 최근 World Bank Group v. Wallace 사건에서 캐나다 최고법원(SCC)은 명시적 포기 원칙을 지지하였다.[673] 그 법원은 암시적 또는 해석적 포기의 개념이 "전 세계적으로 매우 큰 차이가 있다"며,[674] 혼동을 초래하여 '다자개발은행'의 질서 있는 운영을 방해할 수 있다고 지적하였다.[675]

본부협정은 은행 직원이 은행 본부 소재국에서 빚은 "도로교통사고로 인한 피해 또는 기타 인명 피해"에 대해서는 직원 면책을 적용하지 않는다고 규정하고 있다.[676] 은행직원이 은행을 대표하여 행사하는 경우에는 면책특권을 포기해야 하는 경우에 해당되지 않는다. 즉, 이런 경우에는 은행이 책임져야 한다. 흥미로운 것은 유럽부흥개발은행이 면책특권을 포기해야 하는 경우를 「본부협정」에 규정하였을 뿐

---

671) World Bank Group v. Wallace, 2016 SCC 15, Para. 87(interpreting IBRD AOA Art. VII. Sec. 8(i)).

672) 어떤 행위가 면책특권의 명시적 또는 암시적 포기에 해당되는가. 이는 매우 흥미로운 제목이다. 일반적으로 면책특권의 명시적 포기는 조약 또는 계약의 방식을 통해 이루어질 수 있다. 반면에 암시적 포기는 면책특권을 포기할 의도가 있는 행위를 통해서 이루어질 수 있다. 예를 들면 법정 출석을 통해 이루는 것이다. Lori Fisler Damrosch, Louis Henkin, etc., International Law: Cases and Materials (Minnesota: Thomson Reuters, 5th edition, 2009), pp. 870-872.

673) World Bank Group v. Wallace 사건은 최신 이정표적 의미를 띠는 '다자개발은행' 면책특권사건이다. 캐나다 최고 법원의 최종 판결은 2016년 4월 29일 발표되었다. 판결문 전문은 https://scc-csc.lexum.com/scc-csc/scc-csc/en/item/15915/index.do(visited February 21, 2017) 참조하라.

674) World Bank Group v. Wallace, 2016 SCC 15, para. 92.

675) World Bank Group v. Wallace, 2016 SCC 15, para. 92.

676) 예를 들면 「아투행본부협정」 제14. 3(a)조.

만 아니라 정관에도 명시하였다는 사실이다.[677] 이에 따라 그런 경우의 지리적 적용범위를 효과적으로 확대할 수도 있다. 본 은행 본부의 소재국인 영국 이외의 지역에서도 적용될 수 있다. 이밖에 본부 소재국의 국적을 가진 은행 직원의 면책특권은 한층 더 제한을 받을 수 있다. 여기에는 병역, 이민 제한, 외환 규제 등이 포함된다.[678]

(3) 은행재산과 자산의 면책

세 번째 유형은 은행재산과 자산의 면책이다. 은행의 재산과 자산은 행정 또는 입법 행위로 인해 차압당해서는 안 되며,[679] 그 어떠한 성질의 제한·규제·통제 및 지급 정지의 제약도 받아서는 안 된다.[680] 그러나 그런 면책은 사법행위에는 적용되지 않는다. 왜냐하면 앞에서 토론한 상업거래 중 은행 면책 예외의 경우가 은행의 재산과 자산에 대한 사법조치를 유발할 수 있기 때문이다. 설령 그런 경우일지라도 법원의 최종 판결이 있을 때까지 은행의 재산과 자산은 그 어떤 형식의 차압도 받아서는 안 된다.[681]

주의를 기울일 필요가 있는 것은 권위 있는 학자들이 "관할권의 범위에 입법·사법·강제집행 등 세 영역이 포함되기 때문에 이들 영역에 모두 면책제도를 적용할 수 있지만", 전통적으로 사법과 집행의 면책

---

(677) 은행 직원이 빚은 도로교통사고로 인한 민사상 책임에는 직원의 면책특권이 적용되지 않는다. EBRD Headquarters Agreement Art. 15. 2(a); EBRD AOA Art. 51.
(678) 예를 들면 AIIB AOA Art. 50(ii), and AIIB Headquarters Agreement, Art. 14. 7.
(679) 예를 들면 AIIB AOA Art. 47, and IBRD AOA Art. VII, Sec. 4.
(680) AIIB AOA Art. 48. IBRD AOA, Art. VII, Section. 6.
(681) 예를 들면 AIIB AOA Art. 46. 3, IBRD AOA Art. VII, Sec. 3.

이 주체 지위를 차지하고 있다고 주장한다는 사실이다.[682] 사법절차에서 사법면책과 집법면책은 밀접히 연결되어 있다. 이에 대해서는 다음과 같이 이해할 수 있다. 차압(집행협조)은 판결 전의 행위인 반면에 강제집행은 판결 후의 행위이다. 그러나 적어도 은행의 재산과 자산의 맥락에서는 입법적 및 사법적 면책 이외에 행정영역의 면책도 존재한다는 사실을 알 수 있다.

(4) 은행 기록과 서류의 면책

네 번째 유형은 은행기록과 서류의 면책이다. 이 면책특권은 상기 4가지 유형의 면책특권 중 최고의 급으로서 거의 절대적 면책에 속한다.[683] World Bank Group v.Wallace 사건에서 캐나다 최고법원은 심지어 "명시적·암시적 또는 해석적 그 어떤 방식으로 면책특권을 포기하든지간에 은행기록의 면책특권에는 영향을 미치지 않는다."라는 결론을 얻어냈다.[684] 그러나 아투행은 다른 의견을 가지고 있다. 면책특권의 포기로 은행이익의 극대화를 실현할 수 있을 경우 아투행은 분명히 그 면책특권의 포기를 바랄 것이다.[685] 그러나 이런 경우 면책특권의 포기는 틀림없이 명시적 방식이 되어야 한다.

이로부터 상기 4가지 유형의 면책은 서로 교차되고 서로 연관된다

---

682) Lori Fisler Damrosch, Louis Henkin, etc., International Law: Cases and Materials (Minnesota: Thomson Reuters, 5th edition, 2009), p. 851.

683) 예를 들면「아투행협정」제47. 2조는 다음과 같이 규정하고 있다. "은행의 기록 및 은행 소속 또는 은행 소유의 모든 서류는 어디에 있든, 누가 소지하든 모두 침범할 수 없다." 「세계은행협정」제7. 5조는 "은행 기록 불가침"에 대해서만 규정하고 있다.

684) World Bank Group v. Wallace, 2016 SCC 15, para. 88.

685) AIIB AOA Art. 52.

는 것을 알 수 있다. 은행직원이 직무 이행과정에서 초래된 도로교통 사고를 예로 들면 은행(그 직원이 아님)이 면책특권을 포기하고 상응하는 민사상의 책임을 져야 하며, 또 은행자산으로 판결집행의 수요를 만족시켜야 한다.

2. '다자개발은행' 면책특권의 도전

국내법과 국제법의 규정에 따라 면책특권의 포기는 일반적으로 명시적 방식을 취해야 한다.[686] '다자개발은행'은 심지어 "기록문서와 직원의 면책특권 포기는 반드시 암시적 방식이 아닌 명시적 방식을 취해야 한다."라고까지 밝혔다.[687] 그러나 각국 국내법원이 이 관점을 수용하는 정도가 일치하지는 않는다. 설령 동일한 법 적용 범위 내에 있어도 서로 다른 급별의 법원이 면책특권에 대한 견해는 서로 다르다.[688] 이밖에 그들 법원의 판결은 시간과 환경에 따라 바뀔 수도 있다. 그러므로 '다자개발은행'은 면책특권의 지위를 아무 거리낌 없이 함부로 남용하지를 못한다.[689] 다음과 같은 6가지 경우에는 면책특권이 도전을 받을 수 있다.

---

686) 예를 들어, 미국 법률은 다음과 같이 규정하고 있다. "국제기구의 재산과 자산은 어디에 있든 그리고 누구 소유이든 외국 정부와 동등한 소송 면책 및 모든 사법절차 면책의 권리를 누릴 수 있다. 소송의 목적이나 계약상의 약정에 따라 국제기구가 면책특권의 포기를 명확히 표시한 경우는 제외된다." 22 U. S. C. 288a(b)(1976).

687) World Bank Group v. Wallace사건에서 유럽부흥개발은행·아시아은행·아프리카개발은행·미주개발은행 모두가 이러한 입장이었다. World Bank Group v. Wallace, 2016 SCC 15, para. 39.

688) 예를 들어, World Bank Group v. Wallace사건에서 1심 법원이 세계은행의 면책특권을 박탈한다는 판결을 내렸으나, 2심 판결에서 캐나다 최고법원이 1심 판결을 뒤집었다.

689) 예를 들어, 미국 법률은 국제기구가 특권을 남용할 경우 행정명령을 통해 그 특권을 폐지할 수 있다고 명확히 규정하고 있다.

(1) 고용분쟁

첫 번째 경우는 고용과 관련된다. Mendaro v. World Bank사건에서 세계은행의 연구원 멘다로(Mendaro)가 고용기간 동안 성희롱 및 다른 직원들로부터 차별을 받았다는 이유로 세계은행을 상대로 미국 법원에 소송을 제기하였다. 그 사건은 컬럼비아특구의 지역 초심법원 및 순회항소법원에서 모두 법원에 관할권이 없다는 이유로 기각되었다. 본 사건에서 항소법원은 고용관계로 분쟁이 발생하여 국제기구의 종업원이 국내법원에 소송을 제기할 경우 국제기구는 관할 면책특권을 누릴 수 있는데 이는 국제 관습법이 공인하는 원칙이다.[690] 그 이유는 다음과 같다. 첫째, '다자개발은행'의 세계 각지 직원들이 모두 '다자개발은행'을 상대로 소송을 제기할 수 있게 된다면 은행의 목표에 심각한 손상을 입힐 것이다.[691] 둘째, 각 회원국의 취업 관련 법률에 차이점이 존재하기 때문에 만약 고용문제와 관련된 면책특권이 박탈당할 경우 직원 관련 규칙과 규정의 적용에서 일관성이 결여된다.[692] 셋째, '다자개발은행'이 이미 특별행정재판소를 설립하여 직원의 요구를 처리하고 있는데[693] 지방법정도 이런 유형의 사건에 대한 재판을 진행한다면 관할권 충돌을 초래하게 될 것이다.[694]

---

690) Mendaro v. World Bank, 717 F. 2d 610 (D. C. Cir. 1983), p. 615. Also AIIB Headquarters Agreement, Art. 17. 3.
691) Mendaro v. World Bank, 717 F. 2d 610 (D. C. Cir. 1983), p. 615-616.
692) Mendaro v. World Bank, 717 F. 2d 610 (D. C. Cir. 1983), p. 616.
693) 본 장 제3부분 행정재판소에 관한 상세한 설명을 참조하라.
694) Mendaro v. World Bank, 717 F. 2d 610 (D. C. Cir. 1983), p. 616.

(2) 환경 및 사회적 고소

두 번째 경우는 환경 및 사회적 고소이다. '다자개발은행' 프로젝트로 인해 악영향을 받은 사람이 고소를 제기하는 경우이다. 주로 환경과 사회문제에서 발생하는데 강제이주, 인권침해 등의 경우가 포함된다. 업무활동에서 '다자개발은행'은 차주 소속 국가에서 어떤 프로젝트에 자금을 지원하는지, 또 자금 사용에 있어서 어떤 조건을 설정하는지를 고려해야 한다. 구체적으로 은행은 대출거래 과정에 협상과 담판을 거쳐야 하며, 대출협약을 비준하고 대출금을 지급하는 과정에서 결정을 내려야 한다. 은행이 맡은 책임으로 인해 은행은 차관국 프로젝트의 설계 및 실행의 중요한 참여자가 되며, 현지 주민의 생활에 직접적이고 돌이킬 수 없는 영향을 주게 된다.

물론 '다자개발은행'은 영향을 받은 개인주체와의 사이에 직접적인 계약관계는 없지만, "프로젝트가 현지 주민에게 피해를 주었을 경우 국제기구는 프로젝트에 대한 자금 지원 또는 다른 형태로 프로젝트에 참여한 이유로 인해 책임을 져야 한다."[695] 따라서, '다자개발은행'의 업무활동에서 은행은 영향을 받은 개인주체와의 사이에 중요한 비계약적 법률관계가 존재한다. 이로 인해 국내법원에 인권·환경 또는 권리침해 관련 소송을 당할 가능성이 존재한다.

---

695) Giorgio Gaja, special rapporteur, Third Report on Responsibility of International Organizations, at Paragraph 28, UN Doc. A/CN 4/553(May 13, 2005) http://www. un.org/en/ga/search/view_doc.asp? symbol = A/CN. 4/553(visited January 2, 2017).

(3) 조달과정에서 '다자개발은행'의 역할

세 번째 경우는 '다자개발은행'이 프로젝트 조달 관련 문제에서 제공하는 추가 실기 지원(hands-on expanded implementation support)이다. '다자개발은행'은 조달과정의 감독자이자 지지자이다. '다자개발은행'은 조달계약의 자금제공자이긴 하지만 조약당사자가 아니며 조달과정에서 참여정도는 계약내용의 차이에 따라 다소 다르다. 예를 들어, 업무환경에서 도전에 직면하였을 때, 즉 차관국의 능력부족 또는 긴급비상사태인 경우[696] '다자개발은행'은 추가 실기 지원을 제공할 수 있다. 이러한 상황에서 '다자개발은행'의 관할권 면책과 직원 면책이 뚜렷하게 약화될 것이다. 그 역할이 융자에만 국한되는 것이 아닌 이상 은행은 국내법원에서 소송을 제기할 수 있다.[697] 다시 말하면 이런 경우 '다자개발은행'은 조달 의사결정에 깊이 참여하게 되기 때문에 조달결정과 결과에서 분리시키기가 어렵다.

(4) '다자개발은행' 분쟁해결 메커니즘의 결함

'다자개발은행'의 면책특권에 도전하는 네 번째 경우는 분쟁해결제도의 부족한 점과 관련된다. '다자개발은행' 면책특권의 인정은 '다자개발은행' 스스로 적절한 구제 메커니즘을 수립하는 것을 전제로 해야 한다. 만약 '다자개발은행' 자체의 제도에 결함이 존재한다면, 그 면책특권은 지방법원에서 도전을 받을 위험이 있다. 예를 들어, '다자

---

696) World Bank Procurement Regulation Section III. 3. 10.
697) World Bank, "Procurement in World Bank Investment Project Financing Phase II: The New Procurement Framework", June 11, 2015, Section III, Paragraph 45.

개발은행' 제재 메커니즘 중의 2급 재판기관의 구성은 독립성이 결여
된다는 지적을 받고 있다.[698] 아시아개발은행의 2급 재판기관인 상소
위원회는 전적으로 은행 내부의 고위급 임원진들로 구성되었고, 세계
은행과 아투행의 2급 재판기관도 일부 내부직원을 포함하고 있다.[699]
이런 내부인원은 분명 그 메커니즘의 독립성과 절차적 정당성을 약
화시키게 된다. 특히 1심판결을 은행 내부인원이 내린다는 점을 감안
하면 더욱 그러하다. 이밖에 청문절차는 투명성이 부족하다는 지적
을 받고 있다. 아투행을 예를 들면, 소송당사자(즉 조사원 또는 답변
인)는 청문회의 개최를 요구할 권리가 없으며,[700] 설령 청문회 개최가
결정되었을지라도 청문회는 "비밀에 부쳐져 일반에 공개되지 않도록"
해야 한다.[701] 세계은행도 이와 비슷한 절차상의 요구가 있다.[702] 보도
에 따르면 이미 상기의 이유를 들어 국내법원에 '다자개발은행'을 기

---

[698] 상업부패 제재 메커니즘은 본질적으로 볼 때 국제상에서 '다자개발은행'이 자금을 지원하는 프
로젝트 중의 상업부패를 제재하기 위해 취하는 법률수단이다. 모든 '다자개발은행'은 2급 제재 메
커니즘을 보유하고 있다. 예를 들어 아투행의 제재 메커니즘 중 제재처(the sanctions officer)의
결정은 제재단(the sanctions panel)에 제소할 수 있으며, 제재단의 결정은 종국적 결정이 된다.
[699] 규정에 따라 세계은행의 2급 재판기관은 내부인원 3명, 외부인원 4명으로 구성된다.(기존의 2심
구성인원 명단에는 모두 외부인원임) 아투행의 2급 재판기관은 내부인원 1명과 외부인원 2명을
포함한다.
[700] AIIB Policy on Prohibited Practices(December 8, 2016), Section 8. 2.
[701] AIIB Policy on Prohibited Practices(December 8, 2016), Section 5. 3.
[702] World Bank Sanctions Procedures(as adopted January 1, 2011), Art. VI, Sect. 6. 01 and 6.
03(a)

소하겠다고 위협하는 이들이 있는 것으로 알려졌다.[703]

(5) 상업부패 제재 결정의 공개

다섯 번째 경우는 제재 결정의 공개와 관련된다. '다자개발은행'은 최근에야 제재 결정을 공개하기 시작하였다.[704] 이런 방식을 통해 투명도를 높이고 부패를 척결할 수 있지만, 은행마다 공개의 정도와 범위는 크게 다르다. 세계은행은 제재위원회(2심)의 판결과 항소심 없이 1심기관이 내린 결정을 포함한 모든 문서를 공개한다.[705] 유럽부흥개발은행은 2심기관이 판결한 문서내용의 전부를 명확히 공개하지만,[706] 1심 결정의 공개 여부에 대해서는 명시하지 않았다. 아투행은 제재를 받는 기업 또는 개인의 신분과 금지행위 및 제재조치의 공개만 약속하였을 뿐 결정된 문서의 내용은 공개할 의향이 없다.[707] 가장 보수적인 곳은 아시아개발은행으로 결정된 내용도 공개하지 않거니와[708] 제

---

703) 예를 들어, 프레쉬필즈 브룩하우스 데링거(Freshfields Bruckhaus Deringer) 글로벌 로펌의 팀 콜먼(Tim Coleman)은 '다자개발은행'의 제재 메커니즘에 이의를 제기할 수 있기를 바란다. 그는 "은행이 내부 규정을 적용하는 면에서 갈수록 기세등등하게 나온다면 우리도 법률 메커니즘을 연구하여 국내 법원에서 은행의 행위에 대해 이의를 제기할 수 있다"라고 밝혔다. Tim Coleman, "Sanctions Investigations By The World Bank And Other Multilateral Development Banks", September 2010, available at http://www.mondaq.com/x/105990/ Sanctions + Investigations + By + The + World + Bank + And + Other + Multilateral + Development + Banks(visited October 20,2016).
704) 세계은행은 2011년에 결정 문서를 공개하기로 약속하였고, 유럽부흥개발은행은 2015년 12월부터 결정 문서를 공개하기로 약속하였다.
705) World Bank Sanctions Procedures(April 15, 2012), Section 10. 01(b).
706) EBRD Enforcement Policy and Procedures(December 2015), Section 11. 3(iv).
707) AIIB Policy on Prohibited Practices(December 8, 2016), Section 9. 1.
708) ADB Anti-corruption and Integrity(Second edition, October 2010), para. 97.

재를 받는 주체의 신분도 공개하지 않는다.[709] 아시아개발은행은 제재 결정에 자신감이 없을 수 있는데, 일단 공개되면 법원에서 소송분쟁을 일으킬까봐 걱정하기 때문이다.[710]

(6) 국내 사법계통과의 협력

여섯 번째의 경우는 '다자개발은행'이 국내 형사범죄수사와 협력하는 경우이다. 한편으로는 은행이 국내 법률을 어긴 혐의가 있는 인원의 정보를 관련 국내 당국에 넘기는 것이 이미 기준관행으로 되었고,[711] 다른 한편으로는 국가당국이 제공하는 부패척결정보가 '다자개발은행'의 조사를 촉진시키는 데에도 매우 중요하다.[712] 그러나 국가당

---

709) 아시아개발은행은 다음과 같은 극히 드문 경우에 한하여서만 제재를 받는 주체의 신분을 공개한다. (1)신의, 성실의 원칙을 두 번째 또는 연속 어겨 아시아개발은행의 제재를 받은 경우, (2) 제재조치를 어겨 아시아개발은행의 제재를 받은 경우(예를 들면 아시아개발은행이 투자하는 프로젝트에 자격이 없는 상황에서 참여한 경우), (3) 아시아개발은행이 제재를 받는 주체에 통보할 수 없는 경우(법률절차를 도피하는 주체), (4) 「교차 제재 결정 집행에 관한 협정」(「교차제재협정」)에 의거하여 아시아개발은행으로부터 교차제재를 받는 경우이다. ADB, "Frequently Asked Questions on Anticorruption and Integrity" (2011), p. 40.

710) 아시아개발은행은 다음과 같이 설명한 바 있다. "제재를 받는 주체에 대한 정보를 공개하는 것이 명예 훼손이나 비방에 해당할 경우 일부 특정 관할권에서 심각한 법률 분쟁을 일으킬 수 있으며 이로 인해 아시아개발은행도 면책특권의 보호를 받지 못하게 될 수 있다." Norbert Seiler and Jelena Madir, "Fight Against Corruption: Sanctions Regimes of Multilateral Development Banks." 15(1) Journal of International Economic Law 5(2012), p. 27를 참조하라.

711) 예를 들어 아투행 「금지 행위 정책 제9. 2단락은 다음과 같이 규정하고 있다. "만약 피고가 임의의 한 회원국의 법률을 어겼을 가능성이 있다고 증명할 수 있는 증거가 나온다면 조사관원은 그 문제를 준법효능청렴기관 사무총장(Director General Compliance, Effectiveness and Integrity Unit)에게 제출하여 사무총장은 은행의 이익에 최대한 부합한다고 판단될 경우 언제든지 은행 총재에게 제출할 수 있으며 그 후 관련 국내 당국에 전달할 수 있다. 사무총장은 이를 은행 총재에게 제출하기 전에 법률고문과 협의해야 하며 법률고문의 의견을 사무총장이 은행 총재에게 제출하는 제안서 뒤에 첨부해야 한다. 전달 내용에는 피고가 제재부서 또는 제재팀에 제출하는 모든 정보가 포함될 수 있다.

712) 예를 들어, World Bank Group v. Wallace 사건의 경우, 세계은행이 캐나다 경찰로부터 얻은 자료와 정보는 세계은행이 조사업무를 순조롭게 전개할 수 있도록 큰 도움을 주었다. World Bank Group v. Wallace, 2016 SCC 15, para. 28.

국과의 긴밀한 협력이 은행의 면책특권에 위험을 가져다줄 수 있다. 2014년 캐나다의 1심 법원은 "세계은행의 조사기관이 캐나다 기업의 뇌물수수행위를 지목한 사건을 캐나다 당국에 넘겼기 때문에,[713] 캐나다당국과의 협력행위를 통해 세계은행은 암시적 방식으로 면책특권을 포기하였다"라고 판결하였다.[714] 그러나 최종적으로 캐나다 대법원은 1심 법원의 판결을 뒤집고 은행의 면책특권에 손을 들어주었다.

상기의 6가지 경우는 모두 '다자개발은행'의 면책특권에 회색지대(그레이 존)가 존재한다는 사실을 보여주고 있으며, 이에 따라 은행은 각별한 주의를 기울여야 한다. 일부 회색지대는 국내 법원에서 이미 도전을 받고 있으며, 또 일부는 앞으로 도전을 받게 될 수 있다. 그렇기 때문에 상기의 경우는 '다자개발은행'의 면책특권을 검증하는 '시금석'이 된다. '다자개발은행'의 영향을 받는 개인주체들이 공정한 구제를 받을 권리를 보장받지 못할 경우 국내 법원은 은행의 면책특권을 박탈할 수 있는 정당한 이유를 갖게 된다.

3. '다자개발은행' 면책특권의 균형: 두 가지 사례

면책은 죄가 있어도 벌하지 않는다는 것이 아니다. 유럽인권재판소(ECHR)가 Waite and Kennedy사건에서 판결한 것처럼 "······관할권

---

713) 이 사건에서 캐나다 기업은 10년 동안 세계은행 프로젝트에 참여할 수 없다는 판결을 받았다. 「교차제재협정」에 따라 그 제재조치는 다른 '다자개발은행' 프로젝트에도 마찬가지로 적용된다. World Bank, "World Bank Debars SNC-Lavalin Inc. and its Affiliates for 10 years", April 17, 2013, http://www.worldbank.org/en/news/press-release/2013/04/17/world-bank-debars- snc-lavalin-inc-and-its-affiliates-for-ten-years(visited October 1, 2016).

714) The World Bank Group Integrity Vice Presidency Annual Update Fiscal Year, 2015, p. 15, footnote 1.

과⋯⋯면책특권의 부여 여부를 결정하는 중요한 요소는 신청인이 다른 합법적인 경로를 통해 구제를 받을 수 있는지 없는지, 그리하여 공약에 따른 신청인의 권리를 효과적으로 보호할 수 있는지 하는 것이다."[715] 국제사법재판소(ICJ)가 이런 견해의 손을 들어준 것은 한 번이 아니다.[716] 그러므로 개인 당사자가 누리는 공정한 재판을 받을 수 있는 권리가 '다자개발은행' 면책특권의 중요한 조건으로 된다. 이 또한 '다자개발은행'이 기능적 필수원칙을 제외하고 사법면제를 누리는 또 하나의 이유이기도 하다. 그리고 '다자개발은행'의 면제는 그 권리를 침해하여서는 안 된다. 그러므로 '다자개발은행'은 반드시 적절한 분쟁해결제도를 구축하여 면책특권의 행사에 필요한 보충과 균형으로 삼아야 한다. 행정재판소와 문책 메커니즘은 면책특권의 균형을 위한 두 가지 대표적인 제도적 장치로서 각각 상기의 첫 번째 경우와 두 번째 경우의 도전에 대응하게 된다.

(1) 행정재판소

'다자개발은행'과 그 직원 간의 고용분쟁에 있어서[717] 은행은 그 회원국에서 사법 면책특권을 누릴 수 있다. 그 면책특권의 균형을 잡고 또 은행 직원들이 구제를 받을 수 있도록 보장하기 위하여 매개 은행

---

715) ECHR, Case of Waite and Kennedy v. Germany (Application no. 26083/94) 18 February 1999, para. 68.
716) 면책특권에 대한 국제사법재판소의 주장은 Cumaraswamy사건에서 반영되었으며 그리고 1954년에 Effect of Awards 사건에 대해 발표한 자문의견에서도 반영되었다. Rutsel Silvestre J. Martha, "International Financial Institutions and Claims of Private Parties", in Hassane Cisse, etc.(ed.), The World Bank Legal Review, Vol. 3(2012), p. 118.
717) '다자개발은행'의 직원은 현직 또는 전직 직원을 가리킨다.

마다 노동쟁의를 해결하는 독립적인 사법제도로서 행정재판소를 설치하였다. 행정재판소는 은행 관리위원회로부터 독립되고 자주권을 가지며 그 판결은 최종성과 구속력을 가진다.

매개 '다자개발은행' 행정재판소는 법관의 수가 각기 다르며 일반적으로 3명의 법관으로 한 재판소를 구성하여 사건을 심리한다.[718] 먼저 은행 총재가 재판관 인원 명단을 작성한 뒤 이사회에서 임명한다.[719] 재판소는 소규모의 비서처 또는 등기처를 두고 사건의 고소장을 접수하고 보존하며 전달하는 역할을 맡는다.[720]

재판관은 고급사법인원의 임직자격을 갖추었거나 또는 공인 받는 법학 전문가여야만 한다.[721] 재판관의 임기는 고정되어 있고, 임기 내에는 독립적으로 직권을 행사한다.[722] 재판관은 현재 또는 과거에 은행과 직원 고용관계가 있어서는 안 되며,[723] 임기가 만료된 후에도 은

---

718) 세계은행의 상황은 특별하다. 일반적으로 5명의 재판관으로 재판소를 구성하며 또 3명의 재판관으로 재판소를 구성하는 경우도 있다. World Bank Administrative Tribunal Statute(as amended June 18, 2009), Art. V, https://webapps.worldbank.org/sites/wbat/Pages/Statute.aspx (visited December 10, 2016).

719) World Bank Administrative Tribunal Statute(as amended June 18,2009), Art. IV. 2, https://webapps.worldbank.org/sites/wbat/Pages/Statute.aspx(visited December 10, 2016).

720) Statute of the Administrative Tribunal of the AfDB, Art. VIII. available at http://www.afdb.org/fileadmin/uploads/afdb/Documents/Administrative-Tribunal/Statute%20of%20the%20Administrative%20Tribunal_1312.pdf (visited December 10,2016).

721) 재판소 구성원은 고용분쟁, 국제 공무, 국제기구 관리 등과 관련 분야에서 전문성을 갖춰야 한다. World Bank Administrative Tribunal Statute(as amended June 18, 2009), Art. IV. 1, https://webapps.worldbank.org/sites/wbat/Pages/Statute.aspx(visited December 10,2016).

722) Statute of the Administrative Tribunal of the AfDB, Art. VI. 4 and Art. VII. 1, available at http://www.afdb.org/fileadmin/uploads/afdb/Documents/Administrative-Tribunal/Statute %20of%20the%20Administrative%20Tribunal_1312.pdf(visited December 10,2016).

723) World Bank Administrative Tribunal Statute(as amended June 18, 2009), Art. IV. 1, https://webapps.worldbank.org/sites/wbat/Pages/Statute.aspx(visited December 10, 2016).

행과 직원 고용협의를 체결하지 못한다.[724] 재판소는 은행이 고용계약을 지키지 않고, 임명기간 및 조건의 규정을 이행하지 않은 것에 대한 은행직원의 고소를 들어준다. 수리하는 사건의 범위에는 직원 복지의 지급, 승진, 실적평가, 이직 및 직원에 대한 징계관리조치 등이 포함된다.[725] 대응되는 구제에는 배상, 그리고 은행이 내린 논란이 있는 행정결정의 취소 또는 시정이 포함된다.[726] 행정재판소의 판결은 은행 내부 법규의 규정에 근거한다. 여기에는 정관·은행규범·규정·정책 및 절차규정이 포함된다.[727] 아프리카개발은행의 행정재판소는 기타 '다자개발은행'의 법규규정을 참조하여 자체 법규문서를 해석할 수 있다. 행정재판소는 또 국제기구의 고용분쟁에 관한 국제행정법 기본원칙을 적용한다. 행정재판소가 내린 판결과 지령은 모두 공식 웹 사이트를 통해 공개한다. 이런 사건들은 국제행정법의 내용을 한층 더 충실히 할 수 있다. 행정재판소는 피해를 받은 고용직원이 구제를 받을 수 있는 최후의 수단으로서 은행 내부의 다른 구제조치를 다 써본 다음에야 적용할 수 있다.[728] 예를 들어, 아프리카개발은행은

---

724) World Bank Administrative Tribunal Statute(as amended June 18, 2009), Art. IV. 1, https://webapps.worldbank.org/sites/wbat/Pages/Statute.aspx(visited December 10, 2016).

725) http://www.afdb.org/en/about-us/organisational-structure/administrative-tribunal/.

726) World Bank Administrative Tribunal Statute(as amended June 18, 2009), Art. XII. 1, https://webapps.worldbank.org/sites/wbat/Pages/Statute.aspx(visited December 10, 2016). Statute of the Administrative Tribunal of the AfDB, Art. XIII.

727) Statute of the Administrative Tribunal of the AfDB, Art. V, available at http://www.afdb.org/fileadmin/uploads/afdb/Documents/Administrative-Tribunal/Statute%20of%20the%20Admin-istrative%20Tribunal_1312.pdf(visited December 10, 2016).

728) 어떤 경우에는 행정구제가 이미 끝난 것으로 간주할 수 있다. 예를 들면 신고인과 은행이 모두 사건을 행정재판소에 직접 회부하는 것에 동의하는 경우이다. Statute of the Administrative Tribunal of the IMF(as amended 2009), Art. V, available at https://www.imf.org/external/imfat/statute. htm(visited February 25, 2017).

업무 평가·성희롱 또는 직원 연금계획과 같은 관련 민원을 다루는 일부 전문기관들을 두고 있다. 그중 일부 기관은 상설기관이고, 또 일부는 개별적인 민원을 처리하기 위해 설치한 임시 기관이다.[729] 세계은행에도 이와 비슷한 메커니즘이 배치되어 있다. 즉 신고인은 반드시 기타 구제수단을 다 써본 후에야 행정재판소의 심리절차를 밟을 수 있다.[730]

'다자개발은행'과 일부 국제기구 간에 협의가 체결된 경우에는 행정재판소의 관할범위를 이런 기타 국제기구에까지 확대할 수 있다.[731] 즉 이러한 국제기구 내에 고용분쟁을 처리할 수 있는 전문기관이 없거나 또는 어떤 원인으로 전문기관이 제 기능을 발휘할 수 없을 경우 '다자개발은행'의 행정재판소를 이용하여 분쟁을 해결할 수 있다.

(2) 문책 메커니즘

'다자개발은행'은 업무를 전개할 때 "개발도상회원국에 대한 환경피해를 피하고 은행의 환경보호 및 사회개발 목표를 모든 활동과정에

---

729) 아프리카개발은행 상설 전문 기관에는 감찰원·직원상소위원회·징계위원회·퇴직연금 상소위원회 등이 포함된다. 임시 특설 기관에는 특수직종별 상소위원회·희롱조사반 등이 포함된다. http://www.afdb.org/en/about-us/organisational-structure/administrative-tribunal/(visited December 10, 2016).

730) 예를 들어, 세계은행은 직장 내 관련 불만을 전문 다루는 내무사법부를 설립하였다. http://web.worldbank.org/WBSITE/EXTERNAL/EXTABOUTUS/ORGANIZATION/ORGUNITS/EXTCRS/0,,menuPK:64165918-pagePK:64165931-piPK:64166031-theSitePK:465567,00.html(visited December 26, 2016).

731) World Bank Administrative Tribunal Statute(as amended June 18, 2009), Art. XV, https://webapps.worldbank.org/sites/wbat/Pages/Statute.aspx(visited February 25, 2017). 다른 국제기구들도 이와 비슷한 메커니즘을 가지고 있다. Statute of the Administrative Tribunal of the IMF(as amended 2009), Art. XXI를 참고하라.

서 이행해야 한다."[732] 일단 '다자개발은행' 업무활동으로 인하여 현지의 환경과 사회가 파괴되었을 경우 '다자개발은행'은 이에 상응하는 책임을 져야 한다. 그러나 은행이 프로젝트 소재지 재판소의 관할을 받지 않기 때문에 은행 내부에 분쟁해결제도, 즉 문책 메커니즘을 설립할 필요가 있다. 문책 메커니즘은 '다자개발은행'이 프로젝트의 악영향을 받은 사람들의 민원을 처리하기 위한 법규제도이다.[733] '다자개발은행'은 민원을 해결해야 할 법적 의무가 있다. 그 민원은 프로젝트의 환경적, 사회적 영향에 대한 사람들의 우려에서 비롯되며 비자발적인 인력 배치, 인권침해 등의 문제와 관련된다. 문책 메커니즘은 주로 은행직원의 직책의 이행여부, 프로젝트 설계 및 실행에 관한 규정의 이행여부에 대해 심사한다.[734]

1993년 세계은행이 최초로 문책 메커니즘을 만들었다.[735] 「감사단을 설립하는 데에 관한 결의」(the Resolution Establishing the

---

732) Gunther Handl, The Legal Mandate of Multilateral Development Banks As Agents for Change Toward Sustainable Development, 92 Am. J. Int' I L,642,664(1998).

733) 본 장에서 필자는 협의적인 문책 메커니즘의 개념을 채용하였다. 광의적 문책 메커니즘에는 세계은행 감사단(Inspection Panel) 외에 기타 문책기관들도 포함된다. 세계은행을 예로 들면, 그 문책기관들로는 행정재판소(the Administration Tribunal)·내부감사부(the Internal Auditing Department)·독립평가단(the Independent Evaluations Group)·청렴 담당 부총재(the Integrity Vice Presidency) 등이다. Evarist Baimu and Aristeidis Panou, "Responsibility of International Organizations and the World Bank Inspection Panel", in Hassane Cisse, Daniel D. Bradlow, Benedict Kingsbury(ed,), The World Bank Legal Review, Vol. 3(2012) pp. 151-153.

734) 은행규칙이란 "프로젝트의 설계 평가 및 실행과 관련된 은행업무정책 및 절차규정"을 가리킨다. World Bank, The First Review of the Resolution Establishing the Inspection Panel in 1996("the 1996 Clarifications"), Section entitled "Eligibility and Access".

735) 감사단의 설립에 관한 상세한 내용은 World Bank, "The Inspection Panel P. 15 Years" (2009), at 3-4, available at http://documents. worldbank.org/curated/en/997441468157510017/ The-inspection-panel-at-fifteen- years(2016년 12월 22일 방문)를 참고하라.

Inspection Panel, or the Resolution)[736]에 따라 감사단은 세계은행의 구성기관이지만, 또 은행 관리위원회로부터 독립되어 있다.[737] 우선 감사단은 은행총재가 아닌 이사회에 업무보고를 해야 한다.[738] 감사단은 3명의 상임 구성원으로 구성되었으며,[739] 매 기의 임기는 5년이고 연임할 수는 없다.[740] 감사단 구성원은 임직 이전 2년 내에 세계은행에서 기타 임직경력이 있어서는 안 되며,[741] 또 임기 만료 후 세계은행에서 기타 어떤 직무도 맡을 수 없다.[742] 감사단은 별도의 비서실을 둔다.[743] 심사단의 독립성은 실천과정에서도 반영된다. 예를 들면 감사단 단원 중에는 비정부 환경보호조직 근무경력이 있는 단원도 있는데, 은행운영에 존재하는 문제점을 예리하게 발견할 수 있는 경우도 있고,[744] 청구자격과 기술적격 문제를 심사할 때 감사단은 늘 관리위원회와 의견이 맞지 않는 경우도 있으며,[745] 심지어 감사단이 관

736) 세계은행 이사회는 1993년 처음으로 감사단 설립 결정을 발표하였고, 1996년과 1999년에는 감사단 업무에 대하여 「재검토」하고 「설명」을 발표하였다. World Bank, "The Inspection Panel at 15 Years" (2009), at 202-13, available at http://documents. worldbank.org/curated/en/997441468157510017/The-inspection-panel-at-fifteen- years(2016년 12월 22일 방문).

737) Andres Rigo Sureda, "Process Integrity and Institutional Independence in International Organizations: the Inspection Panel and the Sanctions Committee of the World Bank", in Laurence Boisson de Chazournes et al.(eds), International Organizations and International Dispute Settlement(Transnational Publishers, 2002), p. 172.

738) The Inspection Panel at the World Bank: Operating Procedures(April 2014), p. 7.

739) The Resolution, para. 2.

740) The Resolution, para. 3.

741) The Resolution, para. 5.

742) The Resolution, para. 10.

743) The Inspection Panel at The World Bank: Operating Procedures(April 2014), p. 7.

744) Ibrahim F. I. Shihata, The World Bank Inspection Panel: In Practice(New York: Oxford University Press, 2000), second edition, pp. 206-207.

745) Ibrahim F. I. Shihata, The World Bank Inspection Panel: In Practice(New York: Oxford University Press, 2000), second edition, pp. 206-207.

리위원회를 거리낌 없이 솔직하게 비판한 경우도 있다.[746]

시간이 흐름에 따라 감사단제도가 중요한 장점과 성과를 보이기 시작하였다. 첫째, 현지 지역사회에서 발송한 서한이 종종 무시당하는 상황에서 감사단의 주장은 은행 최고위층의 즉각적인 관심을 불러일으켜 긍정적인 결과를 낳을 수 있다.[747] 둘째, 감사단제도는 은행의 회사관리구조를 보완하여 관리위원회의 권력을 균형잡는 역할을 발휘한다. 셋째, 감사단은 은행의 규칙에 대한 역동적 해석과 적용을 통해 규칙제정의 절차와 질을 개선하였다. 넷째, 감사단제도는 또 뜻밖의 이득을 가져다준다. 즉, 은행이 공신력 있는 재판에 직면하게 될 경우 스스로를 변호할 수 있는 기회를 갖게 되는 것이다.[748] 특히 일부 사람들은 정확한 정보가 부족한 상황에서 프로젝트 실패의 책임을 함부로 은행에 돌리는 경우가 있는데, 이때 은행의 변호 기회는 각별히 중요하다.

2017년 6월 24일까지 감사단이 접수 처리한 사건은 119건에 이른

---

746) Andres Rigo Sureda, "Process Integrity and Institutional Independence in International Organizations: the Inspection Panel and the Sanctions Committee of the World Bank", in Laurence Boisson de Chazournes et al. (eds), International Organizations and International Dispute Settlement(Transnational Publishers, 2002), p. 173.

747) 예를 들어, 감사단은 제임스 울펀슨(James Wolfensohn) 당시 세계은행 총재로 하여금 아룬 댐 (arun dam) 프로젝트를 취소하도록 하였다. 그리고 또 다른 신고는 자무나 대교(Jamuna Bridge) 프로젝트에서 현지 주민들의 안치문제를 해결하였다. David Hunter, "Using the World Bank Inspection Panel to Defend the Interests of Project-affected People", 4 Chi. J. Int' lL. 201 2003, p. 210.

748) Ibrahim F. I. Shihata, The World Bank Inspection Panel: In Practice(New York: Oxford University Press, 2000), Second edition, p. 240.

다.[749] 기타 다자개방은행들도 감사단의 방식을 본받아 각자의 준법심사메커니즘을 구축하였다.[750] 일반적으로 이런 '다자개발은행'은 결재와 결정을 공개하고, 사건의 구체적인 처리과정을 설명하며 행위자가 법을 어긴 부분에 대해 논술하여 외부에서 감사단의 결재방향을 파악하는데 편리를 제공한다. 그렇기 때문에 이러한 소중한 판례들은 '다자개발은행'간 통일법(droit commum)의 형성을 촉진하였다.[751] 더욱 중요한 것은 이들 사례는 또 국제인권법·국제환경법·국제행정법을 포함한 국제법의 기타 가지의 내용을 풍부하게 한다는 것이다.[752]

아투행은 설립 초기부터 공신력을 갖춘 문책 메커니즘의 구축을 우선 임무로 삼았다. 「아투행협정」(Articles of Agreement, AOA)은 관리위원회와 그 업무에 대한 감독 메커니즘을 구축할 것을 이사회에 명확히 요구하고 있다. 그리고 그 메커니즘은 마땅히 일반적인 규정이어야 하며, "공개·투명·독립·책임"의 원칙에 부합해야 한다.[753]

---

749) 사건 리스트는 아래 링크를 보라. http://ewebapps.worldbank.org/apps/ip/Pages/Panel_ Cases. aspx(2017년 6월 24일 방문).

750) 이러한 문책 메커니즘에는 다음과 같은 것이 포함된다. 미주개발은행이 1994년에 설립한 독립조사기구인데 2010년에 독립자문및조사기구로 개진하였다. 아시아개발은행이 1995년에 감찰기능을 신설하였고 2003년에 그 토대 위에 문책기구(즉 영구적 심사위원회를 설립하고 2012년에 그 기능을 업그레이드시켰다. 글로벌금융회사와 다자투자담보기구가 1999년에 자문감찰전문인 원제도를 설립하였다. 유럽부흥개발은행이 2003년에 독립조사제도를 설립하였다. 아프리카개발은행이 2004년에 독립심사제도를 수립하고 2010년과 2015년에 잇달아 업그레이드시켰다.

751) "통일법"은 동류 국제기구의 발전 과정에서 서로 간에 기준과 규칙 및 절차 메커니즘을 참고하여 규칙의 조화와 유사성 심지어는 통일화를 실현하는 것을 가리킨다. Laurence Boisson de Chazournes, "Partnership, Emulation, and Coordination: Toward the Emergency of a Droit Commum in the Field of Development Finance", in Hassane Cisse, Daniel D. Bradlow, Benedict Kingsbury(ed.), The World Bank Legal Review, Vol. 3(2012), p.174.

752) Daniel D. Bradlow, "International Organizations and Private Complaints: The Case of The World Bank Inspection Panel", 34 Va.J.Int' l L. 553 1993~1994, pp. 608-610.

753) AIIB AOA Article 26(iv).

「아투행의 환경 및 사회 책임 프레임」은 지속가능한 발전의 3요소인 경제·사회·환경의 종합적이고 조화로운 발전을 실현하는데 진력한다.[754] 이를 위해 특별히 하나의 감독 메커니즘을 구축하여 프로젝트와 관련된 고소를 처리하고, 환경 및 사회 목표의 정착을 추진해야 한다고 지적하였다.[755] 그 문책 메커니즘은 건설 중에 있는데 현재 1차 공개 의견수렴 작업을 마쳤다.[756] 아투행의 계획은 두 차례의 공개 의견수렴을 거친 뒤 2017년 말에 이사회에 회부하여 비준을 받는 것이다.[757] '다자개발은행'은 또 비슷한 문책 메커니즘을 실시하고 있는 기타 국제금융기관과 함께 독립적인 문책 메커니즘 연맹(the Network of Independent Accountability Mechanisms)을 구축한다.[758] 이 연맹 메커니즘 하에서 여러 회원조직은 서로 교류하고 서로 참고하면서 회사 관리 중의 중요한 일환인 문책 메커니즘의 발전을

---

754) AIIB Environmental and Social Framework(February 2016), Vision, para. 7.
755) 「아투행의 환경 및 사회 책임 프레임」 (2016년 2월 발표) 제64단락은 감독 메커니즘에 대해 다음과 같이 규정하고 있다. "64. 은행의 감독 메커니즘. 은행이 사회 및 환경 정책을 실시하는 과정에 누군가 불리한 영향을 받았거나 또는 불리한 영향을 받을 가능성이 있다고 여겨질 경우 은행의 감독기구에 제소할 수 있다. 은행은 상응한 시스템을 구축하고 제소의 근거가 되는 정책과 절차를 제정해야 한다."
756) AIIB, "Call for Public Consultation for the Proposed Asian Infrastructure Investment Bank(AIIB) Complaints Handling Mechanism", 27 April 2017, available at https://www.aiib.org/en/policies-strategies/_download/consultation/consultation_aiib.pdf(visited June 24, 2017).
757) AIIB, "Call for Public Consultation for the Proposed Asian Infrastructure Investment Bank(AIIB) Complaints Handling Mechanism", 27 April 2017, https://www.aiib.org/en/policies-strategies/_download/consultation/consultation_aiib.pdf(visited June 24, 2017).
758) 독립적 문책 메커니즘 연맹의 회원에는 아프리카개발은행(AfDB)·아시아개발은행(ADB)·유럽부흥개발은행(EBRD)·유럽투자은행(EIB)·미주개발은행(IDB)·일본국제협력은행(JBIC)·일본수출투자보험회사(NEXI)·해외민간투자회사(OPIC)·유엔개발계획(UNDP) 및 세계은행그룹 산하 국제 금융회사와 다자투자담보기구가 포함된다. http://ewebapps.worldbank.org/apps/ip/Pages/Related%20 Organizations.aspx(2016년 12월 22일 방문).

추진한다.[759] '다자개발은행'의 면책특권은 적용범위가 광범위한데, 은행 자체, 은행직원, 은행자산 및 은행서류가 포함된다. 면책특권은 입법과 행정 및 사법 과정에서 구현된다. 사법에는 재판 전의 차압하는 행위가 포함될 뿐만 아니라 재판 후의 강제집행 절차도 포함된다. 이처럼 포괄적인 면책특권을 '다자개발은행'에 부여하는 것은 은행의 독립적이고 정상적인 운영을 보장하기 위해서다.

실천 속에서 '다자개발은행'은 제한적 면책특권의 이론을 따른다. 그 이론들은 다음과 같은 몇 가지 경우가 면책특권의 예외가 되는 경우임을 보편적으로 인정한다. 첫째, 은행이 면책특권의 포기를 명확히 밝혔을 경우, 둘째, '다자개발은행'이 외부 상업무역을 진행하였을 경우, 셋째, '다자개발은행' 본부 소재국에서 은행이 초래한 도로교통 사고로 인한 민사소송의 경우이다.

이와 동시에 '다자개발은행'의 면책특권에는 아직도 적지 않은 회색지대가 존재한다. 비판자들은 그런 회색지대를 은행의 면책특권에 도발하는 사유로 삼을 수 있다. 이 부분에 대해 은행들은 특히 주의를 기울일 필요가 있다. 그중 일부 사유는 이미 사법소송을 초래하였다. 예를 들면 직원고용 분쟁 및 국내 사법계와 협력하는 경우다. 또 어떤 경우는 앞으로 도전을 받을 수도 있는 경우다. 그래서 그런 회색지대는 '다자개발은행'의 면책특권을 검증하는 '시금석'이 된다.

원칙적으로 '다자개발은행'의 면제는 그 영향을 받는 개인 당사자들이 공정한 구제를 받을 권리를 침해해서는 절대로 안 된다. 그렇지만

---

759) The Inspection Panel at the World Bank: Operating Procedures(April 2014), p.21, footnote 11.

절대적 면제든 제한적 면제든 죄를 범하여도 벌하지 않기 위한 것은 절대 아니다. 그러므로 '다자개발은행'은 적절한 분쟁해결 메커니즘을 구축하여 관련 주체들이 공평한 구제를 받을 수 있도록 보장할 필요가 있다. 이는 사법 면책특권에 대한 균형과 보충일 뿐만 아니라 직무상 필요한 원칙 외에 '다자개발은행'의 면책특권을 수호하는 또 하나의 지원 이유이기도 하다.

'다자개발은행'은 공평하고 고효율적인 분쟁해결 메커니즘을 구축하기 위해 노력을 아끼지 않고 있으며, 세인이 주목하는 큰 성과를 거두었다. 그중 행정재판소와 문책 메커니즘은 하나의 본보기라고 할 수 있다. 그 두 가지 제도는 은행 면책특권의 균형을 잡는 과정에 총체적으로 독립적이고 공정한 방향으로 끊임없이 발전하고 있다.

제5부분

아투행의 분쟁 해결

메커니즘

제8장
'다자개발은행'의 분쟁해결 개요

집행은 국제법상에서 줄곧 어려운 문제가 되어 왔다. 국제기구는 자기가 관리하는 조약을 이행하기 위해 온갖 노력을 아끼지 않는다. 그 노력 중의 한 가지가 바로 내부적으로 분쟁해결 메커니즘을 확립하는 것이다. 그중에서도 세계무역기구(WTO)의 회원 간 무역정책의 분쟁을 처리하는 제도가 가장 뛰어나다.[760] 그러나 '다자개발은행'(MDBs)은 WTO식의 통일된 분쟁해결 메커니즘이 없다.[761] 여러 '다자개발은행'은 아무리 서로 비슷하다 해도 각자 자체의 분쟁해결 메커니즘을 가지고 있을 뿐만 아니라 매개 '다자개발은행' 내부에는 또 서로 다른 유형의 문제를 처리할 수 있는 여러 가지 분쟁해결 메커니즘을 가지고 있다.

'다자개발은행' 분쟁해결 메커니즘 중 두 개의 분명한 플랫폼은 문책 메커니즘과 제재제도이다. 문책 메커니즘은 '다자개발은행' 프로젝트로 인해 불이익을 받은 사람들의 신고를 해결하기 위한 취지에서

---

760) 관세무역일반협정(GATT)의 외교 규범과는 반대로 세계무역기구의 분쟁해결제도는 회원이 규범을 지키도록 하는데 필수인 "치아"를 가지고 있으며, "기존의 모든 조약제도 중 가장 발달한 분쟁해결제도"로 간주되고 있다. David Palmeter, The WTO As a Legal System, 24 Fordham International Law Journal 444 2000, p.468.

761) '다자개발은행'은 아프리카개발은행그룹(AfDB)·아시아개발은행(ADB)·아시아인프라투자은행(AIIB)·유럽부흥개발은행(EBRD)·미주개발은행(IDB)·세계은행그룹(WBG)·브릭스신개발은행(NDB)을 가리킨다. 광범위한 의미에서 '다자개발은행'에는 또 유럽투자은행(EIB)도 포함된다.

고안되었다.[762] 그러한 신고는 환경과 사회에 미치는 영향에 대한 우려에서 비롯된다. 여기에는 강제 철거와 인권침해가 포함된다. 문책 메커니즘의 핵심은 은행직원이 프로젝트의 설계 및 이행과 관련된 정책 및 절차의 의무를 이행하였는지 여부를 조사하는 것이다.

제재제도는 주로 프로젝트 조달과정과 관련되는 기업의 부패행위와 사기행위를 단속한다. 여기에는 계약 경쟁입찰 단계와 계약이행 단계가 포함된다. 과거에는 제재제도가 주로 내부적인 것이고 은행 관리위원회가 관리하였지만, 지금은 독립적이고 준사법적인 분쟁해결 메커니즘으로 변화하고 발전하였다. 2심 종심을 실시할 뿐만 아니라 판결결과가 집행효력과 억지효과를 갖고 있다.

'다자개발은행' 법규에 규정된 기타 분쟁해결 플랫폼에는 다음과 같은 것이 포함된다. ① '다자개발은행'과 외부의 상업거래와 관련된 것. 이런 경우 면책특권이 포기되기 때문에 '다자개발은행'은 법적 소송을 당할 수도 있다. ② '다자개발은행'과 그 직원들 간의 노동 분쟁과 관련된 것. ③ '다자개발은행' 협정(Articles of Agreement, AOA)의 해석 및 적용에 관한 분쟁. ④ '다자개발은행'의 해산 또는 회원 탈퇴와 관련된 분쟁을 처리함에 있어서 협정은 중재의 분쟁해결 방식을 명확히 규정하였다. ⑤ '다자개발은행'과 차관국 간의 대출협의와

---

762) 본 장에서 문책 메커니즘의 정의는 협의적이다. 광범위한 의미에서의 문책 메커니즘에는 감사단 외에도 세계은행의 경우 행정재판소·내부감사부(IAD)·독립평가단(IEG)·부패척결국(INT)과 같은 다른 기구들이 포함된다. Evarist Baimu and Aristeidis Panou, "Responsibility of International Organizations and the World Bank Inspection Panel", in Hassane Cisse, Daniel D. Bradlow, Benedict Kingsbury(ed.), The World Bank Legal Review, Vol. 3(2012), pp. 151-153.

관련된 것. 쌍방 사이에 계약분쟁이 발생하면 국제 중재에 호소한다. 상기의 5가지 분쟁해결 플랫폼은 문책 메커니즘과 제재 메커니즘에 비해 광범위하게 활용되지 못하고 있어 영향력이 제한되어 있다.

분쟁해결 메커니즘은 국제법을 집행하는 최후의 선택이다. WTO의 분쟁해결제도는 "치아(齒牙)"를 가지고 있기 때문에,[763] 줄곧 양호한 집행기록을 유지하고 있다. '다자개발은행'은 비록 그에 견줄 수 있는 집행제도는 없지만, 분쟁해결제도는 다양한 분쟁을 처리함에 있어서 여전히 훌륭한 역할을 발휘하고 있다. 국제금융법의 소프트한 법(soft law)의 속성을 감안할 때 이는 매우 드문 일이다. 아시아인프라투자은행(AIIB 또는 '아투행')은 중국의 제안으로 설립된 첫 '다자개발은행'으로 줄곧 전 세계의 주목을 받아왔다. 아투행의 목표는 21세기를 지향하는 새로운 '다자개발은행'으로 건설하는 것이며, 채용한 업무모델은 "정예·청렴·녹색"이다. 공정하고 효과적인 분쟁해결 메커니즘이 있어야만 높은 기준을 실현할 수 있다. 본 장에서는 아투행 내부분쟁 해결 메커니즘의 건설에 초점을 맞추고자 한다.

1. 문책 메커니즘

'다자개발은행'의 문책 메커니즘은 '다자개발은행' 운영의 영향을 받는 제3자의 우려에 응답하였다. 은행이 차관국 내 어떤 프로젝트에 투자해야 할 것인지 자금 사용에 어떤 조건을 붙여야 할 것인지를 결

---

763) "치아"는 주로 상소심사, 의사결정에서의 역방향 협상 일치, 정식 감독 집행에서 기인한다. 여기에는 보복 수권과 시한제한 등 제도적 배치가 포함된다.

정해야 하기 때문에, 문책 메커니즘은 은행이 이러한 결정을 내리고 실행하는 방식에 대해 고찰한다. 이를 위해서는 의사결정의 근거가 되는 정보를 어떻게 수집하고 분석할 것인지, 그리고 의사결정에 누구를 참여시킬 것인지를 명확히 해야 한다.[764] 은행이 유일한 책임을 지며 이러한 방면에 관련되는 차관국의 책임이 제한되어 있다는 것도 중요한 것은 아니다.[765] 그렇기 때문에 직접적 영향을 받는 개인만이 은행에 이러한 행위에 대한 책임을 지도록 할 수 있다.

(1) 세계은행 감사단

세계은행은 1993년에 유사한 기구 중 최초의 문책 메커니즘을 만들었다.[766] 「감사단 설립에 관한 결의」("결의")에 따라[767] 감사단은 본질적으로 사실조사기구로서 조사보고서의 발표를 통해 세계은행의 정책이행 상황을 평가한다.[768] 감사단은 은행총재가 아니라 집행이사회에만 보고한다.[769] 감사단의 운영절차는 4개의 서로 다른 단계로 나뉜다. 즉 접수와 등록, 적격성 확인, 조사, 사후 조사단계의 4개 단계이

---

764) Daniel D. Bradlow, "International Organizations and Private Complaints: The Case of the World Bank Inspection Panel" , 34 Va. J.Int' l L. 553, 1993-1994, p. 605.

765) Daniel D. Bradlow, "International Organizations and Private Complaints: The Case of the World Bank Inspection Panel" , 34 Va. J.Int' l L. 553, 1993-1994, p. 605.

766) 감사단 설립 과정과 관련된 자세한 과정은 World Bank, "The Inspection Panel at 15 Years" (2009), pp. 3-4를 참고하라. available at http://documents.worldbank.org/curated/en/997441468157510017/The-inspection-Panel-at-fifteen-years(visited November 22, 2016).

767) The text of the Resolution Establishing the Inspection Panel(September 22, 1993) is available at http://ewebapps.worldbank.org/apps/ip/PanelMandateDocuments/Resolution 1993. pdf(visited November 21, 2016).

768) The Resolution, para. 22.

769) The Inspection Panel at the World Bank: Operating Procedures(April 2014), p. 7.

다. 제1단계는 차관국 내에서 세계은행 프로젝트의 직접적인 영향을 받는 인원으로부터 감찰 청구를 접수하고 등록하는 단계이다.[770] 청구를 통해 신청인이 기타 모든 구제방법을 다 강구해봤음을 증명해야 하며, 우선 세계은행 직원들에게 행동을 취할 수 있는 합리적인 기회를 제공해야 한다.[771] 쟁의가 있는 프로젝트와 관련된 청구는 수시로 제기할 수 있다.[772] 감사단은 청구를 접수한 후 15일 내에 청구에 대해 심사하고 등록결정을 내리게 된다.[773]

제2단계는 적격성을 확인하고 조사의 진행여부에 대한 건의를 제기하는 단계이다. 이 단계는 감사단이 은행 관리위원회·집행이사회·차관국에 등기 통보하는 것에서부터 시작된다. 은행 관리위원회는 등기 통보를 받은 후 21일 이내에 회답해야 한다. 감사단은 관리위원회의

---

770) 영향을 받는 사람은 반드시 2명 이상이어야 하며 또 현지 대표도 제소할 수 있는 자격이 있다. 그러나 국제 비정부조직은 반드시 "적절한 현지 대표가 없는 경우"에만 영향을 받는 사람을 대표할 수 있다. 그밖에 집행이사회가 감사단에 조사를 전개하라고 지시할 수 있다.

771) 감사단의 「업무 절차」에는 다음과 같이 규정하고 있다. "청구서에는 그 문제에 대한 은행 직원의 관심을 부르기 위해 취한 조치와 노력에 대해 기술해야 하며(가능하다면 날짜·연락인 및 본부와의 통신 사본을 포함해야 함) 또 고소인의 시선으로 볼 때 세계은행의 답변이 불충분한 이유를 설명해야 한다." The Inspection Panel at the World Bank: Operating Procedures(April 2014), p. 11.

772) 대출 발행률이 95% 미만이어야 한다는 것이 유일한 조건이다. 이에 비해 아시아개발은행이 제소를 접수하는 마감일은 대출 발행이 완료된 후 2년 내이다. The Inspection Panel at the World Bank: Operating Procedures(April 2014), at 10. ADB, Accountability Mechanism Policy 2012, Executive Summary, viii.

773) 등기의 조건에는 다음과 같은 것들이 포함된다. (a) 청구가 경솔하거나, 터무니없거나 또는 익명이 아닌 경우여야 한다. (b) 분쟁 프로젝트가 본 은행의 프로젝트인 경우여야 한다. (c) 적어도 프로젝트의 한 부분이 상해와 합리적으로 연관된 경우여야 한다. (d) 관련 대출이 아직 종료되지 않았거나 또는 대체로(95% 이하) 아직 방출되지 않은 경우여야 한다. (e)이 일은 조달과 무관한 경우여야 한다. (f) 감사단은 이전에 그 사항에 대해 건의한 적이 없는 경우여야 한다. The Inspection Panel at the World Bank: Operating Procedures(April 2014), pp. 12-13.

회답을 받은 후 별도의 21일간 청구의 적격성을 확인하고,[774] 집행이
사회에 조사를 건의할지의 여부를 결정한다.[775] 이 단계는 집행이사회
가 조사건의를 찬성(또는 반대)하는 것으로 종결된다.[776]

제3단계는 청구서에 제기된 주장에 대해 조사를 진행하는 단계이
다. 일단 조사가 허용되면 감사단은 모든 은행 직원에 대한 조사를
포함해 광범위한 조사권한을 갖게 된다.[777] 조사과정에 감사단은 프
로젝트의 진행을 지연시키거나 중지시킬 권리가 없다.[778] 그러나 긴
급한 관심을 요하는 사항은 집행이사회와 관리위원회에 알릴 수 있
다.[779] 공동융자 프로젝트와 관련될 경우 감사단은 기타 관련 국제금

---

774) 감사단은 6가지 적격성 기준에 부합하는지 여부를 확인해야 한다. 그 기준들은 1999년 결의안(제
9단락)에 규정되어 있으며 등기 청구에 적용된 기준과 비슷하다. 그 기준들은 다음과 같다. (a) 영
향을 받은 당사자는 공동의 이익과 관심사를 가진 2명 또는 2명 이상의 인원으로 구성되며 그들
은 차관국의 영토 내 인원이어야 한다. (b) 청구서에서는 본 은행이 운영정책과 절차를 엄격히 위
반하여 청구자에게 중대한 악영향을 이미 끼쳤거나 끼칠 가능성이 있다고 실질적으로 주장해야
한다. (c) 청구서에는 해당 문제에 대해 관리위원회가 관심을 돌릴 것을 요청하였다고 주장하며
청구자의 관점에서 보면 관리위원회가 세계은행의 정책 및 절차를 이미 따르고 있거나 또는 그
정책 및 절차를 따르기 위한 조치를 취하고 있는 것에 대해 충분히 응답하여 밝히지 않았다고
주장해야 한다. (d) 그 사안은 조달과 무관해야 한다. (e) 관련 대출이 아직 완료되지 않았거나 또
는 대체로 아직 방출되지 않은 경우여야 한다. (f) 감사단이 그 사안에 대해 건의한 바가 없으며
건의하였더라도 청구서에서는 그 이전의 청구서와 비교하여 새로운 증거나 새로운 상황이 있음
을 선언해야 한다. The Inspection Panel at the World Bank: Operating Procedures(April 2014),
pp. 15-16.
775) 감사단의 조사제안서에는 "세계은행의 정책 및 절차 이행 상황에 대한 평가나 그로 인해 신청자
가 입은 손실에 대한 평가"가 포함되지 않으며 그리고 "세계은행이 손해를 끼친 엄중한 과실
행위에 대해서도 평가하지 않는다. 감사단은 조사에 대한 평가만 할 수 있다." The Inspection
Panel at the World Bank: Operating Procedures(April 2014), p. 17.
776) 몇 년 전에는 집행이사회가 조사건의를 비준하거나 거부할 수 있는 특권을 행사하였기 때문에 감
사단 활동의 정치화가 뚜렷한 결과를 초래하였었다. 그러나 1999년 결의(제9단락에서 집행이사
회의 비준을 요구함) 이후 집행이사회는 모든 조사건의를 비준하였다. David Hunter, "Using the
World Bank Inspection Panel to Defend the Interests of Project-affected People", 4 Chi. J.
Int' l L, 201 2003, p. 206.
777) World Bank, "Resolution Establishing the World Bank Inspection Panel" ("the Resolution",
September 22, 1993), para. 21.
778) The Inspection Panel at the World Bank: Operating Procedures(April 2014), p. 20.
779) The Inspection Panel at the World Bank: Operating Procedures(April 2014), p. 20.

융기구의 문책 메커니즘과 서로 협력하게 된다.[780]

제4단계는 조사 후 행동단계이다. 감사단은 세계은행의 정책이행 상황을 평가하는 조사보고서를 발표한다.[781] 그 보고서에 대한 회답으로 관리위원회는 보고서와 건의를 집행이사회에 제출하는데[782] 일반적으로 제안한 구제조치가 포함된다.[783] 그 구제조치는 관리위원회가 자체로 설계한 것일 수도 있고 또 차관인과 은행이 신청인에게 널리 의견을 구한 뒤 상정한 행동계획이 될 수도 있다.[784] 집행이사회는 감사단과 관리위원회가 각각 제출한 두 보고서에 대해 심의하고 비준여부를 결정한다.[785] 그 두 보고서는 집행이사회의 결정과 함께 집행이사회 회의가 끝난 2주일 뒤에 대외에 공개된다.[786]

1993년에 「감사단 설립 관련 결의」가 발표된 후 1996년 결의와 1999년 결의 등 두 개의 추가결의가 추가되었다.[787] 그 결의들이 공동으로 감사단의 행위를 규범화시키는 법규체계를 구성한다. 이들 법규문서

---

780) The Inspection Panel at the World Bank: Operating Procedures(April 2014), pp. 20-21.
781) 감사단은 관리위원회 또는 차주가 취하는 구제조치에 대해 건의하지 않는다. The Inspection Panel at the World Bank: Operating Procedures(April 2014), p. 6.
782) The Inspection Panel at the World Bank: Operating Procedures(April 2014), p. 22.
783) 세계은행 감사단은 관리위원회가 제기한 구제조치에 대해 의견을 표명하고 그 의견을 집행이사회에 보고할 기회가 있다. The Inspection Panel at the World Bank: Operating Procedures(April 2014), at sec. 70. 아시아개발은행도 이와 유사한 제도적 배치가 있다. ADB, Accountability Mechanism Policy 2012, Executive Summary, viii.
784) The Inspection Panel at the World Bank: Operating Procedures(April 2014), p. 22.
785) The Inspection Panel at the World Bank: Operating Procedures(April 2014), p. 22.
786) The Inspection Panel at the World Bank: Operating Procedures(April 2014), p. 22.
787) The texts of these legal documents are available at World Bank, "The Inspection Panel at Years," (2009) at 202-13, http://documents.worldbank.org/curated/en/9974414681575100 17/The-inspection-panel-at-fifteen-years(visited November 22, 2016).

에 따르면 감사단은 본질적으로 사실조사기구이다.[788] 모든 시정조치 또는 예방적 조치를 취할 수 있는 권한은 세계은행 관리위원회에 있으며, 이로써 감사단의 사실조사 보고에 반응한다.[789]

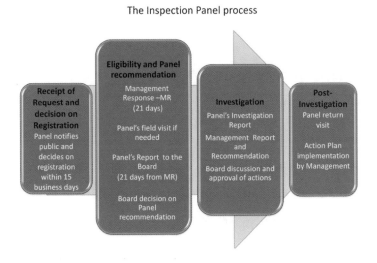

The Inspection Panel process

(그래프 출처는 세계은행 감사단: 운영 절차이다.(2014년 4월).

(2) 아투행 문책 메커니즘에 관한 건의

아투행은 창립 첫날부터 공신력 있는 문책 메커니즘과 문책문화를 수립하는 것을 우선 목표로 삼았다. 「아투행협정」은 이사회에 은

788) Andres Rigo Sureda, "Process Integrity and Institutional Independence in International Organizations: the Inspection panel and the Sanctions Committee of the World Bank", in Laurence Boisson de Chazournes et al. (eds), International Organizations and International Dispute Settlement(Transnational Publishers, 2002), p. 172.

789) The Resolution, para. 23.

행 관리위원회 및 업무운영에 대한, "투명·개방·독립·문책" 원칙에 부합되는 일련의 일반적인 감독 제도를 수립할 권한을 명확히 부여하였다.[790] 아투행의「환경 및 사회책임 프레임」은 지속가능한 발전의 세 가지 요소인 경제와 사회 및 환경의 균형과 통합을 이루는 것에 취지를 두고 있다.[791] 이를 위해 일련의 감독 제도를 구축하여 프로젝트의 영향을 받는 지역사회의 고소에 반응함으로써 사회와 환경을 보호하는 목표를 실현할 것을 요구한다.[792] 여기서 아투행 문책 메커니즘을 구축하는 데에 관한 네 가지 건의를 제기한다.

첫째, 그 문책 메커니즘은 운영 초기 3년 동안은 임시 외부 전문가 소조로 운영되어야 한다.[793] 소조 구성원은 이사회에서 비준한 명단 중에서 안건별로 선정하며 아투행의 관리위원회로부터 독립되어야 한다. 이는 아시아개발은행과 미주개발은행의 초기 방법과 같다.[794]

---

790) AIIB AOA Article 26 (iv).

791) AIIB Environmental and Social Framework(February 2016), Vision, para. 7.

792) 아투행의「환경 및 사회 책임 프레임」(2016년 2월) 제64단락에서는 감독제도에 대해 일반적 규정을 제기하였다. "64. 은행 감독제도. 본 은행이「환경 및 사회 책임 프레임」불이행으로 인해 유발된 불리한 영향을 받았거나 그 영향을 받을 가능성이 있다고 생각되는 사람은 본 은행이 곧 신설하게 되는 정책과 절차에 따라 본 은행의 감독제도에 소송을 제기할 수 있다."

793) 참고로 1993년의「감사단을 설립할 데 관한 결의」는 정도는 다르지만 세 가지 방안의 영향을 각기 받았다. 첫 번째 방안은 은행 직원과 집행이사회로부터 독립된 준사법위원회를 설립하여 정당한 절차를 통해 구속력 있는 결정권을 행사할 것을 주장한다. 두 번째 방안은 은행 내에 독립적인 기구를 설치할 것을 제안한다. 단, 프로젝트의 영향을 받는 사람들의 소송은 직접 받을 수 없다. 세 번째 방안은 소송 전문 요원제도를 설립하여 본 은행에서 집행하는 업무 규칙과 절차에 대한 공중의 고소를 책임지고 조사하는 것이다. 세 번째 방안은 감사단 설립의 주요 아이디어의 원천으로 꼽힌다. 이 세 가지 방안에 대한 상세한 설명은 아래 내용을 참조하라. Daniel D. Bradlow, 'International Organizations and Private Complaints: The Case of The World Bank Inspection Panel', 34 Va. J.Int' l L. 553 1993-1994, pp. 565-571.

794) Ibrahim F. I. Shihata, The World Bank Inspection Panel: In Practice(New York: Oxford University Press, 2000), second edition, at 495(comparing the inspection functions between the World Bank, the IDB and the ADB).

그러나 아투행의 업무가 발전함에 따라 임시기구는 독립적인 상설기구로 발전해야 하며, 상설 집행비서처와 임시로 초빙한 전문가 고문을 갖추어야 한다. 세계은행의 이른바 '3개 그룹'과 비슷하다.[795]

아투행이 독특한 비상주이사회제도를 갖추고 있기 때문에, 그 관리위원회가 동종 업계 기구에 비해 운영 면에서 더욱 큰 발언권을 갖고 있는 점을 감안하면, 완벽한 문책 메커니즘을 구축하여 아투행 관리위원회 권력의 균형을 잡는 것이 매우 필요하다. 고소인측이 꼭 협상단계에서부터 시작할 필요가 없이 직접 준법심사단계에 들어갈 수 있도록 허용해야 한다.[796] 이사회는 세계은행의 방법을 본받아 원칙적으로 감사단의 조사건의를 비준해야 한다.[797] 구제제도도 충분히 유효해야 한다.

둘째, 문책 메커니즘과 총 법률고문 간의 관계를 적당히 확정해야 한다. 준법심사과정에 총 법률고문은 고소 중 은행의 권리 및 의무와

---

795) World Bank, "Accountability at the World Bank: The Inspection Panel at 15 Years," 2009, p. 15.

796) 협상제도는 아시아개발은행이 2003년에 처음 제기하였으며 대다수의 '다자개발은행'이 이를 본받았다. 협상제도는 프로젝트의 영향을 받는 사람들이 감사 결과의 수동적 수용자일 뿐만이 아니라 탄력적인 방식으로 분쟁의 해결에 참여하고 합의를 이룰 수 있도록 한다. 그러나 협상을 준법심사의 전제조건으로 간주하는 것은 문제가 있다. 즉, "이미 알려진 기존의 문제들의 지연으로 인해 준법심사에 직접 들어가려는 요청이 지연될 것이다." 이를 위해 아시아개발은행은 2012년에 규칙을 수정하여 고소인에게 협상을 할지 아니면 직접 준법심사를 신청할지 선택할 수 있는 권리를 부여하였다. ADB, Review of the Accountability Mechanism Policy, second working paper(September 2011), p. 6, pp. 19-20. https://www.adb.org/sites/default/files/institutional-document/32888/files/ am-review-2nd-working-paper.pdf(visited December 4, 2016).

797) 감사단이 조사를 건의하면 집행이사회는 적격성 문제가 존재하지 않는 한 토론을 거치지 않고 비준한다. The 1999 Clarification, Second Review of the Resolution Establishing the Inspection Panel, sec. 9.

관련되는 사항에 대하여 감사단에 법률의견을 내놓는다.[798] 동시에 총 법률고문은 은행직원으로서 고소인의 고소에 대한 관리위원회의 답변서를 작성해야 한다. 그래서 총 법률고문은 감사단의 고문이기도 하고, 또 은행 관리위원회의 고문이기도 하다. 그 이중 직책은 이익 충돌을 초래할 수 있다. 그 문제를 해결하는 관건은 감사단의 독립성을 지키는 것이다. 세계은행의 경험에 비추어[799] 아투행 감사단은 보고서를 작성하고 결론을 도출해내는 과정에서 총 법률고문의 의견을 구하여서도 안 되며, 또 그 의견을 받아들여서도 안 된다. 그러나 일부 경우는 제외된다. 예를 들면 차관협의 이행문제와 관련하여 총 법률고문의 의견을 구하는 경우이다.[800] 이밖에 감사단이 고소인과 은행 관리위원회를 공정하게 대하는 것도 매우 중요한 점이다.[801]

셋째, 책임의 범위를 확정하는 것을 통해 소송의 범위를 적당히 확정해야 한다. '다자개발은행'의 감사단은 은행이 자체 운영정책과 절

---

798) 세계은행에서 감사단은 은행의 권리 및 의무와 관련된 문제에 대해 세계은행 법률부서에 자문을 구해야 한다. 그러나 감사단이 내린 결정은 은행 관리위원회로부터 독립된 의견이어야 한다. World Bank, "Resolution Establishing the World Bank Inspection Panel" ("the Resolution", September 22, 1993), para. 15. The 1999 Clarification, section 6.

799) 세계은행 감사단은 양호한 독립성 기록을 보유하고 있다. 독립적인 연구에 따르면 고소인이 "1-5점(5점은 완전 독립을 대표함) 평가기준에 따라 은행 관리위원회로부터의 감사단의 독립성에 대해 평가" 하라는 요구를 받았을 때, 고소인이 매긴 평균 점수는 1999년 이전의 2.7점에서 1999년-2004년 사이의 4.8점까지 올랐으며 은행 직원들이 감사단의 독립성에 매긴 평가 점수는 5점이다. World Bank, "Accountability at the World Bank: The Inspection Panel at 15 Years", 2009, p. 19.

800) World Bank, "Accountability at the World Bank: The Inspection Panel at 15 Years", 2009, pp. 19-21.

801) 세계은행 감사단은 공정성 면에서 훌륭한 성적을 보유하고 있다. 독립적인 연구에 따르면 1999년 결의가 발표된 이후의 사건에서 모든 당사자들에 대한 감사단의 "공정한 대우"에 모든 신고자들이 5점 만점을 주었다. World Bank, "Accountability at the World Bank: The Inspection Panel at 15 Years", 2009, p. 21.

차를 이행하지 않았다고 지칭하는 고소만을 다룬다. 기타 이해관계 당사자(차주 포함)의 책임과 관련된 고소는 감사단의 수리범위에 속하지 않는다. 그러므로 감사단 절차를 가동하기 전에 고소에서 지향하는 책임성격의 범위를 확정하는 것이 매우 중요하다.

실천 속에서 감사단은 세 가지 유형의 고소에 맞닥뜨릴 수 있다. 즉 전적으로 은행 자체의 책임인 경우, 은행의 책임이 일부인 경우, 전적으로 차주나 은행 이외의 요인 때문인 경우이다. 이주민 안치를 예로 들기로 한다. 만약 안치계획이 운영정책이 요구하는 각 요소에 대해 충분한 답변을 주지 않았다면, 감사 신청을 제기할 수 있으며, 아투행이 평가의무를 이행하지 않음으로 인해 안치계획에 부족한 점이 존재하는데도 제때에 발견하고 수정하지 못하였다고 주장할 수 있다.[802] 이런 경우 감사단의 임무는 차주의 안치계획 자체가 충분한가를 판단하는 것이 아니라 은행직원이 은행정책을 충분히 이행하였는지의 여부를 평가하는 것이다.

넷째, 분쟁의 조속한 해결을 위해 은행 관리위원회와 고소인 간의 상호작용을 촉진시켜야 한다. 예를 들면 신고 접수 시 협상제도를 도

---

802) This example is developed from Daniel D. Bradlow, "International Organizations and Private Complaints: The Case of the World Bank Inspection Panel" , 34 Va. J. Int' l L. 553 1993-1994, pp. 578-579.

입해야 한다.[803] 협상은 분쟁 당사자들에게 고소 내용에 대해 토론하고, 또 만족스러운 해결방안을 찾을 수 있는 기회를 제공하며, 준법심사를 행하지 않아도 되도록 한다.[804] 고소인에게는 협상을 선택하거나 또는 직접 준법심사를 선택할 권리가 있어야 한다.[805] 협상을 선택한 후 수시로 협상에서 퇴출하고 또 준법심사를 요구할 수 있다.[806] 심지어 여러 당사국이 구제방안에 대해 이미 공감대를 이룬 상황에서도 협상이 끝난 후 여전히 준법심사를 신청할 수 있다.[807]

2. 제재 메커니즘

제재 메커니즘은 '다자개발은행' 프로젝트계약과 관련된 상업부패

---

803) 이 건의는 기타 '다자개발은행'의 협상제도와 세계무역기구(WTO)의 분쟁해결제도를 참조하였다. 모든 '다자개발은행'은 협상제도를 갖추고 있다. 단 세계은행은 제외된다. 구체적으로 말하면 협상은 국제개발은행이 준법심사절차를 가동하는 선결조건이다. 그러나 아시아개발은행에서는 신고인이 선택할 수 있는 권리이다. 유럽부흥개발은행과 아프리카개발은행에서는 문책 메커니즘 관리기관의 결정에 의해 결정된다. 세계은행도 협상제도와 유사한 시행방법을 갖추고 있다. 세계무역기구 분쟁해결제도 하에서 최고 60일간의 협상기가 있으며 이를 전문가단 절차의 가동을 위한 선결조건으로 삼고 있다. IDB, Policy Establishing the Independent Consultation and Investigation Mechanism(February 17, 2010), sec. 54. ADB, Accountability Mechanism Policy 2012, P. 15, para. 71. AfDB, Independent Review Mechanism(January 2015), sections 24-27. EBRD, Independent Recourse Mechanism(July 2014), pp. 10-12. The Inspection Panel at The World Bank: Operating Procedures(April 2014), pp. 24-25. The Understanding on Rules and Procedures Governing the Settlement of Disputes(DSU), Art. 4.
804) 협상은 합의를 도출해내기 위한 데 취지를 두고 있고 준법심사는 '다자개발은행'이 운영정책과 절차를 이행하는지 여부를 확인하기 위한 데 취지를 두고 있다.
805) 신고인에게는 선택권이 있어야 하며 은행 관리위원회는 신고인의 선택을 존중해야 한다. 이는 프로젝트의 영향을 받는 사람들이 은행 관리위원회에 비해 불리한 지위에 있기 때문이다. 그 제안은 또한 '다자개발은행' 협상제도 설계자의 초심을 반영하였다. 즉, 프로젝트의 영향을 받는 사람들이 분쟁해결에 참여할 수 있도록 허용하고 단순히 감사 결과의 수동적 수용자가 되는 것이 아니라 융통성 있는 방식으로 은행 관리위원회 및 다른 이해 당사자들과 합의를 이룰 수 있도록 한다는 것이 초심이다. ADB, Review of the Accountability Mechanism Policy, second working paper (September 2011), p. 6.
806) See ADB, Accountability Mechanism Policy 2012, p. 15, para. 72.
807) See ADB, Accountability Mechanism Policy 2012, p. 15, para. 72.

를 척결하는데 취지를 둔 국제법규체계이다. 일부 회사와 개인이 계약 입찰이나 계약 이행과정에서 부패행위를 저지르곤 하는데, 부패라는 악성종양은 '다자개발은행'이 개발목표를 실현하는 과정에서 주요 걸림돌이 되고 있다. 부패는 '다자개발은행'이 빈곤을 줄이기 위한 노력을 파괴하고, 부족한 개발자원을 낭비하기 때문이다.

'다자개발은행' 제재제도의 법률적 근원은 우선 자체 헌법문서인 「협정」이다.[808] 그 헌법문서는 자금이 예상한 목적에 사용되도록 확보함과 동시에 경제성과 효율성도 중시하기 위해 노력할 것을 '다자개발은행'에 요구한다. 그 근본적 요구는 일반적으로 '신용의 의무'라고 불리며, '다자개발은행' 프로젝트 차원에서의 부패척결 업무에 법규와 정책적 근거를 제공하였다.[809]

'다자개발은행' 제재제도는 최근 몇 년에야 비교적 빠른 발전을 가져왔다. 세계은행은 우선 1996년에 공식적인 제재제도를 제정하였는데,[810] 조달정책에 사기와 부패에 관한 새로운 규정을 도입한 것에서 반영된다.[811] 기타 지역성 '다자개발은행'도 잇달아 각자의 조달정책을

---

808) IBRD AOA Art. III Section 5(b). AIIB AOA, Art. 13. 9.

809) The World Bank Group Sanctions Regime: An Overview, Part I, Section 2.

810) Thornburgh보고서는 세계은행이 기존의 제재제도를 구축하게 된 청사진이다. 그 보고서는 세계은행 제재제도의 초기 발전 상황을 상세히 설명하고 있다. Dick Thornburgh, etc., "Report Concerning the Debarment Process of the World Bank", August 14, 2002, at 11-12. Also Anne-Marie Leroy and Frank Fariello, The World Bank Group Sanctions Process and Its Recent Reforms(2012), at 9, available at http://siteresources.worldbank.org/ INTLAWJUSTICE/ Resources/SanctionsProcess.pdf(visited November 3, 2016).

811) World Bank, "Guidelines: Procurement Under IBRD Loans and IDA Credits", Sections 1. 15-6(January 1995, revised January and August 1996, September 1997 and January 1999), http://siteresources.worldbank.org/INTPROCUREMENT/Resources/procGuid-01-99-ev3. pdf(visited November 7, 2016).

수정하여 사기와 부패와 관련된 세칙을 포함시켰다.[812] 이러한 제재제도는 원칙적으로는 비슷하지만 여러 '다자개발은행'이 직면한 구체적인 상황과 수요가 다르기 때문에 일부 중요한 기술적 차원의 차이가 존재한다. 아투행은 회사와 개인이 입찰 조달 및 계약 이행기간에 "투명성과 도덕 및 신용의 최고 기준을 이행할 것"을 요구하고 있으며,[813] 「행위금지정책」을 제정하여 부패행위를 척결하고 있다. 준법효능청렴기관 사무총장(Director general of the Compliance, Effectiveness and Integrity Unit)이 제재 관련 행정업무를 관장하며,[814] 이를 이사회에 직접 보고한다.[815]

'다자개발은행'의 제재제도는 주로 행정법으로서 형사 처벌이나 민사 처벌과는 관련이 없다.[816]이 제재제도는 준 사법절차를 규정하여 기업과 개인의 경쟁 입찰과 계약 이행과정에서 발생하는 부당행위사건을 심리한다.[817]

'다자개발은행'에 대한 제재제도 관련 개론의 구체적 내용은 제10장

---

812) Norbert Seiler and Jelena Madir, "Fight Against Corruption: Sanctions Regimes of Multilateral Development Banks," 15(1) Journal of International Economic Law 5(2012), p. 8.

813) AIIB Procurement Policy(January 2016), Section 7.

814) 제재 관련 기능의 분공에서 준법효능청렴기관 사무총장은 "내부 및 외부 신고자의 연락처로서 기능 범위에는 사기·부패·공모·협박·방해 행위가 포함되지만 또 여기에만 국한되지는 않는다. 사무총장이 주관하는 팀은 이들 고소의 접수·평가 및 조사를 맡으며 적절한 후속 행동방안을 제정하고 이행한다. 사무총장은 적절한 시기에 수석도덕담당자를 포함한 아투행의 기타 관원들과 협력한다." http://www.aiib.org/html/2015/officer_1201/39.html(visited November 6, 2016).

815) 준법효능청렴기관 사무총장은 매우 특별하다. 그는 기존의 '다자개발은행' 중 다른 동종업자들이 은행 총재에게 보고해야 하는 것과는 달리 오직 이사회에만 보고하면 된다.

816) The World Bank Office of Suspension and Debarment Report on Functions, Data and Lessons Learned(2007-2015), Second Edition, P. 8.

817) The World Bank Office of Suspension and Debarment Report on Functions, Data and Lessons Learned(2007-2015), Second edition, P. 8.

을 통해 알 수 있을 것이므로 여기서는 서술하지 않으려 한다.

3. 기타 분쟁 해결 메커니즘
(1) 상업거래

모든 '다자개발은행'은 각자의 「협정」에 근거하여 자체 회원국 내에서 면책특권과 특권을 누린다.[818] 그러나 그런 면책특권은 절대적인 것이 아니다.[819] 만약 분쟁이 상업거래에서 비롯되었을 경우 '다자개발은행'은 국내 법원에서 피소의 주체가 될 수 있다.

'다자개발은행'은 면책특권을 포기하는 대신 "그 취지와 목표에 부합하는 상응한 이익"을 얻을 수 있다.[820] '다자개발은행'과 외부 간의 상업거래의 경우 '다자개발은행'이 절대적인 면책특권을 수호하도록 허용한다면, 다른 상사 주체들은 '다자개발은행'과 감히 업무를 전개하기를 원치 않을 것이다. 반대로 이러한 상황에서 면책특권을 포기하면 잠재적인 상업파트너를 유치하여 공정한 거래에 대한 기대를 높이는 데 도움이 된다. 유명한 멘다로(Mendaro)사건(1983)에서 판사가 열거한 이유가 매우 설득력이 있다. "만약 그런 면책특권을 지지한다면 은행은 현금 이외의 형태로 사무용 설비나 또는 비품을 구입할

---

818) See IBRD AOA Art. VII; AIIB AOA Chapter IX; etc.
819) 실제로 '다자개발은행'의 면책 지위는 국내 법정에서 줄곧 끊임없이 도전을 받아왔다. 대표적인 사례에는 다음과 같은 것들이 포함된다. Lutcher S. A. Celulose e Papel v. Inter-American Development Bank, 382 F. 2d 454(D. C. Cir. 1967), Mendaro v. World Bank, 717 F. 2d 610(D. C. Cir. 1983), Atkinson v. Inter-American Development Bank, 156 F. 3d 1335(D. C. Cir. 1998), Osseiran v. International Finance Corporation, 552 F. 3d 836(D. C. Cir. 2009), and World Bank Group v. Wallace, 2016 Supreme Court of Canada(SCC) 15.
820) 이 한정 용어는 '다자개발은행' 「협정」의 면책 조항에는 등장하지 않지만 1983년 멘다로(Mendaro)사건에서 재판관에 의해 처음 제기되었으며 그 이후의 사건에서 계속 사용되어왔다.

수 없게 될 것이다. 그런 규제는 은행이 상업시장에서 기본적인 상업
활동을 전개하는 것을 부당하게 저해할 것이다."[821]

'다자개발은행'이 면책특권을 포기하는 것은 대다수가 채권자의 이
익을 위한 것이다. 만약 채무자가 소송을 제기할 경우, '다자개발은행'
의 면책특권은 또 어떻게 처리해야 하는가? 루처(Lutcher)사건(1967)
에서 미주개발은행의 채무자는 은행이 채무자의 경쟁대상에게 대출
을 제공함으로써 대출협의 묵시 조항을 어겼다는 이유를 들어 위약
소송을 제기하였다. 비록 은행이 면책특권을 포기하는 경우가 고소
인이 은행의 채권소지자이거나 채권자 또는 채권수익자인 경우로 제
한된다고 주장하였지만, 판사는 그 주장을 지지하지 않고 채무자 소
송도 마찬가지로 면책특권의 포기조건에 부합한다고 주장하였다.[822]
은행이 투융자업무에 종사함에 있어서 대여자의 믿음을 얻어야 할
뿐만 아니라 또 책임감 있는 차주를 유치해야 하기 때문에 채권자와
채무자의 사법구제 경로가 모두 활짝 열려 있어야만 '다자개발은행'의
업무발전을 전면적으로 수호할 수 있다.

그 후 멘다로(Mendaro)사건이 루처(Lutcher)사건의 입장을 확인
시켜 주었다. 멘다로(Mendaro)사건의 판사는 다음과 같이 주장하
였다. "아래 주체가 세계은행을 대상으로 소송을 제기할 경우 세계
은행은 오직 자체 사법적 면책특권을 포기해야만 자신의 법정목표
를 수호할 수 있다. 이들 주체는 세계은행의 채무자·채권자·채권소

---

821) Mendaro v. World Bank, 717 F. 2d 610(D. C. Cir. 1983), p. 618.

822) Mendaro v. World Bank, 717 F. 2d 610(D. C. Cir. 1983), P. 614, 620, citing Lutcher S. A.
   Celulose E Papel v. Inter-American Development Bank, 382 F. 2d 454(D. C. Cir. 1967).

지자 그리고 세계은행이 반드시 소송을 받아들여야 하는 다른 잠재적 주체이다."[823] 미국의 사피사에서 '다자개발은행'이 상거래를 기반으로 면책특권을 포기한 두 건의 기념비적인 사건이 있었다. 한 건은 루쳐(Lutcher)사건(1967)으로서 판사는 미주개발은행이 채무자 소송 중의 면책특권을 포기하였다고 판정하였다. 다른 한 건은 오세이란(Osseiran)사건(2009)으로서[824] 국제금융회사(IFC)가 다른 회사에 투자한 지분을 한 레바논 상인이 매입하려고 시도한 사건이다.[825] 거래에 실패한 후 그 상인은 IFC가 주식매각 담판에서 발생한 몇 가지 의무를 위반하였다고 지목하며 IFC를 기소하였다. IFC는 면책특권을 누리는 것을 항변의 이유로 삼아 사법 관할을 거부하였다. 최종 판사는 본 사건에서 IFC가 면책특권을 누리지 않는다고 판정하였다.

아투행은 대외 상거래 면에서 면책특권을 포기한다는 입장을 명확히 밝혔다.[826] 「아투행협정」의 면책조항은 이러한 상거래의 범위를 "차관 또는 기타 방식을 통한 자금조달, 채무담보, 증권의 매매 또는 위탁판매"로 확정하였다.[827] 이런 언어는 채무자의 소송을 포함한다고

---

823) Mendaro v. World Bank, 717 F. 2d 610(D. C. Cir. 1983), p. 615.
824) Osseiran v. International Finance Corporation, 552 F. 3d 836(D. C. Cir. 2009).
825) 국제금융회사는 세계은행그룹 산하의 기구로서 개발도상국의 민간부문에 투자하는 일에 전문 종사한다.
826) 「아투행협정」 제46. 1조는 다음과 같이 규정하고 있다. "은행은 모든 형태의 법적 절차에 대해 모두 면책특권을 누리지만 은행이 자금 조달을 위해 차관 또는 기타 형태를 통해 행사하는 자금 조달권리, 채무 담보권, 채권 매매 또는 위탁 판매권으로 발생한 사건이나 은행이 이런 권력을 행사하는 것과 관련된 사건에서 은행은 면책특권을 누리지 않는다. 무릇 이런 유형에 속하는 사건의 경우 은행이 사무소를 둔 국가의 경내, 또는 은행이 소송 소환장 또는 통지를 전문 접수할 대리인을 이미 임명한 국가의 경내, 또는 이미 채권을 발행하였거나 담보하는 국가의 경내에서 충분한 관할권이 있는 주관 법원에 은행을 상대로 소송을 제기할 수 있다."
827) AIIB AOA Art. 46. 1.

폭넓게 해석되어야 한다. 상거래가 처음으로 면책특권을 포기하는 이유가 되어 루처(Lutcher)사건에 등장하였고, 후에 멘다로(Mendaro)사건에서 명확하게 확인되었다.[828] 그 두 사건에서 피고는 각각 미주개발은행과 세계은행으로서 각각 1959년과 1944년에 설립되었으며, 그때 당시 그들의 「협정」은 면책특권의 포기에 대한 구체적인 상황에 대해 규정하지 않았다.[829] 그 두 사건의 판결은 「협정」에 대해 해석하는 방식으로 관련 상황을 포함시켰다. 상거래를 면책특권 포기의 경우로 삼아 「협정」에 규정한 최초의 '다자개발은행'은 아프리카개발은행(1964년)이다. 그러나 「아프리카개발은행협정」은 그 경우를 "차관행위로 초래된 사건"으로 협소하게 한정하였다.[830] 「아시아개발은행협정」(1966)의 정의범위는 분명 더 넓은데,[831] 그 후의 「아투행협정」과 거의 일치한다. 유럽부흥개발은행과 아투행의 「본부협의」도 면책특권 포기의 구체적인 상황에 대해 규정하고 있으며, 보편적으로 「협정」에서 규정한 내용보다 더 광범위하다.[832] 이밖에 대다수 '다자개발은행'이 대

---

828) Mendaro v. World Bank, 717 F. 2d 610(D. C. Cir. 1983), p. 618.
829) 멘다로(Mendaro)사건의 판사는 「협정」이 "졸렬한 작성"이라고 비난하였고, 루처(Lutcher)사건의 판사는 「협정」이 "분명한 기준이라고 하기 어렵다"라고 주장하였다. Mendaro v. World Bank, 717 F. 2d 610(D. C. Cir. 1983), at 614. Lutcher S. A. Celulose e Papel v. Innter-American Development Bank, 382 F. 2d 454(D. C. cir. 1967), p. 456.
830) AfDB AOA, Art. 52. 1.
831) 「아시아개발은행협정」은 면책특권의 경우를 "권력을 행사한 차관, 담보채무, 증권의 매매 또는 위탁 판매에서 기인되었거나 관련된 사건의 경우"로 정의하고 있다. ADB AOA Art. 50. 1.
832) 예를 들어, 유럽부흥개발은행 「본부협의」는 상거래 면책을 "권력을 행사한 차관, 담보채무, 모든 증권의 매매 또는 위탁 판매의 민사 행위"로 규정하고 있을 뿐만 아니라 기타 면책의 경우에 대해서도 규정하고 있다. 즉 은행이 자발적으로 면책을 포기한다고 밝히는 경우, 은행 직원이 초래한 교통사고로 인해 손해를 초래한 경우, 영국의 은행직원이 사망 또는 인명피해를 초래한 경우, 은행에 대한 중재 결재를 집행하는 경우, 그리고 은행이 제기한 법정소송과 직접 관련된 역소송의 경우이다. EBRD Headquarters Agreement, Art. 4. 1. A comparable scope of waivers exists in 아투행 Headquarters Agreement, Art 4. 1.

출협의와 관련된 분쟁을 중재에 회부하는 것을 허용하고 있고, 또 중재조항이 구속력과 배타성을 갖고 있는 점을 감안하면 차주가 소송을 제기하는 경우를 배제할 수 있다. 그러므로 차관협의의 중재조항이 '다자개발은행'의 면책특권을 간접적으로 수호하였다는 주장도 있다. 그러나 중재가 소송을 배제시키는 것과 면책특권을 누리는지의 여부에 대해 양자 간에는 관계가 없다. 루처(Lutcher)사건의 판사가 지적하였다시피 "중재조항은 차주의 소송권에 위배되는 것이 절대 아니기 때문이다."[833] 아투행의 대외 상거래에서 발생하는 소송에 대하여 관할권이 있는 피(法域, 법령의 적용 범위―역자 주)은 "본 은행이 사무실을 설치한 국가, 또는 본 은행이 소환장과 소송통지를 접수하도록 대리인을 파견 주재하는 국가, 또는 본 은행이 증권을 발행하거나 담보하는 국가"이다.[834] 이에 대하여 두 가지를 설명할 필요가 있다. 첫째, 사법관할권은 "특정 상거래"에 대한 면책특권을 포기하는 경우"로 간주될 것이 아니라 "상거래의 유형"에 대한 면책특권을 포기하는 것으로 간주되어야 한다.[835] 둘째, "은행이 사무실을 설치한" 유권 피는 채무자가 소송을 제기하는 데 편리를 도모하기 위한 것이어야 한다고 규정하고 있고 "증권 발행 또는 거래"의 유권 피는 주로 채권자와 채권 소지인이 채권 집행 소송을 발기하는 데 편리를 도모하

---

833) Lutcher S. A. Celulose e Papel v. Inter-American Development Bank, 382 F. 2d 454(D. C. Cir. 1967), p. 456.

834) AIIB AOA Art. 46. 1.

835) See Lutcher S. A. Celulose e Papel v. Inter-American Development Bank, 382 F. 2d 454(D. C. Cir. 1967), at 457.

기 위한 것이어야 한다고 규정하고 있다.[836]

(2) 노동분쟁

'다자개발은행'은 회원국에서 면책특권을 누리며 국내 사법의 구속을 받지 않는다. 매개 '다자개발은행'은 모두 면책특권의 균형을 위한 수단의 하나로 행정법정을 설립하여 은행과 그 직원들 사이의 노동분쟁을 해결하는 독립적인 사법 플랫폼으로 삼고 있다.[837] 행정법정은 관리위원회로부터 독립되어 운영되며 그 결정은 구속력과 최종성을 띤다. 행정법정은 몇 명의 법관으로 구성되며, 보통 3명의 법관이 사건을 심리할 수 있다.[838] 법관은 이사회가 은행총재가 제공한 후보자명단 중에서 임명한다.[839] 한 소형 비서처 또는 등록처가 법정을 보조하는 임무를 담당하며 사건 소송장의 접수, 보관 및 전송을 담당한다.[840] 법관은 반드시 고급사법 직에 임직할 수 있는 자격을 갖추었거

---

836) See Lutcher S. A. Celulose e Papel v. Inter-American Development Bank, 382 F. 2d 454(D.C. Cir. 1967), at 458.

837) "직원"은 모든 현직 또는 전직 은행 직원을 가리킨다. World Bank Administrative Tribunal Statute(as amended June 18, 2009), Art. II. 3, https://webapps.worldbank.org/sites/wbat/Pages/Statute.aspx(visited December 10, 2016).

838) 세계은행은 예외이다. 원칙적으로 사건 심리에서 판사의 최소 법정정원은 5명이어야 하지만, 판사가 3명이어도 된다. World Bank Administrative Tribunal Statute(as amended June 18, 2009), Art. V, https://webapps.worldbank.org/sites/wbat/Pages/Statute.aspx(visited December 10, 2016).

839) World Bank Administrative Tribunal Statute(as amended June 18, 2009), Art. IV. 2, https://webapps.worldbank.org/sites/wbat/Pages/Statute.aspx(visited December 10, 2016).

840) Statute of the Administrative Tribunal of the AfDB, Art. VIII. available at http://www.afdb.org/fileadmin/uploads/afdb/Documents/Administrative-Tribunal/Statute%20of%20the%20Admini-strative%20Tribunal_1312.pdf(visited December 10, 2016).

나 또는 공인 받는 높은 수준의 법학가여야 한다.[841] 법관은 임기제를 실시하며 완전 자주적으로 직책을 이행한다.[842] 그들은 은행과 그 어떠한 사전 또는 기존의 고용관계도 없다.[843] 임직기간이 끝난 후에도 그들은 은행에 고용될 수 없다.[844] 행정법원이 수리하는 사건은 은행 직원이 은행을 대상으로 고용계약 또는 임용협의를 어겼다고 주장하여 소송을 제기하는 사건이다. 구체적인 소송원인에는 직원의 복지·승진·실적평가·이퇴직 수속 및 직원에 대한 징계조치 결정 등이 포함된다.[845] 행정법원이 판결할 수 있는 구제조치에는 보상구제나 또는 분쟁이 있는 행정결정의 취소·수정이 포함된다.[846]

행정법원의 판결은 은행 내부의 법을 법적 근거로 삼는다. 여기에는 「협정」·은행 규정·규범·정책 및 절차가 포함된다.[847] 아프리카개발은행 행정법원은 기타 '다자개발은행'의 판례를 참고하여 법규문서를

841) The Tribunal members possess competence in relevant fields such as employment relations, international civil service and international organization administration. World Bank Administrative Tribunal Statute(as amended June 18, 2009), Art. IV. 1, https://webapps. worldbank.org/sites/wbat/Pages/Statute.aspx(visited December 10, 2016).

842) Statute of the Administrative Tribunal of the AfDB, Art. VI. 4 and Art. VII. 1, available at http://www.afdb.org/fileadmin/uploads/afdb/Documents/Administrative-Tribunal/Statute %20of%20the%20Admini-strative%20Tribunal_1312.pdf(visited December 10, 2016).

843) World Bank Administrative Tribunal Statute(as amended June 18, 2009), Art. IV. 1, https:// webapps.worldbank.org/sites/wbat/Pages/Statute.aspx(visited December 10, 2016).

844) World Bank Administrative Tribunal Statute(as amended June 18, 2009), Art. IV. 1, https:// webapps.worldbank.org/sites/wbat/Pages/Statute.aspx(visited December 10, 2016).

845) http://www.afdb.org/en/about-us/organisational-structure/administrative-tribunal/.

846) World Bank Administrative Tribunal Statute(as amended June 18, 2009), Art. XII. 1, https:// webapps.worldbank.org/sites/wbat/Pages/Statute.aspx(visited December 10, 2016). Statute of the Administrative Tribunal of the AfDB, Art. XIII.

847) Statute of the Administrative Tribunal of the AfDB, Art. V, available at http://www.afdb. org/fileadmin/uploads/afdb/Documents/Administrative-Tribunal/Statute %20of%20the%20 Admini-strative%20Tribunal_1312.pdf(visited December 10, 2016).

해석할 수 있다. 행정법원은 또 일반적으로 공인하는 국제행정법의 원칙을 적용할 수도 있다. 모든 '다자개발은행' 행정법원은 다 판결과 재정결과를 공표하고 있으며, 공식 웹 사이트에서 확인할 수 있다. 사례의 실천과 발전에 따라 국제행정법은 크게 풍부해지고 있다.

행정법원은 '다자개발은행' 직원이 권리구제를 구하는 마지막 단계이다. 오직 신고자가 은행 내부의 기타 구제수단을 모두 쓴 경우에만 사용할 수 있다.[848] 예를 들어, 아프리카개발은행은 실적평가·성희롱·연금계획 등과 같은 구체적인 분쟁을 재정하는 데 적용되는 여러 가지 전문 제소 메커니즘을 가지고 있다. 그중 일부 제도는 영구적인 것이고, 또 다른 일부 제도는 구체적인 문제해결의 필요성에 따라 임시로 특설된 것이다.[849] 세계은행에도 이와 비슷한 상황이 있다.[850] 고소인은 반드시 먼저 이러한 제도에 제소해야만 행정법원에 제소할 자격이 있다. 일부 '다자개발은행'은 기타 국제기구와 협의를 체결하여 그들 행정법원이 이러한 국제기구의 노동분쟁을 심리할 수 있도록 한

---

848) 어떤 경우에는 기타 구제조치를 죄다 사용한 것으로 간주된다. 예를 들면 고소인과 은행이 사건을 직접 행정법원에 회부하는 것에 동의하는 경우가 그런 경우이다. 이러한 경우에 대한 자세한 설명은 아래 내용을 참고하라. Statute of the Administrative Tribunal of the IMF(as amended 2009), Art. V, available at http://www.imf.org/external/imfat/status.htm(visited December 10, 2016).

849) 아프리카개발은행의 상설 전문 신고기구에는 감찰 전문위원·직원신고위원회·징계위원회·연금신고위원회 등이 포함된다. 임시적 신고제도에는 특정 업무 종류별 신고위원회·방해조사단 등이 포함된다. http://www.afdb.org/en/about-us/organisational-structure/administrative-tribunal/ (visited December 10, 2016).

850) 예를 들어, 세계은행의 내부 사법서비스국(Internal Justice Services)은 업무 환경에 대한 신고를 전문적으로 다룬다. http://web.worldbank.org/WBSITE/EXTERNAL/EXTABOUTUS/ORGANIZA TION/ORGUNITS/EXTCRS/0,,menuPK: 64165918~pagePK: 64165931~piPK: 64166031~theSite PK: 465567, 00.html(visited December 26, 2016).

다.[851] 다시 말하면 국제기구 자체에 노동분쟁해결제도가 없거나 또는 어떤 이유로 인해 그 제도를 적용할 수 없을 경우 국제기구는 계약을 맺은 '다자개발은행'의 행정법원을 이용하여 분쟁을 해결할 수 있다.

(3) 조약에 대한 해석

아투행은 세계은행과 마찬가지로 회원 간 또는 회원과 은행 간에 「아투행협정」의 해석과 적용 면에서 존재하는 쟁의에 대비해 일련의 분쟁해결 메커니즘을 설립하였다.[852] 「협정」의 규정에 따라 「협정」의 임의 조항에 대한 해석 또는 적용 관련 문제는 모두 이사회에 회부하여 단순 다수투표권으로 통과된 후 결정해야 한다.[853] 만약 이사회의 결정에 불만을 가진 회원이 있을 경우 운영위원회에 상소할 수 있다.[854] 운영위원회도 단순 다수투표권으로 통과된 후 최종 결정을 내린다.[855] 그러나 운영위원회가 최종 결정을 내리기 전에 아투행은 이사회의 결정에 따라 행사할 수 있다.[856]

법원이나 중재재판소에 비해 이사회가 「협정」의 해석 권을 장악하

---

851) World Bank Administrative Tribunal Statute(as amended June 18, 2009), Art. XV, http://webapps.worldbank.org/sites/wbat/Pages/Statute.aspx(visited February 25, 2017). IMF와 같은 다른 국제기구들도 이와 비슷한 제도를 가지고 있다. Statute of the Administrative Tribunal of the IMF(as amended 2009), Art. XXI.

852) AIIB AOA Article 54.

853) AIIB AOA Article 28. 3(ii) 실천 과정에서 이사회는 협상을 거쳐 결정하며 투표를 하는 경우는 거의 없다. Ibrahim F. I. Shihata, Avoidance and Settlement of Disputes-the World Bank's Approach and Experience, 1 Int'l L. F. D. Int'l 90 1999, p. 91.

854) 세계은행 역사상 조약의 해석에 대한 집행이사회의 결정에 대해 항소가 제기된 적은 없었다. Ibrahim F. I. Shihata, Avoidance and Settlement of Disputes-the World Bank's Approach and Experience, 1 Int'l L. F. D. Int'l 90 1999, p. 90.

855) AIIB AOA Article 28. 2(i)

856) AIIB AOA Article 54. 2

고 있는 것은 합리적이다. 중재재판소에 비해 이사회는 은행의 업무와 요구에 대해 전문적으로 장악하고 있다. 엄격하게 법률을 적용하는 법원에 비해 이사회는 협상과 담판을 통해 실행 가능한 방안을 마련하여 저비용, 고효율의 방식으로 여러 당사자의 이익요구를 균형 잡을 수 있다.[857] 이사회는 조약 해석 면에서 독특한 우위를 가지고 있어 세계은행과 기타 '다자개발은행' 정관과 일치한다는 인정을 받았다.[858] 「협정」의 적용으로 인해 발생한 분쟁과 그 해결방안은 실천과정에 대부분 총 법률고문이 의견을 작성하고 이사회의 승인을 받는 것이다. 은행의 기타 규칙과 정책 및 절차에 대한 해석과 적용도 그 절차를 참조할 수 있다. 세계은행이 총 법률고문에게 조약의 해석을 위임하는 실천방법은[859] 아투행의 비상주이사회제도 실시의 환경에서 실행가능성이 더욱 높다.

전통적인 집행이사회제도에 비해 상주이사회제도는 필연적으로 관리위원회에 더 많은 권력을 부여할 것을 요구한다. 게다가 총 법률고문은 아투행 관리위원회의 중요한 일원으로 조약에 대한 해석 면에서 이사회와 비슷한 우위를 갖고 있다. 총 법률고문은 은행업 분야에

---

857) Ibrahim F. I. Shihata, Avoidance and Settlement of Disputes-the World Bank's Approach and Experience, 1 Int' l L. F. D. Int' l 90 1999, p. 91.

858) 모든 '다자개발은행'은 모두 이사회에 조약의 해석권한을 부여했다.

859) 역사적으로 세계은행 집행이사회의 해석은 극히 적으며 대다수의 해석 업무는 총법률고문이 집행이사회를 대신하여 맡는다. 통계에 의하면 세계은행 이사회가 발표한 공식 해석은 다음과 같다. 1946-1947년 기간에 6건(집행이사회 산하 상설해석위원회가 발표하였는데 이는 해석업무에 대한 초기의 중시를 보여주었다. 그러나 그 위원회는 집행이사회의 첫 2년간의 임기 내에 해산되었다.) 1948년에 2건, 1950년에 2건, 1951년에 1건, 1964년에 1건, 1986년에 1건 있었다. Ibrahim F. I. Shihata, Avoidance and Settlement of Disputes-the World Bank's Approach and Experience, 1 Int' l L. F. D. Int' l 90 1999, pp. 91-92.

서 전문성을 갖추고 있기 때문에 그가 갖고 있는 조약에 대한 해석이
념은 문서주의나 법률주의가 아닌 목적 지향적이어야 한다는 것이다.
이는 의견차이가 비교적 큰 사항에서 공감대를 이룰 수 있도록 이사
회를 유도하는데 도움이 된다. 여기에는 차관회원국과 비 차관회원
국 간에 공감대를 달성하는 것도 포함된다.

(4) '다자개발은행'의 해산 또는 회원 탈퇴

이사회가 「조약」에 대해 해석하는 것이 특징인 상기의 분쟁해결 메
커니즘은 '다자개발은행'이 해산되거나 회원 탈퇴의 경우와 같이 극단
적인 상황에는 적용되지 않을 수 있다. 아투행 「조약」은 이런 유형의
분쟁을 국제 중재에 회부할 것을 요구하고·있다.[860] 사실상 은행이 해
산되거나 회원 탈퇴의 경우 중재를 통하여 분쟁을 해결하는 것은 이
미 '다자개발은행' 「협정」의 기준 규정으로 되었으며,[861] 세계은행 「협
정」은 이러한 중재의 성격을 가장 잘 설명하고 있다. 기타 '다자개발
은행'의 「협정」은 '해석'과 '중재'를 병렬된 두 조항으로 규정하고 있고
세계은행의 「협정」은 '중재'를 '해석' 조항에 직접 포함시켜 중재가 조
약 해석의 극단적인 경우임을 확인하였다.

「아투행협정」은 중재재판소의 업무절차를 간결하고도 명확하게 규
정하였다. 중재재판소는 3명의 중재인으로 구성되는데, 한 명은 은행

---

860) 「아투행협정」 제55조는 "은행과 회원국 자격이 종료된 국가 사이에, 또는 은행의 은행업무 종료
　　결의가 채택된 후 은행과 회원 사이에 분쟁이 발생할 경우 3명의 중재인으로 구성된 재판소에
　　회부하여 중재해야 한다." 라고 규정하고 있다.

861) For example, IBRD, EBRD, ADB all have similar Provisions. See IBRD AOA Article IX,
　　EBRD AOA Article 58, ADB AOA Article 61.

이 임명하고, 두 번째 한 명은 관련 회원이 지정하며, 세 번째 한 명은 국제법원 원장 또는 은행의 운영위원회가 결정한 동급 권위기관이 지정한다.[862] 분쟁 각 당사자들이 세 번째 한 명의 중재인에 대한 임명에 관해 별도로 약정이 되어 있는 경우에는 그 약정에 준한다.[863] 세 번째 중재인은 세계은행 「협정」에서 '수석 중재인'으로 불리며, 분쟁 쌍방이 합의를 이루지 못했을 때, 모든 절차상의 문제를 결정할 수 있는 권한을 가진다.[864] 중재재판소는 단순다수결로 판결하며, 판결은 종국성과 구속력을 가진다.[865] 이런 유형의 중재가 촉발될 수 있는 경우는 드물고 극단적이다. 회원국이 '다자개발은행'에서 탈퇴하기 전에 분쟁은 언제나 협상을 거쳐 해결될 수 있다. 이밖에 또 아직까지는 '다자개발은행'이 해산된 경우가 없었다. 그렇기 때문에 「아투행협정」 제55조의 중재 조항은 인용되지 않을 가능성이 크며, 다만 다른 '다자개발은행'의 경우와 마찬가지로 긴급보장조항으로 삼아 남겨둘 수 있다.

(5) 주권담보대출

주권담보대출은 주권정부에 제공하는 대출 또는 주권을 담보로 하는 개인주체에 제공하는 대출을 가리킨다.[866] 이런 유형의 대출협의에

---

862) AIIB AOA Article 55.
863) AIIB AOA Article 55.
864) AIIB AOA Article 55.
865) AIIB AOA Article 55.
866) 주권담보융자의 정의는 아래 내용을 참조하라. AIIB Policy on Prohibited Practices(December 8, 2016), Sec. 2. 1, Definition 37.

분쟁이 생겼을 경우 우선 협상을 통해 해결해야 하며, 협상이 실패하였을 경우 분쟁은 반드시 중재에 회부하여 해결해야 한다.[867] 아투행의 주권담보대출 관련 분쟁의 중재 해결 메커니즘은 「주권담보대출 일반조항」(이하 「일반조항」, Ggeneral Conditions for Sovereign-backed Loans)에 전면적으로 반영되어 있다.

「일반조항」은 「유엔국제무역법위원회(UNCITRAL) 중재규칙」에 적용할 것을 요구하고 있으며, 그 기간은 「일반조항」이 발효되는 시점인 2016년 5월 1일까지로 한한다.[868] 이 날짜 이후 UNCITRAL 중재규칙에 대한 그 어떤 개정도 아투행의 주권담보대출 협의분쟁에 적용하지 않는다. 3명의 중재인을 임명하는 권한은 상설중재법원 비서장에게 있다.[869] 당사자가 별도로 약정한 경우를 제외하고 중재지역은 헤이그로 한다.[870] 사무를 행할 때의 언어는 영어로 한다.[871] 중재에 적용되는 실체법은 반드시 국제법이어야 한다.[872] 「일반조항」은 적용되는 국제법의 근원을 순서에 따라 열거하였다. 즉 「아투행협정」 및 당사국에 구속력이 있는 기타 국제조약,[873] 당사국에 대한 구속력의 유무에 관계없는 기타 국제조약,[874] 국제관례[875] 및 적용 가능한 일반 법률원칙이다.[876]

---

867) AIIB General Conditions for Sovereign-backed Loans(May 1, 2016), Article 7. 04(a).
868) AIIB General Conditions for Sovereign-backed Loans(May 1, 2016), Article 7. 04(a).
869) AIIB General Conditions for Sovereign-backed Loans(May 1, 2016), Article 7. 04(a)(iv).
870) AIIB General Conditions for Sovereign-backed Loans(May 1, 2016), Article 7. 04(a)(v).
871) AIIB General Conditions for Sovereign-backed Loans(May 1, 2016), Article 7. 04(a)(vi).
872) AIIB General Conditions for Sovereign-backed Loans(May 1, 2016), Article 7. 04(a)(vii).
873) AIIB General Conditions for Sovereign-backed Loans(May 1, 2016), Article 7. 04(a)(vii)(A).
874) AIIB General Conditions for Sovereign-backed Loans(May 1, 2016), Article 7. 04(a)(vii)(B).
875) AIIB General Conditions for Sovereign-backed Loans(May 1, 2016), Article 7. 04(a)(vii)(C).
876) AIIB General Conditions for Sovereign-backed Loans(May 1, 2016), Article 7. 04(a)(vii)(D).

분명한 것은 「일반조항」에 적용되는 국제법의 근원은 「국제법원정관」의 규정과 일치하며,[877] 또 적용 순서도 열거된 순서를 따라야 한다.

그러나 아투행의 국가담보대출협의가 가장 우선적으로 적용된다. 대출협의가 국제법과 모순될 경우 국제법보다 우선적으로 적용된다. 여기에는 「아투행협정」보다도 우선적으로 적용되는 것도 포함된다. 대출협의는 또 차관국의 국내법보다도 우선적으로 적용된다.[878]

그러나 주권담보대출로 인한 분쟁에서 아투행의 중재조항은 적용될 기회가 극히 적다. 왜냐하면 그런 분쟁은 협상을 통해 해결될 가능성이 가장 크기 때문이다.[879] 그런 예측을 하는 이유는 다음과 같다. 첫째, 아투행과 차관국은 모두 분쟁을 제3자에게 호소하여 해결하는 것을 원치 않는다. 왜냐하면 그렇게 하는 것은 사실상 통제권을 포기하는 것이기 때문이다. 둘째, 쌍방은 모두 합작관계를 중시하고 있는데, 중재는 쌍방관계의 발전을 손상시킬 수 있기 때문이다. 만약 담판을 통해 해결을 보지 못할 경우 아투행의 비장의 카드는 나머지 대출의 방출을 중단하는 것이다.

세계은행의 경험은 그 기대를 뒷받침해 준다. 세계은행의 역사에서

---

877) Statute of the International Court of Justice, Article 38. Available at http://www.icj-cij.org/documents/?P1=4&P2=2(visited December 25, 2016).

878) 아투행의 「주권담보대출 일반조항」 (2016년 5월 1일) 제7. 01조는 다음과 같이 규정하고 있다. "법률협의(대출협의와 담보협의 포함. 필자 주와 같음.)에 열거한 권리와 의무에 대해서는 그 어느 나라 또는 그 어느 정치 갈래가 그와 반대되는 법률 규정을 갖고 있을지라도 협의조항을 효과적이고 집행 가능한 것으로 봐야 한다. 그 어떠한 경우에도 또 어떠한 이유에서든 법률협의 체결 당사자는 법률협의 조항의 무효화 또는 집행 불가를 선언할 권리가 없다."

879) 예를 들어, 세계은행 대출협의 관련 모든 분쟁은 실천 과정에서 모두 협상을 통해 해결되었다. Ibrahim F. I. Shihata, Avoidance and Settlement of Disputes-the World Bank's Approach and Experience, 1 Int'l L. F. D. Int'l 90 1999, p. 92.

가장 까다로웠던 분쟁이 발생하였던 적이 있다. 예를 들면 구(舊)유
고슬라비아의 미상환채무의 상속국가들 간의 분배 및 루마니아가 벌
금을 전액 지불하지 않은 상황에서 은행 대출금을 앞당겨 상환하려
고 고집한 것이다. 이런 분쟁들은 결국 모두 단기간 내에 협상을 통
해 해결되었다.[880] 국제법의 집행제도는 세 가지 유형으로 나눌 수 있
다.[881] 즉 사법식,[882] 비사법식,[883] 준사법식이다.[884] 대다수 '다자개발은
행'의 분쟁해결 메커니즘은 내부적으로 구축되어 있으나 은행의 관
리위원회로부터 독립되어 있다.(예를 들어 문책 메커니즘·상업제재·
행정법원 등)[885] 회원국의 참여여부에 따라 그들의 집행유형은 완전히
다르다.[886] 회원국이 직접 또는 간접적으로 참여하였을 경우, 의사결

---

880) Ibrahim F. I. Shihata, Avoidance and Settlement of Disputes-the World Bank's Approach
and Experience, 1 Int'l L. F. D. Int'l 90 1999, p. 93.

881) G. J. H. van Hoof & K. de Vey Mestdagh, Mechanisms of International Supervision, in
Supervisory Mechanisms in International Economic Organisations, at 15-20(P. van Dijk ed.,
Kluwer, 1984) (describing the Characteristics of judicial, quasi-judicial, and non-judicial
supervision.

882) "사법식"은 독립적이고 공정한 기구가 정당한 절차를 거쳐 구속력을 가진 판결을 내림으로써 사
법의 집행을 실현하는 것을 가리킨다. 국제법원은 사법식의 대표적 예이다.

883) "비사법식"이란 정치적 종속성을 띤 기관이 불명확한, 종종 정치화한 절차를 채택하여 구속력이
있는 결정 또는 구속력이 없는 제안을 함으로써 비사법적 집행을 하는 것을 말한다. 유엔안전보
장이사회는 비사법적 방식의 대표적 예이다.

884) "준사법식"은 사법식과 비사법식 사이에 있는 집행 메커니즘이다. WTO 분쟁해결 메커니즘, '다자
개발은행'의 상업부패제재 메커니즘 및 문책 메커니즘은 모두 준사법적 집행 메커니즘의 대표적
예이다.

885) Andres Rigo Sureda, "Process Integrity and Institutional Independence in International
Organizations: the Inspection Panel and the Sanctions Committee of the World Bank", in
Laurence Boisson de Chazournes et al. (eds), International Organizations and International
Dispute Settlement(Transnational Publishers, 2002), p. 172.

886) Andres Rigo Sureda, "Process Integrity and Institutional Independence in International
Organizations: the Inspection Panel and the Sanctions Committee of the World Bank", in
Laurence Boisson de Chazournes et al. (eds), International Organizations and International
Dispute Settlement(Transnational Publishers, 2002), p. 193.

정권을 통제하고 비공식적인 결정을 하는 경향이 있다.(예를 들면 문책 메커니즘의 경우) 회원국이 참여하지 않은 경우에는 절차상의 정당성과 제3자의 결정을 우선적으로 고려한다.(예를 들어 행정법원과 상업제재의 경우) 그러나 이러한 '다자개발은행'의 분쟁해결 메커니즘은 대체적으로 집행 메커니즘의 비사법적 측면으로부터 사법적 측면으로 발전하는 과정을 겪고 있다. 국내 사법의 소송은 그러한 추세를 더한층 강화하였다.[887] 동시에 '다자개발은행'은 모두 충돌을 피하고 내부적으로 분쟁을 해결하고자 하는 경향이 있다.[888] '다자개발은행'들은 엄격한 사법적 법률적용을 거부한다. 따라서 그들의 분쟁해결 메커니즘은 본질적으로 행정적이다. 그러나 '다자개발은행'은 경우에 따라서는 정관이나 계약에 따라 사법적 절차를 밟거나(예를 들어 상업거래의 경우) 또는 중재를 받아들이는 것(예를 들어 주권담보대출의 경우)에 동의하기도 한다. 이처럼 분쟁해결 메커니즘에서 산생된 사례들은 국제공법을 풍부히 하였다. 예를 들면 세계은행은 제

---

887) 예를 들면 국내 노동소송은 세계은행이 행정법원을 설립하여 노동분쟁을 해결하기 위한 독립적인 사법 플랫폼으로 삼을 수 있도록 추진하였다. Andres Rigo Sureda, "Process Integrity and Institutional Independence in International Organizations: the Inspection Panel and the Sanctions Committee of the World Bank", in Laurence Boisson de Chazournes et al. (eds), International Organizations and International Dispute Settlement(Transnational Publishers, 2002), p. 193.

888) Andres Rigo Sureda, "Process Integrity and Institutional Independence in International Organizations: the Inspection Panel and the Sanctions Committee of the World Bank", in Laurence Boisson de Chazournes et al. (eds), International Organizations and International Dispute Settlement(Transnational Publishers, 2002), p. 193.

재위원회가 내린 판결문 전문 43건을 대외에 공개하였으며,[889] 또 1심에서 상소하지 않은 150여 건의 제재결정도 공개하였다.[890] '다자개발은행'의 행정법원도 모두 노동분쟁과 관련된 판결과 재정을 공개하였다. 이밖에 세계은행의 감사단도 114건의 사건을 공개하였다.[891] 이러한 판결사례는 모두 귀중한 선례자원으로서 매 사건에 대한 판결자의 판결요점을 보여주며, 또 규정을 어긴 자의 그릇된 부분에 대해 설명해준다. 이로부터 미루어 알 수 있다시피 이러한 새로운 국제법 분야에서 새로운 연구 성과가 끊임없이 나타나 '다자개발은행' 통합법(droit commum)의 점차적인 형성과 발전을 추진하게 될 것이다.[892] 이밖에 '다자개발은행' 간의 협력도 강화되고 있다. 이들 은행들은 많은 프로젝트에 공동융자를 제공할 뿐만 아니라 또 제도배치 면에서도 조화를 이루고 심지어 통일하기에 노력하고 있다. 예를 들면 독립적인 문책 메커니즘 네트워크 연맹(Nnetwork of Independent

---

889) 세계은행제재위원회가 2012년 이후에 발표한 사례와 판결 전문은 아래 링크주소를 참고하라. http://web.worldbank.org/WBSITE/EXTERNAL/EXTABOUTUS/ORGANIZATION/ORGUNITS/ EXTOFFEVASUS/0, con-tentMDK:23059612~pagePK:64168445~piPK:64168309~theSite PK:3601046, 00.html(visited September 17, 2016).

890) World Bank, "Suspension and Debarment Officer Determinations in Uncontested Proceedings", http://web.worldbank.org/WBSITE/EXTERNAL/EXTABOUTUS/ ORGANIZATION /ORGUNITS/EXTOFFEVASUS/0,, contentMDK:22911816~menuPK:7926949~p agePK:64168445~ piPK:64168309~theSitePK:3601046,00.html(visited September 17, 2016)

891) See a complete case list at http://ewebapps.worldbank.org/apps/ip/Pages/Panel_Cases. aspx(visited November 22, 2016).

892) "통일법"은 서로 다른 조직이 비슷한 기준·규칙 또는 절차를 제정하고 실시하는 과정을 가리킨다. 통일법은 독특한 법률체계의 형성을 허용하며 그 체계는 이들 기구가 공동으로 가지고 있는 기준·규칙 및 절차이다. Laurence Boisson de Chazournes, "Partnership, Emulation, and Coordination: Toward the Emergency of a Droit Commum in the Field of Development Finance", in Hassane Cisse, Daniel D. Bradlow, Benedict Kingsbury(ed.), The World Bank Legal Review, Vol. 3(2012) p. 174.

Accountability Mechanisms)의 여러 회원들 간에 서로 교류하고 참고하면서[893] 회사관리의 중요한 내용인 문책 메커니즘의 깊이 있는 발전을 추진한다.[894] 또 예를 들면 「공동집행협의」는 '다자개발은행' 상업부패방지법의 통일화를 추진하고 제재결정의 교차집행을 촉진하였다. 아투행의 분쟁해결 메커니즘은 전반적으로 형성단계에 처해 있다. 일부 제도가 이미 확립되긴 하였지만 전반적으로 하나의 기본 틀만 형성되었을 뿐 구체적인 법규 메커니즘은 아니다. 예를 들면 아투행 제재정책의 비례원칙은 실천과정에서 세분화하고 보완해야 한다. 업무의 전개, 경험의 축적 및 기타 '다자개발은행'과의 밀접한 협력과 더불어 아투행의 분쟁해결 메커니즘은 꾸준히 개선되고 풍부해지고 발전할 것이다. 그 과정은 서로 교류하고 참고하는 과정이다. 사람들은 아투행이 '다자개발은행' 분쟁해결 메커니즘에 새로운 기여를 하기를 기대하고 환영한다.

---

893) 독립적 문책메커니즘연맹의 회원에는 다음과 같은 기구가 포함된다. 아프리카개발은행(AfDB)·아시아개발은행(ADB)·유럽부흥개발은행(EBRD)·유럽투자은행(EIB)·미주개발은행(IDB)·일본국제협력은행(JBIC)·일본수출투자보험공사(NEXI)·해외개인투자회사(OPIC)·유엔개발계획(UNDP)·세계은행그룹 산하 국제금융회사와 다자투자담보기구이다. http://ewebapps.worldbank.org/apps/ip/ Pages/Related%20Organizations.aspx(visited November 22, 2016).

894) The Inspection Panel at the World Bank: Operating Procedures(April 2014), p. 21, footnote 11.

제9장
'다자개발은행' 문책 메커니즘:
아투행의 시각

　'다자개발은행'의 분쟁해결 틀 안에서 문책 메커니즘은 매우 중요한 구성부분이다.[895] '다자개발은행'은 제소를 처리해야 하는 법적 의무가 있다. 이러한 제소는 프로젝트의 환경적·사회적 영향에 대한 사람들의 우려에서 비롯되며 비자발적 인력 배치, 인권 침해 등 문제와 관련된다. 문책 메커니즘은 주로 은행직원이 책임을 이행하였는지의 여부, 프로젝트의 설계 및 실행에 관한 규정을 이행하였는지의 여부에 대해 심사한다.[896]

　'다자개발은행'은 운영과정에서 대출을 제공할 프로젝트를 선정해야 하고 차관국의 대출 사용조건을 결정해야 한다. '다자개발은행'은 대출조건을 협상하여 확정하고 대출계약을 비준하며 대부금을 분할 방

---

895) 본 장에서 필자는 협의적인 문책 메커니즘의 개념을 인용하였다. 광의적인 문책 메커니즘에는 세계은행 감사단(Inspection Panel) 외에도 또 다른 문책기구가 포함된다. 세계은행을 예로 들면, 행정재판소(the Administration Tribunal)·내부 감사부서(the Internal Auditing Department)·독립평가단(the Independent Evaluations Group)·청렴 담당 부총재(the Integrity Vice Presidency) 등이다. Evarist Baimu and Aristeidis Panou, "Responsibility of International Organizations and the World Bank Inspection Panel", in Hassane Cisse, Daniel D. Bradlow, Benedict Kingsbury(ed.), The World Bank Legal Review, Vol. 3(2012) pp. 151~153.

896) 은행 규칙이란 "프로젝트의 설계·평가 및 실시와 관련된 은행업무정책과 절차규정"을 가리킨다. World Bank, The First Review of the Resolution Establishing of the Inspection Panel in 1996("the 1996 Clarifications"), Section entitled "Eligibility and Access".

출하는 과정에서 일련의 결정을 내려야 한다. 이러한 결정들을 통해 '다자개발은행'은 차관국 프로젝트를 설계하고 실행하는 과정에서 중요한 참여자가 되며, 프로젝트 소재지 주민들의 생활에 직접적으로 심지어 돌이킬 수 없는 영향을 주게 된다.

그 영향으로 인한 법적 책임은 대체로 두 가지 유형으로 나뉜다.[897] 첫 번째 유형의 법적 책임은 차관국이 부담한다. 대출협의에서 차관국이 대출계약의 이행을 책임져야 한다고 명확히 규정하였기에 차관국은 이에 따라 일련의 상업적 결정을 내리게 되며,[898] 이로 인해 초래하게 되는 개인주체의 손실에 대해 배상책임을 져야 한다. 두 번째 유형의 법적 책임은 은행의 의사결정, 의사결정의 방식과 관련되며 의사결정의 근거가 되는 정보의 수집과 분석작업 및 의사결정에 누가 참여할 것인지에 대한 은행의 결정이 포함된다.[899] 그 과정에서 은행은 독립적으로 책임을 부담해야 하며 차관국의 역할은 매우 제한적이고 영향도 크지 않다.[900] 국가의 책임으로 유추해 보면 "프로젝트가 현지주민에게 손해를 줄 경우, 국제기구는 프로젝트에 자금을 지

---

897) Daniel D. Bradlow, "International Organizations and Private Complaints: The Case of the World Bank Inspection Panel", 34 Va. J.Int' l L. 553 1993~1994, p. 605.
898) 일반적으로 차관국 정부가 실질적인 결정을 부담한다. 예를 들면 프로젝트 설계·조달·실시 과정에서 자문회사·응찰자·도급업체 등과 협상을 진행하는 것이다. 또한 쌍방의 대출협의에 근거하여 차관국은 프로젝트의 실시를 위한 법적 책임을 져야 한다. Daniel D. Bradlow, "International Organizations and Private Complaints: The Case of the World Bank Inspection Panel", 34 Va. J. Int' l L.553 1993~1994, pp.559-60, p. 604.
899) Daniel D. Bradlow, "International Organizations and Private Complaints: The Case of the World Bank Inspection Panel", 34 Va. J. Int' l L.553 1993~1994, p. 605.
900) 국제기구 귀책문제에 관한 기본 이론은 아래 내용을 참고하라. Evarist Baimu and Aristeidis Panou, "Responsibility of International Organizations and the World Bank Inspection Panel", in Hassane Cisse, Daniel D. Bradlow, Benedict Kingsbury (ed.), The World Bank Legal Review, Vol. 3(2012) pp. 157~159.

원하였거나 또는 다른 형태로 프로젝트에 참여한 것에 대한 책임을 져야 한다."[901] '다자개발은행'은 강제적인 운영정책을 실시할 때 비록 개인주체와는 직접적인 계약관계가 없지만 그 영향을 받는 개인주체와는 여전히 아주 중요한 법률관계가 발생한다.[902] 그런 관계에서 주목하는 핵심은 은행이 강제적인 운영정책과 절차규정을 실시하는 방식이다.[903] 은행이 그 규정을 따르지 않았을 경우 그런 관계는 은행에 제소할 권리를 개인주체에 부여한다.[904] 아시아인프라투자은행("아투행")은 중국이 제안하고 주도한 첫 '다자개발은행'이다. 아투행은 "정예·청렴·녹색"의 운영이념을 실천하고 있으며, 21세기를 지향하는 고기준의 국제기구를 건설하는데 목적이 있다.[905] 아투행의 고기준은 공평하고 고효율적인 문책 메커니즘의 구축을 요구한다. 본 장에서는 아투행의 문책 메커니즘 건설을 중점적으로 주목하기로 한다.

---

901) Giorgio Gaja, Special rapporteur, Third Report on Responsibility of International Organizations, at Paragraph 28, UN Doc. A/CN 4/553(May 13, 2005) http://www.un.org/en/ga/search/view_doc.asp? symbol=A/CN. 4/553(visited January 2, 2017).

902) 세 가지 측면으로 그 법적 관계에 대해 이해할 수 있다. 첫째, 그런 관계는 그 권익이 은행 업무의 직접적인 영향을 이미 받았거나 또는 받을 수 있음을 증명할 수 있는 개인주체에만 국한된다. 둘째, 그 관계에서 개인주체는 자신의 권익에 영향을 주는 은행에 책임을 물을 수 있다. 셋째, 그 관계의 두드러진 법률속성은 은행이 강제적인 업무정책과 절차규정을 실시하는 방식이다. Daniel D. Bradlow, "International Organizations and Private Complaints: The Case of the World Bank Inspection Panel", 34 Va. J. Int' l L.553 1993~1994, pp. 554~555.

903) 세계은행의 운영정책 및 절차규정은 "은행 운영정책과 절차 및 지령 그리고 기타 선행 법률 문서"를 가리킨다. "단, 지침 최선의 실천 및 기타 유사한 문서나 설명서는 포함하지 않는다." World Bank, Resolution Establishing the Inspection Panel(September 22, 1993, "the Resolution"), para. 12.

904) 문책 메커니즘은 은행 규칙의 위반 여부에 대해서만 심사하며 국제인권법, 환경법 등 다른 국제 조약의 위반 여부에 대해서는 심사할 필요가 없다. Evarist Baimu and Aristeidis Panou, "Responsibility of International Organizations and the World Bank Inspection Panel", in Hassane Cisse, Daniel D. Bradlow, Benedict Kingsbury(ed.), The World Bank Legal Review, Vol. 3(2012), pp. 160~163.

905) http://www.aiib.org/html/aboutus/introduction/aiib/?show=0(2016년 12월 28일 방문).

1. 문책 메커니즘: 세계은행 감사단의 사례

1993년 세계은행이 최초로 문책 메커니즘을 제정하였다.[906] 그 이전에는 세계은행 정책결정의 투명도가 낮은 수준이었고, 문책 메커니즘도 완벽하지 않았다.[907] 그때 당시 세계은행의 고기준은 무시당하지 않으면 효과적인 집행이 이루어지지 못하고 있다는 것이 보편적인 인식이었다. 나르마다(Narmada)사건으로 세계은행의 명성이 널리 질타를 받게 되었고,[908] 결국 감사단을 구성하여 운영에 대한 감찰기능을 수행하기에 이르렀다.

세계은행은 1993년에 「감사단 설립에 관한 결의안」(the Resolution Establishing the Inspection Panel, or the Resolution)을 발표한 후 1996년과 1999년에 잇달아 두 건의 「설명」(Clarifications)을 발표하였다.[909] 그 문서들이 공동으로 감사단 운영의 법적근거를 구성한다. 이에 따라 감사단은 세계은행의 구성기구이지만 은행 관리위원회

---

906) 감사단 설립에 관한 상세한 서술은 아래 내용을 참조하라. World Bank, "The Inspection Panel at 15 Years" (2009), pp. 3~4, available at http://documents.worldbank.org/curated/en/997441468157510017/The-inspection-panel-at-fifteen-years(2016년 12월 22일 방문).

907) Ibrahim F. I. Shihata, The World Bank Inspection Panel: In Practice(New York: Oxford University Press, 2000), Second edition, pp. 1~2.

908) 나르마다(Narmada)사건은 주로 세계은행이 투자한 2건의 인도 나르마다 강 프로젝트와 관련된다. 1985년, 세계은행은 인도와 투자협의를 체결하였다. 실시과정에 프로젝트가 현지 지역환경과 주민들에게 막대한 피해를 입혔고, 세계적으로 비난을 받았다. 자세한 내용은 아래 자료를 참조하라. Ibrahim F. I. Shihata, The World Bank Inspection Panel: In Practice(New York: Oxford University Press, 2000), second edition, pp. 5~8.

909) 세계은행 이사회는 1993년에 감사단 설립 결정을 처음으로 발표한 뒤 1996년과 1999년에 감사단 업무에 대한 "검토"와 "설명"을 잇달아 발표하였다. World Bank, "The Inspection Panel at 15 Years" (2009), at 202-13, available at http://documents.worldbank.org/curated/en/997441468157510017/ The-inspection-panel-at-fifteen-years(2016년 12월 22일 방문).

로부터 독립되어 존재한다.[910] 먼저 감사단은 은행총재가 아니라 이사
회에 업무보고를 해야 한다.[911] 감사단에는 3명의 상임구성원을 두는
데,[912] 매기마다의 임기는 5년이고 연임하지 못한다.[913] 감사단 구성원
은 취임 전 2년 내에 세계은행에서 기타 직무를 맡은 경력이 없어야
하며,[914] 임기 만료 후에도 세계은행에서 기타 직무를 맡지 못한다.[915]
감사단은 별도의 비서처를 둔다.[916] 심사단의 독립성은 실천과정에서
도 어느 정도 반영된다. 예를 들면 감사단의 일부 구성원은 비정부
친환경기구에서 일한 경력이 있어 은행업무 중에 존재하는 문제점을
예리하게 발견할 수 있고,[917] 청구자격과 기술적격문제를 심사할 때
감사단은 늘 관리위원회와 의견이 일치하지 않으며,[918] 감사단은 심지
어 직설적으로 관리위원회를 비판하기도 한다.[919]

---

910) Andres Rigo Sureda, "Process Integrity and Institutional Independence in International
     Organizations: the Inspection Panel and the Sanctions Committee of the World Bank", in
     Laurence Boisson de Chazournes et al.(eds), International Organizations and International
     Dispute Settlement(Transnational Publishers, 2002), p. 172.
911) The Inspection Panel at the World Bank: Operating Procedures(April 2014), p. 7.
912) The Resolution, para. 2.
913) The Resolution, para. 3.
914) The Resolution, para. 5.
915) The Resolution, para. 10.
916) The Inspection Panel at The World Bank: Operating Procedures(April 2014), p. 7.
917) Ibrahim F. I. Shihata, The World Bank Inspection Panel: In Practice(New York: Oxford
     University Press, 2000), second edition, pp. 206~207.
918) Ibrahim F. I. Shihata, The World Bank Inspection Panel: In Practice(New York: Oxford
     University Press, 2000), second edition, pp. 206~207.
919) Andres Rigo Sureda, "Process Integrity and Institutional Independence in International
     Organizations: the Inspection Panel and the Sanctions Committee of the World Bank", in
     Laurence Boisson de Chazournes et al. (eds), International Organizations and International
     Dispute Settlement(Transnational Publishers, 2002), p. 173.

(1) 세계은행 감사단 메커니즘

감사단의 업무는 네 개의 단계로 나뉜다. 즉 제소의 접수와 입건 단계, 제소의 기술적 적격성의 확인단계, 조사단계, 사후 조사단계이다. 제1단계는 제소에 대한 접수와 입건단계이다. 제소는 차관국 프로젝트로 인해 직접적인 피해를 본 사람들로부터 비롯된다.[920] 고소인은 마땅히 기타 모든 구제수단을 모조리 동원해야 한다. 여기에는 은행직원에게 적절한 정돈 개선할 수 있는 기회를 마련해 주는 것도 포함된다.[921] 고소인은 프로젝트의 모든 단계에서 제소할 수 있다.[922] 감사단은 제소 접수 15일 이내에 초보적 심사를 진행해야 하며 입건의 여부를 결정해야 한다.[923]

제2단계는 제소의 기술적 적격성을 확인하고 조사 진행 여부에 대한 건의를 제출하는 단계이다. 우선 감사단은 은행 관리위원회와 이사회 및 차관국에 입건 관련 상황을 통보한다. 은행 관리위원회는 입

---

920) 피해자는 적어도 2명이어야 하고 그들의 현지 조직을 대표할 수 있어야 하며 또 대리 제소를 할 수도 있다. "현지 대표성이 부족하거나 또는 존재하지 않는" 경우에만 국제 비정부조직이 제소할 수 있다. 집행이사회도 자발적으로 개입하여 감사단에 조사를 지시할 수 있다.

921) 「감사단 업무규칙」은 다음과 같이 규정하고 있다. "제소장에는 고소인이 제소사항에 대해 은행직원의 주의를 구하고 있음을 명시해야 하며 (가능한 한 상담일자·연락인 및 은행과의 소통 서한 사본을 명시해야 함) 동시에 고소인이 은행의 피드백이 불충분하다고 생각하는 이유를 명시해야 한다." The Inspection Panel at the World Bank: Operating Procedures(April 2014), p. 11.

922) 유일한 조건은 세계은행이 이미 발행한 대출금이 전체 대출금의 95%보다 적어야 한다는 것이다. 이에 비해 아시아개발은행은 대출 발행 완료일로부터 2년을 신청 제기 유효기간으로 한다. The Inspection Panel at the World Bank: Operating Procedures(April 2014), at 10. ADB, Accountability Mechanism Policy 2012, Executive Summary, viii.

923) 입건의 6가지 기본 조건은 다음과 같다. (1) 청구는 마땅히 신중하고 합리적이어야 하며 실명이어야 한다. (2) 분쟁이 있는 프로젝트는 반드시 세계은행이 투자한 프로젝트여야 한다. (3) 적어도 분쟁이 있는 프로젝트의 어느 한 부분이 제소된 손해와 합리적인 연관성이 있어야 한다. (4) 관련 대출이 여전히 방출 중에 있거나 또는 전체 대출금의 95% 미만인 경우여야 한다. (5) 조달과 무관한 경우여야 한다. (6) 감사단이 동일한 분쟁사항에 대해 조사건의를 아직 하지 않은 경우여야 한다. The Inspection Panel at the World Bank: Operating Procedures(April 2014), pp. 12~13.

건통보를 받은 후 21일 이내에 회답을 주어야 한다. 감사단은 다시 21일 동안 관리위원회의 답변에 따라 제소의 기술적 적격성을 확인하고,[924] 이사회에 조사를 제안하기로 결정한다.[925] 최종적으로 이사회가 조사비준결정을 내린다.[926]

제3단계는 제소사항에 대한 조사단계이다. 일단 권한을 부여 받아 조사를 진행하게 되면 감사단은 은행의 모든 직원에 대한 조사를 포함한 광범위한 조사권한을 갖게 된다.[927] 조사과정에 감사단은 프로젝트의 진전을 제지하거나 지연시킬 권한은 없지만,[928] 조사에서 발견한 긴급상황을 이사회와 관리위원회에 알려 그들의 관심을 불러일으키고 행동을 취하도록 할 수 있다.[929] 만약 공동융자 프로젝트와 관

---

924) 감사단은 마땅히 6가지 기술 적격 조건 충족 여부를 확인해야 한다. 그 조건들은 1999년 「설명」 제9단락에 규정되었으며 6가지 입건 조건과 대체로 일치한다. (1) 피해자가 2명 또는 2명 이상이어야 하며 모두 차관국의 영토 내에 있어야 하며 공동의 이익과 우려를 갖고 있어야 한다. (2) 고소인은 은행의 업무정책 또는 절차의 규정으로 인하여 막대한 손실을 입었거나 또는 실질적인 위해를 받을 위험이 존재하는 경우여야 한다. (3) 고소인이 이미 조치를 취하여 은행 관리위원회의 주의를 불러일으키고자 하였으나 관리위원회가 충분하고도 효과적인 회답을 제공하지 못하였고 또 그 행위가 은행규칙에 부합된다는 것을 설명하지 못하였을 경우이다. (4) 조달과는 무관한 경우여야 한다. (5) 관련 대출금이 여전히 방출 중에 있거나 또는 주요 대출금의 방출이 아직 완료되지 않은 경우여야 한다. (6) 감사단이 쟁의사항에 대한 조사건의를 아직 제기하지 않은 경우, 또는 건의를 제기하였지만 고소인이 지난번 신청 발생 후 새로운 증거 또는 새로운 상황이 나타났다고 진술한 경우이다. The Inspection Panel at the World Bank: Operating Procedures (April 2014), pp. 15-16.

925) 이 단계에서 감사단의 건의에는 "은행 직원의 행위가 적법한지 여부, 또는 은행 직원의 행위로 인해 초래할 수 있는 손실"은 포함되지 않는다. "그러한 판단은 후속 조사단계에서만 발생한다." The Inspection Panel at the World Bank: Operating Procedures(April 2014), p. 17.

926) 감사단 출범 초기에는 이사회가 조사건의에 대한 거부권을 행사하여 감사단 업무를 정치화하였다. 그러나 1999년 「설명」(「설명」 제9단락에 은행 이사회에 조사건의를 비준할 것을 요구함)이 반포된 후 이사회는 더 이상 감사단의 조사건의에 거부하지 않았다. David Hunter, "Using the World Bank Inspection Panel to Defend the Interests of Project-affected People", 4 Chi. J.Int' l L. 201 2003, p. 206.

927) The Resolution, para. 21

928) The Inspection Panel at the World Bank: Operating Procedures (April 2014), p. 20.

929) The Inspection Panel at the World Bank: Operating Procedures(April 2014), p. 20.

련될 경우 감사단은 관련 국제금융기구의 문책기구와 공동으로 협력하게 된다.[930]

제4단계는 사후 조사단계이다. 감사단은 조사보고서를 발표하여 은행의 행위가 관련 정책에 부합하는지 여부에 대해 평가한다.[931] 관리위원회는 그 조사보고서에 응답하는 한편 또 이사회에 자체 보고서와 건의를 제출하는데[932] 보통 관련 구제방안을 포함시킨다.[933] 구제방안은 관리위원회가 자발적으로 제출할 수도 있고 차관국과 은행이 고소인의 의견을 구한 후 제출할 수도 있다.[934] 이사회는 또 감사단의 조사보고서와 관리위원회의 보고서에 근거하여 구제방안의 비준 여부를 결정한다.[935] 이사회 회의가 끝난 2주일 후에 감사단의 조사보고서와 관리위원회의 보고서 및 이사회의 결정을 대외에 공개한다.

국제법의 집행과정에는 세 가지 기능이 구현된다. 즉, 행위심사와 법률해석 그리고 오류의 시정이다.[936] 세계은행의 감사단은 세 가지

---

930) The Inspection Panel at the World Bank: Operating Procedures(April 2014), pp. 20~21.
931) 감사단은 은행 관리위원회 또는 차관국에 구제방안을 제공할 필요가 없다. The Inspection Panel at the World Bank: Operating Procedures(April 2014), p. 6.
932) The Inspection Panel at the World Bank: Operating Procedures(April 2014), p. 22.
933) 관리위원회의 구제방안에 대해서 감사단은 이사회에 직접 평론의견을 제출할 수 있다. The Inspection Panel at the World Bank: Operating Procedures(April 2014), p. 22, sec. 70. 아시아개발은행에도 이와 비슷한 정책규정이 있다. ADB, Accountability Mechanism Policy 2012, Executive Summary, viii.
934) The Inspection Panel at the World Bank: Operating Procedures(April 2014), p. 22.
935) The Inspection Panel at the World Bank: Operating Procedures(April 2014), p. 22.
936) 이 '3가지 기능' 설의 출처는 GJ.H.van Hoof & K.de Vey Mestdagh, "Mechanisms of International Supervision", in P. van Dijk(ed.) Supervisory Mechanisms in International Economic Organizations(Kluwer, 1984), p. 11.이다.(그들은 국제법의 감독 시스템이 심사·시정·창조의 3가지 기능을 갖추고 있다고 주장한다. 심사는 일정한 기준에 근거하여 행위에 대하여 평가하고 판단하는 것을 말한다. 시정이란 주로 현행 국제법을 위반한 행위에 대하여 행하는 것이다. 심사와 시정은 감독의 핵심이다. 그리고 감독은 최종적으로 국제기구의 법률규칙과 실시방식의 보완을 촉진하는 것을 통해 창조적 가치를 실현한다.)

기능을 겸하고 있다. 우선 감사단은 제소의 심사와 조사의 전개활동 과정에서 심사기능을 수행한다. 둘째, 감사단은 은행의 정책과 절차 중 은행의 의무와 관련되는 규정을 해석함으로써 해석의 기능을 실현한다. 마지막으로 감사단은 증거를 수집하고 은행 관리위원회에 분쟁해결을 위한 조치를 취할 것을 촉구함으로써 시정기능을 실현한다. 시간의 흐름에 따라 감사단은 고소인 및 은행의 정책해석과 조율하는 과정에서 은행규칙의 제정에도 영향을 미치게 된다.[937]

(2) 장점과 성과

시간이 흐르면서 감사단제도는 일부 중요한 장점과 성과를 보이기 시작하였다. 첫째, 현지 지역사회에서 발송한 서한들이 늘 간과되는 상황에서 감사단의 주장은 바로 은행 최고위층의 관심을 불러일으켜 긍정적인 결과를 낳았다.[938] 둘째, 감사단제도는 은행의 회사관리구조를 충실히 하여 관리위원회의 권력을 균형 잡는 역할을 발휘하였다. 셋째, 감사단은 은행규칙에 대해 역동적으로 해석하고 적용함으로써 규칙제정의 절차와 질을 개선하였다. 넷째, 감사단제도는 또 은행이 공신력 있는 재판에 직면할 경우 스스로를 변호할 수 있는 기회를 갖

937) Daniel D. Bradlow, "International Organizations and Private Complaints: The Case of the World Bank Inspection Panel", 34 Va. J.Int' l L. 553 1993~1994, pp. 609~610.
938) 예를 들어 감사단은 울펀슨 당시 세계은행 총재에게 아룬 댐(Arun dam) 프로젝트를 취소하게 하였다. 또 다른 한 건의 소송은 자무나 강 대교(Jamuna Bridge) 프로젝트에서 현지 주민들의 안치문제를 해결하였다. David Hunter, "Using the World Bank Inspection Panel to Defend the Interests of Project-affected People", 4 Chi. J. Int' l L. 201 2003, p. 210.

게 되는 의외의 혜택을 가져다주었다.[939] 특히 일부 사람들은 정확한 정보가 부족한 상황에서 제멋대로 프로젝트의 실패를 은행 탓으로 돌릴 수 있는데 이때 은행의 변호기회가 너무나도 중요하다.

2017년 6월 24일까지 감사단은 119건의 사건을 접수하였다.[940] 기타 '다자개발은행'들도 감사단 모델을 참조하여 각자의 준법심사 메커니즘을 구축하였다.[941] 일반적으로 이런 '다자개발은행'은 결재와 결정을 공개하고, 사건의 구체적인 처리과정에 대해 설명하며, 행위인의 불법행위에 대해 구체적으로 해명함으로써 외부에서 감사단의 결재방향을 이해하는데 편리를 제공한다. 그렇기 때문에 이러한 사례들은 '다자개발은행' 간 통일법(droit commum)의 형성을 촉진하였다.[942] 더욱 중요한 것은 이러한 사례는 국제인권법·국제환경법·국제행정법을 포함한 국제법의 기타 갈래의 내용을 풍부하게 한다는 것이다.[943]

---

939) Ibrahim F. I. Shihata, The World Bank Inspection Panel: In Practice(New York: Oxford University Press, 2000), second edition, p. 240.
940) 사건 리스트는 아래 링크를 참조하라. http://ewebapps.worldbank.org/apps/ip/Pages/Panel_Cases.aspx(2017년 6월 24일 방문).
941) 이들 문책기구에는 다음과 같은 기구들이 포함된다. 미주개발은행이 1994년에 구축한 독립적인 조사기구로서 2010년에 독립적인 자문 및 조사기구로 개선되었다. 아시아개발은행이 1995년에 감찰 기능을 신설하였으며 2003년에 문책기구(즉 영구적 심사위원회 설립)를 설립하였고, 2012년에 그 기능을 업그레이드하였다. 글로벌금융회사와 다자투자담보기구가 1999년에 자문감찰전문요원제도를 설립하였다. 유럽부흥개발은행이 2003년에 독립적인 조사제도를 설립하였다. 아프리카개발은행이 2004년에 독립적인 심사제도를 구축하였고 2010년과 2015년에 잇달아 업그레이드를 진행하였다.
942) '통일법'은 동류 국제기구의 발전 과정에서 서로간에 기준과 규칙 및 절차시스템을 서로 참고하여 규칙의 조화와 유사성 심지어는 통일화를 점차 실현하는 것을 말한다. Laurence Boisson de Chazournes, "Partnership, Emulation, and Coordination: Toward the Emergency of a Droit Commum in the Field of Development Finance", in Hassane Cisse, Daniel D. Bradlow, Benedict Kingsbury(ed.), The World Bank Legal Review, Vol. 3(2012), p. 174.
943) Daniel D. Bradlow, "International Organizations and Private Complaints: The Case of the World Bank Inspection Panel", 34 Va. J.Int' l L. 553 1993~1994, pp. 608~610.

'다자개발은행'은 또 비슷한 문책 메커니즘을 갖춘 다른 글로벌 금융기관들과 함께 독립적인 문책 메커니즘 네트워크(the Network of Independent Accountability Mechanisms)를 결성한다.[944] 그 네트워크 메커니즘 하에서 여러 구성원 조직 간에 서로 교류하고 서로 참조하면서 회사관리 중의 중요한 일환인 문책 메커니즘의 발전을 추진한다.[945]

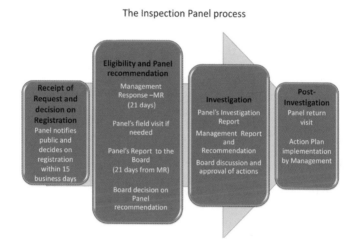

The Inspection Panel process

(그래프 출처는 The Inspection Panel at the World Bank: Operating Procedures(April 2014), p. 8.)

---

944) 독립적 문책 메커니즘연맹의 구성원에는 아프리카개발은행(AfDB)·아시아개발은행(ADB)·유럽부흥개발은행(EBRD)·유럽투자은행(EIB)·미주개발은행(IDB)·일본국제협력은행(JBIC)·일본수출투자보험회사(NEXI)·해외민간투자회사(OPIC)·유엔개발계획(UNDP) 및 세계은행그룹 산하 글로벌 금융회사와 다자투자담보기구가 포함된다. http://ewebapps.worldbank.org/apps/ip/Pages/Related% 20Organizations.aspx(2016년 12월 22일 방문).
945) The Inspection Panel at the World Bank: Operating Procedures(April 2014), at 21, footnote 11.

2. 아투행 문책 메커니즘 관련 네 가지 제안

아투행은 창립 초기부터 공신력을 갖춘 문책 메커니즘의 건설을 우선 임무로 삼아오고 있다. 「아투행협정」(Aarticles of Agreement, AOA)은 관리위원회와 그 업무에 대한 감독 메커니즘을 구축할 것을 이사회에 명확히 요구하고 있다. 또 그 감독 메커니즘은 일반적이어야 하며 "공개·투명·독립·책임"의 원칙에 따라야 한다고 명확히 요구하고 있다.[946] 「아투행 환경 및 사회책임 프레임」은 지속가능한 발전의 3가지 요소, 즉 경제·사회·환경의 종합적이고 조화로운 발전을 실현하는데 진력한다.[947] 이를 위해 감독 메커니즘을 구축하여 프로젝트와 관련된 소송을 처리하고 환경과 사회목표의 착지를 추진해야 한다고 특별히 지적하였다.[948] 그 문책 메커니즘은 아직 건설 중에 있으며, 현재 1차 공개 의견수렴을 완성하였다.[949] 아투행의 조기계획은 두 차례의 공개 의견수렴을 거친 뒤 2017년 말에 이사회에 제출하여 비준을 받는 것이었다.[950] 그런데 2017년 12월 16일까지도 2차 공개 의견수렴 절차가 가동되지 않았다.

---

946) AIIB AOA Article 26(iv).

947) AIIB Environmental and Social Framework(February 2016), Vision, para. 7.

948) 아투행 환경 및 사회 책임 프레임」 (2016년 2월 발표) 제64단락은 감독 시스템에 대해 다음과 같이 규정하고 있다. "64. 은행의 감독 시스템. 은행은 사회 및 환경 정책을 실시하는 과정에 누군가 불리한 영향을 받았다고 주장하거나 또는 받을 가능성이 있다고 주장할 경우 은행의 감독기구에 신고할 수 있다. 은행은 상응한 시스템을 구축하고 신고의 근거가 되는 정책과 절차를 마련해야 한다."

949) AIIB Complaints Handling Mechanism, https://www.aiib.org/en/policies-strategies/operational-policies/ complaint-mechanism.html(visited December 16, 2017).

950) AIIB, "Call for Public Consultation for the Proposed Asian Infrastructure Investment Bank(AIIB) Complaints Handling Mechanism", 27 April 2017, https://www.aiib.org/en/policies-strategies/_download/consultation/consultation_aiib.pdf(visited June 24, 2017).

아투행 문책 메커니즘을 구축하는 과정에는 다음과 같은 몇 가지 원칙적인 문제를 잘 처리해야 한다.

(1) 외부 전문가로 구성된 임시 감사단의 설립

아투행 감사단이 설립된 후 첫 3년 동안에는 먼저 외부에서 전문가를 초빙하고 임시 감사단을 구성해 문책업무를 전개할 수 있다.[951] 아시아개발은행과 미주개발은행의 조기실천을 참고하여 이사회가 비준한 명단 중에서 인원을 선발하여 임시 감사단을 구성할 것을 제안한다. 감사단 구성원은 매 사건마다 각기 다를 수 있지만 반드시 은행 관리위원회로부터 독립되어야 한다.[952] 아투행의 독립적인 융자업무와 신고가 증가함에 따라 임시 감사단은 독립적인 영구성 기구로 점차 발전하였으며, 집행비서처와 단기 초빙된 고문을 두게 되었다. 이는 세계은행의 '삼환(三環)' 조직구조와 비슷하다.[953] 아투행이 창조적으로

---

951) 세계은행 감사단 설립에 대한 세 가지 제안이 제기되었었다. 첫 번째 제안은 은행 직원 및 이사회로부터 독립된 준사법위원회를 설립해야 한다는 것이다. 그 준사법위원회는 정당한 절차를 통해 독립적이고 효과적인 결정권을 행사할 수 있다. 두 번째 제안은 은행 내부에 독립적인 기구를 설립해야 한다는 것이다. 그러나 그 기구는 프로젝트의 영향을 받는 프로젝트 소재지역 주민들의 고소를 직접 접수할 수 없다. 세 번째 제안은 검사 전문 요원을 두고 그에게 조사권을 부여하여 신고에 대응하는 은행의 행위가 규칙과 절차에 부합하는지에 대해 조사해야 한다는 것이다. 세 번째 제안이 감사단 설립 영감의 주요 원천으로 알려져 있다. 상기 세 가지 제안은 구체적으로 아래 내용을 참고하라. Daniel D. Bradlow, "International Organizations and Private Complaints: The Case of the World Bank Inspection Panel", 34 Va. J. Int'l L. 553 1993~1994, pp. 565~571.

952) Ibrahim F. I. Shihata, The World Bank Inspection Panel: In Practice(New York: Oxford University Press, 2000), second edition, p. 495. (세계은행·아시아개발은행·미주개발은행의 감찰기구와 비교).

953) World Bank, "Accountability at the World Bank: The Inspection Panel at 15 Years", 2009, p. 15.

309

비상주이사회제도를 실시한 것에 비추어 볼 때,[954] 다른 '다자개발은행'에 비해 아투행 관리위원회는 더욱 큰 투자권리와 책임을 갖게 된다. 이 때문에 문책 메커니즘은 관리위원회를 감독하는 중요한 제도적 수단이 되었다.[955]

첫째, 고소에 대한 전제조건의 문턱을 설치하지 말아야 한다. 고소인은 협상단계를 거치지 않고 바로 준법심사단계에 들어갈 수 있다.[956] 그러나 고소할 때 고소인이 이미 은행직원에게 요구를 제기하였으나 충분한 피드백을 받지 못하였다는 점을 반드시 설명해야 한다.[957]

둘째, 감사단은 조사권을 가지되 이사회의 비준을 받아야 한다. 세계은행 집행이사회의 원칙적 비준방식을 참고할 수도 있고,[958] 또 "역

954) 「아투행협정」 제27조는 "이사회에서 제28조의 규정에 따라 슈퍼다수결로 통과되어 별도의 결정을 내리지 않는 한 이사회는 비상주체제 하에서 운영된다." 라고 규정하고 있다. 전통적인 '다자개발은행' 은 상주이사회를 설립하였다. 아투행의 이 같은 조치는 유럽투자은행의 경험을 본받은 것이다. 유럽투자은행 「업무규칙」 제11. 1조는 "이사회가 매년 적어도 6차례 회의를 열어야 하며 매 차 회의에서는 다음번 회의 개최 시간을 결정해야 한다." 라고 규정하고 있다.

955) 실제로 세계은행의 일부 업무 중에서 감사단은 집행이사회가 관리위원회를 제어하는 수단이 된다. Andres Rigo Sureda, "Process Integrity and Institutional Independence in International Organizations: The Inspection Panel and the Sanctions Committee of the World Bank" , in Laurence Boisson de Chazournes et al. (eds), International Organizations and International Dispute Settlement(Transnational Publishers, 2002), p. 172.

956) 협상은 고효율적인 분쟁해결 메커니즘으로서 2003년에 아시아개발은행이 최초로 제안한 뒤 대다수 '다자개발은행' 이 채용하였다. 협상제도의 장점은 피해자와 분쟁해결과정에 직접 참여할 수 있고, 또 탄력적으로 합의를 이끌어낼 수 있어 감사결과를 수동적으로 받아들여야 하는 상황을 피할 수 있다는 점이다. 그러나 협상을 준법심사의 전제조건으로 할 경우, "존재하는 문제가 제때에 해결되지 않고 피해자가 직접 준법심사를 신청할 의사가 있는 경우 그 신청을 연기하는 수밖에 없게 된다."

957) The Inspection Panel at the World Bank: Operating Procedures(April 2014), p. 11.

958) 감사단이 제출한 조사건의에 대해 기술적 적격성에 논란이 있는 경우를 제외하고는 이사회에서 논의할 필요가 없이 직접 통과시켜야 한다. The 1999 Clarifications, para. 9.

방향 일치"의 의사결정 방식을 도입할 수도 있다.[959] "역방향 일치"란 감사단이 조사를 신청할 경우 이사회 전원이 반대하지 않는 한 이사회는 반드시 승인해야 함을 말한다. 두 가지 방식 모두 감사단의 공신력을 수호할 수 있으며, 적어도 이사회의 과도한 정치적 간섭을 줄일 수 있다.

셋째, 구제조치가 충분해야 한다. 세계은행이 구제조치의 불충분으로 인해 많은 비난을 받고 있는 것에서 아투행은 교훈을 섭취해야 한다.[960] 효과적인 구제제도에는 철거안치에 대한 충분한 보상, 환경 및 사회에 미치는 영향에 대한 평가업무의 수행, 대출금 방출의 일시 중단 등이 포함된다. 은행직원들은 구제방안을 이행해야 하며 그 과정에서 감사단의 실시간 감독을 받아야 한다. 극단적인 경우에는 은행정책의 위반으로 인한 경제손실을 배상범위에 포함시키는 것을 고려해야 한다.[961]

(2) 법률 총 고문과의 관계에 대한 타당한 처리

이사회는 은행의 대다수 정책과 절차규칙을 비준할 권한이 있으며,[962] 따라서 규칙에 대한 해석권을 가진다. 실제 운행과정에서 이사

---

959) 일반적인 경우에 이사회는 협의 방식으로 의사결정을 진행한다.

960) David Hunter, "Using the World Bank Inspection Panel to Defend the Interests of Project-affected People", 4 Chi. J.Int' l L. 201 2003, p. 210.

961) '다자개발은행' 의 문책 메커니즘은 사법권을 갖고 있지 않아 금지령을 발표하거나 경제배상판결을 내릴 권한이 없다.

962) AIIB AOA Article 26 (ii). .

회는 법률 총 고문에게 규칙해석 대행권을 부여하거나[963] 또는 법률 총 고문이 작성한 해석을 비준한다.[964]

준법심사과정에 법률 총고문은 제소에 언급된 은행의 권리 및 의무와 관련하여 감사단에 법률적 의견을 제공해야 한다.[965] 그 직책에 따라 법률 총 고문은 감사단의 고문이 된다. 동시에 법률 총 고문은 은행의 이익을 대표하며 은행 관리위원회를 위해 제소에 대한 답장을 작성하는 책임을 담당한다. 이에 따라 법률 총 고문은 사실상 감사단과 관리위원회의 이중 고문으로서 이익충돌이 일어나는 것은 불가피하다. 그렇기 때문에 법률 총 고문이 관련 정책과 절차규정에 대해 해석할 때, 관리위원회의 이익에 더 많이 편중할 것이라는 외부의 질의를 피하기 어렵다. 이러한 딜레마를 해결하는 관건은 고소인 측과 은행 관리위원회 사이에서 감사단이 중립적 지위를 유지하는 것이다.[966] 이를 위해 감사단은 고소인과 관리위원회 사이에서 공정성을 유지해야 하며 은행정책에 대한 분쟁 쌍방의 해석을 똑같이 중시

---

963) 예를 들어, 총 법률고문은 「금지행위정책」의 모든 조항 및 "은행의 지위와 특권 및 면책특권에 영향을 미칠 수 있는 모든" 법률규정에 대해 해석할 수 있는 권한이 있으며, 그러한 해석은 "강제적 효력을 띤다." AIIB Policy on Prohibited Practices(December 8, 2016), Section 11. 7.

964) 사실상 '다자개발은행'의 가장 중요한 법률문서(즉 「협정」)에 대한 해석에 있어서도 총 법률고문이 법률의견을 제출한 후 다시 이사회의 비준을 거칠 수 있다. Ibrahim F. I. Shihata, Avoidance and Settlement of Disputes-the World Bank's Approach and Experience, 1 Int'l L. F. D. Int'l 90, 1999, p. 92.

965) 세계은행에서, 감사단은 은행의 권리 및 의무와 관련된 문제에 대해 법률부서의 자문을 구해야 하지만 결정을 내릴 때는 관리위원회의 영향을 받지 말아야 한다. The Resolution, para. 15. The 1999 Clarifications, para. 6.

966) 세계은행 감사단은 공정성 면에서 평판이 아주 좋다. 독립적인 조사보고서에 따르면 1999년 「설명」 이후의 사건에서 감사단이 당사자들을 "공정하게 대우하였느냐"는 질문에 모든 고소인들이 만점을 줬다. World Bank, "Accountability at the World Bank: The Inspection Panel at 15 Years", 2009, p. 21.

하고 공평하게 대해야 한다. 또 은행 관리위원회와 감사단 간에 법률 총고문을 통해 서로 왕래가 지나치게 밀접하다는 인상을 주는 것을 피해야 한다. 고소인의 권익을 수호하기 위하여 고소인은 은행 관리위원회와 감사단 간의 은행기밀을 제외한 모든 통신기록을 취득하고 평가할 수 있는 권한이 있어야 한다.[967] 문제의 최종 해결은 감사단의 독립성을 떠날 수 없다. 세계은행의 경험에 비추어[968] 아투행 감사단은 결재보고서를 분석하고 작성할 때, 은행과 차관국 간의 차관협의 이행과 관련된 문제와 같은 제한적인 예외를 제외하고는 법률 총 고문의 의견을 구하거나 받아들이는 것을 가급적 피해야 한다.[969]

(3) 책임의 속성에 근거한 고소범위의 확정

'다자개발은행'의 준법심사 범위는 은행이 운영정책과 절차규칙을 이행하지 않은 경우로 제한해야 한다. 차관국과 같은 기타 이해관계자에 대한 제소는 감사단의 관할범위를 벗어난다. 따라서 감사단은 처리하기에 앞서 제소가 대체 어느 쪽의 책임을 대상으로 하는 것인지를 분명히 가려내야 한다.

실천과정에서 감사단은 세 가지 유형의 고소에 부딪칠 수 있다. 전적으로 은행에 귀책하는 제소, 일부만 은행에 귀책하는 제소, 은행

---

967) Daniel D. Bradlow, "International Organizations and Private Complaints: The Case of the World Bank Inspection Panel" , 34 Va. J.Int' l L. 553 1993-1994, pp. 584-585.
968) 세계은행 감사단은 독립성 면에서도 평판이 아주 좋다. 고소인에게 "감사단이 관리위원회로부터 독립된 상황에 대해 1~5점(5점은 완전 독립을 가리킴)까지 점수를 매길 것" 을 요구하였는데 평균 점수가 1999년 이전의 2.7점에서 1999~2004년 사이에 4.8점까지 올랐으며 은행 직원은 심지어 감사단의 독립성에 5점 만점을 주었다. World Bank, "Accountability at the World Bank: The Inspection Panel at 15 Years" , 2009, p. 19.
969) World Bank, "Accountability at the World Bank: The Inspection Panel at 15 Years" , 2009, pp. 19-21.

이외의 차주나 기타 외부 요인에 귀책하는 제소이다. 이 3자 사이는 때로는 서로 겹쳐지기도 하므로 항상 명확하게 구분되는 것은 아니다.[970] 예를 들면 프로젝트 준비는 차관국의 책임이지만 은행은 차관국이 관련 규칙과 기준을 이해하도록 보장해야 한다.[971] 또 예를 들면 프로젝트의 실시도 차관국의 책임이지만 은행은 감독할 의무가 있다.[972] 원주민 안치의 전형적인 사례를 들어보자.[973] 세계은행 운영정책은 안치방안에는 반드시 여러 가지 요소가 포함되어야 한다고 규정하고 있다.[974] 그 요소에는 안치지점의 선정과 준비 배치, 원주민과 새로운 지역사회가 협상에 참여하는 전략, 주택, 재산 및 소득원 손실의 가치산정방법 및 상응하는 배상방안이 포함된다. 이와 비슷한 맥락으로 아투행이 투자하는 프로젝트에서 안치방안과 관련하여 다음과 같은 사항에 대해 설명할 필요가 있다. 즉, 이주주민의 보상수당, 소득과 생계회복의 조치, 제도적 배치, 지도와 보고체계, 예산, 시간

---

970) 일반적 관행은 은행 관리위원회가 소송 관련 행위의 책임이 은행에 있는지 아닌지 설명하여 제소에 답변해야 한다. 감사단은 그 답변을 토대로 이사회에 조사를 요청할지 여부를 결정한다. The 1999 Clarifications, para. 3.

971) Evarist Baimu and Aristeidis Panou, "Responsibility of International Organizations and the World Bank Inspection Panel", in Hassane Cisse, Daniel D. Bradlow, Benedict Kingsbury(ed.), The World Bank Legal Review, Vol. 3(2012) p. 165.

972) Evarist Baimu and Aristeidis Panou, "Responsibility of International Organizations and the World Bank Inspection Panel", in Hassane Cisse, Daniel D. Bradlow, Benedict Kingsbury(ed.), The World Bank Legal Review, Vol. 3(2012) p. 165.

973) 사건은 가공을 거쳤다. 출처는 Daniel D. Bradlow, "International Organizations and Private Complaints: The Case of the World Bank Inspection Panel", 34 Va. J. Int' 1 L. 553 1993~1994, pp. 578-579.

974) World Bank Operational Manual OP 4. 12, Annex A-Involuntary Resettlement Instruments(February 2011), paras. 2-21, https://policies.worldbank.org/sites/ppf3/PPFDocuments/090224b0822f8a4f.pdf(visited December 7, 2016).

계획 실행표 등이다.[975] 차관국은 전면적인 안치방안을 작성할 의무가 있으며,[976] 그 방안에 대해 아투행은 적절하게 평가해야 할 의무가 있다.[977] 안치방안이 은행 운영정책의 요구를 충분히 구현하지 못한 경우 안치방안에 부족함이 존재하는 것은 은행이 방안에 대한 적절한 평가직책을 이행하지 못하였기 때문이라는 주장 하에 제소를 당할 수 있다. 그런 경우 감사단은 차관국이 제정한 방안자체가 완벽한지에 대해 심사하는 것이 아니라 은행직원들이 은행정책을 충분히 이행하였는지를 심사해야 한다. 감사단이 은행규칙에 대해 엄격하게 해석하려는 의지와 그럴 능력이 있다면 감사단의 공신력은 효과적으로 향상될 것이다.[978] 다시 말하면 단지 형식적인 평가만으로는 부족하다. 은행은 반드시 충분한 평가업무를 보장해야만 관련 규칙의 요구를 만족시킬 수 있다. 감사단이 이런 방향에 따라 운영된다면 실무적인 감사단이 될 것이며, 외부에 보수적이거나 소심하다는 인상을 주는 것을 피할 수 있다. 동시에 은행은 반드시 두 가지 역할 사이에서 균형을 잡아야 한다. 즉, 프로젝트의 설계와 실시를 감독하는 과정에

---

975) AIIB Environmental and Social Framework(February 2016), p. 38, para. 4.

976) AIIB Environmental and Social Framework(February 2016), P. 38, Para. 4. World Bank Operational Manual OP 4. 12, Involuntary Resettlement(April 2013), para. 6, https://policies. worldbank.org/sites/ppf3/PPFDocuments/090224b0822f89db.pdf(visited December 7, 2016).

977) 아투행의 직책은 주민 안치 방안에 대해 평가하고 방안이 환경과 사회에 조성하는 부정적 위험과 영향을 적절하게 피하고 최소화하며 줄이고 상쇄하거나 보상할 수 있는지 여부를 판단하는 것이다. AIIB Environmental and Social Framework(February 2016), p. 24, para. 65.

978) 주의를 돌려야 할 점은 감사단이 은행의 의무규정에 대해 해석할 때 반드시 총법률고문의 자문을 구해야 하는데 이로써 감사단의 공정성을 해칠 우려가 있다는 사실이다.

회원국 내부의 사무에 간섭하는 것을 피해야 한다.[979] 한편 엄격한 감독을 실시할 경우 회원국의 내정을 간섭한다는 질의를 유발할 수가 있다.[980]

(4) 각 단계에서 조속한 분쟁해결의 창도

준법심사의 각 단계에서 아투행은 마땅히 관리위원회와 제소인 간에 하루빨리 화해를 달성하도록 격려해야 한다. 제소 접수 초기단계부터 바로 협상절차를 도입할 수 있다.[981] 협상을 통하여 분쟁 쌍방이 소송 관련 사항에 대해 토론하고 쌍방이 모두 만족할 수 있는 해결방법을 찾을 수 있어 또 다시 준법심사를 진행할 필요가 없다.[982] 협상절차는 제소인과 아투행에 새로운 기회를 마련해주어 준법심사의

---

979) 차관국 정부의 행위와 직접 관련될 경우 문제가 비교적 민감하다. 아투행의 감사단은 현지조사를 진행할 필요가 있다. 그 과정에서 현지 정부관원·신고자 및 기타 이해 당사자들과의 접촉이 필요하다. 감사단은 심사가 현지 지방 정부의 행위가 아닌 은행 직원의 비리 혐의 행위에 대해 이뤄지도록 확보해야 한다.

980) Daniel D. Bradlow, "International Organizations and Private Complaints: The Case of The World Bank Inspection Panel", 34 Va. J. Int' l L. 553 1993-1994, pp. 566-567.

981) 이 건의는 기타 '다자개발은행'의 협상제도와 세계무역기구의 분쟁해결 메커니즘을 참고하였다. 세계은행을 제외한 모든 '다자개발은행'이 모두 협상제도를 가지고 있다. 구체적으로 말하면 미주개발은행에서는 협상이 준법심사를 위한 선결조건으로 된다. 아시아개발은행에서는 고소인이 협상과 준법심사 사이에서 선택할 수 있는 권리를 가진다. 유럽부흥개발은행과 아프리카개발은행에서는 협상 진행 여부가 문책기구의 결정에 달려 있다. 세계은행은 협상제도와 비슷한 시험방법(the Pilot approach)을 적용하고 있다. 세계무역기구는 최고 60일을 초과하지 않는 강제협상기가 있는데 이는 후속분쟁해결절차에 들어가는 전제조건이다. IDB, Policy Expressed the Independent Consultation and Investigation Mechanism(February 17, 2010), sec. 54. ADB, Accountability Mechanism Policy 2012, p.15, para71. AfDB, Independent Review Mechanism(January 2015), sections 24-27. EBRD, Independent Recourse Mechanism(July 2014), pp. 10-12. The Inspection Panel at the World Bank: Operating Procedures(April 2014), at 24-25. WTO Understanding on Rules and Procedures Governing the Settlement of Disputes(DSU), Art 4.

982) "협상"의 취지는 합의를 도출해내는 데 두고 있고 "준법심사"의 취지는 '다자개발은행'의 행위가 적법한지 여부를 확인하기 위한 데 두고 있다.

효율과 효과를 높이는데 유리하다.

고소인은 협상과 준법심사 둘 중에서 선택할 수 있다.[983] 협상을 선택할 경우 협상절차의 임의의 시각에 퇴출하여 다시 준법심사의 가동을 신청할 수 있다.[984] 심지어 협상이 성공하고 구제방안이 합의를 본 경우에도 고소인은 번복하고 준법심사 절차를 가동할 것을 신청할 수 있다.[985] 이를 통하여 고소인의 권익을 보장하고 협상절차의 적용을 격려한다. 조속한 화해 또한 준법심사의 제2단계인 기술 적격 확인단계에서 발생할 가능성이 있다.[986] 감사단은 이사회에 조사건의를 제출하는 것을 연기할 수 있으며, 이사회에 구체적인 연기기한을 제의할 수 있다. 연기의 목적은 은행 관리위원회와 고소인에게 더 많은 시간을 주어 관리위원회가 제안한 구제조치를 포함한 합리적인 해결책을 이루기 위한 것이다. 국제법의 집행 메커니즘은 대체로 세

---

983) 고소인은 선택할 권리가 있어야 하고 은행 관리위원회는 반드시 이에 협조해야 한다. 이 같은 조치는 프로젝트 피해자들이 은행 관리위원회에 비해 불리한 위치에 있기 때문이다. 게다가 이는 또 협상제도 설계 시 분쟁해결 및 합의 달성 과정에서 프로젝트 피해자가 심사 결과를 수동적으로 받아들이게 하는 것이 아니라 그 과정에 참여하도록 한다는 제도 본래의 취지를 반영한 것이기도 하다. ADB, Review of the Accountability Mechanism Policy, second working paper (September 2011), p. 6.

984) ADB, Accountability Mechanism Policy 2012, p. 15, para. 72를 참조하라.

985) ADB, Accountability Mechanism Policy 2012, p. 15, para. 72를 참조하라.

986) 계은행의 감사단은 이런 유형의 사건을 다룬 적이 있다. 이는 세계은행의 시험방법(the Pilot approach)과 구별된다. The Inspection Panel at the World Bank: Operating Procedures(April 2014), P. 17(footnote 7), pp. 24-25.

종류로 나뉜다.[987] 즉, 사법집행,[988] 비사법집행[989], 준법집행이다.[990] '다자개발은행'의 문책 메커니즘은 비교적 약한 준사법의 속성을 띤다. 우선 감사단의 직책은 사실을 발견하는 것, 즉 조사보고서를 통해 은행 행위의 적법성 여부를 평가하지만,[991] 수정 또는 금지결정을 내리는 직책은 맡지 않는다.[992] 후항권리는 은행 관리위원회가 보유하며, 관리위원회는 조사보고서에 근거하여 정돈 개진하는 의견을 제출하여 또 이사회의 비준을 받아야 한다.[993] 그리고 감사단 구성원은 은행총재가 추천하고 이사회가 임명하며 감사단 구성원은 이로써 은행에 종속된다.[994] 게다가 감사단의 조사보고서는 반드시 이사회의 비

---

987) GJ. H. van Hoof & K. de Vey Mestdagh, "Mechanisms of International Supervision", in P. van Dijk(ed.), Supervisory Mechanisms in International Economic Organizations(Kluwer, 1984), pp. 15-20(describing the characteristics of judicial, quasi-judicial, and non-judicial supervision).

988) "사법집행"의 예로는 유엔 국제재판소가 있다. 즉, 독립적이고 공정한 기관이 정당한 절차에 따라 강제적인 사법 판결을 내리는 것이다.

989) "비사법집행"의 예로는 유엔안전보장이사회가 있다. 즉, 정치적 종속성을 띤 기관이 비공식적이고 통상적 정치적인 절차에 따라 강제적인 결정이나 비강제적인 건의를 발표하는 것이다.

990) "준사법집행"은 사법과 비(非)사법 사이에 있는 감독형식이다. WTO 분쟁해결 메커니즘, '다자개발은행'의 상업회뢰제재 메커니즘 및 본 장에서 탐구하였던 문책 메커니즘 등이 모두 그 예이다.

991) The Resolution, para. 22.

992) Andres Rigo Sureda, "Process Integrity and Institutional Independence in International Organizations: the Inspection Panel and the Sanctions Committee of the World Bank", in Laurence Boisson de Chazourned et al. (eds), International Organizations and International Dispute Settlement(Transnational Publishers, 2002), p. 172.

993) The Resolution, para. 23.

994) 아시아개발은행에서는 이사회 준법심사위원회(the Board Compliance Review Committee)가 은행 총재의 의견을 구한 후 감사단 구성원의 명단을 건의하고 이사회가 감사단 구성원을 임명한다. 이러한 조치는 예전에 은행 총재가 건의하던 관례를 바꿔놓아 감사단의 독립성을 향상시켰다. ADB, Accountability Mechanism Policy 2012, Executive Summary, viii. Available at https://www.adb.org/documents/accountability-mechanism-policy-2012(visited November 29, 2016).

준을 받아야 한다.[995]

'다자개발은행'은 하향식 문책 메커니즘을 실행하며, 위에서 아래로
의 절차에 따라 프로젝트의 영향을 받는 사람들에게 책임진다.[996] 하
향식 문책 메커니즘은 전통적인 상향식 문책 메커니즘에 대한 효과
적인 보충과 보장이다. 상향식제도의 핵심은 은행직원이 윗선에 책임
을 지게하는 내부제도이다. 그런 문책 메커니즘은 사법 속성이 상대
적으로 취약하지만 생겨난 그날부터 시작하여 사법 속성이 지속적으
로 강화되는 추세를 보인다.

'다자개발은행'은 일반적으로 문책사건에 대한 결정을 발표한다. 그
런 결정들은 규칙의 분석과 해석에 대한 감사단의 생각을 외부에 알
리는 데 도움이 된다. 감사단은 결정을 내리는 과정에서 선례를 인용
하기도 한다. 사례에 대한 연구를 통해 여러 '다자개발은행'들 간에
서로 교류하고 참고함으로써 아직까지는 시기상조인 문책 메커니즘
통일법의 형성을 가능케 한다. 이밖에 '다자개발은행'은 또 비슷한 문
책 메커니즘을 실시하는 다른 국제 금융기구들과 함께 "독립문책 메
커니즘 연맹"을 결성하였다. 아투행의 문책시스템은 아직 건설과정에
있다. 설령 예정대로 2018년에 운영에 투입되더라도 그 시스템은 투자
업무가 발전됨에 따라 꾸준한 개선과 세분화가 필요하다. 아투행의
문책시스템은 계승과정에서 혁신되어야 하며, 기타 '다자개발은행'의

---

995) 감사단이 세계은행 총재와 이사회의 부속기구라는 비판적인 의견도 있다. Ibrahim F. I. Shihata, The World Bank Inspection Panel: In Practice(New York: Oxford University Press, 2000), second edition, P. 205, quoting Krishna Sumi.
996) Ibrahim F. I. Shihata, The World Bank Inspection Panel: In Practice(New York: Oxford University Press, 2000), second edition, pp. 237-240.

문책 메커니즘과 서로 교류하고 참고하면서 '다자개발은행' 문책 메커
니즘의 통일화 발전을 추진해야 한다.

제10장
'다자개발은행' 제재 메커니즘:
아투행의 시각

    '다자개발은행'의 분쟁해결 과정에서 제재 메커니즘은 매우 중요한 구성부분이다. 제재 메커니즘은 '다자개발은행'이 투자한 프로젝트 중의 상업부패와 관련된 국제법 문제를 포함하고 있다. 일부 회사 또는 개인이 계약경쟁 입찰 또는 계약이행 기간에 부정행위를 저지를 수 있다. 그런 부패현상은 빈곤퇴치를 위한 노력을 파괴하고 개발자원을 낭비하게 된다. 그런 부패현상은 '다자개발은행'의 발전 촉진 목적을 실현하는데 있어서 주요한 걸림돌이 되고 있다.

    '다자개발은행' 제재 메커니즘의 발전은 새로운 현상이다. 상업 제재가 회원국 정치 불간섭 원칙에 위배될 수 있다는 우려의 목소리가 나오고 있다. 이런 우려에는 두 가지 근거가 있다.[997] 첫째, 제재를 받을 경우 회원국 국내의 선두기업이 회원국 정부에 압력을 가할 수도 있다. 둘째, 제재절차는 흔히 정부관원의 위법행위를 폭로하게 된다. 그러나 최근의 발전을 통해 증명한 바로는 상업 제재가 꼭 '다자개

---

997) Stephen S. Zimmermann and Frank A. Fariello, Jr. "Coordinating the Fight against Fraud and Corruption: Agreement on Cross-Debarment among Multilateral Development Banks", in Hassane Cisse, Daniel D. Bradlow, Benedict Kingsbury(ed.), The World Bank Legal Review, Vol. 3(2012) pp. 190-191.

발은행' 협정에 규정된 내정 불간섭의 원칙을 파괴한다고는 할 수 없다.[998] '다자개발은행'의 헌법 문서격인 「협정」(Articles of Agreement, AOA)은 제재 메커니즘에 대해 가장 기본적인 규정을 제정하였다.[999] 「협정」은 자금이 경제적이고 고효율적인 방식으로 지정된 용도에 쓰일 수 있도록 애써 확보할 것을 '다자개발은행'에 요구하고 있다. 흔히 신의의무라고 불리는 그 기본 요구는 '다자개발은행'의 부패척결제도의 건설을 위한 법률적 토대를 마련해주었다.[1000]

세계은행은 1996년에 처음으로 상업부패 제재 메커니즘을 개발하였다.[1001] 그때 당시 세계은행은 조달정책에 사기와 부패에 관한 새로운 조항을 추가하였다.[1002] 그 후 모든 지역성 '다자개발은행'들이 그 방법을 본받아 조달정책을 수정하고 사기와 부패행위에 대한 제재와

---

998) 예를 들어 「아투행협정」 제31. 2조는 "은행 및 은행 총재, 관원 및 직원은 그 어느 회원의 정치 사무에도 간섭하여서는 안 된다." 라고 규정하고 있다. 「국제부흥개발은행(IBRD)협정」 제IV. 10조에도 이와 비슷한 요구가 포함되어 있다. 그러나 실제로, 일부 정부는 '다자개발은행'의 주권 간섭 의혹을 받는 행위를 크게 우려하고 있다. 예를 들어 방글라데시 정부는 2012년 세계은행이 파드마 강 프로젝트에서 철수할 때 그러한 입장을 표명하였었다. 이 예는 본 장의 뒷부분에서 토론하기로 한다. The Guardian, "Bangladesh weighs options after World Bank pulls out of Padma bridge project", July 17, 2012, https://www.theguardian.com/global-development/poverty-matters/ 2012/jul/17/bangladesh-options-padma-bridge-world-bank(visited November 7, 2016).

999) IBRD AOA Art. III Section 5(b). AIIB AOA, Art. 13. 9.

1000) The World Bank Group Sanctions Regime: An Overview, Part I, Section 2.

1001) 딕 손버그(Dick Thornburgh)의 보고서는 세계은행 제재 메커니즘의 발전에 큰 영향을 끼쳤다. 그 보고서를 통해 세계은행 제재 메커니즘의 조기 발전 상황을 파악할 수 있다. Dick Thornburgh, etc., "Report Concerning the Debarment Process of the World Bank", August 14, 2002, at 11-12. Also Anne-Marie Leroy and Frank Fariello, The World Bank Group Sanctions Process and Its Recent Reforms(2012), p. 9, http://siteresources.worldbank.org/INTLAWJUSTICE/Resources/sanctionsProcess.pdf(visited November 3, 2016).

1002) World Bank, "Guidelines: Procurement Under IBRD Loans and IDA Credits", Sections 1. 15-6(January 1995, revised January and August 1996, September 1997 and January 1999), http://siteresources.worldbank.org/INTPROCUREMENT/Resources/procGuid-01-99-ev3.pdf (visited November 7, 2016).

관련한 명확한 조항을 추가하였다.[1003] 그런 제재 메커니즘은 대체로 매우 비슷하지만 매 '다자개발은행'마다 직면한 상황이 서로 다름에 따라 약간의 기술적 차이가 있다. 이밖에도 분야법의 분류로 볼 때 '다자개발은행'의 제재 메커니즘은 국내행정법에 더 접근하였지만,[1004] 완전히 일치하는 것은 아니다.[1005]

'다자개발은행'이라는 대가정의 새로운 구성원인 아시아인프라투자은행("아투행")은 은행이 투자한 프로젝트의 조달 및 이행과정에서 "투명·윤리·신용의 최고 기준을 준수할 것"을 기업과 개인에게 요구한다.[1006] 아투행은 전문적인 규범성 문서인 「행위금지정책」을 발부하여 상업부패 행위를 제재하고 있다. 아투행은 또 "준법효능청렴기관 사무총장"(Director General of the Compliance, Effectiveness and Integrity Unit)직을 설치하여 제재 관련 행정업무를 맡아보도록 하고 있다. 이 직위는 관리위원회로부터 독립되어 직접 이사회에 보고한다.[1007] 분명히 해야 할 점은 제재 메커니즘의 대상이 상업회사와 개인으로 '다자개발은행' 직원이나 정부 관원과 같은 다른 주체가 아니라는 점이다. 비록 그들도 부패행위를 저지를 수 있지만 그 주체

1003) Norbert Seiler and Jelena Madir, "Fight Against Corruption: Sanctions Regimes of Multilateral Development Banks, 15(1) Journal of International Economic Law 5(2012), p. 8.

1004) 제재 절차는 국내 행정법의 제재 메커니즘과 매우 비슷하며, 동시에 민법과 형법 절차 중의 일부 요소도 참고하였다. Anne-Marie Leroy and Frank Fariello, The World Bank Group Sanctions Process and Its Recent Reforms(2012), p. 8.

1005) The World Bank Office of Suspension and Debarment Report on Functions, Data and Lessons Learned(2007-2015), Second edition, P. 8.

1006) AIIB Procurement Policy(January 2016), Section 7.

1007) 준법효능청렴기관 사무총장은 매우 특별하다. 그는 기존의 '다자개발은행' 들 중 다른 동종 업계 종사자들처럼 은행 총재에게 보고하는 것이 아니라 이사회에만 보고한다. 본 장의 제2(2)부분에서 진일보로 토론하도록 한다.

들도 기타 법률제도의 관할을 받는다. 예를 들어 '다자개발은행'의 직원은 은행 내부의 조사규칙에 따라 기소를 당할 수 있고,[1008] 또 정부 관리는 국내형법에 따라 조사를 받을 수 있다.[1009]

1. '다자개발은행'의 제재 개요

'다자개발은행'의 제재 메커니즘은 본질적으로 행정법의 영역에 속한다. 그 메커니즘이 형사 또는 민사처벌을 가할 권한이 없기 때문이다.[1010] 이와 동시에 '다자개발은행' 계약의 경쟁 입찰 또는 이행과정에서 회사나 개인이 부당한 행위를 한 사건에 대해 판정하는 과정에서의 제재 메커니즘은 준사법절차로 발전하였다.[1011]

본문에서는 '다자개발은행'에 대한 제재 메커니즘을 개괄 서술하고, 금지행위(또는 제재 가능행위)의 종류,[1012] 조사절차, 제재절차 및 제재의 분류 등 문제에 대해 차례로 토론하고자 한다.

1008) 세계은행의 조사 절차는 외부조사와 내부조사 두 가지로 구분된다는 점에 유의해야 한다. 외부조사 평가는 상업 기업 및 개인의 금지행위와 관련되며, 내부조사는 세계은행의 직원이 금지행위에 참여하였을 가능성이 있는 소송에서 발생한다. 청렴 사무 담당 부총재(The Integrity Vice Presidency, INT)는 세계은행기구 중의 독립된 부서로서 이 두 가지 조사를 담당한다. World Bank Group Integrity Vice Presidency Annual Update Fiscal Year 2015, p. 34.

1009) 부패에 연루된 관원을 대상으로 하는 국내 소송은 '다자개발은행'이 국내 조사기관에 제공한 증거 단서에서 기인된 것일 수 있다. Dick Thornburgh, etc., "Report Concerning the Debarment Process of the World Bank", August 14, 2002, pp. 12-13, footnote 7. '다자개발은행' 과 국내 조사기관 간의 상호 작용에 관한 내용은 본 장 제4(2)부분의 토론을 참조하라.

1010) The World Bank Office of Suspension and Debarment Report on Functions, Data and Lessons Learned(2007-2015), Second edition, P. 8.

1011) The World Bank Office of Suspension and Debarment Report on Functions, Data and Lessons Learned(2007-2015), Second edition, P. 8.

1012) '다자개발은행' 제재 메커니즘에서는 "금지행위"와 "제재 가능 행위"를 번갈아 사용할 수 있다.

(1) 금지행위

　모든 '다자개발은행'의 제재 메커니즘에는[1013] 모두 부패,[1014] 사기,[1015] 협박,[1016] 공모,[1017] 방해 등 5가지 금지행위가 포함된다.[1018] 이러한 금지행위에 대해 세계은행은 구체적으로 정의하고 구분하였는데,[1019] 이는 '다자개발은행' 제재 메커니즘의 발전에 시범적 의의가 있다고 할 수 있다. 그중 부패행위와 관련된 실례로는 회사가 뇌물을 먹이거나 리베이트를 주는 방식을 통해 정부로부터 은행의 융자제공 계약을 따내는 것이 있다.[1020] 사기행위와 관련된 실례로는 자문회사가 허위 날

1013) 방해 행위가 기타 네 가지 금지행위와 다르다는 점에 유의할 필요가 있다. 방해 행위는 프로젝트 조달 단계에 발생하는 것이 아니라 '다자개발은행'의 조사단계에 발생한다는 사실이다.

1014) 부패는 직접 또는 간접적으로 가치 있는 것을 제공하거나, 주거나, 받거나 또는 요구하는 등 정당하지 못한 방법으로 다른 일방에게 영향을 주는 행위로 정의된다. AIIB Policy on Prohibited Practices(December 8, 2016), Section 3. 2. 3.

1015) 사기는 고의적이거나 또는 지나치게 부주의한 허위 진술로 일방을 오도하거나 오도하려고 시도하여 경제적 이익 또는 기타 이익을 얻어 챙기거나 또는 의무를 회피하는 것을 포함한 모든 행위 또는 부작위로 정의된다. AIIB Policy on Prohibited Practices(December 8, 2016), Section 3. 2. 4.

1016) 협박은 직접 또는 간접적으로 어느 일방 또는 일방의 재산에 손해 또는 상해를 끼치거나 또는 손해 또는 상해를 끼치도록 위협하여 부당하게 그 일방의 행위에 영향을 주는 행위로 정의된다. AIIB Policy on Prohibited Practices(December 8, 2016), Section 3. 2. 1.

1017) 공모는 양자 또는 그 이상의 참여자가 합의하여 부당하게 타인에게 영향을 주는 행위를 포함한 부당한 목적을 달성하고자 계획하는 행위로 정의된다. AIIB Policy on Prohibited Practices(December 8, 2016), Section 3. 2. 2.

1018) 방해는 다음과 같은 행위로 정의된다. (1) 은행의 조사에 중요한 의미가 있는 그 어떠한 증거를 인멸·위조·변경하거나 또는 은닉하여 은행의 조사를 방해하는 행위, (2) 조사원에게 잘못된 진술을 하여 금지행위에 대한 은행의 조사를 방해하는 행위, (3) 은행의 조사와 관련된 정보·문서 또는 기록을 제공하는 것을 거부하는 행위, (4) 타인을 협박·방해하거나 공갈하여 그 타인이 은행의 조사와 관련된 정보를 누설하지 못하도록 막거나 또는 조사의 진행을 방해하는 행위, (5) 은행이 회계감사·검사·정보와 관련된 계약상의 권리를 행사하는 것을 실질적으로 방해하는 행위 등이다. AIIB Policy on Prohibited Practices(December 8, 2016), Section 3. 2. 6.

1019) The World Bank's Anti-Corruption Guidelines and Sanctions Reform: A User's Guide, pp. 6-9.

1020) 리베이트는 일반적으로 낙찰회사와 입찰을 받은 정부관원 사이에서 발생하며 일반적으로 계약 가치의 일정한 비례에 따라 계산한다.

조한 자질 및 증명에 대한 진술을 제시함으로써 프로젝트 조달의 경쟁입찰 조건에 도달하는 것이 있다. 협박행위와 관련된 실례로는 입찰회사가 프로젝트 조달과정에서 공갈협박의 수단을 쓰는 것이 있다. 공모와 관련된 실례로는 차관국 정부의 관원이 개입하여 프로젝트 소재지 관원이 자신이나 자기 친척의 회사에 계약을 주도록 영향을 미치는 것이 있다. 방해행위의 실례로는 부패행위 관련 조사과정에서 은행 조사인원이 낙찰 회사에 재무감사기록을 제출할 것을 요구하였으나 거절당한 사례가 있다.

상기의 실례는 모든 금지행위의 특징을 요약하여 설명한 것이다. 그러나 금지행위의 모든 경우가 포함된 것은 아니다. 금지행위의 정의가 광범위하기 때문에 '다자개발은행'은 이를 판정하는 데 있어서 비교적 큰 재량권을 가지고 있다.[1021]

아투행은 상기의 다섯 가지 유형의 금지행위에 대해 규정한 것 외에도 또 '자원 남용'과 '절도' 두 가지 금지행위를 규정짓고 있다. 자원의 남용은 "고의적 또는 지나친 부주의로 은행의 자원을 부당하게 이용하는 것"을 가리킨다.[1022] 이는 사실상 신중을 기해야 한다는 의무를 어긴 것이다. 절도는 "타인에게 속하는 재산을 점유하는 것"으로 정의할 수 있다.[1023] 이 두 가지 금지행위는 부패척결과 관련한 전부의 조항으로 삼을 수 있으며, 다섯 가지 기본 금지행위와 교차되거나 중

1021) Norbert Seiler and Jelena Madir, "Fight Against Corruption: Sanctions Regimes of Multilateral Development Banks," 15(1) Journal of International Economic Law 5(2012), p. 11.

1022) AIIB Policy on Prohibited Practices(December 8, 2016), Section 3. 2. 5.

1023) AIIB Policy on Prohibited Practices(December 8, 2016), Section 3. 2. 7.

첩될 수 있다. 이밖에 '다자개발은행'은 신고인 보호조항을 적용한다. 즉 선의의 신고인과 증인을 보호하는 것이다. 그러나 금지행위에 대한 신고가 잘못되었거나 악의적이라는 것을 증명하는 증거가 있을 경우 신고인은 신고인 보호조항에 따른 보호를 받을 수가 없다.[1024] 이런 경우 신고인은 사기 또는 협박행위가 있다고 인정될 수 있으며, 나아가 '다자개발은행'의 제재를 받을 수 있다.[1025]

(2) 조사 및 제재절차

여러 '다자개발은행'의 조사 및 제재절차는 비슷하다. 비교적 관건적인 세 가지 절차적 제도가 있는데, 서로 다른 '다자개발은행'의 공통성과 차이점을 보여주고 있다. 그 세 가지 절차적 제도로는 조사절차와 제재절차가 서로 독립적으로 존재하는지의 여부, 2급 제재 체계가 존재하는지의 여부, 제재 결정의 발표는 누가 맡는지 하는 것 등이 포함된다.

첫째, '다자개발은행'의 조사 및 제재절차는 서로 독립적으로 존재하며, 이를 담당하는 전문기구를 두고 있다. 예를 들어 세계은행의 경우 청렴사무를 담당하는 부총재(Integrity Vice Presidency, INT)가 다방면의 정보를 바탕으로 조사를 진행하고,[1026] 정보를 수집하며 보고서를 준비한다. 1심을 맡은 판사(Evaluation Officer)는 세계은

1024) AIIB Policy on Prohibited Practices(December 8, 2016), Section 3. 3. 4.

1025) AIIB Policy on Prohibited Practices(December 8, 2016), Section 3. 3. 5.

1026) 세계은행의 2015회계연도의 통계에 따르면, 신고의 27%가 은행 직원에게서 기인한 것이고 73%가 은행 외의 계약도급업자·시민·정부관원·NGO 및 기타 '다자개발은행'으로부터 기인한 것이다. World Bank Group Integrity Vice Presidency Annual Update Fiscal Year 2015, p. 34.

행의 직원으로서[1027] INT가 제출한 보고서에 대한 심사를 맡으며, 그 보고서에 근거해 제재결정을 내린다. 아투행의 경우는 세계은행과 비슷하다. 즉 조사관원(Investigations Officer)이 조사를 맡고, 제재관원(Sanctions Officer)이 1심을 맡는다. 조사절차와 제재절차는 서로 독립적으로 존재하는데 이에 따라 절차의 정당성을 구현하고 피고인을 보호하게 된다.[1028]

둘째, 모든 '다자개발은행'은 모두 2급 제재체제를 갖고 있다. 세계은행의 경우, 피고가 1심 판결에 불복할 경우 제재이사회(Sanctions Board)에 상소할 수 있다.[1029] 제재이사회의 결재범위는 1심의 구속을 받지 않고,[1030] 사실과 법규를 재심사하여[1031] 최종 판결을 내릴 수 있다.[1032] 아투행도 이와 비슷한 2심 종심제를 실시한다.[1033] 즉 제재관원

1027) 세계은행 그룹 내 1심 단계에는 다음과 같은 4가지 유형의 담당 기구가 있다. (i) the IBRD/IDA(World Bank) Suspension and Debarment Officer(SDO); (ii) the Evaluation and Suspension Officer(EO) for International Finance Corporation(IFC); (iii) the EO for Multilateral Investment Guarantee Agency(MIGA); And(iv) the EO for investment projects guaranteed by the World Bank(known as partial risk guarantees or PRGs). 이 4가지 유형의 1심 단계는 독립적으로 존재하지만, 2심 단계에서는 세계은행그룹의 제재위원회 메커니즘이 공동 적용된다. http://web.worldbank.org/WBSITE/EXTERNAL/EXTABOUTUS/ORGANIZATION/ ORGUNITS/EXTOFFEVASUS/0,,contentMDK: 21419040~menuPK:3601079~pagePK: 64168445~ piPK: 64168309~theSitePK: 3601046,00.html(visited July 25, 2017).

1028) Norbert Seiler and Jelena Madir, "Fight Against Corruption: Sanctions Regimes of Multilateral Development Banks", 15(1) Journal of International Economic Law 5(2012), P. 13. Also, Laurence Boisson de Chazournes and Edouard Fromageau, "Balancing the Scales: the World Bank Sanctions Process and Access to Remedies", 23(4) European Journal of International Law 963(2012), p. 983.

1029) World Bank Sanctions Procedures(April 15, 2012), Section 5. 01.

1030) World Bank Sanctions Procedures(April 15, 2012), Section 8. 01(b).

1031) 재심사 기준은 제재위원회가 1심 법관의 의견에 구애 받지 않고 처음부터 재심사한다는 것을 의미한다.

1032) World Bank Sanctions Procedures(April 15, 2012), Section 8. 03.

1033) AIIB Policy on Prohibited Practices(December 8, 2016), Sections 6. 1, 7. 1.

이 내린 제재결정이 제재 전문가단(Sanctions Panel)에 상소된 후 제재 전문가단이 최종판결을 내려[1034] 송달하게 되면 즉시 발효된다.[1035]

세계은행의 2심제는 점차적으로 발전해온 것이다. 1심 제재 메커니즘은 1998년 세계은행이 최초로 도입하였는데, 그때 당시에는 제재위원회(Sanctions Committee)라고 불렀다.[1036] 제재사건의 수효와 복잡성이 날이 갈수록 늘어남에 따라 제재위원회의 업무가 과중해지고 있기 때문에 대다수의 사건을 미리 처리해버릴 수 있는 사전 절차를 설정하여 소수의 사건만 제재위원회의 절차에 포함되도록 확보해야 한다.[1037] 한 부의 외부전문가단 보고서인 손버그(Thornburg) 보고서의 제안에 따라[1038] 2007년에 드디어 현재의 2심제로 개선되었다. 그 제도는 고효율을 추구하는데[1039] 1심 단계에서 절대다수의 사건을 처리한다.[1040] 2심제의 인원구성을 연구하는 것은 매우 중요하다. 아시아개발은행의 2심제는 제재소청심사위원회(Sanctions Appeals Committee)라고 불리는데, 위원회 인원은 전부 은행 내부의 임원들

1034) AIIB Policy on Prohibited Practices(December 8, 2016), Section 6. 3. 3.

1035) AIIB Policy on Prohibited Practices(December 8, 2016), Section 7. 7.

1036) 최초의 제재위원회는 세계은행 내부의 5명의 고위 관리들로 구성되었으며, 은행 총재에게 제재를 제안하는 역할을 맡았다. The World Bank Sanctions Board Law Digest(December 2011), p. 17.

1037) Dick Thornburgh, etc., "Report Concerning the Debarment Process of the World Bank", August 14, 2002, pp. 36-38.

1038) 2002년, 미국의 손버그 전임 총검찰관이 이끄는 외부전문가단이 발표한 평가보고서는 세계은행 제재 메커니즘의 개혁에 중요한 영향을 주었다. See Dick Thornburgh, etc., "Report Concerning the Debarment Process of the World Bank", August 14, 2002.

1039) The World Bank Sanctions Board Law Digest(December 2011), p. 17.

1040) 2007년 2심제도가 창설된 이래 세계은행은 제재사건의 3분의 2를 1심 법관의 결정과 제안에 따라 해결해왔다. 이외의 다른 사건들은 상소 과정에서 세계은행그룹 제재위원회에 의해 해결되었다. The World Bank Office of Suspension and Debarment Report on Functions, Data and Lessons Learned(2007-2015), Second edition, Executive Summary.

로 구성된다. 이와 반대로 세계은행과 아투행의 2심제의 주체는 모두 외부의 독립적인 인원으로 구성된다.[1041] 외부인원은 독립성과 절차의 정당성을 뚜렷이 증가시켰다. 특히 1심제에서는 전부가 은행 내부직원이라는 점을 생각하면 더욱 그러하다. 처음에는 명확한 규정이 없었기 때문에 세계은행은 언제나 내부 직원을 한 명 지목 파견하여 제재위원회 의장을 맡도록 하였다.[1042] 「제재위원회조례」의 개정에 따라 [1043] 또 다른 한 외부전문가단의 보고서인 볼커(Volcker)보고서의 제안을 참고하여[1044] 2009년부터 제재위원회 의장은 외부 구성원이 맡도록 하고 있다. 아투행에도 이와 비슷한 규정이 있는데 바로 제재 전문가단 의장은 반드시 외부 구성원이 맡아야 한다는 것이다.[1045]

셋째, 제재결정기구의 독립성이다. 제재결정을 발표하는 주체가 제재기구인지 아니면 은행 총재인지 하는 것은 제재 메커니즘의 공신력에 중요한 영향을 준다. 과거 세계은행은 제재기구의 제안에 따라 제재결정을 발표할 수 있는 권한을 총재에게 부여하였다.[1046] 그러나 지

1041) 세계은행에서는 3명의 내부 인원과 4명의 외부 인원으로 구성되었고 아투행에서는 1명의 내부 인원과 2명의 외부 인원으로 구성되었다. AIIB Policy on Prohibited Practices(December 8, 2016), Section 5. 1.
1042) 「세계은행 제재위원회 조례」 제6. 1조는 다음과 같이 규정하고 있다. 제재위원회 의장은 제재위원회 구성원 중에서 선출하며 은행 총재가 적당한 자문을 거쳐 추천한 뒤 이사회에서 임명한다.
1043) 2009년에 이사회가 「제재위원회조례」의 개정을 비준하고 은행 총재의 추천을 거쳐 이사회에서 4명의 외부인원 중에서 제재위원회 의장을 선출하기로 결정하였다. The World Bank Sanctions Board Law Digest(December 2011), P. 18.
1044) Paul A. Volcker, etc., "Independent Panel Review of the World Bank Group Department of Institutional Integrity", September 13, 2007, paragraphs 81 et seq.
1045) AIIB Policy on Prohibited Practices(December 8, 2016), Section 5. 2.
1046) The World Bank Sanctions Board Law Digest(December 2011), p. 17.

금은 1심이든 2심이든 제재기구가 제재 결정을 발표한다.[1047] 아투행은 창립된 날부터 제재기구가 제재결정을 발표하도록 규정하였다.[1048] 준법효능청렴기관의 사무총장은 이사회에만 보고하도록 하여 제재 메커니즘이 관리위원회로부터 독립할 수 있도록 확보하였다. 이는 '다자개발은행' 대가족에서는 흔치 않은 일이다.[1049]

(3) 제재조치의 종류

여러 '다자개발은행'의 제재조치는 대체로 비슷하지만 은행마다 미세한 차이는 있다.[1050] 제재조치에는 질책,[1051] 블랙리스트에 올리기,[1052] 조건에 부합하면 블랙리스트에 올리지 않기,[1053] 조건에 부합하면 블랙리스트에서 내리기[1054] 등의 조치가 포함된다. 제재 결정은 가중과

1047) World Bank Sanctions Procedures(April 15, 2012), Section 4. 04 for the Evaluation Officer, and Section 8. 03 for the Sanctions Board.

1048) 아투행의 제재기구는 제재결정을 발표할 수 있는 권한이 있으며 은행 총재의 동의를 구할 필요가 없다. AIIB Policy on Prohibited Practices(December 8, 2016), Sections 4. 8. 3, and 6. 3. 3.

1049) 예를 들어, 세계은행의 청렴사무 담당 부총재는 준법효능청렴기관 사무총장과 같은 기능을 수행하지만, 부총재로서 세계은행 총재에게 보고해야 한다.

1050) '다자개발은행' 제재 메커니즘의 차이점은 제재대상자가 참여할 수 없는 업무의 종류, 제재가 기존계약에 미치는 영향, 및 제재기간이 끝난 후 제재대상자의 지위문제 등에서 표현된다.

1051) 질책은 제재대상자의 행위에 대한 서면 비판이다. AIIB Policy on Prohibited Practices (December 8, 2016), Section 7. 2. 1.

1052) 블랙리스트에 올린다는 것은 제재대상자가 영원히 또는 특정 기간 동안 다른 프로젝트의 계약에 참여하거나 응찰할 수 없음을 의미한다. 비주권적 융자계약에 있어서 제재대상자는 아투행의 직접 계약 상대국이 될 수 없다. AIIB Policy on Prohibited Practices(December 8, 2016), Section 7. 2. 2.

1053) 조건에 부합하면 블랙리스트에 올리지 않는다는 것은 제재 대상 기업이 규정된 구제·예방 또는 기타 조치를 이행함으로써 블랙리스트에 올리지 않는 조건으로 삼음을 가리킨다. 제재대상자가 규정된 시간 내에 이러한 조치를 이행하지 못할 경우 규정에 따라 자동적으로 블랙리스트에 오르게 된다. AIIB Policy on Prohibited Practices(December 8, 2016), Section 7. 2. 3.

1054) 조건에 부합하면 블랙리스트에서 내린다는 것은 제재 대상 기업이 블랙리스트에 오른 상황에서 규정 조건에 부합할 경우 블랙리스트에서 내릴 수 있음을 말한다. AIIB Policy on Prohibited Practices(December 8, 2016), Section 7. 2. 4.

경감 요소를 고려해야 하며 비례의 원칙을 따라야 한다.

질책은 가장 가벼운 제재조치이다. 질책은 실제로 이름을 지명하여 치욕을 주지만 피고인이 '다자개발은행'의 업무에 참여하는 것을 금지하지는 않는다. 블랙리스트제도는 피고인의 '다자개발은행' 업무의 참여를 특정 기간 동안 또는 영구적으로 금지하는 제도다.[1055] 질책과는 달리 블랙리스트는 피고에게 실질적인 영향을 끼친다. 일반적으로 블랙리스트는 기존의 계약에 영향을 미치지 않는다.[1056] 블랙리스트의 적용범위는 새로운 프로젝트 또는 기존 프로젝트의 새로운 계약만 포함한다.[1057] "조건에 부합하면 블랙리스트에 올리지 않는" 조치와 "조건에 부합하면 블랙리스트에서 내리는" 조치와 관련해서는 모두 피고에게 규정을 어긴 행위를 시정하기 위한 준법계획을 제출할 것을 요구한다.[1058] 제재조치체계는 비교적 강한 유연성과 신축성을 보여 피고가 제재결정을 이행하도록 확보함과 동시에 기업을 프로젝트 조달시장에서 영구적으로 제외시키는 것을 피해 조달시장의 경쟁성을 보장하였다.[1059]

1055) 블랙리스트의 기준제재기간은 3년이며 사건의 실제 상황에 따라 시한을 연장하거나 단축한다. World Bank Sanctioning Guidelines, section I. ADB Anti-corruption and Integrity(Second edition, October 2010), Section 69(1).

1056) 특수한 상황에서 제재기구는 기존의 계약상의 의무를 취소할 것을 제안할 수 있다. ADB Anti-corruption and Integrity(Second edition, October 2010), pp. 17-18. ADB, "Frequently Asked Questions on Anticorruption and Integrity" (2011), p. 40, p. 42.

1057) AIIB Policy on Prohibited Practices(December 8, 2016), Section 7. 2. 2. Sanctions Procedures of the IDB, Section 10. 2. 2.

1058) Norbert Seiler and Jelena Madir, "Fight Against Corruption: Sanctions Regimes of Multilateral Development Banks," 15(1) Journal of International Economic Law 5(2012), p. 25.

1059) Dick Thornburgh, etc., "Report Concerning the Debarment Process of the World Bank", August 14, 2002, p. 64.

2010년 세계은행 청렴담당 부총재(INT)는 이행 감독을 강화하기 위해 준법심사부서를 설립하였다.[1060] 준법심사부서는 준법심사계획을 책임지고 제정하며 "조건에 부합하면 블랙리스트에 올리지 않는 조치" 또는 "조건에 부합하면 블랙리스트에서 내리는 조치" 중 제재대상자가 제재결정을 이행하였는지의 여부를 감독하고 결정한다.[1061] 아투행의 「금지행위정책」에는 감독이행 조항이 없지만, 아투행의 준법효능청렴기관 사무총장은 제재결정의 이행을 감독하는 직책을 분명히 맡고 있다.[1062]

아투행은 또 기타 유형의 제재조치에 대해서도 규정하고 있는데, 여기에는 비용의 환급과 벌금으로 조사와 기타 절차적 지출을 미봉하는 것을 포함하지만 이에 국한하지는 않는다.[1063] 기타 '다자개발은행'에도 이와 비슷한 제재조치가 있다.[1064] 이러한 손실보상 결정은 또 "조건에 부합하면 블랙리스트에 올리지 않는 제재조치"를 동반할 수 있는데,[1065] 이로써 기업이 제재결정을 성실하게 이행하도록 하는 결과를 얻을 수 있다.[1066] 제재조치의 기준은 3년 만기의 조건에 부합되

1060) http://www.worldbank.org/en/about/unit/integrity-vice-presidency/sanctions-compliance(visited October 30, 2016).

1061) World Bank Sanctions Procedures(April 15, 2012), Section 9. 03.

1062) http://www.aiib.org/html/2015/officer_1201/39.html(visited November 6, 2016).

1063) AIIB Policy on Prohibited Practices(December 8, 2016), Section 7. 2. 5.

1064) For example, World Bank Sanctions Procedures(April 15, 2012), Section 9. 01(e).

1065) Norbert Seiler and Jelena Madir, "Fight Against Corruption: Sanctions Regimes of Multilateral Development Banks. 15(1) Journal of International Economic Law 5(2012), p. 24.

1066) 블랙리스트제도는 민사절차와 유사한 회답역할을 발휘하지 않고 규정을 이행하도록 독촉하는 역할을 한다.

면 블랙리스트에서 내리는 것이다.[1067] 제재 법관은 제재를 결정할 때 이 기준을 고려해야 하며 이 기준의 토대 위에서 다시 정상의 가중 또는 경감을 고려해야 한다.[1068] 아투행의 제재 메커니즘은 9가지 유형의 정상을 가중하거나 경감한다고 규정하였다.[1069] 그러나 아투행이 모든 정상을 다 밝히지 않은 것에 비추어[1070] 제재 기구는 비교적 큰 재량권을 얻는다. 이밖에 그 9가지 유형의 정상이 제재결정에서의 구체적인 가중치가 아직 명확하지 않아 관련 리스크에 대한 시장의 판단에 불확정성을 가져다주고 있다. 투명성과 예측가능성을 보장하기 위해 「제재 원칙과 규칙」(General Principles and Guidelines for Sanctions)[1071]에 따라 정상의 가중 또는 경감 처리규칙을 세분화하며[1072] 정상 가중의 경우 제재기한 연장, 정상 경감의 경우 제재기한

1067) For example, The World Bank Group Sanctions Regime: An Overview, Section 14.

1068) The World Bank Group Sanctions Regime: An Overview, Section 14, footnote 4.

1069) 아투행 「금지행위정책」(2016년 12월 8일) 제7. 6단락은 이 9가지 유형의 정상에 대해 규정하고 있다. (1) 피고 행위의 엄중 정도, (2) 피고의 과거 표현, (3) 피고의 행위로 초래된 손실의 크기(공 공복지에 대한 손해정도가 포함됨), (4) 피고의 행위로 초래된 프로젝트 또는 은행 업무에 대한 악영향(조달 절차의 공신력에 대한 손해가 포함됨), (5) 피고가 참여하는 금지행위의 성격, (6) 처벌을 경감할 수 있는 모든 정상(사기 또는 부패행위를 발견하고 방지하도록 도왔거나 또는 피고 가 실시한 기타 보완조치가 포함됨), (7) 피고가 자기 행위의 과실을 승인하는지 여부, 그리고 조사절차에서 협조하는지 여부, (8) 조사절차에서 피고의 모든 간섭 행위 또는 방해 행위, (9) 제재 관원 또는 제재전문가단이 관련이 있다고 주장하는 기타 모든 요소.

1070) 아홉 번째 정상은 "제재관원 또는 제재전문가단이 관련이 있다고 주장하는 기타 모든 요소"라고 한 것으로 미루어 볼 때 분명 모든 경우를 다 열거한 것은 아니다. AIIB Policy on Prohibited Practices(December 8, 2016), Section 7. 6.

1071) 「제재 원칙 및 규칙」은 여러 '다자개발은행'이 공동으로 체결한 협의로서 "각각의 제재 규칙을 통일시켜 개인과 기업에 대한 처리에서 일치성의 요구에 부합하도록 확보하는데" 주력한다. 「제재 원칙 및 규칙」은 3쪽밖에 안 되는 문서이다. 아래 주소를 참고하라. http://pubdocs. worldbank.org/en/ 221351449169631786/Harmonized-Sanctions-Guidelines.pdf(visited December 27, 2016).

1072) 세계은행의 정상 가중과 정상 경감에 관한 규정은 비교적 세밀하다. World Bank Sanctioning Guidelines, Sections IV and V.

단축에 대한 지시적 기준을 명확히 할 것을 아투행에 제안하는 바이다.

2. '다자개발은행' 제재 메커니즘의 특수한 제도 배치

'다자개발은행'은 준법제도를 통해 자체의 기능, 즉 '다자개발은행'의 정책과 절차의 이행을 보장한다. 이는 형사절차 중의 징벌수단과 다르며 민사절차 중의 보상수단과도 다르다.[1073] 제재 메커니즘이 그 목적을 효과적으로 이룰 수 있음은 이미 증명되었다. 구체적으로는 일부 특수한 법규와 제도의 배치에서 구현된다. 여기에는 조사 및 제재단계에 적용되는 증명기준, 공식 제재결정 이전의 임시 제재의 중지, '다자개발은행'과 피고 간의 합의, 그리고 '다자개발은행'에 대한 교차제재조치의 실시 등이 포함된다.

(1) 증명기준

조사와 증명단계에서 사용되는 증거기준은 증거의 원칙이다.[1074] 이 원칙은 "발생하지 않았다기보다는 발생하였다고 하는 편으로 더 기운다." 즉 "50% 이상 증거"로 해석할 수 있다.[1075] 이에 대해 아투행은

1073) Dick Thornburgh, etc., "Report Concerning the Debarment Process of the World Bank", August 14, 2002, p. 60.

1074) 증거기준은 다시 말하면 우세증거원칙으로서 미국연방조달조례에서 유래하였다. 그 조례는 연방정부가 상품과 서비스를 조달하는 절차를 규정하였다. Dick Thornburgh, etc., "Report Concerning the Debarment Process of the World Bank", August 14, 2002, p. 3-4, footnote 2.

1075) Laurence Boisson de Chazournes and Edouard Fromageau, "Balancing the Scales: the World Bank Sanctions Process and Access to Remedies", 23(4) European Journal of International Law 963(2012), p. 973, quoting the World Bank Integrity Vice Presidency.

"모든 관련 증거자료를 고려하여 확률을 따져본 뒤 금지행위가 발생하였다는 쪽으로 더 많이 기운다."고 정의하였다.[1076] 이러한 아투행의 정의는 기타 '다자개발은행'에도 적용된다.

조사과정에서 아투행의 조사관은 제재담당관에게 사건을 회부하기 전에 기업이 금지행위에 참여하였다는 쪽으로 "더 기울었다는 점"을 반드시 입증해야 한다.[1077] 그 다음 제재절차에서 제재담당관이나 제재 전문가단은 기업이 금지행위에 참여하였다는 쪽으로 "더 많이 기울었다"는 결론을 얻어내야만 제재결정을 내릴 수 있다.[1078]

분명한 것은 '다자개발은행' 제재 메커니즘이 국내 형법의 "합리적 의심 배제원칙"에 비해 낮은 입증기준을 적용하고 있다는 것이다. 그것은 제재 메커니즘에 따라 회사 또는 개인의 사건을 처리할 때 형사책임보다는 행정책임을 더 많이 구현하기 때문에,[1079] '다자개발은행'은 보편적으로 비교적 느슨한 증거원칙을 적용하고 있다. 예를 들어 세계은행의 1심, 2심 법관은 문서 사본이나 소문을 증거로 채택하고, 그 증거들의 증명 강도의 크기를 결정하는 데서 상당한 재량권을 갖는다. 이런 경우 "정식으로 증거규칙을 적용하지 않는다."[1080] 세계은행의 제재 메커니즘에서 피고인의 의도, 즉 형법 중의 범죄의도 또한

1076) AIIB Policy on Prohibited Practices(December 8, 2016), Section 2, 1, Definition 24.
1077) AIIB Policy on Prohibited Practices(December 8, 2016), Section 3. 5.
1078) AIIB Policy on Prohibited Practices(December 8, 2016), Sections 4. 2, 4. 5 and 6. 3.
1079) 세계은행은 제재 메커니즘이 본질적으로 행정법의 성격을 띠고 있는 한편 형법 및 민법 메커니즘, 기타 행정법원의 관행, 계약과 권리침해법률 및 기타 국제기구의 관행 등 요소가 섞여 있다고 강조하고 있다. The World Bank Office of Suspension and Debarment Report on Functions, Data and Lessons Learned(2007-2015), Second edition, p. 8.
1080) World Bank Sanctions Procedures(April 15, 2012), Section 7. 01.

환경으로부터 추론해낼 수 있다는 것이다.[1081] 제재 메커니즘의 입증기준은 양날의 칼이다. 그 기준이 제재 메커니즘을 위하고 '다자개발은행'의 기능을 보장할 때는 국내에서의 형법절차와 같은 정당한 절차는 없다. 특히 금지행위는 국내법상에서 흔히 범죄로 간주되는 경우가 많아 '다자개발은행'이 국내기관에 사건을 고지하고 후자가 후속조치를 취하도록 한다.[1082] 이때 '다자개발은행'이 인정한 증거는 국내법원이 받아들이지 않아 일련의 문제가 발생한다.[1083]

(2) 임시중지

제재결정이 발표되기 전에 '다자개발은행'이 미리 행동을 취할 가능성이 있다. 예를 들어, 조사대상 기업이 금지행위를 하였다는 증거가 있을 경우, 제재 기구는 향후 계약에 참가할 자격을 임시로 중지할 수 있다.[1084] 임시중지는 블랙리스트에 오르는 것과 마찬가지로 피고의 '다자개발은행' 프로젝트 조달활동 참여자격을 박탈한다. 한편 임시중지는 블랙리스트에 오르는 것과 비교할 때 아래와 같은 다른 점이 있다. 첫째, 임시중지는 조사 또는 제재단계에서 발생하지만, 블랙리스트에 올리는 것의 결정은 제재 절차의 종결을 의미한다. 둘째,

---

1081) World Bank Sanctions Procedures(April 15, 2012), Section 7. 01.

1082) The World Bank Office of Suspension and Debarment Report on Functions, Data and Lessons Learned(2007-2015), Second edition, P. 8.

1083) Laurence Boisson de Chazournes and Edouard Fromageau, "Balancing the Scales: the World Bank Sanctions Process and Access to Remedies", 23(4) European Journal of International Law 963(2012), p. 974.

1084) AIIB Policy on Prohibited Practices(December 8, 2016), Section 10.

임시중지는 공포하지 않지만,[1085] 블랙리스트에 올리는 것은 일반적으로 공개한다. 셋째, 두 번째 다른 점이 있기 때문에 임시중지 결정은 동류의 '다자개발은행'이 교차적으로 집행하지는 않는다.

임시중지는 사건의 조속한 종결을 추진하는데 유리하고 '다자개발은행'의 이익에 부합된다.[1086] 임시중지의 조치는 조사 또는 제재절차를 지연하는 것을 통해 입찰을 계속할 수 있는 기회를 얻을 수 있을 것이라는 환상을 갖지 않도록 피고를 독촉한다. 피고가 금지행위에 참여하였다는 실질적인 증거를 아투행이 쥐고 있는 이상 피고는 아무리 변명하여도 소용이 없다.[1087] 그러나 임시중지 상태에서 쌍방은 화해를 모색할 수 있다.[1088] 그렇게 함으로써 은행은 자금을 보호할 수 있을 뿐만 아니라 시간과 자원을 절약하여 더욱 복잡한 사건을 처리하는데 활용할 수 있다.

아투행의 조사관원은 조사 또는 제재심리를 포함한 임시중지 조치를 취할 것을 제재 기구에 수시로 제안할 수 있다.[1089] 조사의 임시중

1085) 세계은행은 자체 인트라넷 그리고 차관국이 사용하는 "고객 연락" 사이트에 임시중지 정보를 발표한다. The World Bank Office of Suspension and Debarment Report on Functions, Data and Lessons Learned(2007-2015), Second edition, p. 15.

1086) 2002년 손버그 보고서는 1심 절차가 제재와 임시중지의 두 가지 기능을 담당할 것을 제안하고 있다. 이 두 기능은 모두 분쟁의 조기 해결에 쓰인다. The World Bank Office of Suspension and Debarment Report on Functions, Data and Lessons Learned(2007-2015), Second edition, P. 9, quoting the Thornburgh Report.

1087) 피고는 '다자개발은행'이 장악한 증거에 대해 알고 있다. 그것은 '다자개발은행'이 피고에게 임시중지의 근거와 관련 증거를 통보해야 하기 때문이다. AIIB Policy on Prohibited Practices(December 8, 2016), Section 10. 4.

1088) 세계은행의 통계 수치에 따르면 임시중지 결정이 내려진 후 6개의 회사 또는 개인이 청렴사무 담당 부총재와 체결한 화해협의에서 제재를 받은 것으로 나타났다. The World Bank Office of Suspension and Debarment Report On Functions, Data and Lessons Learned(2007-2015), Second edition, p. 25.

1089) AIIB Policy on Prohibited Practices(December 8, 2016), Section 10. 2.

지를 조기 임시중지(Early Eemporary Suspension, ETS)라고 한다. 세계은행의 데이터에 따르면 제재기구가 내린 359건의 임시중지 결정 중 18건이 조기 임시중지 결정이었다.[1090] 조기 임시중지 조치를 더 많이 사용해야 한다는 주장도 있다.[1091] 반면에 조기 임시중지가 국내법 상 정당한 절차기준보다 낮을 수 있다며 반대하는 주장도 있다.[1092] 세계은행은 충분한 증거를 장악하였을 경우 조기 임시중지 결정을 포함한 임시중지 판결을 내릴 수 있다.[1093] 그리고 국내법원은 이와 비슷한 임시조치 판결을 내릴 경우 더 많은 조건을 요한다. 즉 손해가 절박하고 만회할 수 없다는 것, 또는 공공이익을 위한 것이라는 등의 조건이다.[1094] 아투행은 이 방면에서 어느 정도 진보하였다. 즉 제재관원은 실질적인 증거를 장악해야 할 뿐만 아니라 임시중지 조치를 내리지 않을 경우 중대한 손실을 초래하게 될 것임을 증명해야 한다.[1095]

(3) 화해

협상을 통한 분쟁해결에는 유죄협상(Plea Bargaining) 또는 화해

1090) The World Bank Office of Suspension and Debarment Report on Functions, Data and Lessons Learned(2007-2015), Second edition, P. 26.

1091) World Bank, "Review of the World Bank Group Sanctions System: Multi-stakeholder Consultation", July December 2013, p. 9.

1092) Freshfields Bruckhaus Deringer LLP, "Submission of Freshfields Bruckhaus Deringer LLP in Connection With Review of The World Bank Group Sanctions System", October 31, 2013, at 7-10. Available at http://consultations.worldbank.org/Data/hub/files/consultation- template/consultation-review-world-bank-group-sanctions-systemopenconsultationtemplate/materials/freshfields_bru-ckhaus_deringer_llp_world_bank_consultation_submission.pdf(visited October 27, 2016).

1093) World Bank Sanctions Procedures(April 15, 2012), Section 2. 01(c).

1094) 미국 피에서 임시조치의 형태에는 예방 금지령과 임시 금지령이 포함된다.

1095) AIIB Policy on Prohibited Practices(December 8, 2016), Section 10. 3.

협의가 포함되는데, 세계적으로 통용되는 민사·형사·행정법 절차가 그것이다.[1096] 세계은행은 2010년에 제일 먼저 제재 메커니즘에 화해 조항을 도입하였으며,[1097] 화해협의가 분쟁을 신속히 해결하고 자원을 절약하며 결과의 예측 가능을 실현하는데 유리하다는 것을 실천을 통해 증명하였다.[1098] 화해를 통해 또 새로운 정보자원을 장악할 수 있어 현재 발생하고 있거나 또 앞으로 발생할 위험을 식별하고 대응하는데 유리하다.[1099] 세계은행의 데이터에 따르면 2015년 청렴사무담당 부총재(INT)는 11개 기업과 화해를 이루었다.[1100]

아투행 법규체계에서 화해는 조사절차를 가동하기 전, 조사절차 중 또는 제재절차 중에 발생할 수 있다.[1101] 다시 말하면 제재결정이 나기 전에는 언제든지 화해할 수 있다는 것이다.[1102]

1096) The World Bank Group Sanctions Regime: An Overview, Section 23.

1097) The World Bank Group Sanctions Regime: An Overview, Section 23.

1098) INT, "World Bank Group Settlements: How Negotiated Resolution Agreements Fit Within the World Bank Group's Sanctions System", at 3, http://siteresources. worldbank.org/INTDOII/Resources/NoteOnSettlementProcess.pdf(visited October 30, 2016).

1099) 2013년 이래, 청렴사무 담당 부총재는 화해를 통해 얻은 정보를 이용하여 8건의 새로운 사건을 발기하였는데 6개 국가의 13개 프로젝트와 관련되며 사건 관련 금액이 총 3천830만 달러에 달하였다. 지금까지 화해한 사건 중 7건에 대하여 조기 임시중지 조치를 취하였다. 세계은행은 5건 사건의 관련 정보를 국내 기관에도 발송하였다. The World Bank Group Integrity Vice Presidency Annual Update Fiscal Year 2015, p. 13.

1100) The World Bank Group Integrity Vice Presidency Annual Update Fiscal Year 2015, p. 38.

1101) AIIB Policy on Prohibited Practices(December 8, 2016), Section 11. 4.

1102) The World Bank has a similarly broad provision with respect to the time of settlements. The World Bank Group Sanctions Regime: An Overview, Section 12. World Bank Sanctions Procedures(April 15, 2012), Sections 11. 01(a) and 11. 02(a).

Sanctions System and Results, FY12–FY15

	FY12	FY13	FY14	FY15
Sanctions Cases Submitted to OSD by INT∞	25	33	45	29
Sanctions Cases (NoSPs or NoTSs) Issued by OSD to Respondents*	33	25	46	39
Negotiated Resolution Agreements Submitted to OSD by INT^	16	8	6	11
Firms and Individuals Temporarily Suspended by OSD	60	41	71	54
Firms and Individuals Sanctioned	84	47	67	73

∞ Office of Suspension and Debarment (OSD) formerly the Office of Evaluation and Suspension (OES).

* NoSPs: Notices of Sanctions Procedures; and, NoTS: Notices of Temporary Suspension.

^ Negotiated Resolution Agreements (Settlements) were first put into effect in FY11.

(2012—2015회계연도 세계은행 제재사건 관련 데이터. 출처: 세계은행 공식 사이트)

그러나 조사단계에서 화해 제안이 제기될 경우 사건은 제재절차가 가동되기 전에 화해형식으로 종결될 가능성이 크다.[1103] 화해협의는 반드시 제재관원의 심사를 받아야 하며, 협의가 자의적이고 충분한 이해를 거치 강요당하지 않은 상황에서 이루어지도록 확보해야 한다.[1104] 제재관원에게 화해 협의서를 제출하면 모든 제재절차는 자동적으로 정지된다.[1105] 아투행의 정책에 따라 오직 제재관원의 심사와 인가를 거쳐야만 화해협의가 비로소 발효한다.[1106] 아투행과 달리 세계은행은 심사와 인가절차를 두 개 기구가 각각 맡는다. 즉 제재관원

1103) INT, "World Bank Group Settlements: How Negotiated Resolution Agreements Fit Within the World Bank Group's Sancaions System", at 3, http://siteresources. worldbank.org/INTDOII/Resources/NoteOnSettlementProcess.pdf(visited October 30, 2016).

1104) AIIB Policy on Prohibited Practices(December 8, 2016), Section 11. 4.

1105) AIIB Policy on Prohibited Practices(December 8, 2016), Section 11. 4. World Bank Sanctions Procedures(April 15, 2012), Section 11. 02(a).

1106) 주의해야 할 점은 화해합의에 대한 인가에 앞서 제재관원은 반드시 총법률고문에게 자문을 구해야 한다. AIIB Policy on Prohibited Practices(December 8, 2016), Section 11. 4.

이 심사를 맡고 총 법률고문이 인가를 맡는다.[1107] 분명한 것은 아투행의 제도배치가 세계은행에 비해 더욱 합리적이라는 점이다.

화의협의에 약정된 내용은 매우 자유로운데 제재조치 관련 약정이 포함된다.[1108] 예를 들면 2009년에 세계은행과 지멘스주식회사가 체결한 화해협의는[1109] 지멘스의 한 자회사가 러시아에 소재한 세계은행 프로젝트에 참여하는 것과 관련된다.[1110] 화해협의는 아래와 같은 세 가지 조치를 약정하였다. 즉 지멘스가 국제 부패척결프로젝트에 1억 달러를 지원하기로 약속한 것, 지멘스가 러시아 자회사에 대한 4년간 프로젝트 금지결정에 대한 제소를 스스로 포기한 것, 지멘스그룹이 2년 동안 세계은행 프로젝트의 경쟁 입찰에 참여하지 않기로 약속한 것 등이다.[1111] 화해와 임시중지의 구별은 임시중지가 최종 제재결정에 의해 대체되는 반면에 화해 자체는 제재결정으로 간주된다는 것이다.[1112] 화해를 통해 내린 제재결정은 정상적인 제재결정과 마찬가지로 동류 기구의 교차제재를 받아야 한다.[1113]

1107) The World Bank Group Sanctions Regime: An Overview, Section 13.

1108) AIIB Policy on Prohibited Practices(December 8, 2016), Section 11. 4(a).

1109) World Bank Group-Siemens Settlement Agreement Fact Sheet, November 11, 2009, http://siteresources.worldbank.org/PROCUREMENT/Resources/SiemensFactSheetNov11.pdf ?&resourceurlname=SiemensFactSheetNov11.pdf(visited September 19, 2016).

1110) 지멘스사건은 세계은행의 첫 번째 화해사건이며 상업 부패척결의 전형적인 사례다. The World Bank Group Integrity Vice Presidency Annual Update Fiscal Year 2015, p. 28.

1111) 제3항의 "자발적 금지" 조치는 지멘스주식회사 및 지멘스주식회사의 모든 자회사와 관련 기관에 적용되며 세계은행그룹의 모든 업무와 관련된다.

1112) 세계은행에서 1심 법관의 제재 결정에는 화해협의가 포함된다. The World Bank Group Sanctions Regime: An Overview, Section 13.

1113) INT, "World Bank Group Settlements: How Negotiated Resolution Agreements Fit Within the World Bank Group's Sanctions System", p. 4, http://siteresources.worldbank.org/INTDOII/Resources/NoteOnSettlementProcess.pdf(visited October 30, 2016)

(4) 교차제재

　'다자개발은행'은 서로 다른 제도문화와 정치적 수용범위로 인해 서로 다른 제재 메커니즘을 가지고 있다.[1114] 동시에 그들은 각자의 제재 메커니즘을 서로 융합시키기 위해 노력하였는데 그 노력의 가장 큰 성과가 바로 교차제재 메커니즘이다. 교차제재의 법적 의거는 「블랙리스트 결정을 공동으로 집행하는 데에 관한 협의」(이하 「공동집행협의」로 약칭함)이다.[1115] 그 협정은 5개 주요 '다자개발은행'이 2010년에 체결한 것이다.[1116] 「공동집행협의」는 협의 체결 당사자가 서로간의 블랙리스트 제재결정을 서로 집행하도록 규정하고 있다. 그 협의는 '다자개발은행'의 억제 효과를 크게 증강시켰다. 규정을 위반한 기업이 기타 '다자개발은행'의 프로젝트 조달계약에 참여하는 것을 금지함으로써 제재 메커니즘의 영향범위와 영향력을 효과적으로 확대한다.[1117] 동시에 금지행위의 경계에서 배회하는 일부 기업이나 개인에게는 '매

1114) Stephen S. Zimmermann and Frank A. Fariello, Jr., "Coordinating the Fight against Fraud and Corruption: Agreement on Cross-Debarment among Multilateral Development Banks", in Hassane Cisse, Daniel D. Bradlow, Benedict Kingsbury(ed.), The World Bank Legal Review, Vol. 3(2012)p. 191.

1115) 「블랙리스트결정 공동 집행에 관한 협의」(2010년 4월 9일)의 문건은 아래 링크주소를 보라. http://www.ebrd.com/downloads/integrity/Debar. pdf, 마지막 방문 시간은 2016년 10월 2일.

1116) 계약을 체결한 이 5개 은행으로는 아프리카개발은행그룹·아시아개발은행·유럽부흥개발은행·미주개발은행·세계은행그룹이다.

1117) Stephen S. Zimmermann and Frank A. Fariello, Jr., "Coordinating the Fight against Fraud and Corruption: Agreement on Cross-Debarment among Multilateral Development Banks", in Hassane Cisse, Daniel D. Bradlow, Benedict Kingsbury(ed.), The World Bank Legal Review, Vol. 3(2012) p. 195.

미효과'를 일으키게 된다.[1118] 교차제재 메커니즘에는 통용되는 규칙이나 절차가 없다. '다자개발은행'이 공동으로 인정하는 핵심원칙만 있을 뿐이다. 이러한 핵심원칙은 세 가지 방면에서 구현된다.[1119] 즉 네가지 유형의 금지행위에 대한 통용되는 정의,[1120] 조사관원들에게 통용되는 원칙과 지침, 정당한 절차요소를 포함한 제재절차가 그것이다.[1121] 교차제재 메커니즘은 더 이전에 제정된 「2006년 부패 예방 및 척결 통일 프레임」을 기원으로 하며, 그 프레임은 교차집행의 앞날을 예상케 해주었다.[1122]

「공동집행협의」에 따라 4가지 유형의 금지행위 중 한 가지만 나타난 경우, 또 블랙리스트에 오른 경우에만 교차제재를 실시할 수 있다. 제재결정은 반드시 공개해야 하고, 제재기한은 1년 이상이어야

1118) Stephen S. Zimmermann and Frank A. Fariello, Jr., "Coordinating the Fight against Fraud and Corruption: Agreement on Cross-Debarment among Multilateral Development Banks", in Hassane Cisse, Daniel D. Bradlow, Benedict Kingsbury(ed.), The World Bank Legal Review, Vol. 3(2012) p. 201.

1119) Agreement for Mutual Enforcement of Debarment Decisions(April 9, 2010), section 2.

1120) 네 가지 금지행위는 부패·사기·협박·공모를 가리킨다. 여기서 2015년 유럽부흥개발은행이 처음으로 방해 행위를 다섯 번째 유형의 금지행위로 규정하였다는 사실에 주의해야 한다.

1121) 제재절차 중 관건적 정당 절차 요소에는 다음과 같은 것이 포함된다. 즉, 내부조사기구 및 독립적인 판결기구, 피고에게 서면으로 그리고 공개적으로 통지함과 아울러 변호의 기회를 제공하는 것, 우세증거원칙, 제재조치의 다양화 그리고 비례 원칙 고려, 여기에는 정상의 가중과 경감이 포함된다. Agreement for Mutual Enforcement of Debarment Decisions(April 9, 2010), section 2(c).

1122) 「통일 프레임」은 "국제 금융기구 부패척결 공동행동소조"(Joint International Financial Institution Anti-corruption Task Force)의 업무 성과이다. 그 행동소조는 유럽투자은행 국제 통화기금 및 5개의 주요 '다자개발은행'으로 구성되었다. 「통일 프레임」은 「블랙리스트결정 공동 집행 협의」의 부록이다. 「통일 프레임」 문서는 아래 주소의 내용을 보라. http://www.afdb. org/fileadmin/uploads/afdb/Documents/Generic-Documents/Uniform_Framework_for_Combatting_Fraud_and_Corruption.pdf(visited November 1, 2016). 「통일 프레임」은 "국제금융기구 부패척결 공동행동소조"의 임무가 "기구들 간에 서로의 결정을 어떻게 지지할 수 있는지를 진일보로 탐색하는 것"이라고 밝혔다. Uniform Framework for Preventing and Combating Corruption, at 2-3, section 5.

한다. 제재결정은 금지행위가 발생한 후 10년 내에 내려야 한다.[1123] 「공동집행협의」를 체결한 은행은 "법률적 원인 또는 기타 메커니즘 상의 원인"으로 어느 한 가지 블랙리스트 제재결정에 대해 교차제재를 실시하지 않을 수 있다.[1124] 그 보류조항은 특수한 상황에서만 적용해야 한다.[1125] 2017년 세계은행은 84가지의 교차제재를 실시하였는데, 이는 2년 전의 기록에 비해 대폭 늘어난 수이다.[1126]

아투행은 「공동집행협의」에 가입할 의향이 있다.[1127] 이를 위해서는 규정에 따라 모든 계약체결 당사자의 동의를 얻어야 하며, 가입협의를 체결해야 한다.[1128] 아투행의 가입은 교차제재 메커니즘의 억지력을 강화하고, 은행 간의 협동협력을 추진하는데 유리하며, 이는 부패척결업무에 중대한 의의가 있다. 확실히 향후 아투행과 기타 의향기구들이 「공동집행협의」에 가입할 경우 객관적으로 계약체결기구들 간

1123) Agreement for Mutual Enforcement of Debarment Decisions(April 9, 2010), section 4.

1124) Agreement for Mutual Enforcement of Debarment Decisions(April 9, 2010), section 7.

1125) 지금까지 '다자개발은행'은 이 유보 조항을 적용한 적이 없다. Stephen S. Zimmermann and Frank A. Fariello, Jr., "Coordinating the Fight against Fraud and Corruption: Agreement on Cross-Debarment among Multilateral Development Banks", in Hassane Cisse, Daniel D. Bradlow, Benedict Kingsbury(ed.), The World Bank Legal Review, Vol. 3(2012) p. 199.

1126) 세계은행그룹은 2015회계연도에 27건의 교차제재를 실시하였다. 제재의 근거에는 유럽부흥개발은행·미주개발은행·아시아개발은행·아프리카개발은행의 제재결정이 포함된다. 그러나 2017회계연도에 실시한 84건의 교차제재 중에 아프리카부흥개발은행의 제재결정을 근거로 한 것은 한 건도 없었다. The World Bank Group Integrity Vice Presidency Annual Update Fiscal Year 2017, pp. 41-43.

1127) AIIB Policy on Prohibited Practices(December 8, 2016), Section 12. 4.

1128) The Agreement for Mutual Enforcement of Debarment Decisions, section 9.

의 정보교환과 협력을 강화할 것을 요구하고 있다.[1129]

　최신의 진전은 아투행이 「공동집행협의」에 따라 제재대상 회사와 개인의 블랙리스트를 자발적으로 집행하고 있는 것이다. 이는 기타 5대 '다자개발은행'의 블랙리스트에 오른 약 1천 개 기업이 이미 아투행의 블랙리스트에 올라 있음을 의미한다.[1130] 아투행은 기타 '다자개발은행'과 제재 메커니즘이 서로 다르다.[1131] 그러나 모두 준사법의 2심제로 발전하고 있으며,[1132] 그 과정에서 이들 은행은 서로 교류하고 서로 본받는다.[1133] '다자개발은행'공동법은 갈 길이 멀지만, 교차제재 메커니즘의 추진 하에 현재 서서히 형성되어 가고 있는 중이다.[1134]

1129) 의향이 있는 다른 기구들로는 소규모의, 지역적 '다자개발은행', 양자 원조 기구, 그리고 유엔의 일부 기구들이 포함되었다. Stephen S. Zimmermann and Frank A. Fariello, Jr., "Coordinating the Fight against Fraud and Corruption: Agreement on Cross-Debarment among Multilateral Development Banks", in Hassane Cisse, Daniel D. Bradlow, Benedict Kingsbury(ed.), The World Bank Legal Review, Vol. 3(2012) at 202-4.

1130) AIIB, "AIIB Says No to Doing Business with Corrupt Bidders", March 7, 2017 https://www.aiib.org/en/news-events/news/2017/20170307_001.html(visited April 13, 2017).

1131) 제재 시스템 환경에서 여러 '다자개발은행'은 조직관리구조·운영방식·정책 및 실천 등 면에서 서로 다르다.

1132) On the topic of judicialization of the sanctions procedure, see Laurence Boisson de Chazournes and Edou ard Fromageau, "Balancing the Scales: the World Bank Sanctions Process and Access to Remedies", 23(4) European Journal of International Law 963(2012), pp. 975-981.

1133) '다자개발은행' 대가정에서 현재까지 세계은행이 실력과 영향력이 가장 크고 역사도 가장 유구하며 또 가장 많이 본받는 대상이 되고 있다. 세계은행은 '다자개발은행'의 대표로서 G20과 같은 중요한 글로벌 거버넌스 포럼에 참가한다. Laurence Boisson de Chazournes, "Partnership, Emulation, and Coordination: Toward the Emergency of a Droit Commum in the Field of Development Finance", in Hassane Cisse, Daniel D. Bradlow, Benedict Kingsbury(ed.), The World Bank Legal Review, Vol. 3(2012) pp. 173-175.

1134) "공동법"은 여러 개의 기구가 비슷한 기준과 규칙 및 절차를 발전시키고 실시하는 과정을 가리킨다. 공동법은 최종 이들 기구 공동의 기준·규칙·절차가 융합되어 형성한 독특한 법률체계일 수 있다. Laurence Boisson de Chazournes, "Partnership, Emulation, and Coordination: Toward the Emergency of a Droit Commum in the Field of Development Finance", in Hassane Cisse, Daniel D. Bradlow, Benedict Kingsbury(ed.), The World Bank Legal Review, Vol. 3(2012) p. 174.

3. '다자개발은행' 제재의 선두 문제

'다자개발은행' 제재 메커니즘은 여전히 초기 발전단계에 처해 있지만, 부패척결과 글로벌 거버넌스 프로젝트에 대한 거대한 영향은 이미 초보적으로 나타났다. 그 영역의 선두 의제에는 다음과 같은 것들이 포함된다. 제재 대상이 되는 주체의 범위, 은행과 국내피의 상호작용, 제재결정의 발표이다. 우선 제재대상이 되는 주체에는 피고의 모든 관련 기구가 포함될 수 있다. 이로써 피고가 제재를 회피하는 것을 막을 수 있다. 그렇게 하는 것이 법인의 독립원칙에 위배되는 일이긴 하지만. 다음, '다자개발은행'은 사건정보를 국내 집법기구와 공유하여 국내와 국제 양 방향 집법을 추진한다. 그러나 국내 차원에서의 실제 집법실적은 저조하다. 설상가상으로 '다자개발은행'은 사건정보를 공유한 행위로 인해 국내소송을 초래할 수도 있다. 마지막으로, '다자개발은행' 제재결정의 발표는 새로운 국제법의 형성을 촉진하는데 유리하다. 그러나 매 '다자개발은행'이 발표한 내용과 절차가 전혀 다른데다가 전반적으로 낮은 수준에 머물러 있어서 제재 메커니즘의 발전을 저해하고 있다.

(1) 제재 대상이 되는 주체의 범위

제재대상 주체의 범위는 피고에만 국한되는 것이 아니다. 기업그룹과 관련될 경우 제재대상이 되는 주체에는 모든 관련 기업이 포함될 수 있다.[1135] 이른바 관련 기업(affiliates)이란 기업 A 가 기업 B를 지

1135) AIIB Policy on Prohibited Practices(December 8, 2016), Section 7. 5.

배하거나 또는 기업 B에게 지배당하거나 또는 기업 B와 함께 제3자 기업 C의 지배를 받는 것을 말한다. 이때 기업 A는 곧 기업 B의 관련 기업이 된다.[1136] "지배"의 표현형태는 다양하다.[1137] 예를 들면 관리위원회 또는 소유권구조가 겹치는 것, 가족기업 관련 이익이 존재하는 것, 시설과 설비를 공용하는 것, 직원을 공용하는 것, 또는 기업이 제재를 받은 후 새로운 실체를 설립할 경우 새로운 실체가 기존의 기업과 동일하거나 비슷한 관리위원회와 소유권구조 또는 주요 고용직원을 갖고 있는 것 등이다. 상기의 상황을 종합적으로 고려해 '지배' 여부를 판단해야 한다.

'다자개발은행'의 제재법관은 관련 기업에 대한 제재여부 및 제재수위를 결정할 권한이 있다.[1138] 원칙상 금지행위에 대해 관련 기업이 지는 책임과 부합해야 한다.[1139] 총체적으로 피고가 지배하는 자회사는 일반적으로 제재를 회피하는 도구로 사용되는 것을 방지하기 위한

1136) World Bank Sanctions Procedures(April 15, 2012), Section 1. 02(a).
1137) The World Bank Group's Sanctions Regime: Information Note, at 22. AIIB Policy on Prohibited Practices(December 8, 2016), Section 7. 5.
1138) '다자개발은행' 제재 법관은 회사그룹 내 제재의 범위와 위계를 자율적으로 결정하며 엄격히 정하여진 자동 적용 기준이 없다. AIIB Policy on Prohibited Practices(December 8, 2016), Section 7. 4.
1139) 금지행위에 참여한 심각성 정도에 따라 "죄책성(culpability)"과 "책임성(responsibility)"으로 구분하고 이를 토대로 적절한 제재를 결정한다. "죄책성"은 금지행위에 직접 개입한 경우를 가리킨다. 예를 들면 참여하였거나 지시한 경우이다. "책임성"은 단지 그룹 내부의 감독관리가 부실하거나 또는 내부 통제 또는 도덕 문화를 육성하지 않아 금지행위가 발생할 수 있는 기회가 생긴 경우이다. Anne-Marie Leroy and Frank Fariello, The World Bank Group Sanctions Process and Its Recent Reforms(2012), P. 18, available at http://siteresources.worldbank.org/INTLAWJUSTICE/Resources/SanctionsProcess.pdf(visited November 3, 2016).

제재가 필요하다.[1140] 반면에 피고의 모회사 또는 자매회사는 금지행위에 대한 책임을 져야 할 경우에만 제재를 받는다.[1141] 이밖에 승계회사 또는 양수인은 일반적으로 회피행위가 존재할 경우 제재를 받는다.[1142] 흥미로운 것은 '관련 기업'에 대한 세계은행과 아투행의 정의에 미세한 차이가 있다는 점이다. 세계은행이 말하는 '관련 기업'은 "지배 권한이 있는 경우"를 포함한다.[1143] 즉 금지행위를 행할 당시 실제 지배행위를 행하는 것은 필요로 하지 않는다. 그러나 아투행이 말하는 '관련 기업'은 '소유권'의 관계에까지 연장된다.[1144] 이 두 가지 정의 방식은 모두 '관련 기업'의 범위를 확대하였으며, 제재 회피를 방지하

1140) 「세계은행 제재 절차」 최신판(2012년 4월 15일)과 이전 판본(2011년 1월 1일)을 비교해보면, "제재 대상 주체의 지사기구에 대한 선택적 제재" 라는 단락이 추가되었음을 발견할 수 있다. 그러므로 제재법관은 제재조치를 피고의 어느 한 특정 지사기구에만 제한시킬 수 있다. World Bank Sanctions Procedures(April 15, 2012), Section 9. 04(a).

1141) 모회사의 감독관리가 부실할 경우 일반적으로 모회사가 블랙리스트에 오르는 결과까지는 초래되지 않지만, "조건에 부합하면 블랙리스트에 올리지 않는다" 와 같은 가벼운 제재조치가 적용된다. 그러나 만약 고의로 금지행위를 눈감아주어 "죄책성" 행위를 구성한 경우 관련 기업에 대한 제재 수위가 피고에 대한 제재와 비슷할 수 있다. The World Bank Group' s Sanctions Regime: Information Note, p. 20.

1142) 승계회사와 양수인의 경우는 일반적으로 회사가 제재를 받은 후 구조조정이 진행되면서 발생한다. "승계회사와 양수인" 에 관한 세계은행의 규정을 참조하라. World Bank Sanctions Procedures(April 15, 2012), Section 9. 04(c). AIIB Policy on Prohibited Practices(December 8, 2016), Section 7. 5.

1143) 「세계은행그룹 제재 메커니즘 가이드라인」 에는 다음과 같이 규정하고 있다. "다음과 같은 경우 한 주체가 다른 한 주체의 관련 기구가 된다. 즉, (1) 한 주체가 다른 한 주체를 지배하거나 또는 지배할 능력이 있는 경우, 또는 (2) 제3자 주체가 상기 두 주체를 지배하거나 또는 지배할 권한이 있는 경우이다. 정의에는 제재를 받은 후 조직된, 제재 대상 주체와 주요 관리위원회와 소유권구조 또는 고용직원을 공유하는 주체가 포함된다." The World Bank Group' s Sanctions Regime: Information Note, p. 22.

1144) 아투행 「금지행위정책」 은 다음과 같이 규정하고 있다. "… '관련 기구' 에는 직접 또는 간접적으로 피고를 소유하거나 지배하는 모든 주체, 또는 피고가 소유하거나 지배하는 주체, 또는 피고와 함께 동일한 제3자의 소유이거나 동일한 제3자의 지배를 받는 주체, 및 피고의 관원·고용직원·부속기구 또는 대리가 포함된다. 그리고 그 '관원·고용직원·부속기구 또는 대리' 는 피고에 대한 소유권이 있거나 또는 피고를 지배할 수 있다. 설령 그들이 금지행위에 직접 참여하였다는 증거가 없더라도 말이다." AIIB Policy on Prohibited Practices(December 8, 2016), Section 7. 5.

는 역할을 한다. 동시에 피고의 관련 기업은 제재 고소에 반박할 권한이 있으며,[1145] 피고와 동등한 절차적 권리를 누린다.[1146] 따라서 피고는 "설령 회피행위를 막기 위해서일지라도 기업그룹 전체에 대해 제재를 가할 필요는 없다. 어느 한 특정 부서만 금지행위에 대한 책임을 지기 때문이다."[1147]라고 나서서 설명할 수 있다.

제재 가능한 주체는 일반적으로 회사와 개인을 가리킨다.[1148] 다시 말하면 차관국 정부 및 관원에 대해 제재를 가하여서는 안 된다.[1149] 이는 '다자개발은행'이 차관국 정부와의 협력관계를 유지하는 것을 중시하고 있음을 보여준다. 국유기업이 금지행위에 참여하는 것에 대한 세계은행과 아투행의 태도는 비슷한데, 모두 국유기업의 소유권 속성을 이유로 제재를 면제하지는 않는다. 세계은행의 데이터에 따르면 세계은행그룹의 제재대상 리스트에 오른 다국적기업의 약 3분의 1이 국유기업인 것으로 나타났다.[1150] 세계은행의 2015회계연도 블

1145) The World Bank Group's Sanctions Regime: Information Note, p. 21.

1146) World Bank Sanctions Procedures(April 15, 2012), Section 9. 04(b).

1147) The World Bank Group's Sanctions Regime: Information Note, p. 21.

1148) 세계은행은 "피고"를 금지행위에 가담한 혐의로 기소된 대상으로, 통고에 피고라고 명확히 지칭한 주체 또는 개인이라고 정의하였다. World Bank Sanctions Procedures(April 15, 2012), Section 1. 02(a). Also, The World Bank Group's Sanctions Regime: Information Note, p. 20.

1149) '다자개발은행'과 차관국 정부 간의 관계는 계약으로 약정된다. 그 계약에는 일반적으로 중재를 통해 관련 분쟁을 해결한다고 규정하고 있다. AIIB General Conditions for Sovereign-backed Loans(May 1, 2016), Section 7. 04. AIIB Policy on Prohibited Practices(December 8, 2016), Section 11. 5.

1150) 국유기업에 대한 제재를 초래하게 되는 경우에는 모회사와 자회사가 동일 계약을 두고 입찰 경쟁을 벌이는 상황으로서 이해 충돌이 생기는 경우 또는 자회사와 모회사가 서로 상대방의 실적을 자기 실적으로 삼는 경우가 포함된다. The World Bank Group Integrity Vice Presidency Annual Update Fiscal Year 2015, p. 17.

랙리스트에 오른 8개 중국기업 중 6개가 국유기업이었다.[1151] 이와 마찬가지로 아투행은 우선 국유기업과 기타 개인주체를 동등하게 대한다.[1152] 때문에 국유기업과 그 직원들은 모두 아투행의 제재를 받을 수 있다. 이밖에 '다자개발은행'은 자체로 국유기업을 제재하는 것 외에 또 국유기업의 규정 위반 정보를 국내 집법기구에 고지하여 국내조사의 절차를 유발할 수도 있다.[1153] 아투행이 개인주체에 대출을 발행한 상황에 대해 언급할 필요가 있다.[1154] 아투행의 정책에 따라 만약 이때 개인주체가 금지행위에 참여하여 그로 인해 제재를 받아 블랙리스트에 올랐다면,[1155] 해당하는 개인주체는 아투행의 직접계약 당사자

1151) 그 8개 중국기업으로는 다음과 같다. 중국 수리 전력 대외공사(국유기업)·베이징 화쉬(北京華旭) 공정프로젝트관리유한회사(국유기업)·광저우 ARTELIA 환경보호회사(Artelia 중국, 개인기업)·산둥 화룽(山東華龍)원림공정유한회사(개인기업)·중국 거저우바(葛洲壩)그룹 제1공정유한회사(국유기업)·중국 거저우바그룹 제5공정유한공사(국유기업)·중국 거저우바그룹 제6공정유한공사(국유기업)·중국 거저우바 싼샤(三峽) 건설공정유한회사(국유기업). The World Bank Group Integrity Vice Presidency Annual Update Fiscal Year 2015, Appendix "Entities Debarred in FY15", pp. 46-49.

1152) 두 가지 증거가 이 논단을 뒷받침한다. 첫째, 아투행의 「금지행위정책」은 "국유 또는 지방정부 소유의 상업주체"를 개인주체와 동일시한다고 명시하였다. AIIB Policy on Prohibited Practices(December 8, 2016), Section 2. 1, Definition 19. "Non-sovereign-backed Financing". 둘째, 아투행 조달정책에서 개인주체에 대한 정의는 소유권에 기반을 둔 것이 아니다. 국유기업은 다음과 같은 3가지 조건만 충족시키면 곧 개인주체가 된다. (1) 상업 목적을 위해 창립되었고 또 상업의 토대 위에서 운영된다. (2) 재무상, 관리상에서 정부에 귀속되지 않는 자주권을 가지고 있다. (3) 주체의 일상경영은 정부의 지배를 받지 않는다. 다시 말하면 "상업" "자율" 및 "지배"가 개인주체와 공공주체를 구분하는 핵심 요소이다. AIIB Procurement Policy(January 2016), Section 2. 1(b).

1153) AIIB Policy on Prohibited Practices(December 8, 2016), Section 9. 2. Also, World Bank Sanctions Procedures(April 15, 2012), Section 10. 03(a); and Dick Thornburgh, etc., "Report Concerning the Debarment Process of the World Bank", August 14, 2002, pp. 12-13, footnote 7.

1154) The AIIB lends to both public and private entities. AIIB Articles of Agreement, Article 11. 1(a).

1155) AIIB Policy on Prohibited Practices(December 8, 2016), Section 2. 1 Definition 23(b) and Section 7. 2. 2.

와 간접계약 당사자로서의 자격을 잃게 된다.[1156] 이론적으로 해당 개인주체는 위약책임을 져야 할 뿐만 아니라 제재 메커니즘의 징벌도 받게 된다.[1157]

(2) 은행과 국내 집법기구 간의 상호작용

기업이 '다자개발은행'의 제재를 받을 경우 직접적인 결과는 앞으로 '다자개발은행'의 업무에 참여하지 못하게 된다. 그 외에도 기업의 규정위반 행위가 한 나라 국내의 민법이나 행정법 또는 형법을 위반한 혐의가 있을 경우,[1158] '다자개발은행'은 확보한 증거와 단서를 국내 조사기관에 통보하여 국내 사법절차상으로도 그에 상응하는 책임을 추궁할 수 있다. 이런 방법은 이미 비교적 성숙된 제도를 형성하였음을 말해준다.[1159] 아투행의 정책에 따라 아투행은 프로젝트 주최국을 통

1156) AIIB Policy on Prohibited Practices(December 8, 2016), Section 2. 1 Definition 23(b) and Section 7. 2. 2.

1157) 2016년 11월 21일, 필자와 유럽부흥개발은행 부총법률고문 노르베르트 세일러(Norbert Seiler)가 나눈 토론 기록에 따르면 유럽부흥개발은행에도 비슷한 이중 구제 시스템이 있다. 세일러(Seiler) 는 이렇게 말하였다. "유럽부흥개발은행 민간부문 대출협의 모델에서는 금지행위를 소극적인 조항에 명확히 포함시켰으며 보증조건으로서 담보조항에 명시해 두고 있다. 이외에 차주가 블랙리스트에 오르는 제재조치는(기타 제재조치가 아닌) 계약을 어긴 경우로 삼아 유럽부흥개발은행의 민간부문 대출협의에 규정되어 있다. 상기 경우를 제외하고 그 모델에서는 제재 메커니즘에 대해 다시 언급하지 않았다. 그리고 후자는 「정책 집행과 절차」(EBRD's Enforcement Policy and Procedures, EPP)에 별도로 규정되어 있다."

1158) Laurence Boisson de Chazournes and Edouard Fromageau, "Balancing the Scales: the World Bank Sanctions Process and Access to Remedies", 23(4) European Journal of International Law 963(2012), p. 971.

1159) 예를 들면 아투행의 「금지행위정책」에는 "정부기관에 통보해야 한다"는 특별 규정이 있다. "만약 피고가 임의의 한 회원국의 법률을 어겼을 수 있다는 증거가 있을 경우 조사관원은 그 상황을 준법효능청렴기관 사무총장에게 고지해야 한다. 사무총장은 은행의 이익에 부합된다고 판단되면 언제든지 은행 총재에게 해당 국가 정부기관에 그 상황을 통보할 것을 제의할 수 있다. 사무총장의 제의는 총법률고문의 의견을 첨부해야 한다. 통보 내용에는 피고가 제재담당관 또는 제재전문가단에 제공하는 모든 정보가 포함될 수 있다." AIIB Policy on Prohibited Practices(December 8, 2016), Section 9. 2, entitled "Referral to Governmental Authorities".

보할 수도 있고, 규정을 위반한 기업 또는 개인의 국적이 있는 국가를 통보할 수도 있으며,[1160] 또는 두 부류의 국가를 동시에 통보할 수도 있다.[1161] 언제 통보할 것인지는 아투행이 재량으로 결정한다. 그 시기는 제재를 결정하기 전이 될 수도 있고, 제재를 결정한 후가 될 수도 있으며, 또 제재의 결정과 동시에 통보할 수도 있다.[1162]

세계은행이 지원한 볼리비아의 한 프로젝트의 경우, 두 회사가 입찰단계에서 허위계약 이행 보증서를 제출하였다. 그중 한 회사는 낙찰 받은 뒤 프로젝트를 실시하는 과정에서 프로젝트를 지연한 탓에 경제적 손실을 초래하였다. 볼리비아의 프로젝트 추진부서(PIUs)가 계약이행 보증서를 이행하려던 중에 문제가 있다는 사실을 발견하였다. 세계은행은 그 두 회사에 대해 최소 2년간 세계은행의 프로젝트에 참여하지 못하도록 하였으며,[1163] 볼리비아 검찰관사무실에 통보하여 그에 상응하는 국내법 책임을 추궁하도록 제재를 가하였다.

통계에 따르면 2017회계연도에 세계은행의 블랙리스트에 오른 기업 또는 개인은 58개였다.[1164] 같은 해 세계은행은 관련 국내기구에 32건

1160) 아투행 정책이 규정한 통보 대상은 "적절한 정부 부서"이다. AIIB Policy on Prohibited Practices(December 8, 2016), Section 9. 2.

1161) 예를 들어 세계은행의 파드마대교 프로젝트의 경우를 참고해 보면 세계은행은 부패 혐의 정보를 프로젝트 주최국인 방글라데시에 통보하였고, 또 피고 회사의 본사 소재지국 캐나다에도 통보하였다. World Bank, "World Bank Statement on Padma Bridge", June 29, 2012.

1162) AIIB Policy on Prohibited Practices(December 8, 2016), Section 9. 2.

1163) 본 사건에서 볼리비아 프로젝트 실행부서는 우선 세계은행 청렴 담당 부총재에게 통지하였고 이어 세계은행이 조사를 진행하였다. http://www.worldbank.org/en/news/press-release/2015/02/25/world-bank-sanctions-four-companies-fraud-corruption(visited October 1, 2016).

1164) The World Bank Group Integrity Vice Presidency Annual Update Fiscal Year 2017, Appendix "Entities Debarred in FY17", pp. 38-40. 세계은행 회계연도는 전해 7월 1일부터 당해 6월 31일까지로 계산한다.

의 사건을 통보하였다.[1165] 통보 대상국가의 대다수가 개발도상국이지만 영국·덴마크·오스트리아 등과 같은 선진국도 있다. 통보 효과를 보면 소수의 통보에만 반응이 있었을 뿐이며, 국내에서 법률절차를 가동한 사건은 더욱 적었다.[1166] 예를 들어 2017 회계연도에 총 8건의 통보 사건에 반응이 있었는데, 이는 2년 전의 기록에 비해 많이 진보한 수준이다.[1167] 현재까지 적어도 35명이 세계은행의 통보로 인해 국내 사법기관에 추소를 당하여 유죄 판결을 받았으며, 2개 회사가 규정위반 행위로 인해 벌금을 받았다. 이밖에 29명이 형사고소를 당하였고, 또 5건은 통보에 의해 체포된 사건이었다.[1168] 이로부터 은행의 통보는 부패척결과 국내 법치에 대해 중요한 의의가 있다는 것을 알 수 있다. 반대로 국내 수사기관이 '다자개발은행'에 통보하여 '다자개발은행'이 조사 작업을 전개하는 것을 협조하기도 한다.[1169] 예를 들

1165) The World Bank Group Integrity Vice Presidency Annual Update Fiscal Year 2017, Appendix "Referrals Made in FY17", pp. 44-45. 이 데이터는 같은 해에 세계은행이 내린 제재 결정과 반드시 일치하는 것은 아니라는 점에 유의해야 한다. 예를 들어, 2017회계연도 블랙리스트 제재 결정의 관련 증거는 그 전해에 관련 정부기관에 이미 통보되었을 수 있다.

1166) Laurence Boisson de Chazournes and Edouard Fromageau, "Balancing the Scales: the World Bank Sanctions Process and Access to Remedies", 23(4) European Journal of International Law 963(2012), p. 972.

1167) 2015회계연도에는 오직 3건의 통보 사건에 대해서만 반응이 있었다. The World Bank Group Integrity Vice Presidency Annual Update Fiscal Year 2015, Appendix "Referrals Made in FY15", pp. 52-53.

1168) The World Bank Group Integrity Vice Presidency Annual Update Fiscal Year 2015, p. 14.

1169) 여기에 또 다음과 같은 경우도 있다. 즉, '다자개발은행'이 특정 법률문제를 해결하기 위해 국내법에 도움을 요청하는 경우다. 만약 '다자개발은행' 법률에 명확한 설명이 없을 경우 다자간개발은행은 흔히 국내 사법기준에 의거하여 법률 분석과 판단을 완성한다. 본 장에서는 이러한 경우에 대해서는 상세히 서술하지 않기로 한다. Norbert Seiler and Jelena Madir, "Fight Against Corruption: Sanctions Regimes of Multilateral Development Banks," 15(1) Journal of International Economic Law 5(2012), pp. 27-28.

면,[1170] 2개 회사가 세계은행의 프로젝트에 낙찰되기 위해 프로젝트 실행부 부장에게 뇌물을 먹였는데, 그 부장의 국적이 있는 국가의 세계은행이 집법기관이 뇌물 수수와 관련된 재무 관련 증거를 입수해 세계은행에 통보함으로써 세계은행이 진행 중인 조사 작업을 추진하였다. 또 다른 한 예는 에너지산업을 겨냥한 카르텔(cartel, 기업 연합) 행위로서 한 나라 정부의 반부패기관이 세계은행과 관련한 정보를 공유한 예이다.[1171] 카르텔 회원들은 어느 회사가 어느 계약에 낙찰되는지를 서로 의논하여 정하며 응찰에 앞서 가격협상을 진행한다. 그 결과 이들 카르텔 회원들은 5년 동안 세계은행의 계약 5개에 낙찰되었으며, 총 금액이 450만 달러에 이르렀다. 그러나 은행과 국가기관의 긴밀한 협력은 은행의 면책특권을 상실하는 위험을 초래할 수가 있다. 2012년을 전후하여 세계은행은 방글라데시의 파드마 대교 프로젝트에 대해 조사하는 과정에서 캐나다 회사가 프로젝트 계약에 낙찰되기 위해 방글라데시 정부 관원에게 뇌물을 준 사실을 발견하였다.[1172] 이 때문에 세계은행은 그 회사에 제재를 가하고,[1173] 관련 정보를 캐나다의 조사기관과 공유하였다. 그 이후의 국내 사법절차에서

1170) The World Bank Group Integrity Vice Presidency Annual Update Fiscal Year 2015, p. 15.

1171) The World Bank Group Integrity Vice Presidency Annual Update Fiscal Year 2015, p. 15.

1172) 방글라데시 정부 관원과 캐나다 회사 간에 부패 공모 행위가 존재하는데도 방글라데시 정부는 시정 조치를 취하는 것을 원치 않았으며 결국 세계은행은 파드마 대교 프로젝트에 대한 12억 달러 규모의 대출을 철회하기로 결정하였다. World Bank, "World Bank Statement on Padma Bridge", June 29, 2012, http://www.worldbank.org/en/news/press-release/2012/6/29/world-bank-statement-padma-bridge(visited October 1, 2016).

1173) 세계은행은 그 캐나다 회사가 10년 내에 세계은행 프로젝트에 참여할 수 없도록 금지하였으며 또 「공동집행협의」에 따라 그 회사는 다른 '다자개발은행'의 블랙리스트에도 올랐다. World Bank, "World Bank Debars SNC-Lavalin Inc. and its Affiliates for 10 years", April 17, 2013.

캐나다 기업은 세계은행의 면책특권에 이의를 제기하고, 세계은행 직원에게 법정에 출두하여 세계은행의 문서를 제출할 것을 요구하도록 법원에 신청하였다. 2014년 캐나다 1심법원은 세계은행의 면책특권에 대해 세계은행이 캐나다의 국내기관과 반부패 관련 정보를 공유하였다고 주장하고, 묵시적인 방식으로 사법면책특권을 포기하였다고 판결하였다.[1174] 2016년 4월 캐나다 최고법원은 1심법원의 판결을 뒤집고, 세계은행의 면책특권을 지지하고 보호함으로써 문서와 직원을 제3자의 침해로부터 보호하였다.[1175] 최고법원은 만약 묵시적인 방식으로 면책특권의 포기를 허용한다면, "세계은행과 국내 집법기관 간의 효과적인 협력을 크게 저해할 것"이며,[1176] 더욱이 개발금융 분야의 국제 반부패 노력을 손상시킬 것이라는 판결을 내렸다.

(3) 제재결정의 공표

대다수 '다자개발은행'은 투명도를 정당한 절차의 중요한 요소로 보고 제재결정을 공식 사이트에 공표하고 있다. 공표하는 정보에는 제재대상의 주체, 금지행위 및 제재조치가 포함된다. 그러나 '다자개발은행'마다 공표하는 범위와 정도가 크게 다른데, 두 가지 방면으로 구현된다. 즉, 어떤 제재 조치인지를 공표하는 것과 제재결정 문서의 공표 여부이다.

1174) The World Bank Group Integrity Vice Presidency Annual Update Fiscal Year 2015, at 15, footnote 1.

1175) World Bank Group v. Wallace, 2016 SCC 15, available at http://scc-csc.lexum.com/scc-csc/scc-csc/en/15915/1/document.do(visited October 1, 2016).

1176) World Bank Group v. Wallace, 2016 SCC 15, para. 39.

첫째, 공표할 수 있는 제재조치는 어떤 것인가? 세계은행은 제재대상이 되는 주체에 대한 모든 제재조치를 공표한다. 여기에는 가장 가벼운 질책도 포함된다.[1177] 아투행은 두 가지 제재조치만 발표한다. "블랙리스트에 올리는 것"과 "조건에 부합되면 블랙리스트에서 내리는 것", 즉 가장 엄중한 두 가지이다.[1178] 유럽부흥개발은행은 아투행에 비해 한 가지 제재조치를 더 공표한다. 즉, "조건에 부합되면 블랙리스트에 올리지 않는" 제재조치이다.[1179]

둘째, 제재결정 전문을 공표해야 하는가? 세계은행은 2심 결정의 전문을 공표하고 1심에서 상소하지 않은 결정도 공표한다.[1180] 유럽부흥개발은행은 2심 결정 전문을 공표하기로 약속하였지만,[1181] 그러나 1심 결정의 공표 여부에 대하여서는 약속하지 않았다. 제재문서의 공표는 새로운 사물이기 때문이었다. 예를 들면 세계은행은 2011년에야 공표하기 시작하였고, 유럽부흥개발은행은 2015년 12월에 시작하였다. 아투행은 이 분야에서 아직 아무런 약속도 하지 않고 있다.

유감스럽게도 아시아개발은행은 예외로 제재대상이 되는 주체의 신

1177) World Bank Sanctions Procedures(April 15, 2012), Section 10.01(a)

1178) AIIB Policy on Prohibited Practices(December 8, 2016), Section 9. 1.

1179) EBRD Enforcement Policy and Procedures(December 2015), Section 11. 3(i).

1180) World Bank Sanctions Procedures(April 15, 2012), Section 10. 01(b).

1181) EBRD Enforcement Policy and Procedures (December 2015), Section 11. 3 (iv).

분도 공개하지 않고,[1182] 제재결정의 전문도 공개하지 않고 있다.[1183] 그렇기 때문에 아시아개발은행의 블랙리스트는 교차제재를 실현할 수가 없는 것이다. 왜냐하면 교차제재는 공개적인 제재결정에 국한되기 때문이다. 그래서 제재대상이 되는 주체의 자제에만 기댈 수밖에 없다. 이러한 보수적인 방법은 제재결정의 공표에 따른 면책특권의 소송에 대한 아시아개발은행의 우려로 반영되었다.[1184] 그러나 그러한 우려는 불필요하다. 왜냐하면 역사가 증명하다시피 '다자개발은행'의 면책특권은 줄곧 큰 존중을 받아왔고, 또 '다자개발은행'에 대한 제재결정은 보편적으로 질이 높기 때문이다.

'다자개발은행'이 공표한 결정은 국제공법 영역의 판례법의 중요한 근원을 형성하였다.[1185] 세계은행은 사이트에 43건의 2심판결결정[1186]

1182) 아시아개발은행은 극히 적은 경우에만 제재 대상이 되는 주체의 신분을 공개한다. 즉, 제재 주체가 다음과 같은 상황에 부합되는 경우이다. (1) 규정을 두 차례, 또는 그 이상 횟수 어겨 아시아개발은행의 블랙리스트에 오른 경우, (2) 제재 결정을 어겨 아시아개발은행의 블랙리스트에 오른 경우(즉 자격이 없는데 아시아개발은행의 프로젝트에 참여하려고 시도한 경우), (3) 아시아개발은행의 블랙리스트에 올랐으나 통지를 송달할 수 없는 경우(즉 송달을 회피하는 경우), 또는 (4) 「공동집행협의」에 따라 아시아개발은행이 교차 제재를 실시하는 경우이다. "Frequently Asked Questions on Anticorruption and Integrity" (2011), p. 40.

1183) ADB Anti-corruption and Integrity(Second edition, October 2010), para. 97.

1184) Norbert Seiler and Jelena Madir, "Fight Against Corruption: Sanctions Regimes of Multilateral Development Banks," 15(1) Journal of International Economic Law 5(2012), P. 27, quoting ADB' s own explanation that "[P] ublicly labeling parties in terms that could classify as slander or label may have serious legal implications in some jurisdictions, against which ADB might not be protected by immunity..."

1185) 케미챠(Kemicha) 제재위원회 의장은 "우리는 「법률적요」 와 제재위원회의 결정을 공표하는 것이 국제 공법의 발전과 국제 반부패 프로젝트의 발전을 촉진할 수 있기를 바란다." 라고 지적하였다. World Bank "Sanctions Board to Post Decisions on Corruption, Fraud Cases" , December 9, 2011, http://www.worldbank.org/en/news/feature/2011/12/09/sanctions-board-to-post- decisions-on-corruption-fraud-cases(visited September 17, 2016)

1186) See a list of the cases and relevant full-text decisions by the World Bank Sanctions Board on and after 2012, http://web.worldbank.org/WBSITE/EXTERNAL/EXTABOUTUS/ORGANIZATION/ORGUNITS/EXTOFFEVASUS/0, contentMDK: 23059612~pagePK: 64168445~piPK: 64168309~theSitePK: 3601046, 00.html(visited September 17, 2016).

및 150여 건의 상소를 거치지 않은 1심 결정을 공표하였다.[1187] 2심법관은 갈수록 이전 사건의 판결을 더 많이 참고하여 그들이 공표한 법률의견의 판례법 가치를 보여주고 있다. 그밖에 세계은행은 「법률 적요」를 정기적으로 발간하여 일정 기간 동안 판결의 법률적 원칙을 종합할 것을 약속하였다.[1188] 1차로 편찬한 「법률 적요」는 2011년에 공표되었다.[1189] 현재 인터넷에 공표된 대부분의 사건판결이 그때 당시에는 존재하지 않았던 것들이다. 때문에 「법률 적요」는 제때에 갱신하여 최근 몇 년간의 판례의 최신 발전을 반영해야 한다. 이러한 판례는 '다자개발은행'이 어떻게 사건의 사실에 근거하여 결정을 내렸는지를 보여주며, 또 법을 어긴 자는 무엇을 잘못하였는지를 설명해 주고 있다. 국제법학자들은 완전히 새로운 그 국제법 분야의 연구에 몰입하여 전 세계 부패척결 프로젝트와 발전 프로젝트에 기여해야 한다.

'다자개발은행' 제재 메커니즘의 취지는 "사기와 부패혐의가 있는 회사들을 배제하고 신용이 있고 능력 있는 회사들이 프로젝트 건설에 참여하도록 하는 것"이다.[1190] 제재 메커니즘은 부패행위를 억제하고 예방하는 과정에 상업기업의 합법적이고 청정한 경쟁적 참여를 촉진

1187) World Bank, "Suspension and Debarment Officer Determinations in Uncontested Proceedings", http://web.worldbank.org/WBSITE/EXTERNAL/EXTABOUTUS/ORGANIZA-TION/ORGUNITS/EXTOFFEVASUS/0,, contentMDK: 22911816~menuPK: 7926949~pagePK: 64168445~piPK: 64168309~theSitePK: 3601046,00.html(visited September 17, 2016).

1188) World Bank Sanctions Procedures(April 15, 2012), Section 10. 01(c).

1189) The World Bank Sanctions Board Law Digest(December 2011), available at http://siteresources.worldbank.org/INTOFFEVASUS/Resources/3601037-1342729035803/SanctionsBoardLawDigest.pdf(visited September 19, 2016).

1190) Dick Thornburgh, etc., "Report Concerning the Debarment Process of the World Bank", August 14, 2002, p. 60.

하여 최종적으로 전 세계의 빈곤퇴치와 부패척결 프로젝트에 기여토록 하게 하는 것이다. '다자개발은행'은 그 과정에서 국제적 차원의 감독 관리자 역할을 한다.[1191]

부패행위는 전통적으로 보면 범죄행위이므로 제재절차는 적어도 준사법적 성격을 띠어야 하며, 적절하고 정당한 절차기준이 있어야 한다. 피고가 제재를 피하는 것을 막기 위해서는 피고의 관련 기업들이 모두 제재를 받게 해야 한다. 따라서 예외적으로 회사의 베일을 벗기는 것이 '다자개발은행' 제재 메커니즘에서 일상화되고 있다.[1192] 제재효과를 강화하기 위해 '다자개발은행'은 교차제재 메커니즘을 발전시켰고, 또 국내 조사기관과도 효과적으로 협력한다.

아투행은 21세기를 지향하는 신형의 '다자개발은행'을 건설할 것을 약속하였으며,[1193] 국제적으로 최고의 실천과 아시아국가의 발전경험을 완벽하게 결합시키는데 힘썼다.[1194] 아투행의 운영이념은 "정예·청렴·녹색"이다. 진리췬(金立群) 총재는 부패를 절대 용납하지 않을 것

1191) Stephen S. Zimmermann and Frank A. Fariello, Jr., "Coordinating the Fight against Fraud and Corruption: Agreement on Cross-Debarment among Multilateral Development Banks", in Hassane Cisse, Daniel D. Bradlow, Benedict Kingsbury (ed.), The World Bank Legal Review, Vol. 3(2012) pp. 194-195.

1192) 그러나 기업과 로펌들은 '다자개발은행'이 기업의 독립 원칙을 존중하고 기업그룹에 대한 제재에 신중을 기할 것을 호소한다. Freshfields Bruckhaus Deringer LLP, "Submission of Freshfields Bruckhaus Deringer LLP in Connection with Review of the World Bank Group Sanctions System", October 31, 2013, pp. 13-14.

1193) Lou Jiwei(Chinese Financial Minister), "Building a New Multilateral Development Bank of 21st Century", People's Daily, June 25, 2015.

1194) GU Bin, "AIIB and changing standards in China", The Straits Times, July 28, 2016, quoting AIIB President Jin Liqun's comments at the AIIB first annual meeting in Beijing in June 2016.

이라고 선언하였다.[1195] 2016년 상반기 아투행은 창립된 지 얼마 안 되어 첫 번째 프로젝트를 공표하기에 앞서[1196] 「행위금지정책」부터 대외에 공표하였다.[1197] 아투행의 제재 메커니즘은 전반적으로 국제 최고의 실천기준에 부합되며, 어떤 면에서는 더 잘되어 있다고 할 수 있다.[1198] 아투행은 또 동류 기구와의 협력을 적극적으로 전개하고 있다. 「회사그룹을 대함에 있어서 '다자개발은행'의 통일 기준」[1199]과 「블랙리스트 결정의 공동 집행에 관한 협의」를 인가하는 것이 그에 포함된다.

그러나 아투행의 제재 메커니즘은 복잡하고 세밀한 법률제도라기보다는 한 세트의 프레임이라고 할 수 있다. 그 메커니즘의 일부분은 아직 더 풍부히 하고 세분화할 필요가 있다. 업무의 발전과 더불어 아투행은 끊임없이 경험을 축적하고 동류 기구와 협력하고 학습하는 과정에서 제재 메커니즘은 꾸준히 수정되고 개진될 것이다. 그 과정은 서로 교류하고 본받는 과정이 될 것이다. 그렇기 때문에 사람들은

1195) AIIB, "What is the AIIB", http://www.aiib.org/html/aboutus/introduction/aiib/?show=0 (visited March 28, 2016).

1196) 2016년 6월 베이징에서 열린 제1회 운영위원회 연차회의에서 아투행은 최초로 4건의 프로젝트를 공표하였으며 대출금액은 총 5억900만 달러였다. 이들 프로젝트는 각각 방글라데시·인도네시아·파키스탄·타지키스탄에 각각 위치하였으며 프로젝트 4건 중 3건은 세계은행·아시아개발은행·유럽부흥개발은행을 포함한 다른 기구들과 공동융자를 진행하였다.

1197) 아투행 「행위금지정책」 제1판은 2016년 5월에 공표되었다. 현재 실행하고 있는 것은 제2판으로 2016년 12월에 공표되었다.

1198) 예를 들면 앞 글에서 언급한 바와 같이 아투행의 제재 메커니즘을 담당하는 기구는 더욱 독립적이고, 화해발효제도의 배치는 더욱 합리적이며 「공동집행협의」을 자발적으로 이행하여 기타 '다자개발은행'의 블랙리스트에 오른 약 1천 개 기업에 제재를 가하고 있는 등등이다.

1199) AIIB Policy on Prohibited Practices(December 8, 2016), Section 7. 5. MDB Harmonized Principles on Treatment of Corporate Groups(September 10, 2012) represents MCBs' concerted efforts to harmonize their respective treatment of corporate groups facing sanctions. The two-paged text is available at http://lnadbg4.adb.org/oai001p.nsf/0/A7912C61C52A85AD48257ACC002DB7EE/$FILE/MDB% 20Harmonized% 20Principles% 20on% 20Treatment% 20of% 20Corporate% 20Groups.pdf(visited December 27, 2016).

아투행이 '다자개발은행' 제재 메커니즘의 구축에 기여하기를 기대하고 환영하는 것이다.

부록 1
「아시아인프라투자은행협정」

　본 협정 체결국들은 다음과 같이 동의하는데 일치한다.

　글로벌화의 배경에서 지역협력이 아시아경제 체의 지속적인 성장 및 경제와 사회발전을 추진함에 있어서 중요한 의의가 있고, 또 본 지역이 미래 금융위기와 기타 외부충격에 대처할 수 있는 능력을 향상시키는 데도 유리할 수 있다는 점을 고려하고, 인프라 발전이 지역 간의 상호연결과 상호소통 및 일체화를 추진함에 있어서 중요한 의의가 있으며, 또 아시아 경제성장과 사회발전을 추진하는데도 유리하고, 나아가 세계경제의 발전에 새로운 원동력을 제공할 수 있을 것이라는 점을 인식하며, 아시아인프라투자은행(이하 "은행"이라 약칭)이 기존의 '다자개발은행'과의 협력을 통해 아시아지역의 장기적이고 거대한 인프라 건설을 위한 융자의 공백을 메우는 데 더 나은 자금지원을 제공할 수 있을 것이라는 점을 인식하고, 인프라 발전의 지원을 취지로 하는 '다자금융기구'로서 은행의 창립은 아시아 역내 및 역외에서 더 많은 시급한 자금을 동원하여 아시아 경제체가 직면한 융자의 어려움을 완화하고' 기존의 '다자개발은행'과 서로 보완하여 아시아의 지속적이고 안정적인 성장을 추진하는데 도움이 될 것이라는 확신이 있음으로 말미암아 은행의 창립에 동의하며, 또 본 협정의 다음과 같은 규정에 따라 운영하는데 동의한다.

제1장
취지·기능 및 회원자격

제1조 취지

1. 은행의 취지는 다음과 같다. (1) 인프라 및 기타 생산성 분야에 대한 투자를 통해 아시아 경제의 지속 가능한 발전을 촉진하고 부를 창조하며, 인프라의 상호연결과 상호소통을 개선한다. (2) 기타 다자 및 양자 개발기구와 긴밀히 합작하여 지역 간 협력과 동반자관계를 추진하고 발전의 길에 직면하게 되는 도전에 대응한다.

2. 본 협정에서 '아시아'와 '본 지역'에 대해 언급한 부분은 운영위원회의 별도 규정이 있는 경우를 제외하고는 모두 유엔의 정의에 따라 아시아와 오세아니아에 속하는 지리적 구획과 구성을 가리킨다.

제2조 기능

그 취지를 이행하기 위하여 은행은 다음과 같은 기능을 구비해야 한다.

(1) 지역 내 발전 분야의 공공자본과 사영자본의 투자, 특히 인프라와 기타 생산성 분야의 발전을 추진한다.

(2) 은행의 가처분자금을 이용하여 본 지역의 발전프로젝트에 융자 지원을 제공한다. 여기에는 본 지역의 전반적인 경제의 조화로운 발전을 가장 효과적으로 지원할 수 있는 프로젝트와 계획이 포함되며, 특히 본 지역의 저개발회원의 수요에 관심을 기울인다.

(3) 사영자본이 지역경제발전, 특히 인프라와 기타 생산성 분야의 발전에 유리한 프로젝트·기업 및 활동에 참여하는 것을 격려하고, 합리적인 조건으로 사영자본의 융자를 획득할 수 없을 경우 사영투자에 대해 보충한다. 그리고,

(4) 이런 기능을 강화하기 위해 전개하는 기타 활동과 제공하는 기타 서비스.

제3조 회원자격

1. 은행의 회원자격은 국제부흥개발은행과 아시아개발은행의 회원에게 개방한다.

(1) 역내 회원이란 부록1의 제1부분에 포함되어 있는 회원 및 제1조 제2항에 따라 아시아지역에 속해 있는 기타 회원을 말하며 그 이외는 역외 회원이다.

(2) 창립회원이란 부록1에 이미 포함되어 있고, 제57조에 규정된 날자 당일 또는 그 이전에 본 협정에 서명하였고, 제58조 제1항에 규정된 최종 날짜 이전에 모든 회원조건을 충족시키는 회원을 말한다.

2. 국제부흥개발은행과 아시아개발은행의 회원은 제58조의 규정에

따라 은행회원으로 가입하지 못할 경우 제28조의 규정에 따라
운영위원회의에서 특별다수결로 동의를 거친 뒤 은행이 정한 가
입조건에 따라 은행의 회원이 될 수 있다.

3. 주권을 갖고 있지 않거나 자신의 국제관계 행위에 대하여 책임을
   질 수 없는 신청자는 그 신청자의 국제관계 행위에 책임지는 은
   행회원의 동의를 얻거나 또는 대신 은행에 가입신청을 한다.

제2장
자본

제4조 법정자본

1. 은행의 법정자본은 1천억 달러이고, 100만 주로 나뉘며 한주의 액면가는 10만 달러이고, 회원만이 본 협정 제5조의 규정에 따라 납부할 수 있다.

2. 초기 법정자본은 실제납부자본과 미납자본으로 나뉜다. 실제납부자본의 액면 총 가치는 200억 달러이고, 미납자본의 액면 총 가치는 800억 달러이다.

3. 운영위원회는 제28조의 규정에 따라 적당한 시간에 적당한 조건에 따라 운영위원회의 슈퍼다수결로 동의를 거친 후, 실제납부자본과 미납자본 간의 비율을 포함한 은행의 법정자본을 증가시킬 수 있다.

4. 본 협정에서 무릇 '미국 달러'와 '$'기호에 대해 언급한 것은 모두 미합중국의 법정 결제통화를 가리킨다.

제5조 자본의 거출

1. 매 회원은 모두 은행의 주식자본을 거출해야 한다. 초기 법정자본을 거출할, 때 실제납부자본과 미납자본 간의 비율은 2:8 이어

야 한다. 제58조의 규정에 따라 회원자격을 취득한 국가의 초기 거출자본의 수량은 본 협정 부록1에 따라 집행한다.

2. 본 협정 제3조 제2항에 따라 가입한 회원의 경우, 초기 거출자본의 수량은 운영위원회가 결정한다. 만약 그 회원의 자본 납부로 인해 역내 회원이 보유하고 있는 자본이 총 자본 중에서 차지하는 비율이 75%이하로 떨어질 경우, 운영위원회에서 제28조의 규정에 따라 슈퍼다수결로 통과되지 않는 한 비준 받을 수 없다.

3. 운영위원회는 어느 한 회원의 요구에 의해 제28조의 규정에 따라 슈퍼다수결을 거쳐 그 회원이 확정한 조건과 요구에 따라 거출금액을 증가시키는데 동의할 수 있다. 만약 그 회원의 자본납부로 인해 역내 회원이 보유한 자본이 총 자본에서 차지하는 비율이 75%이하로 내려갈 경우, 운영위원회에서 제28조의 규정에 따라 슈퍼다수결로 통과되지 않는 한 비준 받을 수 없다.

4. 운영위원회는 5년 미만 간격으로 은행 자본 총액에 대해 심사한다. 법정자본이 증가할 때 매 회원은 운영위원회가 결정한 조건에 따라 합리적인 거출 기회를 가질 수 있으며, 그 거출부분이 자본 총 증가량에서 차지하는 비율은 이번 자본 증가 전 거출자본이 총 거출자본에서 차지하는 비율과 같아야 한다. 그 어떤 회원도 그 어떤 성질의 증가자본을 납부할 의무는 없다.

제6조 거출자본의 지급

1. 제58조에 따라 회원자격을 얻은 본 협정 체결자는 초기 거출자

본 중에서 실제 납부자본을 5회에 나누어 매회 20%씩 지급한다. 단 본 조 제5항에 특별히 규정한 것은 제외한다. 제1차 납부는 본 협정 발효 후 30일 이내에 완료하거나 또는 제58조 제1항에 규정된 비준서·수용서 또는 인가서 제출일 또는 그 이전에 완성해야 하며, 그 이후에 발생한 거출에 준한다. 제2차 납부는 본 협정 발효 만기 후 1년 내에 완성한다. 나머지 3차례는 차례로 앞 한 차례 만기 후 1년 내에 완성한다.

2. 본 조 제5항의 규정을 제외하고, 초기 거출자본 중 원시 실제 납부자본에 대한 매 한 차례의 납부는 모두 미국 달러 또는 기타 태환 가능한 통화를 사용해야 한다. 은행은 이러한 지불금을 언제든지 달러로 바꿀 수 있다. 만약 기한이 되었음에도 납부를 완수하지 못할 경우 은행이 만기 주식자본을 받을 때까지 투표권을 포함하여 실제 납부자본과 미납 자본에 부여된 상응하는 권리는 모두 중지된다.

3. 은행의 미납 자본은 은행이 채무를 상환해야 할 경우에만 납부를 독촉한다. 회원국은 달러 또는 은행이 채무상환에 필요한 통화를 선택하여 납부할 수 있다. 미납자본의 납부를 독촉할 때에는 모든 미납자본의 독촉 비율이 일치해야 한다.

4. 본 조항에서 언급된 여러 납부 지점은 은행이 결정하나 운영위원회의 제1차 회의가 열리기 전에 본 조 제1항에서 말하는 1차 지불금은 은행의 수탁자 즉 중화인민공화국 정부에 지급한다.

5. 본 조항의 경우, 저개발국으로 인정된 회원은 본 조 제1항과 제

2항에 규정된 주식자본을 납부할 때, 다음 열거한 방식 중 임의의 한 방식을 선택할 수 있다.

(1) 전부 달러 또는 기타 태환 가능 통화를 사용할 수 있고, 최다 10차로 분할 납부하며 매 차 납부금액은 총액의 10%에 해당해야 한다. 1차와 2차 납부 만기일은 제1항의 규정을 참조하고 3차부터 10차까지의 납부는 본 협정 발효 후 2년 내에 그리고 그 후 매 번 만기 1년 내에 잇달아 완성해야 한다.

(2) 매차 납부에서 회원은 달러 또는 기타 태환 가능 통화를 일부 사용하는 동시에 본위 화폐로 50%가 넘지 않는 선에서 납부할 수 있으며, 본 조 제1항에 규정된 시간에 따라 매차 납부를 완수할 수 있다. 동시에 이렇게 납부할 경우 다음과 같은 규정에 부합되어야 한다.

하나, 회원은 본 조 제1항에 규정된 납부시간에 본위화폐로 납부하게 될 금액의 비율을 은행에 설명해야 한다.

둘, 본 조 제5항의 규정에 따라 완성하는 매차의 본위 화폐 납부금액은 은행이 달러와 완전 동등한 금액에 따라 계산한다. 최초 납부 시에는 회원이 스스로 납부금액을 결정할 수 있다. 단, 은행은 지불 만기일 90일 내에 적당한 조정을 거칠 수 있는데 이로써 지불금액이 달러로 계산한 금액과 완전히 동등하도록 한다.

셋, 언제든지 은행이 한 회원의 통화가치가 대폭 떨어졌다고 판단하면 그 회원은 합리적인 기간 내에 은행에 본위 화폐의 추가 금액을 납부하여 은행 장부상 그 회원이 보유하고 있는 본위화폐 거출자본의 가치 불변을 보장해야 한다.

넷, 언제든지 은행이 한 회원의 통화가치가 대폭 상승하였다고 판단하면 은행은 합리적인 기간 내에 그 회원에 일정한 액수의 본위화폐를 환급하여 은행 장부상 그 회원이 보유하고 있는 본위화폐 거출자본의 가치를 조정해야 한다.

다섯, 은행은 본 조항 제3조목의 상환 권리를 포기할 수 있고, 회원은 본 조항 제4조목의 상환 권리를 포기할 수 있다.

여섯, 은행은 임의의 회원이 그 회원 정부 또는 그 회원이 지정한 예탁기관이 발행한 약속어음 또는 기타 채권으로 회원이 본 조 제5항 제(2)항에 규정된 본위 화폐로 납부하는 금액을 납부하는 것을 수락한다. 그 전제는 은행이 경영상 상기 금액의 회원 통화를 사용할 필요가 없어야 한다는 것이다. 상기 약속어음 또는 채권은 양도할 수 없고, 무이자이며 또 은행의 요구에 따라 액면가로 일괄 지불이 가능해야 한다.

제7조 자본 납입조건

1. 회원의 최초 거출자본은 액면가에 따라 발행한다. 운영위원회가 특수한 상황에서 제28조의 규정에 따라 특별다수결로 통과시켜 기타 조건으로 주식을 발행하기로 결정하는 경우를 제외하고는 기타 주식도 액면가에 따라 발행한다.

2. 주식은 그 어떤 형태로도 저당 잡히거나 또는 담보로 잡힐 수

없으며, 은행에만 양도할 수 있다.

3. 회원의 주식 채무는 그 회원이 보유한 주식 발행액 중 미납부분에만 한한다.

4. 회원은 자체 회원 지위로 인하여 은행의 채무에 대하여 책임을 지지 않는다.

제8조 일반 자본

본 협정에서 '일반 자본'이라는 용어는 다음과 같은 내용을 포함한다.

(1) 본 협정 제5조의 규정에 따라 납부한 은행의 법정자본, 즉 실제 납부자본과 미납자본이 포함된다.

(2) 은행이 제16조 제1항의 규정에 따라 권한을 부여 받아 모금한 자금에 대하여 이러한 자금의 지불약속은 본 협정 제6조 제3항의 규정을 적용한다.

(3) 본 조 (1), (2)항의 자금을 사용한 대출발행 또는 담보에 의한 상환소득, 또는 상기 자금을 사용한 자본투자 또는 제11조 제2항 (6)항에 따라 허가된 기타 유형의 융자에 의한 소득.

(4) 상기 자금을 사용한 대출발행 또는 제6조 제3항의 지불약속에 따른 담보로 취득한 수입.

(5) 은행이 수취한 본 협정 제17조에 규정된 특별기금에 속하지 않는 기타 모든 자금 또는 수입.

제3장
은행업무의 운영

제9조 자금의 사용

은행의 자금은 안정이라는 은행원칙에 따라 본 협정 제1조와 제2조에 규정된 취지와 기능을 이행하는 데만 사용할 수 있다.

제10조 일반 업무와 특별 업무

1. 은행의 업무에는 다음과 같은 내용이 포함된다.

(1) 본 협정 제8조에서 언급한 은행의 일반자본이 융자를 제공하는 일반 업무.

(2) 본 협정 제17조에서 언급한, 은행의 특별 기금이 융자를 제공하는 특별 업무.

   두 업무는 동일한 프로젝트나 계획의 다른 부분에 동시에 융자를 제공할 수 있다.

2. 은행의 일반자본과 특별기금은 보유·사용·약속·투자 또는 기타 처분을 할 때 언제나 여러 방면에서 모두 완전히 분리되어야 한다. 은행의 재무보고서에는 일반 업무와 특별 업무를 각각 기재해야 한다.

3. 어떠한 경우에도 은행의 일반자본은 특별기금이 담당하거나 약

속한 특별업무 또는 기타 활동의 지출과 결손 또는 부채를 납부
하거나 상환하는데 사용하여서는 안 된다.

4. 일반 업무에서 직접 발생하는 지출은 일반자본이 부담한다. 특
별업무에서 발생하는 지출은 특별기금이 부담한다. 기타 모든
지출 부담은 은행이 별도로 결정한다.

제11조 업무 대상 및 방법

1. (1) 은행은 모든 회원 또는 회원의 기구·단위 또는 행정부서, 또
는 회원의 영토에서 경영하는 모든 실체 또는 기업 및 본 지역의
경제발전에 참여하는 국제기구나 국제단체 또는 지역기구나 지역
단체에 융자를 제공할 수 있다.

(2) 특수한 상황에서 은행은 본 조항 제(1)항 이외의 업무대상자
에게 원조를 제공할 수 있다. 전제는 운영위원회가 제28조의 규정
에 따라 슈퍼다수결을 거쳐 다음과 같은 사항을 통과시키는 것이
다. 하나, 그 원조가 은행의 취지와 기능 및 은행 회원국의 이익
에 부합된다는 것을 확인한다. 둘, 업무대상자에게 제공할 수 있
는, 본 조 제2항에 규정된 융자지원의 유형임을 명확히 한다.

2. 은행은 다음과 같은 방식으로 업무를 수행할 수 있다.

(1) 직접대출, 공동융자 또는 대출 참여.

(2) 기구 또는 기업의 주식자본 투자에 참여한다.

(3) 직접적 또는 간접적 채무자로서 경제발전에 사용되는 대출에
전부 또는 일부 담보를 제공한다.

(4) 특별기금의 사용협정에 따라 특별기금의 자원을 배치한다.

(5) 제15조의 규정에 따라 기술 원조를 제공한다.

(6) 운영위원회가 제28조의 규정에 따라 특별다수결로 결정한 기타 융자방식.

제12조 일반 업무의 제한조건

1. 은행이 본 협정 제11조 제2항 (1), (2), (3), (4)항에 따라 취급하는 대출, 자본 투자, 담보 및 기타 형식의 융자 등 일반 업무 중의 미수금은 언제나 일반자본 중 거출자본·비축자금·유보이익의 미 처분자금 총액을 초과하여서는 안 된다. 그러나 운영위원회는 본 협정 제28조의 규정에 따라, 슈퍼다수결을 거쳐 통과된 후 은행의 재무상황에 따라 은행의 일반 업무에 대한 재무제한 범위를 최고로 일반자본 중 거출자본·비축자금·유보이익의 미 처분자금 총금액의 250%까지 확대할 수 있는 권한이 있다.

2. 은행이 이미 지급한 자본투자총액이 은행의 당기 상응한 실제납부자본과 일반비축자금의 미 처분자금 총액을 초과하여서는 안 된다.

제13조 업무원칙

은행은 아래와 같은 원칙에 따라 업무를 전개해야 한다.

(1) 은행은 안정적인 은행원칙에 따라 업무를 전개해야 한다.

(2) 은행업무는 주로 특정 프로젝트 또는 특정 투자계획의 융자·자

본투자 및 제15조에 규정된 기술 지원이어야 한다.

(3) 은행은 회원이 반대하는 상황에서 그 회원 경내에서 융자업무를 전개하지 못한다.

(4) 은행은 취급하는 모든 업무가 은행의 업무와 재무정책에 부합되도록 보장해야 한다. 여기에는 환경과 사회에 대한 영향 관련 정책을 포함하되 이에만 국한하지는 않는다.

(5) 은행은 융자신청을 심의할 때 관련 요소를 종합적으로 고려하는 동시에 차주가 은행이 합리하다고 인정하는 조건으로 다른 곳으로부터 자금을 취득할 수 있는 능력에 적당히 주의를 기울여야 한다.

(6) 은행이 융자를 제공하거나 담보할 때 차주 및 담보인이 향후 융자계약에 규정된 조건에 따라 의무를 이행할 가능성에 적당히 주의를 돌려야 한다.

(7) 은행이 융자를 제공하거나 담보할 때 은행이 그 융자와 은행의 리스크에 모두 적합하다고 인정하는 융자조건을 취해야 한다. 여기에는 이율과 기타 비용 및 원금상환방식이 포함된다.

(8) 은행은 일반 업무 또는 특별 업무 중 은행 융자 프로젝트의 상품과 서비스 조달에 대하여 국가별로 제한하지 말아야 한다.

(9) 은행은 자기가 제공하거나 담보하거나 참여하는 융자자금이 융자에 규정된 목적에만 사용되도록 필요한 조치를 취해야 하며 절약과 효율을 동시에 고려해야 한다.

(10) 은행은 어느 하나의 또는 일부 회원의 이익에 불균형적으로 자

금을 과다 사용하는 것을 가급적으로 피해야 한다.

(11) 은행은 자체 주식자본투자의 다양화를 유지하기 위한 방법을 강구해야 한다. 은행은 자체 투자를 보호하기 위한 수요가 아닌 한 자본투자프로젝트에서 자기가 투자한 실체 또는 기업에 대하여 그 어떤 관리책임도 지지 않으며 또 그 실체 또는 기업에 대한 통제권을 추구하여서도 안 된다.

제14조 융자조건

1. 은행은 대출의 발행과 참여 또는 담보 시 본 협정 제13조에 규정된 업무원칙 및 본 협정 기타 조항의 규정에 따라 계약을 체결하여 대출 또는 담보의 조건을 명시해야 한다. 상기의 조건을 제정할 때 은행은 은행의 수익과 재무상황을 보장하기 위한 수요를 충분히 고려해야 한다.

2. 대출 또는 담보 대상이 은행 회원이 아닌 경우 은행이 타당하다고 판단되면 프로젝트 실시 소재지의 회원 또는 은행이 허용한 그 회원의 한 정부기관 또는 기타 기관에 대출 원금·이자 및 기타 비용의 기한 내 상환을 위해 담보할 것을 요청할 수 있다.

3. 그 어떠한 자본투자금액도 이사회가 통과한 정책문서에 따라 허용된 그 실체 또는 기업에 대한 주식투자의 비율을 초과하여서는 안 된다.

4. 통화 리스크 최소화에 관한 정책규정에 따라 은행은 한 나라의 본위 화폐를 사용하여 그 나라에서의 은행 업무에 융자를 제공

할 수 있다.

제15조 기술 원조

1. 은행의 취지와 기능에 부합되는 상황에서 은행은 기술 자문과 원조 및 기타 형태의 원조를 제공할 수 있다.

2. 상기 서비스의 비용을 보상할 수 없을 경우 은행은 자체 수익에서 지출할 수 있다.

제4장
은행 자금

제16조 일반 권력

본 협정의 기타 조항에서 명확히 규정된 권한 외에 은행은 또 다음과 같은 권한을 가져야 한다.

(1) 은행은 관련 법률의 규정에 따라 회원 또는 기타 지방에서 기채 또는 기타 방식으로 자금을 모금할 수 있다.

(2) 은행은 그가 발행 또는 담보 또는 투자한 증권을 매매할 수 있다.

(3) 증권 판매를 추진하기 위하여 은행은 자기가 투자한 증권에 담보를 제공할 수 있다.

(4) 은행은 모든 실체 또는 기업이 발행하는, 은행의 취지와 일치하는 목표를 가진 증권을 위탁판매하거나 그 위탁판매에 참여할 수 있다.

(5) 은행은 업무 경영에 사용하지 않은 자금을 투자 또는 예금할 수 있다.

(6) 은행은 은행이 발행 또는 담보하는 모든 증권의 외관에 그 증권이 그 어떤 정부의 채무가 아님을 성명하는 문구가 뚜렷하게 표시되도록 확보해야 한다. 만약 그 증권이 확실히 어떤 특정

정부의 채무일 경우 사실대로 설명해야 한다.

(7) 운영위원회에서 통과된 신탁기금의 틀에 근거하여 신탁기금의 목표가 은행의 취지 및 기능과 일치하는 전제하에 은행은 기타 관련자의 위탁을 받고 그 신탁기금을 설립하고 관리할 수 있다.

(8) 은행은 운영위원회가 본 협정 제28조의 규정에 따라 특별다수 결로 통과된 후 은행의 취지와 기능을 실현하기 위한 목표로 부속기구를 설립할 수 있다.

(9) 은행은 본 협정의 규정에 부합되는 전제하에 은행의 취지와 기능을 진일보 실현하는데 필요한 적당한 기타 권력을 행사할 수 있으며 이와 관련한 규정을 제정할 수 있다.

제17조 특별기금

1. 은행은 은행의 취지 및 기능과 일치하는 특별기금을 수락할 수 있다. 이러한 특별기금은 은행의 자원에 속한다. 특별기금의 모든 관리비용은 그 기금에서 지출되어야 한다.

2. 은행이 수락한 특별기금의 사용원칙과 조건은 은행의 취지 및 기능과 일치해야 하며 이런 유형의 기금에 대해 달성한 관련 협의에 부합되어야 한다.

3. 은행은 매개 특별기금의 설립·관리 및 사용의 수요에 따라 특별 정관을 제정해야 한다. 그 정관은 본 협정 중 일반 업무에만 적용되는 규정을 명확히 하는 것을 제외한 모든 조항과 일치해야 한다.

4. "특별기금자원"이란 모든 특별기금의 자원을 말한다. 여기에는 아래와 같은 것이 포함된다.

(1) 은행이 수락하여 특별기금에 포함시킨 자금.

(2) 은행의 특별기금 관리규정에 따라 특별기금으로 발행 또는 담보한 대출 소득 및 그 주식투자수익은 그 특별기금에 귀속된다.

(3) 특별기금자금투자에서 생겨난 모든 수입, 및

(4) 특별기금이 지배, 사용할 수 있는 기타 모든 자금.

제18조 순수입의 분배와 처분

1. 운영위원회는 적어도 매년 비축자금을 공제한 후 이익잉여금이나 기타 사항 및 회원에 배당 가능한 이윤(적용될 경우) 사이에서의 은행 순이익의 배분에 대해 결정해야 한다. 은행의 순수익을 다른 용도로 쓰이는데 배분하는 모든 결정은 제28조의 규정에 따라 슈퍼다수결로 통과되어야 한다.

2. 앞 조항에서 언급된 배분은 여러 회원이 보유하고 있는 지분의 수량에 비례하여 완성되며 지급 방식과 통화는 운영위원회가 결정한다.

제19조 통화

1. 은행 또는 모든 은행자금 수용자가 수용하거나 보유하거나 사용하거나 또는 양도한 통화를 그 어느 국가 내에서 지급하게 되는 경우든지 회원은 모두 그것에 대한 그 어떠한 제한도 하여서는

안 된다.

2. 본 협정에 따라 하나의 통화로 다른 한 통화의 가치를 평가하거나 또는 어느 한 통화의 태환 가능 여부를 결정할 필요가 있는 경우에는 그 평가 또는 결정은 은행이 한다.

제20조 은행의 채무상환방식

1. 은행이 일반 업무에 종사할 경우, 은행이 발행하였거나 참여하였거나 또는 담보한 대출이 연체 또는 계약을 어겼거나 또는 투자한 주식 또는 제11조 제2항 제(6)항에 따라 실시한 기타 융자에 손실이 발생한 경우 은행은 적당하다고 판단되는 조치를 취할 수 있다. 은행은 발생 가능한 손실에 대비하여 적절한 대손충당금 확보 수준을 유지해야 한다.

2. 은행의 일반 업무로 인해 생겨난 손실에 대해서는 다음과 같이 처리해야 한다.

(1) 우선, 본 조 제1항의 규정에 따라 처리한다.

(2) 다음, 순수입으로 지불한다.

(3) 셋째, 비축자금과 유보수익에서 지불한다.

(4) 넷째, 미처분 실제 납부자본에서 지불한다.

(5) 마지막으로 제6조 제3항의 규정에 따라 납부 촉구가 가능한 미납자본에서 적당량을 납부한다.

제5장
경영관리

제21조 경영관리구조

은행은 운영위원회·이사회·총재 한 명·부총재 한 명 또는 여러 명, 그리고 기타 필요한 고위급 직원과 일반 직원의 직위를 설치해야 한다.

제22조 운영위원회: 구성

1. 매개 회원은 운영위원회에 자체 대표를 두어야 하며 이사 한 명과 부이사 한 명을 임명해야 한다. 매개 이사와 부이사는 모두 그가 대표하는 회원의 명령에 따른다. 이사가 결석하는 경우를 제외하고 부이사에게는 투표권이 없다.

2. 은행의 매년 연차총회에서 운영위원회는 이사 한 명을 선거하여 운영위원장직을 맡게 하며 임기는 다음 기 운영위원장 선거 때까지이다.

3. 이사와 부이사 임직 기간에 은행은 보수를 지급하지 않는다. 그러나 그들이 회의에 참석함으로 인해 발생하는 합리적인 지출은 지급할 수 있다.

제23조 운영위원회: 권력

1. 은행의 모든 권력은 운영위원회에 속한다.

2. 운영위원회는 그 권력의 일부 또는 전부를 이사회에 부여할 수 있다. 단, 다음의 권력은 제외다:

(1) 새 회원을 영입하고 새 회원의 가입조건을 확정한다.

(2) 은행의 법정자본의 증가 또는 감소.

(3) 회원 자격의 중지.

(4) 본 협정의 관련 해석 또는 적용에 대한 이사회의 제소에 판결한다.

(5) 은행이사를 선거하고 제25조 제6항에 따라 은행이 부담해야 할 이사와 부이사의 지출 및 보수를 결정한다.(적용될 경우)

(6) 은행총재를 선거하고 총재의 직무를 중지 또는 해임하며 총재의 봉급 및 기타 임직조건을 결정한다.

(7) 회계감사보고서를 심의한 후 은행의 총자산부채표와 손익표를 비준한다.

(8) 은행의 비축자금 및 순수익의 배치와 배분을 결정한다.

(9) 본 협정을 개정한다.

(10) 은행 운영의 종료와 은행 자산의 배당을 결정한다. 그리고

(11) 본 협정에 명확히 규정된 이사회에 속하는 기타 권력을 행사한다.

3. 본 조항 제2항에 따라 운영위원회가 이사회에 위임한 모든 사항에 대하여 운영위원회는 결정을 집행할 수 있는 모든 권력을 보

류한다.

제24조 운영위원회: 절차

1. 운영위원회는 연차회의를 개최해야 하며 운영위원회의 규정 또는 이사회의 요구에 따라 기타 회의를 소집해야 한다. 은행의 5개 회원이 요청할 경우 이사회는 운영위원회 회의 소집을 요구할 수 있다.

2. 이사의 과반수가 회의에 출석하고 또 그들이 대표하는 투표권이 전체 투표권의 3분의 2 이상(포함)이 되면 모든 운영위원회 회의 정족수가 된다.

3. 운영위원회는 규정에 따라 의사절차를 정해야 하며, 운영위원회 회의를 소집할 필요가 없는 상황에서 이사회가 어느 한 구체적인 문제에 대한 이사의 투표를 얻는 것을 허용하거나 또는 특별한 상황에서 원격 회의 방법으로 운영위원회 회의를 소집하는 것을 허용해야 한다.

4. 운영위원회 및 이사회는 위임 받은 권한 범위 내에서 은행의 업무 전개 필요성이나 정당성에 근거하여 부속기구를 설치하거나 규정제도를 제정할 수 있다.

제25조 이사회: 구성

1. 이사회는 12명의 이사로 구성되며, 이사회 구성원은 운영위원회 위원을 겸임하지 못한다. 그중에서:

(1) 9명은 역내 회원을 대표하는 운영위원이 선출한다.

(2) 3명은 역외 회원을 대표하는 운영위원이 선출한다.

이사는 경제 및 금융사무 분야에서 강한 전문능력을 갖춘 인사가 맡아야 하며 본 협정 부록2에 의해 선출해야 한다. 이사가 대표하는 회원에는 그를 이사로 선출한 운영위원이 소속된 회원과 선거표를 그에게 위임한 운영위원이 소속된 회원이 포함된다.

2. 운영위원회는 비정기적으로 이사회의 규모와 구성을 심의해야 하며, 제28조의 규정에 따라 슈퍼다수결 형식으로 이사회의 규모 또는 구성을 적당히 조정할 수 있다.

3. 모든 이사는 각각 1명의 부이사를 임명하여 이사가 부재할 경우 이사를 대표하여 모든 권력을 행사할 수 있도록 해야 한다. 운영위원회는 규칙을 통과시켜 일정 수 이상의 운영위원에 의해 선출된 이사들이 제2의 부이사를 임명하는 것을 허용해야 한다.

4. 이사 및 부이사는 회원국의 국민이어야 한다. 2명 또는 2명 이상의 이사가 동시에 동일 국적이어서는 안 되며 또 2명 또는 2명 이상의 부이사가 동시에 동일 국적이어서도 안 된다. 부이사는 이사회 회의에 참석할 수 있지만 이사를 대표하여 권력을 행사할 때에만 투표할 수 있다.

5. 이사의 임기는 2년이며, 재선과 연임이 가능하다.

(1) 이사의 임직 기간은 차기 이사가 선출되어 취임할 때까지 지속

되어야 한다.

(2) 이사의 임기 만료일 180일 전에 이사직위에 결원이 생길 경우에
는 그 이사직위를 선출하였던 해당 운영위원이 부록2에 따라 후
임자 1명을 선출하여 나머지 임기를 마치도록 한다. 이런 선거
는 관련 운영위원의 반수 이상이 투표한 투표권으로 가결한다.
만약 이사의 임기 만료일 180일 전 또는 그 이하일 때 이사직위
에 결원이 생길 경우에는 그 이사직위를 선출하였던 운영위원이
상기와 같은 방식으로 후임자를 1명 선출한다.

(3) 이사직이 결원인 기간에는 부이사가 이사를 대표하여 부이사의
임명을 제외한 모든 권력을 행사해야 한다.

6. 운영위원회가 별도로 결정한 경우를 제외하고 은행은 이사와 부
이사의 임기 중에 보수를 지급하지 않는다. 그러나 은행은 그들
에게 회의에 참가하여 발생한 합리적인 지출은 지급할 수 있다.

제26조 이사회: 권력

이사회는 은행의 전반 업무에 대한 지도를 맡는다. 이를 위하여 본
협정에 명확히 부여된 권력을 행사하는 외에 또 운영위원회가 부여
한 모든 권력을 행사해야 한다. 특히 아래와 같은 권력을 행사해야
한다.

(1) 운영위원회의 준비프로젝트,

(2) 은행의 정책을 제정한다. 그리고 회원 총투표권의 4/3 이상의
다수결로 은행정책에 근거하여 은행의 주요 업무와 재무정책에

대한 결정 및 은행 총재에게 권한을 이양하는 것과 관련된 사항을 결정한다.

(3) 제11조 제2항에 명시된 은행 업무에 대하여 결정한다. 그리고 회원 총투표권의 4분의 3 이상의 다수결로 은행 총재에게 관련 관한을 이양하는 것을 결정한다.

(4) 은행관리 및 업무운영을 상시적으로 감독하고 투명·공개·독립·문책의 원칙에 따라 이를 목적으로 하는 감독 메커니즘을 구축한다.

(5) 은행의 전략과 연도계획 및 예산을 비준한다.

(6) 상황에 따라 전문위원회를 설립한다. 그리고

(7) 매 회계연도의 회계감사장부를 제출하여 이사회의 비준을 받는다.

제27조 이사회: 절차

1. 이사회는 은행 업무의 필요에 따라 한 해 동안 정기적으로 회의를 개최해야 한다. 이사회는 제28조의 규정에 따라 슈퍼다수결로 통과되어 별도로 결정을 내리지 않는 한 이사회는 비상주체제로 운영된다. 이사회 의장 또는 3명의 이사가 요구할 경우 이사회 회의를 소집할 수 있다.

2. 회의에 출석한 이사 인원수가 절반이 넘고 또 그 이사들이 대표하는 투표권이 회원 총 투표권의 3분의 2 이상(포함)이 될 경우 모든 이사회 회의 정족수가 구성된다.

3. 이사회는 이사의석이 없는 회원에 특별한 영향을 미치는 사항에 대해 심의할 때 해당 회원이 1명의 대표를 파견하여 회의에 출석할 수 있도록 허용하되 단, 투표권은 갖지 않도록 하는 규정을 마련해야 한다.

4. 이사회는 원격 회의를 소집하거나 또는 회의를 열지 않고 어느 한 특정 사안에 대해 투표할 수 있도록 하는 의사절차를 마련해야 한다.

제28조 투표

1. 매개 회원의 투표권 총수는 기본투표권·지분투표권 및 창립회원이 누리는 창립회원 투표권의 합계이다.

(1) 매개 회원의 기본투표권은 전체 회원의 기본투표권·지분투표권 및 창립회원 투표권 합계의 12%를 전체 회원에 평균 분배한 결과이다.

(2) 매개 회원의 지분투표권은 그 회원이 보유하고 있는 은행 지분 수와 대등하다.

(3) 매개 창립회원은 모두 600표의 창립회원 투표권을 행사할 수 있다.

예를 들어 회원이 제6조에 따라 만기된 모든 실제납부자본금액을 전액 납부하지 못할 경우 전액을 납부하기 전에 그 회원이 행사할 수 있는 투표권이 대등한 비율로 감소되며, 감소비율은 만기된 미납자본금액과 그 회원의 실제납부자본 총 액면가의 백분율이다.

2. 운영위원회에서 투표를 할 때 매개 이사는 자신이 대표하는 회원의 투표권을 행사할 수 권한이 있다.

(1) 본 협정에 별도로 명확히 규정되어 있는 것을 제외하고 운영위원회에서 토의하는 모든 사항은 모두 투표권의 단순다수결에 의하여 결정한다.

(2) 운영위원회에서 슈퍼다수결로 통과된다는 것은, 운영위원수가 운영위원 총인원수의 3분의 2 이상을 차지하고 또 그들이 대표하는 투표권이 회원 총투표권의 4분의 3 이상의 다수결로 통과되어야 함을 가리킨다.

(3) 운영위원회의 특별다수결로 통과되는 것은, 운영위원수가 운영위원 총인원수의 과반수를 차지하고 또 그들이 대표하는 투표권이 회원 총투표권의 절반 이상(포함)을 차지하는 다수결로 통과되어야 함을 가리킨다.

3. 이사회에서 투표할 때는 매 이사가 자신을 이사로 선출한 운영위원이 가진 투표권 및 부록2에 따라 투표권을 그들에게 위임한 운영위원이 가진 모든 투표권을 행사할 수 있다.

(1) 하나 이상의 회원을 대표하여 투표할 권한이 있는 이사는 이들 회원들을 대표하여 따로따로 투표할 수 있다.

(2) 본 협정에 별도로 명확히 규정된 것을 제외하고 이사회에서 토의하는 모든 문제는 모두 투표한 투표권의 단순다수결로 결정한다.

제29조 은행총재

1. 운영위원회는 공개·투명·우수자 선발의 절차를 거쳐 제28조의 규정에 따라 슈퍼다수결 투표를 거쳐 은행 총재를 선출한다. 총재는 역내 회원국 국민이어야 한다. 임직 기간 중 총재는 운영위원·이사 또는 부운영위원·부이사를 겸임할 수 없다.

2. 총재의 임기는 5년이며 1회 재 선출과 연임을 할 수 있다. 운영위원회는 제28조의 규정에 따라 슈퍼다수결로 통과된 후 은행 총재 직무의 중지 또는 해임을 결정할 수 있다.

   어떤 이유에서든 은행 총재 임기 만료 전에 총재 직위가 결원될 경우 운영위원회는 총재의 직책을 임시로 수행할 총재 대행을 한 명 임명하거나 또는 본 조 제1항의 규정에 따라 새로운 총재를 한 명 선출해야 한다.

3. 은행총재는 이사회 의장을 맡되 투표권은 없으며 다만 찬반 표수가 같을 때만 결정표를 행사할 수 있다. 총재는 운영위원회 회의에 참석할 수 있으나 투표권은 없다.

4. 은행총재는 은행의 법인대표이자 은행의 최고 관리인원으로서 이사회의 지도하에 은행의 일상 업무를 전개해야 한다.

제30조 은행 고위급 직원과 일반 직원

1. 이사회는 공개·투명·우수자 선정 절차에 따라 은행 총재의 추천에 따라 1명 또는 여러 명의 부총재를 임명해야 한다. 부총재의 임기와 행사하는 권력 및 은행 관리위원회 내의 직책은 이사

회가 결정할 수 있다. 총재가 결원이 되거나 직책을 이행할 수 없을 경우 부총재 1명이 총재의 권력을 행사하도록 하며 총재의 직책을 이행해야 한다.

2. 이사회가 승인한 정관에 따라 총재는 은행의 모든 고위급 임원과 일반 직원의 조직·임명 및 해임을 책임진다. 그러나 상기 제1항에 규정된 부총재의 직위는 제외이다.

3. 고위급 임원과 일반 직원을 임명하고 부총재를 추천할 때 총재는 최고 수준의 효율성과 기술 능력을 확보하는 것을 중요한 전제로 해야 하며, 가능한 광범위한 지리적 범위 내에서의 채용을 적당히 고려해야 한다.

제31조 은행의 국제성

1. 은행은 은행의 취지 또는 기능을 손상시키거나 제한하거나 왜곡하거나 또는 변경할 우려가 있는 특별기금·대출 또는 자금 지원을 받아서는 안 된다.

2. 은행 및 그 총재·고위급 임원·일반 직원은 그 어떤 회원의 정치 사무에도 간섭하여서는 안 되며, 또 정책결정시 그 어떤 회원의 정치적 특성의 영향도 받아서는 안 된다. 정책의 결정은 오직 경제적인 요소만을 고려해야 한다. 상기의 고려는 은행의 취지와 기능을 실현하고 이행하기 위하여 어느 한쪽에 치우치지 말아야 한다.

3. 은행총재·고위급 임원 및 일반 직원은 임직기간에 은행에 전적

으로 책임을 지며 다른 어떤 당국에도 책임을 지지 않는다. 은행의 매개 회원은 모두 그 직책의 국제성을 존중해야 하며 상기 인원이 직책을 수행할 때 그 인원에게 영향을 주려고 시도하여서는 안 된다.

제6장
일반 규정

제32조 은행 사무실

1. 은행본부는 중화인민공화국 베이징 시에 둔다.

2. 은행은 다른 곳에 기관 또는 사무실을 설립할 수 있다.

제33조 소통경로, 예탁기관

1. 매 회원은 모두 적합한 공식 기관을 하나 지정하여 은행이 그 기관을 통해 본 협정 아래의 모든 문제에 대하여 그 회원과 소통할 수 있도록 해야 한다.

2. 매 회원은 자체 중앙은행 또는 회원과 은행 양자가 인정하는 기타 비슷한 기관을 예탁기관으로 지정하여 은행이 보유하고 있는 그 회원의 통화자금과 은행의 기타 자산을 그 기관에 예탁할 수 있도록 해야 한다.

3. 은행은 이사회의 결정에 따라 자산을 상기 예탁기관에 예탁할 수 있다.

제34조 보고와 정보

1. 은행의 업무에 사용되는 언어는 영어로 하며, 은행이 내리는 모

든 결정과 본 협정 제54조의 규정에 따른 해석은 모두 본 협정의 영어 문서에 준한다.

2. 회원은 은행이 기능 수행을 위하여 회원에 제공할 것을 합리적으로 요구하는 정보를 은행에 제공해야 한다.

3. 은행은 회원들에 회계감사보고서를 포함한 연도보고서를 발송해야 하며 또 상기 보고서를 공표해야 한다. 은행은 또 매 분기마다 회원들에 은행 재무상황 총괄도표와 손익도표를 발송하여 그 업무경영상황을 설명해야 한다.

4. 은행은 업무의 투명성을 높이기 위해 정보공개정책을 제정해야 한다. 은행은 취지와 기능의 수행에 유익하다고 생각될 경우 관련 보고서를 공표할 수 있다.

제35조 회원 및 국제기구와의 협력

1. 은행은 모든 회원과 긴밀한 협력을 유지해야 하며, 또 본 협정 조항의 범위 내에서 적절하다고 판단되는 방식으로 다른 국제금융기구 및 본 지역의 경제개발 또는 은행업무 영역에 참여하는 국제기구와 긴밀히 협력해야 한다.

2. 본 협정과 일치하는 취지를 실현하기 위하여 은행은 이사회의 승인을 거쳐 이런 조직과 협력협정을 체결할 수 있다.

제36조 지칭

1. 본 협정에서 무릇 "조항" 또는 "부록"에 대한 언급은 별도의 설명

이 없는 한 모두 본 협정의 조항과 부록을 지칭한다.

2. 본 협정에서 구체적인 성별에 대해 지칭하는 것은 모든 성별에 동등하게 적용된다.

제7장
회원 탈퇴와 자격 중지

제37조 회원 탈퇴

1. 어떤 회원이든지 수시로 서면형식으로 은행본부에 탈퇴를 통지할 수 있다.

2. 통지에 명시된 날짜로부터(그러나 그 날짜는 은행이 통지를 받은 날로부터 6개월 이내보다 더 이르면 안 된다) 그 회원의 탈퇴가 효력을 발생하며 그 회원의 회원 자격이 정지된다. 그러나 탈퇴가 최종적으로 효력을 발생하기 전에 그 회원은 수시로 서면형식으로 은행에 탈퇴의향통지의 철회를 통지할 수 있다.

3. 탈퇴 절차를 수행하고 있는 회원은 탈퇴통지서를 제출한 날 은행에 대한 모든 직접채무와 우발채무에 대하여 계속 책임을 진다. 만약 탈퇴가 최종 발효할 경우 그 회원은 탈퇴통지를 받은 날 이후 은행의 업무개시로 초래된 채무에 대하여 어떠한 책임도 지지 않는다.

제38조 회원자격의 중지

1. 회원이 만약 은행에 대한 의무를 이행하지 않을 경우 운영위원회는 제28조의 규정에 따라 슈퍼다수결로 그 회원 자격을 중지

시킨다.

2. 운영위원회가 회원 자격 중지 일로부터 1년 안에 제28조의 규정에 따라 다수결로 그 회원의 회원 자격을 회복시키는데 동의하지 않는 한, 그 회원의 은행 회원 자격은 중지된 지 만 1년 후에 자동으로 종료된다.

3. 회원자격 중지 기간에 그 회원은 탈퇴권 외에 본 협정에 규정된 어떠한 권리도 행사할 수 없으며 단, 모든 의무는 계속 부담한다.

제39조 장부의 청산

1. 회원자격이 종료된 날 이후 그 회원은 계속 은행의 직접채무에 대한 책임을 지며 회원 자격 종료 전에 은행과 체결한 대출 담보·지분 투자 또는 제11조 제2항 제(6)항에 규정한 기타 융자 방식(이하 "기타 융자"로 약칭) 계약 중 채 상환하지 않은 부분에 따른 우발채무에 대하여 책임진다. 그러나 회원 자격이 종료된 후 은행이 전개한 대출·담보·주식투자 또는 기타 융자에 대해서는 더 이상 채무책임을 지지 않으며 또 은행의 수입이나 지출도 더 이상 분담하지 않는다.

2. 회원자격이 종료될 때 은행은 본 조 제3항과 제4항의 규정에 따라 그 나라 주식의 환매를 주선하여 그 나라와의 장부 청산의 일부분으로 삼아야 한다. 그러므로 주식환매가격은 해당 나라 회원 자격이 종료되는 당일의 은행 장부상 표시된 가치에 따라야 한다.

3. 은행이 본 조의 규정에 따라 주식을 환매할 때에는 다음의 조건에 따라야 한다.

(1) 해당 나라, 해당 나라의 중앙은행 또는 해당 나라의 기관, 단위 또는 행정 부서가 차주·담보인 또는 기타 계약자로서 은행의 주식 투자 또는 기타 융자에 대한 책임을 져야 할 경우 은행은 그 나라에 지불해야 하는 주식 환매 자금에서 공제해야 하며 그런 채무가 만기되었을 때 그 공제금으로 변상할 수 있는 권리가 있다. 그러나 해당 나라가 본 협정 제6조 제3항에 규정된 미납자본으로 인하여 형성된 우발부채에 대하여서는 금액을 차압하여서는 안 된다. 주식 환매로 인하여 회원에 지불해야 할 금액은 그 어떤 경우에도 그 나라 회원 자격 종료 6개월 후에 지불해야만 한다.

(2) 본 조 제2항에 규정된 주식 환매가격에 따라 주식을 환매할 때 그 회원에 지불해야 하는 금액이 본 조항 제(1)항에서 말하는 만기 상환 대출 담보·주식투자 및 기타 융자의 총 부채금액을 초과할 경우, 초과 부분은 그 나라의 상응한 주식증빙서류를 받은 후 수시로 지불할 수 있으며 그 나라가 주식환매대금을 전부 회수할 때까지 지불해야 한다.

(3) 지급에 사용되는 통화는 은행이 그 재무상황을 종합적으로 고려한 후 결정한다.

(4) 회원자격이 종료되는 날, 그 나라가 여전히 보유하고 있는 은행의 그 어떤 미상환 대출 담보·주식투자 또는 기타 융자에 대

하여 만약 손실을 보았고 또 손실금액이 자격 종료 당일 은행이 계상한 손실 준비금 금액을 초과할 경우 은행의 요구에 따라 그 나라는 환매금액을 확정할 때 상기의 손실을 고려하여 그에 상응하게 줄여야 할 환매금액 부분을 반납해야 한다. 이 밖에 그 나라는 본 협정 제6조 제3항의 규정에 따라 그 나라의 거출 자본 중 미납부분에 대한 납부책임을 계속 부담해야 하며 그 나라가 납부해야 하는 금액은 은행이 주식환매가격을 결정할 때 자본결손이 발생하고 또 모든 회원에 미납자본을 납부할 것을 요구할 경우의 금액과 같다.

4. 임의의 어느 국가 회원자격이 종료된 후 6개월 내에 은행이 본 협정 제41조의 규정에 따라 업무를 종료할 경우 본 협정 제41조부터 제43조까지의 규정에 따라 그 나라의 모든 권리를 확정해야 한다. 상기 규정에 대하여 그 국가는 여전히 회원으로 간주되어야 하며 단, 투표권은 없다.

제8장
은행업무의 중지와 종료

제40조 업무의 잠시 중지

긴급상황에서 이사회는 운영위원회가 진일보의 검토와 진일보의 조치를 취하기 이전까지 신규 대출·담보·주식투자 및 제11조 제2항 제(6)항의 규정에 따라 전개하는 기타 형태의 융자업무를 잠시 중단할 수 있다.

제41조 업무의 종료

1. 은행은 제28조의 규정에 따라 운영위원회의 슈퍼다수결을 거쳐 결의를 채택한 뒤 업무를 종료할 수 있다.
2. 영업 종료 후 은행은 자산의 질서 있는 매각·보호·보존 및 채무 상환 관련 활동을 제외한 모든 활동을 즉시 종료해야 한다.

제42조 회원의 채무와 채권의 결제

1. 은행업무가 종료된 후, 모든 회원은 은행에 대한 미납 자본의 납부 책임 및 회원 통화의 평가절상에 따른 채무를 계속 부담해야 하며, 채권자의 모든 채권(우발채권 포함)을 전부 상환할 때까지 계속해야 한다.

2. 직접채권을 보유한 모든 채권자는 우선 은행자산에서 상환 받아야 하고, 그 다음 은행의 수금금액 또는 미납자본 및 납부해야 하는 자본금에서 상환 받아야 한다. 직접채권을 보유한 채권자에 대해 그 어떤 상환을 하기 전에 이사회는 자체 판단에 따라 필요한 배치를 하여 모든 직접채권 및 우발채권 보유자가 비례에 따라 상환 받을 수 있도록 확보해야 한다.

제43조 자산의 분배

1. 각 회원이 거출한 은행자본을 토대로 자산을 배분함에 있어서 반드시:

(1) 채권자의 모든 채무에 대한 상환이 완료되었거나 또는 배치한 후에야 진행할 수 있다.또

(2) 운영위원회는 제28조의 규정에 따라 슈퍼다수결을 거쳐 통과된 후 상기의 분배를 결정한다.

2. 은행이 회원에 자산을 분배할 때, 각 회원이 보유한 주식자본에 비례해야 하며, 은행이 공정하고 평등하다고 생각하는 시간과 조건하에서 발효해야 한다. 각종 자산 유형 간의 분배 비율이 일치할 필요는 없다. 그 어떤 회원도 은행에 대한 모든 채무를 정산하기 전에는 자산을 배분 받을 권리가 없다.

3. 모든 회원은 본 조항에 따라 자산을 배분 받을 때 배분 받은 자산에 대해 누릴 수 있는 권리는 분배 전에 은행이 그 자산에 대해 누렸던 권리와 동일해야 한다.

제9장
법적지위·면책특권·특권 및 면세 권한

제44조 본 장의 목적

1. 은행이 취지를 효과적으로 실현하고 맡고 있는 직책을 수행할
   수 있도록 은행은 여러 회원 경내에서 본 장에 규정된 법적지
   위·면책특권·특권 및 면세 권한을 가진다.

2. 여러 회원들은 신속히 필요한 조치를 취하여 본 장의 규정이 각
   자 나라 경내에서 발효할 수 있도록 하고 또 이미 취하고 있는
   조치를 은행에 알려야 한다.

제45조 은행의 법적지위

은행은 완전한 법률인격을 구비하고 있으며 특히 다음과 같은 완전
한 법률능력을 구비하고 있다.

(1) 계약의 체결.

(2) 동산과 부동산의 취득 및 처분.

(3) 법률소송의 제기 및 대응.

(4) 취지의 실현과 활동의 전개를 위하여 취하는 기타 필요한 또는
   유용한 조치.

제46조 사법절차의 면책

1. 은행은 모든 형태의 법적 절차에 대해 면책특권을 누린다. 그러나 은행이 자금 조달을 위해 대출 또는 기타 형식을 통해 행사하는 자금조달권한·채무담보권·채권매매 또는 채권위탁판매권으로 인해 발생한 사건 또는 은행의 이러한 권리의 행사와 관련된 사건의 경우 은행은 면책특권을 누리지 않는다. 무릇 이러한 유형에 속하는 사건의 경우, 은행이 사무소를 두고 있는 국가 경내, 또는 은행이 소송 소환장 또는 통지를 전문 접수하도록 대리인을 두고 있는 국가 경내, 또는 이미 채권이 발행되었거나 담보된 국가 경내에서 충분한 관할권을 가진 주관 법원에 은행을 상대로 소송을 제기할 수 있다.

2. 본 조 제1항의 제반 규정이 있긴 하지만 그 어떠한 회원이나 회원의 대리기관 또는 집행기관, 한 회원이나 회원의 기관 또는 단위를 직·간접적으로 대표하는 그 어떠한 실체나 개인, 회원이나 회원의 기관 또는 단위로부터 직·간접적으로 채권을 얻은 그 어떠한 실체나 개인은 모두 은행을 상대로 소송을 제기할 수 없다. 회원은 본 협정, 은행의 세칙 및 각종 규정 또는 은행과 체결한 계약에서 규정 가능한 특별 절차를 적용하여 은행과 회원 간의 분쟁을 해결해야 한다.

3. 은행의 재산과 자산은 어디에 있든 또 누가 보유하고 있든 관계없이 은행에 대한 최종 판결이 있을 때까지는 그 어떠한 형태의 몰수·차압 또는 강제집행도 실시할 수 없다.

제47조 자산과 보관서류의 면책특권

1. 은행의 재산 및 자산은 어디에 있든 또 누가 보유하고 있든 막론하고 모든 행정적 또는 사법적 수사·징용·압수·몰수 또는 기타 모든 형태의 점용 또는 회수 금지로부터 면제된다.

2. 은행의 보관서류 및 은행에 속하거나 은행이 보유하고 있는 모든 서류는 어디에 보관되어 있든, 누가 소지하고 있든 간에 침범해서는 안 된다.

제48조 자산에 대한 규제 면제

은행의 취지와 기능을 효과적으로 실시하는데 필요한 범위 내에서 본 협정의 규정을 따르는 상황에서 은행의 모든 재산과 자산은 그 어떠한 성격의 제한·관리·규제 및 지불연기의 구속도 받지 않는다.

제49조 통신특권

회원이 은행에 부여하는 공식 통신대우는 그 회원이 다른 회원에 부여하는 공식 통신대우와 같아야 한다.

제50조 은행의 고위급 임원과 일반직원의 면책 및 특권

은행을 위해 기능을 수행하거나 서비스를 제공하는 전문가와 컨설팅고문을 포함하여 은행의 전체 운영위원·이사·부운영위원·부이사·총재·부총재 및 고위급 임원 및 일반직원은 다음과 같은 면책과 특권을 누려야 한다.

(1) 은행이 자발적으로 면책특권을 포기하지 않는 한 상기 인원이 공무를 위해 수행하는 행위는 법적 절차의 면책특권을 누려야 하며 또 그 인원이 소지한 공문서·문서 및 기록은 불가침이다.

(2) 상기 인원이 거주국의 공민이나 국민이 아닐 경우 그는 입국제한·외국인등록요구 및 국민 복역 면에서 면책특권을 누리며 또 외환관제 면에서 그 회원이 다른 회원의 동등한 급별의 대표·관원 및 직원에게 부여한 것과 동일한 편의를 누린다.

(3) 출장 기간에 누리는 편의는 그 회원이 다른 회원의 동등한 급별의 대표·관원 및 직원에게 부여한 것과 동일한 대우여야 한다.

제51조 세수면제

1. 은행 및 본 협정에 따른 은행 소유의 자산·재산·수익·업무 및 거래는 모든 세금과 관세를 면제해야 하며 또 은행의 모든 세수 또는 관세의 납부·원천징수납부 또는 징수 의무도 면제해야 한다.

2. 회원이 비준서·수락서 및 허가서를 제출할 때 은행이 그 회원 공민 또는 국민에게 지불하는 임금과 보수에 대하여 그 회원과 그 회원의 행정부서가 세금을 징수할 권리를 보류한다고 선언하지 않는 한, 은행을 위해 기능을 이행하거나 서비스를 제공하는 전문가와 컨설팅고문의 임금·보수 및 비용을 포함하여 은행이 지급하는 이사·부이사·총재·부총재 및 기타 고위급 임원과 일반 직원의 급여에 대하여서는 세금을 징수하지 않는다.

3. 은행이 발행한 모든 채권이나 증권에 대하여 그리고 이와 관련된 배당금과 이자를 포함하여, 누가 보유하고 있든지 간에 아래 각호의 이유로 어떠한 유형의 세금도 징수하지 못한다.

⑴ 단지 이런 채권이나 증권을 은행이 발행하였다는 이유로 차별시 하는 경우, 또는

⑵ 단지 해당 채권이나 증권의 발행·지급·지급지점 또는 사용된 통화의 종류, 또는 은행이 사무소를 설치하였거나 업무를 전개하는 지점이 세수관할권 행사의 유일한 근거로 세금을 징수하는 경우이다.

4. 은행이 보증하는 모든 채권이나 증권에 대하여 그리고 관련 배당금과 이자를 포함하여, 누가 보유하고 있든지 간에 아래 각호의 이유로 어떠한 유형의 세금도 징수하지 못한다.

⑴ 단지 이런 채권이나 증권을 은행이 보증한다는 이유로 차별시하는 경우, 또는

⑵ 단지 은행이 사무소를 설치하였거나 또는 업무를 전개하는 지점이 세수관할권 행사의 유일한 근거로 세금을 징수하는 경우이다.

제52조 면책의 포기

은행은 모든 상황 또는 사례에서 은행에 가장 유리하다고 판단되는 방식과 조건으로 본 장에서 부여된 모든 특권·면책 및 면세권한의 포기를 스스로 결정할 수 있다.

제10장
개정, 해석 및 중재

제53조 개정

1. 본 협정은 오직 운영위원회가 제28조의 규정에 따라 슈퍼다수결로 결의를 채택한 후에야 개정할 수 있다.

2. 본 조 제1항에 규정하고 있지만 아래 각호의 개정은 운영위원회가 만장일치로 통과해야만 진행이 가능하다.

(1) 은행으로부터 퇴출할 권리,

(2) 제7조 제3항과 제4항에 규정된 부채에 대한 여러 가지 제한, 및

(3) 제5조 제4항에 규정된 자본매입 관련 각항 권리.

3. 본 협정에 관한 모든 개정 제안은 회원이 제기하든 아니면 운영위원회가 제기하든 불문하고 모두 운영위원회 의장에게 제출하여 의장이 운영위원회에 회부해야 한다. 관련 개정이 통과되면 은행은 공식 서신 형식으로 모든 회원에 이를 통보해야 한다. 해당 개정은 또 공식서한을 발송한 날부터 3개월 후 모든 회원에 대해 발효한다. 단, 운영위원회가 공식서한에 별도로 규정한 회원은 이 제한을 받지 않는다.

제54조 해석

1. 회원과 은행 간 또는 회원 간에 본 협정규정의 해석 또는 실시에 의문이 발생할 경우 이를 이사회에 회부하여 결정해야 한다. 만약 이사회가 심의하는 문제가 어느 한 회원과 특수한 관련이 있고 또 이사회에 그 회원국 국적을 가진 이사가 없을 경우 그 회원은 대표를 파견하여 이사회 회의에 직접 참가할 권리가 있다. 단 그 대표는 투표권이 없다. 그 대표의 권리는 이사회가 규정해야 한다.

2. 이사회가 본 조 제1항에 따른 결정을 내린 후에도 어느 회원이 문제를 운영위원회의 토의에 회부할 것을 요청할 수 있으며 운영위원회가 최종 결재한다. 운영위원회가 결재하기 이전에 은행은 필요하다고 여길 경우 이사회의 결정에 따라 처리할 수 있다.

제55조 중재

은행과 회원자격이 종료된 국가 간 또는 은행이 은행업무 종료 결의를 통과한 후 은행과 회원 간에 분쟁이 발생한 경우 3명의 중재인으로 구성된 재판소에 제출하여 중재를 받아야 한다. 중재인 중 1명은 은행이 임명하고, 또 1명은 분쟁 관련 국가가 임명하며, 분쟁 쌍방 간에 별도의 협정이 있는 경우를 제외하고 세 번째 중재인은 국제재판소의 소장 또는 은행 운영위원회가 채택한 규칙에 정하여진 기타 당국이 지정한다. 중재인은 단순다수결로 결정하며 그 중재 결정은 최종 판결이며 쌍방에 모두 구속력이 있다. 쌍방이 절차문제에서

쟁의가 있을 경우 세 번째 중재인은 모든 절차문제를 처리할 권리가 있다.

제56조 묵인동의

본 협정 제53조 제2항에 명시된 경우를 제외하고 은행은 그 어떤 조치를 취하기 전에 그 어떤 회원의 동의를 얻어야 할 경우에는 논의하고자 하는 조치를 해당 회원에 통보해야 한다. 만일 해당 회원이 은행 통지에 규정된 합리적인 시간 내에 반대의견을 제출하지 않을 경우 그 회원의 동의를 얻은 것으로 간주한다.

제11장
마지막 조항

제57조 서명과 보존

1. 본 협정은 중화인민공화국 정부(이하 '보존자'로 약칭)가 보존하며 본 협정 부록1에 열거한 각국 정부는 2015년 12월 31일 전에 서명을 완성해야 한다.

2. 보존자는 심사를 거쳐 착오가 없음이 확인된 본 협정의 사본을 모든 서명국과 이미 은행 회원이 된 기타 국가에 보내야 한다.

제58조 비준·수락 또는 승인

1. 본 협정은 서명국의 비준·수락 또는 승인을 거쳐야 한다. 비준서·수락서 또는 승인서를 2016년 12월 31일 전까지 보존자에게 기탁하거나 필요할 경우 운영위원회가 본 협정 제28조의 규정에 따라 특별다수결로 통과된 조금 늦은 날 전까지 보존자에게 기탁해야 한다. 보존자는 매번 기탁 및 기탁 일자를 제때에 기타 서명국에 통지해야 한다.

2. 본 협정 발효일 전에 비준서·수락서 또는 승인서를 기탁한 서명국은 협정 발효일자에 은행 회원으로 된다. 본 조 제1항의 규정을 이행하는 기타 모든 서명국은 비준서·수락서 또는 승인서의

기탁 일자부터 은행 회원으로 된다.

제59조 발효

적어도 10개의 서명국이 비준서·수락서 또는 승인서를 기탁하고 또 서명국이 본 협정의 부록1에 명시한 최초 거출자본금의 합산총액이 거출자본 총액의 50%이상(포함)이면 본 협정은 효력을 발생한다.

제60조 1차 회의와 개업

1. 본 협정이 일단 발효되면 매개 회원은 모두 운영위원을 1명씩 임명해야 하며 보존자는 즉시 1차 운영위원회회의를 소집해야 한다.

2. 1차 회의에서 운영위원회는 마땅히 아래 사항을 배치해야 한다.

(1) 총재를 선거한다.

(2) 본 협정 제25조 제1항의 규정에 따라 은행의 이사를 선출해야 한다. 회원 수와 아직 회원이 되지 않은 서명국 수를 고려하여 운영위원회는 최초에 2년을 초과하지 않는 기간 내에 비교적 적은 수의 이사를 선출할 것을 결정할 수 있다.

(3) 은행의 개업날짜를 배치한다. 그리고

(4) 은행 개업준비를 위한 기타 필요한 조치를 취한다.

3. 은행은 개업날짜를 여러 회원에게 통지해야 한다.

본 협정은 2015년 6월 29일 중화인민공화국 베이징에서 서명하며 1

부의 원본만 보존자에게 기탁하며 문서는 각각 영어·중국어·프랑스어로 작성하며 동등하게 허가한다.

제58조에 따라 은행 회원이 될 수 있는 국가 수권자본의 최초 거출금액

제1부분: 역내 회원		
	지분 수량	거출자본 (단위: 백만 달러)
오스트레일리아	36,912	3,691.2
아제르바이잔	2,541	254.1
방글라데시	6,605	660.5
브루나이	524	52.4
캄보디아	623	62.3
중국	297,804	29,780.4
그루지야	539	53.9
인도	83,673	8,367.3
인도네시아	33,607	3,360.7
이란	15,808	1,580.8
이스라엘	7,499	749.9
요르단	1,192	119.2
카자흐스탄	7,293	729.3
한국	37,388	3,738.8
쿠웨이트	5,360	536.0
키르기스스탄	268	26.8
라오스	430	43.0
말레이시아	1,095	109.5
몰디브	72	7.2
몽골	411	41.1
미얀마	2,645	264.5
네팔	809	80.9
뉴질랜드	4,615	461.5
오만	2,592	259.2
파키스탄	10,341	1,034.1
필리핀	9,791	979.1

	지분 수량	거출자본 (단위: 백만 달러)
카타르	6,044	604.4
러시아	65,362	6,536.2
사우디아라비아	25,446	2,544.6
싱가포르	2,500	250.0
스리랑카	2,690	269.0
타지키스탄	309	30.9
태국	14,275	1,427.5
터키	26,099	2,609.9
아랍 에미리트 연합	11,857	1,185.7
우즈베키스탄	2,198	219.8
베트남	6,633	663.3
미배당 지분	16,150	1,615.0
합계	750,000	75,000.0
제2부분: 역외 회원		
오스트리아	5,008	500.8
브라질	31,810	3,181.0
덴마크	3,695	369.5
이집트	6,505	650.5
핀란드	3,103	310.3
프랑스	33,756	3,375.6
독일	44,842	4,484.2
아이슬란드	176	17.6
이탈리아	25,718	2,571.8
룩셈부르크	697	69.7
말타	136	13.6
네덜란드	10,313	1,031.3
노르웨이	5,506	550.6
폴란드	8,318	831.8
포르투갈	650	65.0
남아프리카공화국	5,905	590.5

	지분 수량	거출자본 (단위: 백만 달러)
스페인	17,615	1,761.5
스웨덴	6,300	630.0
스위스	7,064	706.4
영국	30,547	3,054.7
미배당 지분	2,336	233.6
합계	250,000	25,000.0
총 합계	1,000,000	100,000.0

이사 선거

운영위원회는 다음의 규정에 따라 매차 이사의 선거규칙을 제정해야 한다.

1. 선거구: 매개 선거구의 이사는 하나 또는 여러 개의 회원을 대표해야 한다. 매개 선거구의 투표권 총수에는 해당 선거구의 이사가 본 협정 제28조 제3항의 규정에 따라 누리는 모든 투표권이 포함되어야 한다.

2. 선거구 투표권: 매차 선거에서 운영위원회는 곧 역내 운영위원에 의해 선출될 이사(역내이사)가 대표하는 역내 선거구에 최저 선거구 투표권 백분율을 설정해야 하고 곧 역외 이사에 의해 선출될 이사(역외 운영위원)가 대표하는 역외 선거구에 최저 투표권 백분율을 설정해야 한다.

(1) 역내 이사 당선 최저 백분율은 그가 누리는 투표권이 역내 회원을 대표하여 투표에 참여한 운영위원(역내 운영위원) 투표권 총수에서 차지하는 일정백분율이어야 한다. 역내 이사 당선의 초

415

기 최저 백분율은 6%이다.

(2) 역외 이사 당선의 최저 백분율은 그가 누리는 투표권이 역외 회원을 대표하여 투표에 참여한 운영위원(역외 운영위원) 투표권 총수에서 차지하는 일정백분율이어야 한다. 역외 이사 당선의 초기 최저 백분율은 15%이다.

3. 조정백분율: 다음 제7단락에 서술한 규정에 따라 여러 차례 투표해야 할 경우에는 선거구별 투표권의 조정을 위하여 운영위원회는 매차 선거 때마다 역내 이사와 역외 이사를 위한 당선의 조정백분율을 각각 설정해야 한다. 모든 조정백분율은 각기 대응되는 최저 백분율보다 높아야 한다.

(1) 역내 이사의 조정백분율은 그가 누리는 투표권이 역내 운영위원의 투표권 총수에서 차지하는 일정백분율로 설정해야 한다. 역내 이사 당선의 초기 조정백분율은 15%이다.

(2) 역외 이사의 조정백분율은 그가 누리는 투표권이 역외 운영위원의 투표권 총수에서 차지하는 일정백분율로 설정해야 한다. 역외 이사 당선의 초기 조정백분율은 60%이다.

4. 후보 인원수: 매차 선거 때마다 운영위원회는 본 협정 제25조 제2항에서 결정한 이사회의 규모와 구성에 따라 역내 이사와 역외 이사의 인원수를 확정해야 한다.

(1) 역내 이사의 초기 인원수는 9명으로 한다.

(2) 역외 이사의 초기 인원수는 3명으로 한다.

5. 추천: 매 운영위원은 1명만 추천할 수 있다. 역내 이사 후보는 역

내 운영위원이 추천하고, 역외 이사 후보는 역외 운영위원이 추천한다.

6. 투표: 본 협정 제28조 제1항의 규정에 따라 매 운영위원은 자기가 대표하는 회원의 투표권을 1명의 후보에게 전부 투표해야 한다. 역내 이사는 역내 운영위원의 투표로 선출된다. 역외 이사는 역외 운영위원의 투표로 선출된다.

7. 1차 투표: 제1차 투표에서 득표수가 가장 많고 또 이사 선거에 필요한 득표수에 도달한 후보가 이사로 당선된다. 그러려면 후보의 득표수가 적용되는 최저 백분율의 요구에 도달해야 한다.

만약 1차 투표에서 정원수의 이사가 선출되지 않았고 또 후보의 인원수가 선출할 이사의 인원수와 같을 경우 운영위원회는 후속 조치를 결정하여 상황에 따라 역내 이사 또는 역외 이사를 선출해야 한다.

8. 후속 투표: 만약 1차 투표에서 정원수의 이사가 선출되지 않았고 또 후보의 인원수가 선출할 이사의 인원수보다 많을 경우, 필요한 횟수로 투표를 계속해야 한다. 후속 투표 규칙은 다음과 같다.

(1) 앞 라운드 투표에서 득표수가 가장 적은 후보는 다음 라운드 투표에 참가할 수 없다.

(2) 투표를 할 수 있는 경우는 다음의 경우뿐이다. ㄱ. 지난 라운드 투표에서 투표한 후보가 선출되지 않은 이사, ㄴ. 투표한 후보가 선출되었으나 아래 제(3)에 따라 그 투표수로 인하여 해당 당

선자의 득표수가 적용되는 조정백분율을 초과한 이사의 경우.

(3) 득표수에 따라 내림차순으로 정렬하여 매 후보가 얻은 운영위원의 투표수를 차례로 합산하며, 적용되는 조정백분율을 초과할 때까지 합산한다. 해당 투표권의 합계에 계상된 운영위원은 그의 모든 투표권을 그 이사에게 투표한 것으로 인정한다. 여기에는 그의 투표로 인하여 해당 후보의 총득표수가 조정백분율을 초과한 운영위원도 포함된다. 해당 투표권의 합계에 계상되지 않은 운영위원은 그로 인해 후보의 득표수가 조정백분율을 초과한 것으로 인정하며 이들 운영위원의 투표권은 해당 후보에 대한 투표에 계상되어서는 안 된다. 이들 운영위원은 다음 라운드 선거에서 투표할 수 있다.

(4) 만약 이어지는 투표에서 1명 이사의 선출만 남았을 경우에는 나머지 모든 표수로 단순다수결방식으로 선거를 진행할 수 있다. 이 남은 투표수는 마지막에 선출될 이사에게 전부 투표한 것으로 간주되어야 한다.

9. 위임 투표: 선거투표에 참가하지 않은 모든 운영위원 또는 그 투표가 선출된 이사의 표수에 계상되지 않은 운영위원은 어떤 당선 이사를 선출할 모든 운영위원의 동의를 거쳐 그 투표권을 해당 이사에게 위임할 수 있다.

10. 창립회원의 특권: 운영위원이 이사를 추천하고 투표할 때, 그리고 이사가 부이사를 임명할 때는 아래와 같은 원칙에 따라야 한다. 즉, 매개 창립회원은 자기 선거구 내에서 이사 또는 부이

사를 영구적 또는 윤번으로 맡을 수 있는 권리를 가져야 한다는 것이다.

부록 2

「아시아인프라투자은행협정」 보고서

　아시아인프라투자은행(이하 '아투행'으로 약칭)은 중국이 제안하고
관련 당사국들이 2014년 10월 24일 「아시아인프라투자은행 창립 계획
비망록」(이하 "비망록"으로 약칭)을 체결한 후 준비단계를 거쳐 창립
되었으며 주로 아시아의 발전에서 인프라의 중요성에 대한 인식과 아
시아지역의 장기적인 인프라 융자방면에 존재하는 엄청난 자금 부족
현상에 비롯한 것이다.

　비망록 체결 각국은 특별재무장관회의를 열어 아투행 창립준비업
무를 위한 의사제도를 구축하였다. 바로 비망록 체결 각국이 대표를
파견하여 참여하는 "수석협상대표회의"이다. 비망록 체결 각국 및 그
후에 확인된 국가는 모두 아투행 창립의향회원으로서 「아시아인프라
투자은행협정」(이하 「협정」으로 약칭)이 체결되고 비준된 후 아투행
창립회원이 된다.

　제1차 수석담판대표회의는 2014년 11월에 중국 쿤밍(昆明)에서 열렸
고, 제2차 수석담판대표회의는 2015년 1월에 인도 뭄바이에서 열려
인도가 회의 공동의장을 맡았으며, 제3차 수석담판대표회의는 2015
년 3월 카자흐스탄 알마티에서 열려 카자흐스탄이 회의 공동의장을
맡았고, 제4차 수석담판대표회의는 2015년 4월 중국 베이징에서 열렸

으며, 제5차 수석담판대표회의는 2015년 5월에 싱가포르에서 열려 싱가포르가 회의 공동의장을 맡았다. 「협정」의 최종 문서는 2015년 5월 22일 싱가포르회의에서 채택되었다.

협정 초안에 대한 담판과정에서 회의에 참가한 대표들은 문서 중의 일부 표현에서 형성한 공동 이해를 문서로 기록해야 한다고 주장하였다. 그래서 여러 당사국은 보고서의 형식으로 상기 공동 이해를 기록하여 아투행의 기본 문서에 포함시켜 향후 협정에 대해 설명할 때 참고자료로 사용하는데 동의하였다. 이 뒤에 첨부하는 설명 단락은 이렇게 온 것이다.

아시아인프라투자은행 창립을 준비하는 각국 수석담판대표
2015년 5월 22일 싱가포르에서

설명문서

서문: 대표들은 은행이 아시아의 지속적이고 안정적인 성장을 촉진하기 위해 설립된 다자금융기구라고 강조하였다.

제1조 제2항:

대표들은 '아시아'와 '본 지역'의 정의에 대해 고려할 때, 유엔이 통계를 위한 목적에서 지정한 '아시아'와 '대양주'의 표현을 토대로 삼을 수 있음을 발견하였다. 그 표현 내용의 링크주소는 다음과 같다. http://unstats.un.org/unsd/methods/m49/m49regin.htm. 대표들은 또 한걸음 더 나아가 운영위원회가 향후 필요시 제1조 제2항의 규정에 따라 지역의 분류에 대해 결정할 수 있고 또 제3조 제2항에 따라 새로운 회원에 대해 결정할 수 있다는 점에 주의를 돌렸다.

제5조 제2항, 제3항:

대표들은 앞으로 운영위원회가 일정한 유연성을 발휘하여 제2항과 제3항의 규정에 따라 역내 회원국의 지분 비율을 75% 이하까지 낮출 것을 주장하였다. 대표들은 역내 회원국의 총지분이 70%보다 낮아서는 안 된다는데 동의하였는데 이는 은행의 지역 특성을 유지하는 중요한 표현이다. 앞으로 역내 또는 역외의 다른 회원이 가입할 것을 고려하여 대표들은 첨부파일 1에서 역내 회원(제1부분)과 역외 회원(제2부분) 두 부류에 배당하지 않은 지분을 각각 명시하였다는 점에 주의를 돌렸다.

제5조 제4항:

대표들은 회원의 지분 분배에 있어서의 기본 매개 변수는 회원의 경제규모가 세계 경제총량에서 차지하는 상대적 비중이라는 점에 주의를 돌리고 그 원칙에 따라 역내와 역외 두 부류에서 각각 계산한다. 회원이 세계 경제에서 차지하는 비중은 국내총생산(GDP)에 따라 계산하며, 그 지표가 역외 회원에 대해서는 그저 참고적 의미만 가질 뿐이다. 대표들은 또 운영위원회가 총 자본에 대해 심의한 결과, 반드시 증자를 요구하는 것은 아니며 어떠한 증자도 모두 운영위원회가 제4조 제3항에 따라 비준해야 한다는데 주의를 돌렸다.

제6조 제5항:

대표들은 본 조항에서 국제개발협회(단, 국제부흥개발은행이 아닌)의 차입 자격을 갖춘 회원은 저개발국으로 간주하는데 동의하였다.

제11조 제1항:

대표들은 서문과 제1조, 제2조 은행의 기능과 취지에서 아시아지역의 경제발전에 중점을 두고 있다는 점에 주목하였다. 은행은 업무 정책이 허용하는 범위 내에서 제11조 제1항에 따라 취지와 기능에 부합되는 전제하에서 본 지역 이외의 지원 대상에게 융자를 제공할 수 있다.

제13조 제4항:

대표들은 제4항에 제기된 은행업무와 재무정책에 대해서는 이사회가 제26조의 규정에 따라 또 양호한 국제 실천을 기반으로 비준해야 한다고 강조하였다. 이러한 정책에는 환경 및 사회 책임 프레임, 공개, 조달, 채무의 지속가능성이 포함되어야 한다. 분쟁지역에서의 업무수행에 관한 정책에는 분쟁지역에 대한 융자지원이 제3항의 규정에 따라 회원의 동의를 얻어야 한다는 규정이 포함되어야 한다. 은행은 영토의 주장에 대한 그 어떠한 입장도 취하지 않았다.

제15조 제1항:

대표들은 "비슷한 형태의 기타 지원"이라는 표현을 추가하는 것이

'다자개발은행' 및 기타 기관에서 인프라 금융에 널리 사용되는 투자 기부금 및 그와 비슷한 수단을 취하는 것을 허용하기 위한데 의미가 있다는 점에 주목하였다. 또한 본 조항에 근거하여 프로젝트 준비를 지원할 수도 있다. 제16조 제1항: 대표들은 "관련 법률 규정"의 의미는 흔히 시장에서 회원국이 '다자개발은행'에 부여하는 특혜를 은행이 얻는 것을 제한하기 위한 데 있지 않다는 점에 주목하였다.

제16조 제8항:

대표들은 본 조항과 제24조 제4항이 운영위원회가 보조기구의 설립을 비준하는 프레임을 규정하고 있다는 점에 주의를 돌렸다. 제32조 제2항에 따라 은행사무실 설립은 은행 세칙의 규정에 부합되어야 한다.

제25조:

대표들은 운영위원회가 첫 회의에서 일정 수가 넘는 회원으로 구성된 선거구역의 이사들이 별도로 1명의 부이사를 임명할 수 있도록 허용할 데 대한 규칙을 채택하게 될 것이라는 데 주목하였다. 그 규칙은 제2의 부이사를 임명할 권한이 있는 이사가 다음과 같은 경우에 자신을 대신하여 이사의 권리를 행사할 수 있는 부이사를 명확히 정할 것을 요구해야 한다. (1) 이사가 결석한 경우, 그리고 (2) 제5항 제(3)항에 따라 이사의 직위에 결원이 생긴 경우.

제26조:

대표들은 제26조 제2항에 규정된 이사회가 제정하는 중대한 정책에는 환경 및 사회에 미치는 영향에 관한 정책과 조달정책(제13조) 및 공개정책(제34조)이 포함된다는 점에 주목하였다.

이사회가 중대한 업무 및 재무 정책을 비준해야 하거나 또는 은행의 정책에 따라 총재에게 권한을 이양하거나 또는 은행 업무에 대한 이사회의 결정권을 하부 기관에 이양하는 결정을 내릴 때에는 총투표권의 4분의 3 이상의 다수결로 통과되어야 한다. 대표들은 이사회가 제26조 제(4)항의 규정에 따라 구축한 감독 메커니즘은 투명·공개·독립·문책의 원칙에 따라 설계되어야 하며 그 내용에는 회계감사·평가·사기와 부패·프로젝트 고소와 직원 신고 등의 분야가 포함되어야 하며 인프라 발전 분야의 다자금융기구로서의 특징을 반영해야 한다는 데 동의하였다.

제60조:

대표들은 협정이 발효되기 전에 창립의향회원은 계속 수석담판대표회의를 소집하여 아투행 창립을 위한 더욱 광범위한 협상메커니즘으로 삼는데 동의하였다. 협정 발효일로부터 제58조 제1항에 규정된 마지막 날까지 창립의향회원이 모든 회원자격절차를 완성하기 전에 임시 배치를 통해 창립의향회원이 은행 관리에 계속 참여할 수 있는 기회를 제공한다. 이 기간 동안, 운영위원회와 이사회는 투표권이 없는 대표들이 회의에 참가할 수 있도록 허용함으로써 중대한 결정이 모든 서명국의 충분한 협상을 걸쳐 최대한 합의가 이루어지도록 확보한다. 그 구체적 배치는 다음과 같다.

(1) 운영위원회—아직 회원이 되지 않은 서명국은 대표를 파견하여 옵서버로서 운영위원회 회의에 참가할 수 있다.

(2) 이사회—최종 선거구 구분은 회원 운영위원이 투표를 통해 이사를 선출하거나 또는 이사에게 투표권을 위임할 때에야 완성되므로 서명국은 명목선거구의 구성을 고려해볼 수 있다. 명목선거구의 토대 위에서 매개 선거구에서 1명 또는 1명 이상의 회원이 1명의 이사를 선출한다. 또는 선거구에 아직 이사가 없을 경우에는 선거구 내 회원들이 협상을 거쳐 선거구 특별대표를 1명 선택할 수 있다. 선거구 대표는 이사회 회의에 참가할 수 있으나 투표권은 없다. 이사는 본 선거구 내에서 아직 회원이 되지 않은 서명국을 비공식적으로 대표할 수 있으며 또한 투표를 거쳐 그를 선거하였거나 또는 그에게 투표권을 위임한 운영위원을 공식적으로 대표할 수 있다. 매개 선거구는 1명의 이사 또는 1명의 선거구 대표가 책임질 수 있으나 양자가 공존할 수는 없다.

제58조에 규정된 서명국이 회원 자격 절차를 완성하고 회원이 되는 마감 기한이 끝나면 창립회원이 되는 시기가 끝난다. 그때가 되면 모든 창립회원이 아투행의 정상 관리와 배치 하에 은행의 관리에 참여하게 되며 상기 임시적 배치가 종료된다.

아투행의 국제성과 중국의 주도권 (선문1)

아투행은 설립된 지 2년이 채 안 되었지만 국제사회의 반응은 전반적으로 매우 좋다. 21세기 신형 '다자개발은행'으로 건설하겠다는 아투행의 약속은 진실하며 아투행은 또 "정예·청렴·녹색"의 운영이념을 착실하게 실천하고 있다고 국제사회가 인정하였다. 그러나 일부 잡음도 있기 마련이다. 그중에서 "아투행이 중국의 정책은행이고 중국의 외교정책을 위하며 진정한 국제기구가 아니라는" 설이 가장 많이 들렸다.

그들이 그렇게 주장하는 것은 주요하게 중국이 아투행의 창의자일뿐만 아니라 주도자이기 때문이다. 중국의 출자금액은 아투행 법정자본의 30%를 차지하고 투표권은 총 투표권의 26%를 차지하며 중대한 의사결정사항에 대해 이론적으로 한 표 거부권을 가지고 있다.

그러나 이러한 이유만으로 아투행이 '중국의 은행'이라고 설명할 수 있을까? 브레턴우즈 체제 하에는 3개의 국제 경제기구가 있다. 그 중의 2개, 즉 세계은행과 IMF는 회원들이 자본금을 납부해야 한다. 이두 국제 경제기구에서 미국은 절대적으로 "유독 많은 지분을 보유"하고 있다. 전통적인 '다자개발은행'체계에서는 '1대 4소' 5개 은행이 있는데 미국은 그 중 3개 은행에서 장기적으로 "유독 많은 지분을 보유"하고 있다. 이 모든 것은 사실이며 이들 기구들이 미국 한 나라만을 위한 기구가 아니라 국제기구로 되는 데 전혀 영향이 없다.

또 이들 기구는 최근 몇 년간 신흥시장국가에 유리한 방향으로 지분개혁을 진행하고 있지만 대주주로서의 미국은 이에 대해 시큰둥한 반응이며 심지어 개혁의 실시를 방해하기까지 한다. 한 가지 전형적인 실례로는 IMF 2010년 쿼터와 관리개혁방안이다. 아투행의 창립으로 인한 압력이 없었더라면 이 개혁이 실현될 수 있었을지 여부는 지금까지도 알 수 없는 일이다.

이에 비해 아투행을 국제기구로 추진하려는 중국의 성의가 더욱 두드러진다. 중국이 가장 많이 출자하였는데 유일한 목적은 기구의 창립이다. 누구든 출자를 원하면 중국은 자국의 지분 보유율을 낮출 용의가 있다. 이것이 바로 중국이 초기 단계에서는 50%를 출자하였다가 후에 30%로 낮춘 이유이다. 중국이 "유독 많은 지분을 보유한" 이유는 아투행이 "역내와 역외의 구분이 있고 GDP를 기준으로 하는" 자본 배당 공식을 적용하기 때문이다. 이런 주식 배당과 투표권제도의 적용은 아투행의 국제성을 분명하게 구현하고 있다.

아투행의 국제성은 또 일상 업무와 프로젝트의 실천에서도 구현된다. 필자는 두 차례 아투행 운영위원회 연차회의에 참가할 수 있는 행운이 있어 일부 흥미로우면서도 공교로운 사실을 발견하였다. 예를 들어 지난해 6월 베이징 제1기 연차총회에서 아투행은 차기 연차총회를 한국의 제주도에서 개최한다고 발표하였다. 그런데 얼마 지나지 않아 중·한 관계가 "사드"문제로 난국에 빠졌다. 그러나 한국에서 연차총회를 개최하기로 한 계획은 이로 인해 영향을 받지 않았다. 결국 올해 6월 제주 연차총회는 성공적으로 개최되었고 새로 취임한 문재인 한국 대통령이 연차총회 개막식에 직접 참석해 연설까지 하였다. 이는 문 대통령의 첫 국제무대 등장인 것으로 알려졌다. '다자개발은행' 연차총회에서 이런 예우는 드문 일이다. 문 대통령의 눈에 비친 아투행은 일부 사람들이 우려하는 것처럼 "중국의 은행"이 아니라 역내 상호 연결과 소통을 위한 국제기구였던 것이다.

중한 관계가 난국에 빠졌을 때 중국은 아투행 카드를 꺼내지 않았고, 한국도 아투행을 배척하지 않았다. 이는 중한 양국 정부의 이성을 구현하였을 뿐만 아니라 하나의 국제기구로서의 아투행의 중립성도 구현하였다. 그리고 아투행은 중한 양국 관계 개선을 위한 긍정적인 에너지를 불어넣고 있다. 미국과 일본의 일부 인사들이 만약 아투행에 대한 선입견을 버린다면 아투행은 또 중미관계, 중일관계의 추진기가 될 것이다.

제주에서 열린 연차총회에서 아투행은 제3기 연차총회가 인도 뭄바이에서 열린다고 발표하였다. 공교롭게도 1주일 후 또 중국-인도 국경지대 대치사건이 발생하여 지금까지도 이어지고 있다. 언론에서는 이를 두고 "수십 년래 최악의 국경충돌"이라고 말하고 있다. "사드"가 중한관계에 영향을 준 것처럼 중-인 관계도 그 사건으로 큰 충격을 받지 않을까? 아직 더 관찰해봐야겠지만 분명한 것은 중-인 관계의 변화추이가 국제기구로서의 아투행의 중립성에 영향을 주지 않앉다는 점이다. 여기서 두 가지 실례를 들기로 한다. 6월 제주 연차총회를 앞두고 아투행은 인도에 인프라기금 1억 5천만 달러를 투자하기로 결정하였다. 이는 아투행의 첫 주식투자프로젝트로서 중대한 의의가 있다. 7월초, 아투행은 또 인도에 대한 3억 2천900만 달러 대출프로젝트를 비준하였다. 아투행이 내년에 인도에서 연차총회를 개최하기로 한 예정계획도 중국과 인도 관계 변화추이의 영향을 받지 않을 것이다. 국제기구이론에 따르면 국제기구는 회원국으로부터 독립하려는 자연적 경향을 가지고 있다. 상기 실례가 이 점을 증명해주고 있다. 그러나 회원국이 실제로 금액을 지불하는 목적은 국제기구에 가장 큰 영향을 주기 위한 데 있다. 그래서 회원국의 이익을 대표하는 이사와 은행 관리위원회 간의 관계는 항상 상당한 긴장감을 나타낸다. 어떻게 '다자개발은행'을 이용하여 국가 이익을 실현할 것인가? 아래 미국의 예를 보자.

세계은행을 예로 들어 미국은 세계은행의 최대주주로서 자국 기업이 세계은행의 프로젝트 조달계약에 성공적으로 낙찰되도록 추진하는 것은 줄곧 미국정부의 우선 목표이다. 이를 위해미국 정부는 세계은행에 주재하는 미국 집행이사에게 프로젝트 관련 정보를 수집하고 국내 기업과 공유할 것을 지시하였을 뿐만 아니라 세계은행에 특별기금을 설립하여 미국 기업이 기회를 선점하고 프로젝트 준비단계에 조기 개입하는 것을 돕도록 한다. 더욱 중요한 것은, 세계은행 총재에서부터 중·고위급 관리위원회에 이르기까지 미국인들이 대주주로서 우위를 점하고 있다는 사실이다. 미국의 방식은 당당하게 "법에 따라"

주주의 권리를 행사하고 주주의 이익을 수호하는 것이다. 4월 하순, 베이징대학 신구조경제학센터의 한 강좌에 참가하였는데 강의자는 미국 싱크탱크인 전략국제문제연구(CSIS)의 한 주임이고 강의 제목은 "발전판도 변혁 속에서 '다자개발은행'의 위치와 방향"이었다. 미국의 사명은 "개발문제에 대한 미국의 리더십을 보장하는 것"이다. 이는 그 주임의 명함에 이미 적혀 있었을 뿐 아니라 강의 현장에서 배포된 「어떻게 다자기구를 이용해 미국의 이익을 실현할 것인가」라는 연구보고서에도 담겨 있다. 그 주임은 아투행이 중국의 이익을 위해 서비스할까봐 가장 크게 걱정하였다. 이는 청중들을 "곤혹에 빠뜨렸다." 왜 미국은 다자기구가 미국의 국가 이익을 위해 서비스할 것을 주장하면서 아투행은 중국의 이익을 위해 서비스하는 것은 안 되는가? "이중잣대"의 고질병이 도진 게 분명하다. 총적으로 아투행은 2015년 12월 25일 탄생한 그날부터 진정한 국제기구였다. 미국의 방식과는 달리 중국은 대주주로서 아투행의 중립성과 독립적 지위를 수호하는데 전력을 다하고 있다. 중국 정부는 다자주의원칙을 따르면서 자신의 최초 약속을 성실히 실천하고 있다. 즉 "아투행의 창립단계에서나 앞으로 의사결정 및 관리 운영 단계에서나 항상 '함께 의논하고, 함께 건설하며 함께 누리는' 원칙으로 일관할 것이며 중국은 절대 '나 홀로 독차지'하지 않을 것이며 아투행은 언제나 모든 회원이 공동으로 소유하는 '다자개발은행'이 될 것"이라는 약속이다.

(원문은 영국 『파이낸셜타임스』 중문사이트에 게재됨, 2017년 7월 19일, 수정함)

아투행의 투자지역범위에 선진국을 포함시켜야 (선문2)

3월 23일 아시아인프라투자은행("아투행")은 홍콩·캐나다를 포함한 13개 새 회원의 아투행 회원 가입을 승인하였으며, 현재 총 회원수가 70개에 달하였다고 발표하였다. 아투행은 21세기 신형의 '다자개발은행'으로서 기존의 '다자개발은행'들에 비해 매우 큰 형세변화에 직면하여 있다. 2008년 글로벌 금융위기 이후 선진국 경제가 보편적으로 침체기에 빠져든 반면에 중국을 대표로 하는 신흥시장국가들은 글로벌 경제 회복의 엔진이 되었고, 아투행은 중국의 "일대일로"전략을 포함한 각국의 발전전략을 연결시키는 기구 플랫폼이 되었다. 이런 형세에 힘입어 아투행은 아시아를 중심으로 하여 세계를 대상으로 투자해야 하며 투자지역범위에 선진국을 포함시켜야 한다. 그 이유는 다음과 같다.

첫째, 세계경제형세의 수요를 기반으로 한다. 장기간 후진국이 주요한 인프라건설시장이었다. 그러나 적지 않은 선진국들은 오래 동안 인프라 시설을 보수하지 않고 있으며 심지어 고속철과 같은 새로운 고속교통시설이 부족한 실정이다. 미국 최대 도시인 뉴욕이 그 실례이다. 그들은 국내 인프라의 재건이 절실히 필요한 실정이다. 작년 이후 영국의 유럽연합(EU) 탈퇴, 트럼프의 등장, 유럽 우익세력의 대두 등 일련의 사건들은 모두 깊은 경제적 근원이 있다. 즉, 주로 세계화 과정에서 기존의 중산층이 산업이전과 과학기술혁신의 이중 충격을 받아 심각한 취업 및 빈부 격차 문제가 나타났기 때문이다. 트럼프 미국 대통령은 유권자들의 관심사에 화답하면서 국내 인프라시설의 재건으로 취업과 경제발전을 추동할 것을 주장하였다. 유럽·캐나다 등지에도 국내 인프라시설을 재건해야 하는 현실적인 수요가 있다. 아투행이 선진국을 포함한 각국의 발전전략과 결합하는 것은 세계경제의 회복에 유리하다.

둘째, 기존 '다자개발은행'의 "개발" 관행을 타파할 필요가 있다. 제2차 세계대전 종전 후 설립된 "1대 4소" '다자개발은행'은 투자지역을 개발도상국과 극빈개도국으로 제한하였다. "1대"는 국제부흥개발은행 (즉 "세계은행")을 가리키고 "4소"는 아시아개발은행·미주개발은행·아프리카개발은행·유럽부흥개발은행을 가리킨다. 아투행은 그들의 방법을 계승해야 할 뿐만 아니라 시대와 더불어 앞으로 나아가야 한다. 「아투행 정관」은 투자지역을 저개발국가로만 제한한 적이 없다. 기타 '다자개발은행'에 비해 아투행은 명칭이 혁신적이며 정밀·포용의 특성을 구현한다. "정밀"은 투자의 범위를 "인프라"로 제한하고 개방된 사고방식으로 인프라를 정의함을 가리키고, "포용"은 기존의 '다자개발은행' 명칭에 공동으로 들어있는 "개발"이란 단어를 빼는 대신 "투자"라고 바꿔 쓰는 것을 가리킨다. 때문에 아투행의 명칭과 「정관」은 투자범위를 선진국의 인프라건설 프로젝트에까지 확대할 수 있는 조건을 마련해주었다. 이는 또한 기존의 '다자개발은행'체계에 대한 아투행의 중대한 혁신이기도 하다.

셋째, 저개발국의 경제발전을 지원하는 도의적 책임에서 벗어날까봐 우려할 필요가 없다. 아투행은 골드만삭스 등 개인투자은행과 달리 각국 정부가 자본을 출자하여 지원하는 '다자개발은행'으로서 프로젝트의 중심은 시종일관 아시아지역의 저개발국가시장에 두고 있다. 아투행은 자본이 제한돼 있는데 만약 선진국 시장에 대한 투자를 허용한다면 어떻게 제한된 자금이 "개발" 목적을 실현하는데 쓰일 수 있도록 확보할 수 있을지 하는 질의가 제기될 수 있다. 개발금융의 어려움은 자본의 부족이 아니라 자본을 효과적으로 동원할 수 있는 메커니즘이 부족한데 있다. 아투행은 메커니즘 건설을 통해 힘을 내고 특히 촉매제 역할을 적극 발휘하여 혼합융자(blended finance) 메커니즘을 동원하고 다방면의 융자경로를 사용하도록 적극 추진함으로써 유엔 「2030년 지속가능발전 아젠다」의 이행에 기여하게 될 것이다. 아투행이 투자범위를 선진국시장으로 확대할 경우 다음과 같은 혜택을 가져다줄 것으로 전망된다.

첫째, 선진국의 자본시장을 더 잘 이용할 수 있다. 세계은행과 기타 '다자개발은행'의 프로젝트 자금은 주로 국제 자본시장에서 채권 발행을 통해 모금하여 조달한다. 만약 뉴욕증권거래소에서 채권을 발행하여 얻은 자금을 미국 국내 인프라 건설에 사용할 수 있도록 허용한다면 채권 등급평가와 투자자 유치 등 방면을 포함한 채권 발행 절차에서 긍정적인 효과를 창출하는데 이롭다. 또한 객관적으로 아투행이 혼합융자 메커니즘을 적극 추진하는 데도 이롭다.

둘째, 재래시장에 비해 선진국은 더욱 투명하고 법치화된 투자환경을 갖추고 있다. 선진국시장에 투자하는 것은 아투행 채무의 지속가능성을 실현하는데 유리하다. 이밖에도 선진국은 앞선 에너지 절약 및 환경보호 과학기술을 갖추고 있어 신형 인프라 프로젝트에 투자하거나 또는 새로운 과학기술을 이용해 전통적인 인프라 건설을 위한 서비스를 제공하는 것은 아투행의 "녹색" 투자 이념에 부합된다.

셋째, 미국정부가 아투행 가입을 결정할 수 있도록 조건을 마련해 준다. 미국 정부가 아투행을 거부하는 것은 전략적 실수를 범한 것이다. 트럼프 정부는 아투행 가입을 재고할 수 있다. 그러나 아투행의 배당할 수 있는 남은 지분이 이미 많지 않다. 아투행이 증자하여 지분을 늘리지 않는 한 미국이 배당 받을 수 있는 몫은 오스트리아·덴마크·노르웨이 등 역외 창립회원들보다 훨씬 적다. 만약 아투행이 트럼프 정부의 국내 인프라건설 우선 국책과 연결 짓도록 허용한다면 미국 정부가 아투행 가입을 결정하는데 큰 무게를 실어줄 수 있을 것이다. 아투행 출범 1주년을 맞아 진리췬(金立群) 총재가 "자금의 분배를 종합적으로 고려해 인프라 투자를 아시아지역 이외의 회원국으로 점차 연장해 모든 회원국이 혜택을 볼 수 있도록 할 것"이라고 밝혔다. 이와 같은 태도표시는 아투행이 앞으로 선진국 인프라 시장에 개입할 가능성을 내비친 것이다. 아투행은 인류운명공동체를 구축하는 새로운 플랫폼으로서 기존의 '다자개발은행'이 약속한 개발도상국 시장에 구애받지 않고 투자지역을 선진국의 인프라 건설 시장에까지 확대함으로써 아시아와 세계의 발전과 번영을 촉진하는데 새로운 기여를 할 것이다.

[원문은 재신망(財新網)에 게재됨, 2017년 3월 28일, 게재 당시 제목은 「아투행 투자지역은 선진국에까지 확대해야」이다.]

아투행, 지속가능한 인프라의 "추진기"(선문 3)

2017년 6월 16일부터 18일까지 아시아인프라투자은행("아투행") 운영위원회 제2차 연차총회가 한국의 유명 관광명소인 제주도에서 개최되었다. 이번 연차총회 주제는 "지속가능한 인프라"였다. 통계에 따르면 현재 세계 70%의 경제 성장이 인프라 건설과 연관된다. 이와 동시에 인프라 건설은 환경과 사회에 대한 영향을 충분히 고려하여 후세의 행복을 위해 책임져야 한다.

유엔 「2030년 지속가능 개발 어젠다」는 지속가능한 인프라 개발을 통해 경제발전과 인류복지의 향상을 추진해야 한다고 명시하고 있다. 지속가능한 인프라의 개발은 필연적으로 「파리기후협정」의 관련 약속을 이행할 것을 요구하게 된다. 아투행과 80개의 주주 회원은 「파리기후협정」을 확고하게 지지한다. 아투행이 지속가능한 인프라의 개발에 조력하려면 다음과 같은 세 가지 방면에서 힘을 기울여야 한다. 즉, 이산화탄소 배출을 줄이고, 신기술을 응용하며, 사회 자본을 동원하는 것이다.

첫째, 아투행은 21세기를 지향하는 신형의 '다자개발은행'으로서 "녹색"을 주요 운영이념으로 삼고 있다. 아투행은 경제성장과 환경보호가 서로 대립된다는 전통 관념을 바꿔 "청산녹수가 곧 금산은산(金山銀山)"이라고 주장한다. 이와 같은 주장은 이번 연차총회에서 폭넓은 공감대를 형성하였으며 또 대출계획과 프로젝트 선별과정에도 관철시켰다.

"녹색" 개념은 개방적이고 포용적이라는 것을 알아야 한다. 이는 수력·풍력·태양에너지 등 녹색 에너지 프로젝트에 대한 지원에서 구현될 뿐만 아니라 전통 에너지의 기술 혁명도 포함된다. 예를 들어 현실 상황은 전 세계 전력의 절반이 석탄발전에서 오며, 일부 저소득 국가들의 산업화는 화력발전에 대한 의존도가 더욱 크다. 만약 석탄발전이 오염이 가장 심한 전력에너지라면 신기술을 이용하여 석탄발전의 오염을 낮추고 에너지의 이용효율을 높이는 것은 녹색발전의 실효적인 선택이다. 이번 연차총회에 앞서 발표된 「아투행 에너지 투자전략」은 청정석탄발전이 아투행이 고려하는 투자 영역이 될 것이라고 명확히 밝혔다.

둘째, 지속가능한 인프라는 신기술의 사용을 떠날 수 없다. 인터넷·빅 데이터 기술을 이용해 인프라 건설과 운영 효율을 향상시키고 "스마트화 인프라"를 발전시키는 것은 아투행이 투자 프로젝트를 선정할 때 중요한 고려 기준이 되어야 한다. 뿐만 아니라 아투행은 또 인터넷 인프라 자체에 대한 투자를 우선적으로 고려해야 한다. 인터넷 인프라는 현지 주민들의 생활수준을 개선할 뿐만 아니라 개발도상국 또는 지역 경제의 "커브추월"을 추진한다. 이번 연차총회에서 주최국인 한국은 정보통신기술(ICT) 분야의 우위를 충분히 전시하였다. 한국 주요 기업들은 전시부스를 설치하고 그들의 정보통신기술을 전시하였을 뿐만 아니라 기업 책임자가 강단에 올라 영어로 연설할 수 있도록 특별 배치하여 아투행과 프로젝트 주최국에 자체 정보기술제품을 홍보하였다. 중국 기업은 앞으로 아투행 및 기타 '다자개발은행' 프로젝트에 관심을 돌리고 은행 연차총회 플랫폼을 이용하여 브랜드 마케팅을 추진할 수 있다.

셋째, 인프라 건설 자금은 더 이상 정부예산에만 의존하지 않고 사회자본을 광범위하게 동원할 수 있다. 이번 연차총회 포럼에서는 인도네시아·터키 '아시아' 한국 등 여러 나라 정부가 사회자본을 동원한 경험을 공유하였다. 이들 나라 정부는 모두 정부와 사회자본협력(PPP) 전문 부서를 설치해 PPP 프로젝트의 추진업무를 담당해 성과를 거두었다. 아투행의 명칭에 "인프라"와 "투자"가 나란히 들어가 있는데 이는 '다자개발은행' 발전사상 처음이며 사회자본을 동원해 인프라 투자에 참여시키려는 아투행의 사명과 야심을 잘 보여준다.

사회자본이 인프라 건설 프로젝트에 참여함에 있어서 주요 장애는 주최국의 법률과 정책 위험이다. 주권신용의 지지를 받는 '다자개발은행'과의 협력을 통하여 이러한 위험을 효과적으로 해소할 수 있다. 아투행은 양로기금 등 기관투자자의 장기투자 수요와 상업은행의 투자 강점을 결합시켜 공동융자·담보 등 투자형태로 사회자본이 인프라 건설 프로젝트에 참여하는 것을 장려할 필요가 있다. 각이한 투자주체의 위험선호에 비추어 아투행은 그린필드 투자 또는 프로젝트 초기 건설에 더 많이 참여할 필요가 있으며 상업은행·양로기금 등 자본은 후기 건설단계에서 가입하는 게 더욱 적합하다. 아투행은 지속가능한 인프라, 국경 간 상호 연결과 소통, 사영자본 동원 등 3대 전략방향을 이미 확립하였다. 향후 상당히 오랜 기간 동안 아투행의 업무는 이 목표를 둘러싸고 전개될 것이다. 진리췬(金立群) 총재는 연차총회 개막식에서 "뭇사람이 땔나무를 주우면 불길이 높아진다"라는 중국의 고어를 인용하였다. 이투행은 기타 '다자개발은행' 및 이익 관련측과 협력하고 회원의 정책을 적극 연결시켜 지속가능한 인프라를 발전시키며 최종적으로는 인류운명공동체를 구축하는데 힘을 보탤 것이다.

(영국 『파이낸셜타임스』 중문사이트에 게재됨, 2017년 6월 28일, 일부 수정함)

중국, '다자개발은행' 메커니즘 혁신 추진(선문 4)

중국은 G20 항저우(杭州) 정상회의에서 글로벌 인프라 상련상통연합("연합")의 설립을 제안하였다. 이는 2013년 아시아인프라투자은행("아투행")의 창립을 제안한 이래 인프라 투·융자 분야에서 중국이 또 한 번 글로벌 경제 거버넌스를 위한 공공재를 제공한 것이다.

시진핑(習近平) 중국 국가주석은 9월 3일 G20 비즈니스 서밋 개막식 연설에서 "중국은 글로벌 인프라 상련상통연합의 설립을 제안하여 '다자개발은행'이 공동 비전 성명을 발표하고 인프라 프로젝트에 대한 자금 투입과 지력 지원을 확대함으로써 글로벌 인프라 상련상통 행정을 가속화하는 것을 추동할 것이다."라고 밝혔다. 이 중대한 제안은 5일 달성한 「G20 지도자 항저우정상회의 공동성명」에 정식으로 기재되었다.

1944년 세계은행이 설립된 이래, 세계 주요 대주(大洲)에 본 지역의 '다자개발은행'이 잇달아 설립되어 "1대6소"의 '다자개발은행' 대가정이 형성되었다. 세계은행은 '다자개발은행' 중 리더 지위에 있다. 6개의 지역적 '다자개발은행'에는 미주개발은행·아프리카개발은행·아시아개발은행·유럽부흥개발은행 및 2015년에 설립된 브릭스 신개발은행과 아시아인프라투자은행이 포함된다.

이들 '다자개발은행'들은 각자의 업무사명을 갖고 있으므로 인프라의 투·융자에 참여하는 과정에 각자 업무의 중점을 형성하고 각자의 규칙체계를 발전시켰다. 이와 동시에 '다자개발은행'들 간에는 협력의 기회가 많다. 예를 들어 그들은 늘 어느 한 특정 프로젝트에 공동 금융을 제공해야 하고 또 협력파트너에게 알맞은 환경과 사회 및 조달기준을 선택하며 객관적으로 규칙을 점차 통합하는 것이 필요하였다. 장기적 협력 과정에서 '다자개발은행'의 조달부서들 간에는 정기 협상 메커니즘을 구축하여 프로젝트 조달기준의 통일화를 추진하였다. 2010년에는 또 상업 뇌물수수행위 제재 공동 메커니즘을 구축하기도 하였다.

'다자개발은행' 설립 초기에는 투자 분야가 일반적으로 인프라 투자에 집중되었다. 시간이 흐름에 따라 업무 범위가 사유화·재정세무개혁 등 정책분야로 확대되었지만 개발도상국을 도와 가난에서 벗어나 부유해지게 한다는 사명에서 점차 이탈하여 기대효과를 제대로 실현하지 못하였다. 아투행은 "인프라 투자"를 명칭에 써넣은 첫 '다자개발은행'이다. "인프라"의 정의는 개방적이고 발전적인 것이어야 하며 혁신적인 경제 발전의 수요에 적응하는 데 취지를 두어야 한다.

2014년 G20 정상회의에서 의장국인 오스트레일리아가 글로벌 인프라센터(Global Infrastructure Hub)를 설립하여 정보 공유와 조정 메커니즘으로 삼아 인프라 투·융자를 위한 연결 플랫폼을 제공할 것을 제안하였다. 올해 중국은 글로벌 인프라 상련상통연합의 설립을 제안하고 또 사무국을 세계은행에 설치하여 글로벌 인프라센터와 일 맥상통하면서 협동협력할 수 있도록 할 것을 제안하였다. 비교해보면 연합은 '다자개발은행'으로부터 접근하고 또 '다자개발은행'을 주요 수단으로 삼았으며 '다자개발은행' 협력이 끊임없이 강화되는 추세와 수요에 순응하였기 때문에 그 의의와 영향이 더욱 심원하다.

첫째, 세계 경제 침체 속에서 세계 경제 진흥의 돌파구로 인프라 분야를 선택한 것은 실무적인 조치이다. 선진국과 개도국 모두 자국의 인프라 개선이 필요하며 이를 위한 자금 조달이 필요하다. 아시아 개발은행은 2010~2020년 아시아지역 인프라 시장 규모가 8조 달러에 이를 것으로 추산하였다. '다자개발은행'이 글로벌 시장에 제공하는 자금은 연간 1000억 달러에 불과해 전부 아시아에 투자한다고 해도 턱없이 부족한 실정이다. 글로벌인프라상련상통연합은 '다자개발은행'을 중심으로 글로벌범위에서 자금 융통의 효과적인 경로를 구축하고 글로벌 각류 자본이 인프라 투·융자프로젝트에 참여하도록 추동하여 글로벌 인프라시설의 상련상통을 추진하게 된다.

둘째, 보호무역주의가 대두하고 글로벌화가 도전에 직면한 상황에서 글로벌인프라상련상통연합은 글로벌 경제 거버넌스를 보완하는 중요한 돌파구가 될 것이다. 연합은 국제기구를 하나 더 신설하는 것이 아니라 기존의 "1대6소"'다자개발은행' 간 기존의 협력을 바탕으로 자원을 한층 더 통합하여 전 세계 범위에서 더욱 심도 있는 제도화 협력을 실현하는 것이다. G20 정상회의의 지원 하에 연합의 설립은 시대의 정세에 순응한 것이며 앞으로 무한한 발전공간이 펼쳐질 것이다. '다자개발은행'의 글로벌 거버넌스 메커니즘이 이로써 가동되고 꾸준히 보완될 것이다.

셋째, 연합이 사무국을 세계은행에 둔 것은 제2차 세계대전 종전 후 세계 경제 질서에 대한 인정과 계승을 구현한 것이다. 중국은 G20 항저우 정상회의 주최국으로서 정상회의 의제 설정 권한을 갖고 있다. 중국이 글로벌인프라상련상통연합의 설립을 제안하고 또 사무국을 세계은행에 두는데 동의한 것은 종전 후 세계 경제 질서를 인정하는 진심어린 염원을 구현한 것이다. 중국은 종전 후 세계 경제 질서의 건설자이자 참여자이며 수호자이다. 중국의 제안으로 창립된 아투행은 기존의 '다자개발은행'체계에 대한 유익한 보충이다. 그리고 이번에 연합의 설립을 제안한 것은 "제2차 세계대전" 종전 후 처음으로 전 세계적 범위에서 '다자개발은행'에 대한 제도화통합이다.

넷째, 중국은 국제기구가 개발도상국과 신흥시장경제체의 이익을 반영하고 더욱 공평하고 공정한 방향으로 지속적으로 개혁하도록 추진한다. 세계은행·국제통화기금(IMF)·세계무역기구(WTO)는 글로벌 경제 거버넌스의 '삼두마차'로 불린다. 이 세 기구의 개혁을 추진해야 한다는 국제사회의 목소리가 끊겼던 적이 없다. 세계은행은 개발도상국의 경제발전을 추진하는 것을 사명으로 삼고 있지만 창립 70여 년간 역대 총재는 모두 미국인이었다. 국제통화기금과 세계무역기구의 중견 이상 임원도 구미 인사가 주축이다. 개발도상국과 신흥시장국가들은 세계은행과 국제통화기금에서 차지하는 자본비중이 장기간 낮은 수준을 이어오고 있으며 이에 따라 발언권도 부족하다. 최근 "삼두마차"가 개혁을 적극 추진하면서 거버넌스 구조가 세계경제질서 변혁의 실제 상황을 점차 반영하기 시작하였다. 중국이 연합의 설립을 제안한 것은 이와 같은 개혁의 추세를 이은 것이다.

다섯째, 연합의 틀 안에서 "1대6소" '다자개발은행' 간 협력이 더욱 밀접해질 것이다. 투·융자업무 조율메커니즘을 강화하고 회사관리와 규칙제정의 심층융합을 추동할 수 있을 것이다. 이 방면에서 아투행은 21세기 신형 '다자개발은행'으로서 중국과 아시아 기타 국가의 발전 경험을 받아들여 더욱 훌륭한 "국제 최고의 실천"으로 발전시키고자 한다. 아투행은 "3가지 글로벌 지향"(글로벌 채용 지향, 글로벌 조달 지향, 아시아 중심의 글로벌 투자 지향)"의 개방적인 방식을 견지해 '다자개발은행'의 대가정에 새로운 바람을 불어넣을 것이다.

(원문은 영국 『파이낸셜타임스』 중문사이트에 게재됨, 2016년 9월 7일,
일부 수정함)

아투행 투자 프로젝트의 6대 특징(선문5)

아투행은 개업하여 운영을 시작한 지 이미 2년이 되었다. 2년 동안 아투행은 공론관이 아닌 행동단이 되어 1차로 4건의 프로젝트가 2016년 6월에 비준을 받은 이래 지금까지 총 24건의 프로젝트가 비준을 받았으며 총 투자액은 42억 달러에 달하였다. 이들 프로젝트에서 아투행은 전문적이고 실무적인 풍격을 구현하였다. 채무의 지속가능성도 보장하고 또 환경 및 사회 정책도 엄격히 이행하면서 녹색의 지

속가능한 발전을 보장하였다. 필자는 「프로젝트 문서」 「프로젝트 정보
집성」 「환경 및 사회 관리계획」 등 자료를 포함하여 아투행 투자 프로
젝트의 공개정보를 자세하게 정리하여 다음과 같은 6가지 특징을 귀
납하였다.

첫째, 투자지역으로 볼 때 역내 투자를 위주로 한다. 23건의 투자
프로젝트가 동아시아·동남아·남아시아·중앙아시아·중동·서아시아
의 11개 회원국을 망라하고 있으며 아시아 전역을 아우르고 있다. 역
내 투자의 구체적인 상황은 다음과 같다. 인도 5건의 프로젝트에 10
억 7천400만 달러, 파키스탄 2건의 프로젝트에 4억 달러, 인도네시아
3건의 프로젝트에 4억 4천150만 달러, 타지키스탄 2건의 프로젝트에
8천750만 달러, 방글라데시 2건의 프로젝트에 2억 2천500만 달러, 오
만 3건의 프로젝트에 5억 4천만 달러, 중국 1건의 프로젝트에 2억 5
천만 달러, 아제르바이잔 1건의 프로젝트에 6억 달러, 그루지야 1건의
프로젝트에 1억 1천400만 달러, 미얀마 1건의 프로젝트에 2천만 달
러, 필리핀 1건의 프로젝트에 2억 760만 달러, 국제금융공사(IFC) 신
흥아시아펀드에 1억 5천만 달러 각각 투자하였다.

아투행의 업무 중점은 아시아에 있지만 역내 회원에만 투자하도록
제한된 것은 아니다. 「아투행협정」에서 그 목적과 기능에 대해 서술한
내용에 따르면 무릇 아시아지역발전에 유리한 프로젝트라면 역외 프
로젝트까지 포함하여 모두 아투행의 투자적격범위에 속한다. 따라서
24개 프로젝트가 모두 "일대일로" 연선국가에 입주하였지만, 새 프로
젝트는 "일대일로"의 범위를 벗어날 것이다. 아투행은 아시아 이외의

기타 지역, 즉 아프리카·라틴아메리카·중동부유럽 등을 포함한 지역에 투자할 것이다. 현재 이집트의 태양에너지발전 프로젝트 한 건이 이미 승인을 받았다. 아투행은 또 선진국 회원의 낡은 인프라시설에도 투자할 가능성이 있다. 일부 선진국 정부는 채무가 과중하고 융자능력이 예전 같지 않은데 그들 국가들도 아투행의 지원으로 민간자본이 인프라의 재건에 동원되어 참여하는 것을 신청할 수 있으며 고효율적인 정부와 사회자본 협력모델(PPP)을 채용하여 인프라 건설의 공급 효율을 제고할 수 있다.

둘째, 투자 업종별로 볼 때 에너지·교통·도시발전이 위주이다. 이 3대 분야는 아투행 운영 초기에 우선적으로 투자하는 분야이다. 그중 10건의 에너지 프로젝트 투자금액이 17억 3천400만 달러에 달하였고, 7건의 교통 프로젝트 투자금액이 12억 650만 달러, 1건의 도시발전 프로젝트 투자액이 2억 1천650만 달러에 달하였다. 아투행은 이 세 분야 투자 외에도 2건의 수리 프로젝트 투자액이 3억 3천260만 달러, 1건의 전신 프로젝트 투자액이 2억 3천900만 달러, 3건의 다분야 투자 프로젝트 자금총액이 4억 달러에 이른다. 이른바 다분야 투자 프로젝트란 어떤 인프라 프로젝트에 투자할지 미리 확정하지 않고 아투행이 투자하는 금융 중개업체가 별도로 결정한다.

아투행은 모든 투자 프로젝트를 선택할 때 환경과 사회 영향을 우선 위치에 놓고 고려한다. 에너지는 현재 아투행 투자 중 가장 중요한 위치를 차지한다. 「아투행 에너지투자전략」은 에너지투자가 반드시 녹색발전 및 지속가능발전의 원칙에 부합되어야 한다고 요구하고 있다. 2017년 연말, 베이징가스그룹유한회사가 신청한 "베이징 대기질 개선 및 석탄 보일러의 가스화 개조 프로젝트"가 비준 받았다. 이 프로젝트는 베이징지역의 겨울철 스모그 퇴치와 대기 질 개선에 도움을 주었다. 프로젝트가 철거이주와 관련되지 않았기 때문에 프로젝트 소재구역 주민들에게도 부정적인 영향을 조성하지 않았다. 이 프로젝트는 「아투행 환경 및 사회 책임 프레임」 및 「아투행 에너지투자전략」을 이행한 모범 프로젝트가 될 전망이다.

셋째, 투자대상으로부터 볼 때 주권담보대출이 위주이다. 채무의 지속가능성은 아투행 프로젝트 투자의 최저한계이다. 즉, 손해를 보지 않는 것이다. 주권담보대출에는 두 종류가 있다. 1, 주권국가 정부가 직접 차주가 된다. 2, 민간주체가 차주가 되고 정부가 보증인이 된다. 정부의 신용보증이 선행되어 주권담보대출은 대출과 이자 회수를 최대한 확보하기 때문에 가장 안전한 대출이다. 아투행 프로젝트는 주권담보대출이 위주이며 24건의 프로젝트 중 17건이 모두 주권담보대출이다. 이는 아투행이 2017년 3대 신용평가기관으로부터 최고신용등급인 AAA를 받는데 도움을 주었으며 바젤위원회는 아투행에 채무 무위험가중치를 부여하였다.

이와 동시에 「아투행협정」 제11조에 따라 아투행은 민간주체에도 투자할 수 있다. 민간주체는 차주이지만 정부의 담보가 없기 때문에 아투행에는 일정한 위험이 있지만 정부에는 채무부담을 줄일 수 있다. 아투행의 3대 전략 중점은 지속가능한 인프라, 국경 간 상련상통, 민간자본 동원이다. 아투행은 '다자개발은행'으로서의 자체 독특한 우

세 예를 들면 면책특권과 선순위채권자지위 등을 이용하여 민간자본이 민간주체에 공동으로 투자하도록 동원하였다. 아투행이 투자한 민간주체에는 베이징가스그룹·오만글로벌물류그룹·오만광대역회사·이집트 Al Subh 태양에너지회사·미얀마 Sembcorp 등이 포함되며 그중 일부는 국유 상업기업이다.

넷째, 투자방법으로 볼 때 연합융자가 위주이다. 아투행은 글로벌 금융기구와 조화롭게 협력하고 있다. 「아투행 조달정책」 제5.11단락에서는 공동융자를 평행연합융자(parallel co-financing)와 공동연합융자(joint co-financing)두 종류로 나누었다. 양자는 모두 동일 프로젝트에서 발생하지만 구별은 전자의 경우, 투자 각 측이 해당 프로젝트의 각기 다른 계약에 각각 융자를 제공하는 것이고 후자의 경우, 각 측이 해당 프로젝트의 동일 계약에 공동으로 융자를 제공하는 것이다. 아투행의 24건의 프로젝트 중, 8건은 세계은행과의 공동융자 프로젝트이고, 3건은 세계은행그룹 산하의 IFC와의 공동융자 프로젝트이며, 4건은 아시아은행과의 공동융자 프로젝트이고 그리고 유럽투자은행·유럽부흥개발은행과의 공동융자 프로젝트도 한 건 있다. 이들 공동융자 프로젝트는 주요하게 공동융자 상대국이 주도하기 때문에 환경 및 사회 기준, 조달기준 등도 상대국의 기준을 주로 적용한다. 그러나 아투행에는 독립융자프로젝트(standalone financing)가 부족하지 않다. 베이징의 석탄보일러 가스화 개조 프로젝트, 방글라데시의 송전·변전 선로 업그레이드 프로젝트, 인도의 구지라트 주 농촌 도로 프로젝트, 오만의 3개 프로젝트가 모두 아투행의 독립융

자프로젝트이다. 이중 오만의 광대역 인프라 프로젝트는 주권담보가
아닌, 아투행이 우선 채권을 누리는 최초의 B대출 프로젝트이다. 독
립융자프로젝트는 아투행이 주도하기에 아투행의 환경과 사회 기준
및 아투행 조달 기준과 절차가 적용된다. 여기서 설명이 필요한 것은
"독립융자"가 프로젝트의 모든 자금을 아투행이 조달한다는 의미가
아니라 자금 부족은 차관측이 기타 경로를 통해 보충해야 한다는 것
이다.

다섯째, 아투행은 금융중개(Financial Intermediary, FI) 프로젝
트에 투자한다. 이런 기금은 아투행의 자본을 포함한 각종 자금을
끌어들여 교통·에너지 또는 기타 프로젝트에 투자한다. 현재 아투행
은 3건의 금융 중개류 프로젝트에 투자하였는데 각각 인도 인프라펀
드, 인도네시아 지역인프라발전펀드, IFC 신흥아시아펀드이다. 이중
인도 인프라펀드는 아투행이 지분 형태로 투자한 첫 프로젝트인데 투
자 대상은 포트폴리오회사(portfolio companies) 투자 영역이 매우
광범위하며 의료보건 교육 등 분야에 투자한다. 인도네시아 지역인프
라발전펀드는 세계은행이 선도하고 아투행이 대출 제공에 참여하며
차주는 인도네시아 지방정부이다. IFC 신흥아시아펀드는 IFC가 관리
하는 사모주식펀드로 금융기관·산업회사 및 기타 민간주체의 자본
참여를 확보하지만 지배권은 추구하지 않는다. 일반적으로 금융중개
기금은 자금용도를 자주적으로 결정할 권리가 있지만 아투행의 특정
요구에 부합되어야 한다.

예를 들면 IFC 신흥아시아펀드에서 아투행의 자본이 아투행의 회원

국 이외의 나라에 투자하는 데 쓰여서는 안 된다.

여섯째, 프로젝트 준비 특별기금을 마련하여 훌륭한 프로젝트를 선정하도록 지원한다. 하나의 프로젝트 허가를 신청하기 전에는 전문인원을 고용하여 가능성연구와 각항 평가를 진행하는 등 대량의 준비작업이 필요하다. 아투행은 프로젝트 준비 특별기금을 설립하여 훌륭한 프로젝트가 두각을 나타낼 수 있도록 조력한다. 그 특별기금은 아투행이 관리 운영하며 정부 또는 개인이 모두 기부 주체가 될 수 있는 다주체의 기금이다. 현재 중국과 영국 정부가 각각 5천만 달러씩 기부하기로 약속하였고 한국이 800만 달러 기부를 약속하였다. 그 특별기금은 이미 2건의 프로젝트의 준비작업을 지원하였다. 즉, 네팔 도시 인프라건설프로젝트 준비작업에 100만 달러, 스리랑카 고체폐기물처리프로젝트 준비작업에 70만 달러 각각 비준하였다.

2년간 아투행 투자업무상의 상기 특징은 금후 한시기동안의 아투행의 투자발전방향을 예시한 것이기도 하다. 아투행은 매 하나의 프로젝트를 수행하는 과정에서 전문적이고 고효율적이며 청렴한 21세기 신형 '다자개발은행'의 이미지를 수립하고 있으며 아시아와 세계의 발전과 번영을 촉진하는데 기여하고 있다.

[류잉(劉英)과 합작, 원문은 영국 『파이낸셜타임스』 중문사이트에 게재됨, 2018년 1월 15일부, 수정함]

이미 발표한 저자의 아투행 작품 목록

1. 「아투행 발전과 연구의 3가지 사고」, 『인민일보』(해외판) 2018년 2월 7일(발표 당시 제목은 「글로벌 거버넌스 개선에 청신한 바람이」). 관찰자망, 2018년 2월 9일.
2. 「아투행 투자 프로젝트의 6대 특징」[류잉(劉英)과 합작], 영국 『파이낸셜타임스』 중문망, 2018년 1월 15일.
3. 「아투행의 국제성과 중국의 주도권」, 영국 『파이낸셜타임스』 중문망, 2017년 7월 19일.
4. 「아투행: 지속가능한 인프라의 "추진기"」, 영국 『파이낸셜타임스』 중문망, 2017년 6월 28일.
5. 「아투행의 투자지역을 선진국으로 확대해야」, 재신망(財新網), 2017년 3월 28일.
6. 「중국, '다자개발은행' 메커니즘 혁신 추진」, 영국 『파이낸셜타임스』 중문망, 2016년 9월 7일.
7. 「세계은행의 경험이 아투행 채권융자전략에 주는 메시지」, 영국 『파이낸셜타임스』 중문망, 2016년 5월 6일.
8. 「아투행의 거버넌스 구조」, 『중국금융』 2015년 제13호.
9. 「아투행 법률해석: 정관에서 기준까지」, 『금융법원』(金融法苑) 제91집(2015년).
10. Procurement of The Asian Infrastructure Investment Bank: Five Legal Issues, Asian Journal of WTO & International Health Law and Policy, Volume 13, Issue 1, 2018, forthcoming.
11. Developing MDBs' Dispute Settlement Systems: A Perspective of Asian Infrastructure Investment Bank, Hong Kong Law Journal, Volume 47, Part 3, 2017.

12. A Critique of Immunity for Multilateral Development Banks in National Courts(Coauthor XU Chengjin), Chinese Journal of Global Governance, accepted.

13. Chinese Multilateralism in the AIIB, Journal of International Economic Law(Oxford), Volume 20, Issue 1, March 2017.

14. MDBs' Accountability Mechanism: A Perspective of AIIB, Journal of World Trade(Kluwer), Volume 51, Issue 3, June 2017.

15. China believes in free and fair trade too, President Trump, Financial Times, 2018-2-1(relating to AIIB in the context of the Chinese approach to global governance).

16. Ratings acknowledge AIIB's quality of governance, The Global Times, 2017-9-6.

17. Trump needs the AIIB to get his American dream on the road, South China Morning Post, 2017-3-30.

18. AIIB and Changing Standards in China, The Straits Times, 2016-7-28.

19. AIIB's innovations set it aside from multilateral banking peers, The Global Times, 2016-1-25.

20. High standards would suit AIIB's lofty goals, The Global Times, 2015-7-3.

21. China-led Asian Infrastructure Investment Bank echoes the world's desire for a new order, South China Morning Post, 2015-7-2.

22. The Law and Governance of the Asian Infrastructure Investment Bank, Wolters Kluwer, 2018.

후기

이 책은 최근 몇 년간 필자가 아투행 법률에 대해 학습하고 연구하는 과정에서 거둔 단계적인 성과이며, 그중에 글로벌 경제 거버넌스 개선에 관한 개인적인 사고가 들어 있다. 2008년 글로벌 금융위기 이래 글로벌 경제력 비교에는 심각한 변화가 일어났다. 세계 경제성장에 대한 신흥시장국가와 개발도상국의 기여도가 80%에 달한 것이다. 그러나 글로벌 경제 거버넌스는 새로운 변화에 적응하지 못하였고, 대표성과 포용성이 매우 부족한 상태이다. 이런 배경에서 중국은 '일대일로' 공동건설 제안을 실천하기 위한 방편으로 아투행의 창립을 발기하여 세계인의 적극적인 호응과 지지를 받았다. 당연히 향후에도 글로벌 경제 거버넌스를 개선하고 인류운명공동체 이념을 실행하기 위한 새로운 방안이 더 많이 나올 전망이다.

필자가 학술적으로 지향하는 것은 글로벌 경제 거버넌스에서 중국이 가야 할 길을 탐색하는 것인데, 세계무역기구(WTO)의 법으로부터 시작하여 글로벌 금융투자법으로까지 그 길을 확대하였다. 이는 글로벌 경제 거버넌스의 3대 주요 분야로서 서로가 매우 밀접하게 연관된다. 중국의 40년 대외개방 발전사는 바로 무역·외자유치에서 대외투자와 금융개방에 이르는 변천사이다.

오늘날까지 발전하여 오면서 그 3개 분야의 글로벌 거버넌스 활동에 참여하려는 중국의 염원과 수요가 전례 없이 강렬해졌다. 중국은 '인류운명공동체'라는 가치이념을 제시하고 실천을 바탕으로 "두 다리로 걷기" 정책방략을 모색해냈다. 즉 한편으로는 기존의 낡은 질서의 변혁을 추진하여 불합리적인 요소를 개혁하여 시대와 더불어 전진하는 것이고, 다른 한편으로는 경제발전의 새로운 요구에 부응하고 구질서와 호환할 수 있는 신질서를 제안하여 구질서와 서로 교류하고 서로 참조하며 서로 보완하면서 글로벌 거버넌스 체계의 구성부분을 공동으로 구성하는 것이다. 아투행은 후자에 속하는 노력의 본보기라고 할 수 있다. 그 과정에서 글로벌 경제 거버넌스의 참여에 대한 중국의 자신감과 능력 및 인재비축은 꾸준히 증강되어 왔다.

아투행은 아직 젊으며 전진하고 있다. 그리고 글로벌 경제 거버넌스를 개선하고, 인류운명공동체 이념을 실행하기 위한 노력이 착실하게 추진되어야 한다. 또 기존의 다자개발금융의 경험과 교훈을 받아들여 새로운 메커니즘의 유효성을 증강시켜야 한다. 이를 위해서는 중국의 전통문화·거버넌스 및 발전경험을 탐색하고 활용하여, 예를 들면 정책결정 과정에서 민주협상(즉 "공동 상의")을 실시하여 글로벌 거버넌스의 발전에 자양분을 제공해야 한다. 필자는 아투행 연구를 기점으로 앞으로도 글로벌 경제 거버넌스의 개선을 위한 중국방안을 모색하기 위해 힘쓸 것이다.

이 책의 원고를 고효율 적으로 편집해주신 인민출판사 장동홍(姜冬紅) 님께 감사를 드린다. 이 책의 출판에 큰 지지를 보내주신 베이징 외국어대학 과학연구처에도 감사를드린다.

이 책의 집필은 필자의 제자들과 토론과 교류를 하면서 이루어졌다. 이른바 '가르치고' '배우면서' 서로가 성장했고, '교학'과 '연구'를 통해 서로를 성장시켰다고 할 수 있다. 이 자리를 비러 적극적으로 큰 도움을 준 타오잉(陶穎)·장쩌디(張澤帝)·삐멍치(畢夢琪)·양훼이제(楊慧婕)·진홍위(靳紅宇)·완싱위(萬星宇)·왕종슈(王鐘秀) 등 학생들에게 감사의 인사를 전하는 바이다.